中国社会科学院文学研究所 编

《文学评论》
六十年总目与编后记

社会科学文献出版社
SOCIAL SCIENCES ACADEMIC PRESS(CHINA)

文学研究所的第三个"六十年"

刘跃进

这几年,文学研究所相继迎来三个"六十年"纪念日,感念之情,油然而生。

2013年,文学研究所建所六十周年。为此,我们主持编辑五部纪念文集:一是访谈录《甲子春秋——我与文学所六十年》,二是资料集《文学研究所所志》,三是《告别一个时代——樊骏先生纪念文集》,四是演讲集《翰苑易知录》,五是在所庆五十周年纪念集《岁月熔金》基础上形成的《岁月熔金二编》。在《岁月熔金二编》序言中,我试图梳理文学研究所的传统,认为何其芳同志在1954年建所之初提出的"谦虚的、刻苦的、实事求是的工作作风",或许可以视为文学研究所精神的一个基本内涵。谦虚,是就为人而言,低调做人,和谐共事。刻苦,是就做事而言,焚膏继晷,钻研终身。而实事求是,则是做人做事都必须遵循的准则。正是在这种精神引领下,文学研究所探索出一条独特的发展道路,形成了自己的传统。其一,贯彻执行党的正确路线,发挥国家级科研机构的示范作用,这是文学研究所成立六十年最基本的经验,也是最重要的特色。其二,遵循学术规律,整合团队力量,夯实学科基础,这是文学研究所在学术界保持较高学术声誉的根本保障。其三,尊重学术个性,鼓励广大科研人员潜心研究,撰写传世之作。其四,贯彻"双百"方针,坚持"二为"方向,遵循"双创"原则,把编选优秀的古今文学读本作为一项重要的学术工作来做。

2014年,《文学遗产》创刊六十周年。我们又编辑了两部著作:一是《〈文学遗产〉创刊六十年纪念文汇》,二是《〈文学遗产〉六十年纪事初编》。在《〈文学遗产〉创刊六十年纪念文汇》序言中,我着重阐发了

《文学遗产》创刊以来在三个方面的重要推进：一是更新研究理念，推陈出新，加强对传统文献学、中国文体学，尤其是对文学经典的研究；二是拓展时空维度，海纳百川，将华夏各民族文学纳入中华文学研究的大视野；三是强化综合比较研究，旁罗参证，将物质文化、制度文化、地域文化、媒体文化以及性别文化等不同专业知识和研究方法引进古典文学研究领域，将古今文学与中外文学联系起来，将文学艺术与相关学科贯通起来。

2017年，我们又迎来文学研究所的第三个"六十年"，即《文学评论》创刊六十周年。我们一如既往，组织编选三部纪念文集：一是《〈文学评论〉六十年纪念文选》，从已刊发的六千多篇文章中，选录一百余篇，按照文艺理论、比较文学、古代文学、现代文学、当代文学五大板块编排，虽不免挂一漏万，但总体上可以从一个侧面展现六十年来中国文学研究的风貌。需要说明的是，为保持历史原貌，除个别地方略作技术调整外，文字表述一仍其旧；二是《〈文学评论〉六十年纪念文汇》，收录七十多位作者的回忆性文章，记录作者与《文学评论》的渊源关系以及与此相关的风云际会；三是《〈文学评论〉六十年总目及编后记》，虽为资料汇编，存而不论，但从中依然可以读出很多有趣的信息。王保生先生的《〈文学评论〉编年史稿（1957～2010）》对这些信息多有解读。为此，我们征得作者同意，这次一并列入纪念文丛，希望为学术界提供经过系统整理的资料。

在组织编辑的过程中，我有机会系统地阅读这些文献，收获良多，感慨也很多。就其荦荦大端者而言，我认为，《文学评论》至少有三个重要特色值得关注。

六十年来，密切关注现实，把握时代脉搏，体现国家主流意识形态，这是《文学评论》最鲜明的思想品格。《文学评论》的前身是《文学研究》季刊，创刊于1957年。何其芳同志在创刊号《编后记》中强调，《文学研究》"将以较大的篇幅来发表全国的文学研究工作者的长期的专门的研究结果。许多文学历史和文学理论上的重大问题，都不是依靠短促的无准备的谈论就能很好地解决的，需要有一些人进行持久而辛勤的研究，并展开更为认真而时间也较长的讨论"。《文学研究》非常注重专业性和前沿性：一是研究队伍，是专业的"文学研究工作者"；二是研究对象，是"文学历史和文学理论上的重大问题"；三是研究途径，是"持久而辛勤的研究"。

随着新中国成立十周年庆典的临近，1958年《文学研究》第4期《编后记》中指出："要求全国的作者从各个方面来总结我国这伟大的10年来社会主义文学的经验。"为体现出文学研究的现实性、战斗性，翌年将《文学研究》更名为《文学评论》，用大部分篇幅刊载对当代作家作品与文学现象的评论文章。即便是古代文学研究，重点讨论的也是如何继承与发展以及古为今用等亟待回答的重要现实问题。

1978年，《文学评论》复刊，依然坚持面向当代的办刊方针。在《致读者》中明确提出："《文学评论》当前时期的首要工作，就是要从理论上、从总结社会主义文艺的成就和经验上，深入批判'四人帮'在文艺方面所制造的种种谬论，特别是'文艺黑线专政'论。"改革开放初期，《文学评论》积极参与拨乱反正工作，总结新中国成立三十年文艺运动的经验教训。积极组织召开座谈会，讨论刘心武短篇小说《班主任》，并刊登系列评论文章，为"伤痕文学""反思文学""改革文学"等鸣锣开道，专辟"新书新作评价""中篇小说笔谈""关于当前文艺思潮的笔谈"等栏目。此后，又专辟"新时期文学十年研究""新时期30年中国文学研究""台港及海外学人园地""世界华文文学"等栏目，拓展研究空间。还围绕着"两个崛起""朦胧诗""先锋小说""新历史小说""新写实小说""女性写作""网络文学""莫言研究"等话题，组织专题文章，展开深入讨论，推进当代文学研究，总结中国文学经验。

六十年来，围绕重大的理论问题与现实问题，开展积极的思想交锋，始终走在学术的前沿，这是《文学评论》最重要的学术特色。1957年创刊号的《编后记》写道："我们深信，我们的学术水平，我们这个刊物的质量，都只有在'百家争鸣'的方针下广泛发表各类意见和自由竞赛，然后有可能逐渐提高。在任何学术部门，一家独鸣都是只会带来思想停滞和思想僵化的。"创刊之初，《文学评论》结合文学发展的实际，围绕着现实主义与浪漫主义、典型性格与典型人物、历史剧创作与理论、政治标准与艺术标准以及诗歌格律等基本理论问题展开讨论。

1961年，《文学评论》第3期刊发严家炎的《谈〈创业史〉中梁三老汉的形象》引发了广泛的讨论，把关注的重点全面引向当代文学创作领域。这场讨论，不仅仅限于研究者之间，创作者也参与其中，发表了针锋相对的意见。2005年，刘纳发表《写得怎样：关于作品的文学评价——重读〈创业史〉并以其为例》(《文学评论》2005年第4期),又引发新一轮争论。可惜作者早已离世,不能亲自作答。在纪念柳青一百周年诞辰学术研讨会以及最近召开的"新语境、新方法、新视野下的柳青研究"国际学术研讨会上,这个话题一直是学者讨论的核心议题之一。可见,这场持续半个多世纪的讨论,其意义已远远超出《创业史》本身,实际上牵涉创作者与研究者、文学理论与文学实践的关系问题。柳青坚持认为,文学理论研究、美学研究,必须结合艺术创作实践才会有说服力,否则只是纸上谈兵,并无实际意义。此后,由批判"人性论""人道主义"等话题逐渐引申到文学上的共鸣现象、山水诗和自然美的问题;又由历史剧创作引发关于历史与历史剧的论争。这些话题,时至今日依然有值得讨论的空间。

1978年,《文学评论》复刊第1期刊发毛泽东与陈毅同志谈诗的一封信,同一期,还刊发王朝闻的《艺术创作有特殊规律》,引发学术界关于艺术规律、形象思维问题的大讨论。《文学评论》持续关注,相继刊发陈涌《马克思、恩格斯的美学和历史的批评》(《文学评论》1983年第1期)、李衍柱《美的规律与典型化原则》(《文学评论》1991年第5期)等论文,就这些问题展开深入探索。他们提出的一些论点,今天看来也许已不新鲜,但在当时特定背景下,确有振聋发聩的意义。

20世纪80年代以来,随着西方思潮的涌入,社会-历史批评、精神分析批评、结构主义批评、比较文学批评、文体形式批评、印象批评、文化研究等新的研究方法纷至沓来,众声喧哗。《文学评论》为此专辟"外国文艺理论评介""发展马克思主义文艺理论笔谈""当代中国文艺理论新建设"等专栏,积极开展学术讨论。早在1962年,钱锺书就在《文学评论》上发表《论通感》(1962年第1期)一文,较早运用心理学方法,比较亚里士多德的《心灵论》与中国的《乐论》,比较唐宋诗词与西方古典诗歌中的通感现象。他指出,把事物的无声的姿态描摹成好像有声音,表示人们在视觉里仿佛获得了听觉的感受,用现代心理学或语言学的术语来说,就是"通感"或"感觉移借"。这些理论的探讨,成为后来文学研究的理论先声。郑敏《解构思维与文化传统》(《文学评论》1997年第2期)比较系统地论述了法国哲学家德里达的解构理论,认为解构主义强调歧异的存在是多元的必然,也是事物发展的动力,在差异的运动中,由于变是不可停止的,矛盾成为互补而非绝对对抗。这种理论有其合理性的内涵，可以借此批判西方中心主义，并引发女权主义思潮，有助于后殖民主义对文化侵略的批判，也有助于后现代主义艺术观对无序、无整体宇宙观的形成和表达。林兴宅《论系统科学方法论在文艺研究中的运用》（《文学评论》1986年第1期）较早地从方法论角度论述我国文艺研究、文艺批评的变革过程，认为系统科学方法论的核心在于有机整体观念。强调整体性观念，这在今天看来可能已是常识，而在当时，他运用系统科学方法论讨论文学问题，让人感觉耳目一新。听觉文化与视觉文化的比较研究也备受瞩目。早在20世纪80年代，美国学者鲁道夫·阿恩海姆《艺术与视知觉》就被介绍到中国，重点分析视觉艺术心理学问题。傅修延《为什么麦克卢汉说中国人是"听觉人"》（《文学评论》2016年第1期）指出，以拼音文字为主体的西方文化，对于"图像"非常重视，甚至成为视觉文化的核心概念。相比较而言，以形声文字为主体的中国文化传统，对于听觉形象更加关注。看字听声，"闻声知情"，这是中国文化的特点。明清小说中存在着的"草蛇灰线"的艺术手法，强调艺术结构要有"连"有"断"。这与西方艺术更专注于一以贯之的"连"有所不同。陈平原《有声的中国——演说与近现代中国文章变革》（《文学评论》2007年第3期）从近现代的"演说"入手，着重讨论"演说"在新文化运动中的作用，别开生面。

近代以来，随着自然科学的高度发展，后工业化的西方社会，出现了种种畸形和矛盾，打破了上帝创世的神话，打破了理性万能的说法。当人们有意识地发现丑，表现丑，把丑当作美的时候，荒诞便代替了崇高，非理性也就成为一时的审美思潮。蒋孔阳《说丑》（《文学评论》1990年第6期）一文指出，作为美的对立面，丑，自有其积极意义。问题不在于写什么，而是站在什么立场来写，要表达什么样的审美追求。美与丑，滑稽与崇高，这些曾经的老话题，在审美追求日益多元化的今天，依然有重新思考的必要。

文学创作、文学理论的本土化，中国古代文论的现代化，也是持续不断的讨论话题。黄浩的《文学失语症》（《文学评论》1990年第2期）认为新小说患上了"运动性失语"，"通俗一点讲，就是新小说说话困难"。由此延伸，古代文论也面临着现代转化的难题。季羡林《门外中外文论絮语》（《文学评论》1996年第6期）强调我们应当秉承"不薄西方爱东方"的态度，"让这两种话语并驾齐驱，共同发展"。为此，《文学评论》编辑部在1997年第1期特设专栏，精心择选四篇论文与一篇报道，引导"中国古代文论的现代转换""重建中国文论话语"的学术讨论。

　　世纪之交，文化研究理论与实践问题逐渐引起学界的格外关注。面对中国文论转型过程中呈现出来的重大理论问题，文学研究所适时承担院重大课题"新世纪全球化格局与中国人文建设"项目，系统回应急剧变化中的中国社会文化现实问题，同时，又组织专家按照类别编选"新世纪文论读本"，选录近十年来重要的理论文章。《文学评论》也积极跟进，组织"二十世纪文学回顾""文学史史学笔谈""中国当代文学史写作笔谈""全球化趋势中的文学与人""社会文化转型与文艺美学研究""中国传统文学与经济生活""关于文学理论边界的讨论"等栏目，重新审视传统文学思想的价值和20世纪中国文学研究的成就与不足，回答人们关切的问题。从这些学术活动中可以看出，文学研究所的科研人员既要坚持"文以载道"悠久传统，又不能放弃研究者应有的文学立场和人文情怀。钱中文就坚持认为，过度强调文化研究的价值其实是泛化了"文学性"，取缔了文学自主研究和独立的学科价值，一味地关注文学外部研究，最终将导致文学的消亡。站在今天的立场看，这场讨论才刚刚开始，今天学术界热衷讨论的生态美学、比较文化等论题，已向传统文艺学、当代文学批评等领域延伸，影响不可小觑。

　　六十年来，《文学评论》不拘一格扶持青年学人，确保优秀稿件源源不断，这是《文学评论》最根本的制度保障。从《〈文学评论〉创刊六十年纪念文汇》所收文章可以看出，很多青年学者的处女作，就发表在《文学评论》上。我对该书七十多位作者略作统计：30年代出生的有8人，40年代和60年代出生的各占15人；50年代出生的居多，有30人；70年代出生的5人。这五代人，是目前《文学评论》的主要作者。30年代出生的作者多为新中国成立前期培养起来的，四五十年代出生的作者，多为改革开放初期的研究生，或者是七七、七八、七九"新三届"大学生。而今，这些作者大多年过耳顺，陆陆续续退居二线。在纪念文章作者队伍中，"70后"虽然仅占很小比例，但他们正奋战在科研一线，已经成为《文学评论》的最重要的作者群体，代表着中国文学研究界的未来。当然，随着学术环境的变化，很多刊物都面临着潜伏的危机。《文学评论》能否承担起名刊的责任，能否不断激发思想的活跃，能否持续推动学术的进步，都是我们面临的新问题、新挑战。我们期待着年轻一代学者给予更多的支持。

  在历史的长河中，六十年只是短暂的瞬间，可能无足轻重，而在共和国的学术发展史上，文学所的六十年，《文学遗产》《文学评论》的六十年却在其中占据着独特位置，扮演了重要角色。我们在感念前辈学者艰辛创业的同时，更感到肩上责任的重大。我们一定要不忘初心，在广大作者和读者的鼓励下，勇于面对现实，积极迎接挑战，在新的世纪，再创辉煌。

2017 年 8 月 8 日写于京城爱吾庐

目录

1957～2016 年编委会名单 ……………………………………	**001**
1957～2016 年总目录 ………………………………………………	**013**
《文学研究》1957 年总目录 ………………………………………	015
《文学研究》1958 年总目录 ………………………………………	018
《文学研究》1959 年总目录 ………………………………………	023
《文学评论》1960 年总目录 ………………………………………	027
《文学评论》1961 年总目录 ………………………………………	032
《文学评论》1962 年总目录 ………………………………………	036
《文学评论》1963 年总目录 ………………………………………	040
《文学评论》1964 年总目录 ………………………………………	044
《文学评论》1965 年总目录 ………………………………………	048
《文学评论》1966 年总目录 ………………………………………	053
《文学评论》1978 年总目录 ………………………………………	056
《文学评论》1979 年总目录 ………………………………………	061
《文学评论》1980 年总目录 ………………………………………	065
《文学评论》1981 年总目录 ………………………………………	070
《文学评论》1982 年总目录 ………………………………………	075
《文学评论》1983 年总目录 ………………………………………	080
《文学评论》1984 年总目录 ………………………………………	086
《文学评论》1985 年总目录 ………………………………………	092
《文学评论》1986 年总目录 ………………………………………	099
《文学评论》1987 年总目录 ………………………………………	106
《文学评论》1988 年总目录 ………………………………………	114

《文学评论》1989年总目录 …… 123
《文学评论》1990年总目录 …… 131
《文学评论》1991年总目录 …… 137
《文学评论》1992年总目录 …… 143
《文学评论》1993年总目录 …… 149
《文学评论》1994年总目录 …… 154
《文学评论》1995年总目录 …… 159
《文学评论》1996年总目录 …… 164
《文学评论》1997年总目录 …… 170
《文学评论》1998年总目录 …… 176
《文学评论》1999年总目录 …… 181
《文学评论》2000年总目录 …… 187
《文学评论》2001年总目录 …… 194
《文学评论》2002年总目录 …… 201
《文学评论》2003年总目录 …… 209
《文学评论》2004年总目录 …… 216
《文学评论》2005年总目录 …… 225
《文学评论》2006年总目录 …… 233
《文学评论》2007年总目录 …… 242
《文学评论》2008年总目录 …… 252
《文学评论》2009年总目录 …… 262
《文学评论》2010年总目录 …… 273
《文学评论》2011年总目录 …… 283
《文学评论》2012年总目录 …… 291
《文学评论》2013年总目录 …… 298
《文学评论》2014年总目录 …… 306
《文学评论》2015年总目录 …… 315
《文学评论》2016年总目录 …… 323

1957~2016年编后记 …… 331

索　引 …… 579

1957~2016年

编委会名单

1957 年 1～4 期

文学研究编辑委员会

卞之琳　戈宝权　王季思　毛　星　刘大杰　刘文典　刘永济　孙楷第
何其芳　余冠英　罗大冈　罗根泽　陈中凡　陈　涌　陈翔鹤　林如稷
陆侃如　季羡林　俞平伯　郑振铎　范存忠　唐　弢　夏承焘　徐嘉瑞
郭绍虞　冯　至　冯沅君　冯雪峰　程千帆　游国恩　黄药眠　杨　晦
蔡　仪　钱锺书　钟敬文

1958 年 1～2 期

文学研究编辑委员会

卞之琳　戈宝权　王季思　毛　星　刘大杰　刘文典　孙楷第　何其芳
余冠英　罗大冈　罗根泽　陈中凡　陈翔鹤　季羡林　俞平伯　郑振铎
范存忠　唐　弢　夏承焘　徐嘉瑞　郭绍虞　冯　至　冯沅君　游国恩
杨　晦　蔡　仪　钱锺书

1958 年 3～4 期　1959 年 1～6 期　1960 年 1～6 期

文学研究编辑委员会

卞之琳　戈宝权　王季思　毛　星　刘芝明　刘大杰　孙楷第　邵荃麟
何其芳　何家槐　余冠英　罗大冈　罗根泽　陈中凡　陈翔鹤　季羡林
林默涵　俞平伯　郑振铎　范存忠　唐　弢　唐棣华　夏承焘　徐嘉瑞
郭绍虞　张光年　叶以群　冯　至　冯沅君　游国恩　杨　晦　蔡　仪
钱锺书

1961 年 1～6 期　1962 年 1～6 期

主　　编：何其芳
副 主 编：毛　星
编辑委员：＊卞之琳　＊戈宝权　王季思　＊毛　星　叶以群
　　　　　刘大杰　孙楷第　＊何其芳　＊余冠英　＊邵荃麟

罗大冈	陈中凡	*陈翔鹤	季羡林	林默涵
俞平伯	范存忠	唐弢	夏承焘	徐嘉瑞
郭绍虞	张光年	*冯至	冯沅君	*游国恩
*杨晦	*蔡仪	*钱锺书		

1963 年 1 期 ~ 1966 年 3 期

主　　编：何其芳

副 主 编：唐弢　　毛星

编辑委员：

*卞之琳	*戈宝权	王季思	*毛星	叶以群
刘大杰	孙楷第	*何其芳	*余冠英	*邵荃麟
罗大冈	陈中凡	*陈翔鹤	季羡林	林默涵
俞平伯	范存忠	*唐弢	夏承焘	徐嘉瑞
郭绍虞	张光年	*冯至	冯沅君	*游国恩
*杨晦	*蔡仪	*钱锺书		

1978 年 1 期 ~ 1985 年第 3 期无编委

1985 年 4 ~ 6 期　1986 年 1 ~ 6 期　1987 年 1 期

主　　编：刘再复

副 主 编：何西来

编　　委：

马良春	邓绍基	王俊年	王信	刘再复
刘魁立	朱虹	朱寨	许觉民	吴元迈
杜书瀛	沈玉成	何西来	张炯	陈骏涛
林非	贺兴安	蒋和森	解驭珍	樊骏

1987 年 1 ~ 6 期　1988 年 1 ~ 6 期

主　　编：刘再复

副 主 编：何西来

编　　委：

马良春	邓绍基	王行之	王俊年	王信
刘再复	刘魁立	朱虹	朱寨	许觉民

　　　　吴元迈　　杜书瀛　　沈玉成　　何西来　　张　炯
　　　　陈骏涛　　林　非　　贺兴安　　蒋和森　　解驭珍
　　　　樊　骏

1989 年 1～4 期

主　　编：刘再复　何西来
副 主 编：王　信
编　　委：
　　　　*王行之　*王　信　　王富仁　　王　蒙　　王　飙
　　　　邓绍基　*刘再复　　朱　寨　　许觉民　　祁连休
　　　*杨世伟　*何西来　*陈骏涛　　邵燕祥　　赵　园
　　　*贺兴安　　钱中文　　徐公持　　曹天成　　董乃斌
　　　　曾镇南　　谢　冕

1989 年第 5～6 期； 1990 年 1～3 期无主编、副主编、编委

1990 年 4 期

主　　编：敏　泽　马良春
副 主 编：张　炯

1990 年 5～6 期　1991 年 1～5 期

主　　编：敏　泽　马良春
副 主 编：张　炯　曹道衡

1991 年 6 期

主　　编：敏　泽　马良春
副 主 编：张　炯　蔡　葵

1992 年 1～4 期

主　　编：敏　泽
副 主 编：张　炯　蔡　葵

1992 年 5 ~ 6 期　1993 年 1 ~ 6 期　1994 年 1 ~ 2 期

主　　编：敏　泽
副 主 编：张　炯　蔡　葵（常务）
编　　委：
　　　　　王善忠　邓绍基　朱　寨　刘世德　刘魁立
　　　　　吴元迈　杨　义　陈骏涛　林　非　张　炯
　　　　　钱中文　敏　泽　曹天成　曹道衡　曾镇南
　　　　　蔡　葵

1994 年 3 期

主　　编：敏　泽　张　炯
副 主 编：蔡　葵（常务）
编　　委：
　　　　　王善忠　邓绍基　朱　寨　刘世德　刘魁立
　　　　　吴元迈　杨　义　陈骏涛　林　非　张　炯
　　　　　钱中文　敏　泽　曹天成　曹道衡　曾镇南
　　　　　蔡　葵

1994 年 4 期

主　　编：敏　泽　张　炯
副 主 编：蔡　葵
编　　委：
　　　　　王善忠　邓绍基　朱　寨　刘世德　刘魁立
　　　　　吴元迈　杨　义　陈骏涛　林　非　张　炯
　　　　　钱中文　敏　泽　曹天成　曹道衡　曾镇南
　　　　　蔡　葵

1994 年 5 ~ 6 期　1995 年 1 ~ 6 期　1996 年 1 ~ 3 期

主　　编：敏　泽　张　炯
副 主 编：蔡　葵
编　　委：

*王庆生　　王善忠　　邓绍基　　*叶子铭　　卢济恩
朱　寨　　刘魁立　　杜书瀛　　杨　义　　杨世伟
吴元迈　　张　炯　　*陈贻焮　　陈铁民　　陈骏涛
林　非　　*范伯群　　胡　明　　贺兴安　　钱中文
曹天成　　*章培恒　　*蒋孔阳　　蒋和森　　敏　泽
董乃斌　　童庆炳　　曾镇南　　*谢　冕　　蔡　葵

1996年4～6期　1997年1～2期

主　编：　张　炯　　钱中文
副主编：　蔡　葵（常务）　杨匡汉　　胡　明
编　委：

王庆生　　王保生　　王善忠　　邓绍基　　叶子铭
包明德　　卢济恩　　朱　寨　　刘魁立　　杜书瀛
杨　义　　杨世伟　　杨匡汉　　吴元迈　　张　炯
陈贻焮　　陈铁民　　陈骏涛　　林　非　　范伯群
胡　明　　贺兴安　　钱中文　　曹天成　　章培恒
蒋孔阳　　敏　泽　　董乃斌　　童庆炳　　曾镇南
谢　冕　　蔡　葵

1997年3～6期　1998年1～6期　1999年1～2期

主　编：　张　炯　　钱中文
副主编：　蔡　葵（常务）　曾镇南　　许　明　　胡　明
编　委：

王庆生　　王保生　　王善忠　　邓绍基　　叶子铭
包明德　　卢济恩　　朱　寨　　刘魁立　　许　明
杜书瀛　　杨　义　　杨世伟　　杨匡汉　　吴元迈
张　炯　　陈贻焮　　陈铁民　　陈骏涛　　林　非
范伯群　　胡　明　　贺兴安　　钱中文　　曹天成
章培恒　　蒋孔阳　　敏　泽　　董乃斌　　童庆炳
曾镇南　　谢　冕　　蔡　葵

1999 年 3～6 期

主　　编： 钱中文　杨　义

副 主 编： 王保生（常务）　胡　明

编　　委：
　　王保生　邓绍基　叶子铭　包明德　许　明
　　杜书瀛　杨　义　杨匡汉　吴元迈　张　炯
　　陈平原　胡　明　赵　园　钱中文　袁行霈
　　章培恒　蒋孔阳　董乃斌　童庆炳　曾镇南
　　谢　冕　蓝棣之　蔡　葵

2000 年 1～6 期　2001 年 1～6 期　2002 年 1～6 期
2003 年 1～6 期　2004 年 1～2 期

主　　编： 钱中文　杨　义

副 主 编： 王保生（常务）　胡　明

编　　委：
　　王保生　邓绍基　叶子铭　包明德　许　明
　　杜书瀛　杨　义　杨匡汉　吴元迈　张　炯
　　陆贵山　陈平原　胡　明　赵　园　钱中文
　　袁行霈　章培恒　蒋述卓　董乃斌　童庆炳
　　曾镇南　谢　冕　蓝棣之　蔡　葵

2004 年 3～6 期　2005 年 1 期

主　　编： 杨　义

副 主 编： 党圣元　王保生　胡　明（常务）

编　　委：
　　王保生　邓绍基　包明德　孙　逊　叶舒宪
　　许　明　杜书瀛　杨　义　杨匡汉　吴元迈
　　张　炯　孟繁华　陈平原　周　宪　金元浦
　　胡　明　赵　园　南　帆　钱中文　袁行霈
　　党圣元　章培恒　曹顺庆　蒋　寅　蒋述卓
　　董乃斌　董之林　童庆炳　曾镇南　詹福瑞

　　　　　蓝棣之　　黎湘萍

2005 年 2~6 期　2006 年 1~6 期　2007 年 1~6 期
2008 年 1~6 期　2009 年 1~2 期

主　　编：杨　义
副 主 编：党圣元　　王保生　　胡　明（常务）
编　　委：

王　宁	王保生	邓绍基	包明德	孙　逊
叶舒宪	许　明	杜书瀛	杨　义	杨匡汉
吴元迈	张　炯	孟繁华	陈平原	周　宪
金元浦	胡　明	赵　园	南　帆	钱中文
袁行霈	党圣元	章培恒	曹顺庆	蒋　寅
蒋述卓	董乃斌	董之林	童庆炳	曾镇南
詹福瑞	蓝棣之	黎湘萍		

2009 年 3 期

主　　编：杨　义
副 主 编：党圣元　　王保生　　胡　明（常务）
编　　委：

王保生	邓绍基	包明德	孙　逊	叶舒宪
许　明	杜书瀛	杨　义	杨匡汉	吴元迈
张　炯	张中良	张国星	张福贵	孟繁华
陈平原	周　宪	胡　明	赵　园	赵稀方
南　帆	钱中文	袁行霈	党圣元	高建平
章培恒	曹顺庆	蒋　寅	蒋述卓	董乃斌
董之林	童庆炳	詹福瑞	蓝棣之	黎湘萍
谭桂林				

2009 年 4~6 期　2010 年 1~6 期　2011 年 1~2 期

主　　编：杨　义
副 主 编：党圣元　　王保生　　胡　明（常务）
编　　委：

王　尧	王保生	邓绍基	包明德	孙　逊
叶舒宪	许　明	杜书瀛	杨　义	杨匡汉
吴元迈	张　炯	张中良	张国星	张新科
张福贵	姚文放	孟繁华	陈平原	周　宪
胡　明	赵　园	赵稀方	南　帆	钱中文
袁行霈	党圣元	高建平	章培恒	曹顺庆
傅修延	蒋　寅	蒋述卓	董乃斌	董之林
童庆炳	詹福瑞	蓝棣之	黎湘萍	谭桂林

2011 年 3～6 期

主　　编：陆建德
副 主 编：高建平　胡　明（常务）
编　　委：

王　尧	王保生	邓绍基	包明德	孙　逊
叶舒宪	刘跃进	杜书瀛	杨　义	杨匡汉
陆建德	张　炯	张中良	张国星	张新科
张福贵	姚文放	孟繁华	陈平原	周　宪
胡　明	赵　园	赵稀方	南　帆	钱中文
袁行霈	党圣元	高建平	章培恒	曹顺庆
蒋　寅	蒋述卓	董乃斌	董之林	童庆炳
詹福瑞	黎湘萍	谭桂林		

2012 年 1～6 期

主　　编：陆建德
副 主 编：高建平　胡　明（常务）
编　　委：

王　尧	王保生	邓绍基	包明德	孙　逊
叶舒宪	刘跃进	杜书瀛	杨　义	杨匡汉
陆建德	张　炯	张中良	张国星	张新科
张福贵	姚文放	孟繁华	陈平原	周　宪
胡　明	赵　园	赵稀方	南　帆	钱中文
袁行霈	党圣元	高建平	曹顺庆	蒋　寅

蒋述卓　　董乃斌　　董之林　　童庆炳　　詹福瑞
黎湘萍　　谭桂林

2013 年 1～2 期

主　　编： 陆建德
副 主 编： 高建平
编　　委：
　　　　　王　尧　　王保生　　邓绍基　　包明德　　孙　逊
　　　　　叶舒宪　　刘跃进　　杜书瀛　　杨　义　　杨匡汉
　　　　　陆建德　　张　炯　　张中良　　张国星　　张新科
　　　　　张福贵　　姚文放　　孟繁华　　陈平原　　周　宪
　　　　　胡　明　　赵　园　　赵稀方　　南　帆　　钱中文
　　　　　袁行霈　　党圣元　　高建平　　曹顺庆　　蒋　寅
　　　　　蒋述卓　　董乃斌　　董之林　　童庆炳　　詹福瑞
　　　　　黎湘萍　　谭桂林

2013 年 3～6 期

主　　编： 陆建德
副 主 编： 高建平　　蒋　寅　　黎湘萍
编　　委：
　　　　　王　尧　　王保生　　邓绍基　　包明德　　孙　逊
　　　　　叶舒宪　　刘跃进　　杜书瀛　　杨　义　　杨匡汉
　　　　　陆建德　　张　炯　　张中良　　张国星　　张新科
　　　　　张福贵　　姚文放　　孟繁华　　陈平原　　周　宪
　　　　　胡　明　　赵　园　　赵稀方　　南　帆　　钱中文
　　　　　袁行霈　　党圣元　　高建平　　曹顺庆　　蒋　寅
　　　　　蒋述卓　　董乃斌　　董之林　　童庆炳　　詹福瑞
　　　　　黎湘萍　　谭桂林

2014 年 1～4 期

主　　编： 陆建德
副 主 编： 高建平　　蒋　寅　　黎湘萍

编　　委：

王　尧	王保生	包明德	孙　逊	叶舒宪
刘跃进	杜书瀛	杨　义	杨匡汉	陆建德
张　炯	张中良	张国星	张新科	张福贵
姚文放	孟繁华	陈平原	周　宪	胡　明
赵　园	赵稀方	南　帆	钱中文	袁行霈
党圣元	高建平	曹顺庆	蒋　寅	蒋述卓
董乃斌	董之林	童庆炳	詹福瑞	黎湘萍
谭桂林				

2014年5~6期　2015年1~6期　2016年1~5期

主　　编：陆建德

副 主 编：高建平　蒋　寅　黎湘萍

编　　委：（以姓氏笔画为序）

王　尧	王保生	包明德	孙　逊	叶舒宪
刘跃进	杜书瀛	杨　义	杨匡汉	陆建德
张　炯	张中良	张国星	张新科	张福贵
姚文放	孟繁华	陈平原	周　宪	胡　明
赵　园	赵稀方	赵炎秋	南　帆	钱中文
袁行霈	党圣元	高建平	曹顺庆	蒋　寅
蒋述卓	董乃斌	董之林	童庆炳	詹福瑞
黎湘萍	谭桂林			

1957~2016年

总目录

《文学研究》1957年总目录

（括号内分别为年、期、页）

论文题目／作者／年／期／页

论现实主义问题／蔡仪／1957.1.1
关于中国文学史分期问题的商榷／陆侃如　冯沅君／1957.1.21
"琵琶记"的评价问题／何其芳／1957.1.30
"桃花扇"校注前言／王季思／1957.1.44
论姜夔词／夏承焘／1957.1.59
宋代诗人短论（十篇）／钱锺书／1957.1.71
陆游及其创作／程千帆／1957.1.86
清商曲小史／孙楷第／1957.1.98
今传李太白词的真伪问题／俞平伯／1957.1.101
中国文学批评理论中"道"的问题／郭绍虞／1957.1.108
论"庄子"的思想性／罗根泽／1957.1.123
孟德斯鸠的"波斯人信札"／罗大冈／1957.1.133
回忆、探索和希望（纪念毛泽东同志在延安文艺座谈会上讲话十五周年）
　／何其芳／1957.2.1
"文心雕龙"初探／刘绶松／1957.2.12
释刘勰的"三准"论／刘永济／1957.2.35
李白的姓氏籍贯种族的问题／俞平伯／1957.2.40
王实甫生平的探索／冯沅君／1957.2.47
关于清代词论家的比兴说／沈祖棻／1957.2.54
再论现实主义问题／蔡仪／1957.2.66
现实主义不断的发展着和完善着／董修智／1957.2.84
论郭沫若的诗／楼栖／1957.2.93

斐尔丁在小说方面的理论和实践 / 杨绛 / 1957. 2. 107
保卫文学的党性原则 / 本刊编辑部 / 1957. 3. 1
《赵氏孤儿》杂剧在启蒙时期的英国 / 范存忠 / 1957. 3. 5
《格列佛游记》论 / 杨耀民 / 1957. 3. 29
宋诗选注序 / 钱锺书 / 1957. 3. 55
李清照事迹考 / 黄盛璋 / 1957. 3. 67
柳永事迹新证 / 唐圭璋 / 1957. 3. 91
陶渊明事迹新探 / 段熙仲 / 1957. 3. 99
姜夔词编年笺校 / 夏承焘 / 1957. 3. 104
试论中国文学史分期问题 / 叶玉华 / 1957. 3. 152
拥护两项伟大的革命宣言 / 本刊编辑部 / 1957. 4. Ⅰ
暴风雨所诞生的——略谈十月革命后最初十年间的小说 / 水夫 / 1957. 4. 1
布莱克的诗——威廉·布莱克诞生二百周年纪念 / 袁可嘉 / 1957. 4. 12
科学对法兰西十九世纪现实主义小说艺术的影响——纪念《包法利夫人》
　成书百年 / 李健吾 / 1957. 4. 39
论文学艺术的特性——评陈涌等关于文学艺术的特性的错误意见 / 毛星
　/ 1957. 4. 66
抗战时期丁玲小说的思想倾向 / 王燎荧 / 1957. 4. 93
苏轼试论 / 王季思 / 1957. 4. 111
论巴金的小说 / 王瑶 / 1957. 4. 124

资　料

关于高鹗的一些材料 / 王利器 / 1957. 1. 166

书　评

《唐宋词人年谱》 / 陈瀣 / 1957. 1. 172
新版《鲁迅全集》第一、二、三卷的注释 / 凡 / 1957. 1. 174
《俄国文学果戈理时期概观》（《车尔尼雪夫斯斯论文学》上卷）/ 智量
　/ 1957. 1. 177
《中国诗史》 / 谷典 / 1957. 2. 148
《晚清小说史》 / 刘世德 / 1957. 2. 150
三部中国现代文学史 / 耀东　毅伯　冠星　建领 / 1957. 2. 153

《中国文学批评史》/ 競耕 / 1957.3.161
《文学论稿》（修订本）恒茂　文昭 / 1957.3.164
评几本文艺学概论中的文学的分类 / 查良铮 / 1957.4.155

学术动态

中国科学院文学研究所讨论研究鲁迅与研究"红楼梦"的论文 / 曲水 / 1957.1.181
外国讨论现实主义和社会主义现实主义问题的近况 / 邦元 / 1957.2.158

补　白

对"陆游及其创作"的两点质疑及作者的答复 / 1957.2.160

编后记

1957 年第 1 期 / 1957.1.185
1957 年第 2 期 / 1957.2.147
1957 年第 3 期 / 1957.3.168
1957 年第 4 期 / 1957.4.162

插　页

拉奥孔　苏轼、黄庭坚、陆游、范成大手迹 / 1957.1
斐尔丁像（剪影）　霍布斯为斐尔丁画像（剪影）/ 1957.2
黄庭坚像　李清照像　谋尔飞像 / 1957.3
俄国和苏联文学作品的几种早期的中译本　布莱克画像　英国人民起来了 / 1957.4

《文学研究》 1958 年总目录[*]

（括号内分别为年、期、页）

论　文

中国文学史的分期问题 / 郑振铎 / 1958.1.1

论艾青的诗 / 冯至 / 1958.1.9

关于左联时期的两次文艺论争——批判冯雪峰的反党活动和反马克思主义文艺思想 / 刘绶松 / 1958.1.23

论社会主义现实主义——兼评何直、周勃及陈涌等人的修正主义论点 / 以群 / 1958.1.47

韩愈的基本思想及其矛盾 / 季镇淮 / 1958.1.69

元好问及其丧乱诗 / 陈中凡 / 1958.1.79

汉乐府诗相和歌即汉清商说 / 王达津 / 1958.1.87

《约翰·克利斯朵夫》及其时代 / 罗大冈 / 1958.1.89

论旭恩·奥凯西 / 王佐良 / 1958.1.115

高尔基的文学史观点和方法 / 缪灵珠 / 1958.1.141

论关汉卿的杂剧 / 郑振铎 / 1958.2.1

论关汉卿 / 杨晦 / 1958.2.21

关汉卿杂剧的人物塑造 / 王季思 / 1958.2.39

笔谈《林海雪原》、《苦菜花》、《红日》/ 何其芳　王燎荧　何家槐　王淑明　路坎　平凡　王积贤 / 1958.2.51

论阿 Q 的典型性格——批判冯雪峰反现实主义，反阶级论的文艺观点 / 唐弢 / 1958.2.71

论郭沫若的历史剧 / 王淑明 / 1958.2.83

---

[*] 此稿照录原文，不作修改——编者注。

曹雪芹的《红楼梦》/ 蒋和森 / 1958.2.97
关于中国文学史的分期问题 / 林庚 / 1958.2.127
高尔基和中国 / 戈宝权 / 1958.2.131
惠特曼在诗歌方面的革命（特约稿）/〔捷克〕亚伯·察佩克 / 1958.2.147

评 论

致读者 / 本刊编辑部 / 1958.3.1
王瑶先生是怎样否认党的领导的 / 北京大学（中文系三年级
　鲁迅文学社）集体写作 / 1958.3.4
王瑶先生的伪科学 / 鲁迅文学社 / 1958.3.15
评郑振铎先生的《插图本中国文学史》/ 曹道衡　徐凌云　陈燊　乔象钟
　蒋荷生　邓绍基集体讨论、写作 / 1958.3.19
论巴金创作中的几个问题——兼驳杨风、王瑶对巴金创作的评论 / 北京
　师范大学中文系二年级学生与青年教师集体写作 / 1958.3.34
大跃进时代的新民歌 / 贾芝 / 1958.3.52
生气蓬勃的工人诗歌创作 / 力扬 / 1958.3.68
文学研究工作往哪里去 / 毛星 / 1958.3.79
资产阶级专家到底有多少货色？/ 北京师范大学中文系三年级一班"红旗"
　学习小组 / 1958.3.84
批判陈涌关于文学艺术特征的右派论调 / 蔡仪 / 1958.3.90
陈涌在题材问题上对鲁迅的歪曲 / 伊凡 / 1958.3.107
驳秦兆阳为资产阶级政治服务的理论 / 姚文元 / 1958.3.114
评李健吾先生的《科学对法兰西十九世纪现实主义小说艺术的影响》/
　陈燊 / 1958.4.1
批判杨绛先生的《菲尔丁在小说方面的理论和实践》/ 杨耀民 / 1958.4.16
孙楷第先生的考证工作 / 胡念贻 / 1958.4.24
王瑶的《中国新文学史稿》批判 / 朱寨 / 1958.4.33
谈《雾、雨、电》的思想和人物 / 李希凡 / 1958.4.44
用什么尺度来衡量巴金过去的创作 / 刘国盈　廖仲安 / 1958.4.50
农民作家刘勇和他的创作 /《新苗》编辑部 / 1958.4.65
塔吉克古典文学的始祖鲁达基 / 戈宝权 / 1958.4.78
"把凯撒的还给凯撒"——评南斯拉夫维德马尔的《日记片断》/ 罗荪

/ 1958.4.84
从法斯特的小说看法斯特的本来面目 / 朱虹 / 1958.4.95
论革命的现实主义和革命的浪漫主义相结合 / 以群 / 1958.4.99

纪念三位世界文化名人专辑

关于伊朗大诗人萨迪（特约稿）/ 希阿赫瓦什 / 1958.3.122
诗人密尔顿的革命精神 / 殷宝书 / 1958.3.128
瑞典女作家拉格洛孚 / 郑振铎 / 1958.3.139

讨 论

对王季思先生的《苏轼试论》的几点意见 / 中山大学中文系四年级乙班
　黄昌前 / 1958.4.108
关于《苏轼试论》的几个问题 / 王季思 / 1958.4.111

资 料

《西游记》与《罗摩延书》/ 吴晓铃 / 1958.1.163
关于孔尚任的几种诗集 / 汪蔚林 / 1958.1.170
元曲家考略续编 / 孙楷第 / 1958.2.171

书 评

《韩昌黎诗系年集释》/ 钱锺书 / 1958.2.179
评北大中文系文学专门化 55 级集体编著的《中国文学史》/ 谷代
　/ 1958.4.116
评李广田新著《春城集》/ 卞之琳 / 1958.4.119

通 信

对《科学对法兰西十九世纪现实主义小说艺术的影响》的意见 / 杨耀民
　陈燊　董衡巽 / 1958.2.185
对郑振铎先生《论关汉卿的杂剧》的意见 / 邓绍基　董衡巽 / 1958.3.143
对《宋代诗人短论十篇》的意见 / 曹道衡 / 1958.4.114

学术动态

中国科学院文学研究所关于方针任务问题的辩论／黎颖／1958.1.179

中国文学教学中的两条路线的斗争／［北京大学］吴协　［上海复旦大学］申椒　［北京师范大学］乐青／1958.2.187

北大、复旦、南开、武大中文系的学术思想批判与教学改革的情况／本刊记者／1958.3.145

编后记

1958年第1期／1958.1.183

1958年第2期／1958.2.178

1958年第4期／1958.4.122

补　白

补之：稗畦集・稗畦续集／1958.1.46、48

夏承焘：杜诗札丛／1958.1.114、140

郭君曼：明人诗文中赞美水浒的话／1958.1.162

卜冬：王之涣的"凉州词"／1958.1.178

夏承焘：杜诗札丛／1958.2.38、126

郭君曼：罗隐的讽刺诗／1958.2.130

平：读周邦彦词札记／1958.2.170

插　页

韩愈像《约翰・克利斯朵夫》卷一："黎明"木刻《约翰・克利斯朵夫》各国译本

高尔基（1907—1908在喀普里写《俄国文学史》时摄）　《俄国文学史》的计划草稿手稿／1958.1

元刻《古今杂剧》　明《脉望馆》抄校本　明《元曲选》《救风尘》插图　明顾曲斋本《绯衣梦》插图

高尔基在1912年10月25日写给孙中山先生的原稿　高尔基的作品的三种最早的中译／1958.2

萨迪画象　伊朗文《蔷薇园》二十一岁时的密尔顿　拉格洛孚画象／1958.3

鲁达基的画象　鲁达基的故乡潘治鲁达村和他的坟墓 / 1958.4

悼念郑振铎先生专辑

古本戏曲丛刊第四集序 / 郑振铎遗作 / 专辑 1958.3.1
郑振铎先生传略 / 吴晓铃 / 专辑 1958.3.2
悼念郑振铎先生 / 何其芳 / 专辑 1958.3.4
忆郑振铎同志 / 〔苏联〕艾德林 / 专辑 1958.3.5
悼念铎兄 / 王伯群 / 专辑 1958.3.7
悼念郑振铎先生 / 余冠英 / 专辑 1958.3.9
悼念郑振铎教授 / 〔波兰〕亚奈士·赫迈莱夫斯基博士 / 专辑 1958.3.9
郑振铎先生撰著编译目录初稿 / 吴晓铃 / 专辑 1958.3.11

《文学研究》 1959年总目录

（括号内分别为年、期、页）

讨 论

关于诗歌形式问题的争论／何其芳／1959.1.1
谈民歌体／徐迟／1959.1.23
诗国上的百花齐放／力扬／1959.1.27
关于新诗的形式问题／冯至／1959.1.34

评 论

是现实主义还是反现实主义？——对冯雪峰的"现实主义"理论的初步批判／巴人／1959.1.39
驳冯雪峰的民族文化论／王子野／1959.1.63
《太阳照在桑干河上》究竟是什么样的作品？／王燎荧／1959.1.67
理想与现实在文学中的辩证结合／胡经之／1959.1.84
农民作者冯金堂的创作／《奔流》编辑部／1959.1.97
资产阶级思想必须改造，可以改造／集思／1959.1.106
评《中国文学发展史》／胡念贻　乔象钟　刘世德　徐子余／1959.1.110

共产主义战士李大钊和他的诗文——《李大钊诗文选集》前言／贾芝／1959.2.1
论鲁迅思想的发展——从鲁迅杂文谈他的思想演变／唐弢／1959.2.17
"五四"文学革命的思想领导／以群／1959.1.28
略叙文学研究会／叶圣陶／1959.2.36
彭斯与民间歌谣——罗伯特·彭斯诞生二百周年纪念／袁可嘉／1959.2.39
再谈诗歌形式问题／何其芳／1959.2.55
五七言和它的三字尾／林庚／1959.2.76

谈诗歌的格律问题／卞之琳／1959.2.79

胡也频的《到莫斯科去》和《光明在我们的前面》／〔苏联〕尼·马特柯夫／1959.2.84

关于《中国文学发展史》的批评／刘大杰／1959.2.93

试论形象思维／李泽厚／1959.2.101

普希金和中国／戈宝权／1959.4.1

阿拉贡的小说《共产党人》／罗大冈／1959.4.17

谈《山乡巨变》及其它／朱寨／1959.4.39

试论《百炼成钢》／王西彦／1959.4.52

现实主义在中国古典文学及理论批评中的发生和发展／罗根泽／1959.4.65

再谈《胡笳十八拍》／刘大杰／1959.4.80

蒙古族民间艺人琶杰及其创作／〔蒙古族〕托门／1959.4.91

关于诗歌格律问题讨论专辑

中国格律诗的传统和现代格律诗的问题／王力／1959.3.1

谈新诗格律／朱光潜／1959.3.13

诗的节奏／罗念生／1959.3.18

论民歌、自由诗和格律诗／周煦良／1959.3.25

从"民歌体"到格律诗／唐弢／1959.3.38

诗歌琐谈／金克木／1959.3.46

对于新诗的一些看法／季羡林／1959.3.53

试谈现代格律诗问题／金戈／1959.3.56

论"自由格律诗"／陈业劭／1959.3.62

现实主义艺术的典型创造——三论现实主义问题／蔡仪／1959.3.72

司汤达的政治观点和《红与黑》／李健吾／1959.3.92

萨克雷《名利场》序／杨绛／1959.3.101

有没有这样的线索和标准？——关于我的《宋元文学史讲义》的批判的答辩／王季思／1959.3.113

辛弃疾词论纲／夏承焘／1959.3.122

庆祝建国十周年特辑

对十年来新中国文学发展的一些理解／毛星／1959.5.1

十年来的古典文学研究和整理工作 / 吴晓铃　胡念贻　曹道衡　邓绍基 / 1959.5.15

十年来的外国文学翻译和研究工作 / 卞之琳　叶水夫　袁可嘉　陈燊 / 1959.5.41

老舍近十年来的话剧创作 / 邓绍基 / 1959.5.78

试谈李季的诗歌创作 / 卓如 / 1959.5.91

现实主义艺术与美感教育作用——四论现实主义问题 / 蔡仪 / 1959.5.107

真实和虚构——关于特写、传记、回忆录等一个基本问题的讨论 / 井岩盾 / 1959.5.126

陈子昂与建安风骨——古代诗歌中的浪漫主义传统 / 林庚 / 1959.5.138

兄弟民族文学研究专号

苗族的文学 / 作协贵阳分会筹委会、贵州省语委会、贵州大学苗族文学史编写组 / 1959.6.1

僮族的近代文学——鸦片战争至太平天国革命时期 / 广西僮族文学史编辑室 / 1959.6.17

傣族古代的几部长篇叙事诗 / 云南省民族民间文学西双版纳调查队 / 1959.6.30

藏族史诗《格萨尔王传》/ 徐国琼 / 1959.6.45

论彝族史诗《梅葛》/ 云南省民族民间文学楚雄调查队 / 1959.6.55

尹湛纳希及其作品 / 额尔敦陶克陶 / 1959.6.71

康朗甩及其创作 / 陈贵培 / 1959.6.82

谈祖农·哈迪尔的创作 / 陈箭　秦弦 / 1959.6.95

试论白族龙的神话的产生及发展 / 郑绍堃 / 1959.6.103

资　料

元曲家考略续篇 / 孙楷第 / 1959.4.108

通　讯

关于形象思维的问题 / 虹夷 / 1959.1.124

关于批评方法答刘大杰先生 / 胡念贻　刘世德　乔象钟　徐子余 / 1959.4.119

学术动态

一九五八年工人文艺创作活动／何达理／1959.1.127
诗歌发展问题的争论／郑青／1959.2.118
革命的现实主义和革命的浪漫主义相结合问题的讨论／于言／1959.2.121
如何评价陶渊明的讨论／文怡／1959.2.125
苏联第三次作家代表大会／沙仁／1959.3.133
本刊召开编委会议／本刊记者／1959.3.138
诗歌格律问题的讨论／本刊记者／1959.5.149
兄弟民族文学的巨大成就／昌仪／1959.6.122

编后记

1959 年第 1 期／1959.1.132
1959 年第 2 期／1959.2.126
1959 年第 3 期／1959.3.91
1959 年第 4 期／1959.4.79
1959 年第 5 期／1959.5.154
1959 年第 6 期／1959.6.116

插　页

"五四"时期重要文艺刊物《小说月报》与《晨报副镌》 彭斯像　彭斯诞生地图片／1959.2

辛弃疾到官帖　元大德三年广信书院刻本稼轩长短句　青年时代的司汤达　萨克雷画象／1959.3

有关普希金和中国的图片四幅　明抄《说集》本《录鬼簿》和明抄本《阳春白雪》二幅／1959.4

毛主席塑像（刘开渠作）　《灵泉洞》插图（古元作）　《王贵与李香香》插图（周令钊作）　《茶馆》插图（叶浅予作）　《暴风骤雨》插图（古元作）／1959.5

傣族叙事诗《召树屯》插图　汉译兄弟民族文学作品的封面　苗族情歌《红丝球挂在芦笙上》插图　蒙古族作家尹湛纳希的《青史演义》手稿／1959.6

《文学评论》 1960 年总目录

（括号内分别为年、期、页）

在毛泽东文艺思想旗帜下不断学习，永远前进 / 唐弢 / 1960.1.1
文学研究工作必须为无产阶级的政治服务 / 刘绶松 / 1960.1.6
党的领导促进了新文学运动的发展 / 以群 / 1960.1.10
社会主义新时代的新国风——读《红旗歌谣》三百首 / 力扬 / 1960.1.20
论"人类本性的人道主义"——批判巴人的《论人情》及其他 / 洁泯
　/ 1960.1.28
为"拍"字进一解 / 郭沫若 / 1960.1.39
对《再谈〈胡笳十八拍〉》的商兑 / 张德均 / 1960.1.44
关于中国文学史上两条道路的斗争 / 冯沅君 / 1960.1.61
试论中国文学史的分期问题 / 曹道衡 / 1960.1.67
契诃夫和中国 / 戈宝权 / 1960.1.77
对《对十年来新中国文学发展的一些理解》一文的意见 / 少知 / 1960.1.89
欢迎读者对我们的批评 / 何其芳 / 1960.1.91
一九五九年全国各高等院校学报文学论文综述 / 本刊编辑部 / 1960.1.100
纪念列宁 / 林陵 / 1960.2.1
国际修正主义文艺思想必须彻底批判 / 叶水夫　钱中文 / 1960.2.8
文艺和政治的关系——批判巴人《文学论稿》中修正主义文艺思想 / 任
　大心　冯南江 / 1960.2.26
世界观和创作的关系——批判巴人《文学论稿》中修正主义文艺思想 / 王
　金陵　水建馥 / 1960.2.34
批判王淑明同志的人性论——[附] 论人情与人性 / 张国民　黄炳
　/ 1960.2.41
文化战线上的战斗红旗——纪念"左联"成立三十周年 / 唐弢 / 1960.2.54
记"左联"的两个刊物 / 楼适夷 / 1960.2.69

"左联"回忆片断 / 郑伯奇 / 1960.2.74

回忆我在"左联"的几件往事 / 艾芜 / 1960.2.77

"左联"杂忆 / 魏金枝 / 1960.2.80

蒋光慈的小说 / 北京大学中文系1956级鲁迅文学社 / 1960.2.83

殷夫的诗 / 北京大学中文系1956级鲁迅文学社 / 1960.2.96

重读毛泽东同志《在延安文艺座谈会上的讲话》 / 王任重 / 1960.3.1

略论巴尔扎克和托尔斯泰创作中的思想表现 / 卞之琳 / 1960.3.4

欧洲十九世纪资产阶级文学中的劳动人民形象 / 杨耀民　干永昌　张羽 / 1960.3.26

人性与文学——批判巴人、王淑明同志的"人性论" / 于海洋　李传龙　柳鸣九　杨汉池 / 1960.3.37

关于人性问题的笔记 / 王淑明 / 1960.3.54

批判李何林同志的"唯真实论" / 樊骏 / 1960.3.60

谈马烽近两年短篇小说的创作特色 / 朱经权 / 1960.3.73

论闻捷的短诗 / 潘旭澜　吴欢章 / 1960.3.82

这样的批评符合事实吗？ / 朱寨 / 1960.3.89

毛泽东文艺思想在日本 / 刘振瀛　卞立强　庞春兰　潘金声 / 1960.3.99

日本无产阶级作家小林多喜二 / 卞立强 / 1960.3.111

陆定一同志代表中共中央和国务院在全国文学艺术工作者第三次代表大会上的祝词 / 1960.4.1

我国社会主义文学艺术的道路——一九六〇年七月二十二日在中国文学艺术工作者第三次代表大会上的报告 / 周扬 / 1960.4.6

正确对待文学遗产，创造新时代的文学——一九六〇年八月二日在中国作家协会第三次理事会扩大会议上的发言 / 何其芳 / 1960.4.32

关于批判和继承欧洲批判的现实主义文学问题——一九六〇年八月一日在中国作家协会第三次理事会扩大会议上的发言 / 冯至 / 1960.4.45

发动群众，大写工厂史、公社史 / 中国作家协会武汉分会 / 1960.4.57

人性论批判 / 蔡仪 / 1960.4.65

人性论的一个"新"标本——评王淑明同志的《关于人性问题的笔记》 / 王燎荧 / 1960.4.84

李何林同志的资产阶级治学态度和治学方法 / 李彗 / 1960.4.99

关于日本反对"日美安全保障条约"的诗歌 / 李芒 / 1960.4.105

认真学习，提高思想——欢庆《毛泽东选集》第四卷出版 / 本刊编辑部 / 1960.5.1

优美的歌剧《刘三姐》/ 何其芳 / 1960.5.6

论刘三姐 / 蔡仪 / 1960.5.14

民间传说刘三姐的新形象 / 贾芝 / 1960.5.21

读《山乡巨变》续篇 / 朱寨 / 1960.5.28

论《雷雨》和《日出》的结构艺术 / 陈瘦竹　沈蔚德 / 1960.5.37

批判人性论者的共鸣说 / 柳鸣九 / 1960.5.51

不许把鲁迅歪曲成资产阶级人道主义作家 / 河北北京师范学院现代文学教研组 / 1960.5.63

托尔斯泰——伟大的批判现实主义作家 / 张羽 / 1960.5.72

欧洲十九世纪资产阶级文学中的个人反抗问题 / 朱于敏 / 1960.5.81

越南文学的发展 / 〔越南〕怀清 / 1960.5.90

赛珍珠——美帝国主义文化侵略的急先锋 / 徐育新 / 1960.5.100

王维的山水诗 / 陈贻焮 / 1960.5.108

曾朴及其《孽海花》/ 〔苏联〕弗·谢曼诺夫 / 1960.5.116

历史长河中的一阵小泡沫——谈所谓"第三条道路"问题，学习《毛泽东选集》第四卷笔记 / 唐弢 / 1960.6.1

理想与预见——学习《毛泽东选集》第四卷得到的一点启示 / 朱寨 / 1960.6.9

托·史·艾略特——美英帝国主义的御用文阀 / 袁可嘉 / 1960.6.14

叛徒法斯特对帝国主义主子的进一步效劳——批判法斯特新著《温斯顿事件》/ 杨宇 / 1960.6.30

关于巴尔扎克的世界观和创作方法问题 / 陈伯海 / 1960.6.36

反对修正主义对托尔斯泰的歪曲 / 钱中文 / 1960.6.46

山水诗与自然美 / 朱光潜 / 1960.6.56

陶渊明的田园诗 / 陆侃如 / 1960.6.64

对陶渊明田园诗的一些理解 / 廖仲安 / 1960.6.71

元曲研究的成就及其存在的问题 / 陈中凡 / 1960.6.79

《甲午海战》与历史剧 / 李健吾 / 1960.6.92

评《甲午海战》兼论历史剧 / 张炯 / 1960.6.102

蒙古族史诗《格斯尔传》简论 / 中国科学院内蒙古分院语言文学研究所 / 1960.6.110

书刊评介

北京大学的《中国文学史》（修订本）／山东大学中文系古典文学教研组
　　讨论　颜学孔执笔／1960.1.116
《鲁迅旧诗笺注》／林辰／1960.1.120
《鲁迅——中国文化革命的巨人》／林志浩／1960.2.108
两本关于茅盾文学道路的著作／樊骏／1960.2.112
一九五七年出版的几本文艺理论教科书／马文兵／1960.3.121
《中国小说史稿》／陆树仑　徐培均　盛钟健　李振杰　姚国华
　　／1960.4.115
《中国现代文艺思想斗争史》／文效东／1960.5.122
《白族文学史》（初稿）／云文／1960.6.118
《中国近代文学史稿》／王双启／1960.6.122

读者·作者·编者

反对坏文风，提倡好文风／王宜／1960.1.125
关于陈子昂的时代及古代诗歌的浪漫主义特征问题的通信／梁超然　林庚
　　／1960.2.117
读《真实和虚伪》后的几点意见／蒋成瑀／1960.3.130

简　讯

北京大学中文系55级的科学研究近况／孙庆昇／1960.1.5
内蒙古自治区文学研究近讯／齐木道吉／1960.1.38
山东大学中文系师生编写《中国大文学史》／袁世硕　颜学孔／1960.1.126
南京大学中文系师生努力学习毛泽东文艺思想／包忠文　周勋初　潘容
　　／1960.2.7
中山大学中文系完成第一阶段科研任务／吴文辉／1960.2.25
云南大学中文系科研工作／文勋／1960.2.73
四川大学中文系科研近况／唐正序／1960.2.73
南开大学中文系向"五一"献礼的十个科研项目／昌／1960.2.107
上海各大学中文系科学研究简况／张玺／1960.3.25
中山大学中文系整理《车王府曲本》／康／1960.3.72

学习毛泽东文艺思想，北京市文联召开座谈会 / 千 / 1960. 3. 110

来稿综述

对王淑明同志的《关于人性问题的笔记》的批评 / 1960. 5. 126

编后记

1960 年第 1 期 / 1960. 1. 59
1960 年第 2 期 / 1960. 2. 120
1960 年第 3 期 / 1960. 3. 59
1960 年第 4 期 / 1960. 4. 114
1960 年第 5 期 / 1960. 3. 128
1960 年第 6 期 / 1960. 3. 126

插　页

《红旗歌谣》插图：江上渔船穿梭忙（米谷）　新媳妇走娘家（力群）
　契诃夫像　契诃夫小说中译本《黑衣教士》/ 1960. 1
列宁像〔苏〕Л. 华西里耶夫作　列宁和高尔基在意大利喀普里岛上和
　渔民们谈话〔苏〕M. 波略科夫作　中国左翼作家联盟机关刊物
　/ 1960. 2
日译本《毛泽东选集》　日译毛泽东同志著作的几种单行本　小林多喜二
　像及鲁迅的唁电　《蟹工船》的原稿 / 1960. 3

《文学评论》 1961年总目录

（括号内分别为年、期、页）

关于文学上的共鸣问题和山水诗问题的讨论

谈谈文学上的共鸣现象——并与柳鸣九同志商榷 / 闵开德 / 1961.1.2
对共鸣问题的几点意见 / 冯植生 / 1961.1.11
关于山水诗画的点滴感想 / 宗白华 / 1961.1.16
山水诗景物画的阶级性 / 李正平 / 1961.1.18
文学的共鸣现象及其发生的原因 / 文礼平 / 1961.2.1
文学上共鸣的基础是什么 / 洁泯 / 1961.2.10
如何认识共鸣现象 / 张振宁 / 1961.2.19
山水诗的阶级性问题 / 叶秀山 / 1961.2.22
也谈山水诗的形成与发展 / 曹道衡 / 1961.2.26
谈谈有关山水诗阶级性的几个问题 / 洪毅然 / 1961.2.34
山水诗是怎样产生的 / 林庚 / 1961.3.92
关于山水诗的阶级性 / 罗方 / 1961.3.102
怎样理解共鸣中的"同样的思想情绪" / 朱虹 / 1961.3.112
关于文学上的共鸣问题和山水诗问题（来稿综述）/ 编者 / 1961.3.135
为"共鸣"而争鸣 / 陈燊 / 1961.4.85
也谈山水诗的产生问题 / 袁行霈 / 1961.4.100
有没有不带阶级性的山水诗？ / 孙子威 / 1961.4.106
关于文学上的共鸣问题和山水诗问题的讨论 / 本刊编辑部 / 1961.6.58
再论共鸣现象的实质及其原因——关于共鸣问题的答复 / 柳鸣九 / 1961.6.67

纪念鲁迅先生诞生八十周年

论鲁迅的美学思想 / 唐弢 / 1961.5.1

鲁迅杂文的艺术特色 / 刘绶松 / 1961.5.22

谈朱老忠 / 冯健男 / 1961.1.22
革命英雄典型的巡礼 / 李希凡 / 1961.1.30
表现革命领袖形象的可贵成就——谈阎长林的《记毛主席在陕北战争中》
　 / 吴子敏 / 1961.1.45
关于编写中国现代文学史教材的几点看法 / 樊骏 / 1961.1.55
伟大的乌克兰人民诗人谢甫琴柯——纪念谢甫琴柯逝世一百周年 / 戈宝权
　 / 1961.1.68
战斗的非洲革命诗歌 / 柳鸣九　赵木凡 / 1961.1.86
辨旧说周邦彦《兰陵王》词的一些曲解 / 平伯 / 1961.1.99
陆机《文赋》二例 / 陆侃如 / 1961.1.103
《孔雀东南飞》疑义相与析 / 傅庚生 / 1961.1.107
学习毛泽东文艺思想的一些体会 / 刘勇 / 1961.2.41
毛主席著作是个宝 / 李茂荣 / 1961.2.49
论戏剧冲突 / 张葆莘 / 1961.2.54
谈黄声孝的快板诗 / 华中师范学院现代文学评论组 / 1961.2.66
李清照词的社会意义和艺术价值 / 郭预衡 / 1961.2.74
试谈萧统的文学批评 / 李嘉言 / 1961.2.81
关于《孔雀东南飞》疑义 / 余冠英 / 1961.2.84
毛泽东文艺思想是中国革命文艺运动的指南——庆祝中国共产党成立四十
　 周年，为越南《文学研究》特刊作 / 何其芳 / 1961.3.1
学习毛主席诗词的一些体会 / 王振铎 / 1961.3.29
情节·结构——习剧笔记一则 / 胡可 / 1961.3.41
论历史剧 / 吴晗 / 1961.3.50
谈《乘风破浪》中宋紫峰的形象及其他 / 朱寨 / 1961.3.55
谈《创业史》中梁三老汉的形象 / 严家炎 / 1961.3.63
编写少数民族文学史的几个问题 / 刘澍德 / 1961.3.70
《苗族文学史》的作品年代判断和文学史分期问题 / 贵州省民间文学工
　 作组 / 1961.3.78
《广西僮族文学》编写中一些问题的探讨 / 广西师范学院中文系《广西僮
　 族文学》编写小组 / 1961.3.85

高尔基与中国革命斗争——纪念高尔基逝世二十五周年 ／ 戈宝权 ／ 1961.3.119
李清照词的艺术特色 ／ 夏承焘 ／ 1961.4.1
论陆机《文赋》中之所谓"意" ／ 郭绍虞 ／ 1961.4.8
小林多喜二的生平和业绩（特约稿）／〔日〕江口涣 ／ 1961.4.15
巴尔扎克是一个什么样的正统派？——读书笔记 ／ 李健吾 ／ 1961.4.26
谈各民族民间文学搜集整理问题 ／ 贾芝 ／ 1961.4.37
关于《蒙古族文学史》编写中的几个问题 ／ 额尔敦陶克陶 ／ 1961.4.65
从闻一多的《死水》谈到新格律诗问题 ／ 董楚平 ／ 1961.4.74
关于历史和历史剧——从《卧薪尝胆》的许多不同剧本说起 ／ 茅盾 ／ 1961.5.37
少数民族文学史编写中的问题——一九六一年四月十七日在中国科学院文学研究所召开的少数民族文学史讨论会上的发言 ／ 何其芳 ／ 1961.5.66
毛主席诗词的艺术感染力 ／ 力扬 ／ 1961.5.88
西谛所藏善本戏曲题识 ／ 郑振铎遗作 ／ 1961.5.96
西谛题跋 ／ 郑振铎遗作 ／ 1961.5.102
《琵琶记》的艺术动人力量 ／ 王季思 ／ 1961.5.108
"黑暗大陆"的黎明——评介非洲反殖民主义小说 ／ 董衡巽 ／ 1961.5.116
关于历史和历史剧（续完）——从《卧薪尝胆》的许多不同剧本说起 ／ 茅盾 ／ 1961.6.1
关于谢翱的诗歌——夜读札记 ／ 张白山 ／ 1961.6.84
试论拜伦的忧郁 ／ 杨德华 ／ 1961.6.92

资　料

元曲家考略续编 ／ 孙楷第 ／ 1961.2.89
小说旁证三则 ／ 孙楷第 ／ 1961.4.113
小说旁证四则 ／ 孙楷第 ／ 1961.5.123
小说旁证二则 ／ 孙楷第 ／ 1961.6.112

书　评

略谈《中国古典文学理论批评丛书》和《后记》中的一些问题 ／ 范宁 ／ 1961.2.92

动　态

山水诗的讨论 / 本刊记者 / 1961.1.111
越南将召开第三次全国文代大会 / 翔 / 1961.6.83
蒙古纪念达·那楚克道尔吉诞生五十五周年 / 仁钦 / 1961.6.91

读者·作者·编者

关于《高尔基与中国革命斗争》一文的几处改正 / 戈宝权 / 1961.5.130

补　白

苏联学者关于奥涅金是否系"多余人"的讨论 / 1961.2.25
苏联科学院两大文学研究所今年的研究工作 / 1961.2.65
北京大学、云南大学、华东师范大学讨论文学上的共鸣问题 / 1961.3.54
《北京日报》讨论《林海雪原》/ 1961.3.141
华中师范学院等六个高等院校讨论山水诗问题 / 文雪 / 1961.4.7
略谈《孔雀东南飞》/ 平伯 / 1961.4.118
读卜冬《王之涣的〈凉州词〉》/ 王汝弼 / 1961.5.132

编后记

1961 年第 1 期 / 1961.1.113
1961 年第 2 期 / 1961.2.91
1961 年第 3 期 / 1961.3.142
1961 年第 5 期 / 1961.5.101

插　页

塔·格·谢甫琴柯自画像　谢甫琴柯所作《浪子》组画二幅 / 1961.1
一九四三年十月十九日延安《解放日报》上发表的《在延安文艺座谈会上的讲话》/ 1961.3
毛主席诗词的俄、英、法、德、意、波兰、罗马尼亚等文译本 / 1961.3
鲁迅手稿：《我的失恋》《汉文学史纲要》《立此存照》致韦漱园信 / 1961.5

《文学评论》1962年总目录

(括号内分别为年、期、页)

释"风骨" / 廖仲安　刘国盈 / 1962.1.1
通感 / 钱锺书 / 1962.1.13
词论十评 / 夏承焘 / 1962.1.18
跋洪升《枫江渔父图题词》 / 游国恩 / 1962.1.26
略论唐克新短篇创作的特色 / 晓立 / 1962.1.30
《雷雨》人物谈 / 钱谷融 / 1962.1.40
论《狂人日记》 / 卜林扉 / 1962.1.55
论拜伦与雪莱的创作中现实主义与浪漫主义相结合的问题 / 范存忠 / 1962.1.66
略论欧洲十九世纪资产阶级进步文学中个人反抗的几个问题——从朱于敏同志提出的问题谈起 / 王向峰 / 1962.1.85
形象、感受和批评（札记）/ 毛星 / 1962.1.99
钟嵘的诗歌评论 / 牟世金 / 1962.2.1
《文心雕龙》术语用法举例——书《释"风骨"》后 / 陆侃如 / 1962.2.17
论《长生殿》/ 许可 / 1962.2.26
桐城派古文与时文的关系问题——梦苕庵读书札记 / 钱仲联 / 1962.2.39
裴多菲的诗歌创作 / 兴万生 / 1962.2.43
"新批评派"述评 / 袁可嘉 / 1962.2.63
谈杨朔的几篇散文 / 洁泯 / 1962.2.82
柯尔克孜族民间英雄史诗《玛纳斯》/ 刘发俊　太白　刘前斌 / 1962.2.95
别裁伪体，转益多师——纪念杜甫诞生一二五〇周年 / 萧涤非　廖仲安 / 1962.3.82
论杜甫入蜀以后的绝句 / 夏承焘 / 1962.3.94
黎明时刻的一首悲壮史诗——评《红岩》/ 罗荪　晓立 / 1962.3.99

跋《李慧娘》／孟超／1962.3.110
狄更斯与美国问题／范存忠／1962.3.116
诗史浅论／冯至／1962.4.1
试论杜甫律诗的格律／陆志韦／1962.4.13
杜集叙录／万曼／1962.4.36
汤显祖《牡丹亭》简论／陈中凡／1962.4.56
关于《老残游记》——《晚清小说史》改稿的一节／阿英／1962.4.71
说说《语丝》／川岛／1962.4.77
弗朗梭娃丝·萨岗和最近法国资产阶级文学／罗大冈／1962.4.83
冈察洛夫和中国／戈宝权／1962.4.98
关于历史剧问题的争论／朱寨／1962.5.1
试论近年间的短篇小说——在河北省短篇小说座谈会上的发言／康濯／1962.5.12
谈刘真的短篇小说——作品与作家之一／艾芜／1962.5.30
蒋光赤论／范伯群　曾华鹏／1962.5.42
读《拉奥孔》／钱锺书／1962.5.59
亚理斯多德的《诗学》／罗念生／1962.5.68
《唐宋词选》前言／俞平伯／1962.5.78
初读《中国文学史》／廖仲安　施于力　沈天佑　邓魁英／1962.5.89
文学史工作中的三个问题——从文学研究所《中国文学史》想起／陆侃如／1962.5.103
文学艺术中的典型人物问题／蔡仪／1962.6.1
狄更斯的创作历程与思想特征／杨耀民／1962.6.19
海明威浅论／董衡巽／1962.6.48
拉法格的文学批评——读《拉法格文学论文选》／柳鸣九／1962.6.65
论"风骨"——兼与廖仲安、刘国盈二同志商榷／寇效信／1962.6.81
谈李商隐的咏史诗和咏物诗／陈贻焮／1962.6.97
艺术是克服困难——读《红楼梦》管窥／杨绛／1962.6.110
鲁迅辑录《古小说钩沈》的成就及其特色／林辰／1962.6.116
毛主席《沁园春·长沙》结句试解／邵燕祥／1962.6.125

纪念《在延安文艺座谈会上的讲话》发表二十周年

战斗的胜利的二十年／何其芳／1962.3.1
论作家与群众结合／唐弢／1962.3.29
《在延安文艺座谈会上的讲话》的历史背景问题／王燎荧／1962.3.57
《赶车传》下卷后记——学习毛主席文艺思想札记／田间／1962.3.77

书　评

简评《诗品注》／陈建根／1962.1.111

资　料

小说旁证二则／孙楷第／1962.1.115
小说旁证五则／孙楷第／1962.2.100

读者·作者·编者

读《〈雷雨〉人物谈》——和钱谷融同志商榷／胡炳光／1962.6.128

动　态

罗马尼亚举行作家全国会议／多瑙／1962.2.25
关于学习古典诗歌的讨论／杜怀／1962.2.108
我国报刊上纪念《在延安文艺座谈会上的讲话》发表二十周年的概况／钟文／1962.4.111

编后记

1962年第1期／1962.1.98

补　白

关于瞿秋白的名字／李百／1962.3.109

插　页

拜伦像　雪莱像／1962.1
洪升《长生殿·密誓》　钟嵘《诗品》　裴多菲画像　裴多菲长诗《使

徒》插图／1962.2

杨家岭中央大礼堂　秧歌剧《兄妹开荒》　狄更斯画像　狄更斯：《马丁·朱述尔维特》插图／1962.3

杜甫像　宋椠分门集注杜工部诗二十五卷本　杜甫诗的几种外文译本／1962.4

拉法格像　狄更斯和他作品中的人物　《唐三家集·李商隐诗集七卷》《李义山集三卷》／1962.6

《文学评论》 1963 年总目录

(括号内分别为年、期、页)

关于题材 / 唐弢 / 1963.1.1
从《出山》的评论谈起 / 赵天 / 1963.1.9
关于改"诗"问题——讨论《诗经》文字曾否经过修改的一封信 / 余冠英 / 1963.1.18
《文心雕龙》评论作家的几个特点 / 郭预衡 / 1963.1.28
历史剧问题的再商榷——答朱寨同志 / 李希凡 / 1963.1.44
罗曼·罗兰在创作《约翰·克利斯朵夫》时期的思想情况 / 罗大冈 / 1963.1.64
欧洲文学史研究工作中的一些问题 / 杨周翰 / 1963.1.98
纪念高尔基 / 叶水夫 / 1963.2.1
"让暴风雨来得厉害些吧！"——高尔基早期革命浪漫主义作品试论 / 李辉凡 / 1963.2.8
论茅盾的《蚀》和《虹》——《茅盾文集》读后之一 / 刘绶松 / 1963.2.23
戏剧的特征 / 李健吾 / 1963.2.42
再谈关于历史剧问题的争论——兼答李希凡同志 / 朱寨 / 1963.2.53
陆游的词 / 夏承焘 / 1963.2.70
略述一九六二年的古典文学研究和整理工作 / 胡念贻 / 1963.2.77
在舞台和银幕上反映当代火热斗争 / 陈默 / 1963.3.1
关于梁生宝形象 / 严家炎 / 1963.3.13
评《冬日草》和《平明小札》 / 井岩盾 / 1963.3.23
关于加强文艺批评的战斗性 / 姚文元 / 1963.3.30
怎样探索汤显祖的曲意——和侯外庐同志论《牡丹亭》 / 王季思 / 1963.3.40
从巴金的《家》到曹禺的《家》 / 王正 / 1963.3.49

略论美英"现代派"诗歌 / 袁可嘉 / 1963.3.64
《归家》的思想倾向和艺术倾向 / 樊骏　吴子敏 / 1963.4.1
《红楼梦》中关于"十二钗"的描写 / 俞平伯 / 1963.4.19
关于《文赋》的评价 / 郭绍虞 / 1963.4.57
蒲风的诗——《蒲风诗选》序言 / 臧克家 / 1963.4.71
沃罗夫斯基的文艺观点——纪念他的逝世四十周年 / 陈燊 / 1963.4.77
略述关于典型人物的几个问题 / 韦呐 / 1963.4.98
关于正面人物的塑造和评价问题 / 周宇 / 1963.5.1
越南人民的爱国大诗人阮庭炤 / 〔越南〕邓台梅 / 1963.5.15
论萨克雷创作——纪念萨克雷逝世一百周年 / 朱虹 / 1963.5.22
鲁迅小说的人物创造——学习鲁迅短篇小说札记 / 卜林扉 / 1963.5.50
对狂人形象的一点认识 / 张恩和 / 1963.5.64
时代革命精神的光辉——读《红岩》/ 朱寨 / 1963.6.64
《威尼斯商人》——冲突和解决 / 吴兴华 / 1963.6.78
读近年来出版的文学古籍和古典文学选本的"前言"、"后记" / 胡念贻 / 1963.6.114

纪念曹雪芹逝世二百周年

曹雪芹的贡献 / 何其芳 / 1963.6.1
《红楼梦》的爱情描写的时代意义及其局限 / 蒋和森 / 1963.6.20
《红楼梦》的主题 / 刘世德　邓绍基 / 1963.6.45

资　料

元曲家考略续编 / 孙楷第 / 1963.2.87
我国革命儿童文学发展述略（一九二一——一九三七）/ 胡从经 / 1963.2.89
鲁迅最早的两篇译文——《哀尘》、《造人术》/ 1963.3.86
关于《哀尘》、《造人术》的说明 / 熊融 / 1963.3.90
西方关于汉姆雷特典型的一些评论 / 朱虹 / 1963.4.111
元曲家考略续编 / 孙楷第 / 1963.5.72
《觉悟》、《学灯》、《晨报副刊》和《京报副刊》的终刊日期 / 许志英 / 1963.5.78

学术通信

隋代文学是北朝文学的尾声,还是唐代文学的先驱?/ 汪之明　余冠英 / 1963.1.105

巴尔扎克在他的《农民》里,是像他所说的那样公正吗?/ 刘之新　李健吾 / 1963.4.125

书　评

《聊斋志异》会校会注会评本 / 刘世德 / 1963.1.108
《李清照集》/ 黄载君 / 1963.2.96
《艺海拾贝》/ 穆维 / 1963.2.101
《插曲》/ 高骏千 / 1963.3.95
《艺术哲学》/ 柳鸣九 / 1963.5.83
《民间文学散论》/ 茹维廉 / 1963.6.129

来稿综述

对《从〈出山〉的评论谈起》一文的不同意见 / 本刊记者 / 1963.3.100

读者·作者·编者

"没有虚构就没有艺术"不是"臆造"的规律 / 吴泰昌 / 1963.1.114
关于"狂人"的原型 / 阎焕东 / 1963.2.105
读《〈雷雨〉人物谈》后的异议——与钱谷融同志商榷 / 王永敬 / 1963.3.103
关于鲁迅最早的两篇译文——《哀尘》、《造人术》/ 戈宝权 / 1963.4.133
引文不能削足适履——关于高尔基的两段引文与钱谷融先生商榷 / 楼昔勇 / 1963.5.95
《关于〈文赋〉的评价》通信 / 马南屏　孔金林　郭绍虞 / 1963.6.133

编后记

1963 年第 1 期 / 1963.1.117
1963 年第 5 期 / 1963.5.49

补 白

《新疆文学》讨论《司机的妻子》/ 日莲 / 1963.1.116

插 页

高尔基像（木刻）　《鹰之歌》插图　元人达摩像 / 1963.2
《潇洒清韵》　《鸳鸯抗婚》　《怡红夜宴图》/ 1963.6

《文学评论》 1964 年总目录

（括号内分别为年、期、页）

学习毛主席诗词 / 曹道衡　王水照 / 1964.1.2
谈话剧《李双双》 / 路坎 / 1964.1.11
论《伤逝》 / 于维洛 / 1964.1.21
论冰心的创作 / 范伯群　曾华鹏 / 1964.1.41
黄庭坚的诗论 / 刘大杰 / 1964.1.64
略谈唐诗的语言 / 林庚 / 1964.1.73
清代公案小说的思想倾向——以《施公案》、《彭公案》和《三侠五义》
　为例兼论"清官"和"侠义"的实质 / 刘世德　邓绍基 / 1964.2.41
周炳形象及其它——关于《三家巷》和《苦斗》的评价问题 / 蔡葵
　/ 1964.2.61
话剧的新收获——《千万不要忘记》观后感 / 曹禺 / 1964.3.1
社会主义的话剧——学习札记 / 李健吾 / 1964.3.16
谈梁生宝形象的创造 / 吴中杰　高云 / 1964.3.43
梁生宝形象的性格内容与艺术表现——与严家炎同志商榷 / 张钟 / 1964.3.53
堂吉诃德和《堂吉诃德》 / 杨绛 / 1964.3.63
对阿 Q 典型研究中一些问题的看法 / 王元骧 / 1964.3.85
京剧现代戏观摩演出的重大成就 / 路坎 / 1964.4.1
描写英雄人物的报告文学 / 黎之 / 1964.4.6
梁生宝形象和新英雄人物创造问题 / 严家炎 / 1964.4.16
关于周炳形象的评价问题——与蔡葵同志商榷 / 缪俊杰　卢祖品　周修强
　/ 1964.4.37
莎士比亚戏剧创作的发展 / 卞之琳 / 1964.4.52
评《〈红楼梦〉中关于"十二钗"的描写》 / 周琪 / 1964.4.80
论杜甫诗歌的现实主义 / 力扬遗作 / 1964.4.91

"写中间人物"的资产阶级文学主张必须批判 / 张羽　李辉凡 / 1964.5.1
《三家巷》和《苦斗》的错误思想倾向——兼与缪俊杰、卢祖品、周修强
　　三同志商榷 / 陆一帆 / 1964.5.13
人性论思想不容辩护——同《北国江南》的一些辩护者们辩论 / 赵雨萌
　　/ 1964.5.24
谈李准的小说 / 潘旭澜 / 1964.5.31
谈解放后采录少数民族口头文学的工作 / 贾芝 / 1964.5.43
怎样看待《一捧雪》/ 冯沅君 / 1964.5.61
从对梁三老汉的评价看"写中间人物"主张的实质 / 朱寨 / 1964.6.1
《李慧娘》——一株毒草 / 邓绍基 / 1964.6.10
时代向哪里去？——评周谷城反动的时代精神观 / 李醒尘 / 1964.6.21
评周谷城的时代精神"汇合论"和他的反社会主义的文艺路线 / 季星
　　/ 1964.6.32
《早春二月》的辩护者们背离了无产阶级的立场观点 / 蒋守谦　郑择魁
　　/ 1964.6.44
"无边的现实主义"还是无耻的"现实主义"——评加罗迪近著《无边的
　　现实主义》/ 罗大冈 / 1964.6.58
越南古典文学中最伟大的诗人——阮攸 / 〔越南〕阮文环 / 1964.6.72
关于《孽海花》的评价问题 / 葛杰 / 1964.5.84

纪念莎士比亚诞生四百周年

英国诗剧与莎士比亚 / 王佐良 / 1964.2.1
谈莎士比亚的诗 / 杨周翰 / 1964.2.26

随　笔

对典型问题讨论的一点感想 / 于萌 / 1964.4.115
外国文学研究工作需要联系现实斗争 / 何映 / 1964.4.118

资　料

关于《搜神记》/ 范宁 / 1964.1.86
夏衍的杂文集 / 瞿光熙 / 1964.3.114
欧仁·苏和他的《巴黎的秘密》/ 程代熙 / 1964.5.74

书评・新书新作品评介

《近代诗选》／廖仲安／1964.2.76
《欧洲文学史》（上册）／孙遵斯／1964.2.82
《红心壮志》／朱寨／1964.3.105
《向昆仑》／井岩盾／1964.3.108
《倾吐不尽的感情》／林文／1964.3.109
《花儿》／贺川／1964.3.111
《山高水远》／陈翔鹤／1964.4.121
《论崔莺莺》／南薰／1964.4.125
《幸福的旅程》／江岑／1964.4.128
《南柳春光》／飞舟／1964.4.131
《一代新风》／卜林扉／1964.5.85
《仇恨的火花》／林易／1964.5.87
《前辈》／阎焕东／1964.5.90
《南方来信》第二集／叶廷芳／1964.6.97
《"四好连队、五好战士、新人新事"征文》／学连／1964.6.100
《前驱》／郭志今／1964.6.103

来稿综述

关于《三家巷》《苦斗》的评价问题／本刊编辑部整理／1964.6.107

通　信

关于曹雪芹的民主主义思想问题／陈鼐　何其芳／1964.2.72
关于生活与艺术的关系问题／夏放／1964.3.117
读《〈威尼斯商人〉——冲突和解决》后的几点意见／赵守垠　龙文佩／1964.4.134
怎样看待文化遗产中的消极影响／张系朗　蒋和森／1964.5.93

动　态

对《关于梁生宝形象》一文的意见／朝耘／1964.2.89

补　白

关于《什么是"健康"与"尊严"?》／瞿光熙／1964.2.40

插　页

威廉·莎士比亚塑像　第一个由莎士比亚具名出版的剧本　一六一一年上演《暴风雨》的海报／1964.2

编后记

1964年第2期／1964.2.96
1964年第3期／1964.3.104
1964年第4期／1964.4.90
1964年第5期／1964.5.99
1964年第6期／1964.6.43

《文学评论》1965年总目录

（括号内分别为年、期、页）

谈《赤道战鼓》的创作 / 陈斐琴 / 1965.1.1
战士戏剧的思想和艺术 / 张立云 / 1965.1.8
银幕上的雷锋形象——电影《雷锋》学习札记 / 肖泉 / 1965.1.18
一篇有害的小说——《陶渊明写挽歌》/ 余冠英 / 1965.1.23
宣扬封建士大夫思想的小说《广陵散》/ 乔象钟 / 1965.1.28
歌唱共产党，歌唱毛主席——读《全国少数民族群众业余艺术观摩演出新
　　民歌选》/ 卜林扉 / 1965.1.48
英雄的越南人民必胜——推荐《奠边府战役回忆录》/ 闻起 / 1965.2.1
《代代红》札记 / 刘厚生 / 1965.2.6
谈《战洪图》的创作 / 卜林扉 / 1965.2.14
创造光辉灿烂的新英雄形象——驳邵荃麟同志的"写中间人物"理论 /
　　贾文昭 / 1965.2.21
谈胡万春近年来小说中的工人形象 / 杨占陞　张恩和 / 1965.2.31
胡万春创作的思想特色 / 方胜 / 1965.2.37
阿拉贡的小说《受难周》——现代修正主义文学产物之一例 / 罗大冈
　　/ 1965.2.42
也论《长生殿》/ 吴庚舜　孙辛禹 / 1965.2.55
反对美化资产阶级，反对阶级调和论——评影片《林家铺子》/ 杨耀民
　　/ 1965.3.1
《上海屋檐下》是反时代精神的作品 / 卓如 / 1965.3.7
"现实主义深化"论批判 / 李辉凡 / 1965.3.16
在戏剧舞台上塑造工农兵英雄形象——学习华北区话剧歌剧观摩演出会的
　　新成就 / 叶林 / 1965.3.24
群众生活的艺术花朵——华北区话剧歌剧观摩演出会业余作者剧目观后 /

李叔华　夏蕾 / 1965.3.32

英雄越南人民的战歌——介绍几个反映越南人民反美爱国斗争的戏剧 /
颜振奋 / 1965.3.39

阿尔巴尼亚四诗人 / 臧克家 / 1965.3.45

读者谈《风雷》——北京市三个图书馆的读者座谈会综述 / 本刊记者
/ 1965.4.1

评《风雷》/ 吴子敏　蔡葵 / 1965.4.5

试谈《艳阳天》的思想艺术特色 / 范之麟 / 1965.4.16

我们对《香飘四季》的看法 / 杭志忠　沈原梓 / 1965.4.24

美化和歌颂资产阶级的影片《不夜城》/ 闻起 / 1965.4.31

不许给资本家涂脂抹粉——批判电影《不夜城》/ 崔加瑞 / 1965.4.39

怎样看待《窦娥冤》及其改编本 / 冯沅君 / 1965.4.42

时代需要这样"开顶风船的角色" / 陆荣椿 / 1965.5.1

向新的"大关"突进——谈林雨的短篇小说 / 韩瑞亭 / 1965.5.7

军营生活的号音——谈张勤的短篇创作 / 陆贵山 / 1965.5.13

"风景这边独好"——谈《英雄工兵》/ 李健吾 / 1965.5.18

动人的小戏《游乡》/ 刘有宽 / 1965.5.21

一出精彩的小喜剧——《打铜锣》/ 立世 / 1965.5.24

在"真实"的幌子下——从几部描写苏联卫国战争的小说看现代修正主义
文学对革命传统的背叛 / 叶水夫 / 1965.5.26

战斗的美国黑人文学 / 施咸荣 / 1965.5.44

关于《窦娥冤》的评价问题 / 陈毓罴 / 1965.5.49

在劳动和斗争中成长的文学新人 / 冯牧 / 1965.6.1

《风雷》人物谈——略论祝永康与熊彬的形象 / 沙德安 / 1965.6.6

《风雷》是一部值得肯定的作品 / 丛者甲 / 1965.6.14

熊彬是个成功的形象——兼与吴子敏、蔡葵商榷 / 叶伯泉 / 1965.6.21

《风雷》有那样好吗？——读《评〈风雷〉》有感 / 桑雁　吴绣剑 / 1965.6.27

越南杰出的诗人阮攸和他的《金云翘传》/ 刘世德　李修章 / 1965.6.35

正确评价欧洲十九世纪资产阶级文学中的个人反抗形象 / 柳鸣九 / 1965.6.44

谈《三国演义》中的关羽 / 袁世硕 / 1965.6.55

读者论坛

《文学评论》的问题在哪里？/ 张中 / 1965.1.35
对《文学评论》的意见和希望 / 王璇晖　李烈先 / 1965.1.39
《文学评论》应该按照党的原则正确地贯彻百花齐放、百家争鸣的方针 /
　　宋彬玉 / 1965.1.42
《文学评论》错误一例 / 钱光培 / 1965.1.44
读《大写社会主义新英雄》征文随感 / 彭建群 / 1965.2.64
我们喜欢这样的新故事 / 程满麟 / 1965.2.65
如何对待别人的意见——电影《带兵的人》观后感 / 李喜迎 / 1965.2.67
要用文艺武器揭露资产阶级的罪恶——读《一张工票》后的感想 / 孙花
　　/ 1965.3.67
要"一分为二"地分析评价杜甫的优秀诗篇 / 芦荻 / 1965.3.69
文学欣赏不能脱离阶级观点 / 杨仁敬 / 1965.3.72
人民战争的伟大胜利 / 刘仲德 / 1965.4.68
运用"一分为二"的方法分析古代作品的精华与糟粕不能不分主次 / 鲁白
　　/ 1965.4.70
让教育革命之花遍地开放 / 彭子芹 / 1965.4.72
培养健康的艺术趣味 / 方仁念 / 1965.5.68
必须正确评价古代作家和作品 / 乔喜森　段国增 / 1965.5.71
欢迎《萌芽丛书》/ 成志伟 / 1965.5.73
文风小议 / 姚琴 / 1965.6.62
需要什么样的提高 / 张绪伟　石有斐　厉国轩 / 1965.6.63

新书新作品评介

喜读《燎原烈火》/ 马白 / 1965.1.54
阶级深仇永不忘——读《深仇录》/ 郑择魁 / 1965.1.57
欢迎《新人小说选》/ 江岑 / 1965.1.59
发扬彻底革命、不断革命的精神——读《连队故事会》/ 蒋守谦 / 1965.1.63
在毛泽东思想的哺育下——介绍几篇报告文学 / 叶晨 / 1965.1.66
英勇不屈，坚决斗争——读《战斗的越南南方青年》/ 任仲 / 1965.1.69
一本值得欢迎的新故事集——评《劳模嫁女》/ 紫晨 / 1965.2.70

三面红旗画得美——读《公社铺云我下雨》/ 段宝林 / 1965.2.73
《拉扎尔·西理奇诗集》/ 于道 / 1965.2.76
战号和凯歌——《英雄的天空和海洋》读后 / 刘岚山 / 1965.3.52
铁路工人的赞歌——读《骏马飞驰》/ 成志伟 / 1965.3.55
喜读《昆仑行》/ 白崇义 / 1965.3.58
简介《水下阳光》/ 于萌 / 1965.3.61
为少年英雄立传——简评《刘文学》/ 胡从经 / 1965.3.64
革命的人民　革命的英雄主义——读越南报告文学集《把仇恨集中在枪口上》/ 洁泯 / 1965.4.51
学习阮文追，要"像他那样生活"——读《像他那样生活》/ 江劲 / 1965.4.54
武装斗争的生动图画——读《江海奔腾》（第一部）/ 马白 / 1965.4.56
向困难进军的年青人——读《边疆晓歌》/ 舒灵 / 1965.4.59
一本有特色的新诗选集——读《朗诵诗选》/ 谢冕 / 1965.4.62
"文明"，还是罪恶？——读《文明地狱》/ 张家钧 / 1965.4.65
漫评《破晓记》/ 王燎荧 / 1965.5.57
农民作者写的好长篇——谈《绿竹村风云》第一部 / 阎纲 / 1965.5.60
喜读《萌芽诗选》/ 宋垒 / 1965.5.63
读《在广阔的天地里》/ 李邦媛 / 1965.5.65
新的起点——《走窑人的歌》读后 / 林明 / 1965.6.66
谈小说《古城春色》/ 王速 / 1965.6.70

通　信

关于《一捧雪》的题材 / 刘致中　冯沅君 / 1965.3.75
读文学作品只是为了消遣吗？/ 肖正熙　江岑 / 1965.4.75
对于《莎士比亚戏剧创作的发展》一文的意见 / 张永忠 / 1965.5.76

综　述

一九六四年中国古典文学研究中几个主要问题的综述 / 若松 / 1965.1.73

简　讯

阿尔巴尼亚评介我国的革命戏剧舞蹈 / 高娜娜 / 1965.2.30

朝鲜文艺界掀起创作革命文学的新高潮／冯剑秋／1965.2.54
越南文艺工作者奔赴反美斗争第一线／翔／1965.3.38
素友同越南文艺工作者的一次谈话／翔／1965.3.74
《萌芽丛书》出版／丛光／1965.4.38

编后记

1965年第6期／1965.6.74

《文学评论》1966年总目录

(括号内分别为年、期、页)

评《谢瑶环》/ 何其芳 / 1966.1.1
《海瑞罢官》和吴晗同志的唯心史观 / 王春元　涂武生 / 1966.1.24
安徽寿县九里公社社员阅读和评论文学作品情况的调查 / 中国科学院文学
　　研究所安徽寿县九里公社劳动实习队 / 1966.1.36
英雄形象鼓舞和教育着我们 / 北京通县徐辛庄公社小营大队读书小组
　　/ 1966.1.44
我们喜欢这样的诗 / 湖南新化游家公社社员　杨善书 / 1966.1.46
英雄的时代，时代的英雄——《欧阳海之歌》的创作成就 / 张立云 / 1966.1.49
向工农兵业余作者学习 / 阮洛园 / 1966.1.58
"诗余"论——宋词批判举例 / 夏承焘 / 1966.1.61
文学理论批评工作者，到工农兵群众中去！/ 本刊编辑部 / 1966.2.1
《海瑞罢官》的反动实质 / 陈毓罴 / 1966.2.29
吴晗同志评价历史上封建统治阶级人物的反动观点 / 沈斯亨　董乃斌
　　/ 1966.2.40
评《艺海拾贝》/ 李传龙 / 1966.2.48
淮北读者谈《风雪》/ 1966.2.57
对《风雷》描写农村阶级斗争的质疑 / 丁志聪 / 1966.2.62
翻身农奴的心声——介绍西藏新民歌 / 胡秉之 / 1966.2.67
高举毛泽东思想伟大红旗　积极参加社会主义文化大革命 /《解放军
　　报》社论 / 1966.3.1
评"三家村"——《燕山夜话》《三家村札记》的反动本质 / 姚文元 / 1966.3.8
千万不要忘记阶级斗争 /《解放军报》社论 / 1966.3.23
评《前线》《北京日报》的资产阶级立场 / 戚本禹 / 1966.3.27

工农兵谈文学

学习毛泽东思想，为革命而创作 / 1966.2.5
塑造我们时代的英雄形象 / 1966.2.15

向反党反社会主义的黑线开火 捣毁"三家村" 彻底闹革命

工农兵声讨邓拓反党反社会主义罪行
戳穿邓拓的黑话，捣毁邓拓的黑店 / 王治国 / 1966.3.34
坚决、彻底、干净、全部地歼灭这一小撮不拿枪的敌人 / 李济孟 / 1966.3.35
捣毁黑店，斗倒邓拓 / 刘福旺 / 1966.3.37
坚决彻底粉碎邓拓的猖狂进攻 / 孟保禄 / 1966.3.39
不获全胜，决不收兵 / 郝文葆 / 1966.3.40
不许邓拓妖言惑众 / 孙之贵 / 1966.3.41
和一切牛鬼蛇神展开针锋相对的斗争 / 庄桂兰 / 1966.3.43
坚决驳斥邓拓骗人的鬼话 / 董斌 / 1966.3.44
坚决斗倒反动分子邓拓 / 冯淑荣 / 1966.3.45
和不拿枪的敌人作坚决的斗争 / 黄立彬 / 1966.3.46
集中火力，打击邓拓 / 王克俭 / 1966.3.47
邓拓，你逃不出人民的巨掌！ / 吴金祥 / 1966.3.48
坚决同邓拓斗争到底 / 刘瑞田 / 1966.3.49
你们高兴得太早了！ / 程满麟 / 1966.3.50
誓死保卫我们伟大的党！ / 彭建群 / 1966.3.51
决不允许邓拓诬蔑大跃进 / 赵鸿贵 / 1966.3.52
彻底摧毁"三家村"黑店 / 徐汝焕 / 1966.3.54
声讨邓拓的反党谏言 / 刘宗明 / 1966.3.55
坚决和反党反社会主义分子斗争到底 / 王文玉 / 1966.3.57
揭穿《前线》《北京日报》《北京晚报》编辑部的欺骗伎俩 / 刘琦 / 1966.3.58
《前线》《北京日报》《北京晚报》的反动活动必须彻底交代 / 张秀芬 / 1966.3.59

工农兵声讨吴晗反党反社会主义罪行
《海瑞骂皇帝》和《海瑞罢官》是两株大毒草 / 白玉轩　牟选仆　刘清波
　　曹升田　李波　师桂英　辛云　郑彤生　王香菊　路云 / 1966.3.60

吴晗鼓吹退田、单干，反对农业集体化，就是要复辟资本主义 / 耿长锁
　　卢墨林　徐树宽　张勤　徐僧　张言早 / 1966.3.64
吴晗宣扬"清官"，有他阴险、恶毒的反动政治目的 / 冀锁柱　苏文波
　　吴振山　高凤山　耿淑芳 / 1966.3.67
吴晗阴险地和无产阶级争夺青年，我们决不上他的当 / 徐利民　郑立栓
　　李南英　奎来山　刘淑清　王文玉　通县小营四队团支部全体团员
　　/ 1966.3.70
精心合谋的反革命集团"三家村" / 耿洪琦 / 1966.3.73
吴晗是"三家村"反革命集团的急先锋 / 闻兴军 / 1966.3.76

新书新作品评介

人民战争的颂歌——评《渔岛怒潮》/ 徐迺翔 / 1966.1.72
革命的颂歌，革命的战歌——读《北京青年业余作者诗选》/ 丁洋 / 1966.1.75
喜评《武陵山下》/ 王述 / 1966.2.73
革命精神英雄人——读《穷棒子社的故事》/ 经之 / 1966.2.76

读者论坛

怎样评价高乃依及拉辛的作品——对《欧洲文学史》（上）的几点意见 /
　　超烽 / 1966.1.69

通　信

我们和贫下中农在一起战斗 / 周铮　杨志杰　雷业洪 / 1966.3.85

编后记

1966 年第 1 期 / 1966.1.78

《文学评论》 1978 年总目录

（括号内分别为年、期、页）

毛主席给陈毅同志谈诗的一封信 / 1978.1.4
华主席给《人民文学》的光辉题词 / 1978.1.1
回忆周恩来同志——《中国交响乐》第一乐章的一些断片 / 何其芳遗作 / 1978.1.6
艺术形象有特殊规律 / 王朝闻 / 1978.1.13
批判反形象思维论 / 蔡仪 / 1978.1.23
谈"诗美"——读毛主席给陈毅同志谈诗的一封信 / 唐弢 / 1978.1.27
唐诗发展的几个问题 / 余冠英　王水照 / 1978.1.59
释《比兴篇》"拟容取心"说——关于意象：表象与概念的综合 / 王元化 / 1978.1.69
扼杀民间文学是"四人帮"反马克思主义的一场疯狂表演——兼驳"文艺黑线专政"论 / 贾芝 / 1978.1.75
推倒诬蔑，还其光辉——批判"四人帮"诽谤俄国革命民主主义者的种种谬论 / 钱中文 / 1978.1.86
关于长篇历史小说《李自成》/ 茅盾 / 1978.2.2
评一九二八年无产阶级文学的倡导和论争——关于鲁迅和创造社、太阳社论争的几个问题 / 严家炎 / 1978.2.7
三十年代左翼文艺界对马列主义文艺理论的宣传——兼驳"文艺黑线专政"论 / 张大明 / 1978.2.17
形象思维与艺术构思 / 蒋孔阳 / 1978.2.25
文学创作实践中遇到的几个理论问题——创作通信 / 韶华 / 1978.2.34
列宁与高尔基 / 李辉凡 / 1978.2.39
批判"四人帮"发动的围攻歌剧《白毛女》的谬论 / 林志浩 / 1978.2.48

非《文心雕龙》驳议——评《学习与批判》上的一篇文章，兼论批判继承我国古典文艺理论遗产 / 罗宗强 / 1978.2.59

评新版《中国文学发展史》/ 牟世金 / 1978.2.66

略论贾宝玉的鄙弃功名利禄 / 张毕来 / 1978.2.73

山花怒放，绚丽夺目——陕西省革命故事巡礼 / 祁连休 / 1978.2.84

评《江格尔》里的洪古尔形象 / 仁钦道尔吉 / 1978.2.91

拨乱反正，开展创造性的文学研究评论工作 / 周柯 / 1978.3.3

关于一九三六年"两个口号"论争的性质问题 / 唐沅 / 1978.3.10

评"两个口号"的论争 / 杨占升 / 1978.3.20

还历史的本来面目——学习鲁迅关于"国防文学"的论述 / 郏璐 / 1978.3.27

从生活出发——评话剧《丹心谱》/ 朱寨 / 1978.3.34

评《林家铺子》——兼谈对新民主主义时期文学作品的批评标准 / 叶子铭 / 1978.3.51

谈《红日》的创作体会 / 吴强 / 1978.3.60

文学创作实践中遇到的几个理论问题（续）/ 韶华 / 1978.3.66

关于短篇小说的主要人物 / 陈宝云 / 1978.3.72

略谈《堂吉柯德》/ 文美惠 / 1978.3.76

评新版《红楼梦评论集》的"附记"和"后记" / 宋培效 / 1978.3.83

评苏轼的政治态度和政治诗 / 王水照 / 1978.3.42

关于"比"、"兴"的一点浅见 / 文铨 / 1978.3.89

对《释〈比兴篇〉"拟容取心"说》的商榷 / 曾祖荫 / 1978.3.95

唐宋传奇本事歌行拾零（读书札记）/ 程毅中 / 1978.4.75

形象思维和马克思主义的认识论 / 周忠厚 / 1978.4.3

永恒的怀念——悼郭沫若同志 / 唐弢 / 1978.4.10

略论郭沫若早期的诗歌创作 / 林非 / 1978.4.15

关于《李自成》的书简 / 姚雪垠 / 1978.4.24

报告文学的新开拓——读《哥德巴赫猜想》/ 张炯 / 1978.4.33

《水浒传》是一部什么样的作品 / 王俊年　裴效维　金宁芬 / 1978.4.38

论比兴 / 郭绍虞　王文生 / 1978.4.47

叶燮及其《原诗》/ 敏泽 / 1978.4.55

从国风看形象化的艺术概括方法的形成 / 林深 / 1978.4.65

研究美学史的观点和方法 / 朱光潜 / 1978.4.70

论《药》——鲁迅小说研究之一 / 曾华鹏　范伯群 / 1978.4.78

必须戳穿"四人帮"在鲁迅问题上制造的谣言 / 闻岩 / 1978.4.87

《艾芜短篇小说集》后记 / 艾芜 / 1978.4.92

读毛主席诗词三首 / 周振甫 / 1978.5.2

为文学创作的发展扫清道路——记《班主任》座谈会 / 本刊记者 / 1978.5.47

青年工人和中学生谈《班主任》——座谈纪要 / 本刊记者 / 1978.5.52

打破精神枷锁，走上创作的康庄大道——在《班主任》座谈会上的发言 / 冯牧 / 1978.5.54

生活的创造者说：走这条路 / 刘心武 / 1978.5.58

艺术家的责任和勇气——从《班主任》谈起 / 西来　蔡葵 / 1978.5.65

关于三十年代左翼文艺运动的若干问题 / 吴黎平 / 1978.5.7

关于两个口号的论争问题 / 陈荒煤 / 1978.5.16

鲁迅的"并存"论最正确——再评一九三六年文艺界为建立抗日统一战线的论争 / 黄修己 / 1978.5.27

关于鲁迅思想发展问题 / 陈涌 / 1978.5.37

哭何其芳同志（诗）/ 余冠英 / 1978.5.70

春蚕到死丝方尽——回忆何其芳同志 / 王俊年 / 1978.5.71

生命的烈火——忆何其芳同志 / 刘士杰 / 1978.5.78

《秦女休行》本事探源——兼批胡适对此诗的错误推测 / 吴世昌 / 1978.5.81

也谈贾宝玉的鄙弃功名利禄 / 滕云 / 1978.5.89

文艺批评与双百方针 / 周柯 / 1978.6.3

要按艺术规律办事 / 辛宇 / 1978.6.12

把"文艺黑线专政"论提到实践法庭上 / 朱寨 / 1978.6.23

实践也是检验艺术美的唯一标准 / 蔡仪 / 1978.6.25

自有人民写春秋 / 北京第二外语学院汉语教研室　童怀周 / 1978.6.25

悲壮的颂歌　战斗的艺术——赞话剧《于无声处》/ 杜清源　李振玉 / 1978.6.36

革命现实主义是两结合创作方法的基础——评"四人帮"对"现实主义深化"论的批判 / 刘梦溪 / 1978.6.42

题材问题浅谈 / 牧原 / 1978.6.51

关于《二月》的再评价 / 陈骏涛　杨世伟　王信 / 1978.6.58
历史真实与艺术真实的统一——试论郭沫若历史剧的"反秦"问题 / 张毓茂 / 1978.6.69
关于《水浒》评价中的几个问题——兼与王俊年等同志商榷 / 陈辽 / 1978.6.75
正确评价《水浒》在历史上起过的作用 / 林文山 / 1978.6.84
人物、描写、语言——《白洋淀纪事》阅读札纪 / 郭志刚 / 1978.6.90

笔　谈

扫除帮风，发展马克思主义的文艺批评 / 冯牧 / 1978.1.36
题材问题一解 / 柯灵 / 1978.1.39
"题材决定"论还是题材多样化 / 洁泯 / 1978.1.42
划地为牢与广阔天地 / 秦牧 / 1978.1.45
批判"文艺黑线专政"论，努力做好外国文学工作 / 叶水夫 / 1978.1.48
进一步发扬话剧的战斗传统 / 赵寻 / 1978.1.52
生活是第一位的——揭批"四人帮"对业余创作的摧残 / 北京红星公社 京南 / 1978.1.55
感想与希望 / 北京维尼纶厂　谢华 / 1978.1.57

动　态

致读者 / 本刊编辑部 / 1978.1.95
关于表现社会主义社会中悲剧问题的探讨 / 1978.4.14
批判"修正主义红学派统治"论 / 1978.4.23
关于《红楼梦》问题的争鸣 / 1978.4.37
批判"四人帮"对《三家巷》、《苦斗》的诬蔑 / 1978.4.69
讨论古代清官戏问题 / 1978.4.91
上海文艺界热烈探讨题材多样化问题 / 1978.4.95
本刊编辑部召开真理标准问题座谈会 / 1978.6.57

通　信

应该区别对待 / 严承章 / 1978.4.32
《水浒传》的作者绝不会有唯物史观 / 柳和城 / 1978.5.6

黑格尔是提倡概念化的吗？/ 姚静涓 / 1978.6.83

补　白

鲁迅解答《红楼梦》中"爱呀厄的去"/ 陈梦韶 / 1978.6.35

编后记

1978年第4期 / 1978.4.96

《文学评论》 1979 年总目录

（括号内分别为年、期、页）

在中国文学艺术工作者第四次代表大会上的祝辞（一九七九年十月三十日）
／邓小平／1979.6.3

第四次文代大会发言选登

繁荣文艺必须肃清封建流毒／艾芜／1979.6.7
人是目的，人是中心——对在作协代表大会上发言的补充／刘宾雁／1979.6.10
再谈革命的现实主义／康濯／1979.6.15
随感三题／秦似／1979.6.24
努力学习　努力探索／叶文玲／1979.6.27
发展马克思主义的文艺理论和文艺批评／本刊评论员／1979.6.30

理　论

一个重要的历史文献——学习周总理在新侨会议的讲话／陈荒煤／1979.1.3
文学是真实的领域／洁泯／1979.1.11
写"中间人物"主张的再评价／狄遐水／1979.1.18
关于文学的阶级性／毛星／1979.2.22
略论文艺的人民性／吴元迈／1979.2.40
关于我国社会主义文学的服务对象／张超／1979.2.51
繁荣文艺百花园地的雨露阳光——学习周恩来同志有关文艺问题的讲话／
　钱中文／1979.2.58
寓教育于娱乐／王朝闻／1979.3.32
学习与思索——读25个得奖短篇札记（摘录）／秦兆阳／1979.3.50
重评《现实主义——广阔的道路》／何西来　安凡　田中木／1979.4.51

努力提高当代文学研究的科学水平 / 荒煤 / 1979.5.3
新诗应该受到检验 / 艾青 / 1979.5.6
试论一九五六年至一九五七年我国文艺运动中的几个问题 / 董健 / 1979.5.42
关于写英雄人物理论问题的探讨 / 王春元 / 1979.5.56

中国古代文学

鲍照及其诗新探 / 张志岳 / 1979.1.58
谈《红楼梦》研究中的方法问题 / 丁振海 / 1979.1.66
就唐诗繁荣原因提几个问题——与余冠英、王水照同志商榷 / 梁超然 / 1978.1.73
研究方法不要简单化——和林深同志商榷 / 费秉勋 / 1979.1.78
高适生平若干问题的探讨 / 周勋初 / 1979.2.76
关于《李自成》的几个主要人物及其他 / 周修强 / 1979.3.63
论清官和清官戏 / 郭汉城 苏国荣 / 1979.3.80
战斗的文学思想家李贽 / 南石 / 1979.3.88
李白的风格、思想特点及其社会根源 / 乔象钟 / 1979.4.78
略谈诗词的欣赏 / 俞平伯 / 1979.5.9
重新评价历史人物——试论韩愈其人 / 吴世昌 / 1979.5.10
一点感想 / 孙楷第 / 1979.5.15
关于古典文学研究工作的几个问题 / 曹道衡 / 1979.5.68
《水浒》与明代农民起义 / 杨绍溥 / 1979.6.47
《水浒》研究三十年简评 / 丁振海 / 1979.6.58

中国现代文学

论《骆驼祥子》的现实主义——纪念老舍先生八十诞辰 / 樊骏 / 1979.1.26
《女神》与泛神论 / 顾炯 / 1979.1.38
《〈鲁迅杂感选集〉序言》不应否定 / 陈坚 / 1979.1.48
鲁迅在五四时期倡导"民主"和"科学"的斗争 / 林非 曾普 刘再复 / 1979.2.3
试谈巴金的世界观与早期创作 / 李多文 / 1979.2.13
鲁迅与五四文学运动的现实主义问题 / 陈涌 / 1979.3.3
发扬"五四"文学革命的优良传统 / 王保生 孟繁林 / 1979.3.21

完成与开端：纪念诗人闻一多八十生辰 / 卞之琳 / 1979.3.70
鲁迅与《天演论》、进化论 / 叶德浴 / 1979.6.66
《雷雨》人物谈——四凤、鲁大海、鲁贵 / 钱谷融 / 1979.6.79
关于柔石生平事迹的几点补正（资料）/ 郑择魁 / 1979.6.93

中国当代文学

漫谈儿童诗 / 柯岩 / 1979.2.69
《陈翔鹤选集》序 / 冯至 / 1979.3.76
电影文学断想 / 钟惦棐 / 1979.4.3
革命现实主义的胜利——试论建国以来话剧创作的成就 / 顾卓宇　胡叔和　陈刚 / 1979.4.20
和新中国一起歌唱——建国三十年诗歌创作的简单回顾 / 谢冕 / 1979.4.34
新中国长篇小说发展的几个问题 / 张炯　杨志杰 / 1979.5.16
一九四九——六六年短篇小说创作述评 / 蒋守谦 / 1979.5.28
谈三年来的文学创作 / 杜清源　李兴叶　李振玉 / 1979.5.36
论峻青短篇小说的艺术风格 / 丁帆 / 1979.5.77
真实·诗情·独创性——看国庆30周年上映的新片札记 / 黄式宪　文伦 / 1979.6.34

外国文学

巴尔扎克与空想社会主义者 / 李健吾 / 1979.4.88

论　坛

杂谈"左"比右好 / 周舟　安凡 / 1979.1.82
"影射"问题小议 / 郝兵 / 1979.1.84
独创？模仿？——从闻一多的诗评谈起 / 吴泰昌 / 1979.1.86
"形象大于思想"漫议 / 姜东赋 / 1979.2.82
文艺应该有鲜明的爱和憎 / 李兰　杜敏 / 1979.2.84
从杨度入党谈起 / 赵碧宇 / 1979.2.86
神学·人学·文学 / 阎纲 / 1979.2.88
新人·真人·亲人 / 智杰 / 1979.4.66
为无产阶级英雄引吭高歌 / 朱兵 / 1979.4.68

关于"歌德派"的杂感／裘尚川／1979.4.70
文艺要勇于干预生活／陈骏涛／1979.4.73
从一个建议看柳青之为作家／晋叔鄙／1979.4.75
从安全感谈起／刘心武／1979.5.86
反真实论初探／王蒙／1979.5.89

通　信

艺术典型应该有明确固定的含义／夏放／1979.1.88
作者来信／周忠厚／1979.1.90
对《文艺批评与双百方针》一文的商榷／杨德春／1979.2.94
关于"爱呀厄的去"／李赐／1979.2.95

补　白

茅盾的《雷雨前》等三篇散文作于何时？／庄钟庆／1979.2.90
《文汇报》讨论话剧《炮兵司令的儿子》／人青／1979.4.33
上海文艺界讨论短篇小说《重逢》／人青／1979.4.77

其　他

总结建国三十年文学运动征文启事／1979.1.89
本刊邀请文学研究所部分同志座谈总结经验问题／本刊记者／1979.1.92
文学研究工作要适应四个现代化的需要——全国文学学科研究规划会议
　　略记／柯舟／1979.2.91
鲁迅研究学会筹备会议在京召开／本刊记者／1979.3.62
《祝福》中的陈抟老祖／程广林／1979.5.93
关于进化论产生的时代／文致和／1979.5.94
出版消息一则／1979.6.33
鲁迅研究学会正式成立／1979.6.57

《文学评论》 1980 年总目录

(括号内分别为年、期、页)

文艺和政治关系问题的讨论

文艺·生活·政治 / 罗荪 / 1980.1.2
文艺和政治是上层建筑范畴内的问题 / 梅林 / 1980.1.8
有关文艺与政治问题的几种意见(资料) / 付惠 / 1980.1.10
关于发展马克思主义文艺学的几点意见 / 刘梦溪 / 1980.1.12
艺术典型与"多数"、"主流"及其他 / 杜书瀛 / 1980.1.18
形象思维过程中艺术与政治的关系 / 王先霈　范际燕 / 1980.2.28
关于文艺与政治的关系 / 刘纲纪 / 1980.2.36
略论文学与政治 / 王得后 / 1980.2.44
文艺应该为政治服务 / 张建业 / 1980.2.48

纪念中国左翼作家联盟成立五十周年

"左联"成立前后 / 夏衍 / 1980.2.2
中国左翼作家联盟成立的经过 / 阳翰笙 / 1980.2.14
从上海到东京——中国左翼作家联盟活动杂忆 / 林焕平 / 1980.2.18

文艺理论

论艺术真实和艺术理想 / 钱中文 / 1980.3.2
事实—故事—真实——读小说漫论之一 / 杨绛 / 1980.3.15
也谈典型 / 毛星 / 1980.3.22
形象思维再续谈 / 李泽厚 / 1980.3.29
文学的真实与作家的职责 / 张炯 / 1980.3.41
论典型化 / 王元骧 / 1980.4.2

论"写本质"——兼与王春元同志商榷 / 周迪荪 / 1980.4.17
论形象思维问题 / 刘雪苇 / 1980.4.25
从《红楼梦》看文艺的社会效果 / 王若望 / 1980.4.32
作为上层建筑的文学之特征 / 蔡厚示 / 1980.4.37
有关文艺和政治关系问题的资料（关于政治的含义）/ 李准 / 1980.4.41
评《形象思维再续谈》/ 何洛　周忠厚 / 1980.5.55
创作中的非自觉性质疑 / 叶伯泉 / 1980.5.63
马克思主义经典作家的文艺理论体系和文艺科学的发展 / 魏理 / 1980.5.69
人性·文学及其他 / 王淑明 / 1980.5.75
为什么必须肯定写英雄人物的口号——与王春元同志商榷 / 张超 / 1980.5.84
歌诗与诵诗——兼论诗歌与音乐的关系 / 公木 / 1980.6.39
异化、扬弃概念与黑格尔美学 / 郑涌 / 1980.6.113
论近两年悲剧讨论中的若干问题 / 王世德 / 1980.6.125

中国古代文学

论魏晋至唐关于艺术形象的认识——兼论佛学输入对于艺术形象认识的影响 / 敏泽 / 1980.1.30
中国古代文学艺术的形神问题 / 牟世金 / 1980.1.42
孔尚任与《桃花扇》/ 黄天骥 / 1980.1.54
元散曲选前言 / 王季思　洪柏昭 / 1980.2.52
嘉靖本《三国志通俗演义》中的曹操形象 / 刘敬圻 / 1980.2.65
《关雎》章臆断 / 柳正午 / 1980.2.77
暖笙杂考 / 周笃文 / 1980.2.81
关于张元干的籍贯问题 / 曹济平 / 1980.2.84
边塞诗派评价质疑——三十年来文学史研究中的一个问题 / 吴学恒　王绶青 / 1980.3.105
张惠言论词的比兴寄托——常州词派的寄托说之一 / 邱世友 / 1980.3.111
评《李白与杜甫》/ 高建中 / 1980.3.121
建国三十年来近代文学研究的回顾 / 王俊年　梁淑安　赵慎修 / 1980.3.131
苏轼《与滕达道书》是"忏悔"书吗 / 曾枣庄 / 1980.4.117
蒲松龄对《聊斋志异》的修改 / 劳洪 / 1980.4.123
说杜诗《望岳》/ 许永璋 / 1980.4.131

论意境 / 袁行霈 / 1980.4.134
王伯舆不是王世贞的别号 / 刘世南 / 1980.4.143
白居易讽喻诗的历史经验 / 陈昌渠 / 1980.5.117
敦煌写本王梵志诗浅论 / 张锡厚 / 1980.5.124
锺嵘《诗品》陶诗源出应璩解 / 王运熙 / 1980.5.135
"棒楛勿翦"释 / 克冰 / 1980.5.139
关于杜甫的《喜雨》诗 / 咏生 / 1980.5.140
研究古代文艺批评方法论上的一种范例——读《管锥编》与《旧文四篇》
　/ 郑朝宗 / 1980.6.52
钱锺书的《宋诗选注》/ 孟令玲 / 1980.6.62
欧阳修的"道"及其对文学创作的影响 / 王冰彦 / 1980.6.65

中国现代文学

一些早该忘却而未能忘却的往事 / 夏衍 / 1980.1.92
论朱自清的散文艺术 / 吴周文 / 1980.1.102
郭沫若泛神论思想探源 / 李保均 / 1980.1.112
试论新月诗派 / 吴奔星 / 1980.2.85
论历史讽喻剧《赛金花》/ 陈则光 / 1980.2.99
一部新编的现代文学史——评北大、南大等九院校的《中国现代文学史》
　/ 辛宇 / 1980.2.127
论《狂人日记》/ 公兰谷遗作 / 1980.3.85
论《北京人》/ 朱栋霖 / 1980.3.94
戴望舒诗作试论 / 凡尼 / 1980.4.78
长忆文苑战旗红——我对左翼文化运动的点滴回忆 / 吴黎平 / 1980.4.92
一件早已被肯定而又被否定的往事——关于冯雪峰同志一九三六年到达上
　海的时间问题 / 包子衍 / 1980.4.99
千秋功过　自有历史评说——读夏衍同志《一件早该忘却而未能忘却的往
　事》的感想 / 余开伟 / 1980.4.102
郁达夫的小说创作初探（上）/ 董易 / 1980.5.2
论鲁迅与周作人所走的不同道路 / 李景彬 / 1980.5.16
锋利·新鲜·夸张——试论张天翼讽刺小说的人物及其描写艺术 / 吴福辉
　/ 1980.6.31

试论丁玲一九四二年之前的小说创作／邹午蓉／1980.6.2
赤裸裸的自己——《丰子恺散文选》序言／王西彦／1980.6.17
郁达夫的小说创作初探（下）／董易／1980.6.25

中国当代文学

现实主义的新的胜利——谈周立波建国后的创作／冯健男／1980.1.65
论杜鹏程的小说创作／潘旭澜／1980.1.79
敢为人民鼓与呼——从部分新作谈文学"干预生活"问题／杨志杰／1980.1.120
诗人，应该这样说——读《将军，不能这样做》有感／李拔／1980.1.126
台湾省作家——锺理和／潘翠菁／1980.2.132
断丝碎缕录——学习1979年群众评选的全国优秀短篇小说札记／秦兆阳／1980.3.47
人生的道路——评周克芹的长篇小说《许茂和他的女儿们》／洁泯／1980.3.60
留给读者的思考——评中篇小说《人到中年》／朱寨／1980.3.67
郭小川诗歌的哲理特色／丁永淮／1980.3.76
艾青诗歌艺术风格散论／杨匡汉　杨匡满／1980.4.44
论杨朔散文的结构艺术——杨朔散文研究之一／吴周文／1980.4.54
谈贾平凹作品的描写艺术／丁帆／1980.4.74
《黄河东流去》的民族化特色／朱兵／1980.5.93
道德观念上的歌颂与谴责——读《天云山传奇》随笔／吴子敏／1980.5.102
关于创作的通信／晓立　王蒙／1980.6.81
《大风歌》读后／顾小虎　曾立平／1980.6.89
从《王昭君》看历史剧的倾向性和真实性的关系／陈祖美／1980.6.98

短文四篇

《诗·召南·殷其靁》新解／鲍昌／1980.6.73
《诗经·关雎》"流"字新解／朱一清／1980.6.76
也谈王之涣的《凉州词》／史铁良／1980.6.78
千古绝唱敕勒歌／刘先照／1980.6.79

少数民族和民间文学

维吾尔族优秀诗人——尼米希依提／丁子人／1980.4.65

少数民族文学在中国文学发展中的地位 / 刘俊田　白崇人　禹克坤 / 1980.5.88
谈现代民间诗人和歌手的创作 / 陶阳　亮才 / 1980.6.104

外国文学

论乔治·桑的创作 / 柳鸣九 / 1980.1.128
西方美学研究中的一项重要成果——评介《西方美学史》/ 蒋孔阳 / 1980.2.109
关于现实主义的思考——读卢那察尔斯基《论文学》及其他 / 童道明
　/ 1980.2.118
从《第十二夜》看莎士比亚的喜剧创作 / 方平 / 1980.4.106
普列汉诺夫论现实主义 / 吴元迈 / 1980.5.41
夏洛蒂·勃朗特小说中的爱情主题 / 杨静远 / 1980.5.110

读者·作者·编者

新诗的音组、韵律和成型问题 / 肖韩 / 1980.1.141
答读者："新诗"形式问题的讨论 / 卞之琳 / 1980.1.142
应当承认世界观有一个转变过程 / 王向东 / 1980.1.143
编者附识 / 1980.1.144
进化论产生的年代及其评价 / 刘辉扬 / 1980.2.144
怎样认识巴金早期的无政府主义思想 / 陈思和　李辉 / 1980.3.140
两点意见 / 梁超然 / 1980.3.143

其　他

《女神》中最早的诗究竟写于何时 / 孙党伯 / 1980.2.141
力戒批评的片面性——读《王昭君》的评论文章有感 / 王如青 / 1980.2.142
出版消息四则 / 1980.2.27、64、131、140
出版消息二则 / 1980.3.75、144
全国文学期刊编辑工作会议记述 / 本刊记者 / 1980.4.62
全国诗歌讨论会讨论新诗发展道路问题 / 企吴 / 1980.4.73
一点补充（通信）/ 臧运远 / 1980.4.144
《骆驼祥子》反映的年代新证 / 陈永志 / 1980.5.141
巴金的名、笔名及著作的辨正 / 岑光 / 1980.5.143
中国现代文学研究会举行首届学术讨论会 / 丁尔纲 / 1980.6.138

《文学评论》 1981 年总目录

（括号内分别为年、期、页）

发展与活跃文学评论

我希望于文艺批评的 / 丁玲 / 1981.1.3
理解作家、人民和时代 / 荒煤 / 1981.1.4
物无一量 / 王朝闻 / 1981.1.8
把文学评论工作搞活 / 罗荪 / 1981.1.10
关于电影评论的一点感想 / 袁文殊 / 1981.1.11
几点浅见 / 邓友梅 / 1981.1.13
文学批评也要探索新路 / 王春元 / 1981.1.14

关于唐代边塞诗派的讨论

谈岑参的边塞诗——兼与吴学恒、王绶青同志商榷 / 涂元渠 / 1981.1.49
王昌龄早期颂扬扩边战争吗？——与吴学恒、王绶青同志商榷 / 周家谆 / 1981.1.56
评边塞诗——兼与吴学恒、王绶青、涂元渠等同志商榷 / 刘先照 / 1981.3.91
如何评价唐代边塞诗 / 禹克坤 / 1981.3.99
谈边塞诗讨论中的几个问题 / 吴庚舜 / 1981.6.73

纪念鲁迅诞生一百周年

谈鲁迅的改造国民性思想——在一次学术讨论会上的发言 / 王瑶 / 1981.5.3
鲁迅小说的历史地位 / 严家炎 / 1981.5.9
试论鲁迅对中国短篇小说艺术的革新 / 王富仁　高尔纯 / 1981.5.23
论鲁迅杂感文学中的"社会相"类型形象 / 刘再复 / 1981.5.35
《野草》与中国现代散文诗 / 孙玉石 / 1981.5.48
关于近年来新发现的鲁迅佚文 / 陈漱渝 / 1981.5.59

鲁迅的《怀旧》：中国现代文学的先声 /〔捷〕雅罗斯拉夫·普鲁塞克作 / 沈于译 / 1981.5.66

中篇小说笔谈

中篇小说杂谈 / 刘锡诚 / 1981.4.73
"比较文学"中的中篇小说 / 阎纲 / 1981.4.77
扎根在现实生活的泥土里——谈近年来中篇小说的人物创造 / 蔡葵　西来 / 1981.4.88
塑造新人形象和反映社会矛盾 / 陆贵山 / 1981.4.81
在两代沉思的作家们之间 / 郭志刚 / 1981.4.84

文艺理论

诗可以怨 / 钱锺书 / 1981.1.16
鲁迅与无产阶级文学问题 / 陈涌 / 1981.2.3
论艺术生产与物质生产的内在联系 / 艺声　石岚 / 1981.2.13
论文艺的共鸣问题 / 齐立 / 1981.2.21
个性化是精神生产必须遵循的客观规律 / 裴斐 / 1981.2.31
艺术的创新问题 / 敏泽 / 1981.3.31
试论社会主义文学中的普通人形象 / 王进 / 1981.3.44
心理描写和意识流的引进 / 郑伯农 / 1981.3.52
学习、坚持和发展马克思主义的文艺理论——纪念党的六十周年诞辰 / 陆方 / 1981.4.3
得心与应手——与青年作家谈创作 / 王朝闻 / 1981.4.9
旧书新解——读小说漫论之二 / 杨绛 / 1981.4.26
论文艺的真实性与倾向性 / 彭立勋 / 1981.4.34
党性原则与艺术规律——重新学习列宁《党的组织和党的文学》/ 杜书瀛　李中岳 / 1981.5.76
论文艺作品中感情和思想的关系 / 钱中文 / 1981.5.86
艺术真实论 / 张超 / 1981.6.3
试论文学表现崇高 / 周宪　肖帆 / 1981.6.18
马克思主义文艺批评规律琐议——学习马克思、恩格斯有关文艺批评论著的体会 / 纪怀民 / 1981.6.23

在两极分化中求得完美统一——典型化谈片之一 / 张德林　陶型传 / 1981.6.32

中国古代文学

陈亮、陆游集拾遗——《永乐大典》诗文辑佚之一 / 栾贵明 / 1981.1.45
关于苏轼《与滕达道书》的系年和主旨问题 / 王水照 / 1981.1.58
也谈"文革"中的"评红热" / 丁振海 / 1981.1.65
有关评价孔尚任的几个问题 / 黄卓明 / 1981.2.112
论唐代的抒情歌词——七言绝句 / 王德宇 / 1981.2.127
"温故而知新"——重读《郑板桥集》/ 汪冬青 / 1981.2.134
论《文苑英华》中的李白诗 / 吴企明 / 1981.2.137
杨万里、尤袤集拾遗——《永乐大典》诗文辑佚之二 / 栾贵明 / 1981.2.142
《红楼梦》研究与马克思主义 / 傅继馥 / 1981.3.60
读《也谈"文革"中的"评红热"》书后 / 刘梦溪 / 1981.3.81
评《红学三十年》/ 王志良　方延曦 / 1981.3.70
《中国十大古典悲剧集》前言 / 王季思　肖善因　焦文彬 / 1981.4.123
建安七子论 / 徐公恃 / 1981.4.134
苏轼的婉约词 / 曾枣庄 / 1981.5.112
《殷其靁》是"逃亡之歌"吗？ / 廖高群　张弛 / 1981.5.119
苏轼、苏辙集拾遗——《永乐大典》诗文辑佚之三 / 栾贵明 / 1981.5.123
日本近年中国古典文学研究述略 / 徐允平 / 1981.5.127
论汉代和宋代的《诗经》研究及其在清代的继承和发展 / 胡念贻 / 1981.6.58
关于苏轼书简版本的一点资料 / 孔凡礼 / 1981.6.82
关于"文革"中"评红热"问题讨论的来信综述 / 罗源整理 / 1981.6.83

中国现代文学

一曲感人肺腑的哀歌——读巴金的中篇小说《寒夜》/ 陈则光 / 1981.1.102
《蚀》和《子夜》的比较分析 / 乐黛云 / 1981.1.110
《日出》论 / 田本相 / 1981.1.121
"左联"成立前后的柔石 / 丁景唐　郑择魁 / 1981.2.35
"文艺的花是带血的"——论胡也频的创作 / 余仁凯 / 1981.2.44
"少年中国"之群——现代诗人及流派琐谈之三 / 钱光培　向远 / 1981.2.55
论巴金早期的世界观 / 曼生 / 1981.3.118

《阿Q正传》与新文学的现实主义问题／支克坚／1981.3.133
论茅盾的文学业绩／孙中田／1981.4.44
论茅盾的短篇小说／王西彦／1981.4.55
无花果——我和散文／吴伯箫／1981.5.70
一部优秀的现实主义作品——评老舍的《四世同堂》／吴小美／1981.6.89
三十年代左翼文艺所受日本无产阶级文艺思潮的影响／刘柏青／1981.6.102
论周作人早期散文的艺术成就／许志英／1981.6.110

中国当代文学

论当代文学创作中的人道主义潮流／俞建章／1981.1.22
论柳青创作的现实主义特色／刘建军　蒙万夫／1981.1.70
论闻捷的叙事长诗／吴欢章／1981.1.82
论秦牧散文的艺术风格／黄汉忠　戈凡／1981.1.90
天风海山　气象万千——论郭小川诗歌的艺术风格／任愫／1981.2.67
曲折的道路——关于《方之作品集》／叶至诚／1981.2.74
残虐灵魂的历史见证——略论冯骥才的中篇小说／唐挚／1981.2.88
探求银幕形象的深度——评一年来几部具有文学光彩的电影作品／黄式宪／1981.2.94
向现实的深度开掘——评一九八〇年若干短篇小说／洁泯／1981.3.3
探索生活意义的隽永诗篇——谈《人到中年》的结构艺术和典型创造／杨忻葆／1981.3.14
论赵树理创作中的反封建主题／杨志杰　彭韵倩／1981.3.20
革命现实主义的烂漫山花——周立波农村题材短篇小说的艺术风格／胡光凡／1981.4.95
《大风歌》的历史唯物观点及其主题思想的探讨／高国藩／1981.4.105
鸟瞰春潮起涨——略评1977—1980年获奖的报告文学作品／刘剑青／1981.5.98
中国当代文学学会1981年庐山年会讨论综述／贺光鑫整理／1981.5.108
关于人性、人情及其它——文学问题通信／张炯／1981.6.39
他呼唤生活的强者——简评陈建功小说中的青年形象／仲呈祥／1981.6.46
论聂华苓的创作／王晋民／1981.6.50

外国文学

谨向国内的巴尔札克研究家们提供一点参考资料 / 罗大冈 / 1981. 2. 103
雨果的《九三年》 / 何其芳遗作 / 1981. 2. 110
雨果的局限与人道主义的两重性——读《九三年》 / 熊玉鹏 / 1981. 6. 131

书　评

评《马克思和世界文学》 / 陆梅林 / 1981. 3. 107
新的青春之歌——评中篇小说《土壤》 / 朱寨 / 1981. 3. 103
评三种新编《鲁迅年谱》 / 秦峥 / 1981. 3. 113
贵在有史识——评唐弢主编的《中国现代文学史》 / 单宁 / 1981. 4. 116
不必为贤者讳——读《许广平忆鲁迅》小札 / 高信 / 1981. 4. 121
文学创作的心理因素及其表现原则的探索——读程大城（台湾）《文学的哲学》 / 卢善庆 / 1981. 5. 133
立意、意境及其他——《新诗漫谈》的漫谈 / 杨光治 / 1981. 5. 137
他们歌吟在光明与黑暗交替时——评《九叶集》 / 严迪昌 / 1981. 6. 121
一轴灿烂的历史画卷——评《散文特写选》 / 邓星雨　王旭善 / 1981. 6. 126

资　料

三十年人性论争的情况 / 白烨整理 / 1981. 1. 34
《东欧女豪杰》作者考 / 于必昌 / 1981. 3. 144
周立波在三十年代的一个笔名和几篇散文 / 李华盛　胡光凡 / 1981. 5. 141

其　他

关于《往事》的一点说明（作者来信） / 夏衍 / 1981. 1. 137
正确评价描写恬静、安谧农村生活的小诗 / 康咏秋 / 1981. 1. 138
关于《村姑》一诗的评价问题 / 凡尼 / 1981. 1. 139
沉痛哀悼茅盾同志逝世 / 本刊编辑部 / 1981. 3. 19
关于引用马克思主义经典著作的两封来信 / 王仲　曾永成 / 1981. 5. 142
读《关于创作的通信》 / 赵洪峰 / 1981. 5. 143

《文学评论》 1982 年总目录

（括号内分别为年、期、页）

文学创作中的人性和人道主义问题的讨论

"人性"断想 / 王蒙 / 1982. 4. 115
谈新时期文学中的人道主义问题 / 刘锡诚 / 1982. 4. 120

纪念郭沫若诞生九十周年

《屈原》论 / 田本相　杨景辉 / 1982. 6. 12
论"五四"时期郭沫若的文艺观 / 林恭寿 / 1982. 6. 28
试论郭沫若对《诗经》研究的贡献 / 夏传才 / 1982. 6. 36

关于王蒙创作的讨论

王蒙艺术追求初探 / 郑波光 / 1982. 1. 67
王蒙近作一些值得注意的问题 / 蓝田玉 / 1982. 1. 74
我看王蒙的小说 / 刘绍棠 / 1982. 3. 60
追随着时代前进的步伐——致王蒙同志的信 / 徐怀中 / 1982. 3. 63
王蒙找到了自己——记与英国人的一次对话 / 冯骥才 / 1982. 3. 65

文艺理论

也论文学创作的人道主义问题——与《当代文学创作的人道主义潮流》一
　文商榷 / 陈传才　杜元明 / 1982. 1. 39
论偶然在创作中的作用 / 孙荪 / 1982. 1. 47
关于典型、批评标准等问题的讨论 / 群言 / 1982. 1. 62
人性问题 / 毛星 / 1982. 2. 66
马克思美学思想的哲学基础 / 郑涌 / 1982. 2. 80

苏联美学界关于艺术本质问题的讨论情况 / 刘宁 / 1982.2.87
坚持毛泽东同志的文艺思想的科学原则 / 何西来　杜书瀛 / 1982.3.3
有什么好？——读小说漫论之三 / 杨绛 / 1982.3.128
关于"文学是人学"问题 / 刘保端 / 1982.3.136
关于"两结合"创作方法的科学性问题——兼论现实主义、浪漫主义的原
　则和特征 / 吕林 / 1982.4.68
对现实主义深化的探索 / 余斌 / 1982.4.83
关于文学概论讨论中提出的问题 / 白烨 / 1982.4.136
论马克思主义文学批评中的"历史的观点" / 俞建章 / 1982.5.102
漫谈艺术创造的"分寸"问题 / 孙荪 / 1982.5.109
现实主义精神和多样的创作方法 / 邹平 / 1982.5.118
论生活真实 / 杨文虎 / 1982.5.124
社会主义文学和社会主义精神文明 / 杜书瀛 / 1982.6.3
论人性共同形态描写及其评价问题 / 钱中文 / 1982.6.82
浅谈美与善的关系——与方平同志商榷 / 李春青 / 1982.6.94

中国古代文学

《庄子》谈艺言美 / 陈约之 / 1982.1.100
论王士禛的创作与诗论 / 刘世南 / 1982.1.108
关于境界说 / 范宁 / 1982.1.114
王维·神韵说·南宗画——兼论唐代以后中国诗画艺术标准的演变 / 葛晓音
　/ 1982.1.122
杨景贤的生平、思想与创作 / 周双利　王坤 / 1982.1.134
论洪昇的《长生殿》 / 黄天骥 / 1982.2.98
试论北朝文学 / 曹道衡 / 1982.2.110
明清诗坛上不可无此一席——试论胡夏客其人其诗 / 周本淳 / 1982.2.121
李渔的"无声戏"创作及其小说理论 / 王汝梅 / 1982.2.129
论"以诗为词" / 杨海明 / 1982.2.135
《人间词序》作者考 / 刘雨 / 1982.2.141
李商隐研究中的一些问题 / 傅璇琮 / 1982.3.76
《水浒全传》是怎样纂修的 / 王利器 / 1982.3.86
王熙凤和福斯泰夫——谈"美"的个性和"道德化思考" / 方平 / 1982.3.112

关于曹操形象的研究方法——兼谈如何看待毛氏修订《三国演义》／李庆西／1982.4.3
张若虚《春江花月夜》的被理解与被误解／程千帆／1982.4.18
读李清照作品心解／陈祖美／1982.4.26
元稹佚诗佚文辑存／冀勤／1982.4.33
华罗庚教授质疑诗的质疑／马咏春／1982.4.37
无支祁哈努曼孙悟空通考／萧兵／1982.5.66
北宋古文运动的曲折过程／曾枣庄／1982.5.83
试论鲍照创作的艺术成就／朱思信／1982.5.91
唐代乐府的继承和发展／振甫／1982.6.97
论袁枚诗性灵说／胡明／1982.6.105
试论《郑风》的情歌／张启成／1982.6.117
《典论·论文》中的"齐气"一解／黄晓令／1982.6.123

中国现代文学

论鲁迅小说的现实主义／唐弢／1982.1.3
论"湖畔"派的诗／陆耀东／1982.1.25
老舍——北京市民社会的表现者与批判者／赵园／1982.2.35
作为民间文艺学者的鲁迅／钟敬文／1982.2.51
四十年代中期的上海文学／唐弢／1982.3.102
郭沫若诗作简论／陈永志／1982.4.39
《呼兰河传》我见／韩文敏／1982.4.49
阿Q和堂吉诃德形象的比较研究／秦家琪　陆协新／1982.4.55
"五四"小说创作方法的发展／刘纳／1982.5.3
巴金和法国民主主义／陈思和　李辉／1982.5.18
怎样暴露黑暗——沙汀小说的诗意和喜剧性／吴福辉／1982.5.31

中国当代文学

时代风云和命运纠葛——评一些中篇对人物命运的描写／萧云儒／1982.1.82
五年来部分长篇小说述评／孙武臣／1982.1.91
评近年来的历史小说创作／吴秀明／1982.2.3
中华民族的一曲悲壮颂歌——评长篇历史小说《金瓯缺》（一、二）／董乃斌

/ 1982.2.12
评艾青近作的思想艺术特色 / 陈国屏 / 1982.2.17
岭甫散文风格初探 / 陈剑晖　郭小东 / 1982.2.26
试论孙犁的美学理想和短篇小说 / 金梅 / 1982.3.16
李季的艺术道路 / 孙绍振 / 1982.3.29
贺敬之改造外来楼梯式问题初探 / 雷业洪 / 1982.3.39
蒋子龙创作论 / 夏康达 / 1982.3.47
杂记三篇 / 蒋子龙 / 1982.3.55
电影的希望——评一九八一年的几部优秀影片 / 蔡洪声 / 1982.3.69
一阵清风　万里涛声——论李瑛诗的艺术风格 / 任愫 / 1982.4.92
站在祖国、人民、时代面前——关于一九八一年的报告文学 / 段更新
　　/ 1982.4.101
话剧现代化和民族化的探索——上海工人文化宫话剧队的几个话剧观后 /
　　丁罗男　孙惠柱 / 1982.4.111
善良者的命运——谈张弦的小说创作 / 王蒙 / 1982.5.37
试论刘绍棠近年来作品的美学追求 / 丁帆 / 1982.5.41
写出色彩来　写出情调来——评古华小说创作的艺术特色 / 胡光凡
　　/ 1982.5.50
对于张洁创作的探讨（座谈会发言摘要）/ 1982.5.57
读《冬天里的春天》的随想 / 洁泯 / 1982.6.46
《东方》在军事题材文学创作中的地位 / 韩瑞亭 / 1982.6.54
中国当代散文的重要收获——论吴伯箫《北极星》的艺术成就 / 鲍霁
　　/ 1982.6.72
径寸之木　曲尽其态——散文诗特征小议 / 傅子玖 / 1982.6.80
《红日》艺术成就论辩 / 潘旭澜 / 1982.6.63

书　评

经得住检验的力作——评余冠英的几部古代诗选 / 徐公恃 / 1982.3.139
诗人事迹的考证和唐诗研究的深入——读《唐代诗人丛考》/ 祁欣
　　/ 1982.4.126
对鲁迅小说进行综合研究的一本新著——评陈鸣树《鲁迅小说论稿》/
　　滕云 / 1982.4.131

开心的文论——评《开心钥匙》/ 行之 / 1982.5.131
抒情·比照·探微——程千帆《古诗今选》简评 / 许总 / 1982.5.134
他们的诗曾经是血液——评《白色花》/ 杨匡汉 / 1982.5.138
鲁迅研究的新探索——评刘再复的《鲁迅美学思想论稿》/ 许怀中 / 1982.6.125
读《赵树理评传》/ 彭韵倩 / 1982.6.130

其 他

浙江省举行纪念鲁迅诞生一百周年学术讨论会（简讯）/ 哈九增 / 1982.1.141
答《〈新诗漫谈〉的漫谈》/ 尹在勤 / 1982.1.142
关于《许广平忆鲁迅》/ 马蹄疾 / 1982.1.144
应该怎样评价《寒夜》的女主人公——与陈则光先生商榷 / 戴翊 / 1982.2.142
从来都没有过吗？/ 杨胜利 / 1982.2.25
读者来信 / 林坚 / 1982.2.50
郭沫若的《郑成功》值得重视 / 朱幼棣 李建勋 / 1982.3.15
《马克思主义的文艺批评规律琐议》一文的一个失误 / 纪怀民 / 1982.3.144
关于《郁达夫的小说创作初探》几个史料问题 / 徐永耀 董易 / 1982.4.138
有关评论古典作品的几个问题——读《王士禛的创作与诗论》有感 / 陈祥耀 / 1982.4.139
《长生殿自序》非《舞霓裳》旧序——同章培恒同志商榷 / 周明 / 1982.4.142
白居易《燕子楼诗序》中的"张尚书"是谁？/ 吴汝煜 / 1982.4.144
一点说明 / 本刊编辑部 / 1982.4.67
台湾香港文学学术讨论会纪要 / 翁光宇整理 / 1982.5.142
国内唐诗研究近况 / 陈伯海 / 1982.6.134
全国马列文艺论著研究会第四次学术讨论会简况 / 周忠厚 / 1982.6.138
赵树理学术讨论会简讯 / 西平 / 1982.6.133
关于"湖畔诗社"的几点史实 / 董校昌 陆耀东 / 1982.6.140

《文学评论》1983 年总目录

（括号内分别为年、期、页）

关于当前文艺思潮的笔谈

明显地表现了一种错误倾向 / 邓绍基 / 1983.6.12
重要的是唯物史观 / 中岳 / 1983.6.14
说"朦胧" / 杜书瀛 / 1983.6.16
不能抛弃民族诗歌的艺术传统 / 陶文鹏 / 1983.6.17
对新诗历史的不准确描述 / 向远 / 1983.6.19
"现代主义"无法全面概括新的"诗群" / 楼肇明 / 1983.6.21
现实主义与现代主义不能合流 / 魏理 / 1983.6.22
准确把握当代青年的审美信息 / 仲呈祥 / 1983.6.23

纪念马克思逝世一百周年

马克思主义文艺理论的发展概观 / 李思孝 / 1983.2.3
恩格斯早期美学思想初论 / 王春元 / 1983.2.15

文艺理论

马克思、恩格斯的美学和历史的批评 / 陈涌 / 1983.1.3
"拉普"文艺思潮简论 / 吴元迈 / 1983.1.15
马克思主义美学的哲学基础到底是什么 / 王庆璠 / 1983.1.28
也论马克思美学思想的哲学基础——与郑涌同志商榷 / 尹恭弘 / 1983.1.33
不即不离 / 王朝闻 / 1983.3.86
在现象的因果联系中揭示社会本质 / 金健人 / 1983.3.99
关于"两结合"创作方法问题的不同意见（来稿综述）/ 曹辉 / 1983.3.106
比较文学的理论和方法评述 / 陈圣生 / 1983.4.116

苏联的文艺研究方法的新趋向／吴元迈／1983.4.126
试论史剧理论与悲剧理论的区别／郑波光／1983.5.60
悲剧观新探／叶金龙／1983.5.72
论诗的想像／孙绍振／1983.5.79
情感——文学艺术的基本特性／王元骧／1983.5.91
为着灿烂的社会主义文学事业——学习《邓小平文选》有关文艺问题的
　论述／贺兴安／1983.6.3
关于"接受美学"的笔记／张黎／1983.6.106

中国古代文学

《梦天》的游仙思想与李贺的精神世界／陈允吉／1983.1.99
论李渔的思想和剧作／黄天骥／1983.1.107
应该正确评价曹植的游仙诗／陈飞之／1983.1.119
"桂花"不是月光——兼评对"桂花"的两种训释／刘璞／1983.1.124
对《桃花源诗并记》中"衣裳无新制"的理解／王雨生／1983.1.126
"明月别枝惊鹊"及其他／刘瑞明／1983.1.127
"决眦入归鸟"新析／曹德华／1983.1.130
李白《宣州谢朓楼饯别校书叔云》应是《陪侍御叔华登楼歌》／詹锳
　／1983.2.109
传天籁清音　绘有声图画——论王维诗歌表现自然音响的艺术／陶文鹏
　／1983.2.116
情缘总归虚幻——重新认识《长生殿》的主题思想／周明／1983.2.124
论"兼济"与"独善"／张安祖／1983.2.131
为竟陵派一辩／吴调公／1983.3.109
谈刘禹锡诗歌的艺术美／吴汝煜／1983.3.122
读《魏秀仁的生平及著作考》／官桂铨／1983.3.132
补苴与商榷（来稿综述）／晨岘／1983.3.135
苏轼黄庭坚诗歌理论之比较／周裕锴／1983.4.88
《国殇》"左骖殪兮右刃伤"质疑／陈汝法／1983.4.98
论李白《忆秦娥》／李汉超／1983.4.101
《水浒传》作者及其他——与王利器先生商榷／王晓家／1983.4.111
释"建安风骨"／周振甫／1983.5.3

建安文学发展阶段初探 / 张可礼 / 1983.5.8
《典论·论文》与文学的自觉 / 蔡钟翔 / 1983.5.19
论曹操诗歌的艺术成就 / 陈飞之 / 1983.5.27
《典论·论文》"齐气"试释 / 曹道衡 / 1983.5.34
曹植为曹操第几子？/ 徐公持 / 1983.5.36
体国经野，义尚光大——刘勰论汉赋 / 毕万忱 / 1983.6.78
论汉赋的艺术特色 / 朱一清 / 1983.6.88
寒山和他的诗 / 李振杰 / 1983.6.94
关于苏轼《念奴娇·赤壁怀古》几个问题的质疑 / 童勉之 / 1983.6.101

中国现代文学

郁达夫风格与现代文学中的浪漫主义 / 许子东 / 1983.1.68
试论"新月派" / 郑择魁 / 1983.1.77
论张恨水的几部代表作——兼论张恨水是否归属鸳鸯蝴蝶派问题 / 范伯群
　　/ 1983.1.88
论"七月"流派 / 吴子敏 / 1983.2.72
微澜、风雨见大波——谈李劼人"三部曲"的历史真实性 / 简平
　　/ 1983.2.86
闻一多的诗歌创作论初探 / 俞兆平 / 1983.2.97
郭沫若的浪漫主义历史剧创作理论 / 王瑶 / 1983.3.49
论沙汀的《困兽记》 / 王晓明 / 1983.3.60
"整理国故"的再评价 / 魏绍馨 / 1983.3.70
普实克和他对我国现代文学的论述——《抒情诗与史诗》读后感 / 尹慧珉
　　/ 1983.3.78
巴金与西欧文学 / 陈思和　李辉 / 1983.4.3
曹禺与契诃夫的戏剧创作 / 王文英 / 1983.4.17
试论戴望舒诗歌的外来影响与独创性 / 阙国虬 / 1983.4.31
鲁迅研究与鲁迅传记的写作 / 徐允明 / 1983.5.103
路翎——灵魂奥秘的探索者 / 杨义 / 1983.5.114
试谈沈从文部分小说思想倾向的复杂性 / 董易 / 1983.6.48
关于《孔雀胆》的主题思想 / 箫鸣 / 1983.6.62
中国现代文学史研究述评 / 邢铁华 / 1983.6.68

中国当代文学

电影《骆驼祥子》改编得失谈 / 王云缦 / 1983.1.38
开创局面的共产党人形象 / 何西来 / 1983.1.44
在诗中寻找新的"自己"——论邵燕祥和他的诗 / 王光明 / 1983.1.52
心中唱着一支妙曲——刘富道的小说艺术 / 韩石山 / 1983.1.61
对建国以来农村题材小说的再认识 / 刘思谦 / 1983.2.30
论王蒙小说的幽默风格 / 陈孝英 / 1983.2.41
"沉思的老树的精灵"——林斤澜近年小说初探 / 黄子平 / 1983.2.55
关于青年题材创作的探讨（讨论会发言选登）/ 1983.3.3
张一弓创作论 / 刘思谦 / 1983.3.20
听从时代的召唤——我在习作中的思考 / 张一弓 / 1983.3.29
关于新诗的一些基本观点 / 公刘 / 1983.4.42
诗美的崇高感 / 杨匡汉 / 1983.4.51
军人的美和美的军事文学 / 思忖 / 1983.4.59
关于爱情题材的札记 / 沈敏特 / 1983.4.70
借欧美现代派之琴，唱中国流浪者之歌——论於黎华的创作 / 张超 / 1983.4.79
仙人掌的诗情——论公刘的诗 / 谢冕 / 1983.5.39
反思·回归·奋斗——近年知青题村小说漫评 / 费振刚　方克强 / 1983.5.47
失去的和缺少的——读《听从时代的召唤》致张一弓同志 / 周桐淦 / 1983.5.57
新时期文学的历史特色 / 张炯 / 1983.6.25
多师是我师 / 韦君宜 / 1983.6.34
从浪漫走向现实——读韦君宜小说有感 / 孟伟哉 / 1983.6.36
试谈中篇小说的审美属性 / 滕云 / 1983.6.40

论　坛

既要分工　又要综合 / 林文 / 1983.2.66
知识要更新 / 朱寨 / 1983.2.69
当代文学中的宏观研究 / 黄子平 / 1983.3.34
从新的思想高度研究中国现代文学史 / 支克坚 / 1983.3.36

研究，应有理论的发现——现代文学研究中一个值得思考的问题 ／ 杨义 ／ 1983. 3. 40
浅说批评流派 ／ 宋耀良 ／ 1983. 3. 44
对文学评论的一点想法 ／ 严坛 ／ 1983. 3. 47
赞文学理论队伍的新人 ／ 闻麟 ／ 1983. 4. 132
文学评论的个性与风格 ／ 张德林 ／ 1983. 6. 118
我们所应当争取得到的——关于宋代文学的研究的随想 ／ 程千帆 ／ 1983. 6. 120
现代文学研究中的版本问题 ／ 赵康太 ／ 1983. 6. 125

新作评赏

美——在于真诚——读《没有钮扣的红衬衫》／ 杨世伟 ／ 1983. 5. 128
一个独特的女性形象——评《流逝》中的欧阳端丽 ／ 吴宗蕙 ／ 1983. 5. 132
"宏观"着眼　"微观"落笔——评陆文夫的《美食家》／ 吴越 ／ 1983. 6. 127
谁是花园街五号的主人——读长篇小说《花园街五号》断想 ／ 陈骏涛 ／ 1983. 6. 131

书　评

读《曹禺剧作论》／ 朱栋霖 ／ 1983. 1. 132
简谈近几年出版的唐诗读本 ／ 祁欣 ／ 1983. 2. 136
《论沙汀的现实主义创作》读后 ／ 温儒敏 ／ 1983. 2. 140
一部有特色的作家论——读《论柳青的艺术观》／ 王肇磊 ／ 1983. 4. 135
《词学研究论文集》浅评 ／ 赵山林 ／ 1983. 4. 138
评台湾出版的《中国现代学研究丛刊》（三十本）／ 张建勇 ／ 1983. 5. 137

其　他

中国当代文学研究会一九八二年年会讨论综述 ／ 德南 ／ 1983. 1. 136
马克思美学思想讨论会在南宁召开 ／ 姜凌 ／ 1983. 1. 140
蒋光慈旅俄残简及佚诗（资料）／ 哈晓斯 ／ 1983. 3. 139
军事题材文学评论座谈会在京召开 ／ 平纪 ／ 1983. 4. 142
安徽召开建安文学学术讨论会 ／ 晨岘 ／ 1983. 4. 143
中国现代文学研究会第三届理事会会议纪要 ／ 曼君 ／ 1983. 5. 143

比较文学讨论会在天津举行／盛生／1983.5.144
革命历史题材创作讨论会综述／云千／1983.6.136
中美学者比较文学讨论会在京举行／盛生／1983.6.140

读者·作者·编者

希望发表更多的中青年评论工作者的文章／胡秉之　秦玉明／1983.1.142
程千帆教授的来信／1983.3.141
对《四十年代中期上海文学》的一点史料补充／徐宗琏　葛中义／1983.3.141
复信／唐弢／1983.3.143
关于四十年代上海文学史料的补正／冯光廉　刘增人／1983.6.141

编后记

1983年第1期／1983.1.131
1983年第2期／1983.2.144
1983年第3期／1983.3.121
1983年第4期／1983.4.144
1983年第5期／1983.5.26
1983年第6期／1983.6.93

《文学评论》 1984 年总目录

（括号内分别为年、期、页）

文学研究方法创新笔谈

要重视科学研究的方法论问题 / 刘魁立 / 1984.6.3
思维方式与开放性眼光 / 刘再复 / 1984.6.5
科技革命的启示 / 林兴宅 / 1984.6.7
文艺理论的发展和方法更断的迫切性 / 钱中文 / 1984.6.9
研究方法上的三个境界 / 杨义 / 1984.6.12

一组短稿

对《文心雕龙·定势》的一点疑问 / 黄晓令 / 1984.6.89
《文心雕龙》熔裁篇"二意两出"新解 / 王云路 / 1984.6.89
不是花落，而是花开——"梨花落后清明"异解 / 张剑 / 1984.6.91

近期新作漫评

在生活的漩流中奋进——读三篇报告文学 / 刘爱民 / 1984.3.7
青年奋击者的壮美诗篇——读张承志的《北方的河》/ 贺兴安 / 1984.3.3
邓友梅小说的民俗美与时代色彩——读中篇小说《烟壶》及其他 / 张韧 / 1984.3.12
对变革时期农村生活的思考——评周克芹的《桔香，桔香》/ 彭韵倩 / 1984.3.16
既脱艰窘，迭出新奇——读刘兆林近作 / 韩瑞亭 / 1984.3.20

文艺理论

消除精神污染是文学工作者的重要任务 / 本刊评论员 / 1984.1.3
论当前文艺理论中的现代主义思潮——评《崛起的诗群》兼论现实主义创

作原则／钱中文／1984.1.6
社会主义文学与人道主义问题／王善忠／1984.1.24
新民主主义的理论与中国现代文学研究／辛宇／1984.1.34
电影、文学和电影文学／邵牧君／1984.1.68
从《啊，人……》到《人啊，人！》——评近几年文学创作中的人性、人道主义问题／张韧　杨志杰／1984.2.3
试论幽默／徐恸／1984.2.106
外观描写琐谈／纪众／1984.2.118
论人物性格的二重组合原理／刘再复／1984.3.24
戴着脚镣跳舞——论报告文学的想象／李明泉／1984.3.41
历史转折中的文学批评——中国新文艺大系（1976—1982）理论二集导言／朱寨／1984.4.14
文学的当代性及其审美思辨特点／李庆西／1984.4.28
高晓声和"鲁迅风"／时汉人／1984.4.37
在沉思中探索——《中国新文艺大系（1976—1982）·理论一集》导言／许觉民／1984.5.3
创作多样化　评论怎么办——记作家、评论家的一次专题对话／本刊记者／1984.5.11
当代苏联文学三题／张捷／1984.5.102
关于"人物性格二重组合原理"的争鸣（来稿综述）／李之蕙／1984.6.115

中国古代文学

论孟浩然的诗歌美学观／陶文鹏／1984.1.91
三苏合著《南行集》初探／曾枣庄／1984.1.102
论诗诗论／林东海／1984.1.110
曹雪芹在典型形象塑造上的新贡献／周中明／1984.2.13
历史演义和历史真实／缪咏禾／1984.2.24
宋词的刚柔与正变／刘乃昌／1984.2.34
毛东堂行实考略／周笃文／1984.2.40
李商隐无题诗构思特点／周先民／1984.2.43
民族文化与古代文论／陈伯海／1984.3.95
《中国历代诗话选》序／周振甫／1984.3.103

诗词体性辨 ／ 胡国瑞 ／ 1984.3.108
元剧与唐传奇中的爱情作品特征比较 ／ 么书仪 ／ 1984.3.113
论司马迁之"爱奇" ／ 刘振东 ／ 1984.4.102
诗词中的时地问题——诗词蒙语之三 ／ 周本淳 ／ 1984.4.115
兼得于亦剑亦箫之美者——论龚自珍的审美情趣与意象内涵 ／ 吴调公
　／ 1984.5.41
《漱玉词》的艺术魅力 ／ 朱德才 ／ 1984.5.55
柳宗元山水文学的艺术美 ／ 周明 ／ 1984.5.63
关于《三国演义》的研究方法 ／ 刘敬圻 ／ 1984.6.55
谢朓诗歌艺术简论 ／ 张宗原 ／ 1984.6.70
杜甫夔州诗中所反映的生活悲剧 ／ 张宏生 ／ 1984.6.77
关于《人间词话》"境界"说寻绎 ／ 杨光治 ／ 1984.6.81

中国现代文学

论茅盾的现实主义文学观 ／ 王中忱 ／ 1984.1.79
前期创造社与西方浪漫主义美学 ／ 王富仁　罗钢 ／ 1984.2.49
论《故事新编》与中国现代文学中的历史题材小说 ／ 林非 ／ 1984.2.63
茅盾研究新起点的标识——评四本论述茅盾文学历程的专著 ／ 吴福辉
　／ 1984.2.75
五四时期小说中的知识分子形象 ／ 赵园 ／ 1984.3.70
论冰心早期散文的民族特色 ／ 曾华鹏　范伯群 ／ 1984.3.85
论《月牙儿》及其在老舍创作中的地位 ／ 范亦豪 ／ 1984.4.45
论艾芜的三部长篇小说 ／ 王晓明 ／ 1984.4.54
试论冯至诗作的外来影响和民族传统 ／ 张宽 ／ 1984.4.65
中国农村的面影——二十年代"乡土文学"管窥 ／ 许志英　倪婷婷 ／ 1984.5.72
鲁彦的乡土小说探析 ／ 沈斯亨 ／ 1984.5.83
论萧乾的创作道路 ／ 鲍霁 ／ 1984.5.91
文学研究会"为人生"文学观的基本特征 ／ 朱德发 ／ 1984.6.29
论太阳社 ／ 易新鼎 ／ 1984.6.40

中国当代文学

深沉而广阔地反映时代风貌——张贤亮论 ／ 曾镇南 ／ 1984.1.46

"真则精金美玉，伪则瓦砾粪土"——论报告文学的真实性 / 李庆宇 / 1984.1.57
革命历史题材长篇小说创作散论 / 吴松亭 / 1984.2.81
让主人公闪耀人的光彩 / 杨佩瑾 / 1984.2.89
论自由体诗 / 陈良运 / 1984.2.92
关于"呼唤史诗"的质疑 / 毛迅 / 1984.2.102
论宗璞 / 陈素琰 / 1984.3.54
小说和我 / 宗璞 / 1984.3.52
从单纯到丰厚——王安忆创作试评 / 陈惠芬 / 1984.3.62
文学与时代共脉搏（座谈会发言摘要）——本刊编辑部邀请文学编辑座谈当前文学创作问题 / 1984.4.3
论中国当代短篇小说的艺术发展 / 黄子平 / 1984.5.22
对一个"棘手题目"的思考——评《对建国以来农村题材小说的再认识》 / 邱岚 / 1984.5.33
走向开放的中篇小说的结构形态 / 周政保 / 1984.6.15
新时期风俗画小说纵横谈 / 丁帆　徐兆淮 / 1984.6.22

文学新人评介

哦，乌热尔图，聪慧的文学猎人 / 雷达 / 1984.4.74
普通劳动者心灵的乐章——简析达理的小说创作 / 杨世伟 / 1984.4.79
柳暗花明又一村——读贾平凹的三个中篇 / 蒋荫安 / 1984.5.114
陈世旭创作个性的发展——兼评《惊涛》、《天鹅湖畔》等新作 / 公仲 / 1984.5.119
两个金苹果："跳出来"和"走进去"——《蓝屋》、《流逝》比较谈 / 邹平 / 1984.6.109
他从沸腾的生活中脱颖而出——试评彭见明的小说 / 胡宗健 / 1984.6.104

外国文学理论著作评介

威勒克和沃伦合著的《文学理论》 / 王春元 / 1984.4.93
评波斯彼洛夫的《文学原理》——兼评苏联的其他几本同类著作 / 钱中文 / 1984.4.85

论 坛

关于文学的当代性的思考 / 王东明 / 1984.1.119
当代文学——新的社会信息 / 沈敏特 / 1984.3.120
文学批评中的"入"与"出" / 许子东 / 1984.3.124
也谈"呼唤史诗"——以简代论 / 邵燕祥 / 1984.4.121
微电脑和文学家 / 刘齐 / 1984.4.123
浅议小说中的知识性蕴含 / 纪众 / 1984.5.124
创作个性与艺术风格断想 / 张德林 / 1984.5.130
让当代文学研究与比较文学"联姻" / 陈孝英 / 1984.6.93
读《没有地址的信》所引起的思考 / 余福智 / 1984.6.96
关于文学批评的对象、视角和方法 / 李兆忠 / 1984.6.101

书 评

评吴调公《李商隐研究》 / 白坚 / 1984.1.122
可喜的尝试　良好的开端——《中国历代小说论著选》读后 / 刘中 / 1984.1.129
读《丁玲生活与文学的道路》 / 王淑秧 / 1984.1.131
腾波踏浪的历程——中篇小说《迷人的海》评析 / 张同吾 / 1984.1.135
评孙玉石著《〈野草〉研究》 / 吴小美 / 1984.2.129
伟大人物的一个侧影——读王得后《〈两地书〉研究》 / 朱正 / 1984.2.134
足迹·心声·年轮——读《荒煤散文选》 / 蒋守谦 / 1984.2.137
富于创造性的文学探求——评王蒙的《漫话小说创作》及其他 / 陈骏涛 / 1984.3.128
一套雅俗共赏的现代文学欣赏丛书——评《中国现代作家作品欣赏丛书》 / 万木春 / 1984.3.133
评《文心雕龙译注》 / 王树村 / 1984.3.137
《闻一多评传》读后 / 俞兆平 / 1984.4.126
《先秦汉魏晋南北朝诗》评介 / 曹道衡 / 1984.4.130
苦心抽绎　蕴义宣扬——评《唐宋词简释》 / 许总　许结 / 1984.4.134
高适研究的可喜成果——评《高适年谱》 / 郁贤皓 / 1984.5.133
评四部中国当代文学史 / 王东明　徐学清　梁永安 / 1984.6.120
《冰心评传》读后 / 曹惠民 / 1984.6.129

一位老学者多年的研究成果——读《照隅室古典文学论集》／冯海荣
／1984.6.132

学术动态

闻一多研究学术讨论会简况／晓行／1984.1.139
清诗讨论会侧记／苏任／1984.2.142
陆文夫作品学术讨论会略记／赵仲／1984.3.142
全国马列文论研究会讨论列宁文艺思想／兴乾／1984.4.139
全国第二次台湾香港文学讨论会侧记／云千／1984.4.140
第二次老舍学术讨论会在青岛举行／史若平／1984.4.112
"改革题材文学"学术讨论会略述／石衍／1984.5.139
丁玲创作讨论会在厦门大学举行／朱水涌／1984.5.141
把当代文学研究推向新的高度——中国当代文学研究会1984年学术讨论会记略／云千／1984.6.134
为了发展文学评论事业——记中国作协文学评论家访问团访问西北的活动／霄峰／1984.6.136
中国现代文学研究会第三届年会述略／王保生／1984.6.137
中国唐代文学学会第二届年会综述／逯夫／1984.6.139

读者·作者·编者

"左骖殪兮右刃伤"又释——与陈汝法商榷／刘凯鸣／1984.1.141
关于萧红的《弃儿》——对《评台湾省出版的〈中国现代文学研究丛刊〉》一文的补正／沙金成／1984.1.143
对《论自由体诗》一文的若干订正／常明　汪继南／1984.3.144
就电影剧本问题与邵牧君同志商榷／刘明智／1984.5.143

编后记

1984年第1期／1984.1.144
1984年第2期／1984.2.144
1984年第4期／1984.4.144
1984年第5期／1984.5.144
1984年第6期／1984.6.141

《文学评论》 1985 年总目录

(括号内分别为年、期、页)

长篇小说笔谈

期待着更强的突破力 / 陈美兰 / 1985.4.56
文学观念的开拓与艺术手法的创新 / 何镇邦 / 1985.4.60
长篇小说结构的艺术整体性 / 李兆忠 / 1985.4.64
长篇小说现实主义的开放与深化 / 盛英 / 1985.4.69
长篇小说艺术探索新趋势 / 刘齐 / 1985.4.72

评论自由笔谈

评论自由与"双百"方针 / 荒煤 / 1985.2.3
创作之友——生活、借鉴、批评 / 严秀 / 1985.2.4
因评论自由而想起的 / 洁泯 / 1985.2.8
评论必须自由 / 顾骧 / 1985.2.10
文学的批评与内心的自由 / 林非 / 1985.2.6

我的文学观

用心理学的眼光看文学 / 鲁枢元 / 1985.4.3
形象的三维结构和作家的内在自由 / 孙绍振 / 1985.4.10
关于文学本性的思考 / 刘心武 / 1985.4.25
论"二十世纪中国文学" / 黄子平　陈平原　钱理群 / 1985.5.3
论文学批评的当代意识 / 李庆西 / 1985.5.14
一封荒唐信 / 贾平凹 / 1985.5.22
文学的世界 / 南帆 / 1985.6.69
美文的沙漠 / 张承志 / 1985.6.75

文艺理论

文学批评中美学观念的现实感与历史感 / 南帆 / 1985.1.52
试论文学语言的心理机制 / 鲁枢元 / 1985.1.60
小说的时间观念 / 金健人 / 1985.2.13
小说节奏试论 / 徐志祥 / 1985.2.22
小说"写意"手法枝谈 / 朱向前 / 1985.2.28
说小说 / 李本深 / 1985.2.32
文学和民间文学 / 刘魁立 / 1985.2.120
文艺是时代妈妈的儿子（现实主义：一个艺术哲学原理）/ 刘欣大 / 1985.3.15
"变形"艺术规律探索——小说艺术谈 / 张德林 / 1985.3.93
微型小说刍议 / 晓钟 / 1985.3.100
文学批评的研究方法和研究目标 / 南帆 / 1985.4.38
文明的极地——诗与数学的统一 / 林兴宅 / 1985.4.43
文学批评：在新的挑战面前——记厦门全国文学评论方法论讨论会 / 晓丹 赵仲 / 1985.4.46
欲穷千里目，更上一层楼——记扬州文艺学与方法论问题学术讨论会 / 钱竞 / 1985.4.50
论吸收外国文学影响的潜在形态及其作用——从接受美学的角度谈文学的民族化问题 / 钱念孙 / 1985.5.90
试说"诗人兴会" / 王先霈 / 1985.5.100
读评论文章偶记 / 王蒙 / 1985.6.3
论文学的主体性 / 刘再复 / 1985.6.11
散文研究的特点 / 林非 / 1985.6.65

中国古代文学

我国古典悲剧的发展概貌和审美品格 / 苏国荣 / 1985.1.92
孙悟空、猪八戒形象塑造的艺术经验 / 孙逊 / 1985.1.102
汉魏六朝时代对小说观赏性质的认识 / 胡大雷 / 1985.1.109
赵壹赋论 / 龚克昌 / 1985.1.117
万古云霄一羽毛——诸葛亮艺术形象的生命力 / 丘振声 刘名涛 / 1985.1.123
论吴梅村的诗风与人品 / 黄天骥 / 1985.2.34

张可久散曲简论 / 吕薇芬 / 1985.2.45

《聊斋志异》"异史氏曰"的思想和艺术 / 任孚先 / 1985.2.54

中国古典诗歌研究的现状和未来——在中国韵文学会成立大会上的发言 / 董乃斌 / 1985.2.61

我国古代文论中的审美心理结构 / 张文勋 / 1985.3.104

《唐代科举与文学》自序 / 傅璇琮 / 1985.3.112

苏轼与毛滂 / 曾枣庄 / 1985.3.116

论阮籍诗歌创作的审美经验 / 沈悦苓 / 1985.3.122

意境与非意境 / 禹克坤 / 1985.3.129

钟嵘《诗品》的诗歌批评体系 / 萧华荣 / 1985.4.104

论汉儒美刺言诗 / 石文英 / 1985.4.114

《高唐赋》的源流与影响 / 钟来因 / 1985.4.121

《典论·论文》"书论宜理"解 / 杨明 / 1985.4.128

评庄子的散文艺术 / 孙以昭 / 1985.5.112

从"唐人七律第一"之争看文学观念的演变 / 周勋初 / 1985.5.118

《石林词》和南渡前后词风的转变 / 蒋哲伦 / 1985.5.123

《后西游记》的思想、艺术及其他 / 陈美林 / 1985.5.128

试论《玉台新咏》 / 穆克宏 / 1985.6.107

《昭明文选》与唐代文学 / 朱金城　朱易安 / 1985.6.116

宇宙灵秘，山水真面——谈魏源的山水诗 / 孙静 / 1985.6.119

中国现代文学

试论巴金小说的"生命"体系 / 张民权 / 1985.1.80

论中国诗歌会 / 柯文溥 / 1985.1.69

"左联"研究点滴谈 / 王富仁 / 1985.2.64

增强现代文学研究的历史感 / 许志英 / 1985.2.66

论夏衍戏剧艺术的创新 / 王文英 / 1985.2.70

郁达夫研究述评 / 邢少涛 / 1985.2.79

《呐喊》《仿徨》综论（博士学位论文摘要·上） / 王富仁 / 1985.3.3

《子夜》与都市题材小说 / 孙中田 / 1985.3.73

进入多维视野的老舍——近年来老舍研究述评 / 宋永毅 / 1985.3.82

《呐喊》《仿徨》综论（博士学位论文摘要·下） / 王富仁 / 1985.4.77

田汉早期剧作中的唯美主义倾向／朱寿桐／1985.4.112
心理学派与中国现代文学／余凤高／1985.5.62
视角问题与"五四"小说的现代化／孟悦／1985.5.76
论中国现代叙事诗／骆寒超／1985.6.78
近年丁玲研究述评／陈惠芬／1985.6.92

中国当代文学

人与大自然关系的艺术思考——兼评近年来小说创作的一种倾向／徐芳
／1985.1.23
论张洁／唐晓渡　王光明／1985.1.33
知识劳动美的审美价值浮沉——评几部"大反响"小说／李文衡
／1985.1.44
改革者形象的道德审美心理流向／冯能保／1985.2.103
今诗话十则——晨昏随笔／邵燕祥／1985.2.107
苍天云霞，洱海风帆——论晓雪的诗／叶橹／1985.2.113
"各还命脉各精神"——论新时期小说风格的多样化／吴秉杰／1985.3.38
论张辛欣的心理小说系列／丹晨／1985.3.51
贾平凹论／刘建军／1985.3.61
呈献给祖国母亲的歌——赵淑侠《我们的歌》读后／韩文敏／1985.3.69
历史与未来的精神产儿——论新时期"青年文学体"／李书磊／1985.5.24
当代小说中的性心理学／宋永毅／1985.5.34
断裂与倾斜：蜕变期的投影——论新诗潮／谢冕／1985.5.43
新边塞诗的审美特色与当代性——杨牧、周涛、章德益诗歌创作评断／
周政保／1985.5.52
《太阳和他的反光》的反光——江河新作的民族性独创性／肖驰
／1985.5.58
会唱歌的鸢尾花——论舒婷／刘登翰／1985.6.27
且化浓墨写春山——漫评贾平凹的中篇近作／韩石山／1985.6.36
刘宾雁：拨开迷雾、现其真相的勇士／贺兴安／1985.6.44
论阿城的美学追求／苏丁　仲呈样／1985.6.53
他在荒原上默默闪光——《昌耀抒情诗集》序／刘湛秋／1985.6.61

论　坛

物质的丰富与精神的丰富／王蒙／1985.1.5
荆棘与鲜花／刘宾雁／1985.1.7
呼唤"第一流"／王行之／1985.1.11
社会的厚爱和赐予／丹晨／1985.1.13
信任　自由讨论　疏导／洁泯／1985.1.15
文学理论批评工作要继续反"左"／裘尚川／1985.1.17
社会的变革和文学观念的变革／陈辽　陈骏涛／1985.1.20
应该冲破僵化的、封闭的文学批评方法模式／殷国明／1985.3.29
小议当代文学研究中的信息方法／程文超／1985.3.35
方法与现实和未来——由文学研究方法的创新想到的／何江南／1985.3.27
文学的分化与进步／屈选／1985.4.130
理论的发展在于自我扬弃／汪应果　朱栋霖／1985.4.133
从续写《红楼梦》、改写《水浒》说到《金瓶梅》的出版／胡明／1985.5.107
对一种缺陷的反省／王晓明／1985.6.105

新人新作评介

"高倍观察镜"下的军人世界——朱苏进近作管窥／思忖／1985.1.132
虽然历史是一面镜子——读《山中，那十九座坟茔》随感／徐怀中／1985.2.90
从进取到衰颓——评《拂晓前的葬礼》中的田家祥性格／何西来／1985.2.33
长篇小说创作的新探索——评《钟鼓楼》／章仲锷／1985.2.99
现代生活节奏下的情绪世界——评何立伟、聂鑫森的短篇小说／胡宗健／1985.4.136

书　评

读《郁达夫新论》／刘纳／1985.1.137
美学园地的新收获——评介《美学知识丛书》／诸天寅／1985.1.141
兰气息，玉精神——读李子云评论集《净化人的心灵——当代女作家论》

／毛时安／1985.2.126
评王铁仙《瞿秋白论稿》／冒炘／1985.3.131
读《域外词选》／彭黎明／1985.3.135
《中国文学研究年鉴》简介／蔡田明／1985.3.143
像"史"的史——评黄修己的《中国现代文学简史》／刘元树／1985.5.135
评《论李渔的戏剧美学》／尹恭弘／1985.5.138
评《唐宋词通论》／肖瑞峰／1985.6.127
评《中国现代文论选》／方胜／1985.6.131

学术动态

《文学评论》优秀论文（中青年作者）获奖篇目／1985.1.3
文学评论进修班招收学员启事／1985.1.144
《文学评论》举行优秀理论文章（中青年作者）授奖会／本刊记者／1985.2.131
关心和提高通俗文学创作——天津市举办通俗文学研讨会／哲明／1985.2.132
第二届中国近代文学学术讨论会侧记／止木／1985.2.135
文学比较研究学术讨论会在广州举行／盛生／1985.2.139
努力开创茅盾研究的新局面——全国茅盾研究第二次学术讨论会略述／晓行／1985.2.137
中国韵文学会成立大会述评／刘扬忠／1985.2.139
暑期"中国当代文学系列讲座"招生／1985.3.92
一次密集知识和拓展思维的进修——《文学评论》编辑部文学评论进修班学习综述／李明泉／1985.4.142
北京大学深圳大学将联合举办比较文学讲习班／1985.4.141
神话研究的新收获——全国神话理论研讨会略述／逸申／1985.5.142
第一次全国喜剧美学讨论会述评／陈孝英　王树昌／1985.6.135
《美学原理》（蔡仪主编）讨论会侧记／王德和／1985.6.137
文艺评论刊物座谈会述要／晋平文／1985.6.142
中篇小说学术讨论会记略／云千／1985.6.140

读者·作者·编者

也谈"人归落雁后"／吴汝煜／1985.2.142
《文学遗产》杂志明年改为双月刊／1985.6.60

编后记

编者的话／1985.1.4
1985年第2期／1985.2.143
1985年第3期／1985.3.144
1985年第4期／1985.4.144
1985年第5期／1985.5.144
编者的话／1985.6.141

《文学评论》 1986年总目录

(括号内分别为年、期、页)

发展马克思主义文艺理论笔谈

马克思主义与文艺规律问题——与陈涌同志商榷 / 洪永平 / 1986.4.4
论文艺的充分主体性和超越性——兼评《文艺学方法论问题》/ 杨春时
　/ 1986.4.12
现代自然科学方法和美学、文艺学的方法论 / 周来祥 / 1986.4.25
走出思维定势后的选择——论新时期文艺理论批评的新调整 / 潘凯雄
　贺绍俊 / 1986.4.30
理性的自由：文学主体意识界说 / 许明 / 1986.5.80
意识形态 / 毛星 / 1986.5.88
论艺术真实的动态模型 / 朱立元 / 1986.5.95

纪念鲁迅逝世五十周年

历史的"中间物"与鲁迅小说的精神特征 / 汪晖 / 1986.5.53
"北京的苦闷"与"巴黎的忧郁"——鲁迅与波特莱尔散文诗的比较研究
　/ 吴小美　封新成 / 1986.5.67

新时期文学十年研究

意识流文学东方化过程 / 宋耀良 / 1986.1.33
被唤醒的美学意识：悲剧 / 李洁非　张陵 / 1986.2.92
中国新时期的诗美流向 / 杨匡汉 / 1986.3.16
论新时期小说创作中的"假定形式" / 吴秉杰 / 1986.4.36
文学与哲学的浸渗和结盟的时代——"中篇小说十年启示录"之一 / 张韧
　/ 1986.4.46

在逆现象中行进的新时期文学／刘纳／1986.5.3

新时期乡土小说的递嬗演进／丁帆　徐兆淮／1986.5.11

当今小说的风度与发展前景——与当代小说家一次冒昧的对话／杨义／1986.5.20

新潮汐——对新评论群体的初描／周介人／1986.5.33

论知青作家的群体意识／郭小东／1986.5.37

走向世界和未来的起点——论电影新潮／余纪　杨坤绪／1986.5.45

当代文学中的文化寻根意识／陈思和／1986.6.24

人物性格塑造的突破与超越／缪俊杰／1986.6.34

戏剧的超越／林克欢／1986.6.42

中国新时期文学十年学术讨论会

开幕词／许觉民／1986.6.3

闭幕词／朱寨／1986.6.6

起死回生、青春焕发的十年／张光年／1986.6.8

小说家言／王蒙／1986.6.10

论新时期文学主潮（内容提要）／刘再复／1986.6.14

历史与未来之交：反思、重建、拓展（讨论会纪要）／本刊记者／1986.6.15

我的文学观

哲学观的更新与文艺学的发展／徐岱／1986.1.41

论系统科学方法论在文艺研究中的运用／林兴宅／1986.1.48

结庐在人境，我手写我心／戴厚英／1986.1.57

几位青年军人的文学思考／本刊记者／1986.2.42

在变化中寻找自己／李存葆／1986.2.54

"文化"的尴尬／李杭育／1986.2.50

作家群与读者群的文化反应／陈晓明／1986.2.57

文学的"一"——关于艺术哲学的自我论辩录／王玮／1986.4.92

知识分子与文学／蔡翔／1986.4.101

从文化角度看文学／吴予敏／1986.6.79

我看"看不懂"／林斤澜／1986.6.86

文学：面临电视时代的挑战 / 杨文虎 / 1986.6.93

文艺理论

论文学的主体性（续）/ 刘再复 / 1986.1.3
自由地讨论，深入地探索——关于刘再复《论文学的主体性》一文的讨论 / 文学研究所文艺理论研究室 / 1986.3.3
蔡仪美学思想的历史地位——祝贺蔡仪同志从事学术活动六十周年 / 王善忠 / 1986.3.25

中国古代文学

论公安派三袁美学观之异同 / 吴调公 / 1986.1.92
论皎然《诗式》/ 孙昌武 / 1986.1.102
论韩愈散文的结构美 / 吴小林 / 1986.1.112
在庆贺俞平伯先生从事学术活动六十五周年会上的讲话 / 胡绳 / 1986.2.3
献给俞平伯先生的祝词 / 刘再复 / 1986.2.4
旧时月色（关于《红楼梦》短文二篇）/ 俞平伯 / 1986.2.7
质变：从"旧红学"到"新红学"/ 刘世德 / 1986.2.9
谈俞平伯先生对于古典诗歌艺术的探索 / 吴庚舜 / 1986.2.16
谈中国古代文论的研究方法问题 / 栾勋 / 1986.2.21
关于中国传统文学思想的反思 / 彭久源 / 1986.2.33
《词学论荟》题记 / 吴小如 / 1986.2.37
论当代古典文学研究的体系 / 董乃斌 / 1986.3.90
再论文艺批评的一种方法——读《谈艺录》（补订本）/ 郑朝宗 / 1986.3.99
《水浒》主题思维方法辨略——兼说"起义说"与"市民说"/ 李庆西 / 1986.3.112
古典文学札记一则 / 李泽厚 / 1986.4.65
古典小说理论的民族特色 / 吴功正 / 1986.4.78
"心曲"的外观化和优美化——论温庭筠词 / 杨海明 / 1986.4.85
传神阿堵——《世说新语》塑造人物形象的艺术手法 / 钱南秀 / 1986.5.104
黄庭坚词风管窥 / 蔡厚示 / 1986.5.112

司马迁与普鲁塔克 / 李少雍 / 1986.5.119
杜诗集大成说 / 程千帆　莫砺锋 / 1986.6.99
论李清照南渡以后的诗词 / 喻朝刚 / 1986.6.107
杨万里散论 / 胡明 / 1986.6.114

中国现代文学

新文学运动史讲义提纲 / 周扬 / 1986.1.20
中国现代特定历史条件下的现实主义主张——冯雪峰文艺理论研究 / 支克坚 / 1986.1.80
新文学运动史讲义提纲（续）/ 周扬 / 1986.2.100
论曹禺剧作和奥尼尔的戏剧艺术 / 刘珏 / 1986.2.110
辛亥革命时期至五四时期我国文学的变革 / 刘纳 / 1986.3.60
流亡者的歌哭——论三十年代的东北作家群 / 逄增玉 / 1986.3.75
茅盾早期创作观与左拉自然主义文学理论 / 徐学 / 1986.4.108
沈从文构筑的"湘西世界" / 赵园 / 1986.6.50
在历史的反思中探索——近年来沈从文研究述评 / 赵学勇 / 1986.6.67

中国当代文学

论创作主体的多样化趋势 / 雷达 / 1986.1.63
三论陆文夫 / 范伯群 / 1986.1.71
南方的生力与南方的孤独——李杭育小说片论 / 曾镇南 / 1986.2.64
从《现代文学》看台湾的现代派小说 / 应红 / 1986.2.73
从《大河奔流》到《黄河东流去》——论转折时期李準的创作 / 孙荪 / 1986.2.83
一种新的审美思潮——从徐星、陈村、刘索拉的三部作品谈起 / 刘晓波 / 1986.3.35
张辛欣小说的内心视境与外在世界——兼论当代女性文学的两个世界 / 王绯 / 1986.3.44
历史·瞬间·人——论北岛的诗 / 王干 / 1986.3.53
在俯瞰陈家村之前——论高晓声近年来的小说创作 / 王晓明 / 1986.4.57

新人新作评介

刘索拉小说论 / 李劼 / 1986.1.120
思想与激情——谈王富仁的中国现代文学研究 / 宋益乔 / 1986.6.132

外国文艺理论评介

苏联的"艺术接受"探索 / 吴元迈 / 1986.1.127
当代西方文学社会学流派评介 / 袁志英 / 1986.5.135

论　坛

冷峻的反省和坚韧的求索 / 何孔周 / 1986.2.131
"溯因法"和典型化 / 汤学智　许明 / 1986.2.124
寻找契合点 / 陈帆 / 1986.2.128
需要震撼心灵的时代曲——从电视剧《新星》引起的反响说开去 / 缪俊杰
　/ 1986.3.84
创新与极端——对创立批评流派的一点思考 / 饶曙光 / 1986.3.87
对一种"不理解"的思考 / 吴方 / 1986.4.121
解放散文 / 范培松 / 1986.4.124
文学理论概念的重整 / 汪瑰曼 / 1986.6.128

来稿撷英

诗歌的价值及其实现方式 / 李黎 / 1986.3.125
文学实体构成的自主性 / 陈晋 / 1986.3.125
当代小说趋势二题 / 熊忠武 / 1986.3.126
寻求、建构走向世界文学的基点——也论二十世纪中国文学 / 李俊国
　张晓夫 / 1986.4.130
理想主义激情与殉情主义感伤——郭沫若、郁达夫文艺思想比较之一 /
　黄侯兴　蔡震 / 1986.4.133
郁达夫创作中苦闷的转化 / 王晓华 / 1986.4.131
韩少功近作和拉美魔幻技巧 / 陈达专 / 1986.4.135

书 评

新方法　新途径　新收获——评《走向世界文学——中国现代作家与外国文学》／乐黛云／1986.1.135

读蔡仪主编的《美学原理》／钱中文／1986.3.129

小说艺术美探索——《现代小说美学》序／蒋孔阳／1986.3.135

短篇小说深层结构的理论探索——论高尔纯的《短篇小说结构理论与技巧》／陈学超／1986.4.126

评许怀中著《鲁迅与文艺思潮流派》／陆耀东／1986.5.142

学术动态

努力拓展话剧文学研究的多向审美视角——北京中国话剧文学学术讨论会述略／周安华／1986.1.140

桐城派学术讨论会在桐城举行／葭堤／1986.1.142

青年"茅盾研究笔会"略记／晓行／1986.1.143

黄庭坚学术讨论会评述／朱安群／1986.2.138

严羽学术讨论会评述／陈定玉／1986.2.140

《文艺学习》即将复刊／关向楠／1986.2.143

一次民主、求实的学术讨论会——冯雪峰学术讨论会记略／学喆／1986.3.142

在第三次全国老舍学术讨论会上／王行之／1986.3.143

中国唐代文学学会第三次学术讨论会综述／葛培岭／1986.4.140

新时期文学讨论会述略／园明／1986.4.143

一次气氛活跃的学术讨论会——中国近代、现代、当代文学史分期问题讨论会在京举行／之凡／1986.6.136

丁玲创作六十周年学术讨论会述略／彭漱芬／1986.6.138

首次张天翼学术讨论会取得研讨成果／言炎／1986.6.139

读者·作者·编者

编者的话／1986.1.144

编者的话／1986.2.144

王鲁彦与乡土文学／胡凌芝／1986.3.139

诗的现代意识与社会功能——与谢冕同志商榷／程光炜／1986.4.137

其　他

来自全国同行的建议与希望／文学研究所科研处整理／1986.1.138
关于文学研究的通信／邵燕祥／1986.2.135

编后记

1986年第3期／1986.3.89
1986年第5期／1986.5.19
1986年第6期／1986.5.141

《文学评论》 1987 年总目录

（括号内分别为年、期、页）

新时期文学十年研究

民族灵魂的发现与重铸——新时期文学主潮论纲 / 雷达 / 1987.1.15
新时期文学中的现代主义渐进 / 邹平 / 1987.1.28
1977—1986 中国非虚构文学描述——非虚构文学批评之二 / 南平　王晖
　 / 1987.1.35
面向新时期第二个十年的思考——《文学评论》召开小型座谈会纪要 /
　 谭湘 / 1987.1.44
新时期的三种文学 / 许子东 / 1987.2.64
寓意超越意识的滋长与强化——新时期军旅小说创作的一种判断 / 周政保
　 / 1987.2.79

发展马克思主义文艺理论笔谈

论实践主体性、精神主体性和审美主体性 / 孙绍振 / 1987.1.59
现代文学理论体系的三维结构 / 王春元 / 1987.1.73
哲学范畴与文艺学范畴——对建构文艺学体系的思维方式的思考 / 张首映
　 / 1987.1.81
文艺学引进自然科学横断科学应注意的几个问题——兼论相关的美学研究
　问题 / 张国民 / 1987.3.102

当代中国文艺理论新建设

我们的思考和追求（笔谈一）/ 许明　钱竞　等 / 1987.2.4
精神价值论——文艺研究的逻辑起点 / 吴兴明 / 1987.2.22
论艺术感觉过程是选择与建构的统一 / 杨健民 / 1987.2.29

作家学论纲 / 邹忠明 / 1987.2.38
文学研究格局与新学科建设 / 程麻 / 1987.6.4
典型的迷惘与重建 / 陈学超 / 1987.6.11

文艺理论

文学三元 / 王蒙 / 1987.1.5
文学动因与三对矛盾 / 陈伯海 / 1987.1.125
"神韵说"与"文学格式塔"——关于文学本体论的思考 / 鲁枢元 / 1987.3.78
论文学符号的审美功能变体 / 徐岱 / 1987.3.85
抒情诗的主体定性 / 俞兆平 / 1987.3.95
马克思主义文艺批评论纲 / 金惠敏 / 1987.4.9
论古典作家品格和个性的实现 / 裴斐 / 1987.4.23
民族化与振奋民族精神 / 郝亦民 / 1987.4.31
民族化——文学繁荣发展的必由之路——与陈越同志商榷 / 梁一孺
　/ 1987.4.38
"语言变革"质疑——与刘再复同志商榷 / 俞建章 / 1987.4.43
两个"尺度"与文学创作——创作主体与创作客体的功能 / 杜书瀛 / 1987.5.4
康德"判断力"原理与文学主体性 / 劳承万 / 1987.5.12
艺术心理学：当代的课题及其发展 / 周宪 / 1987.5.22
哲学时代：作为一种自足体的文学与文学理论 / 刘武 / 1987.5.31
形象思维的语符化过程——作家的文学思维 / 邹平 / 1987.6.116
走向信息时代的审美要求 / 张宇光 / 1987.6.125

中国当代文学

门外议小说 / 刘宾雁 / 1987.1.11
张承志和他的地理学文学 / 颜纯钧 / 1987.1.51
小说叙述观念与艺术形象构成的实证分析 / 罗强烈 / 1987.2.47
韩少功近作三思 / 胡宗健 / 1987.2.56
散文创作的昨日和明日 / 林非 / 1987.3.37
近年来小说中的三种人生主题比较——兼论中西文化在当代文坛上的冲突
　/ 苏丁 / 1987.3.45
惶惑的精灵——王蒙小说片论 / 曾镇南 / 1987.3.54

历史的前进运动与作家的道德思考——说说"王润滋论题" / 滕云 / 1987.3.65

文学：用心灵去拥抱的事业——全国青年文学创作会议拾零 / 谭湘 / 1987.3.72

论小说的心理——情绪模式 / 南帆 / 1987.4.46

汪曾祺小说文体描述 / 李国涛 / 1987.4.56

感觉世界：新时期小说的一种形态 / 盛子潮　朱水涌 / 1987.4.65

特殊心态的呈示和文学经验的互补——从当代中国文学的整体格局看台湾文学 / 刘登翰 / 1987.4.72

文学的困惑与审美的二元视角——论一种文学现象 / 朱持　陆耀文 / 1987.5.62

大写的历史　大写的人——简论周梅森的小说创作 / 黄毓璜 / 1987.5.71

那是个辉煌的梦想 / 周梅森 / 1987.5.77

赵本夫小说创作的蜕变轨迹 / 徐兆淮 / 1987.5.78

还是慢慢道来 / 赵本夫 / 1987.5.84

马原小说评析 / 许振强 / 1987.5.86

在梦的妊娠中痛苦痉挛——残雪小说启悟 / 王绯 / 1987.5.94

辉煌的生命空间——论杨炼的组诗 / 王干 / 1987.5.102

忧郁的土地，不屈的精魂——莫言散论之一 / 季红真 / 1987.6.20

高行健的多声部与复调戏剧 / 林克欢 / 1987.6.30

隔海的缪斯——论台湾诗人余光中的诗艺 / 李元洛 / 1987.6.40

古老大地的沉默——漫说《厚土》 / 李庆西 / 1987.6.49

《隐形伴侣》：对传统模式的定向爆破 / 蔡葵 / 1987.6.55

寓言的世界与世界的寓言——《金牧场》主题阐释 / 陈墨 / 1987.6.60

中国现代文学

"五四"话剧创作与外国文学 / 葛聪敏 / 1987.1.90

中国新文学发展中的老舍 / 韩经太　李辉 / 1987.1.103

论中国现代象征诗派之升沉 / 邱文治　杜学忠　穆怀英 / 1987.1.114

觉醒·苦闷·危机——论五四时期女作家的爱情观念及其描写 / 钱虹 / 1987.2.96

民族文化与俞平伯的文学创作 / 刘绪源 / 1987.2.107

论中国现代文学的客观再现与主观表现 / 程金城 / 1987.3.4

现代文学史上个性解放主题的淡化 / 倪婷婷 / 1987.3.15

1934—1985 曹禺前期剧作研究述评 / 马俊山 / 1987.3.25
开拓者的艰难跋涉——论丁玲小说的历史贡献 / 严家炎 / 1987.4.81
英国随笔对中国现代散文的影响 / 汪文顶 / 1987.4.94
"对话"，在契合与超越中完成——兼论《巴金论》《巴金论稿》等 /
　曹惠民　朱栋霖 / 1987.4.105
论何其芳爱的历程 / 姜涛 / 1987.5.38
童心与青春永驻——读何其芳纪念文集《衷心感谢他》/ 武杰华 / 1987.5.47
关于中国现代反帝爱国文学的思考——从中西文化冲突出发 / 王培元
　/ 1987.5.52
新的审美感知与艺术表现方式——论中国现代散文化抒情小说的艺术特征
　/ 解志熙 / 1987.6.66
史诗：端木蕻良文学起步的选择——论《科尔沁旗草原》/ 邢富君
　/ 1987.6.76
伦理与心理——老舍研究二题 / 宋永毅 / 1987.6.87

中国古代文学

论刘禹锡诗的个性特征 / 肖瑞峰 / 1987.1.133
"试画虞渊落照红"——论《彊村语业》/ 彭靖 / 1987.1.139
豪情如火，快语如刀——陈亮词论 / 陆坚 / 1987.2.117
中国古代山水诗的三重境界 / 肖驰 / 1987.2.125
封建礼教思想同小说艺术的敌对性——纪昀小说观陈述 / 王先霈 / 1987.2.132
论《秦妇吟》的艺术真实 / 臑人 / 1987.2.138
盛唐高峰期的西部诗歌——岑参边塞诗新探 / 陶尔夫　刘敬圻 / 1987.3.130
红学与曹学 / 刘梦溪 / 1987.3.119
从宋代官制考证柳永的生平仕履 / 吴熊和 / 1987.3.141
东西方启蒙文学的先驱——"三言"、"二拍"和《十日谈》/ 孙逊
　/ 1987.4.112
论苏轼的审美理想 / 江裕斌 / 1987.4.124
渔洋论杜 / 张忠纲 / 1987.4.132
我国古代诗歌中空间描写的艺术 / 王文龙 / 1987.5.111
审美价值与社会价值的交融——温庭筠乐府诗简论 / 张晶 / 1987.5.124
论安史之乱后杜甫的改良思想 / 李从军 / 1987.5.133

美丑都在情和欲之间——《牡丹亭》与《金瓶梅》比较谈片 / 卜键 / 1987.5.142

关于中国古代文论研究对象和范围的再思考 / 陆海明 / 1987.6.96

评王国维对南宋词的艺术偏见 / 谢桃坊 / 1987.6.105

对南宋江湖诗人应当重新评价 / 费君清 / 1987.6.112

外国文艺理论评介

历史——本文——解释——杰姆逊的文艺理论 / 伍晓明　孟悦 / 1987.1.157

西方小说的视角——结构主义叙述学比较研究 / 陈力川 / 1987.2.86

论弗洛伊德的文艺心理学方法 / 赵宪章 / 1987.3.110

话语——权力——作者——富科后结构主义理论管窥 / 李航 / 1987.4.138

罗兰·巴特的本文理论 / 戈华 / 1987.5.163

后结构主义与分解批评 / 王宁 / 1987.6.143

新人评介

文学研究的个性与文学性——漫评赵园的现代文学研究 / 王培元 / 1987.3.147

有关《艰难的选择》的再思考 / 赵园 / 1987.3.151

她在召唤历史的大漠雄风——王英琦散文创作探赜 / 林道立 / 1987.3.155

面对寂寞的散文世界 / 王英琦 / 1987.3.160

批评：在通往成熟的道路上——评黄子平的文学批评 / 陈骏涛 / 1987.4.154

关于《沉思的老树的精灵》/ 黄子平 / 1987.4.159

精妙的艺术感悟，独立的学术品格——谈刘纳的现代文学研究 / 乐斯谟 / 1987.6.139

论　坛

民族化：一个防御性的口号 / 陈越 / 1987.1.148

人文生态与文学多样化 / 张琢 / 1987.1.150

现代文学中的心理学遐想 / 宋永毅 / 1987.1.153

突破：从课题的择定切入 / 虞德 / 1987.2.148

"红学"的危机和转机——读俞平伯在港演说有感 / 周木 / 1987.2.156

竞技中的作家鉴赏力的升值 ／ 陈达专 ／ 1987. 2. 154
在历史与价值之间徘徊 ／ 汪晖 ／ 1987. 3. 163
说说文学亚理论 ／ 康序 ／ 1987. 3. 165
"反思"谈片 ／ 吴方 ／ 1987. 3. 167
文学是艺术 ／ 罗大冈 ／ 1987. 4. 145
文学史的审美研究 ／ 税海模 ／ 1987. 4. 150
谈古典文学研究的结构问题 ／ 傅璇琮　沈玉成　倪其心 ／ 1987. 5. 156
本文结构批评的"拿来"与发展 ／ 康林 ／ 1987. 5. 159
中国古典文学研究的出路 ／ 曾凡　王纲 ／ 1987. 6. 133

来稿撷英

艺术——人类自我意识 ／ 王又平 ／ 1987. 1. 165
文艺上层建筑的总体结构 ／ 田文信 ／ 1987. 1. 165
小说十年思潮的两点启示 ／ 刘思谦 ／ 1987. 1. 166
骆宾基解放前的小说 ／ 李怀亮 ／ 1987. 1. 167
胡风现实主义理论中的"自我扩张" ／ 季水河 ／ 1987. 2. 164
胡风现实主义理论中的"创作主体" ／ 昌切 ／ 1987. 2. 165
艺术民族化与艺术现代化相提并举 ／ 杨曾宪 ／ 1987. 2. 167
小说：综合语言艺术 ／ 刘安海 ／ 1987. 2. 168
茅盾小说的时代性两面观 ／ 彭晓丰 ／ 1987. 2. 169
文艺不是意识形态之一 ／ 栾昌大 ／ 1987. 3. 175
文学批评的世界化趋势 ／ 吴章胜 ／ 1987. 3. 176
《淘金记》的叙述体态和语言风格 ／ 万书元 ／ 1987. 4. 169
茅盾初期小说的苦恼意识 ／ 孙郁 ／ 1987. 4. 170
马克思、恩格斯悲剧观的整体构架 ／ 曾簇林 ／ 1987. 4. 171
读何其芳散文札记 ／ 翟大炳　王玉树 ／ 1987. 5. 169
黑格尔的艺术本质论 ／ 刘庆璋 ／ 1987. 5. 171
散文诗：面对历史的反思 ／ 王光明 ／ 1987. 5. 171
审美感知中的双向交流和动态建构 ／ 陈池瑜 ／ 1987. 5. 173
小说文化层次与读者层次的关系 ／ 彭放 ／ 1987. 5. 174
"文学现代化"命题的理论界定 ／ 张兴劲 ／ 1987. 6. 156
怎样运用反映论 ／ 王力平 ／ 1987. 6. 157

不是生活直接决定文学 / 蔡毅 / 1987.6.158
稼轩词的悲剧效应及崇高意义 / 卫军英 / 1987.6.159

书 评

在互补中开拓的批评学铺路之作——读两部批评学专著 / 程文超 / 1987.2.157
把叶圣陶研究引向深入——评金梅著《论叶圣陶的文学创作》/ 朱文华
　　/ 1987.2.159
评吴宗蕙的《小说中的女性形象》/ 纪人 / 1987.2.161
跃上了一个新的高度——《论曹禺的戏剧创作》读后 / 王保生 / 1987.3.170
立足于审美实践的文艺鉴赏——读《听涛集》/ 吴调公 / 1987.3.172
角度·尺度·透明度——读洪子城的《当代中国文学的艺术问题》/ 毕光明
　　/ 1987.4.162
现代诗歌研究的新开拓——评《二十年代中国各流派诗人论》和《中国现
　　代诗歌论》/ 江建文 / 1987.4.166
古代作家研究的新成果——董乃斌《李商隐传》评介 / 刘扬忠
　　/ 1987.6.151
《杜集书目提要》评介 / 陈贻焮 / 1987.6.155

学术动态

"鲁迅与中外文化"学术讨论会综述 / 王缓 / 1987.1.170
文学观念的新探索——全国文学观念学术讨论会侧记 / 钱竞　姚鹤鸣
　　/ 1987.1.172
全国第三届闻一多研究学术讨论会述略 / 邵凯 / 1987.1.174
四川万县举行何其芳学术讨论会 / 黄罗 / 1987.1.175
首届秦观学术讨论会在高邮举行 / 朱延庆　王干 / 1987.1.176
全国高校第一届文艺学研讨会述略 / 邓志远 / 1987.2.171
全国长篇小说座谈会概述 / 林为进 / 1987.2.173
第三届台湾及海外华文文学讨论会综述 / 铭文 / 1987.2.175
认真学习《在延安文艺座谈会上的讲话》　切实推动文学研究工作——纪
　　念《讲话》发表45周年座谈会纪要 / 本刊编辑部 / 1987.4.4
文艺心理学研讨会侧记 / 兄子 / 1987.4.173
古典文学宏观研讨会在杭州举行 / 慧 / 1987.4.174

探讨东南亚华文文学与中国现代文学关系——厦门大学首届华文文学研讨
　　会综述 / 蔡师仁 / 1987.4.175
近期长篇小说创作信息交流会述要 / 赵仲 / 1987.6.162
中国比较文学学会第二届年会暨学术讨论会综述 / 肖明 / 1987.6.163
文艺心理学学术讨论会简述 / 潘智彪 / 1987.6.165

其　他

编者的话 / 1987.1.4
只有开拓与创造，才会有历史——向姚雪垠先生请教 / 李乃声 / 1987.5.149
给曹操翻案的第一人是谁？——《红学与曹学》中的一个小问题 / 吴亮
　　/ 1987.5.175
关于《王蒙论》的通信——《王蒙论》序 / 张光年 / 1987.6.137
关于游仙诗的渊源及其他 / 张士骢 / 1987.6.167
有关曹植游仙诗的几个问题 / 张平 / 1987.6.169

编后记

1987年第5期 / 1987.5.176
1987年第6期 / 1987.6.172

《文学评论》 1988 年总目录

（括号内分别为年、期、页）

语言问题与文学研究的拓展（笔谈一组）

深入理解语言 / 程文超 / 1988.1.56
"语言作为空地" / 王一川 / 1988.1.58
表现·创造·模式 / 伍晓明 / 1988.1.59
回到狭义的语言概念 / 季红真 / 1988.1.61
寻求人文价值和科学理性结合的契点 / 吴予敏 / 1988.1.62
困难·分化·综合 / 潘凯雄　贺绍俊 / 1988.1.64
文学研究要进行思维变革 / 许明 / 1988.1.66
反语言——文学客体对存在世界的否定形态 / 陈晓明 / 1988.1.69
"远距离扫描"与新的"精神语码" / 苏炜 / 1988.1.71

发展马克思主义文艺理论笔谈

美学可以应用熵定律吗？——对批评的答复 / 高尔泰 / 1988.1.83

纪念何其芳同志诞辰七十五周年逝世十周年

赤诚的诗人，严谨的学者 / 刘再复 / 1988.2.4
何其芳的为文和为人 / 冯牧 / 1988.2.11
怀念何其芳同志 / 唐达成 / 1988.2.14

行进中的沉思

刘再复现象批判——兼论当代中国文化思潮中的浮士德精神 / 陈燕谷
　靳大成 / 1988.2.16
面对当今文坛的冷峻反思——"文学编辑谈当前创作"座谈会纪要 / 赵仲

／1988.3.4
迟到了的现代主义与当今中国文学／高行健／1988.3.11
我们还能有什么？——向新小说和新批评索取／叶芳／1988.3.16
从四种角度谈诗与诗人——答中央广播电视大学中文系问／公刘／1988.4.4
寻根：回到事物本身／李庆西／1988.4.14
不相信的和不愿意相信的——关于三位"寻根"派作家的创作／王晓明
　／1988.4.24
鲁迅研究的历史批判／汪晖／1988.6.4
二元理论、双重遗产：何其芳现象／应雄／1988.6.18

报告文学发展趋势笔谈

昂首于时代湍流中的报告文学／李运抟／1988.2.39
新时期报告文学的双向审美趋向／汪丽亚／1988.2.41
文体的多元和观念的多元／於可训／1988.2.43
传统报道模式的扬弃／王晖／1988.2.46
报告文学：超越传统模式／程继松／1988.2.48
"视野"随想／南平／1988.2.50

关于古典文学研究的思考

怎样确立古典文学研究中的价值标准／王毅／1988.3.131
古典文学研究三弊／王玮／1988.3.134
自我批判及古典文学研究的出路／杨国良／1988.3.136
学问与境界／商伟／1988.3.138
对古典文学研究现状的一点看法／杨镰／1988.3.140

关于胡风文艺思想的反思（座谈会发言）

给胡风的文艺思想以科学的评价／刘再复／1988.5.4
胡风文艺思想的几个重要内容／朱寨／1988.5.6
胡风是一位杰出的文艺理论家／丹晨／1988.5.7
关于现实主义的两场论战／乐黛云／1988.5.9
教训：学术领域应该"费厄泼赖"／严家炎／1988.5.11
社会学与美学结合・"主面战斗精神"与客观现实结合／缪俊杰

／1988.5.13
自成体系的创作论／吕林／1988.5.14
胡风——尚未结束的话题／樊骏／1988.5.15
反思的必要性和立足点／陈全荣／1988.5.17
胡风的深刻性和独创性／王富仁／1988.5.18
重新确认现实主义文学的一大流派／蒋守谦／1988.5.21
历史·价值·主体性／高远东／1988.5.22

作家作品评论小辑

《血色黄昏》与文学的轰动效应／曾镇南／1988.5.127
宏大广远的反省与探询——赞电视系列片《河殇》／贺兴安／1988.5.134
别有洞天在人间——评李庆西的新笔记小说／钟本康／1988.5.136
杨书案历史小说的悲剧品格／张啸虎／1988.5.143
带着脚镣跳舞——论张石山的《仇犹遗风录》／阎晶明／1988.6.135
寻求军旅生活善和美的支点——军队作家李占恒小说创作的价值选择／
　黄国柱／1988.6.141

中国当代文学

近十年中国文学的若干特性／刘心武／1988.1.5
思想的雕像：论《古船》的主题结构／罗强烈／1988.1.13
旧轨与新机的缠结——从《苍生》返观浩然的创作道路／雷达／1988.1.23
寻找"合点"：新时期两类青年军旅作家的互参观照／朱向前／1988.1.33
新诗与现代意识／陈良运／1988.1.42
面对方兴未艾的报告文学世界——报告文学作家、评论家对话会记实／
　朱建新／1988.2.31
历史与我们——《中国当代文学思潮史》对话会侧记／陈墨　应雄
　／1988.2.52
感觉中的迷狂与虚静——论文艺新潮的创作心态／陈晋／1988.2.58
现代孔乙己与批判精神——评王蒙《活动变人形》／宋耀良／1988.2.67
《浮躁》：时代情绪的一种概括／李其纲／1988.2.74
经验与选择——当代文学中价值观念的一个初步描述／南帆／1988.3.77
林斤澜小说文体描述／李国涛／1988.3.86

朦胧诗与第三代诗：蜕变期的深刻律动 / 于慈江 / 1988.3.94
台湾文学研究综述 / 彭韵倩 / 1988.3.103
情与欲的对立——当代小说中的精神文化现象 / 蔡翔 / 1988.4.36
《红高粱》：新的电影改编观念 / 仲呈祥 / 1988.4.44
历史蜕变与近年小说中的精神现象 / 张德祥 / 1988.4.50
科学与民主精神的张扬——从刘宾雁到苏晓康 / 谢泳 / 1988.5.104
论中国当代新潮小说的语言结构 / 李劼 / 1988.5.110
当代诗潮：对西方现代主义与东方古典诗学的双重超越 / 任洪渊 / 1988.5.119
美丽的遁逸——论中国后新诗潮 / 谢冕 / 1988.6.28
时空的切合：意象的蒙太奇与瞬间隐寓——论朦胧诗的内在构造 / 王干 / 1988.6.36
要关注文学创作的新潮——《新潮小说丛书》序 / 荒煤　张炯 / 1988.6.44

文艺理论

小说创作中对人的发现和把握 / 纪众 / 1988.1.75
潜感觉论 / 杨健民 / 1988.2.108
体验与形式——西方体验美学论体验的艺术世界 / 王一川 / 1988.3.114
历史·文学·文学史——中美第二届比较文学双边讨论会侧记 / 乐黛云 / 1988.3.125
苏联文学理论研究近况——访苏散记 / 钱中文 / 1988.4.59
文艺学科学研究刍论 / 花建 / 1988.4.69
文学本体的人类学思辨——兼评新时期创作中的原始主义倾向 / 徐岱 / 1988.5.75
交流：对文学批评本体论的思考 / 潘凯雄　贺绍俊 / 1988.5.85
批评的自省与创造——批评心理研究札记 / 蒋元伦 / 1988.5.92
审美与超越 / 刘晓波 / 1988.6.62
主体论文艺学是马克思主义文艺学的一个流派 / 袁金刚 / 1988.6.77
关于现实主义创作美学特征的思考 / 张德林 / 1988.6.87

中国现代文学

"史传"、"诗骚"传统与小说叙事模式的转变——从"新小说"到"现代小说" / 陈平原 / 1988.1.92

张爱玲的"失落者"心态及创作 / 宋家宏 / 1988.1.105
七月诗派与九叶诗人：在历史与未来的交汇点上 / 龙泉明 / 1988.1.113
梁实秋与新人文主义 / 罗钢 / 1988.2.80
比较文学的开放性与中国现代文学研究的开放——评新时期中国现代文学
　　研究中的比较研究 / 吴小美　魏韶华 / 1988.2.95
论七月派小说的群体风格 / 高远东 / 1988.3.34
"乡下人"的文体和城里人的理想——论沈从文的小说创作 / 王晓明
　　/ 1988.3.45
从生命的价值的确立到人格的自我完善——巴金创作的心灵历程 / 孙郁
　　/ 1988.3.57
开拓·发展·收获——1978—1986年田汉研究述评 / 韩日新 / 1988.3.67
新时期萧红研究述评 / 邹午蓉 / 1988.4.78
树荫下的语言——京派作家研究之一 / 蒋京宁 / 1988.4.91
周作人审美理想与散文艺术综论 / 赵京华 / 1988.4.100
胡风与中国现代文艺思潮 / 支克坚 / 1988.5.24
胡风与五四文学传统 / 钱理群 / 1988.5.37
胡风与卢卡契 / 艾晓明 / 1988.5.51
关于胡适中西文化观的评价 / 胡明 / 1988.6.50

中国古代文学

《长恨歌》《长生殿》新绎 / 钱华 / 1988.1.122
象征主义——中国文学的传统方法 / 王齐洲 / 1988.1.132
枯木期填海，青山望断河——论庾信作品和人格 / 钟优民 / 1988.1.143
古典文学宏观研究再议 / 石家宜　高小康 / 1988.2.116
《西游记》是一部游戏之作 / 方胜 / 1988.2.125
陈子昂新论 / 刘石 / 1988.2.131
李商隐诗歌的艺术贡献与心理分析 / 蒋凡 / 1988.2.138
论蒲松龄的情爱心理 / 董国炎 / 1988.3.142
论曹植的诗学思想 / 陈飞之 / 1988.3.153
钟嵘诗论与刘勰诗论的比较 / 王运熙 / 1988.4.115
倾国宜通体　谁来独赏眉——中国古代文论整体美思想初探 / 许总
　　/ 1988.4.121

失落的感性与理性：中国古代文学的文化批判 / 杨国良 / 1988.4.127
在现实的反思中求永恒——《金瓶梅》的情感意向分析 / 罗小东 / 1988.4.140
黄仲则的心态及其诗词的深层意蕴 / 尚永亮 / 1988.5.150
"三言"二题 / 缪咏禾 / 1988.5.159
现象环与中国古代美学思想 / 栾勋 / 1988.6.97
中国古代思乡文学侧议 / 王立 / 1988.6.112
鲍照政治命运及其诗文风格再认识 / 王毅 / 1988.6.119

外国文艺理论评介

女权主义文学批评述评 / 康正果 / 1988.1.152
文学批评与意识形态——伊格尔顿的马克思主义文学批评观 / 伍晓明 / 1988.2.145
寓言批评——本雅明"辩证"批评理论的主题与形式 / 张旭东 / 1988.4.149
T. W. 阿多尔诺：最低限度的和谐 / 杨小滨 / 1988.6.147

论　坛

符号"危机"与理论生机 / 杨曾宪 / 1988.1.49
长篇小说：新时期文学的"灰姑娘" / 绿雪 / 1988.1.53
走出迷宫——论批评的胸怀之一 / 殷国明 / 1988.2.152
论"局限"及其他 / 支克坚 / 1988.2.154
兼容种种——读《百家》创刊号有感 / 骊声 / 1988.3.23
方法：在综合中达到互补 / 解志熙 / 1988.3.26
当代文学思潮漫议——由《中国当代文学思潮史》说开去 / 张钟 / 1988.3.30
接受美学与中国文学史研究 / 朱立元　杨明 / 1988.4.158
漫谈文学与读者 / 蔡田明 / 1988.4.161
新的综合：文化视野 / 樊星 / 1988.4.165
物理学与美 / 方励之 / 1988.5.66
文学民族性理论面临挑战 / 钱念孙 / 1988.5.71
精神疲惫·文化阵痛和文学进路——文学现状与发展乱弹 / 陈继会 / 1988.6.127

当代文学在哪里迷失／陈世旭／1988.6.131

新人评介

因为历史在这里沉思——对杨义"文学——文化"研究的考察／马良／1988.2.158

在悟性的空间里徜徉——漫说南帆的批评个性／陈晓明／1988.3.162

书　评

思理和启悟融汇的成熟著作——读袁行霈《中国诗歌艺术研究》／张首映／1988.1.159

"灰"与"绿"——关于《文学创作论》／朱向前／1988.2.162

来稿撷英

文学与生活的关系／姜静楠／1988.1.162

"浅草社"创作中的"零余者"／邓时忠／1988.1.163

对某种批评观的批评／汪瑰曼／1988.1.165

文学因素多层次的适时选择、调整和组合／张弼／1988.1.166

"五四"新文学的转变与茅盾小说创作／秦志希／1988.1.168

读张贤亮小说札记／余莉萍／1988.1.169

改革时代作家自我超越的难题／贺立华／1988.2.169

批评的科学化／马相武／1988.2.170

郁达夫与中国文人传统／罗成琰／1988.3.166

《文心雕龙》本体论小议／王欣／1988.3.167

李商隐诗歌创作的美学观点／盖国梁／1988.3.169

创造意象／王克俭／1988.3.170

动物小说中的原型情感／方克强／1988.4.168

研究沦陷区文学应重视文化环境的考察／黄万华／1988.4.168

《牛天赐传》和老舍的风俗教育思想／崔明芬／1988.4.170

典型理论与"三突出"／黄浩／1988.4.171

现实主义的动态审美机制／张涵／1988.5.163

艺术情感形式化之一途／李春青／1988.5.164

后期创造社的"方向转换"／周惠忠／1988.5.166

张辛欣与张抗抗比较／张广崑／1988.5.167
赵树理艺术迁就的悲剧／郑波光／1988.5.168
思维科学与文学批评／傅修延　黄颇／1988.6.156
言不尽意与美感经验的特殊性／陶东风／1988.6.157
小说的神秘／李道荣／1988.6.160
李健吾的批评观念／杨苗燕／1988.6.162
汉乐府民歌作者的社会层／李罗兰／1988.6.164

学术动态

抗战时期文学学术讨论会述要／孟繁林／1988.1.171
鲁迅、周作人比较研究学术讨论会概述／高远东／1988.1.172
中国社会科学院文学研究所召开何其芳学术报告会／汤学智／1988.2.172
全国文学学科规划小组讨论文学研究形势和任务／文学所科研处／1988.2.174
中国当代文学与现代主义研讨会综述／斯义宁／1988.3.171
批评的自省——文学批评学研讨会述介／晓白／1988.4.174
文坛现状恳谈会述要／赵仲／1988.5.172
正视危机，奋力突破——第五届全国《三国演义》研讨会侧记／胡邦炜／1988.5.173
在治史的根本问题上重新发言——中国文学史（古、现、当代）研讨会侧记／黄万华／1988.6.168
记青岛文艺新学科暑期讲习班／程麻／1988.6.170

读者·作者·编者

编者的话／1988.1.4
社科院文学所第三期高级进修班招生通知／1988.1.175
文学评论函授进修班招生启事／1988.1.176
文艺新学科暑期讲习班招生通知／1988.2.176
文艺新学科暑期讲习班招生通知／1988.3.93
也谈康德的"判断力"原理——与劳承万同志商榷／曹俊峰／1988.3.173
人民文学出版社主办业余作者培训中心（函授）招生通知／1988.3.封三
文学语言作为普通语言和作为艺术语言的二重性／齐戈／1988.4.173

读《美学可以应用熵定律吗?》/ 张国民 / 1988.5.170
不能脱离"实践的唯物主义"谈精神价值的实现 / 李幼苏 / 1988.6.165
《文学研究参考》征订通知 / 1988.6.176

编后记

1988年第2期 / 1988.2.51
1988年第3期 / 1988.3.176
1988年第4期 / 1988.4.157
1988年第5期 / 1988.5.176
1988年第6期 / 1988.6.172

《文学评论》 1989 年总目录

(括号内分别为年、期、页)

行进中的沉思

论八十年代文学批评的文体革命 / 刘再复 / 1989.1.5
新潮的螺旋——新时期文艺心理学批判 / 夏中义 / 1989.2.17
论认同性自我批判——新时期文学的文化心理学分析之一 / 周宪 / 1989.5.54
现代文学研究的第三代：走向成功与面临挑战 / 尹鸿　罗成琰　康林 / 1989.5.60

艰难跋涉中的军事文学
——"近期军事文学走向"座谈会撷英

军旅文学的悖论 / 朱向前 / 1989.2.58
军事文学的新视野 / 张志忠 / 1989.2.59
对当代军人个体的重新审视和思考 / 刘增新 / 1989.2.60
从人性的深度刻画军人 / 庞泽云 / 1989.2.61
女性走进战争 / 庞天舒 / 1989.2.62
等待英雄 / 江奇涛 / 1989.2.63
开拓军事文学作者的创作心理场 / 张廷竹 / 1989.2.64
期待类神话的军事文学 / 孙泱 / 1989.2.65
军人价值准则的破与立 / 罗来勇 / 1989.2.66
军旅诗的小格局 / 贺东久 / 1989.2.67
丧失座标的军事题材话剧创作 / 张晓然 / 1989.2.68
商品经济大潮冲击下的军事大学 / 黄国柱 / 1989.2.68
军事文学的几个走向 / 黄柯 / 1989.2.70

五四新文化运动七十年

中国近现代文化和文学发展的逆向性特征 / 王富仁 / 1989.2.5

试论五四时期"人的觉醒" / 钱理群 / 1989.3.5

预言与危机（上）——中国现代历史中的"五四"启蒙运动 / 汪晖 / 1989.3.17

中国现代文学价值观念系统论纲 / 程金城 / 1989.3.26

预言与危机（下篇）——中国现代历史中的"五四"启蒙运动 / 汪晖 / 1989.4.35

文化选择与选择文化——中国现代知识分子的位置 / 李以建 / 1989.4.48

中国当代文学四十年

历史无可避讳 / 夏中义 / 1989.4.5

现代主义与中国新时期文学 / 许子东 / 1989.4.21

毛泽东与新中国文学——评《历史无可避讳》一文 / 张炯 / 1989.5.5

检查整顿 《文学评论》 笔谈

我观《文学评论》之不足 / 王善忠 / 1989.6.5

资产阶级自由化的一些表现 / 张国民 / 1989.6.7

作为读者的进言与直言 / 涂途 / 1989.6.10

评对待爱国主义和古典文学的错误态度 / 陆永品 / 1989.6.13

"动摇和失落"是当代马克思主义的世界命运吗？ / 毛崇杰 / 1989.6.19

方向问题无可避讳 / 严昭柱 / 1989.6.26

从《诗人之死》说起 / 亦萧 / 1989.6.29

文学研究所召开座谈会检查、整顿《文学评论》 / 闻岩 / 1989.6.32

"当代诗歌价值取向" 笔谈

同意的和不同意的 / 洪子诚 / 1989.1.54

诗人及其时代 / 老木 / 1989.1.57

纯诗：虚伪与真实之间——与公刘先生商榷兼论当代诗歌的价值取向 / 唐晓渡 / 1989.2.81

在光怪陆离中寻找诗的真谛 / 张同吾 / 1989.2.85

得到的与失去的——谈新生代诗 / 沈泽宜 / 1989.3.102
两种诗歌观念与两种价值取向 / 陈良运 / 1989.4.110
当前诗创作的两个基本向度 / 程光炜 / 1989.5.131
关于诗歌问题的随感 / 唐湜 / 1989.6.134

中国当代文学

旋转的文坛——"现实主义与先锋派文学"研讨会纪要 / 李兆忠 / 1989.1.23
先锋小说的自足与浮泛——对近年来先锋实验小说的再认识 / 赵玫 / 1989.1.31
当代西绪福斯神话——史铁生小说的心理透视 / 吴俊 / 1989.1.40
造"星"——《普陀山的幽默》自序 / 祖慰 / 1989.1.50
论阿城、马原、张炜：道家文化智慧的沿革 / 胡河清 / 1989.2.71
弄潮人的求索——问题报告文学研讨会概述 / 艾妮 / 1989.3.63
文学的世俗化倾向 / 颜纯钧 / 1989.3.70
新时期小说的两个阶段及其比较 / 李洁非 / 1989.3.78
孙犁研究新声息——孙犁创作学术讨论会随想 / 滕云 / 1989.3.87
论新时期小说创作的深度模式 / 高尚 / 1989.4.61
文格与人格——邵燕祥杂文论片 / 何西来 / 1989.4.70
《青天在上》与高晓声文本 / 钱中文 / 1989.4.78
张洁：转型与世界感——一种文学年龄的断想 / 王绯 / 1989.5.117
表演人生——论残雪的《突围表演》 / 沙水 / 1989.5.125
一种新的文学形态——特区文学初论 / 张奥列 / 1989.6.81
顽主与都市的冲突——论王朔小说的价值选择 / 阎晶明 / 1989.6.87

文艺理论

困惑·探索·自信·重建——88'文学理论建设和中外文化交流讨论会中心议题析介 / 袁红 / 1989.1.106
人生及其表达初议——《表达的困难》"导论"片断 / 李杭育 叶芳 / 1989.1.111
生命情调的选择——试论台湾"语言美学"本体论 / 黎湘萍 / 1989.2.31
小说的语言语调与情感情态 / 何龙 / 1989.2.41

论自发性／吕俊华／1989.2.48
文学这个魔方（对话录）／王蒙　王干／1989.3.38
文学创作发生论浅说／蔡毅／1989.3.47
从中西美学的不同形态看美学的历史与未来／周来祥　陈炎／1989.3.81
神话的衰落与复兴——读《探索非理性的世界》有感／季红真／1989.4.87
文学语言中信息构成的对立美学原则／王坤／1989.5.100
当代美学核心：艺术本体论／王岳川／1989.5.108
无法回避的辩论——关于文艺本质及其他问题与夏中义同志再商榷／杨振铎／1989.6.33
论文学的社会学研究与文化学研究／王元骧／1989.6.40
意识流小说出路何在？／王诺／1989.6.50
文学兴衰初探／赖干坚／1989.6.56
现实主义过时了，还是多元化了？／胡尹强／1989.6.65
谈创作上的有意识和社会责任感——与吕俊华同志商榷／郑孟彤／1989.6.73

中国现代文学

"脱了轨道的星球"——论创造社作家张资平／朱寿桐／1989.1.61
论"痴情女子负心汉"叙事模式的历史演变——从周朴园形象的塑造说开去／吴建波／1989.1.71
建国以来朱自清研究述评／姜建／1989.2.89
人生的困境与存在的勇气——论《围城》的现代性／解志熙／1989.5.74
三十年代林语堂文艺思想论析／彭立／1989.5.79
论九叶诗派与现代派诗歌／陈维松／1989.5.92
"回归"：沦陷区文学思潮的矛盾运动／黄万华／1989.6.92

中国古代文学

"红学"四十年／胡明／1989.1.81
《红楼梦》研究的反省与批判／于绍卿／1989.1.90
"红学"的困境与出路／周建渝／1989.1.94
神话与汉代神学——王充不理解神话辨／王钟陵／1989.1.98
说"赋"——《中国历代赋选》序／吴小如／1989.2.91
从总体文学角度认识《文心雕龙》的民族特色和理论价值／曹顺庆

／ 1989. 2. 101
苏诗以意胜 ／ 马德富 ／ 1989. 2. 108
以史写心的元人历史剧 ／ 幺书仪 ／ 1989. 2. 116
主体精神与审美意识的觉醒——论魏晋南北朝文学思潮之内核 ／ 郁沅
　　／ 1989. 3. 106
古代小说研究的反思和取向 ／ 宁宗一 ／ 1989. 3. 115
神女归来——一个原型和《洛神赋》／ 吴光兴 ／ 1989. 3. 122
理性的觉醒和悲剧的诞生 ／ 杨迺乔 ／ 1989. 4. 93
楚文化和屈原 ／ 潘啸龙 ／ 1989. 4. 101
论典故——中国古典诗歌中一种特殊意象的分析 ／ 葛兆光 ／ 1989. 5. 19
论魏晋六朝作家"文心"与"人心"的分裂 ／ 李建中 ／ 1989. 5. 31
论"神化"说的两层涵义 ／ 王英志 ／ 1989. 5. 37
百年词通论 ／ 施议对 ／ 1989. 5. 43
古典文艺审美学的历史结构：诸种合力的规范 ／ 吴功正 ／ 1989. 6. 98
谈古代文学研究中的文化意识——由《佛教唐音辨思录》所想起的 ／ 傅璇琮
　　赵昌平 ／ 1989. 6. 110
佛、道影响与中国古典小说的民族特色 ／ 张念穰　刘连庚 ／ 1989. 6. 120
金元词辨 ／ 张朝范 ／ 1989. 6. 129

作家作品评论小辑

亵渎的神话：《红蝗》的意义 ／ 丁帆 ／ 1989. 1. 127
苏童放飞的姐妹鸟 ／ 李其纲 ／ 1989. 3. 92
感性与理性交织中的困惑——李天芳小说读后 ／ 刘建军 ／ 1989. 3. 98
《桃源梦》：一种传统文化理想终结的证明——兼通过比较分析现代寓言小
　　说的艺术特征 ／ 殷国明 ／ 1989. 4. 116
野土的祭典——灰娃和她的《野土》／ 王鲁湘 ／ 1989. 4. 124
逃离土地的一代人——周大新小说创作漫议 ／ 张志忠 ／ 1989. 5. 135
小说文体的变异与创新——洪峰小说形式谈 ／ 明小毛 ／ 1989. 5. 141

台港及海外学人园地

历史·政治·伦理——试析陈映真的政治小说 ／ 陈忠信 ／ 1989. 1. 120
关于中国现代文学研究的一己主见 ／〔日〕丸山昇 ／ 1989. 2. 134

说"文"解"字"——中国文学艺术发展的结构 / 〔台湾〕龚鹏程
  / 1989. 3. 128
茅盾小说文体与二十世纪现实主义 / 〔日〕是永骏 / 1989. 4. 150
站在亲爱的土地上——《台湾当代文学大系》序 / 〔台湾〕郭枫 / 1989. 4. 154

外国文艺理论评介

集体无意识—原型—神话母题——容格的分析心理学与神话原型批评 / 胡
  苏晓 / 1989. 1. 133
幻想的秩序——作为批评理论的拉康主义 / 张旭东 / 1989. 4. 135

论　坛

"弃文从商"小议 / 季元龙 / 1989. 2. 124
大众化与化大众的冲突——一个值得重新思考的问题 / 李新宇 / 1989. 2. 127
文学的难与真 / 慈继伟 / 1989. 2. 130
爱国主义的文化特征 / 王培元 / 1989. 4. 129
诗人之死 / 吴晓东　谢凌岚 / 1989. 4. 132
叩响紧闭的思维之门——从栾勋《现象环与中国古代美学思想》一文说
  开去 / 许明　汤学智 / 1989. 5. 147
文学：发展与进步区分说 / 程亘 / 1989. 5. 151
《"弃文从商"小议》的小议 / 王汶成 / 1989. 6. 141

书　评

历史在艰难中前进——读国内三部《中国现代小说史》/ 杨洪承 / 1989. 1. 141
钱理群《心灵的探寻》读后 / 王得后 / 1989. 2. 143
评杨海明《唐宋词史》 / 肖瑞峰 / 1989. 3. 142
那人正在灯火阑珊处——"蓦然回首"丛书印象散记 / 苏宁 / 1989. 3. 146
火山遗迹的勘察者——读《中国小说叙事模式的转变》 / 王飙 / 1989. 6. 148

新人评介

文学史批评的现代理性精神——陈思和与他的新文学整体观 / 夏锦乾
  / 1989. 4. 143
读解与读解之外的世界——王晓明其人其文漫说 / 雷启立 / 1989. 6. 144

来稿撷英

中国文学读者群体特点浅析／马以鑫／1989.1.146

关于"走向世界文学"及其他／陈泓　熊黎辉／1989.1.147

传统文化心态对报告文学创作的阻滞／李扬／1989.1.149

沈从文与哈代的基调——悲观意识／王玲珍／1989.1.150

古代第一人称小说向现代发展的桥梁——《断鸿零雁记》／章明寿／1989.1.152

也谈小说语言之"超常"／高万云／1989.2.147

现代小说中长子形象的文化象征意义／谢伟民／1989.2.148

从明清长篇小说看下层文人的叛逆轨迹／刘桂兰／1989.2.150

天然的歧途——莫言作品侧识／李德明／1989.2.152

"纪实小说"前景质疑／江冰／1989.2.153

诗与神秘经验／徐金葵／1989.2.154

审美与伦理价值、宗教感情／扬帆／1989.3.149

《猫城记》的悲剧意识／李劼／1989.3.152

李商隐诗的意象美／王载源／1989.3.154

对文学思潮概念的评议／张弼／1989.3.156

中国古代音乐诗的情感世界／鲁文忠／1989.4.157

冯梦龙与侯慧卿／王凌／1989.4.158

中国新文学对海外华文文学的影响／陈贤茂／1989.4.159

四十年代讽刺小说的叙述方式／王卫平／1989.5.155

民粹主义与中国现代作家文化观念和艺术观念／李惠彬／1989.5.156

鲁迅的人格追求／钱旭初／1989.5.158

贤妻良母：一个古典的审美文化模式／王兆胜／1989.6.152

跳出"阴柔美"／艾斐／1989.6.154

王国维纯粹美学观新辨／新雨／1989.6.156

学术动态

本刊启事／1989.1.49

全国马列文论研究会第十届年会综述／李中一／1989.1.154

学科召唤新一代崛起——中国现代文学研究创新座谈会（1988）述略／

谢伟民 / 1989.1.156

张恨水的历史地位与成就——张恨水学术研讨会上的讨论 / 郑炎贵 / 1989.1.158

本刊启事 / 1989.2.30

茅盾与中外文学关系的新探讨——第四届全国茅盾研究学术讨论会综述 / 何本伟 / 1989.2.156

寻求台湾文学研究的突破口——福建省台湾文学研讨会（1988）述略 / 周林 / 1989.2.157

苏轼研究学术讨论会述略 / 卫军英 / 1989.2.159

"当代文学中女性形象的模式"专题讨论 / 佳水 / 1989.3.158

招生启事两则 / 1989.3.160

来函照登 / 袁可嘉 / 1989.6.97

编后记

1989 年第 1 期 / 1989.1.159

1989 年第 2 期 / 1989.2.160

1989 年第 3 期 / 1989.3.159

1989 年第 5 期 / 1989.5.160

《文学评论》1990年总目录

(括号内分别为年、期、页)

关于文学语言问题的探讨和争鸣

文学语言的可变性规律初探 / 高万云 / 1990.5.106
文学语言的非语法现象 / 礼平 / 1990.5.114

文艺理论

毛泽东文艺思想不容歪曲和诋毁 / 张国民 / 1990.1.38
弹性语言——诗学笔记之一 / 杨匡汉 / 1990.1.87
正确把握文艺与政治的辩证关系——学习《邓小平论文艺》的体会 / 杨汉池 / 1990.2.5
散文潜结构及其泛化中的"现代化"哲学倾向 / 皇甫修文 / 1990.2.103
历史传奇：史传传统与史诗模式 / 朱水涌 / 1990.2.109
论文学艺术的思维方式 / 徐岱 / 1990.2.115
自由的歧途——评刘晓波的《审美与超越》/ 黄彩文 / 1990.3.70
文学史：走出自律与他律的双重困境 / 陶东风 / 1990.3.79
语言痛苦：意翻空而易奇，言征实而难巧 / 刘安海 / 1990.3.89
比较文学消亡论——从朱光潜对比较文学的看法谈起 / 钱念孙 / 1990.3.96
卷首语 / 1990.4.5
密切文学艺术与人民的联系 / 张炯 / 1990.4.9
西方三种文学观念批判 / 王元骧 / 1990.4.19
评当代我国的女权主义文学批评 / 林树明 / 1990.4.36
评李泽厚美学思想的实质及其特点 / 蔡仪 / 1990.5.39
繁荣文艺与反对资产阶级自由化 / 张炯 / 1990.6.5
论西方现代派的颓废性 / 陈慧 / 1990.6.13

说丑——《美学新论》之一 / 蒋孔阳 / 1990. 6. 31

意识形态与艺术的特性——兼与栾昌大、董学文同志商榷 / 潘必新 / 1990. 6. 38

民族化问题与中国当代文学的发展 / 余斌 / 1990. 6. 46

中国当代文学

近十年来国外当代中国文学研究述评 / 董之林　张兴劲 / 1990. 1. 58

小说新思维 / 张韧 / 1990. 1. 71

关于近年文学创作的几个趋向 / 王晓华 / 1990. 1. 78

传统的创化——从苗长水的创作探讨一个理论问题 / 雷达 / 1990. 2. 17

两种不同的文学话语——论通俗文学与"纯文学" / 吴秉杰 / 1990. 2. 24

文学失语症——新小说"语言革命"批判 / 黄浩 / 1990. 2. 34

当代小说的言语义系统 / 徐剑艺 / 1990. 2. 45

两种基本的情感模式——当代文学中对农民的表现 / 杨长春 / 1990. 3. 5

读《洗澡》/ 孙歌 / 1990. 3. 14

谁揭开了魔瓶——对新时期涉性文学的反思 / 陈伯君 / 1990. 3. 24

论白先勇小说的传统特色 / 袁良骏 / 1990. 3. 32

新时期现实主义小说的自然化倾向 / 陈金泉 / 1990. 4. 115

论宗璞的"史诗情结"——对《南渡记》文体的一点疑义 / 马风 / 1990. 4. 125

近年非理性主义小说的批判 / 肖鹰 / 1990. 5. 5

新时期军事文学的"英雄情结" / 喻季欣 / 1990. 5. 24

略论台湾文学研究中的十个问题 / 古继堂 / 1990. 5. 32

新时期中国文学与拉美"爆炸"文学影响 / 吕芳 / 1990. 6. 87

女性"自我"的复归与生长——新时期女性散文创作的流变 / 李虹 / 1990. 6. 99

辉煌的瞬间与平淡的日子——张一弓与何士光创作比较 / 梅蕙兰 / 1990. 6. 109

中国现代文学

论卞之琳诗的脉络与潜在趋向 / 蓝棣之 / 1990. 1. 95

路翎的小说世界 / 昌切 / 1990. 1. 102

中国现代新诗的进程 / 李怡 / 1990. 1. 113

师陀：徘徊于乡土抒情和都市心理写照之间 / 杨义 / 1990.2.85
论"普罗诗派" / 柯文溥 / 1990.2.95
试论茅盾的现代作家作品论的宏观价值 / 吴国群 / 1990.3.39
李劼人长篇小说艺术批评 / 杨联芬 / 1990.3.47
在争辩中前进——1936—1987 年夏衍剧作研究述评 / 韩日新 / 1990.3.59
胡适和他的诗——《中国新诗库·胡适卷·卷首》 / 周良沛 / 1990.4.44
《尝试集》的艺术史价值 / 康林 / 1990.4.49
新时期东北作家群研究述评 / 逄增玉 / 1990.4.66
现代作家的存在探询（上）——存在主义与中国现代文学 / 解志熙 / 1990.5.47
新时期周作人研究述评 / 黄开发 / 1990.5.62
蕴藉明澈、刚柔相济的抒情风格——陈敬容《新鲜的焦渴》代序 / 袁可嘉 / 1990.5.72
究竟要"塑造"什么样的鲁迅形象？——评汪晖的《鲁迅研究的历史批判》 / 辛平山 / 1990.6.116
论中国新诗中民族忧患类主题思路及诗歌境界 / 骆寒超 / 1990.6.126
现代作家的存在探询（下）——存在主义与中国现代文学 / 解志熙 / 1990.6.139

中国古代文学

南朝文学三题 / 曹道衡　沈玉成 / 1990.1.5
文学的自觉时代 / 齐天举 / 1990.1.18
刘知几与古文运动 / 李少雍 / 1990.1.26
江山之助——中国古代文学地域风格论初探 / 吴承学 / 1990.2.50
情感体验的历程：中国古典诗歌中的原型意象 / 张晶 / 1990.2.59
从陶杜的典范意义看宋诗的审美意识 / 程杰 / 1990.2.67
晏几道"梦"词的理性思考 / 陶尔夫　刘敬圻 / 1990.2.75
九歌：求生长繁殖之歌 / 徐志啸 / 1990.3.102
文天祥诗歌散论 / 金其旸 / 1990.3.110
简论洋务运动时期的文学变革 / 连燕堂 / 1990.3.120
摘句论 / 张伯伟 / 1990.3.128
从宋诗到白话诗 / 葛兆光 / 1990.4.77

屈原评价的历史审视 / 潘啸龙 / 1990.4.93

论《红楼梦》的三重主题 / 孙逊 / 1990.4.103

"西昆体"平议 / 吴小如 / 1990.5.76

从史的政事纪要式到小说的生活细节化——论唐传奇与小说文体的独立 / 董乃斌 / 1990.5.79

云梦秦简《为吏之道》漫论 / 谭家健 / 1990.5.87

潮卷国魂怒不平——鸦片战争时期的爱国诗潮 / 王飚 / 1990.5.94

论钱学品格 / 陈子谦 / 1990.6.56

金代文坛与元好问 / 董国炎 / 1990.6.69

诗的明朗与含蓄——兼论李商隐《锦瑟》/ 吴奔星 / 1990.6.78

"词起源于民间"说质疑 / 李伯敬　朱洪敏 / 1990.6.82

作家作品评论小辑

对文化失范的困惑和忧思——田中禾近作的意义 / 陈继会 / 1990.1.123

风情·传奇·西部魂——论西部作家张弛 / 许文郁 / 1990.2.125

叶延滨论 / 刘士杰 / 1990.3.135

意义丧失之后——范小青近作的拆析 / 王干 / 1990.4.140

《灵性俑》的诞生——黄献国小说艺术蜕变勘探 / 朱向前 / 1990.5.135

外国文艺理论评介

彼与此——评介爱德华·赛义德的《东方主义》/ 张京媛 / 1990.1.129

论西方马克思主义的文学总体批评模式 / 吴康 / 1990.2.131

文学艺术与意识形态——阿尔都塞的马克思主义文学理论 / 张来民 / 1990.5.124

台港及海外学人园地

鲁迅早期的尼采观与明治文学 /〔日〕伊藤虎丸 / 1990.1.135

五四小说人物的"狂"和"死"与反传统主题 /〔新加坡〕王润华 / 1990.2.141

论　坛

倾斜的文学 / 韩子勇 / 1990.1.148

文学遗产的接受与开放性自律 / 韩经太 / 1990.3.142
漫谈文学反思 / 冯锡玮 / 1990.3.144
坛外杂话二题 / 迟楔 / 1990.4.132
小议文学与政治 / 董佳杰 / 1990.4.134
投向西部文明——关于一种文艺思潮的遐想 / 管卫中 / 1990.4.136
报告文学"新潮"赞 / 方惠 / 1990.5.142
呼唤"绿色文学" / 黄文华 / 1990.5.144

书 评

开拓、建构、阐释——读《明清小说理论批评史》/ 王济民 / 1990.2.151
评《中国现代戏剧史稿》/ 朱寿桐 / 1990.3.148
回归诗学本体的杜诗观照——许总《杜诗学发微》试评 / 陈良运 / 1990.3.150
"典型"的理论是不朽的——《马克思主义典型学说史纲》读后 / 王仲 / 1990.4.148
面向困难的选择——评《中国现代散文史》/ 王光明 / 1990.4.152
理论之光照亮了现象研究——评严家炎著《中国现代小说流派史》/ 朱晓进 / 1990.5.149
现代东方才女的典型——读《冰心传》/ 汪文顶 / 1990.6.148

新人评介

蓝棣之批评个性阐释 / 陈雷 / 1990.1.150
苦涩的品鉴——读吴福辉《戴上枷锁的笑》兼及其它 / 宗诚 / 1990.2.154

来稿撷英

"乡土文学"中的人道主义和启蒙主义 / 徐菊凤 / 1990.1.154
老舍小说的叙事语调 / 赵泽民 / 1990.1.155
张炎论词的清空 / 邱世友 / 1990.1.157
英雄主义的重铸——张承志创作精神管窥 / 何向阳 / 1990.3.154
台湾女性文学三十年的路 / 李甦 / 1990.3.156
济慈与朱湘的自然观 / 张玲霞 / 1990.3.158
新现实主义的还原向度 / 张德祥 / 1990.4.156

边域小说中的现象：心理图式的顺应与同化 / 赵小琪 / 1990.4.158
情绪活动：文学创作的直接材料和内在动力 / 王舍之 / 1990.4.160
《雷雨》中的替罪羔羊 / 鲁原 / 1990.5.155
《聊斋志异》的仁爱、情爱与性爱 / 邢凤藻 / 1990.5.157
关于艺术辩证地把握生活的思考 / 李明泉 / 1990.6.151
左翼女性文学女性意识的独特形态 / 莲子 / 1990.6.153

读者·作者·编者

关于《五君咏》的作者 / 郝景鹏 / 1990.1.160
两篇准抄袭之作 / 马国璠　叶林 / 1990.2.157
关于屈原研究的一封信 / 汤炳正 / 1990.5.154

学术动态

中国现代文学研究会第五届理事会第二次会议 / 刘祥安 / 1990.1.159
《文学遗产》杂志征订启事 / 1990.2.150
通俗文学的历史、现状和发展方向——繁荣通俗文学创作座谈会述介 / 刘嘉陵 / 1990.5.159
20世纪中国小说史国际研讨会述要 / 谢伟民 / 1990.6.155
本刊处理稿件启事 / 1990.6.30

《文学评论》 1991 年总目录

(括号内分别为年、期、页)

新中国文学评价问题笔谈

文学史并非观念史 / 雷达 / 1991.1.40
新中国文学历史评价的反思 / 艾斐 / 1991.1.43
知难而进 / 李复威 / 1991.1.46

关于马克思主义文艺理论的建设问题

在斗争和实践中建设和发展马克思主义文艺理论 / 陆贵山 / 1991.2.5
谈几点想法 / 吕德申 / 1991.2.7
理论总是历史的理论 / 吴元迈 / 1991.2.8
牢牢把握马克思主义的方法论指向 / 涂途 / 1991.2.10
十分必要的讨论 / 王善忠 / 1991.2.14

关于新时期古典文学研究的笔谈

新时期古典文学研究的成就和方法论问题 / 陈贻焮 / 1991.2.48
再谈我对古典文学研究的看法 / 郭预衡 / 1991.2.49
新旧之间的随想 / 沈玉成 / 1991.2.51
新方法与融会贯通 / 邓绍基 / 1991.2.53
关于古典文学研究现状的思考 / 宁宗一 / 1991.2.54

文艺理论

是一元论还是多元论——评刘再复的"多元论"/ 何国瑞 / 1991.1.117
文学尚未失语——关于黄浩同志《文学失语症》一文的不同意见 / 唐跃
　谭学纯 / 1991.1.131

比较文学的性质、功能与内在矛盾——兼与《比较文学消亡论》商榷 / 杜卫 / 1991.1.142

评新时期刘再复的文学理论观 / 董学文 / 1991.2.17

论文学的特殊本质 / 金健人 / 1991.2.30

作家的内心视象与艺术创造 / 张德林 / 1991.2.38

为"中国学派"一辩 / 孙景尧 / 1991.2.42

艺术哲学的革命——论马克思恩格斯艺术哲学的体系特征和审美理想 / 狄其骢　谭好哲 / 1991.3.48

文学与人类学本体论 / 陆贵山 / 1991.3.56

关于马克思主义文艺理论的建设问题 / 董学文　严昭柱　潘必新 / 1991.3.68

再论学习、坚持和发展马克思主义文艺理论——纪念中国共产党70周年诞辰 / 陆方 / 1991.4.5

论人的主体性和文学中的主体性问题——评刘再复的"主体论"兼及李泽厚的"主体性实践哲学" / 张国民 / 1991.4.12

形象思维新论 / 杨俊亮 / 1991.4.25

文艺和意识形态——兼评几种观点 / 李思孝 / 1991.5.76

美的规律与典型化原则 / 李衍柱 / 1991.5.86

论创作方法的层次结构 / 张国庆 / 1991.5.97

建设有中国特色的马克思主义文艺理论——马克思主义文艺理论建设学术讨论会综述 / 黄颉　周可 / 1991.6.59

马克思主义文学理论建设的方法论问题 / 何国瑞 / 1991.6.70

中国当代文学

《南渡记》的评价与现实主义问题 / 曾镇南 / 1991.1.50

为柳青和《创业史》一辩 / 罗守让 / 1991.1.65

试论新时期作家情感型态分类及其演变 / 滕云 / 1991.1.75

新时期的话剧探索与探索话剧 / 甄西 / 1991.2.84

叙述：从一个角度看近年的小说创作 / 王侃 / 1991.2.97

"新写实"小说座谈辑录 / 中国社会科学院文学研究所当代室 / 1991.3.111

女性小说：异曲同工的和鸣——海峡两岸小说比较 / 赵朕 / 1991.3.125

我们需要何种小说文体——判断与判断题解 / 胡平 / 1991.3.134

浪漫的回忆——关于"还原"文学的哲学思考 / 朱持 / 1991.4.76

长篇小说的整体把握——长篇小说阅读札记 / 黄毓璜 / 1991.4.82
在现实主义的道路上——路遥论 / 李星 / 1991.4.88
涌动的潜流——近年军旅小说形势分析 / 朱向前 / 1991.5.105
文化·审美·创新——革命历史题材文学创作的文化背景问题 / 罗岗
　/ 1991.5.115
最后的仪式——"先锋派"的历史及其评估 / 陈晓明 / 1991.5.128
艾青的诗美学 / 晓雪 / 1991.6.118
中国当代海峡两岸"文化小说"比较 / 王淑秧 / 1991.6.128

中国现代文学

新时期胡适文学研究述评 / 沈卫威 / 1991.1.85
从《雷雨》的演出史看《雷雨》/ 孔庆东 / 1991.1.96
论《子夜》创作的多重动因——《子夜》动机模型假说之一 / 姜文
　/ 1991.1.109
论中国现代叙事诗艺术形式的变革与创新 / 王荣 / 1991.2.104
三、四十年代曹禺和夏衍的创作比较 / 韩日新 / 1991.2.114
丰子恺散文论 / 汤哲声 / 1991.2.124
文学家瞿秋白和革命政治家瞿秋白 / 刘福勤 / 1991.3.75
中日新感觉派比较论 / 阎振宇 / 1991.3.87
"家"的梦魇——曹禺戏剧创作的心理分析 / 邹红 / 1991.3.97
现代中国浪漫主义文学思潮的传统渊源 / 罗成琰 / 1991.4.97
奔向生命之海的激流——巴金散文论 / 冒炘　庄汉新 / 1991.4.108
一部动人的四重奏——冯至诗风流变的轨迹 / 袁可嘉 / 1991.4.119
中日金鸡传说象征意义的比较研究 / 刘锡城 / 1991.4.126
现代都市文学的发展与《子夜》的贡献 / 谭桂林 / 1991.5.4
也谈东北沦陷区文学思潮——与黄万华同志辨析 / 铁峰 / 1991.5.17
现代文学研究中的一项重要学术建设——评新时期现代作家评传的写作 /
　张民权　万直纯 / 1991.5.28
鲁迅与胡适：从同一战阵到不同营垒 / 陈漱渝 / 1991.6.5
人的期待与探寻　梦的失落与执着——鲁迅与夏目漱石散文诗比较研究 /
　吴小美　肖同庆 / 1991.6.24
鲁迅文艺功利观探索 / 王献永 / 1991.6.37

台港文学史家的鲁迅论 / 袁良骏 / 1991.6.46

中国古代文学

略谈俞平伯先生对中国古典文学研究的贡献 / 邓绍基 / 1991.1.5
论萧纲和中国中古文学 / 吴光兴 / 1991.1.15
走向情景交融的诗史进程 / 蒋寅 / 1991.1.28
《宣和遗事》解题 / 王利器 / 1991.2.57
论萧纲的文学思想 / 王运熙　杨明 / 1991.2.64
陶诗和魏晋玄学 / 张晶 / 1991.2.73
文学史的史学启示 / 熊黎辉 / 1991.2.81
《坎曼尔诗笺》辨伪 / 杨镰 / 1991.3.4
高丽、朝鲜词说略 / 罗忼烈 / 1991.3.17
"神韵"内涵与民族文化 / 吴调公 / 1991.3.26
李贺诗歌的童话世界 / 陶尔夫 / 1991.3.36
唐代诗人札记 / 葛兆光 / 1991.4.36
碧山、草窗、玉田三家词异同论 / 常国武 / 1991.4.44
辨体与破体 / 吴承学 / 1991.4.57
从"古诗之流"说看两汉之际赋学的渐变及文化意义 / 曹虹 / 1991.4.66
论佛教与梁代宫体诗的产生 / 汪春泓 / 1991.5.40
意象与意境关系之我见 / 陶文鹏 / 1991.5.57
宋玉作品真伪辨 / 汤漳平 / 1991.5.64
《诗品》东渐及对日本和歌的影响 / 曹旭 / 1991.6.86
《正纬》篇衍说 / 徐公持 / 1991.6.97
关于胡适的《水经注》研究 / 胡明 / 1991.6.105

作家作品评论小辑

"屏蔽"后的重建——池莉中篇小说的解析 / 段崇轩 / 1991.2.131
吴泰昌散文艺术初探 / 叶公觉 / 1991.2.136
论流沙河的诗 / 丁永淮 / 1991.3.144

外国文艺理论评介

结构与演化——戈尔德曼的生成结构主义小说社会学 / 陈引驰 / 1991.3.150

借助文学艺术问题来变革哲学思路——哲学释义学的主要倾向 / 郑涌
　　/ 1991.4.136

论　坛

新文学评价中的历史主义问题 / 方惠 / 1991.4.72
马克思主义与"创作情绪" / 刘润为 / 1991.6.136

书　评

评《古本小说丛刊》 / 顾青 / 1991.1.149
中日文化学术交流的桥梁——《日本学者中国文学研究译丛》评述 / 岩峰
　　/ 1991.2.144
比较文学世界新拓的疆域——评《中国文学在法国》 / 朱寿桐 / 1991.3.157
新思维主导下的悲剧研究——《悲剧精神与民族意识》评介 / 李义师
　　/ 1991.4.145
公允的，肯綮的——评《中国的叛徒与隐士周作人》 / 丹晨 / 1991.4.149
一部凝结着智慧的书——评赵宪章的《文艺学方法通论》 / 徐缉熙
　　/ 1991.5.142
评《文学原理·发展论》 / 朱立元　叶易 / 1991.6.139
评杨义的《中国现代小说史》 / 孙立峰 / 1991.6.143

来稿撷英

中西悲剧感的性质比较 / 徐兴根 / 1991.1.156
乡土文学——敏感的文化神经 / 毛宗刚 / 1991.1.158
试论马克思主义文艺理论对西方文论的渗透与影响 / 陈鼎如　熊大材
　　/ 1991.2.147
从经济文化的角度看《子夜》与《上海的早晨》 / 胡协和 / 1991.2.150
幽默和幽默创造 / 李旭 / 1991.4.152
翠翠——一个象征性意象 / 吴仁援 / 1991.4.155
社会主义文学作品的形式问题 / 邢煦寰 / 1991.5.146
罗伯—格里耶"新小说"理论与传统人道主义文学观的分歧 / 赵新林
　　/ 1991.5.148
《百合花》内在意蕴新解 / 李友益 / 1991.6.146

艺术想象的基本特征／邓曾耀／1991.6.148

读者·作者·编者

评所谓"文化爱国主义"／宋谋玚／1991.1.154
走出"低谷"迈开新步／万嵩／1991.5.151

动　态

本刊处理稿件启事／1991.2.146
全国马列文论研究会对第十一届学术讨论会综述／李中一／1991.2.153
中国现代文学研究会第五届年会述要／黄健／1991.2.157
全国第五届近代文学讨论会／蔡史／1991.2.159
文学所召开纪念中国共产党成立70周年座谈会／范林／1991.4.157
"鲁迅与孔子"学术研讨会概述／岩／1991.4.158
创造社国际学术研讨会综述／蔡震／1991.5.153
首届唐宋诗词国际学术讨论会述要／秦寰明／1991.5.155
陈瘦竹戏剧理论研讨会在京召开／周宁／1991.5.157
"党史文学研讨会"信息／闻介／1991.5.158
《文学遗产》杂志重要启示／1991.5.160
全国马列文论研究会第十二届学术讨论会综述／谭好哲／1991.6.150
海外鲁迅研究学术研讨会概述／张福贵　靳丛林／1991.6.152
曹禺研究国际学术讨论会综述／邹红／1991.6.153
全国第一届少数民族文学理论讨论会综述／小城／1991.6.155

编后记

1991年第6期／1991.6.157

《文学评论》 1992 年总目录

(括号内分别为年、期、页)

文艺理论

论"文学本体论" / 严昭柱 / 1992.1.62
恶的历史作用与文艺创作问题 / 李玉铭 / 1992.1.53
创作自发性与自觉性的特点及转化关系 / 张艺声 / 1992.1.76
论活动认识与文学认识 / 杨俊亮 / 1992.2.96
社会主义文艺与人性美的表现 / 黄力之 / 1992.2.110
毛泽东与文艺——纪念《在延安文艺座谈会上的讲话》发表 50 周年 /
　陈涌 / 1992.3.4
如何把美学研究推向前进 / 蔡仪（遗文）/ 1992.3.25
主导·多样·鉴别·创新 / 钱中文 / 1992.3.130
从《美学四讲》看李泽厚的美学观 / 谷方 / 1992.3.136
蔡仪美学思想论 / 王善忠 / 1992.4.81
现实主义的形态学意义——叙事文学方法论 / 徐岱 / 1992.4.95
对美国后现代主义文学的借鉴与扬弃 / 许汝祉 / 1992.4.103
长篇小说的半部杰作现象——论长篇小说的情节时间与艺术化叙事时间 /
　黄忠顺 / 1992.5.119
怎样理解恶的历史作用与文艺创作问题 / 陆贵山 / 1992.5.129
"恶"是不是艺术的源泉？ / 陈辽 / 1992.5.139
辩证地认识恶及其艺术表现 / 朱辉军 / 1992.5.144
审美价值论纲 / 杜天力 / 1992.6.44
文学民族化问题再议 / 张海明 / 1992.6.58
试论艺术真实的文化维度 / 张惠辛 / 1992.6.69

中国当代文学

时代的强音　民族的脊梁——读《沂蒙九章》/ 敏泽 / 1992.1.4

历史的人与人的历史——《少年天子》沉思录 / 雷达 / 1992.1.12

《金瓯缺》艺术创造成就初谭 / 韩瑞亭 / 1992.1.29

路漫漫其修远兮 / 凌力 / 1992.1.38

心灵与文学的相伴相辅 / 陆星儿 / 1992.1.44

漫说"故事" / 周大新 / 1992.1.48

寻找中的过渡性现象——新写实小说得失论 / 张韧 / 1992.2.4

生活与文学凝聚的大山——对报告文学创作的阅读与理解 / 李炳银 / 1992.2.17

新时期某些小说病态初探 / 〔菲〕张放 / 1992.2.50

战争小说的审美与寓意构造 / 周政保 / 1992.3.104

弥漫着氛围气的抒情美文——论汪曾祺小说的艺术品格 / 邓嗣明 / 1992.3.118

明月之夜　风雨之夕 / 苗长水 / 1992.3.125

深化当代文学史的研究——中国当代文学史学术讨论会纪要 / 樊星 / 1992.4.40

从历史研究到历史小说创作——从《李自成》第五卷的序曲谈起 / 姚雪垠 / 1992.4.63

史观·史识·史鉴——深化中国当代文学史研究四人谈 / 王庆生　陈美兰　范际燕　王又平 / 1992.5.33

王安忆小说近作漫评 / 张志忠 / 1992.5.47

长篇小说十题 / 黎汝清 / 1992.5.63

贾平凹：走向神秘——兼论当代志怪小说 / 樊星 / 1992.5.76

当代散文：发展轨迹、分"体"考察和作家特色——兼评"当代文学史"有关散文的表述 / 刘锡庆 / 1992.6.4

历史的纪实与悲剧的再现——评黎汝清的《皖南事变》、《湘江之战》、《碧血黄沙》 / 叶鹏 / 1992.6.36

中国现代文学

论中国现代散文的"闲话"和"独语" / 余凌 / 1992.1.122

从几部现代作家传记谈"作家传记"观念／董炳月／1992.1.133
《胡风诗全编》编余对谈录／绿原、牛汉／1992.1.143
成仿吾的文学批评／温儒敏／1992.3.124
朱自清与丰子恺：传统余脉的变形与延伸／曹万生／1992.2.128
萧乾的小说艺术／杨义／1992.2.134
在中国现代文学思潮、流派学术交流会上的发言／唐弢（遗文）
　／1992.3.21
论李健吾的文学批评／季桂起／1992.3.30
从语言的角度谈新诗的评价问题／朱晓进／1992.3.43
许地山散文论／席扬／1992.3.52
唐弢与中国现代文学研究／樊骏／1992.4.4
西方现代主义文学在中国／袁可嘉／1992.4.19
在肯定与否定的背后——关于中国现代戏剧所受西方现代主义戏剧影响的
　探讨／刘珏／1992.4.30
论郭沫若"青春型"的文化品格／黄侯兴／1992.5.4
郭沫若的个性本位意识与传统文化情结／蔡震／1992.5.16
论"五四"小说的基督精神／杨建龙／1992.5.23
论创造社文学的现代化品格／朱寿桐／1992.6.115
一代青年代言者的心声——论前期创造社对批判封建道德斗争的特殊贡献
　／宋益乔／1992.6.127
论郭沫若前期浪漫主义艺术表现的特征／黄曼君／1992.6.138

中国古代文学

论《西游记》中的观音形象——兼谈作品本旨及其他／张锦池／1992.1.90
《离骚》中的龙马同两个世界的艺术构思／赵逵夫／1992.1.98
稼轩词与酒／刘扬忠／1992.1.106
明清之际文艺思潮的转折／高小康／1992.1.115
回顾反思　开拓前进——记新时期古典文学研究回顾与展望讨论会／李辉
　许云和／1992.2.55
古典文学研究与当代文化／石家宜　高小康／1992.2.66
臧懋循改写《窦娥冤》研究／〔美〕奚如谷／1992.2.73
明理·图貌·传神·写心——关于山水游记形成过程的思考／张大新

/ 1992. 2. 85
关于中国古典文学学术史研究的思考 / 傅璇琮　郭英德　谢思炜 / 1992. 3. 60
略论《两都赋》和《二京赋》 / 曹道衡 / 1992. 3. 70
走向盛唐——初唐百年诗美理想及其实践通论 / 尚定 / 1992. 3. 78
论初唐诗的历史进程——兼及陈子昂、初唐"四杰"再评价 / 吴光兴
　　/ 1992. 3. 89
侠义公案小说的演化及其在晚清繁盛的原因 / 王俊年 / 1992. 4. 120
唐诗中的时空观 / 王钟陵 / 1992. 4. 131
论古代哲理诗的智慧形态 / 陈文忠 / 1992. 4. 143
读《敦煌变文集》四首俗赋书后 / 王利器 / 1992. 5. 84
中国诗话与日本诗话 / 蔡镇楚 / 1992. 5. 91
宋代疑古主义与文学批评 / 祝振玉 / 1992. 5. 102
《聊斋志异》婚恋问题新探 / 安国梁 / 1992. 5. 110
历史的观念——中国古代文学史观初探 / 吴承学 / 1992. 6. 76
永明诗歌平议 / 跃进 / 1992. 6. 87
论王士禛的诗论与诗 / 刘世南 / 1992. 6. 97
谢章铤的词论 / 邱世友 / 1992. 6. 107

作家作品评论小辑

林斤澜创作的审美情趣 / 张卫中 / 1992. 2. 31
石英小说的美学追求 / 李润新 / 1992. 2. 37
诗人屠岸的《哑歌人的自白》 / 唐湜 / 1992. 2. 45
看她锦心绣口——评何玉茹的小说 / 韩石山 / 1992. 4. 46
解析高建群——兼谈他的四部中篇小说 / 高洪波 / 1992. 4. 52
忆明珠的散文世界 / 黄毓璜 / 1992. 4. 57
季风与地火——刘庆邦小说面面观 / 雷达 / 1992. 6. 16
寂寥和不安分的文学探索——陈染小说三题 / 陈骏涛 / 1992. 6. 23
年青而练达的心灵——迟子建小说论 / 许振强 / 1992. 6. 30

论　坛

析文艺繁荣 / 方惠 / 1992. 2. 119
由恩格斯评价作品的"最高的标准"想到的 / 王善忠 / 1992. 2. 123

迎向改革开放的大潮 / 董方 / 1992.4.114
比较不应该成为比附 / 张海珊 / 1992.4.117

书 评

评《情绪：创造社的诗学宇宙》/ 季进 / 1992.1.152
评有关王国维研究的三本书 / 唐增德　丁东 / 1992.5.149
硝烟炮火中的文艺理论思考——读《中国解放区文学书系·文学运动与理论编》/ 王慧星 / 1992.5.152

来稿撷英

创造社艺术观的二维特征 / 冯奇 / 1992.1.155
王国雄的喜剧理论 / 张健 / 1992.2.151
论冯雪峰的文学观念 / 庄锡华 / 1992.2.153
徐志摩散文的诗化特征 / 黄科安 / 1992.3.156
关于柳宗元与佛学 / 尚永亮 / 1992.5.155
当代文学与传统审美心理 / 张玉能 / 1992.6.147
通俗作家包天笑与张恨水的人格心理 / 陈子平 / 1992.6.148
诗人曾卓与五四新诗传统 / 邓国栋 / 1992.6.151
释义悖论与本义的可复现性 / 李之鼎 / 1992.6.153

读者·作者·编者

关于东北沦陷区文学答铁峰 / 黄万华 / 1992.3.150

动 态

杨沫文学创作研讨会在京召开 / 刘友宾 / 1992.1.156
"中国当代文学：大陆与台湾"学术座谈会侧记 / 肖向东　赵歌东 / 1992.1.157
中国当代文学研究会第七届年会纪要 / 东方 / 1992.1.158
海洋文学研讨会简况 / 王凌 / 1992.1.159
优秀文艺评论报刊表彰活动和文艺评论研讨会综述 / 思力 / 1992.2.155
文学研究所举行"文学史学研讨会"/ 曹维平 / 1992.2.157
海内外潮人作家研讨会概述 / 吴奕锜 / 1992.2.159

中国解放区文学研究会第五届学术讨论会简况 / 刘宗武 / 1992.2.159
中国当代文学学会第十届学术研讨会略述 / 阮忠 / 1992.3.159
纪念《在延安文艺座谈会上的讲话》发表五十周年中国社会科学院召开学
　　术讨论会 / 石录 / 1992.4.154
唐弢学术讨论会综述 / 黎湘萍 / 1992.4.155
全国陶渊明学术讨论会综述 / 叶培昌 / 1992.4.158
"后现代：台湾与大陆的文学形势"研讨会纪要 / 斯义宁 / 1992.4.159
全国马列文论研究会第十三届年会概述 / 李忠一 / 1992.5.158
蔡仪学术讨论会纪要 / 张国民 / 1992.5.159
首届国际老舍学术讨论会论点撮要 / 云鹏 / 1992.6.156

《文学评论》 1993 年总目录

（括号内分别为年、期、页）

纪念毛泽东诞辰一百周年

论毛泽东在文艺理论方面的贡献 / 董学文 / 1993.6.5
毛泽东诗论与中国诗歌 / 张炯 / 1993.6.16

文艺理论

解放思想，实事求是，繁荣文学研究 / 洪远 / 1993.1.5
文学：人格的投影——文学研究的一个思路 / 何向阳 / 1993.1.9
从恶的评价两难论及历史尺度与道德尺度 / 杨曾宪 / 1993.1.19
中国文学批评的解码方式 / 王先霈 / 1993.1.27
审美范畴的历史运动 / 于培杰 / 1993.1.32
全国中外文学理论学术讨论会纪要 / 金元浦 / 1993.1.38
中西读解理论的历史嬗变与特点 / 龙协涛 / 1993.2.42
也谈艺术掌握世界方式 / 朱风顺　吕景六 / 1993.2.52
关于中国女性文学 / 刘思谦 / 1993.2.61
艺术生产论与实践人类学 / 邵建 / 1993.3.88
现实主义：历史的选择——马克思恩格斯现实主义理论重识 / 庄锡华 / 1993.3.102
世纪之争及其更新之途——二十世纪中外文化交流中我国文艺观念之流变 / 钱中文 / 1993.3.110
关于《毛泽东与文艺》的一封信 / 王飙 / 1993.3.121
马克思主义文艺批评的一个现实课题 / 黄力之 / 1993.4.43
作家的童年经验及其对创作的影响 / 童庆炳 / 1993.4.54
人文视野中的当代中国精神取向 / 许明 / 1993.4.65

西方现代文论中的先验主义 / 汪宁康 / 1993.5.5
对"需要修补的世界"的独特言说——八十年代文学批评中现代主义话语
　回顾 / 程文超 / 1993.5.12
中国的叙述智慧 / 李洁非 / 1993.5.22
冷峻的反思　热切的期待——文学所部分中青年学者谈文学研究现状 /
　李兆忠 / 1993.5.144
形式概念的滥觞与本义 / 赵宪章 / 1993.6.23
文学文本，意识形态和历史现实——皮埃尔·麦舍雷的文学生产理论 /
　张来民 / 1993.6.35

中国当代文学

近年中篇小说的四大主题 / 牛玉秋 / 1993.1.113
新散文现象和散文新观念 / 秦晋 / 1993.1.128
荒原的震脱：针对零度无奈——兼谈《桑那高地的太阳》和《泥日》/
　陆天明 / 1993.1.137
生命的火焰正在炽烈的燃烧——读《曼哈顿的中国女人》/ 蒋守谦
　/ 1993.1.147
当代中国的历史发展与文学变革——'92中国当代文学国际学术研讨会
　综述 / 艾妮　白云 / 1993.1.152
作家荒煤 / 朱寨 / 1993.2.71
文坛警梦 / 蒋子龙 / 1993.2.82
反抗危机：论"新写实" / 陈晓明 / 1993.2.88
谈《长城万里图》的创作 / 周而复 / 1993.2.101
世纪末的回顾：汉语语言变革与中国新诗创作 / 郑敏 / 1993.3.5
再叙事：先锋小说的境地 / 南帆 / 1993.3.21
《战争和人》三部曲创作手记 / 王火 / 1993.3.33
无奈的现实和无奈的小说——也谈新写实 / 刘纳 / 1993.4.105
评几部"新写实"长篇小说 / 宋遂良 / 1993.5.68
永恒的诱惑：李佩甫小说与乡土情结 / 陈继会 / 1993.5.76
从迷的追寻到人的写真——评刘醒龙的小说创作 / 彭韵倩 / 1993.5.84
卑琐与苍凉——南翔小说中的人生 / 陈墨 / 1993.5.91
废墟上的精魂——《白鹿原》论 / 雷达 / 1993.6.105

中国现代文学

回顾与拓展：对新文学史研究历史的思考 / 黄修己 / 1993.1.79
评判与建构——新文学史研究主体思维的沉思 / 朱德发 / 1993.1.90
巴金批评叙略 / 丹晨 / 1993.1.103
论中国现代话剧的现实主义及其流变 / 田本相 / 1993.2.1
原始崇拜与曹禺的戏剧创作 / 董炳月 / 1993.2.16
丁西林早期戏剧研究 / 朱伟华 / 1993.2.30
陌生的同路人——论五四时期茅盾文学观 / 杨扬 / 1993.3.127
诗教理想与人格理想的互融——论朱自清散文的美学风格 / 吴周文
　　/ 1993.3.138
论沙汀小说艺术再现的特征 / 黄曼君 / 1993.3.151
佛学与中国现代作家 / 谭桂林 / 1993.4.5
"五四"戏剧论争及其影响 / 胡星亮 / 1993.4.19
精神的伊甸园和失败者温婉的歌——试论林语堂的幽默思想 / 张健
　　/ 1993.4.30
论"五四"时期的诗体大解放 / 骆寒超 / 1993.5.96
认同与自觉：二十年代的中国现代叙事诗 / 王荣 / 1993.5.109
评力扬的诗 / 吴子敏 / 1993.5.120
二十世纪中国小说研究之回顾与展望 / 严家炎 / 1993.6.43
论新文学史思维模式的革新与重构 / 冯光廉　林凡 / 1993.6.51
在"古老的记忆"与现实体验之间——沦陷时期的张爱玲及其小说艺术 /
　　范智红 / 1993.6.62

中国古代文学

周邦彦三题 / 罗忼烈 / 1993.1.44
"稼轩体"：高峰体验与词的高峰 / 陶尔夫 / 1993.1.55
"词起源于民间"说的重新审视与界说 / 刘尊明 / 1993.1.68
简论唐诗选本与明代复古诗说 / 陈国球 / 1993.2.111
宋文学书面传播方式初探 / 王兆鹏 / 1993.2.122
苏门论词与词学的自觉 / 张惠民 / 1993.2.132
经学家对"怪"的态度——《诗经》神话胜议 / 李少雍 / 1993.3.50

唐人七夕诗文论略 / 董乃斌 / 1993.3.62
论金诗的历史进程 / 张晶 / 1993.3.70
《三国》与《水浒》：两个英雄世界 / 石育良 / 1993.3.82
活法：对法的审美超越 / 束景南 / 1993.4.77
楚赋与道家文化 / 汤漳平 / 1993.4.89
《楚辞》的启示：略述李贺诗歌创作的"巫"心态 / （美）罗秉恕
　/ 1993.4.96
关于三曹的评价问题 / 胡明 / 1993.5.30
诗歌史：关注方式的转换与审美心理的调整 / 韩经太 / 1993.5.42
中国诗话与朝鲜诗话 / 蔡镇楚 / 1993.5.50
梁启超与近代词学研究 / 谢桃坊 / 1993.5.62
《诗经》在西方的传播与研究 / 周发祥 / 1993.6.70
关于文学史进化的探讨 / 陈伯海 / 1993.6.82
卢骆歌行的结构模式与艺术渊源——兼析中古时期七言诗及其流变 / 尚定
　/ 1993.6.94

作家作品评论小辑

龙彼德的诗歌创作 / 金乐敏 / 1993.3.44
储福金小说艺术论 / 吴秉杰 / 1993.4.114
论方方近作的艺术 / 於可训 / 1993.4.123
阎连科小说创作散论 / 丁临一 / 1993.4.130
杨争光其人其文 / 李星 / 1993.4.134
刘以鬯小说艺术综论 / 杨义 / 1993.4.139
历史暮霭中的人与世——林希近年小说漫评 / 刘新华 / 1993.6.142

论　　坛

无价之人 / 韩少功 / 1993.3.48

书　　评

评陈子谦著《钱学论》/ 林继中 / 1993.4.148
评葛晓音的《山水田园诗派研究》/ 陈贻焮 / 1993.4.152
简评黄霖先生新著《近代文学批评史》/ 朱文华 / 1993.5.149

整体扫描与深层透视——评《中国乡土小说史论》／王爱松／1993.6.147

外国文艺理论评介

后现代文学：价值平面上的语言游戏／王岳川／1993.5.133

来稿撷英

施蛰存心理分析小说的意义／彭斌柏／1993.2.142
审美与丑／叶知秋／1993.2.144
审美反映动力与艺术审美特质／代迅／1993.2.146
卞之琳诗歌投射型的空间调度／舒建华／1993.4.158
何其芳、卞之琳和艾青四十年的创作心态／程光炜／1993.5.153
略谈文学语言的功能／黄海／1993.5.157
文学风格的内部结构与外部考察／王佑江／1993.5.159
《曾国藩》创作琐谈／唐浩明／1993.6.119
叙述的转型——对"后新潮小说"一种写作动机的考察／秦立德／1993.6.132
关于周作人的新村思想／靳明全／1993.6.151

读者·作者·编者

与《文学与人类学本体论》商榷／邵建／1993.2.148
文艺家、知识分子和工人阶级／熊元义／1993.6.154

动　态

20世纪中国文学与区域文化学术研讨会述要／罗成琰／1993.1.159
旅外文学研讨会述略／凌燕／1993.2.153
周而复《长城万里图》研讨会纪实／胡德培／1993.2.156

编后记

1993年第4期／1993.4.160

《文学评论》 1994年总目录

（括号内分别为年、期、页）

文艺理论

论我国当代文艺学范式的转换 / 金元浦 / 1994.1.63
论理论的批评化 / 孔耕蕻 / 1994.1.72
在历史转换中生成着的"诗本体"理论话语——80年代诗学理论研究 / 张德厚 / 1994.1.81
知与真知灼见——维也纳心理学第三学派的现代文学的见解 / 黄文华 / 1994.2.62
哲学与文学对立的传统及其影响——西方文论研究的一条历史线索 / 邵一崏 / 1994.2.71
释义学与艺术认识 / 杨俊亮 / 1994.3.103
通向卡夫卡世界的旅程 / 叶廷芳 / 1994.3.114
马克思恩格斯关于爱情描写的一些论述 / 李中一 / 1994.3.121
马克思主义文艺论纲 / 陆梅林 / 1994.4.78
文类与散文——言意之争的比较诗学分析 / 南帆 / 1994.4.89
语言的激活 / 陈跃红 / 1994.4.99
颓落与拯救——论当代中国文学的道德风貌与文学家的人格建设 / 杜书瀛 钱竞 / 1994.5.98
关于文学的传统与现代化问题的思考 / 孙乃修 / 1994.5.107
从理性中心到语言中心——20世纪西方语言论诗学的兴起 / 王一川 / 1994.6.97
中国现代喜剧观念总体特征论 / 张健 / 1994.6.108
跨世纪之交：文学的困惑与选择 / 沉风　志忠 / 1994.6.121

中国当代文学

论柯灵的散文 / 唐金海　张晓云 / 1994.1.90
从交流经验到经验叙述——对马原所引发的"小说叙述革命"的再评估 / 邵燕君 / 1994.1.97
张晓风散文论 / 楼肇明 / 1994.1.106
先锋小说一解 / 昌切 / 1994.2.84
"新写实"的艺术精神 / 张德祥 / 1994.2.90
论史铁生创作的精神历程 / 〔香港〕陈顺馨 / 1994.2.98
历史小说创作回顾 / 杨书案 / 1994.2.105
余华创作中的苦难意识 / 郜元宝 / 1994.3.88
终止游戏与继续生存——先锋长篇小说论 / 谢有顺 / 1994.3.71
乡土小说的多元与无序格局 / 丁帆 / 1994.3.81
我寻求过　我将无悔 / 俞天白 / 1994.3.95
文化溯源与历史重构——评杨书案三部长篇历史小说新作 / 黄曼君 / 1994.4.52
在生命和意识的张力中——谈施叔青的小说创作 / 李今 / 1994.4.61
寻梦者恪守的田园——再读李贯通 / 费振钟 / 1994.4.69
作为"仁者"的写作——我看陈世旭其人其事 / 李洁非 / 1994.4.73
真淳者的质询——重读铁凝 / 戴锦华 / 1994.5.5
写作的意义 / 池莉 / 1994.5.15
神话的复归——周大新盆地小说原型分析 / 胡平 / 1994.5.23
再论柯岩 / 盛英 / 1994.5.32
乡土中国与农民军人——新时期军旅文学一个重要主题的相关阐释 / 朱向前 / 1994.5.42
"文学新时期"的意味——对行进中的中国文学几个问题的思考 / 陈美兰 / 1994.6.5
韩少功小说的精神性存在 / 鲁枢元　王春煜 / 1994.6.14
《白门柳》的追述及其他 / 刘斯奋 / 1994.6.25
散文偶记 / 郭风 / 1994.6.32

中国现代文学

老中国土地上的新兴神话——海派小说都市主题研究 / 吴福辉 / 1994.1.5
以"感美感恋"心态走出名士传统——新月派散文的绅士文化特性考察 / 朱寿桐 / 1994.1.18
论"五四"散文抒情体式的变革与创新 / 汪文顶 / 1994.2.34
心理批评：《画梦录》/ 张龙福 / 1994.2.45
冰心散文：一个独特的艺术世界 / 傅光明　许正林 / 1994.2.53
二十年代中国新浪漫文学论 / 邰冬文 / 1994.3.42
中西文化的宁馨儿——中国现代主义诗的特质研究 / 张同道 / 1994.3.52
论鲁迅的乡恋情结 / 吴小美　李勇 / 1994.3.62
论京派批评观 / 刘锋杰 / 1994.4.5
郁达夫文学批评探索 / 丁亚平 / 1994.4.16
萧红：早醒而忧郁的灵魂 / 陈素琰 / 1994.4.27
论文学史家王瑶——兼及他对中国现代文学学科建设的贡献 / 樊骏 / 1994.5.52
论现代评论派的自由主义文艺思想 / 倪邦文 / 1994.5.68
中国现代表现主义文学的兴起和高涨 / 程金城 / 1994.6.69
别一种风范——梁实秋散文创作论 / 卢今 / 1994.6.82
人物出走——曹禺戏剧艺术管窥 / 李光荣 / 1994.6.91

中国古代文学

论辽代诗 / 黄震云 / 1994.1.29
刘长卿与唐诗范式的演变 / 蒋寅 / 1994.1.41
生命之喻——论中国古代关于文学艺术人化的批评 / 吴承学 / 1994.1.53
"词"之为"词"在其律——关于律词起源的讨论 / 洛地 / 1994.2.5
且向东瀛探骊珠——日本汉诗三论 / 肖瑞峰 / 1994.2.15
论苏黄对唐诗的态度 / 莫砺锋 / 1994.2.25
略论南朝的家族与文学 / 杨东林 / 1994.3.5
中国近代文学批评研究的几个问题 / 黄霖 / 1994.3.20
论小品赋 / 许结 / 1994.3.30
《招魂》研究商榷 / 潘啸龙 / 1994.4.35

论老残 / 关爱和 / 1994. 4. 44
近体诗中一种语言现象的分析——论虚字 / 葛兆光 / 1994. 5. 77
金瓶梅：世情书与怪才奇书的双重品格 / 杨义 / 1994. 5. 86
中国诗史实录大纲 / 吴光兴 / 1994. 6. 35
传神肖貌　诗画交融——论唐诗对唐代人物画的借鉴吸收 / 陶文鹏 / 1994. 6. 49
金元文士之沉沦与元杂剧的兴盛 / 张大新 / 1994. 6. 60

作家作品评论小辑

"自觉"为他带来了什么？——读李锐近作 / 潘凯雄 / 1994. 1. 118
面对生与死的沉思——方敏小说漫评 / 李晓晔 / 1994. 1. 122

学术争鸣

重估"现代性"与汉语书面语论争——一个九十年代文学的新命题 / 张颐武 / 1994. 4. 107
文化激进主义的历史维度——从郑敏、范钦林的争论说开去 / 许明 / 1994. 4. 114

读者·作者·编者

编前絮语：关于传统和现代 / 编者 / 1994. 2. 111
如何评价"五四"白话文运动——与郑敏先生商榷 / 范钦林 / 1994. 2. 112
关于《如何评价"五四"白话文运动》商榷之商榷 / 郑敏 / 1994. 2. 118
读《文艺家、知识分子和工人阶级》书后 / 王飚 / 1994. 3. 128

外国文艺理论评介

关于美国的"少数话语"理论 / 王逢振 / 1994. 5. 114

书　评

沉思后的觉醒——读《第三自然界概说》/ 赵明 / 1994. 2. 123
评《美学新论》/ 立元 / 1994. 4. 121
评《1898—1949 中外文学比较史》/ 孙欣 / 1994. 5. 119

来稿撷英

易安散文的多维审视 / 杨庆存 / 1994.1.127
谈谈普列汉诺夫的艺术起源于劳动说 / 刘文斌 / 1994.2.128
寻根文学的神话品格 / 王林 / 1994.4.124
我国文明新戏对日本戏剧的借鉴 / 黄爱华 / 1994.4.126
《野草》中的想象 / 刘彦荣 / 1994.5.122

动 态

全国文学批评学研讨会撮要 / 李兆忠 / 1994.4.127
建设有中国特色马克思主义文学理论学术研讨会综述 / 若镁 / 1994.5.125

《文学评论》 1995 年总目录

(括号内分别为年、期、页)

历史小说创作笔谈

写出历史人物的精神世界 / 谢永旺 / 1995.6.40
历史人物的文学形象塑造 / 唐浩明 / 1995.6.42
一孔之见 / 刘斯奋 / 1995.6.44
故事与历史 / 南帆 / 1995.6.45
倾听历史的回声 / 穆陶 / 1995.6.47

文艺理论

社会主义市场经济与文学价值论 / 敏泽 / 1995.1.84
审美文化的历史形态及其变异——谈高雅文化与大众消费文化 / 周宪
　/ 1995.1.96
文学批评学何以成为可能 / 吴炫 / 1995.1.104
自然之道——中西传统诗学比较论纲 / 饶芃子　余虹 / 1995.2.119
现代批评的策略 / 孙文宪 / 1995.2.129
认同或抗拒——关于后现代主义在中国的思考 / 张清华 / 1995.2.138
对文艺学的性质和发展趋势的认识——与金元浦同志商榷 / 马龙潜
　/ 1995.2.148
论文艺社会学及其现代形态 / 童庆炳 / 1995.3.130
士人与自然——中国古代山水文学价值观之文化底蕴 / 李春青 / 1995.3.141
文艺学：站在世纪之交的高度 / 董学文 / 1995.3.152
文化视野与马克思主义阐释学 / 毛崇杰 / 1995.4.51
意义：文学实现的方式 / 金元浦 / 1995.4.62
在多重空间里沉潜与运思——中国当代文学学科建设进言 / 杨匡汉

／1995.4.72

世界文学格局中的中国文学选择／王列生／1995.4.77

文学艺术价值、精神的重建——新理性精神／钱中文／1995.5.45

美学·艺术·大众文化——评当前大众文化批评的审美主义倾向／徐贲／1995.5.57

认识、情感、价值范式的整合／杨俊亮／1995.5.68

中国诗歌的古典与现代／郑敏／1995.6.79

艺术的实践本性／王元骧／1995.6.91

形象思维及其二十世纪的争论／尤西林／1995.6.103

构思的刺激模式／杨文虎／1995.6.108

中国当代文学

反叛与拯救：新时期小说十五年／肖鹰／1995.1.41

接近周涛／黄国柱／1995.1.52

艺术的自觉与灵魂的自由——论李瑛新时期诗歌的美学趋向／张同吾／1995.1.64

残雪——黑夜的讲述者／〔日〕近藤直子／1995.1.76

九十年代：对当代文学史的挑战——兼论当代文学史的时间、空间与观念诸问题／於可训／1995.2.42

转型期文学：对九十年代文学的一种概括／邹平／1995.2.50

作为散文文体家的郭风／王光明／1995.2.61

消解、幻灭与终极内涵——成一近期中篇小说解析／阎晶明／1995.2.70

走向深处——雷建政创作述评／许文郁／1995.2.74

圆与线：方敬诗歌的艺术世界／赵珖／1995.2.79

匮乏时代的精神凭吊者——60年代出生作家群印象／郜元宝／1995.3.51

诗意：放逐与收复——"第三代"诗中的"他们"与"莽汉"现象／李振声／1995.3.59

文学二趋向论／昌切／1995.3.69

读《无梦谷》散记／唐达成／1995.3.80

过时的话语——关于《无梦谷》的倒叙／叶文玲／1995.3.83

关注时代与时代的观照——彭名燕文学创作漫笔／李硕儒／1995.3.91

形而上主题：先锋文学的一种总结和另一种终结意义／徐芳／1995.4.86

传统性与现代性的危机——"寻根文学"中的中国神话形象阐释／王一川
　／1995.4.97
走向彼岸后叙事——何继青的小说世界／程文超／1995.4.109
痖弦诗歌的语言艺术／沈奇／1995.4.116
叩问历史　面向未来——当代历史小说创作研讨会述要／董之林整理
　／1995.5.5
张承志的文学和宗教／陈国恩／1995.5.15
华采流溢的心灵咏叹——读刘白羽《心灵的历程》／韩瑞亭／1995.5.25
新时期小说与"现代性"／张颐武／1995.5.34
重新叙述的故事［创作谈］／李锐／1995.5.42
池莉：神圣的烦恼人生／戴锦华／1995.6.50
魏巍创作谈／马鍪伯／1995.6.62

中国现代文学

"赛先生"与"五四"新诗意象／刘为民／1995.1.124
"五四"白话新诗的"非诗化"倾向与历史局限／龙泉明／1995.1.133
臧克家：新诗文体建设的重镇／吕进／1995.1.141
诗笔禅趣写田园——废名及其对现代抒情小说的影响／杜秀华／1995.1.152
中国戏剧现代化的历史性转折——从文艺思潮视角对"五四"戏剧的比较
　考察／胡星亮／1995.2.84
沈从文与现代小说的文体变革／刘洪涛／1995.2.97
天籁乐章——读孙犁小说《琴和箫》／徐怀中／1995.2.106
读张爱玲／贾平凹／1995.2.108
路翎小说的深层意识与本体特征／刘挺生／1995.2.109
抗战时期沦陷区小说探索／范智红／1995.3.5
论京派散文／范培松／1995.3.16
新月派文学思想论／黄昌勇／1995.3.29
王西彦的小说创作／孙升亮／1995.3.41
论三四十年代的抗战小说／郭志刚／1995.4.5
都市的五光十色——三十年代都市题材小说之比较／王爱松／1995.4.17
"学衡派"再评价／魏建　贾振勇／1995.4.29
论中国现代女作家的创作追求／陆华／1995.4.36

人静山空见一灯——废名诗探／冯健男／1995.4.46
抗战时期中国诗歌的历史流向／吴晓东／1995.5.76
张恨水：热闹中的寂寞／杨义／1995.5.89
人在边缘——杨绛创作论／林筱芳／1995.5.97
关于吴宓的"三境"说／陈建中／1995.5.104
沈祖棻《涉江词》的美学特色／陈望衡／1995.5.111
四十年代长篇叙事诗初探／陆耀东／1995.6.5
现代诗歌批评中的晦涩理论／臧棣／1995.6.16
"五四"时期雅俗小说的关系结构／吴秀亮／1995.6.29

中国古代文学

试论汉、宋《诗经》学的根本分歧／萧华荣／1995.1.5
试论尊词与轻词——兼评苏轼词学观／刘石／1995.1.15
评点之兴——文学评点的形成和南宋的诗文评点／吴承学／1995.1.24
略论明末清初苏州作家群剧作中的"戏中戏"／李玫／1995.1.34
论李白乐府的复与变／葛晓音／1995.2.5
文学史观的反思与重构／许总／1995.2.14
姚贾诗派的界内流变和界外余响／张宏生／1995.2.22
关于晚明小说批评的思考／董国炎／1995.2.33
关于中国古代的妇女文学／胡明／1995.3.95
论元代科举与辞赋／黄仁生／1995.3.109
"生命之喻"探源——对一个中、西共同的美学命题的认识与思考／韩湖初／1995.3.122
性灵学说与地域文化／吴兆路／1995.4.122
建炎南渡与江南艺术精神的形成／高小康／1995.4.131
关键在于理论的建构与超越——词学学术史的初步反思／刘杨忠／1995.4.139
"诗之余"：论中唐文士词的文化品位与审美特征／乔力／1995.4.147
晚明性灵说之佛学渊源／黄卓越／1995.5.118
宋词：对峙中的整合与递嬗中的偏取／韩经太／1995.5.130
初唐四杰与儒、道思想／杜晓勤／1995.5.140
简论钟惺——兼论竟陵派在文学史上的地位／李先耕／1995.6.115

魏晋玄学与游仙诗／张海明／1995.6.125
论姜白石词：音乐与歌词／陶尔夫／1995.6.134
漫谈幽默／王学泰／1995.6.145

作家作品小辑

高岸小说的文化品格／牛玉秋／1995.6.71
吉狄马加的诗／叶潮／1995.6.75

外国文艺理论评价

意识形态和"症状阅读"——阿尔图塞和马库雷的文学意识形态批评／徐贲／1995.1.114
女权主义批评数面观／王逢振／1995.5.149

书　评

台湾文学研究深入的标志——评《台湾文学史》／王保生／1995.2.153
理论个性独特的美学史著——评《二十世纪西方美学史主流》／张开焱／1995.5.157
评石昌渝《中国小说源流论》／吴峤／1995.6.153

来稿撷英

人论——艺术本体论的前提／赵怡生／1995.2.154
中西诗学比较管见／赵稀方／1995.2.155
梁遇春随笔：独异的体悟／江震龙／1995.2.158
我看"新状态"／李明泉／1995.2.159
儒家诗教的历史遭际和古今意义／张国庆／1995.3.158
20世纪科学统一化趋势对文学研究的影响／王达敏／1995.4.157
文学审美论的基本理论困境／杜卫／1995.4.159
关于"五四"时期的抒情小说／季桂起／1995.6.157

动　态

20世纪纳西族文学创作讨论会在云南召开／白庚胜／1995.1.160
本刊启事／1995.2.160

《文学评论》 1996 年总目录

（括号内分别为年、期、页）

二十世纪文学回顾

会当凌绝顶——回眸二十世纪文学理论 / 钱中文 / 1996.1.5
论中国当代文学 / 谢冕 / 1996.2.5
探险的风旗——中国现代主义诗潮回眸 / 张同道 / 1996.3.34
百年中国：作家的情感方式与精神地位 / 孟繁华 / 1996.4.63
"世纪末果汁"：中西文学的精神遇合 / 萧同庆 / 1996.6.46

文学史史学笔谈

文学史建构的主体性问题 / 童庆炳 / 1996.2.52
文学史的概念与文学的历史规律 / 赵宪章 / 1996.2.53
文学史研究中的历史优先性原则 / 郑元者 / 1996.2.54
文学史研究中的"范式"变化 / 赖力行 / 1996.2.56
现代阐释中的文学史重构 / 刘建军 / 1996.2.57
文学史研究与时间量度 / 张政文 / 1996.2.58

加强文艺评论笔谈

文学批评漫说 / 唐达成 / 1996.3.45
昨日风　今朝雨——关于批评的价值、困境与出路 / 雷达 / 1996.3.49
重振文艺批评的雄风 / 云德 / 1996.3.53

纪念茅盾诞辰一百年

我和茅公的两次会晤 / 荒煤 / 1996.3.5
热诚的关怀和鼓励——纪念茅盾的几件事 / 张光年 / 1996.3.8

茅盾与现代文学批评／温儒敏／1996.3.11
茅盾与新文学的进程／李岫／1996.3.24

文艺理论

人文理性的展望／许明／1996.1.18
论海外华文文学的命名意义／饶芃子　费勇／1996.1.31
通俗小说的流变与界定／孔庆东／1996.1.39
对文学新思潮的某些理论思考／张炯／1996.2.20
在人格和诗境的相通处——论中国古代诗学的文化心理基础／李春青／1996.2.30
卢卡奇与形式美学／王雄／1996.2.41
试论中国文学原型系统／程金城／1996.3.76
创造性思维中"有意义的空白"／王先霈／1996.3.86
没有道德目的而有道德影响——评朱光潜早期文艺功利观／钱念孙／1996.3.94
试论文学语言的可逆性／赵奎英／1996.3.102
走向完整的中国文学史研究——《中华文学通史》导言／张炯／1996.4.46
语言观念必须革新——重新认识汉语的审美与诗意价值／郑敏／1996.4.72
论文学形象的语言构成／赵炎秋／1996.4.81
从"后新时期"概念谈文学讨论的历史意识／徐贲／1996.5.56
理性的批判与批判的理性／毛崇杰／1996.5.66
论幽默逻辑的二重错位律／孙绍振／1996.5.78
门外中外文论絮语／季羡林／1996.6.5
当代文学、美学研究中对"本体论"的误释／朱立元／1996.6.14
结构与解构／白艳霞／1996.6.25
"形象思维"的两次大论争／刘欣大／1996.6.35

中国当代文学

九十年代：长篇军旅小说的潮动／朱向前／1996.1.49
张炜小说的价值取向／吴炫／1996.1.60
论穆陶的历史小说／宋遂良／1996.1.70
关于五十至七十年代的中国文学／洪子诚／1996.2.60

小说界的新旗号与"人文现实主义" / 於可训 / 1996.2.76
寻觅历史生命的魂魄——颜廷瑞长篇历史小说的精神风度 / 黄国柱 / 1996.2.84
论金庸小说的现代精神 / 严家炎 / 1996.3.56
知识分子的悲剧——读韦君宜《露莎的路》记 / 阎纲 / 1996.3.65
欲海里的诗情守望——我读张欣的都市故事 / 程文超 / 1996.3.71
高阳历史小说论 / 吴秀明 陈择纲 / 1996.4.92
新时期小说的变形艺术 / 李运抟 / 1996.4.102
当代文学与地域文化 / 樊星 / 1996.4.110
奇遇与突围——九十年代的女性写作 / 戴锦华 / 1996.5.95
通向墓地（创作谈） / 邵振国 / 1996.5.103
告别八十年代的光荣与梦想——徐坤小说论 / 王干 / 1996.5.107
何顿：在新的状态之中寻觅 / 张颐武 / 1996.5.111
在边缘域行走——许辉的小说创作 / 王达敏 / 1996.5.115
当代文学的窘迫与选择 / 方伟 / 1996.6.91
一种中国的现实：阅读余华 / 〔丹麦〕魏安娜 / 1996.6.99

中国现代文学

二十年代象征主义诗歌论 / 龙泉明 / 1996.1.88
论巴金建国前的散文创作 / 姚春树 / 1996.1.101
吴组缃小说的艺术个性 / 刘勇强 / 1996.1.111
论我国新文学中的现代主义 / 朱寿桐 / 1996.2.127
笑涡里的泪——谈梁遇春 / 倪伟 / 1996.2.140
品格·角度·整合——现代文学思潮研究中的几个问题 / 胡有清 / 1996.2.149
新文学流派研究的社会学方法 / 朱德发 / 1996.4.124
京派小说风格论 / 查振科 / 1996.4.132
冰心小说探索 / 李玲 / 1996.4.148
认识老舍（上） / 樊骏 / 1996.5.5
论张资平的小说 / 曾华鹏 范伯群 / 1996.5.18
在整合和分化中嬗变发展——现代杂文流派漫论 / 姜振昌 / 1996.5.31
中国现当代文学中的宗教意识 / 季红真 / 1996.5.44

认识老舍（下）／樊骏／1996.5.57
一部个人话语的悲剧历史——从《呐喊》到《彷徨》／徐麟／1996.6.72
苦路行——论巴金的小说创作／晓行／1996.6.82

中国古代文学

文以明道和中唐文的新变／吴相洲／1996.1.123
明代隆庆、万历间文风的转变／饶龙隼／1996.1.133
性灵派副将赵翼论略／王英志／1996.1.144
《全上古三代秦汉三国六朝文》证误／王利器／1996.2.98
论谣谶与诗谶／吴承学／1996.2.103
魏晋文学的人格生成／李建中／1996.2.113
朝鲜古代汉诗总说／张伯伟／1996.2.120
关于骈文研究的若干问题／谭家健／1996.3.110
"雅""俗"观念的衍变及其文学意义／于迎春／1996.3.119
刘勰论晋赋二题／毕万忱／1996.3.129
短论二则／陈洪／1996.3.135
永嘉东渡与中国文艺传统的蜕变／高小康／1996.4.5
从古史及"四史"看史传文学的发展／李少雍／1996.4.17
论清代的赋学批评／许结／1996.4.28
汉《郊祀歌》与谶纬之学／叶岗／1996.4.39
词的本质特征与词的起源——词学研究两个基本理论问题的阐释／刘尊明
　　王兆鹏／1996.5.120
古典诗歌接受史研究刍议／陈文忠／1996.5.128
汉赋山林描写的文化心理／刘昆庸／1996.5.138
欲色异相与梁代宫体诗／许云和／1996.5.145
词学理论和词学批评的"现代化"进程／杨海明／1996.6.110
骈文的形成与鼎盛／于景祥／1996.6.121
宗教光环下的尘俗治平求索——论世本《西游记》的文化特征／张锦池
　　／1996.6.132

学术论坛

新理性的建设任重道远／许明／1996.5.87

热闹过后的审视／蒋寅／1996.5.88
从"信仰"到"研究"／黎湘萍／1996.5.89
学术规范与学术人格／党圣元／1996.5.90
以大视野追寻各民族文学关系史／刘亚虎／1996.5.90
继承"新文化运动"的学术经验／王毅／1996.6.150
学理与传统／孙歌／1996.6.151

作家作品小辑

雨田诗的语言探索／石云河／1996.1.76
裸舞的精灵——论杨克诗歌的几个基本意象／张柠／1996.1.80
迷羊之图——刘继明的小说创作／李洁非／1996.1.84
执着于变革大潮的人生书写——关于程贤章的长篇小说／何楚雄
　／1996.2.94
走向形式的西部人文情感——邵振国小说创作论／刘俐俐／1996.4.120

台湾及海外学人园地

面对差异性——关于中日文学研究者进行学术对话的断想／〔日〕坂井洋史
　／1996.2.154
台湾文学中的环境意识——以马以工、韩韩、心岱和宋泽莱为中心／陈映真
　／1996.3.137

学人研究

实学研究与文化探索——傅璇琮先生的学术思想／刘石／1996.6.142

书　评

评《江湖诗派研究》／张瑞君／1996.1.155
评吴功正著《六朝美学史》／霍松林／1996.3.148
走向元文艺学——评《文艺学方法论纲》／郑元者／1996.4.156
建构中国叙事学的操作规程——评杨义《中国古典小说史论》的方法论／
　郭英德／1996.5.154
评蒋寅的《大历诗人研究》／吴光兴／1996.6.152

来稿撷英

关于文学基本模式的思考 / 何寅泰 / 1996.2.158
世界华文微型小说创作研究 / 刘海涛 / 1996.2.159
老舍的幽默艺术特征 / 李晓琴 / 1996.3.159
借山水风物感悟人生秘谛的文化散文 / 李阳春 / 1996.5.158

学术动态

不同的思路　共同的心愿——台湾文学研讨会纪要 / 李兆忠 / 1996.3.153

读者·作者·编者

对《文学评论》杂志的建议 / 赵园 / 1996.5.159

编后记

1996年第1期 / 1996.1.159
1996年第4期 / 1996.4.159
1996年第5期 / 1996.5.160
1996年第6期 / 1996.6.158

《文学评论》 1997 年总目录

(括号内分别为年、期、页)

加强文艺评论，促进文艺繁荣 / 本刊编辑部 / 1997.2.5
回顾与展望——纪念《文学评论》创刊40周年 / 本刊编辑部 / 1997.6.6

关于中国古代文论现代转化的讨论

学人的知识结构与中国文论研究 / 栾勋 / 1997.1.6
中国古代文论的范畴和体系 / 党圣元 / 1997.1.15
论"自然"范畴的三层内涵——对一种诗学阐释视角的尝试 / 李春青 / 1997.1.26
王国维创造"新学语"的历史经验 / 刘烜 / 1997.1.36
变则通，通则久——"中国古代文论的现代转换"研讨会综述 / 屈雅君 / 1997.1.46
走历史发展必由之路——论以古代文论为母体建设当代文艺学 / 张少康 / 1997.2.41
也谈中国文论的"失语"与"话语重建" / 陈洪 沈立岩 / 1997.3.41
再论重建中国文论话语 / 曹顺庆 李思屈 / 1997.4.43
论当代文论与中国古代文化的融合 / 蒋述卓 / 1997.5.30
古代文论与当代文艺学建设 / 蔡钟翔 / 1997.5.35

二十世纪文学回顾

近百年中国古代文论之研究 / 罗宗强 邓国光 / 1997.2.10
世纪之交：对"散文"发展的回顾与思考 / 刘锡庆 / 1997.2.24

"现实主义" 问题三人谈

现实主义——升温的话题 / 陈建功 / 1997.2.86

要欢迎，但不可定于一尊——我看当前文学创作中的现实主义 / 何西来 / 1997.2.88
走向发展、开放、多元的现实主义 / 秦晋 / 1997.2.91

香港文学研究特辑

论香港文学的发展道路 / 刘登翰 / 1997.3.5
仍然靠一些笔去坚持 / （香港）黄国彬 / 1997.3.20
从东方之珠说到作家的忧郁 / （香港）黄维樑 / 1997.3.21
香港文学的前途 / （香港）彦火 / 1997.3.22
香港文学与九七 / （香港）陶然 / 1997.3.24
读王剑丛新著《香港文学史》 / （香港）曾敏之 / 1997.3.26
关于香港新文学的源流 / 袁良骏 / 1997.3.28
香港作家西西的童话小说 / 艾晓明 / 1997.3.36
二元构合中的诗心与诗艺——论香港新诗的特质 / 俞兆平 / 1997.4.5
香港作家的文学批评 / 王光明 / 1997.4.14
香港文学的起点和新文学的兴起 / 杨健民 / 1997.4.23
香港小说的现代性命题 / 赵稀方 / 1997.4.35

中国古代文学研究现状的衡估与思考

回眸时的沉想 / 葛晓音 / 1997.4.93
中国古典文学研究的理论品格 / 郭英德 / 1997.4.96
研究者要重视理论 / 刘扬忠 / 1997.4.98
问题与期待 / 黄卓越 / 1997.4.101
从生命的角度研究古典文学 / 钱志熙 / 1997.4.105
素质和修养 / 于景祥 / 1997.4.108

纪念何其芳专辑

论何其芳三十年代的诗 / 孙玉石 / 1997.6.11
辛苦的种树人——怀念何其芳同志 / 刘世德 / 1997.6.24

文艺理论

解构思维与文化传统 / 郑敏 / 1997.2.54

阐释之外——当代诗学的一种话语分析／王家新／1997.2.62
城市诗的反思／陈圣生／1997.2.70
文学生长点：在世纪之交的寻找与定位／朱向前／1997.3.87
生命艺术化　艺术生命化——宗白华的生命美学新体系／李衍柱／1997.3.126
论神秘——审美反应的体验性阐述／徐岱／1997.3.134
建立小说的形式批评框架——西方叙事理论研究述评／林岗／1997.3.145
马克思主义文艺理论中国化的内在逻辑／代迅／1997.4.53
文化相对主义与跨文化文学研究／乐黛云／1997.4.61
全球化对文学研究的影响／J. 希利斯・米勒　王逢振编译／1997.4.72
美学的根本转型／季羡林／1997.5.5
中国文学：由古典走向现代／朱德发／1997.5.10
理想精神与文学建设／高秀芹／1997.5.23
王国维美学思想与晚清文学变革／钱竞／1997.6.124
试论西方汉学界的"西论中用"现象／周发祥／1997.6.133
詹姆逊近年来的学术思想／王逢振／1997.6.142

中国当代文学

我的笔耕生涯／柳溪／1997.1.51
小说是平凡的／梁晓声／1997.1.61
激情与叙事——新时期文学心态寻踪／曹文轩／1997.1.68
黄土魂魄与天马精神——甘肃小说家文化心理剖析／许文郁／1997.1.77
与新的山乡共脉动——何申小说的审美指向／杨立元／1997.1.83
民间的魅力与生命——评刘玉堂的小说创作／段崇轩／1997.1.89
让当代文学成为民族精神的火炬／黄国柱／1997.2.78
这方园地中的冯家山水——论宗璞的小说艺术／侯宇燕／1997.2.94
九十年代中国新诗走向摭谈／吴思敬／1997.4.79
诗人张烨论／刘纳／1997.4.86
困境与希望——评《人间正道》／刘锡诚／1997.5.89
渴望辉煌——《我是太阳》的超越意蕴／蔡葵／1997.5.93
全靠我们自己——《车间主任》在今天的精神价值／雷达／1997.5.97
少年心事当拿云——评郁秀的《花季・雨季》／曾镇南／1997.5.101
一个人的诞生——《兵谣》简评／张志忠／1997.5.105

散文传统的地域推移和文化变异——关于香港散文 / 楼肇明　蒋晖
　/ 1997.5.109
评二月河的长篇历史小说 / 杨世伟 / 1997.5.116
人民，永恒的牵挂——评黄传会的报告文学《忧患八千万》/ 缪俊杰
　/ 1997.6.54
大时代的音响　建设者的丰碑——评莫伸的报告文学《大京九纪实》/ 丁临一
　/ 1997.6.58
机遇与抉择——评高胜历的报告文学《东部热土》/ 董之林 / 1997.6.62
突出写人和人的精神——评焦祖尧的报告文学《黄河落天走山西》/ 何西来
　/ 1997.6.67
评《淮河的警告》/ 朱晖 / 1997.6.72
海外华文女作家及其文本的理论透视 / 饶芃子　陈丽虹 / 1997.6.76

中国现代文学

论中国新诗的现实主义 / 骆寒超 / 1997.1.94
火的呐喊与梦的呢喃——三十年代的左翼诗潮与现代主义诗潮 / 张同道
　/ 1997.1.107
现代"诗化小说"探索 / 吴晓东 / 1997.1.118
论四十年代诗歌的历史发展 / 龙泉明 / 1997.2.103
平凡生活的复现及其叙事功能——四十年代小说艺术论 / 范智红
　/ 1997.2.114
浪漫传奇的现代包装——徐訏小说创作探索 / 刘开明 / 1997.2.129
文体与风格的多种实验——四十年代小说研读札记 / 钱理群 / 1997.3.49
论语丝派散文 / 王嘉良 / 1997.3.61
新月诗派论 / 黄昌勇 / 1997.3.75
现代雅俗小说艺术的相互影响与交流 / 吴秀亮 / 1997.4.139
雅俗互动的宁馨儿——四十年代小说的新面貌 / 孔庆东 / 1997.4.151
美文的兴起与偏至——从纯文学化到唯美化 / 解志熙 / 1997.5.125
冰心散文的审美价值 / 汪文顶 / 1997.5.138
论穆旦与中国新诗的现代特征 / 李怡 / 1997.5.148
论钱钟书的文学创作 / 舒建华 / 1997.6.32
中国新文学的理性原则与人文精神 / 栾梅健 / 1997.6.45

中国古代文学

关于宋诗／胡明／1997.1.128
现代《文心雕龙》研究述评／涂光社／1997.1.142
"中国古代文学研究的回顾与前瞻"研讨会综述／陶慕宁／1997.1.153
玄学本体论与魏晋六朝诗学／张海明／1997.2.141
一代诗史梅村诗／刘守安／1997.2.152
李渔小说创作论／李时人／1997.3.96
清嘉道以来不拘骈散论的文学史意义／曹虹／1997.3.109
禅与唐宋诗人心态／张晶／1997.3.117
关于桐城派及近百年来对它的评论／周中明／1997.4.111
全面营造中国戏曲艺术范式——论关汉卿的杰出贡献／周国雄／1997.4.121
论晚明清言／吴承学／1997.4.130
"世纪之交：中国古代文学研究的回顾与前瞻研讨会"综述／李时人／1997.5.42
《聊斋志异》宗教现象读解／刘敬圻／1997.5.54
赵执信论／严迪昌／1997.5.66
论唐末诗派的形成及其特征——以咸通十哲为例／臧清／1997.5.78
《诗品》所存疑难问题研究／曹旭／1997.6.88
论李贺诗歌的色彩表现艺术／陶文鹏／1997.6.99
从清旷到清空——苏轼、姜夔词学审美理想的历史考察／李康化／1997.6.107
"说唐"小说系列演变中所反映的游民意识／王学泰／1997.6.115

书　评

写出田汉的"魂"与"神"——评《田汉传》／王保生／1997.3.155
现代文学研究的新收获——评张大明等的《中国现代文学思潮史》／蒋登科／1997.6.151

读者·作者·编者

马克思的实践观点有别于康德的实践理性／俞兆平／1997.3.158

来稿撷英

田汉早期戏剧创作的美学追求 / 刘平 / 1997.5.158

其 他

本刊启事 / 1997.1.160
《文学评论》(1990~1996) 获奖优秀论文篇目 / 1997.6.5
资料:《文学评论》的 40 年 / 田聚 / 1997.6.154

编后记

1997 年第 2 期 / 1997.2.160
1997 年第 3 期 / 1997.3.160
1997 年第 4 期 / 1997.4.160
1997 年第 5 期 / 1997.5.160

《文学评论》 1998 年总目录

（括号内分别为年、期、页）

满怀信心迈向新世纪——《文学评论》创刊 40 周年学术座谈会纪要 / 本刊记者 / 1998.1.5

文学研究中的艺术欣赏和民俗学方法——在《文学评论》创刊 40 周年纪念会上的讲话 / 钟敬文 / 1998.1.25

20 世纪文学回顾

中国戏剧现代化的艰难历程——20 世纪中国戏剧回顾 / 董健 / 1998.1.28

本世纪中国李商隐研究述略 / 刘学锴 / 1998.1.39

"20 世纪中国文论" 笔谈

主持人的话 / 饶芃子 / 1998.3.44

解放思想，认真反思，开拓创新 / 蒋述卓 / 1998.3.45

反思：回到起步处 / 程文超 / 1998.3.46

语言变迁与 20 世纪文论 / 林岗 / 1998.3.48

能否写"中国古代文学理论史" / 余虹 / 1998.3.50

博采众长　融会中西 / 胡经之 / 1998.3.52

21 世纪中国文学思想：入列与贡献 / 金岱 / 1998.3.53

现代汉语诗学：关怀本土的写作经验 / 费勇 / 1998.3.54

新时期文学二十年

论二十年来小说潮流的演进 / 丁帆　何言宏 / 1998.5.49

创作主体的精神转换——考察中国新时期文学的一种思路 / 陈美兰 / 1998.5.61

双重的解读——八九十年代中国文学的一种描述 / 南帆 / 1998.5.68

文艺理论

古代文论和现代文论——关于建设有中国特色的马克思主义文艺学的思考
／张海明／1998.1.123
关于"本体论"的本体性说明——兼与朱立元先生商榷／高建平／1998.1.136
后殖民主义批评：从西方到中国／刘康　金衡山／1998.1.149
马克思主义和新人本主义——对两者的人学理论和文学理论的比较分析／
陆贵山／1998.2.86
现代性文学：中国文学的新传统——兼谈中国现代文学与文学研究／王一川
／1998.2.96
从历史真实到现代消费的两度创造——论历史文学真实的现代转换／吴秀明
／1998.2.106
再谈艺术的实践性问题——兼与俞兆平先生商讨／王元骧／1998.2.150
论传统文论的语义诠释／吴予敏／1998.3.56
神话——原型批评之我见／王钟陵／1998.3.69
新诗百年探索与后新诗潮／郑敏／1998.4.77
"话语重建"与传统选择／王志耕／1998.4.85
叔本华的想象论及其可能的价值／金惠敏／1998.4.97
交往理性与诗学话语——论哈贝马斯的文学概念／曹卫东／1998.4.107
新时期文艺学反思录／杜书瀛／1998.5.77
中国文学理论研究的世纪回眸／王元骧／1998.5.89
巴赫金——求索对话思维／白春仁／1998.5.101
文艺社会学：结合部与生长点／周平远／1998.6.77
"女性文学"的内涵和视野／王侃／1998.6.87
隐喻视野中的政治修辞学／季广茂／1998.6.98
告别神圣之光——20世纪西方文艺美学中的作者论／萧晓红／1998.6.108

中国当代文学

谛听"伟大心灵的回声"——论90年代部分中短篇小说的崇高题旨和美
学形态／蒋守谦／1998.1.103
丰富又贫乏的年代——关于当前诗歌的随想／谢冕／1998.1.111
试论90年代文学的文化视野／张志忠／1998.1.116

长篇小说与现代主义／朱寨／1998.2.5

世界华文文学的精神魅力——兼论世界华文文学新格局／胡经之／1998.2.22

论青春体小说——50年代小说艺术类型之一／董之林／1998.2.27

关于陈忠实的创作／陈涌／1998.3.5

新视角·新诗艺·新风格——读《杜运燮诗精选一百首》／袁可嘉／1998.3.22

90年代乡村小说综论／段崇轩／1998.3.27

转型期童话的游戏品格／杨鹏／1998.3.37

人文关怀与历史理性的缺失——"新现实主义小说"再评价／童庆炳 陶东风／1998.4.43

英雄主义主题与"新写实小说"／孙先科／1998.4.54

论中国当代实验小说本体的内在矛盾／邹定宾／1998.4.61

20世纪中国女性文学的发展／阎纯德／1998.4.69

邓小平理论与新时期文学艺术／张炯／1998.6.5

"当代文学"的概念／洪子诚／1998.6.38

营造精神之塔——论王安忆90年代初的小说创作／陈思和／1998.6.50

关于现实主义的一些思考／陈冲／1998.6.61

感悟与创造——论洛夫的诗歌艺术／章亚昕／1998.6.71

中国现代文学

青春女性的独特情怀——"五四"女作家创作论／李玲／1998.1.51

"胡适之体"和"鲁迅风"／郜元宝／1998.1.62

闻一多新诗理论探索／程光炜／1998.2.115

现代大众小说：新旧小说的流变与整合／徐德明／1998.2.125

论三十年代现代派小说／方长安／1998.2.138

比较文学视点下的莎士比亚与中国戏剧／李万钧／1998.3.76

论"国剧运动"的话剧民族化思考／胡星亮／1998.3.87

论田汉的波希米亚式戏剧风格／朱寿桐／1998.3.97

"诗样的情怀"——试论曹禺剧作内涵的多解性／邹红／1998.3.108

关于学术史编写原则的思考——从黄修己《中国新文学史编纂史》谈起／樊骏／1998.4.5

各具异彩的文学景观——京派小说与海派小说比较论／文学武／1998.4.22

反父权体制的祭典——张爱玲小说论 / 林幸谦 / 1998.4.34
艾青四十年代诗歌创作论 / 龙泉明 / 1998.5.109
严肃时代的自觉——论四十年代现代主义诗潮对象征主义的反思和超越 /
　陈旭光 / 1998.5.122
论现代中国文学的都市诗 / 谭桂林 / 1998.5.133
郑振铎对"五四"新文学运动的理论贡献——纪念郑振铎先生诞生一百
　周年 / 朱文华 / 1998.6.17
真性清涵万里天——论丰子恺创作的传统文化意蕴 / 姬学友 / 1998.6.28

中国古代文学

金圣叹腰斩《水浒传》说质疑 / 周岭 / 1998.1.72
论诗歌摘句批评 / 曹文彪 / 1998.1.82
中国古代小说评点的价值系统 / 谭帆 / 1998.1.93
诗魂三魄论——对诗学本质的综合思考 / 顾祖钊 / 1998.2.39
论先秦儒家的叙事观念 / 郭英德 / 1998.2.50
乐府古辞的经典价值——魏晋至唐代文人乐府诗的发展 / 钱志熙 / 1998.2.61
江盈科论 / 黄仁生 / 1998.2.75
诗骚异同简论 / 李诚 / 1998.3.116
陈子昂"兴寄"说新论 / 徐文茂 / 1998.3.124
论黄宗羲的诗歌创作 / 张仲谋 / 1998.3.132
试论南朝宫体诗的历程 / 胡大雷 / 1998.4.119
清代词学的南北宋之争 / 孙克强 / 1998.4.127
清初"本位尊体"词论辨析 / 王力坚 / 1998.4.137
宋词文体特征的文化阐释 / 沈家庄 / 1998.4.143
中国文学史：一个历史主义的神话 / 戴燕 / 1998.5.5
永明体"新变"说 / 张国星 / 1998.5.20
略论唐诗学发展史的体系建构 / 朱易安 / 1998.5.30
中国文化的东渐与日本汉诗的发轫 / 肖瑞峰 / 1998.5.39
二十世纪赋学研究的回顾与瞻望 / 许结 / 1998.6.118
论《四库全书总目》在诗文评研究史上的贡献 / 吴承学 / 1998.6.130
"拟剧本"：未走通的文体演变之路——兼评廖燕《柴舟别集》杂剧四种 /
　许祥麟 / 1998.6.140

学人研究

严家炎现代文学研究述略 ／ 朱晓进 ／ 1998.3.140
钱仲联先生学术蠡测 ／ 马亚中 ／ 1998.5.155
程千帆古代文学研究述评 ／ 莫砺锋 ／ 1998.6.146

书 评

《文学价值论》简评 ／ 陈传才 ／ 1998.3.146
评《全唐五代诗格校考》／ 张寅彭 ／ 1998.3.149
评《唐帝国的精神文明——民俗与文学》／ 孟向荣 ／ 1998.3.152
评《中国叙事学》／ 盛鸣 ／ 1998.3.155
评王水照主编的《宋代文学通论》／ 张晶　温泽远 ／ 1998.4.153
评朱寿桐主编的《中国现代主义文学史》／ 徐宗文 ／ 1998.6.153

作家作品小辑

海岩小说创作漫评 ／ 李欣 ／ 1998.5.145
梁衡散文语言的审美特性 ／ 李万武 ／ 1998.5.150

其 他

综合与拓展——第九届世界华文文学国际研讨会述评 ／ 赵稀方 ／ 1998.2.155
《俞平伯全集》问世 ／ 斯陆 ／ 1998.3.158
"面向新世纪文学思想发展"研讨会综述 ／ 刘力 ／ 1998.4.157

编后记

1998 年第 1 期 ／ 1998.1.160
1998 年第 2 期 ／ 1998.2.160
1998 年第 3 期 ／ 1998.3.160
1998 年第 4 期 ／ 1998.4.160
1998 年第 5 期 ／ 1998.5.160
1998 年第 6 期 ／ 1998.6.157

《文学评论》 1999年总目录

(括号内分别为年、期、页)

"现代文学的观念与叙述"
——《中国现代文学三十年》"笔谈

矛盾与困惑中的写作 / 钱理群 / 1999.1.47
《中国现代文学三十年》的"现代文学" / 洪子诚 / 1999.1.50
犹豫不决的文学史 / 旷新年 / 1999.1.51
文学史叙事的内在理念 / 吴晓东 / 1999.1.53

纪念 "五四" 运动八十周年

"五四"运动与现代中国人文建设 / 杨义 / 1999.3.5
"五四"新文学的文化创造 / 李继凯 / 1999.3.18
胡适与中国现代文学史研究述评 / 徐改平　贾海生 / 1999.3.26
中国新诗的审美范式与民族心理 / 张同道 / 1999.3.37

新中国文学五十年

文学的纪念（1949~1999） / 谢冕 / 1999.4.5
近五十年文学语言研究札记 / 王一川 / 1999.4.16
新中国文学民族性的回顾与思考 / 王庆生　樊星 / 1999.4.27
沧桑共斟酌——关于共和国文学 / 杨匡汉 / 1999.5.5

二十世纪文学回顾

二十世纪中国文化转型与话剧兴衰 / 陈坚　盘剑 / 1999.4.36
二十世纪敦煌曲子词整理研究的回顾与反思 / 刘尊明 / 1999.4.49
文学理论：在新世纪的晨曦中 / 钱中文 / 1999.6.5

从"清点"到"盘活"——世纪之交古典文学研究的风景线 / 陈伯海 / 1999.6.7
拐弯道上的思考——20年来现代文学研究的一点感想 / 黄修己 / 1999.6.9

"努力开创古代戏曲研究新局面" 笔谈

走出困惑，志在突破 / 王星琦 / 1999.4.87
戏曲研究之我见 / 黄仕忠 / 1999.4.89
拓宽古代戏曲研究的空间 / 俞为民 / 1999.4.91
以艰忍执著之精神求索曲学之涯 / 丁力 / 1999.4.94

"九十年代的女性
——个人写作"笔谈

在创伤性记忆的环抱中 / 王晓明 / 1999.5.48
浮出历史地表之后 / 薛毅 / 1999.5.50
从拒绝到联系 / 张炼红 / 1999.5.55
与黛二小姐告别——关于陈染写作的困境 / 汪跃华 / 1999.5.57
从"私语"到"私人写作" / 郭春林 / 1999.5.59

庆祝澳门回归祖国

文化视野中的澳门文学 / 刘登翰 / 1999.6.13
文学的澳门与澳门的文学 / 饶芃子　费勇 / 1999.6.24

文艺理论

当代文学批评中的"现代性终结"话语质疑 / 涂险峰 / 1999.1.28
内转与外突——新时期文艺学再反思 / 杜书瀛 / 1999.1.108
"西马"文论与中国当代文论建设 / 冯宪光 / 1999.1.119
现代性的张力——现代主义的一种解读 / 周宪 / 1999.1.129
文学理论现代性问题 / 钱中文 / 1999.2.5
叙事文结构的美学观念——明清小说评点考论 / 林岗 / 1999.2.20
"吟咏情性"与"以意为主"——论中国古代诗学本体论的两种基本倾向 / 李春青 / 1999.2.33
乾嘉时期文艺学的格局——考据学的挑战和桐城派的回应 / 钱竞 / 1999.3.60

中国九十年代话语转型的深层问题 / 王岳川 / 1999.3.71
重读黑格尔——谈黑格尔《美学》与中国文艺学建设 / 李衍柱 / 1999.3.80
诗学何为——论现代审美理论的人文意义 / 徐岱 / 1999.4.60
替换中的失落——从文化转型看古文论转换的学理背景 / 曹顺庆　吴兴明 / 1999.4.69
爱德华·萨伊德：一个独特的批评家 / 王逢振 / 1999.4.81
西方文论的引进和我国文学经典的解读 / 孙绍振 / 1999.5.15
论二十世纪汉语诗歌的艺术转变 / 姜耕玉 / 1999.5.26
论文艺活动的都市化 / 高小康 / 1999.6.124
中国古代文学中的"绿色"观念 / 王先霈 / 1999.6.137

中国当代文学

关于胡风文艺思想的评价问题 / 朱寨 / 1999.1.5
"关中大儒"非"儒"也——《白鹿原》及其美学品质刍议 / 毛崇杰 / 1999.1.20
诗之于史——《白门柳》三题 / 敏泽 / 1999.2.85
评二月河"清代帝王系列"小说 / 张书恒 / 1999.2.95
无力而必须承受的生存之重——刘恒的启蒙叙述 / 昌切 / 1999.2.104
论迟子建的小说创作 / 张红萍 / 1999.2.111
历史叙事：长篇小说的坐标 / 南帆 / 1999.3.92
当代文学史的逻辑建构——兼评当代文学研究的一种思路 / 於可训 / 1999.3.105
现代消费社会的另类叙事——论黄春明小说的现实主义价值 / 黎湘萍 / 1999.3.114
家族小说的新变——读周大新的《第二十幕》/ 韩瑞亭 / 1999.3.123
"历史终结"之后：九十年代文学虚构的危机 / 陈晓明 / 1999.5.36
在故乡的神话坍塌之后——论刘震云九十年代的小说创作 / 程光炜 / 1999.5.62
试论当代文学史（1949—1976）的"潜在写作"/ 陈思和 / 1999.6.104
"归去来"的困惑与彷徨——论八十年代知青作家的情感与文化困境 / 贺仲明 / 1999.6.114

中国现代文学

老舍个性气质论——纪念老舍诞辰百周年 / 吴小美　古世仓 / 1999. 1. 37
鲁迅现代思想意识的内部线索 / 张新颖 / 1999. 1. 55
论三十年代的历史小说 / 徐顽强 / 1999. 1. 64
中国现代文学与基督教文化 / 许正林 / 1999. 2. 119
论《野草》的佛家色彩 / 哈迎飞 / 1999. 2. 131
周作人言志散文体系论 / 喻大翔 / 1999. 2. 141
中国现代话剧民族化的历史进程 / 邹红 / 1999. 4. 111
中国现代文学中浪漫主义的历史反思 / 俞兆平 / 1999. 4. 123
二十世纪中国现实主义文学运动之反省 / 宋剑华 / 1999. 5. 73
现代小说的象征化尝试 / 范智红 / 1999. 5. 85
"名士气"：传统文人气度在"五四"的投影 / 倪婷婷 / 1999. 6. 70
日常生活意识和都市市民的哲学——试论海派小说的精神特征 / 李今 / 1999. 6. 82
"家"的解构 / 袁国兴 / 1999. 6. 95

中国古代文学

论初盛唐绝句的发展——兼论绝句的起源和形成 / 葛晓音 / 1999. 1. 76
"求奇"与"求味"——论贾姚五律的异同及其在唐末五代的流变 / 刘宁 / 1999. 1. 91
关于《文选》的编者问题 / 力之 / 1999. 1. 101
关于唐诗——兼谈近百年来的唐诗研究 / 胡明 / 1999. 2. 41
悬置名著——明清小说思辨录 / 郭英德 / 1999. 2. 61
中国古代遇仙小说的历史演变 / 孙逊　柳岳梅 / 1999. 2. 67
"稗官"说 / 潘建国 / 1999. 2. 76
论钱学的基本精神和历史贡献——纪念钱钟书先生 / 敏泽 / 1999. 3. 43
略论魏晋南北朝时期音乐与文学的关系 / 张伯伟 / 1999. 3. 126
走近"苏海"——苏轼研究的几点反思 / 王水照 / 1999. 3. 135
小说观念与《全唐五代小说》的编纂 / 李时人 / 1999. 3. 142
地域文化的整合和盛唐诗歌的艺术精神 / 杜晓勤 / 1999. 4. 97
诗话研究之回顾与展望 / 蔡镇楚 / 1999. 5. 97

宋人词体起源说检讨 / 谢桃坊 / 1999.5.105
刘基论 / 吕立汉 / 1999.5.115
人类困境的永久象征——《婴宁》的文化解读 / 杜贵晨 / 1999.5.125
中国文学研究的困境与出路 / （香港）吴宏一 / 1999.6.31
南宋人所编古文选本与古文家的文论 / 张智华 / 1999.6.43
论苏词主气 / 胡遂 / 1999.6.53
乱世情怀：纵横风尚与《三国志通俗演义》/ 张靖龙 / 1999.6.64

海外学人园地

当代中国文化的现代性与后现代性 / （美国）李欧梵 / 1999.5.129
《野草》解读 / （日本）丸尾常喜 / 1999.5.140
中国与欧洲传统中的重写方式 / （荷兰）D.佛克马 / 1999.6.144

学人研究

美的探寻与人生觉醒——蒋孔阳人生论美学思想述评 / 郑元者 / 1999.1.139
余冠英古籍整理成就述评 / 李华 / 1999.2.152
中古文学研究领域的开拓者——试述曹道衡先生学术历程及其成就 / 跃进 / 1999.3.148
林庚先生的古典文学研究 / 徐志啸 / 1999.4.134
钟敬文及其民间文艺学思想 / 杨利慧 / 1999.5.151

书　评

国际汉学研究的新视野——评《西方文论与中国文学》/ 跃进 / 1999.2.157
评王德威《想象中国的方法》/ 冯金红 / 1999.4.139
评杜书瀛《李渔美学思想研究》/ 党圣元 / 1999.4.142
评王英志《性灵派研究》/ 程相占 / 1999.4.145
评《二十世纪中国杂文史》/ 黄科安 / 1999.4.148
评季羡林《禅和文化与文学》/ 喻天舒 / 1999.5.157

学术动态

面对现实　融汇中西——"西方文论与中国文论建设"学术讨论会综述 / 徐新建　阎嘉 / 1999.1.144

面向新的世纪——全国古代文学古典文献学博士点座谈会综述 / 李瑞山
　/ 1999.1.151

《杨义文存》出版座谈会综述 / 赵稀方 / 1999.3.154

文学理论：留给二十一世纪的话题——1999世纪之交：文论、文化与社会
　学术研讨会综述 / 郲因素 / 1999.4.152

沟通·规范·创新——全国古代文学古典文献学博士点新世纪学科建设与
　发展研讨会综述 / 邹进先 / 1999.6.150

迈向新世纪的比较文学——中国比较文学学会第六届年会暨国际学术研讨
　会综述 / 李思屈　肖薇　刘荣 / 1999.6.154

编后记

1999年第1期 / 1999.1.160

1999年第2期 / 1999.2.159

1999年第3期 / 1999.3.160

1999年第4期 / 1999.4.159

1999年第5期 / 1999.5.160

1999年第6期 / 1999.6.158

《文学评论》 2000 年总目录

(括号内分别为年、期、页)

文学研究走进二十一世纪／杨义／2000.1.5

全球化趋势中的文学与人

世纪交汇点上的问题意识与人文关怀——"全球化趋势中的文学与人"学术研讨会综述／涂险峰／2000.1.21

民族身份认同的焦虑与汉语文学诉求的悖论／昌切／2000.1.30

全球化时代的文学选择／樊星／2000.1.41

全球化与想象的可能／南帆／2000.2.92

九十年代中国文学：全球化与自我认同／肖鹰／2000.2.103

全球化背景与文学／刘纳／2000.5.96

经济的全球化与文学的现代性——兼谈人的精神家园看守问题／胡明／2000.5.103

文化冲突与文学的"喧哗"／高小康／2000.5.110

"中国当代文学史写作" 笔谈

读洪子诚《当代文学史》后／钱理群／2000.1.101

寻找诠释的"阿基米德点"／陈美兰／2000.1.104

对一个概念的无声挽留／曹文轩／2000.1.107

更复杂地回到当代文学史中去／程光炜／2000.1.110

纪念俞平伯先生诞辰一百周年

俞平伯和新红学／石昌渝／2000.2.43

"隐逸的诗"与"日常生活的诗"——俞平伯、朱自清散文的比较研究／吕若涵／2000.2.54

"中国现代文学史编写研讨会" 笔谈

积累不足,创新也难 / 黄修己 / 2000.4.25
现代文学史应该是"现代"的 / 董健 / 2000.4.26
文学史写作之魂 / 朱德发 / 2000.4.27
治史者的角色地位 / 孙范今 / 2000.4.27
从"中国现代文学"到"现代中国文学"——关于现代文学基本学科意识
  和文学史观念的思考 / 周晓明 / 2000.4.28
"现代"还是"近代" / 黄保真 / 2000.4.29
建构中国现代文学史的多元格局 / 龙泉明 / 2000.4.30
旧课题与新期待:关于现代文学史的写作 / 高远东 / 2000.4.31
研究心态、价值认定和文学史结构模式的调整与创新 / 逄增玉 / 2000.4.32
从意识形态叙述到现代性叙述 / 何锡章 / 2000.4.33
走出教科书体系确立文学史哲学——文学史写作的人类性和个性化追求 /
  张福贵 / 2000.4.34
文学史的理论形态与语体 / 陈剑晖 / 2000.4.35
新世纪现代文学史编撰的前景与方法 / 高旭东 / 2000.4.36
谈谈影响中国现代文学史观的几种关系 / 王泽龙 / 2000.4.36
20世纪中国文学的"过渡性" / 马俊山 / 2000.4.37
现代文学史:研究的深化与写作的简化 / 毕光明 / 2000.4.38
关于中国现代文学史教材修改的几点想法 / 王攸欣 / 2000.4.39
文学相关性及其文学史理论意义 / 袁国兴 / 2000.4.40

中国文论的 "异质性" 笔谈

为什么要研究中国文论的异质性 / 曹顺庆等 / 2000.6.26
中国传统文论的"概念质地" / 吴兴明 / 2000.6.29
中国传统文论异质性语言之维 / 张小元 / 2000.6.31
异质性研究的现实资源 / 张荣翼 / 2000.6.33
福科的启示:比较研究如何通达"异质性"? / 肖黎 / 2000.6.34
在异质文化交汇处我们为什么失去了声音 / 蒋荣昌 / 2000.6.36
真相被遮蔽:中国古代文论在二十世纪的命运 / 刘文勇 陈大利
  / 2000.6.39

文艺理论

学术人格与二十世纪中国文艺学 / 杨守森 / 2000.1.112
巴赫金的文化诗学 / 程正民 / 2000.1.120
对话：理论精神与操作原则——巴赫金对比较诗学研究的启示 / 蒋述卓 李凤亮 / 2000.1.128
论钱钟书著作的话语空间 / 季进 / 2000.2.112
现代性论争中的民间文学 / 吕微 / 2000.2.124
当代文论建设中的古代文论 / 陈良运 / 2000.2.135
走自己的路——对于迈向 21 世纪的中国文论建设问题的思考 / 朱立元 / 2000.3.5
全球化语境下的文化研究和文学研究 / 王宁 / 2000.3.15
文学传统与科学传统 / 姚文放 / 2000.3.26
解构主义在今天 / 郑敏 / 2000.4.106
社会文化秩序与文学活动的价值 / 畅广元 / 2000.4.115
论隐逸文化在中国传统文学艺术发展中的意义 / 徐清泉 / 2000.4.125
一项跨入新世纪的暧昧工程——论模糊美学与模糊美 / 王明居 / 2000.4.134
理论生态与归属困惑——20 世纪文艺理论的思考 / 庄锡华 / 2000.5.68
女娲、维纳斯，抑或魔鬼终结者？——电脑、电脑文艺与电脑文艺学 / 黄鸣奋 / 2000.5.77
网络文学刍议 / 杨新敏 / 2000.5.87
论当代中国诗学的话语空间 / 徐岱 / 2000.6.5
柏拉图与孔子文体形态比较研究 / 邹广胜 / 2000.6.17

中国当代文学

体现忧国情怀的"历史反省"——"文革小说"的叙事研究 / 许子东 / 2000.3.35
阿 Q 与中国当代文学的典型问题 / 张梦阳 / 2000.3.43
当代文学史写作：原则、方法与可能性——从陈思和主编的《中国当代文学史教程》谈起 / 李杨 / 2000.3.52
当代文学史写作的新思路及其可行性——对于两个理论问题的再思考 / 王光东 刘志荣 / 2000.4.41

"西部"诗意——八九十年代中国诗歌勘探 / 姜耕玉 / 2000.4.53
地域文学的二重性——黔北文学个案分析 / 周帆 / 2000.4.63
坚守记忆并承担责任——读曹文轩小说 / 徐妍 / 2000.4.68
论八十年代文学的若干叙述视角 / 於可训 / 2000.5.117
历史的造化——"五四"与新时期文学的一点比较 / 栾梅健 / 2000.5.127
女性写作与历史场景——从90年代文学思潮中"躯体写作"谈起 / 董之林 / 2000.6.41
探访人的隐秘心灵——读铁凝的长篇小说《大浴女》 / 王一川 / 2000.6.54
爱到无字——张洁真爱理想的建构与解构 / 周晔 / 2000.6.61
寻找身份——论"新移民文学" / 吴奕锜 / 2000.6.67

中国现代文学

政治文化心理与三十年代文学 / 朱晓进 / 2000.1.50
儒家文化与二十世纪中国文学 / 罗成琰 阎真 / 2000.1.62
论闻一多的现代解诗学思想 / 孙玉石 / 2000.2.63
恶的审视与展现——论中国现代主义文学的创作母题 / 吕周聚 / 2000.2.75
"反传统"的歌唱——卞之琳诗歌的艺术新质 / 罗振亚 / 2000.2.84
路翎:"疯狂"的叙述 / 王志祯 / 2000.3.103
试论李健吾喜剧的深层意象 / 张健 / 2000.3.113
基督教精神与曹禺戏剧的原罪意识 / 宋剑华 / 2000.3.123
现代文学观的发生与形成 / 旷新年 / 2000.4.5
二三十年代乡土小说中的乡土意识 / 凌宇 / 2000.4.18
关于中国现代文学史编写问题的几点思考 / 王富仁 / 2000.5.34
略论何其芳的文艺理论遗产 / 蓝棣之 / 2000.5.44
论李金发的诗 / 徐肖楠 / 2000.5.52
林译小说与林纾的文化选择 / 苏桂宁 / 2000.5.60
阿Q:多元基因的艺术结晶 / 孙中田 / 2000.6.110
一位诗人、哲人的散文——读卞之琳散文有感 / 袁可嘉 / 2000.6.119
《孔雀东南飞》:从古代到现代,从诗到剧——一个典型文学现象的剖析 / 朱伟华 / 2000.6.127

中国古代文学

试论人生意蕴是唐宋词的"第一生命力" / 杨海明 / 2000.1.73
金代文学特征论 / 胡传志 / 2000.1.83
中古文学理论范畴的形成及其特点 / 詹福瑞 / 2000.1.94
《史记》百年文学研究述评 / 曹晋 / 2000.2.5
二十世纪楚辞学研究述评 / 黄震云 / 2000.2.14
论中国古典诗歌中"理"的审美化存在 / 张晶 / 2000.2.24
面对佛道二教的耶律楚材 / 么书仪 / 2000.2.33
唐宋派新论 / 熊礼汇 / 2000.3.63
中国古代文论范畴的统序特征 / 汪涌豪 / 2000.3.76
论姜夔的"中和之美"及其《歌曲》/ 赵晓岚 / 2000.3.82
论至元、大德间诗风之转变 / 王忠阁 / 2000.3.92
守望艺术的壁垒——论桐城派对古文文体的价值定位 / 关爱和 / 2000.4.73
魏晋时期的《诗经》解读 / 蒋方 / 2000.4.84
对王维"诗中有画"的质疑 / 蒋寅 / 2000.4.93
论古典文学研究的"私人化"倾向 / 郭英德 / 2000.4.101
李白任翰林学士辨 / 傅璇琮 / 2000.5.5
关于佛典翻译文学的研究 / 孙昌武 / 2000.5.12
巫风楚舞的文学呈现——《九歌》的戏剧文化学考察 / 卜键 / 2000.5.23
苏轼与"宋四六" / 陈祥耀 / 2000.5.27
五十年来海峡两岸唐代文学研究比较 / 陈友冰 / 2000.6.73
《石头记》自传说的检讨 / 赵润海 / 2000.6.87
楚辞可歌刍论 / 郭纪金 / 2000.6.101

海外学人园地

鲁迅的"生命"与"鬼"——鲁迅之生命论与终末论 / 〔日〕伊藤虎丸 / 2000.1.135
理论的旅行和全球化的力量 / 〔美〕加布理尔·施瓦布 / 2000.2.141
戏剧:文化碰撞与多元文化主义之症结 / 〔法〕伊夫·谢佛雷尔 / 2000.3.134
美国的多元文化主义、变异问题和自由主义 / 〔美〕托马斯·班德尔

董之林译／2000.4.141
作为自我的他者——诗歌中的异同身份／〔美〕欧阳祯／2000.5.135
深层修辞——作为劝说的宣传机制／〔日〕佐佐木健一／2000.6.137

学人研究

朱寨和他的当代文学研究／张德祥／2000.2.148
王运熙历史学风格的文学研究述论／吴光兴／2000.5.145

书 评

必要的张力——读《文学理论：走向交往对话的时代》／周宪／2000.1.142
通向世界文学的桥梁——读《中国近代翻译文学概论》／高旭东／2000.1.145
评刘扬忠《唐宋词流派史》／陈庆元／2000.3.141
毋忘香港——读刘登翰主编《香港文学史》／黎湘萍／2000.3.144
回归历史的本真——评朱栋霖等著《中国现代文学史1917—1997》／刘锋杰／2000.3.149
呼唤人文意识 重估道德文章——《新时期文学与道德》引发的话题／陈定家／2000.3.153
评吴功正《唐代美学史》／霍松林／2000.4.145
评曹旭《诗品研究》／徐志啸／2000.4.149
评龙泉明《中国新诗流变论》／李怡／2000.5.150

论 坛

关于浪漫主义中的反科学主义的几点质疑——与俞兆平《中国现代文学中浪漫主义的历史反思》商榷／汤奇云／2000.5.153

学术动态

二十一世纪中国文学研究面临的挑战——"新世纪文学学术战略名家论坛"综述／高建平／2000.1.148
多元的迭合——'99闻一多国际学术研讨会综述／金宏平／2000.1.155
《文学评论》编辑部1999年度学术论文提名／2000.1.158

全国"现代性与文艺理论"研讨会综述 / 耿占春 / 2000.2.155
纪念闻一多诞辰 100 周年暨百年中国文学研究的现代化进程研讨会简述 / 中忱 / 2000.2.159
文学所关于接纳访问学者和进修人员的通知 / 2000.3.157
"新中国文学理论五十年"学术研讨会综述 / 吴文薇 / 2000.4.152
21 世纪中国古代文学研究走向及学科发展研讨会综述 / 程二行 / 2000.5.156
走向东西方对话和开放建构的文学理论——"文学理论的未来：中国与世界"国际研讨会综述 / 王宁 / 2000.6.145
继承与超越——"马克思主义美学的现状与未来"国际学术研讨会综述 / 韦玉玲　张丽芬　张艳艳 / 2000.6.151
"《中国近现代通俗文学史》国际学术讨论会"综述 / 刘祥安 / 2000.6.155

编后记

2000 年第 2 期 / 2000.2.160
2000 年第 3 期 / 2000.3.160
2000 年第 4 期 / 2000.4.160
2000 年第 5 期 / 2000.5.160
2000 年第 6 期 / 2000.6.157

《文学评论》 2001年总目录

（括号内分别为年、期、页）

卷首语 / 本刊编辑部 / 2001.1.5
李铁映院长接见部分知名作家时的讲话 / 2001.3.5
中国新文艺与中国共产党——为纪念中国共产党成立80周年而作 / 张炯 / 2001.5.5
文学与先进文化 / 陆贵山 / 2001.6.5

二十世纪文学研究回顾

二十世纪元散曲研究的回顾与思考 / 赵义山 / 2001.2.40
纳兰词研究的世纪回顾 / 汪龙麟 / 2001.3.109
论二十世纪中国文学发展中的民间文化思潮 / 高有鹏 / 2001.4.58

中国当代文学史史学观念笔谈

没有"十七年文学"与"文革文学"，何来"新时期文学"？ / 李杨 / 2001.2.5
学术立场还是启蒙立场 / 昌切 / 2001.2.7
审美历史语境和当代文学史研究 / 陈绍振 / 2001.2.9
文学史写作：个人话语与普遍话语 / 南帆 / 2001.2.10
观念更新与当代文学史写作 / 徐岱 / 2001.2.12
文学史叙述的基本问题：框架、形态和时间 / 郑家建 / 2001.2.13
文学史写作：诗学还是文化学 / 毛丹武 / 2001.2.14

全球化趋势中的文学与人

全球化语境与文学理论的前景 / 钱中文 / 2001.3.6
"现代性"与"后现代性"同步渗透中的文学 / 丁帆 / 2001.3.18
"两个西方"与本土文学参照系 / 程文超 / 2001.6.14

"全球性"境遇中的中国文学／王一川／2001.6.22
全球化过程中中国文学理论的国际化／王宁／2001.6.28

价值重建与二十一世纪文学笔谈

价值重建与文学批评／杨义／2001.4.5
价值的相对性和绝对性／黄修己／2001.4.8
价值重建：面对当下中国文学思考／陈美兰／2001.4.10
精神虚无与价值共识／金岱／2001.4.13
对视，并不是取其反／孙范今／2001.4.15

纪念鲁迅诞生一百二十周年

挑战经典——新时期关于鲁迅的几次论争／陈漱渝／2001.5.13
在解释事件中创造事件／王乾坤／2001.5.25

"文化诗学"研究专辑／北京师范大学文艺学研究中心

植根于现实土壤的"文化诗学"／童庆炳／2001.6.35
走向文化诗学的中国现代诗学／陈太胜／2001.6.41
文化诗学视野中的古代文论研究／李春青／2001.6.46
小说特性和民间文化／程正民／2001.6.51

文艺理论

启蒙与操纵／南帆／2001.1.61
从西方文论的独白到中西文论对话／孙绍振／2001.1.71
成为典范——渔洋诗作及诗论探微／〔美〕孙康宜／2001.1.79
论作为文学批评标准之"善"／毛崇杰／2001.1.91
马克思论人与现实的审美关系／傅腾霄　黄裳裳／2001.2.50
袁枚诗论与明清学术思想史的关系／钱竞／2001.2.59
直面原生态检视大流脉——二十年代俄罗斯文论格局刍议／周启超
　／2001.2.68
论社会主义市场经济中文艺批评机制的转换／张利群／2001.3.28
学话与对话：新时期文论的双重回应与展望／杨小清／2001.3.36
人文重建：可能及如何可能／舒也／2001.3.42

论文学读解 / 王汶成 / 2001.3.48
新人文精神与二十一世纪文学艺术的价值取向 / 蒋述卓　李自红 / 2001.4.17
现代中国的述学文体——以"引经据典"为中心 / 陈平原 / 2001.4.23
现代性语境中的中国浪漫主义文艺运动 / 冯奇 / 2001.4.33
分流与整合：二十世纪中国文学的整体视野 / 刘登翰 / 2001.4.42
台湾后现代后殖民文化研究格局 / 王岳川 / 2001.4.48
中国文艺美学学科的产生及其发展 / 曾繁仁 / 2001.5.88
大学文艺的学科反思 / 陶东风 / 2001.5.97
关于文学理论的话语权问题 / 姚文放 / 2001.5.106
从关键词看我国现代文论的发展 / 古风 / 2001.5.113
诗性、神圣性与人的无限敞开性——关于艺术与宗教的文化哲学研究 / 宋一苇 / 2001.6.133
论施莱尔马赫解释学的现代之维 / 金惠敏 / 2001.6.141

中国当代文学

王安忆：历史与个人之间的"众生话语" / 徐德明 / 2001.1.34
论阎连科的"世界" / 郜元宝 / 2001.1.42
对"暴力"的迷恋，或曰撒旦主义——20世纪文学精神一瞥 / 李洁非 / 2001.1.52
追忆逝水年华——王蒙"季节"系列长篇小说论 / 张志忠 / 2001.2.16
论八十年代以来文学世俗化思潮的演变 / 樊星 / 2001.2.24
诗性栖居地的沦陷——解读90年代小说中的景物叙写 / 傅元峰 / 2001.2.33
试论五十至七十年代"农村题材"长篇小说 / 萨支山 / 2001.3.117
"农民文化小说"：乡村的自审与张望 / 贺仲明 / 2001.3.125
论学科范畴与现代性价值观——从《白话文学史》到《中国民间文学史》 / 吕微 / 2001.4.65
阅读的文学与交际的文学 / 高小康 / 2001.4.77
九十年代的长篇小说：个人言说与历史浮现 / 李运抟 / 2001.4.84
新时期文学对国民性问题的新探索 / 张卫中 / 2001.5.59
简论九十年代小说创作倾向 / 徐志伟 / 2001.5.66
无根的苦难：超越非历史化的困境 / 陈晓明 / 2001.5.72

论当前诗歌写作的几种可能性／蓝棣之／2001.5.80
商品化与人的价值的无根性——90年代都市小说价值现象初探／涂险峰／2001.6.55
关于五十至七十年代文学中的知识分子形象／程光炜／2001.6.65
余光中与台湾当代散文的创新／方忠／2001.6.73

中国现代文学

小说艺术的多样开拓与探索——1937—1949年中短篇小说阅读琐记／严家炎　范智红／2001.1.6
论中国新诗八十年来诗思路子的拓展与调控／骆寒超／2001.1.21
西方影响与九叶诗人的新诗现代化构想／谭桂林／2001.2.107
蜕变中的蝴蝶——论民初小说创作的价值取向／汤哲声／2001.2.117
思辨逻辑与史实语境——兼答汤奇云先生／俞兆平／2001.2.127
意念与心象——废名小说《桥》诗学研读／吴晓东／2001.2.133
论《中国新文学大系》的学科史价值／温儒敏／2001.3.54
革命文艺与商业文化的双向选择——论夏衍三十年代的电影文学创作／盘剑／2001.3.62
五四新文化运动和中国古代小说专学的建立／孙逊　回达强／2001.3.70
林语堂的文化批判和文化选择／谢友祥／2001.3.75
"和而不同"：新形式诗学探源／解志熙／2001.4.115
西方现代主义文学中国化的内在规律探寻／吕周聚／2001.4.126
"罪"意识与中国现代戏剧悲剧观／王列耀／2001.4.135
现代理性话语：茅盾"人的文学"观念建构／朱德发／2001.5.32
论1946—1948年平津文坛的"新写作"／段美乔／2001.5.40
论后期京派文学／周仁政／2001.5.50
从"民间"到"人民"——中国文学史上的正统论／戴燕／2001.6.108
穆木天：新诗先锋性的探索者——纪念穆木天诞辰一百周年／孙玉石／2001.6.118
"整理国故"的历史意义及当代启示／秦弓／2001.6.125

中国古代文学

先秦盟誓及其文化意蕴／吴承学／2001.1.102

许学夷诗学思想简论／方锡球／2001.1.112
禅悦士风与晚明小品／罗筠筠／2001.1.123
从经学走向文学：朱熹"淫诗"说的实质／莫砺锋／2001.2.79
情志·兴象·境界——传统文论之重组／林继中／2001.2.89
宋元话本叙事视角的社会性别研究／马珏玶／2001.2.97
《聊斋志异》的创作心理论略／朱振武／2001.3.79
《庄子》在两汉之传播与接受／尚永亮／2001.3.89
建安文学在宋代的接受与传播／王玫／2001.3.97
花间词简论／高锋／2001.3.104
唐宋词体的文化功能与运行系统／沈松勤／2001.4.91
长安文化与王维诗／邓乔彬／2001.4.101
清代笔记小说与乾嘉学派／宋莉华／2001.4.108
《西厢记》在明代的"发现"／么书仪／2001.5.120
中国古典诗词中的审美回忆／张晶／2001.5.128
晚明浪漫主义思潮与小说"虚实"理论／王国健／2001.5.136
南朝赋的诗化倾向的文体学思考／韩高年／2001.5.141
中日中国神话研究百年比较／贺学君／2001.5.149
诗骚异同再论／李诚／2001.6.79
小说征文与晚清小说观念的演进／潘建国／2001.6.86
试论陈独秀的旧诗／胡明／2001.6.95

海外学人园地

全球化时代文学研究还会继续存在吗？／〔美〕J·希利斯·米勒　国荣译／
　2001.1.131
文学主体性新论／〔澳大利亚〕西蒙·杜林　王怡福译／2001.2.142
谈第一部汉译小说／〔美〕韩南　叶隽译／2001.3.132

论　坛

学术：公私之间的天空／陈洪　孙勇进／2001.3.143
我看"后新诗潮"／龙泉明／2001.3.148
当代文学前瞻／许志英／2001.4.141
关于古代文学研究的立场与方法／栾栋／2001.4.146

从政治文化的角度研究中国二十世纪文学／朱晓进／2001.5.155
中国古代文学研究的边缘化问题／詹福瑞／2001.6.147
企图冲击新诗的几股思潮／郑敏／2001.6.151

书 评

走出困惑的历史理解力——《嬗变》对文学史研究的贡献与启示／解志熙
　／2001.1.140
填补词史空白的力作——评邓红梅《女性词史》／刘扬忠／2001.1.144
评徐公持的《魏晋文学史》／钱志熙／2001.2.148
重读《诗经》——评《诗经名物新证》／王学泰／2001.2.152
评张炯编著的《新中国文学史》／倪宗武／2001.3.151
评王兆鹏《唐宋词史论》／杨海明／2001.3.153
读宋剑华《基督精神与曹禺戏剧》／何锡章／2001.3.157
评谭帆《中国小说评点研究》／郭豫适／2001.4.150
评周中明《桐城派研究》／刘相雨／2001.4.153
李杜文章在——杨义新著《李杜诗学》述评／刘方喜／2001.5.158
恢复历史本真——简评杜书瀛、钱竞主编《中国20世纪文艺学学术史》／
　童庆炳／2001.5.162
"站起来的理论"——读王杰著《马克思主义与现代美学问题》／仪平策
　／2001.6.153
评李今的《海派小说与现代都市文化》／黄忠来　杨迎平／2001.6.156
评周惠泉的《金代文学论》／刘达科／2001.6.160

综 述

思想的交锋　课题的深入——90年代文学思潮暨现当代文学课题研讨会
　综述／李玲／2001.1.147
中国当代文学史史学观念学术讨论会综述／毛丹武／2001.1.150
世纪之交杜甫国际学术研讨会综述／孙微／2001.1.154
期望超越——第十一届世界华文文学国际研讨会暨第二届海内外潮人作家
　作品研讨会综述／刘俊峰／2001.2.156
白先勇创作国际研讨会综述／赵顺宏／2001.2.158
李金发学术研讨会综述／巫小黎／2001.2.159

价值重建：重铸文学的理想和精神——价值重建与二十一世纪文学研讨会综述／陈剑晖／2001.4.155
世纪之交：学风的反思与总结——"中国古代文学学科建设研讨会"综述／孙逊　赵维国／2001.5.165
开创文学理论研究和教学的新格局——"全球化语境中的文学理论研究与教学"学术研讨会综述／佴荣本　陈学广／2001.5.169
全国部分新闻出版单位"21世纪中国古代文学研究的前瞻与创新"学术研讨会综述／崔小敬／2001.5.174
"文化视野与中国文学研究"国际讨论会纪要／吕微／2001.6.163
"中国现代文学传统"国际学术研讨会综述／张桃洲／2001.6.170

其　他

《文学评论》编辑部2000年度学术论文提名／2001.1.158

编后记

2001年第2期／2001.2.160
2001年第3期／2001.3.160
2001年第4期／2001.4.160
2001年第5期／2001.5.176
2001年第6期／2001.6.176

《文学评论》 2002 年总目录

（括号内分别为年、期、页）

卷首语／本刊编辑部／2002.1.5

二十世纪文学回顾

《三国演义》研究的百年回顾及前瞻／梅新林　韩伟表／2002.1.6
宋文研究的世纪回顾与展望／张海鸥／2002.3.49

现代文学研究的"当代性"问题（笔谈）

面对当代生活的挑战／王晓明／2002.2.80
学科的发展趋向及其内在矛盾性／吴福辉／2002.2.82
无能的力量／张新颖／2002.2.83
读出文本和读入文本——对现代文学研究和"文化研究"关系的思考／
　罗岗／2002.2.85
全球化的困惑／胡志德／2002.2.86

笔谈： 区域文化与文学

地域自然环境与地域文化和文学／李敬敏／2002.4.74
抗战时期重庆文学的战时性／靳明全／2002.4.76
全球化与区域文化和文学／杨星映／2002.4.78
世界文学、国别文学与区域文学／周晓风／2002.4.80
区域文学刍议／郝明工／2002.4.82

中国诗歌研究专辑

中国新诗八十年反思／郑敏／2002.5.68
二十世纪下半叶的中国新诗研究／吕进／2002.5.74

"一体三用"辨：汉语古典抒情诗理论系统分析／刘方喜／2002.5.82

纪念沈从文诞辰一百周年

沈从文创作的思想价值论——写在沈从文百年诞辰之际／凌宇／2002.6.5
域外学者关于沈从文与世界文学比较研究述略／杨瑞仁／2002.6.18

纪念胡风诞辰一百周年

历史哲学观念与个体生命意识——胡风文艺思想评析／李俊国／2002.6.23
胡风文艺思想的整体思维特征／王丽丽／2002.6.30

文艺理论

文学理论：面对信息时代的幽灵——兼与J.希利斯·米勒先生商榷／李衍柱／2002.1.116
论处于全球化外围的文学与文学研究／王钦峰／2002.1.122
论"情"在中国古代文学艺术中的原创意义／高楠／2002.1.126
中国传统诗学本文阐释的三重品格／张杰／2002.1.134
比较诗学视野中的"五四"表现论／伍世昭／2002.1.143
文艺学学科建设与教材建设的思考／李珺平／2002.1.150
文化诗学：钟敬文和巴赫金的对话／程正民／2002.2.5
论文学艺术评价的文化性与国际性／高建平／2002.2.12
道德中介论／何西来／2002.2.19
文学研究中思维逻辑的误区／俞兆平／2002.2.27
九十年代文体创作中的母语思维／刘海涛／2002.2.32
关于九十年代个人化写作问题／杨飏／2002.2.36
当代小说的张力叙事／王思焱／2002.2.41
论小说叙事的诗性结构——以《水浒传》为例／崔茂新／2002.3.144
"大团圆"审美心理成因新探／危磊／2002.3.153
论文学意图／汪正龙／2002.3.160
论中西文论融合的四种基本模式／顾祖钊／2002.3.168
纪念《讲话》，开创人民文艺新时代——纪念毛泽东同志《在延安文艺座谈会上的讲话》发表60周年／本刊编辑部／2002.4.5
审美人类学的学理基础与实践精神／王杰　覃德清　海力波／2002.4.7

人类学与文学——知识全球化、跨文化生存与本土再阐释／叶舒宪
　／2002.4.16
重估宗白华——建构现代中国美学体系的一个范式／章启群／2002.4.22
审美现代性的四个层面／周宪／2002.5.45
文化的剩余价值——哈贝马斯的大众文化批判／曹卫东／2002.5.55
论二十世纪末期对话体批评／侯文宜／2002.5.61
现代性与文学研究的新视野／陈晓明／2002.6.95
二十世纪新诗理论的几个焦点问题／吴思敬／2002.6.107
诗歌意象功能论／曹苇舫　吴晓／2002.6.118
叙事情境中的人称、视角、表述及三者关系／赵炎秋／2002.6.126
有学问的文艺学——从王国维到陈寅恪／骆冬青／2002.6.131

中国当代文学

上海/香港：女作家眼中的"双城记"——从王安忆到张爱玲／倪文尖
　／2002.1.87
故乡寓言中的权力质询——刘震云故乡系列小说的主题解读／姚晓雷
　／2002.1.94
历史小说创作基本功刍议／马振方／2002.1.101
论九十年代中国通俗小说／汤哲声／2002.1.109
革命、浪漫与凡俗／南帆／2002.2.46
在"诗"与"歌"之间的振荡／高小康／2002.2.56
后朦胧诗整体观／罗振亚／2002.2.63
论二十世纪华夏诗坛的"哀兵模式"／章亚昕／2002.2.69
论《尘埃落定》的诗性特质／黄书泉／2002.2.75
从"淮海路"到"梅家桥"——从王安忆小说创作的转变谈起／王晓明
　／2002.3.5
当代文学史写作及相关问题的通信／李杨　洪子诚／2002.3.21
给"当代文学"一个说法／许志英／2002.3.34
论二十世纪中国文学中的上海书写／刘俊／2002.3.38
仰望思想的星空——关于90年代以来思想散文的思考／柯汉琳／2002.3.44
当代历史小说中的明清叙事／吴秀明／2002.4.132
《花腔》：现代知识氛围中的小说体裁／徐德明／2002.4.143

论近二十年来文学中的"流浪情结" / 曹文轩 / 2002.4.151
民间文化形态与八十年代小说 / 王光东 / 2002.4.158
上海的意象：城市偶像批判与现代神话的消解 / 张旭东 / 2002.5.90
出走与重构——论九十年代以来先锋小说家的转型及其意义 / 张晓峰
　　/ 2002.5.103
生存意义的对话——写在残雪与卡夫卡之间 / 涂险峰 / 2002.5.111
细读"十七年"小说中个体生命的碎片 / 傅书华 / 2002.5.119
关于文学"现代"形态的再思考 / 杨洪承 / 2002.5.123
欲望：时代与人性的另一面——试论张炜小说中的恶魔性因素 / 陈思和
　　/ 2002.6.62
走向泛文学——论中国电视剧的文学化生存 / 盘剑 / 2002.6.72
论外国文学译介在十七年语境中的嬗变 / 方长安 / 2002.6.78
超越与局限——论80年代以来的女性散文 / 王兆胜 / 2002.6.85
论当代游记散文的流变与转换 / 沈义贞 / 2002.6.91

中国现代文学

中国现代诗学历史发展论 / 龙泉明 / 2002.1.51
别—抒情话语——论戴望舒诗歌的意义 / 刘祥安 / 2002.1.62
《边城》：牧歌与中国形象 / 刘洪涛 / 2002.1.70
赵树理对新文学的两重"修正" / 范家进 / 2002.1.78
简论"战国策派"文化主义的文学批评理论 / 苏春生 / 2002.1.82
静悄悄地行进——论90年代的解放区文学研究 / 刘增杰 / 2002.2.88
论二十世纪中国文学现代性形成的历史轨迹 / 王晓初 / 2002.2.98
中国近现代启蒙文学思潮的哲学建构 / 张光芒 / 2002.2.107
《论语》杂志的文化身份 / 郭晓鸿 / 2002.2.117
二项冲突中的毁灭——《寒夜》中汪文宣症状的解读 / 陈少华 / 2002.2.124
论中国新诗 / 谢冕 / 2002.3.100
论"都市乡土小说" / 范伯群 / 2002.3.112
论"浙江潮"对中国新文学的发生学意义 / 王嘉良 / 2002.3.120
"五四"启蒙思潮与自由主义文学 / 刘川鄂 / 2002.3.129
《土地》：学理与形象的交错融汇 / 张艺声　阎国忠 / 2002.3.137
"重估现代性"思潮与中国现代文学传统的再认识 / 李怡 / 2002.4.85

论民族主义文艺派的文艺理论／钱振纲／2002.4.97
京派与海派散文批评比较论／范培松／2002.4.105
鲁迅《狂人日记》重探／李靖国／2002.4.111
《憩园》：五四启蒙文学的一个转折性象征／姚新勇／2002.4.116
论冯至四十年代对歌德思想的接受与转变／殷丽玉／2002.4.125
论"思想"在中国现代文学价值生成与存在中的意义／何锡章／2002.5.127
二十世纪中国文学工具论的形成与流变／尹康庄／2002.5.137
语言运动与思想革命——五四新文学的理论与现实／高玉／2002.5.146
批判的武器难以创新——论"五四"前后白话诗人对民间歌谣的扬弃／燕
　　世超／2002.5.157
零度的描写与自然主义——茅盾小说中的女性描写／梁敏儿／2002.5.162
变体与整合：论民间英雄传奇的现代文学演绎形式／宋剑华／2002.6.39
现代主义的本土化——论"诗帆"诗群／汪亚明／2002.6.50
原型批评与张爱玲／王巧凤／2002.6.56

中国古代文学

李白与长江／余恕诚／2002.1.18
女性词综论／邓红梅／2002.1.29
宋词中的别离主题／萧瑞峰／2002.1.36
《诗大序》历史地位再评价／许志刚／2002.1.44
从白居易研究中的一个误点谈起／傅璇琮／2002.2.130
关于《文选序》与《文选》之价值取向的差异问题——兼论《文选》非
　　仓卒而成及其《序》非出自异手／力之／2002.2.138
从《东坡易传》看苏轼文艺思想的基本特征——兼与朱熹文艺思想相比较
　　／冷成金／2002.2.145
张说、张九龄集团与开元诗风／丁放／2002.2.153
魏晋人对大赋的态度及魏晋大赋的地位／王琳／2002.2.160
汉魏六朝挽歌考论／吴承学／2002.3.59
语象·物象·意象·意境／蒋寅／2002.3.69
明代诗学的逻辑进程与主要理论问题／陈文新／2002.3.76
戏剧的"音律焦虑"与"时空焦虑"——从"汤沈之争"和《熙德》之
　　争看中、欧戏剧的不同质／吕效平／2002.3.85

中国古代诗学话语言说方式及其意义生成——《诗经》与中国诗学关系研究／李凯／2002.3.93

二十世纪中国妇女文学史著述论／陈飞／2002.4.31

关于古代文论中"形"与"象"的考辩／李有亮／2002.4.42

戏曲"代言体"论／陈建森／2002.4.50

朝鲜北学派文学与清代诗人王士禛／金柄珉／2002.4.58

北宋馆职、词臣选任及文华与吏材之对立——以治平、熙宁之际欧阳修、王安石为中心／陈元锋／2002.4.66

超越时空的心灵契合——论何其芳与李商隐的创作因缘／董乃斌／2002.5.5

越南古代诗学述略／王小盾　何仟年／2002.5.16

残菊飘零满地金——试论唐宋词中有益于今人的思想养料／杨海明／2002.5.27

元代理学"流而为文"与理学文学的两相浸润／查洪德／2002.5.35

论古代六言诗／俞樟华　盖翠杰／2002.5.40

戏剧本体论及以京剧为代表的中国戏曲之特征／王钟陵／2002.6.136

试论元末"古乐府运动"／黄仁生／2002.6.148

关于苏诗历史接受的几个问题／王友胜／2002.6.160

传播与温庭筠的词史地位／刘尊明　张春媚／2002.6.169

中国古代文学鉴赏知音论／朱志荣／2002.6.176

海外学人园地

观察文学场域／〔德〕雷丹／2002.3.175

在虚构与想象中越界——〔德〕沃尔夫冈·伊瑟尔访谈录／金惠敏整理／2002.4.165

黑人学者与印度公主／〔美〕霍米·巴巴（生安锋译）／2002.5.170

书　评

独特视角观照下的文学创作思潮——评《中国现代文学主潮》／朱晓进／2002.1.159

《文艺理论的世纪风标》读札／丁帆／2002.2.173

读《文艺的绿色之思——文艺生态学引论》／刘艺／2002.2.176

文艺美学的新发展——读杜书瀛先生的《文学原理——创作论》／胡亚敏

／2002.3.182
评陈友冰先生《海峡两岸唐代文学研究史》／尚永亮／2002.3.185
雏凤清于老凤声——评哈迎飞的《"五四"作家与佛教文化》／叶子铭
　／2002.5.177
开放、敏锐而又切实的"问题意识"——读《多维视野中的鲁迅》／王彬彬
　／2002.5.180
评郁沅、倪进的《感应美学》／程亚林／2002.5.183

论　坛

尊严·个性·根柢——古代文学研究规范内涵漫谈／刘勇强／2002.1.154
二十世纪文学观念对古代文学研究的制约／刘毓庆／2002.2.168
新世纪中国古典文学研究路向的思考／郭延礼／2002.4.172
对二十世纪文学研究中盲目西化现象的反思／高旭东／2002.4.178

综　述

"中国现代文学研究学术生长点研讨会"综述／王嘉良　范越人／2002.1.163
"新理性精神与文学研究方法论全国学术研讨会"综述／高波／2002.1.167
第三届中美比较文学双边讨论会述评／王宁／2002.1.171
《文学评论》编辑部2001年度学术论文提名／2002.1.175
中国当代文学史研究（1949—1976）学术研讨会综述／栾梅健／2002.2.179
中国古代文学思想与新世纪文学理念学术研讨会综述／张德健／2002.2.182
人的全面发展与文艺学建设理论研讨会综述／李怀亮／2002.2.185
2001年国际华文诗歌研讨会综述／谢昭新／2002.2.189
"中国思想史与文学史"全国学术研讨会综述／徐华／2002.3.189
文学研究中的跨学科发展研讨会综述／包兆会／2002.4.181
文艺与现代化学术研讨会综述／庄锡华／2002.4.184
区域文化与文学学术研讨会综述／黄良／2002.4.186
第一届中国现代文学亚洲学者国际学术会议纪要／杨剑龙／2002.4.187
"全球化语境中的文学民族性问题"研讨会综述／陈雪虎／2002.4.190
"中国文学现代转型与文学史重构学术讨论会"综述／施战军　刘方政
　／2002.5.186
"世纪之交文化转型与文学发展研讨会"综述／罗振亚／2002.5.189

"现代中国文学的中国古代文学资源学术研讨会"综述／王庆／2002.6.181
"中国现代文学批评理论学术研讨会"综述／边利丰／2002.6.184
"文艺学与文化研究学术研讨会"综述／孙兴义　牛军／2002.6.187

编后记

2002年第2期／2002.2.192
2002年第3期／2002.3.192
2002年第4期／2002.4.192
2002年第5期／2002.5.192
2002年第6期／2002.6.189

《文学评论》 2003 年总目录

（括号内分别为年、期、页）

学习十六大精神，开创文学研究的新局面／本刊编辑部／2003.2.5

文学研究所成立五十周年笔谈

风风雨雨五十年／朱寨／2003.1.5
古代文学的研究与文艺理论的发展／邓绍基／2003.1.9
实事求是，开拓创新／张炯／2003.1.14
文学的阳光灿烂时／许觉民／2003.1.16
《文学评论》——文学研究所的学术窗口／钱中文／2003.1.18
解读文学所／杨义／2003.2.7

纪念何其芳同志诞辰九十周年

在文化视角中的何其芳——何其芳的文化选择与创作倾向／陶德宗／2003.2.25
论何其芳诗歌叙事因素的迁移／谢应光／2003.2.31
个人话语与时代语境的脱离与融合——何其芳前期思想与创作／何休
　／2003.2.35

二十世纪文学回顾

《金瓶梅》研究百年回顾／梅新林　葛永海／2003.1.60
二十世纪以来心学与明代文学思想关系研究述评／左东岭／2003.3.96
关于二十世纪诸宫调的整理与研究／龙建国／2003.6.43

"西方话语"与中国现代文学研究笔谈

中国现代诗学与西方话语／龙泉明　赵小琪／2003.6.92
西方文学批评话语与中国现代文学／朱寿桐／2003.6.97

"误读"西方与20世纪中国文学的"现代性" / 宋剑华 / 2003.6.101
中国现代文学研究为什么会选择西方话语 / 何锡章 / 2003.6.105

文艺理论

审美复合是摄影文学的生命和灵魂 / 成东方 / 2003.1.94
文化研究语境下的叙事理论 / 谭君强 / 2003.1.100
论文艺思想的生成方式 / 杨守森 / 2003.1.108
关于传统文论的特质及"当代化"的理论思考 / 胡大雷 / 2003.1.115
从《艺概》看古代文论思维方式的现代转化 / 李清良 / 2003.1.122
怀疑论与文学批评 / 颜翔林 / 2003.1.126
"无用之用":王国维"学术独立"论辨析 / 杜卫 / 2003.2.68
电影:文学的终结者? / 朱国华 / 2003.2.74
文学艺术与科学同一性的探讨 / 吴小美　董华峰　丁可 / 2003.2.81
九十年代先锋诗歌的"叙事诗学" / 罗振亚 / 2003.2.88
1996年以来"古文论的现代转换"讨论综述 / 陈雪虎 / 2003.2.94
试论当代存在论美学观 / 曾繁仁 / 2003.3.57
中国古代美学思想系统整体观 / 祁志祥 / 2003.3.69
正在消失的乌托邦——论美学视野的解体与文学理论的自主性 / 曹顺庆
　吴兴明 / 2003.3.80
美学的品格 / 栾栋 / 2003.3.90
文艺美学诞生在中国 / 杜书瀛 / 2003.4.149
哲学视域中的比较文学问题——平行本质与文学平行本质的比较研究 /
　扎拉嘎 / 2003.4.165
文学语言的惯性新论 / 赵奎英 / 2003.4.174
评我国新时期的"文艺本体论"研究 / 王元骧 / 2003.5.7
美学的扩张:伦理生活的审美化 / 赵彦芳 / 2003.5.20
图像社会与文学的未来 / 彭亚非 / 2003.5.30
什么是我们这个时代的文学 / 费勇 / 2003.5.40
视觉文化:从传统到现代 / 周宪 / 2003.6.147
当代文本解读观的变革 / 曹明海 / 2003.6.156
论播撒:作为解构的意义模式 / 周荣胜 / 2003.6.162
从"全能的神"到"完整的人"——席勒的审美现代性批判 / 曹卫东

/ 2003.6.169
专名与传说的真实性问题 / 邹明华 / 2003.6.175

中国当代文学

当代文学与"大众文化市场"学术研讨会侧记 / 董之林 / 2003.1.131
论先锋作家的真实观 / 叶立文 / 2003.1.139
当下市民文化精神的两种演示——王朔与金庸小说中人物形象之比较 / 姚晓雷 / 2003.1.145
人生无梦到中年———池莉简论 / 张志忠 / 2003.1.152
论"第四种剧本"及其前前后后 / 胡星亮 / 2003.1.159
四重奏：文学、革命、知识分子与大众 / 南帆 / 2003.2.40
论"七十年代后"的城市"另类"写作 / 倪伟 / 2003.2.52
知识者精神的守望与自救——评阎真的《曾在天涯》与《沧浪之水》/ 谭桂林 / 2003.2.62
"文学上海"与城市文化身份建构 / 陈惠芬 / 2003.3.140
论近期小说中乡土与都市的精神蜕变——以《黑猪毛白猪毛》和《瓦城上空的麦田》为考察对象 / 丁帆 / 2003.3.150
"内在的"和"外在的"民间文学 / 吕微 / 2003.3.155
报告文学：现代性的追寻与反思 / 王晖 / 2003.3.167
我国当代文学与先进文化的前进方向 / 张炯 / 2003.4.5
日常生活：退守还是重新出发——有关韩少功《暗示》的阅读笔记 / 蔡翔 / 2003.4.15
小说的精神——读韩少功的《暗示》/ 旷新年 / 2003.4.26
阅读的维度与女性主义解读——析张抗抗的《作女》/ 李小江 / 2003.4.34
真实的尺度——重评50年代农业合作化题材小说 / 贺仲明 / 2003.4.42
未实现的可能性——胡风关于建国后文艺报刊的想象及其他 / 孙晓忠 / 2003.5.142
文学分期中的知识谱系学问题——从"当代文学"的"说法"谈起 / 李杨 / 2003.5.154
"市场"里的"波希米亚人"——论90年代小说中知识分子形象的认同危机 / 易晖 / 2003.5.167
在先锋与传统之间——过士行剧作的美学追求 / 胡志毅 / 2003.5.175

厚诬与粉饰不可取——说历史小说《张居正》/ 马振方 / 2003.6.52
论"后金庸"时代的武侠小说 / 吴秀明　陈浩 / 2003.6.63
晚清政坛上的精魂——唐浩明长篇历史小说论 / 胡良桂 / 2003.6.70
历史题材电视剧四题 / 王醒　张德祥 / 2003.6.78
历史文化的重现与反思——析新时期历史小说的文化内涵 / 韩元 / 2003.6.86

中国现代文学

王瑶的《中国新文学史稿》与现代文学学科的建立 / 温儒敏 / 2003.1.23
民族国家想象与中国现代文学 / 旷新年 / 2003.1.34
论沈从文情爱小说的民间意象 / 张永 / 2003.1.43
论"五四"人生派散文 / 丁晓原 / 2003.1.53
现代都会主义文学与传统文化 / 周明鹃 / 2003.2.140
论传播学意义下的赵树理小说 / 朱庆华 / 2003.2.148
论"境界"说及其对新诗批评理论建设的意义 / 陈玉兰 / 2003.2.153
郭沫若早期诗学与创作实践 / 伍世昭 / 2003.2.163
30年代现代派对中西纯诗理论的引入及其变异 / 曹万生 / 2003.2.171
"元气淋漓"与"绝大文字"——梁启超及"史界革命"的另一面 / 陈平原 / 2003.3.5
"大众"文化视野中的异体同质和异质同构——鲁迅与左翼文学运动 / 姜振昌 / 2003.3.20
1928年中国革命文学兴起的日本观照 / 靳明全 / 2003.3.31
论莎士比亚对中国现代戏剧的影响 / 徐群晖 / 2003.3.38
田汉研究的回顾与展望 / 刘方政 / 2003.3.46
论中国文学的现代转型与文学史重构 / 孔范今 / 2003.4.88
论20世纪中国乡土文学的理性精神 / 周海波 / 2003.4.103
重新认识叶绍钧小说的文学史地位 / 阎浩岗 / 2003.4.111
论现代主义在中国新文学中的本土定位 / 骆蔓 / 2003.4.119
论曹禺早期剧作的浪漫主义特质 / 陈留生 / 2003.4.126
从误读到误解：理论与创作的互动——以曹禺现象为例 / 梁巧娜 / 2003.4.132
留学背景与现代文学的开放 / 郑春 / 2003.4.140
冯至《十四行集》独特的思维方式 / 陆耀东 / 2003.5.90
《文学革命论》作者"推倒""古典文学"之考辨 / 严家炎 / 2003.5.99

学术重估与中国现代文学研究的基本趋向 / 陈占彪　郭晓鸿 / 2003.5.103
论老舍小说创作方法及艺术形式的创新 / 谢昭新 / 2003.5.113
论中国现代长篇小说的修改本 / 金宏宇 / 2003.5.121
缘起·中止·结局——对《故事新编》创作历程的分析 / 聂运伟 / 2003.5.128
帝国的铿锵：从吉卜林到闻一多 / 江弱水 / 2003.5.135
一个被遮蔽的文学世界——解放区另类作品考察 / 刘增杰 / 2003.6.108
救亡未忘启蒙——论解放区作家对农民落后意识的批判 / 王利丽 / 2003.6.117
曹禺早期戏剧创作的潜宗教结构 / 高浦棠 / 2003.6.122
陶晶孙的"东瀛女儿国" / 李兆忠 / 2003.6.131
起点的驳议：新诗史上的《尝试集》与《女神》 / 姜涛 / 2003.6.139

中国古代文学

《两都赋》的创作背景、体例及影响 / 赵逵夫 / 2003.1.71
论诗绝句及其文化反响 / 高利华 / 2003.1.80
试论汉代文人的政治退守与文学私人性 / 于迎春 / 2003.1.89
也论中国诗学的"意象"与"意境"说——兼与蒋寅先生商榷 / 韩经太　陶文鹏 / 2003.2.101
咸乾士风及其才调歌诗 / 罗时进 / 2003.2.112
文化的参与：经典再生产——以明清之际小说的"经典化"进程为个案 / 吴子林 / 2003.2.120
李纲《梁溪词》与豪放词刍议 / 张高宽 / 2003.2.128
试论中国古典戏曲的分类与悲、喜剧观念的介入 / 朱伟明 / 2003.2.134
古代文学的第三重世界 / 刘毓庆 / 2003.3.107
中国古代四大诗学流别的纵向考察 / 陈文新 / 2003.3.115
屈辞与辛词——兼论南北文化融合与伟大文学作品的产生 / 赵晓岚 / 2003.3.121
关于《文心雕龙》"江山之助"的本义 / 汪春泓 / 2003.3.133
从文化原我到文化通观 / 杨义 / 2003.4.47
林冲与高俅——《水浒传》成书研究 / 石昌渝 / 2003.4.57
宋初百年间词之功能的推移——宋代文化建构中的宋词 / 董希平 / 2003.4.65
试论晚唐山林隐逸诗人 / 胡遂　饶少平 / 2003.4.75
关于胡适的两部中国文学史著作 / 刘石 / 2003.4.80

《周易》经传与《孔子诗论》的哲学品格／姚小鸥／2003.5.47
明正嘉年间山人文学及社会旨趣的变迁／黄卓越／2003.5.54
骈文的蜕变／于景祥／2003.5.65
论李商隐诗的隐秀特征／黄世中／2003.5.73
谢铎与"茶陵诗派"／林家骊／2003.5.80
《管锥编》审美文化建构的途径——一个主题学研究实践的启示／王立
　　／2003.5.85
"演义"辨略／黄霖　杨绪容／2003.6.5
元杂剧中的"次本"／康保成／2003.6.15
山水审美的历史转折——以《永州八记》为中心／邵宁宁／2003.6.22
晚明个性解放思潮与小说人物性格／王国健／2003.6.29
谐音观关：诗"兴"义探赜一隅／康金声／2003.6.35
《牡丹亭》文化意蕴的多重阐释／钱华／2003.6.38

海外学人园地

对现代性的重新反思／〔美〕弗雷德里克·詹姆逊　王丽亚译／2003.1.166
文化范式的流变与世界文学的进程／〔俄〕尤里·鲍列夫　周启超译
　　／2003.3.176

论　坛

拓展海外华文文学的诗学研究／饶芃子／2003.1.176

台港及海外华文文学研究

东南亚华文文学：华族身份意识的转型／王列耀／2003.5.179

学人研究

一脉天风　百丈清泉——吴熊和教授学术研究述评／费君清　陶然
　　／2003.3.186
主导多元　综融创新——敏泽先生的学术成就和治学方法／党圣元
　　／2003.4.181

书　评

读季进《钱钟书与现代西学》／钱谷融／2003.1.180

读《评判与建构——现代中国文学史学》/ 张光芒 / 2003.1.183
新时期小说研究的深化与突破——评许志英、丁帆主编《中国新时期小说主潮》/ 吴义勤 / 2003.2.180
读李衍柱教授的新著《路与灯》/ 童庆炳 / 2003.5.185
评喻大翔《用生命拥抱文化——中华20世纪学者散文的文化精神》/ 范培松　蔡丽 / 2003.5.187
文学何为？——评《弗莱文论三种》/ 叶舒宪 / 2003.6.180
时代需要这样的国学读本——评王先霈《国学举要·文卷》/ 张玉能 / 2003.6.183
努力发展当代形态的马克思主义文学理论——评王元骧的《文学理论与当今时代》/ 王杰 / 2003.6.186

综　述

民族文化与文学前景国际学术研讨会综述 / 裴亚莉 / 2003.1.186
中国现代文学研究会第八届年会综述 / 岳凯华 / 2003.2.185
第二届何其芳国际学术研讨会综述 / 谢应光　何休　陶德宗 / 2003.2.189
沉实的探索：析第三次国际老舍学术研讨会 / 古世仓 / 2003.4.189
"中国现代文学专家学术座谈会"综述 / 徐志伟 / 2003.6.188

其　他

2002年《文学评论》学术论文提名 / 2003.1.190
《文学评论》（1997—2002年）优秀论文奖获奖名单 / 2003.5.5

编后记

2003年第1期 / 2003.1.189
2003年第2期 / 2003.2.192
2003年第3期 / 2003.3.192
2003年第4期 / 2003.4.192
2003年第5期 / 2003.5.192
2003年第6期 / 2003.6.190

《文学评论》 2004 年总目录

（括号内分别为年、期、页）

2004 年文学研究前瞻 / 本刊编辑部 / 2004.1.5
2003 年度《文学评论》学术论文提名 / 2004.1.191

笔谈："国际交流中的中国文学与文论"

胡风对青野季吉的超越 / 靳明全 / 2004.1.47
中国唐宋诗词与日本和歌意境的"实"与"虚" / 陈忻 / 2004.1.49
寻象以求中西言意通达之径 / 赵新林 / 2004.1.53
文化交流之中的汉语文学及其正名 / 郝明工 / 2004.1.56

笔谈："当前文学创作与批评
——新的现实与可能"

市场化和文学的功能 / 格非 / 2004.1.97
城市和农村：当前文学的历史参照 / 韩毓海 / 2004.1.99
全面开放我们的文学感觉 / 旷新年 / 2004.1.101
文学批评要有自己的理论依据 / 李陀 / 2004.1.103
文学批评的危机 / 吴晓东 / 2004.1.104
文学的现实和可能的批评 / 黄纪苏 / 2004.1.105
第四种批评 / 徐葆耕 / 2004.1.106

笔谈："社会文化转型与文艺美学研究"

当代社会文化转型与文艺学学科建设 / 曾繁仁 / 2004.2.73
文论引进：从"拿来"到"创构" / 谭好哲 / 2004.2.75
走出"失范"与"失语"的中国美学和文论 / 陈炎 / 2004.2.77
以人民为本位：有中国特色的马克思主义文论 / 马龙潜 / 2004.2.80

"关于历史题材文艺创作的思考" 笔谈

历史题材创作、史识与史观 / 钱中文 / 2004.3.5
历史题材创作三向度 / 童庆炳 / 2004.3.9
向历史题材文艺要求什么 / 王先霈 / 2004.3.13
历史文学底线原则与创作境界刍议 / 吴秀明 / 2004.3.19
尊重历史 / 王春瑜 / 2004.3.22
历史小说：历史和小说 / 郭宏安 / 2004.3.24
历史·历史观·历史题材文艺创作 / 胡明 / 2004.3.27

二十世纪文学回顾

现代学术视野下的杜甫研究——杜甫研究百年回顾与前瞻 / 刘明华 / 2004.5.156
柳宗元研究百年回顾 / 洪迎华　尚永亮 / 2004.5.162

关于 "文学理论边界" 的讨论

文艺学边界三题 / 童庆炳 / 2004.6.54
移动的边界与文学理论的开放性 / 陶东风 / 2004.6.60

文艺理论

现代性、民族与文学理论 / 南帆 / 2004.1.136
叙事语境与演述场域——以诺苏彝族的口头论辩和史诗传统为例 / 巴莫曲布嫫 / 2004.1.147
略论儒学视野中的诗意心境 / 张文初 / 2004.1.156
文学史·文学史实践·文学史学 / 温潘亚 / 2004.1.161
趋零距离与文学的当前危机——"第二媒介时代" 的文学和文学研究 / 金惠敏 / 2004.2.55
艺术与生活：多远？多近？——审美—艺术观念流变考察 / 张婷婷 / 2004.2.65
"宗教大法官" 与巴赫金的诗学问题 / 沙湄 / 2004.3.47
想象催生的神话——巴赫金 "狂欢" 理论质疑 / 阎真 / 2004.3.56
大众文化的颠覆模式 / 赵勇 / 2004.3.63
王元化《文心雕龙讲疏》的学理启蒙 / 张艺声 / 2004.3.71

关于艺术形而上学性的思考／王元骧／2004.4.5
审美共通感的社会认同功能／尤西林／2004.4.16
海外经验与新诗的兴起／林岗／2004.4.21
反（返）者道之动——古代文论研究的文化人类学视野／李建中／2004.4.30
论孔子的诗教主张及其思想渊源／马银琴／2004.5.71
论孔子的忧患意识及其美学表现／王卫东／2004.5.81
试论文学理论体系建构的一致性原则／唐铁惠／2004.5.88
钟嵘的感物美学／李健／2004.5.94
"美学上的反感"与日常生活审美化——对马克思一个美学命题的当代阐释／钟仕伦／2004.6.64
网络文学本体论纲／欧阳友权／2004.6.69
"声情"研究方法论的现代启示／刘方喜／2004.6.75
想象理论新视域：自由的唤醒与物化的拯救／谭容培　宋国栋／2004.6.83

中国当代文学

李锐论／王尧／2004.1.108
神圣的姿态与虚无的内核——关于张承志、北村、史铁生、圣·伊曼纽和堂吉诃德／涂险峰／2004.1.117
宗璞优雅风格论／何西来／2004.1.125
论八十年代后期郑敏诗歌的探索／张玉玲／2004.1.130
作为修辞的历史感——"新历史主义"小说之后的历史叙事／路文彬／2004.2.133
五十至七十年代文学"叙事"问题／程光炜／2004.2.140
当代文学史写作探索刍议——由当前四部文学史著不同的写作模式谈起／姚晓雷／2004.2.147
论王蒙的文化心态及其传统认同／郭宝亮／2004.2.155
西行的硕果——谈杨镰的小说创作／蒋守谦／2004.2.163
生命最后的智慧之歌：穆旦在一九七六／刘志荣／2004.3.32
复写之书：韩东《扎根》论／汪跃华／2004.3.39
2003年文学理论批评一瞥／张炯／2004.4.37
告别与寻找——关于张一弓小说的话语转变／李遇春／2004.4.47
怀疑与追问——新世纪长篇小说的一种思想气质／张志忠／2004.4.54

二十世纪五十至七十年代中国文学的审美倾向 / 叶世祥 / 2004.5.43
从突围到沦陷："独语"的叙述——评《受活》/ 李丹梦 / 2004.5.52
新生代长篇小说论 / 吴义勤 / 2004.5.58
马烽、赵树理比较论 / 段崇轩 / 2004.5.66
寻找"当代文学" / 旷新年 / 2004.6.138
博尔赫斯与中国当代先锋写作 / 张学军 / 2004.6.146
重与轻：历史的两面——论中国当代文学中的土改题材小说 / 贺仲明
　　/ 2004.6.153

中国现代文学

"西方话语"与中国现当代文化 / 王富仁 / 2004.1.6
李何林的鲁迅研究——纪念李何林先生百年诞辰 / 田本相 / 2004.1.14
《新青年》中的女性话语空白——兼谈陈衡哲的文学创作 / 王桂妹 / 2004.1.24
蔼然仁者辨——沈从文与汪曾祺比较 / 翟业军 / 2004.1.30
中国现代随笔艺术的观念建构与审美表现 / 黄科安 / 2004.1.39
老舍与中国革命论纲 / 吴小美　古世仓 / 2004.2.83
中国现代文学的生产体制问题 / 王本朝 / 2004.2.93
站在中西文化碰撞的平台上与西方人对话——钱钟书英文论著初探 / 田建民
　　/ 2004.2.100
论二十世纪四十年代的京派和海派 / 周仁政 / 2004.2.106
二十世纪中国文学的悲剧意识 / 杨经建　彭在钦 / 2004.2.113
诗性之思——曹禺对人的生存境况的追问与沉思 / 李扬 / 2004.2.118
美人幻梦的置换变形——《荷塘月色》的精神分析 / 杨朴 / 2004.2.125
启蒙语境中的乡土言说——"五四"浙东乡土作家群论 / 王嘉良　傅红英
　　/ 2004.3.77
激烈的"猛士"与冲淡的"名士"——鲁迅与周作人对吴越文化精神的不
　　同承传 / 束景南　姚诚 / 2004.3.86
形成、调整与质变——周作人"人的文学"观与日本文学的关系 / 方长安
　　/ 2004.3.94
"鲁迅道路"问题的理论反思 / 黄昌勇　符杰祥 / 2004.3.102
新声诗初探 / 黄丹纳 / 2004.3.109
回到经典　重释经典——关于20世纪中国新文学经典化问题 / 黄曼君

/ 2004.4.108
试论茅盾系列文学期刊——中国现代文学期刊考察报告之一 / 刘增人
/ 2004.4.115
抗战时期沦陷区文学及其研究 / 黄万华 / 2004.4.124
"寂寞"论：不该再继续的"经典"误读——以萧红《呼兰河传》为个案
/ 王科 / 2004.4.131
鲁迅第一人称小说的复调问题 / 吴晓东 / 2004.4.137
全球化语境下的中国现代文学研究 / 黄修己 / 2004.5.5
议论的"曲张力"与鲁迅杂感文体的艺术特征 / 姜振昌 / 2004.5.14
艾芜早期小说的文化想象 / 赵小琪 / 2004.5.21
"非孝"与"五四"作家道德情感的困境 / 倪婷婷 / 2004.5.28
消费与接受：传记终极目标的实现 / 张新科 / 2004.5.35
民族品格的张扬与世界视野的拓展——我国蒙古族文学的审美追求 / 包明德
/ 2004.6.88
现代中国生命诗学的理论内涵与当代发展 / 谭桂林 / 2004.6.94
日本体验与中国散文的近现代嬗变 / 李怡 / 2004.6.103
都市文化环境与三十年代诗歌审美视野的变迁 / 张林杰 / 2004.6.110
论张爱玲的现代性及其生成方式 / 刘锋杰 / 2004.6.118
论鸳鸯蝴蝶派文人的电影创作 / 盘剑 / 2004.6.125
古典忠贞观的现代变奏——以《我在霞村的时候》为中心 / 邵宁宁
/ 2004.6.132

中国古代文学

李白《古风》（其一）再探讨 / 袁行霈 / 2004.1.59
元末雅俗文化的交融与戏剧形态的蜕变 / 张大新 / 2004.1.66
论常州派词学与经学之关系 / 黄志浩 / 2004.1.73
李贺鬼神诗的定量分析 / 陈友冰 / 2004.1.80
吴中词派与嘉道词风 / 沙先一 / 2004.1.89
《玉台新咏》为张丽华所"撰录"考 / 章培恒 / 2004.2.5
文质原论——礼乐背景下的诠释 / 夏静 / 2004.2.18
八股四题 / 吴承学　李光摩 / 2004.2.27
论晚明文学思潮的消歇 / 宋克夫 / 2004.2.37

东晋文人诗因何"淡乎寡味"／牛贵琥／2004.2.43
文学革新的内在悖异——戊戌维新启蒙策略选择／姜异新／2004.2.48
论《诗经》比兴的联想方式及其与四言体式的关系／葛晓音／2004.3.117
蔓状生长的文学史模式／林继中／2004.3.129
蔡邕的生平创作与汉末文风的转变／跃进／2004.3.138
《文选》次文类作家编序研究／王立群／2004.3.147
唐诗人孟浩然与宋词人张先比较及其文化意义／孙维城／2004.3.156
性爱心理与词体的兴起／诸葛忆兵／2004.3.162
二十世纪初文学变革中的新旧之争——以后期桐城派与"五四"新文学的
  冲突与交锋为例／关爱和／2004.4.64
广远与精微——中国古代诗学的一对辩证命题／张晶／2004.4.74
《汉志》"小说"考／叶岗／2004.4.81
关于《长恨歌》的主题倾向与文化意义／张中宇／2004.4.89
中国古代小说中的"东京故事"／孙逊 葛永海／2004.4.97
"诗可以观"——春秋时代的观诗风尚及诗学意义／傅道彬／2004.5.102
论中国古典诗歌研究的文学生态学途径／陈玉兰／2004.5.116
论古代戏曲的自觉／田同旭／2004.5.126
论古今"自叙传"小说的演变／王平／2004.5.134
关于《左传》的人物评论／何新文／2004.5.142
《聊斋志异》情爱故事与女权意识／何天杰／2004.5.150
先秦《诗》学观与《诗》学系统／郑杰文／2004.6.5
小说学的萌兴——先唐时期小说学发覆／谭帆／2004.6.15
主情、主知与主趣——试论新诗发展史上的唐诗、宋诗和元曲路径／杨景龙
  ／2004.6.23
鲁迅与龚自珍／邹进先／2004.6.34
李渔及其拟话本艺术精神新解／胡元翎／2004.6.39
回归世俗：《闲情偶寄》生活艺术的文化取向／黄果泉／2004.6.49

台港澳及海外华文文学研究

关于华文文学几个基础性概念的学术清理／刘登翰 刘小新／2004.4.149
当代海峡两岸文化散文整合论／方忠／2004.4.156

学人研究

独树一帜的文学史家——章培恒先生学术研究述评／黄仁生／2004.1.167

中国文学思想史的学术理念与研究方法——罗宗强先生学术思想述论／
左东岭／2004.3.167

作为鲁迅研究家的陈涌／张梦阳／2004.4.163

论　坛

文学归藏论／栾栋／2004.1.175

学科意识与体系建构的学术效应——关于古代文学批评史研究学科的一个
反思／党圣元／2004.4.171

教科书模式与多元化、个性化的学术要求／张福贵／2004.4.175

也谈二十世纪古代文学研究的困惑与反思／王长华　张孝进／2004.6.161

书　评

文学理论的限度——读《解读东亚之写作》／〔德〕雷丹／2004.1.179

读张梦阳的《中国鲁迅学通史》／程致中／2004.2.167

中国当代文艺现象研究的新成果——评陆贵山主编的《中国当代文艺
思潮》／冯宪光／2004.2.170

评蒋寅的《王渔洋事迹征略》与《王渔洋与康熙诗坛》／王小舒／2004.2.172

评王光明《现代汉诗的百年演变》／张桃洲／2004.3.176

朱易安著《唐诗学史论稿》读后／蒋寅／2004.3.179

评秦弓《荆棘上的生命——二十世纪三四十年代中国小说叙事》／魏安莉
／2004.3.183

读《东方美学史》／敏泽／2004.4.178

读《中国文学史学史》／骆玉明／2004.4.181

评叶舒宪《文学与人类学》／蒋济永／2004.4.185

读吴承学《中国古代文体形态研究》／党圣元　陈志扬／2004.5.173

山水诗研究的新创获——评《灵境诗心—中国古代山水诗史》／王宏林
谢卫平／2004.5.177

读周裕锴《中国古代阐释学研究》／王水照　李贵／2004.6.165

评《非文学的世纪：20世纪中国文学与政治文化关系史论》／何平

/ 2004.6.170

综　述

中国现代诗学研讨会综述 / 曹万生 / 2004.1.182
第四届全国古代文学博士点学术研讨会综述 / 李永平　霍有明 / 2004.1.185
中国现当代历史题材创作国际学术研讨会综述 / 鉴春 / 2004.1.188
第八届中外传记文学学术研讨会综述 / 曾晓梦　张新科 / 2004.2.177
中文散文与中华民族精神国际学术研讨会综述 / 喻大翔　阮忠
　/ 2004.2.180
《西游记》与中国文化国际学术研讨会综述 / 曹炳建　张大新
　/ 2004.2.182
第四届全国文艺学与相关学科建设研讨会综述 / 李亚萍 / 2004.2.186
"文学理论研究中心"成立暨首届学术研讨会综述 / 李媛媛 / 2004.2.190
毛泽东文艺思想和二十世纪中国文学理论批评国际学术研讨会综述 / 金立群
　孔惠惠 / 2004.3.186
王蒙文学创作国际学术研讨会述要 / 温奉桥 / 2004.3.189
"全球化语境下的中国现当代文学国际学术研讨会"综述 / 孙虹
　/ 2004.4.188
"身体写作与消费时代的文化症状学术讨论会"综述 / 贺玉高　李秀萍
　/ 2004.4.189
钱钟书与中国现代学术研讨会综述 / 黄志浩 / 2004.5.181
技术化社会与汉语文学的文学性研讨会综述 / 铁惠 / 2004.5.184
首届"网络文学与数字文化"学术研讨会综述 / 欧阳　艾国 / 2004.5.187
巴赫金学术思想国际研讨会综述 / 季水河　刘中望 / 2004.5.189
消费时代的文学与文化研究走向——"中国消费时代的文学与文化研究"
　研讨会侧记 / 李诚　阎嘉 / 2004.6.174
"文学观念与文学史"学术研讨会综述 / 阎福玲 / 2004.6.179
"鲁迅研究二十年"国际学术研讨会综述 / 秦弓 / 2004.6.182
"齐鲁文化与现代中国文学"国际学术研讨会综述 / 李钧　杨新刚
　/ 2004.6.184
"文论何为"学术研讨会综述 / 张德礼　陈定家 / 2004.6.188

其 他

2003年度《文学评论》学术论文提名／2004.1.191

编后记

2004年第2期／2004.2.192

2004年第3期／2004.3.192

2004年第4期／2004.4.192

2004年第5期／2004.5.192

2004年第6期／2004.5.189

《文学评论》2005年总目录

（括号内分别为年、期、页）

关于"文学理论边界"问题的讨论

中国的文艺学不会消亡／钱竞／2005.1.21
关于"文学理论边界"之争的多维解读／李春青／2005.1.25

二十世纪文学回顾

《二十四诗品》百年研究述评／张国庆／2005.1.178
唐代小说影响研究的回顾与前瞻／黄大宏／2005.3.177
20世纪《文赋》研究述评／李天道／2005.5.181

关于"图像化与文学性"的讨论

图像化扩张与"文学性"坚守／赖大仁／2005.2.154
从形象到拟像／金惠敏／2005.2.158

文艺理论

文学理论反思与"前苏联体系"问题／钱中文／2005.1.5
清代诗学的话语分析／李剑波／2005.1.30
中国古典诗学在现代诗学中的传承和变异／李凯／2005.1.39
文艺学的身份认同与知识形态的重构——全球化语境下文艺学学科建设的
　基本任务／李西建／2005.2.134
民间叙事的传承与表演／杨利慧／2005.2.140
梁启超"趣味"美学思想的理论特质及其价值／金雅／2005.2.148
重绘中国文学地图与中国文学的民族学、地理学问题／杨义／2005.3.5
艾布拉姆斯四要素与中国文学理论／王晓路／2005.3.23

论中国抗战文论中的现实主义之深化／靳明全　宋嘉扬／2005.3.31

论"老"作为文论范畴的发生与发展／杨子彦／2005.3.40

"词味"论析要／陶礼天／2005.3.47

深深植根于民间文化的创见／夏忠宪／2005.3.54

当代生态文明视野中的生态美学观／曾繁仁／2005.4.48

马克思主义艺术生产论在20世纪的多向展开／季水河／2005.4.56

20世纪中国"文艺大众化"思潮的现代性嬗变／尤西林／2005.4.63

20世纪40年代中国文学理论话语构成机制分析／张清民／2005.4.70

原"文"——论"文"之初始义及元涵义／彭亚非／2005.4.75

试论文学的系统本质／陆贵山／2005.5.5

知识论与价值论上的"日常生活审美化"——也评"新的美学原则"／毛崇杰／2005.5.14

比较文学中的实证方法与审美批评／李伟昉／2005.5.23

沃尔夫冈·伊瑟尔的文学虚构理论及其意义／汪正龙／2005.5.28

《古文辞类纂》的文体学贡献／高黛英／2005.5.35

中国复古诗学文学退化史观的美学审视／刘绍瑾／2005.5.42

文学与图像的对立与共生／高建平／2005.6.126

"读图时代"的图文"战争"／周宪／2005.6.136

文学经典的危言与大众趣味权力化／高楠／2005.6.145

论实践美学与后实践美学之争／章辉／2005.6.150

话语权力与跨文化对话中的形象传递／邹广胜／2005.6.159

中西比较诗学研究的瓶颈现象及反思／谭佳／2005.6.166

中国当代文学

启蒙与大地崇拜：文学的乡村／南帆／2005.1.95

"乡下人进城"的文学叙述／徐德明／2005.1.106

"诗意"、"温情"与西部现实——从漠月小说说开去／牛学智／2005.1.112

当代名作家的创作危机／王爱松／2005.1.119

"反腐败"小说的表意模式与叙事成规／刘复生／2005.2.104

"人民性"与美学的脱身术——对当前小说艺术倾向的分析／陈晓明／2005.2.112

李锐"焦虑"的祛魅化分析／杨矗／2005.2.121

论农业合作化题材长篇小说的深层结构——以《创业史》、《艳阳天》、
　《金光大道》为例 / 惠雁冰 / 2005.2.127
农村社会变革的隐痛——论张炜早期小说 / 倪伟 / 2005.3.61
作为自传的昌耀诗歌——抒情作品的社会学分析 / 耿占春 / 2005.3.70
论新生代作家的狂放心态 / 樊星 / 2005.3.79
当代文学中的冯雪峰——以《文艺报》为中心 / 孙晓忠 / 2005.3.86
攀向高峰的艰难——评世纪之交长篇小说高潮与第六届茅盾文学奖 / 张炯
　/ 2005.4.5
写得怎样：关于作品的文学评价——重读《创业史》并以其为例 / 刘纳
　/ 2005.4.20
"城市异乡者"的梦想与现实——关于文明冲突中乡土描写的转型 / 丁帆
　/ 2005.4.32
在"现实"与"规范"之间——贺敬之文学创作转型论 / 李遇春 / 2005.4.41
中国新诗：世纪初的观察 / 吴思敬 / 2005.5.107
在记忆的寂灭与复燃之间——关于台湾的"二二八"文学 / 李娜 / 2005.5.113
新时期女性小说话语权威的建立 / 陈淑梅 / 2005.5.125
传统叙事精神的复现——杨争光小说所展现的可能性 / 周立民 / 2005.5.134
极限情景：史铁生存在诗学的逻辑起点 / 唐小林 / 2005.5.140
知识全球化时代的当代文学研究 / 肖伟胜 / 2005.6.51
作品链与活动史——对文学史观的重新审视 / 高小康 / 2005.6.57
汪曾祺小说"改写"的意义 / 杨红莉 / 2005.6.64
化血为墨迹的持久阵痛——绿原诗歌论（1949—1976）/ 霍俊明 / 2005.6.74
新时期之初小说对知识分子身份的想象 / 初清华 / 2005.6.79

中国现代文学

齐鲁文化与现代中国文学关系的沉思 / 朱德发 / 2005.1.126
中国现代"自由"话语与文学的自由主题 / 高玉 / 2005.1.136
论中国现代作家的家族文化情结 / 曹书文 / 2005.1.144
延安文学及延安文学研究刍议 / 袁盛勇 / 2005.1.149
鲁迅的又一个"原点"——1923年的鲁迅 / 汪卫东 / 2005.1.156
从"人的文学"到"死去了的阿Q时代"的思想之路——左翼文学理论
　中的"时间"溯源 / 冯尚 / 2005.1.165

身边小说：现代知识者的角色转换、身份认同与自我意识 / 巫小黎
　 / 2005.1.172

黑幕征答·黑幕小说·揭黑运动 / 范伯群 / 2005.2.57

论现代小说象征的功能形态 / 施军 / 2005.2.65

多元融合与创造性转换——胡风文艺思想构成解析 / 周燕芬 / 2005.2.75

论赵树理人格对其文格的制约 / 朱庆华 / 2005.2.83

知识者境况与左翼文学——兼论鲁迅与"左联"的关系 / 赵顺宏 / 2005.2.89

论中国现代传记文学的民族特色 / 辜也平 / 2005.2.95

心态、姿态与情态——略论中国现代浪漫主义文学的基本形态与发展状态
　 / 朱寿桐 / 2005.3.99

论中国现代文学父子关系中的"篡弑"主题 / 陈少华 / 2005.3.107

中国现代诗歌与古代诗歌意象艺术略论 / 王泽龙 / 2005.3.116

胡适自由思想与平民文学主张 / 庄森 / 2005.3.125

重评田汉的前期作品 / 徐群晖 / 2005.3.132

断裂与承续："五四"语体变革多元取向辨析 / 陈方竞　穆艳霞
　 / 2005.4.139

风筝与土地：20世纪中国文化乡土小说家的视角和心态 / 罗关德 / 2005.4.147

"我"与"我们"：茅盾作家论的意义标志 / 周兴华 / 2005.4.153

文学中的上海想像 / 张鸿声 / 2005.4.161

"以生命的眼光看艺术"——"新月"诗派的生命诗学 / 程国君 / 2005.4.169

天鹅绝唱：论梁宗岱的文学史意义 / 陈希 / 2005.4.177

分裂的趣味与抵抗的立场——鲁迅的述学文体及其接受 / 陈平原
　 / 2005.5.48

《新青年》与中国现代文学谱系的生成 / 张宝明 / 2005.5.63

论鲁迅思想与艺术的越文化渊源 / 王晓初 / 2005.5.70

论"赵树理现象"的现代文学史意义 / 宋剑华 / 2005.5.77

延安时期丁玲女性立场的坚持与放弃 / 常彬 / 2005.5.86

女性书写与男性写作的两种意义场——《我在霞村的时候》与《荷花淀》
　的比较阅读 / 喻见 / 2005.5.95

小型化的市民大众文学——上海小报文学初论 / 李楠 / 2005.5.99

曹禺三大名剧的接受历程与当代价值 / 王卫平 / 2005.6.86

新文学版权页研究 / 朱金顺 / 2005.6.92

中国现代文学中的儿童视角 / 王黎君 / 2005.6.98
《语丝》、《骆驼草》、《论语》：现代纯文学轻松化写作观念之流变 / 赵海彦 /
  2005.6.107
"前五四"的命名及其对考察中国近代诗歌转型的意义 / 李金涛
  / 2005.6.114
中国左翼文学思潮意识形态的内在矛盾 / 贾振勇 / 2005.6.119

中国古代文学

"发言为诗"说 / 陈飞 / 2005.1.48
论方以智诗学思想的文化美学特色 / 方锡球 / 2005.1.60
钱钟书与词学 / 刘扬忠 / 2005.1.73
十九世纪传教士小说的文化解读 / 宋莉华 / 2005.1.81
关于康海的散曲创作 / 赵义山 / 2005.1.89
屈原仕履考 / 周建忠 / 2005.2.5
宋室南渡后的"崇苏热"与词学命运 / 沈松勤 / 2005.2.15
皎然《诗式》与盛唐诗学思想 / 张海明 / 2005.2.26
论唐代文学士族的迁徙流动 / 李浩 / 2005.2.35
选本批评与古人的文学史观念 / 樊宝英 / 2005.2.46
《玉台新咏》为梁元帝徐妃所"撰录"考 / 胡大雷 / 2005.2.52
《过秦论》：一个文学经典的形成 / 吴承学 / 2005.3.136
晚唐五代词的装饰性审美特征 / 张晶 / 2005.3.146
游记的文体要素与游记文体的形成 / 王立群 / 2005.3.155
论义山诗之理事情 / 胡遂 / 2005.3.161
袁枚诗与白居易诗之"貌类"及内在成因 / 石玲 / 2005.3.170
汉字"风"的语义场与中国古代生态文化精神 / 鲁枢元 / 2005.4.83
论理学与唐宋古文主流体系建构 / 许总 / 2005.4.93
关于明诗 / 郭万金 / 2005.4.100
南唐故家与西昌文学 / 饶龙隼 / 2005.4.118
《西游补》作者董说新证 / 赵红娟 / 2005.4.128
吴质《答魏太子笺》笺说 / 汪春泓 / 2005.4.133
汉乐府歌诗演唱与语言形式之关系 / 赵敏俐 / 2005.5.147
魏秀仁《花月痕》小说引诗及本事新探 / 潘建国 / 2005.5.156

宗教革命与诗学观念的革新——《坛经》的诗美学意义／张海沙　马茂军
　／2005.5.164
试论陆九渊之推赏黄庭坚／陈忻／2005.5.171
谭嗣同山水诗论略／王英志／2005.5.176
元杂剧与佛教／陈洪／2005.6.5
由人学到天学的《诗》学诠释——《诗纬》诗学研究／刘毓庆／2005.6.15
"狂怪"和"与世无争"——论李贽的双重文化人格／许建平／2005.6.23
游记文体之辨／梅新林　崔小敬／2005.6.35
天宝之风尚党——论盛中唐之交诗坛风气的转移／张安祖　杜萌若
　／2005.6.42
蜀川与蜀州辨考——王勃《送杜少府之任蜀川》异文证释／胡正武
　／2005.6.47

台港澳及世界华文文学研究

漫游·时间寓言·语言乌托邦——解读《海东青》的多重方法／朱立立
　／2005.3.183

论　坛

湖南师大文学院文艺学学科点主体性问题座谈侧记／张文初　毛宣国
　／2005.1.194
对"失语症"的一点反思／蒋寅／2005.2.163
对现代性研究中存在问题的反思／于文秀／2005.3.194
关于文学理论建设的思考／方珑／2005.3.198
创新与迷失：新时期文艺学建设的若干反思／罗宏／2005.4.187
"文学死亡"事件中的消费主义神话／刘方喜／2005.5.188
文学归潜——兼谈文学研究的沉潜／栾栋／2005.5.192
影视文化审美品味之我见／林吕建／2005.5.195
消费时代文学的意义／蒋述卓／2005.6.179
方法、眼光及现代文学史建构／李继凯／2005.6.185

学人研究

钱谷融先生的文学思想述论／季进　曾一果／2005.2.167

贯通历代　弥纶群言——周勋初先生学术研究述评／莫砺锋／2005.4.181

书　评

读李建军《小说修辞研究》／王彬彬／2005.1.190
体大周正　综赅有方——评敏泽先生新版《中国美学思想史》／袁济喜／2005.2.173
中国美学史研究的奠基之作——读新版《中国美学思想史》／夏静／2005.2.179
中国诗学智慧的独特发掘——评杨义新作《感悟通论》／郝庆军／2005.2.184
颠覆与建构：另一种历史叙述的意义——评《古诗文名物新证》／王筱芸／2005.3.190
评傅璇琮《唐宋文史论丛及其他》／陶文鹏　张剑／2005.4.191
评童庆炳《中国古代文论的现代意义》／李珺平／2005.4.197
评徐宗文著《三馀论草》／霍松林／2005.6.172
评《中国西部现代文学史》／朱晓进／2005.6.175

综　述

史料的新发现与文学史的再审视学术研讨会综述／白春超／2005.1.199
第13届世界华文文学国际研讨会略述／黄万华／2005.1.202
上海先锋诗歌研讨会纪要／杨剑龙／2005.1.204
"二十世纪中国古代文学学术史研讨会"纪要／胡元翎／2005.2.189
科学主义与20世纪中国文学史写作研讨会综述／樊柯／2005.2.194
中国现当代文学史观研讨会综述／陈希／2005.2.197
百年中国文学研究回顾与反思研讨会综述／黄菊　饶馥婷／2005.2.199
中国文学史百年研究国际研讨会综述／南志刚　于时／2005.2.203
文学史理论创新与建构暨《20世纪中国文学通史》研讨会综述／方维保／2005.2.205
"交叉与融通：文艺学学科建设2005高峰论坛"记略／张晶／2005.3.201
"全球化语境下的文艺学应对策略"学术研讨会综述／杨俊蕾　田欢／2005.3.203
文学——文化研究与学科建设学术研讨会综述／李圣华／2005.3.205
"古代文学学科建设暨学术研究座谈会"综述／王忠阁／2005.4.201

"回顾与展望——中国现代文学研究学术研讨会"综述 / 鲍国华 / 2005.4.203
"第三届国际青年学者汉学会议"综述 / 王德威　季进 / 2005.5.199
贺敬之文学创作国际学术研讨会综述 / 李遇春　普丽华　曾庆江 / 2005.5.202
"纪念抗日战争胜利60周年暨抗战文学学术研讨会"综述 / 郝明工
　　杨星映 / 2005.5.205
"东亚现代文学中的战争及历史记忆国际学术研讨会"综述 / 胡博
　　/ 2005.6.190
《新青年》暨现代文学高层论坛会议综述 / 戚真赫 / 2005.6.195
张恨水抗战作品学术研讨会综述 / 谢家顺 / 2005.6.198
中国古代文学理论学会第十四届年会综述 / 刘林魁　普慧 / 2005.6.201

编后记

2005年第1期 / 2005.1.208
2005年第2期 / 2005.2.208
2005年第3期 / 2005.3.208
2005年第4期 / 2005.4.208
2005年第5期 / 2005.5.208
2005年第6期 / 2005.6.205

《文学评论》 2006 年总目录

（括号内分别为年、期、页）

卷首语／本刊编辑部／2006.1.5

纪念巴金特辑

从鲁迅到巴金：新文学传统在先锋与大众之间——试论巴金在现代文学史上的意义／陈思和／2006.1.6

新文学传统的继承与当代价值——第八届巴金国际学术研讨会侧记／栾梅健／2006.1.15

二十世纪文学回顾

百年"春秋笔法"研究述评／肖锋／2006.2.178

百年来杨万里研究述评／肖瑞峰　彭庭松／2006.4.195

纪念鲁迅先生逝世七十周年特辑

鲁迅与中国文化的现代启示／杨义／2006.5.5

《呐喊》《彷徨》：中国小说叙事方式的深层嬗变／姜振昌／2006.5.26

乡土文学？鲁迅风？——对中国现代文学初期一个小说群体创作倾向的再认识／袁国兴／2006.5.34

世界华文文学研究

在美国想象与中国想象之间——冷战时期台湾旅美作家群的认同问题初论／朱立立／2006.6.186

反线性的性别叙述与文体创意——以西西编织文字飞毡的网结体为例／凌逾／2006.6.193

文艺理论

新时期文学审美特征论及其意义 / 童庆炳 / 2006.1.64

周扬与《讲话》权威性的确立 / 高浦棠 / 2006.1.75

回到生活：关于艺术人类学学科发展问题的反思 / 何明　洪颖 / 2006.1.83

春秋笔法的内涵外延与本质特征 / 李洲良 / 2006.1.91

好借禅机悟"文诀"——佛学对刘熙载文艺美学观的影响浸润 / 詹志和 / 2006.1.99

关于文学评价中的"人性"标准 / 王元骧 / 2006.2.5

文学理论与言说者的身份认同 / 李春青 / 2006.2.17

生态美的系统生成 / 袁鼎生 / 2006.2.25

《四六丛话》：乾嘉骈散之争格局下的骈文研究 / 陈志扬 / 2006.2.33

"定法"说——中国古代文学的具体创作方法论 / 祁志祥 / 2006.2.41

关于当前文艺学学科反思和建设的几点思考 / 朱立元 / 2006.3.5

论消费主义时代的精神生产 / 施惟达　樊华 / 2006.3.17

悲剧性的历史与历史的悲剧——新时期历史小说的悲剧审美内涵 / 韩元 / 2006.3.25

明中期吴中派的诗文体统观 / 黄卓越 / 2006.3.30

"似"：隐喻性话语——传统汉语诗学的基本言说方式 / 张小元 / 2006.3.39

论社会的和谐与文艺的和谐 / 何西来 / 2006.4.5

反思中整合，梳理中建构——国外文学理论现状的一份检阅报告 / 周启超 / 2006.4.20

文本的边界——徘徊于历史主义和虚无主义之间的"文学性"概念 / 冯黎明 / 2006.4.28

图像的审美价值考察 / 张晶 / 2006.4.35

古文批评的"神"论——茅坤《史记钞》初探 / 邓国光 / 2006.4.43

作为哲学的全球化与"世界文学"问题 / 金惠敏 / 2006.5.154

解构主义与后形而上诗学 / 徐岱 / 2006.5.164

第四重证据：比较图像学的视觉说服力——以猫头鹰象征的跨文化解读为例 / 叶舒宪 / 2006.5.172

"人化"批评与"泛宇宙生命化"批评——中国传统艺术批评模式中的两

种重要批评形态 / 蒲震元 / 2006.5.180
论文学接受的性别倾向——以女性主义文学批评为例 / 林树明 / 2006.5.187
强悍的宿命与无力的反抗——对"新世纪文学"命名的反思 / 惠雁冰 / 2006.5.194
文学与认同 / 周宪 / 2006.6.5
构建历史与道德的二元张力 / 赵炎秋 / 2006.6.14
祛魅、解构与大众文化的自主性——当代语境中的布迪厄美学社会学理论 / 朱国华 / 2006.6.20
中西悲剧的走向与未来 / 时晓丽 / 2006.6.27
"三礼"的文学价值及其文学史意义 / 王秀臣 / 2006.6.33
论中国古代文体论研究范式的转换 / 姚爱斌 / 2006.6.42

中国当代文学

延伸与转化——论先锋作家的"文学笔记" / 叶立文 / 2006.1.106
朦胧诗及其论争的反思 / 王爱松 / 2006.1.113
消沉中的坚守与新变——1989年以来的短篇小说 / 段崇轩 / 2006.1.122
虚拟与消费——90年代以来小说游戏历史的现实诉求 / 江腊生 / 2006.1.132
缓慢的流水与惶恐的挽歌——关于贾平凹的《秦腔》 / 刘志荣 / 2006.2.146
想象与梦幻中的叙事——论红柯的小说 / 徐肖楠 / 2006.2.152
"向城求生"的现代化诉求——90年代以来新乡土叙事的一种考察 / 轩红芹 / 2006.2.160
魔幻现实主义文学与"寻根"小说 / 陈黎明 / 2006.2.167
对现当代文学研究中"过度诠释"现象的反思 / 於可训 / 2006.2.174
"大时代"里的"现代文学" / 王晓明 / 2006.3.45
现实介入与底层书写 / 邹贤尧 / 2006.3.52
通向博尔赫斯式的"第二文本"——论世纪末小说的文体操作 / 朱寿桐 / 2006.3.60
王蒙晚年小说变异 / 贺兴安 / 2006.3.67
《苍生》与当代中国农村叙事的转折 / 李云雷 / 2006.3.72
曲折的突围——关于底层经验的表述 / 南帆 / 2006.4.50

过去的"现实主义"——由汪曾祺的"现实主义"论谈起 / 曾一果
　/ 2006.4.61
论藏族作家长篇小说中歌谣的艺术魅力 / 徐美恒 / 2006.4.70
六十年代初历史小说中的杜甫形象 / 李遇春 / 2006.4.77
现代派情诗的古典底蕴 / 陆红颖 / 2006.4.84
胡适：汉英诗互译、英语诗与白话诗的写作 / 李丹 / 2006.4.91
城市与小说 / 王安忆 / 2006.5.77
从文化想象到重新发现——近年西部小说作家群及其创作综论 / 李兴阳
　/ 2006.5.86
论建国后十七年的出版体制与文学生产 / 陈伟军 / 2006.5.94
新世纪报告文学：探索中的多元发展 / 章罗生 / 2006.5.101
新文艺进城——"大众文艺创研会"与五十年代北京通俗文艺改造 / 张霖
　/ 2006.6.49
乡村生态与"十七年"农村题材小说 / 贺仲明 / 2006.6.59
蜕变中的历史复现——从"革命历史小说"到"新革命历史小说" / 刘复生
　/ 2006.6.65
略论当下中国文学的宏大叙事 / 彭少健　张志忠 / 2006.6.73
毕飞宇小说修辞艺术片论 / 王彬彬 / 2006.6.80
论青春版《牡丹亭》现象 / 朱栋霖 / 2006.6.96

中国现代文学

"工作而等待"：论四十年代冯至的思想转折——冯至先生诞辰一百周年纪
　念 / 段美乔 / 2006.1.18
方言与中国现代文学初论 / 何锡章　王中 / 2006.1.27
20世纪中国现代诗体流变论 / 许霆 / 2006.1.32
梁实秋与中国自由主义文学 / 刘川鄂 / 2006.1.41
幽默何以成小品——以林语堂小品为例 / 施萍 / 2006.1.47
语言死亡了吗？——对20世纪"形体戏剧"的批判性反思 / 陈军
　/ 2006.1.52
赵树理早期小说文化内蕴解读 / 李永建 / 2006.1.58
五四新文学的文化渊源与学理反思 / 庄锡华 / 2006.2.93
新式教育下的学生和五四文学的发生 / 李宗刚 / 2006.2.100

新文学的历史——时间境域／吴康／2006.2.108
论二十世纪中国小说之历史意识／何永康　高永年／2006.2.116
一个晚明小品选本与一次文学思潮／黄开发／2006.2.125
论鸳鸯蝴蝶派的兴起／郝庆军／2006.2.131
苦难与愉悦的双重叙事话语／李蓉／2006.2.139
"诊者"与"治者"的角色分离——论鲁迅现代知识分子角色的再定位／
　曹禧修／2006.3.128
周作人的神话意识与对现代性建构的自省／冯尚／2006.3.135
论左联期刊的非常态表征／左文　毕艳／2006.3.141
论张恨水对现代通俗小说艺术理论的贡献／谢昭新　黄静／2006.3.150
全球化语境下胡适的白话文学观／宋益乔　刘东方／2006.3.158
发生期新文学科学"人学"观念的建构／张先飞／2006.3.165
陈铨的东学西渐文学观／苏春生／2006.3.172
论中国现代人文主义视域中的文学生成与发展／孔范今／2006.4.145
从异端到典范——论四十年代的边缘化文学创作／吕周聚／2006.4.158
从"文学的国语"到方言创作——四十年代方言文学运动的合理性及其
　限度／刘进才／2006.4.166
租界文化语境下左翼文本的叙事症候／李永东／2006.4.174
存在主义视野下的"左翼鲁迅"：走向现代生命的自我救赎／彭小燕
　／2006.4.181
绝缘·苦闷·情趣——丰子恺美学思想的特征／余连祥／2006.4.190
老舍的生死观／吴小美　李向辉／2006.5.41
文化中国与大地民间——试论30年代的"寻根小说"／李钧／2006.5.49
中国现代文学理论批评语言形式价值取向论／夏德勇　伍世昭
　／2006.5.55
论大后方文学叙事的两面性／李文平　郝明工／2006.5.62
从"新感觉"到心理分析——重审"新感觉派"的都市性爱叙事／贺昌盛
　／2006.5.68
乡土文学与蹇先艾／刘丽／2006.5.74
关于瞿秋白的诗／胡明／2006.6.85
脆弱的软肋——略论现代文学研究的文献问题／刘增杰／2006.6.144
中国现代文学价值选择的启示／程金城　冒建华／2006.6.154

地域文化视野中的左翼话语——浙东左翼作家群论 / 王嘉良 / 2006.6.160
论上海文化与二十世纪中国文学 / 杨剑龙 / 2006.6.168
论闻一多的生命诗学观 / 陈国恩 / 2006.6.176
中国现代诗歌中的上帝意象 / 王本朝 / 2006.6.181

中国古代文学

论"寄"的审美特征——关于一个古典美学重要范畴的文化考察 / 詹福瑞　赵树功 / 2006.1.137
刘勰论文学语言的形式美 / 王少良 / 2006.1.147
关于清诗 / 黄伟 / 2006.1.156
传统诗词样式对现代新诗的双重影响 / 张中宇 / 2006.1.168
伤悼文学的衰落与南朝文学的演变 / 黄金明 / 2006.1.176
"元和体"原初内涵考论 / 尚永亮　李丹 / 2006.2.48
言尽意论：中唐—北宋的语言哲学与诗歌艺术 / 李贵 / 2006.2.57
论中唐"郎官"与文学 / 马自力 / 2006.2.67
明代六朝派的演进 / 雷磊 / 2006.2.76
屈骚精神与儒家理想人格冲突融合的历史考察 / 王德华 / 2006.2.87
词之起源——一个千年学案的当代反思 / 李昌集 / 2006.3.79
宋金都城的繁盛与古典戏曲的成熟 / 张大新 / 2006.3.91
高启之死与元明之际文学思潮的转折 / 左东岭 / 2006.3.101
论明代前七子之儒士化 / 史小军 / 2006.3.110
金圣叹与"魏晋风流" / 吴子林 / 2006.3.116
两汉气感取象论 / 饶龙隼 / 2006.4.98
汉魏六朝诗歌中夫妇之情的伦理禁忌与性别表达 / 郭建勋 / 2006.4.111
进士文化与诗可以群 / 邓乔彬 / 2006.4.119
宋代的文学家族与家族文学 / 张剑　吕肖奂 / 2006.4.128
明人选唐的价值取向及其文化蕴涵 / 查清华 / 2006.4.137
出土文献·传统文献·学术史——论楚辞研究与楚文化研究的关系与出路 / 周建忠 / 2006.5.108
楚风北袭与北学南渐——简论两汉文风的消长轨迹 / 叶志衡 / 2006.5.116
诸朝正史中的小说与民间叙事 / 董乃斌 / 2006.5.124
论梦窗词气味描写的艺术 / 陶文鹏　阮爱东 / 2006.5.134

论姚贾与韩孟／张震英／2006.5.141
诗僧姚广孝简论／解芳／2006.5.148
《红楼梦》的文化精神／孙逊／2006.6.102
延祐、天历间雅正诗风及其形成／王忠阁／2006.6.110
"昆体"文学生态及其创作主体的文化特征／张兴武／2006.6.118
双卿真伪考论／邓红梅／2006.6.128
先秦叙事诗基本线索及相关研究考察／许并生／2006.6.139

论　坛

为新诗辩护／王富仁／2006.1.189
用网络打造文学诗意／欧阳友权／2006.1.193
史识：中国现代文学史研究的灵魂／刘中树／2006.2.187
扭曲的观念与心态——重新认识中国民间故事的负面价值／张冠华
　／2006.2.196
现代文学研究科学方法的反思／周晓风／2006.3.177
海外华人学者批评理论研究的几个问题／李凤亮／2006.3.183
中国各民族文学关系研究引发的思考／周惠泉／2006.3.189
文学归化论——说"圆通"／栾栋／2006.4.203
词学十问／朱崇才／2006.5.199
消费时代的"文学经典"／赵学勇／2006.5.206

书　评

评董学文《文学理论学导论》／李龙／2006.1.197
读林继中《文化建构文学史纲》（魏晋—北宋）／杨明／2006.3.193
读赵炎秋《形象诗学》／张文初／2006.3.197
读杜书瀛《文学会消亡吗？》／杨星映／2006.4.207
评李楠《晚清、民国时期上海小报研究》／赵丽华／2006.4.212
评陈剑晖《中国现当代散文的诗学建构》／孙绍振／2006.5.209
以文学史书写重塑大国文化风范——评《中国古典文学图志—宋、辽、西
　夏、金、回鹘、吐蕃、大理国、元代卷》／文军／2006.6.198
社团研究于中国现代文学史研究的意义——评《中国现代文学社团史》研
　究书系／孙宜学／2006.6.203

学人研究

不是跌倒，就是站起来——贾植芳先生学术印象 / 朱静宇　李红东 / 2006.1.181

综　述

"中国宋代文学学会第四届年会暨宋代文学国际学术研讨会"综述 / 彭万隆 / 2006.1.200

全国"经济生活与中国传统文学学术研讨会"综述 / 朱丽霞 / 2006.1.202

《中华大典·明清文学分典》出版座谈会既学术研讨会综述 / 鲁小俊　李舜臣 / 2006.1.205

北京2005中国古代文艺思想国际学术研讨会综述 / 陶礼天　雍繁星 / 2006.2.200

人与自然：当代生态文明视野中的美学与文学国际学术研讨会综述 / 仪平策 / 2006.2.202

新时期文学理论的回顾与展望学术研讨会综述 / 欧阳友权　蓝爱国 / 2006.2.205

世界华文文学发展及研究的新走向——"首届世界华文文学高峰论坛"述评 / 蒲若茜 / 2006.2.200

走向对话和开放的文学研究——"全球语境下的中国文学理论及文学批评发展状况"学术研讨会综述 / 程革 / 2006.3.203

中国左翼文学国际学术研讨会综述 / 易崇辉 / 2006.3.205

文化生态环境与十七年文学历史评价国际学术研讨会综述 / 吴秀明　段怀清 / 2006.4.215

第五届全国文艺学及相关学科博士点建设会议评述 / 傅莹 / 2006.4.218

鲁迅与中国现代文学学术研讨会暨鲁迅研究会第八届代表大会综述 / 咸立强　凌逾 / 2006.4.222

文学经典的承传与重构学术研讨会综述 / 刘生良　王荣 / 2006.5.217

文化研究与现代性国际高层学术论坛述评 / 高文强 / 2006.5.220

第十四届世界华文文学国际学术研讨会评述 / 白杨　王俊秋 / 2006.6.206

闻一多殉难60周年纪念暨国际学术研讨会综述 / 荣光启　李永中 / 2006.6.209

第四届国际老舍学术研讨会综述／石兴泽　李刚／2006.6.212
美学与多元文化对话国际学术研讨会综述／李天道　刘晓萍／2006.6.215
中国新文学学会第22届年会暨周立波创作与当代中国乡土小说学术研讨会综述／李遇春　曾庆江／2006.6.218

编后记

2006年第1期／2006.1.208
2006年第2期／2006.2.208
2006年第3期／2006.3.208
2006年第4期／2006.4.224
2006年第5期／2006.5.224
2006年第6期／2006.6.221

《文学评论》 2007年总目录

(括号内分别为年、期、页)

古今文学演变

在传统与现代之间——中国散文现代性理论与公安派小品文 / 蔡江珍
　/ 2007.1.166
论王国维的"新学语"与新学术 / 刘泉 / 2007.1.175
钱钟书"阐释循环"论辨析 / 李清良 / 2007.2.43
钱钟书与《红楼梦》/ 王人恩 / 2007.2.50
抗美援朝文学叙事中的政治与人性 / 常彬 / 2007.2.59
文学经典的历史合法性和存在方式 / 王确 / 2007.2.67
"溢恶型"狭邪小说的历史价值及其文学的现代性起源 / 栾梅健 / 2007.2.74
海外华人学者现代文学研究中的传统因素——以夏志清、李欧梵、王德威
　为例 / 彭松　唐金海 / 2007.5.103
试论古典诗歌对20世纪新诗的负面影响 / 杨景龙 / 2007.5.109

二十世纪文学回顾

近百年清词研究的历史回顾 / 张宏生 / 2007.1.160
20世纪辛弃疾研究的回顾与思索 / 朱丽霞 / 2007.3.199

纪念中国话剧一百周年

现代启蒙精神与中国话剧百年 / 董健 / 2007.3.53
五四时期话剧的诗化现实主义 / 柯汉琳 / 2007.3.56
"文明戏"的样态与话剧的发生 / 袁国兴 / 2007.3.60
中国话剧百年发展三维 / 邹红 / 2007.3.64

都市文化研究

都市文化研究：世界视野与当代意义 / 孙逊 / 2007.3.175
都市文化研究的马克思主义理论基础 / 刘士林 / 2007.3.180
"变旧声作新声"——柳永歌词的都市叙述与北宋中叶都市文化建构 /
　王筱芸 / 2007.3.185
唐宋都市风情词论略 / 诸葛忆兵 / 2007.3.193

中国传统文学与经济生活

货币化场景—酒宴—在明清小说中的叙事功能 / 许建平 / 2007.4.99
士商契合与文学思想的演变——以中唐至明清为考察重点 / 陈书录 / 2007.4.107
清代士商互动之文化原生态个案考论——厉鹗与"小玲珑山馆" / 方盛良
　/ 2007.4.114
中国古代小说中的"罪财"叙述 / 李桂奎 / 2007.4.120

"文艺学知识形态批判性反思" 专栏

文化转向与文艺学知识形态的构建 / 李西建 / 2007.5.5
反思社会学视野中的文艺学知识建构 / 陶东风 / 2007.5.12
反本质主义思维与文学理论知识的生产 / 章辉 / 2007.5.19

世界华文文学研究

东南亚华文文学的"异族叙事"——以菲律宾、马来西亚、印度尼西亚和
　泰国为例 / 王列耀 / 2007.6.166
华语比较文学：超越主流支流的迷思 / 朱崇科 / 2007.6.171

文学理论

论文学审美意识形态的逻辑起点及其历史生成 / 钱中文 / 2007.1.42
中国当代文艺理论研究的三个缺失 / 吴炫 / 2007.1.54
诗性智慧与诗意创造——文学创新及其限度 / 段建军 / 2007.1.59
论文学评价标准的三元构成与建构条件 / 张利群 / 2007.1.65
感悟诗学现代转型之可能性及其意义——以王国维、宗白华的诗学探索为
　例 / 欧阳文风　周秋良 / 2007.1.70

"俗文学"辨／谭帆／2007.1.76
先秦佚文中的文艺思想／徐正英／2007.1.83
综合思维与文艺学宏观研究／陆贵山／2007.2.5
文艺理论的现实属性／高楠／2007.2.12
"审美消费主义"批判与"审美生产主义"建构／刘方喜／2007.2.16
中国诗歌史：自然维度的失落与重建／王建疆／2007.2.22
两种叙事范型的式微及现代性叙事的价值选择／方锡球／2007.2.28
两汉文学批评与心理体验／袁济喜／2007.2.32
论狂狷美／周波／2007.2.38
新时期西方文论影响下的中国文艺学发展历程／曾繁仁／2007.3.140
认识论与本体论：主体间性文艺学的双重视野／苏宏斌／2007.3.147
中国古代"散文"概念发生研究／马茂军／2007.3.152
左翼文艺大众化讨论与延安文艺大众化运动／石凤珍／2007.3.158
"中和"思想流变及其文论意蕴／夏静／2007.3.163
汉代《诗经》历史化解读的诗学意义／毛宣国／2007.3.169
钱钟书散论尼采／钱碧湘／2007.4.5
当前文艺与理论批评中的价值观问题／赖大仁／2007.4.17
论媒介及其对审美—艺术的意义／杜书瀛／2007.4.23
论文学空间及其消费形态／江正云／2007.4.31
佛教对中古议论文的贡献和影响／普慧／2007.4.35
论《二十四诗品》的理论体系／张国庆／2007.4.42
论李贽文艺思想的新理性主义特征／许苏民／2007.4.49
古"文"原义——"人本"说／陈飞／2007.5.156
中国诗学的语言哲学内核与语言艺术模式／韩经太／2007.5.162
清季四大词人词学取向与重拙大之关系／孙维诚／2007.5.169
中国现代文论的现代性品格／王一川／2007.5.175
大众媒介与话语生产和文学生产／张玉能　张弓／2007.5.181
诗言志与诗言神及文明的价值信念／李咏吟／2007.5.186
论"失语症"／曹顺庆　靳义增／2007.6.77
意义的放逐——论后现代主义的反象征性／何林军／2007.6.83
艺术与真理——阿多诺与海德格尔艺术观之比较／张静静／2007.6.88
文学理论教学与文艺学学科建设／吴春平／2007.6.93

《文心雕龙》喻言式批评话语分析 / 王毓红 / 2007.6.98
简论"气韵"范畴的基础理论意义 / 胡家祥 / 2007.6.106
"以盛唐为法"与民族审美认同 / 孙蓉蓉 / 2007.6.112
微型自然、私人天地与唐代文学阐释的空间 / 李浩 / 2007.6.118

中国当代文学

"新启蒙"吊诡与现代性追问——读小说《青狐》/ 张宏 / 2007.1.129
重申散文的写作伦理 / 谢有顺 / 2007.1.135
论《刘志丹》——一部命运坎坷的小说 / 詹玲 / 2007.1.141
陈翔鹤小说论 / 郭冰茹 / 2007.1.150
记忆、概念与生活世界——关于澳门汉语诗歌的"本土"经验 / 陈少华
 / 2007.1.155
当代文学生产中的《兄弟》/ 董丽敏 / 2007.2.79
论汪曾祺散文文体与文章学传统 / 季红真 / 2007.2.86
失去象征的日常世界——王小妮近作论 / 耿占春 / 2007.2.91
后革命时代的青年文学——关于《寻找》及其续篇的完成 / 李海霞
 / 2007.2.97
书写心灵无言的痛楚——论白先勇小说 / 张晓玥 / 2007.2.104
双重经验的跨域书写——美华文学研究的几个关键词 / 刘登翰 / 2007.3.108
多重文体的融会与整合 / 洪治纲 / 2007.3.115
困境与出路：对当前新诗的思考 / 邓程 / 2007.3.121
语言的竞技——论新时期初存在主义文学的传播策略 / 叶立文 / 2007.3.125
论阿城小说的启示 / 潘文峰 / 2007.3.130
叙述主体的张扬——90年代女性小说叙事话语特征 / 陈淑梅 / 2007.3.135
"乡下人进城"影像中的文学叙述——论贾樟柯的《小武》与《世界》/
 陈军 / 2007.4.168
"乡土世界"文学表达的新因素 / 王光东 / 2007.4.173
当下诗歌的代际划分与"中生代"命名 / 吴思敬 / 2007.4.177
五十至七十年代文学中启蒙话语的心理透视 / 李遇春 / 2007.4.180
论台湾女性散文的诗学建构 / 程国君 / 2007.4.187
不息的震颤：论二十世纪诗歌的一个主题 / 唐小兵 / 2007.5.25
在精英、农民与智者之间——高晓声小说创作论 / 段崇轩 / 2007.5.33

论孙犁的《芸斋小说》／苑英科／2007.5.39
论《青春之歌》的创作心理／任茹文／2007.5.44
自由与局限——中国"新生代"小说家论／吴义勤／2007.5.51
从现实"症结"介入现实——以王安忆、毕飞宇、阎连科近年创作为例／
　朱水涌／2007.6.49
底层写作中的"新国民性"——以刘继明创作转向为例／贺绍俊／2007.6.55
论八十年代后文学中的"城乡关系"／曾一果／2007.6.60
生命神性的演绎——论新世纪迟子建、阿来乡土书写的异同／黄轶
　／2007.6.65
王蒙小说在八十年代叙事中的意义／徐妍／2007.6.71

中国现代文学

略论30年代文学的社会科学化倾向／朱晓进／2007.1.90
中国左翼文学思潮的内在差异性和张力／王晓初／2007.1.96
泰戈尔与中国现代诗学／侯传文／2007.1.104
欲望的阐释与理性的想象——施蛰存、徐訏心理分析小说比较论／田建民
　／2007.1.110
"文学中的城市"与"城市想象"研究／张鸿声／2007.1.116
重新审视欧化白话文的起源——试论近代西方传教士对中国文学的影响／
　袁进／2007.1.123
谈谈困扰现代文学研究的几个问题／温儒敏／2007.2.110
论翻译文学在现代文学史上的地位——以五四时期为例／秦弓
　／2007.2.119
叙述祛魅：科学语境中的中国新文学／方维保／2007.2.127
精神危机：革命文学的征兆／颜敏／2007.2.132
论都市"病相"对沈从文"湘西世界"的建构意义／高玉／2007.2.137
时间意识与中国现代写实小说的叙事类型／李俊国／2007.2.142
论现代派的知性诗学／曹万生／2007.2.147
有声的中国——"演说"与近现代中国文章变革／陈平原／2007.3.5
艺术思维是意象思维／朱寨／2007.3.22
20世纪中国文学整体观的实践难题——以"跨代"作家个案研究为例／
　刘勇　姬学友／2007.3.27

论延安文学观念中悲喜剧意识的嬗变／袁盛勇／2007.3.34
《果园城记》：现代性的一种姿态／袁楠／2007.3.40
西方反讽诗学在现代中国的译介与影响／龚敏律／2007.3.46
《新青年》与"新青年"／魏建　毕绪龙／2007.4.126
新文学的诸种现代性——论"五四"社团文学主流形态之差异／潘正文／2007.4.132
"五四"启蒙与国民话语的中间物形态／刘忠／2007.4.138
文化重复困境中的叙事反思——在《狂人日记》到《长明灯》之间／罗华／2007.4.143
论绍兴目连戏对鲁迅艺术审美的影响／刘家思／2007.4.148
孤岛时期阿英及其他作家历史剧中的女性叙事／王家康／2007.4.155
论现代文学作家传记中的"隐讳"／孟丹青／2007.4.162
文学的政治阅读——中国现代文学研究新思潮／马云／2007.5.58
写实的执著与想象的偏枯／倪婷婷／2007.5.63
里尔克神话的形成与中国现代新诗中批评意识的转向／范劲／2007.5.71
民族性自审与性别隐喻／王桂妹／2007.5.78
论现代散文的文体选择与创造／陈剑晖／2007.5.82
关于现代旧体诗词的入史问题／王泽龙／2007.5.89
《阿Q正传》与辛亥革命问题的再思考／逄增玉／2007.5.94
论傅斯年的现代白话语言观／刘东方／2007.5.98
论孙毓棠的诗／陆耀东／2007.6.123
中国无政府主义思潮与五四新文学／张全之／2007.6.129
现代传媒在启蒙运动中的意义／周海波／2007.6.135
"人"与"兽"纠葛的世界——鲁迅《狂人日记》新论／靳新来／2007.6.143
论鲁迅的非暴力呐喊——跨文化语境的相关思考／刘青汉／2007.6.148
存在的焦虑：论《野草》的生存哲学／李骞／2007.6.151
论赵树理小说的现代意识启蒙／朱庆华／2007.6.156
穆旦诗歌中不存在宗教意识／王学海／2007.6.161

中国古代文学

四库全书与评点之学／吴承学／2007.1.5
清诗话的写作方式及社会功能／蒋寅／2007.1.13

中国古代审美创造"物化"论／章必功　李健／2007.1.23

汉《郊祀歌》与汉武帝时期的郊祀礼乐／王长华　许倩／2007.1.30

从"平常心是道"看白居易平易浅俗诗风／胡遂／2007.1.37

丝织锦绣与文学审美关系初探／古风／2007.2.153

南朝文学的形式美学倾向及其价值／韩高年／2007.2.160

从老庄到刘克庄："自然"美学观的发展之路／王明建／2007.2.167

元代诗学性情论／查洪德／2007.2.172

明清之际太湖流域郡邑词派述论／沈松勤／2007.2.183

"前李杜"时代与"后李杜"时代——唐代诗歌发展的转关与演进／罗时进／2007.2.193

李何论衡／饶龙隼／2007.3.67

杨氏兄妹与盛唐诗坛／丁放　袁行霈／2007.3.77

论孔颖达与唐诗／谢建忠／2007.3.85

明代坊刊小说稿源研究／程国赋／2007.3.92

论清代杂剧对徐渭《四声猿》的接受／杜桂萍／2007.3.101

叔孙豹的辞令、诗学活动与美学精神——兼论春秋时代行人在先秦文学发展中的作用／赵逵夫／2007.4.56

宋辽金文学关系论／胡传志／2007.4.65

论三言诗／周运斌／2007.4.75

论唐宋词中的"闲情"／刘尊明／2007.4.82

张王乐府与元白新乐府创作关系的再考察／张煜／2007.4.89

庄子情感哲学与文人颠倒思维／张松辉　周晓露／2007.4.93

工具角色与回归自我——中国古代文学思想的当代价值认同问题／罗宗强／2007.5.117

从秀句到句图／张海鸥／2007.5.124

论先秦时代的三种叙事类型／陈文新／2007.5.132

《文心雕龙》以骈体论文是非辩／于景祥／2007.5.137

论中国传统文学研究的审美尺度／朱志荣／2007.5.143

唐人应试诗题与唐代诗歌审美取向／池洁／2007.5.149

歌行诗体论／薛天纬／2007.6.5

"布衣感"新论／林继中／2007.6.13

郑玄诗学理论及其对传统诗论的转换／刘毓庆　李蹊／2007.6.19

从唐前史传论赞看骈文的演变轨迹 / 张新科 / 2007.6.25
《国风》中另类倾向探析——兼及周代文化冲突 / 许志刚 / 2007.6.32
清商曲辞与曹操诗歌的声韵艺术 / 孙娟　黄震云 / 2007.6.38
阮孝绪《七录》楚辞分类著录的学理背景 / 熊良智 / 2007.6.43

学人研究

霍松林先生的学术研究 / 刘锋焘 / 2007.5.193
叶嘉莹诗词批评及诗学研究述评 / 张晓梅 / 2007.6.178

论　坛

百年疏漏——中国文学史书写的生态视阈 / 鲁枢元 / 2007.1.181
实用科学理性与"五四"新文学结盟的逻辑关系 / 宋剑华 / 2007.1.187
图像时代文学经典的命运与美育意义 / 凌建英　宗志平 / 2007.2.200
古代文学研究的国学视域 / 郭万金 / 2007.2.203
审美权力假设与"国家美学"问题 / 杨小清　何风雨 / 2007.3.205
壮歌久不作——抗战文学的当代思考 / 宋嘉扬　靳明全 / 2007.3.207
对现代文学研究的"职业化"倾向的反思 / 宾恩海 / 2007.3.210
说"文" / 栾栋 / 2007.4.193
现代神话与文艺生产 / 颜翔林 / 2007.4.196
文学理论的学理性与寄生性 / 余虹 / 2007.4.201
"二十世纪诗词史"之构想 / 马大勇 / 2007.5.199
新诗：行进中的寻找和失落 / 彭金山 / 2007.5.202
数据库、计量分析与古代文学研究的现代化进程 / 尚永亮 / 2007.6.187
谈资本主义艺术生产的现代性特征 / 罗中起 / 2007.6.191

书　评

评陈文新主编的十八卷本《中国文学编年史》/ 霍松林 / 2007.1.191
陈广宏《竟陵派研究》刍议 / 郑利华 / 2007.1.194
评陈子谦《论钱钟书》/ 黎兰 / 2007.1.201
评黄曼君《新文学传统与经典阐释》/ 王进 / 2007.1.206
读王水照、朱刚著《苏轼评传》/ 周裕锴 / 2007.2.207
评倪婷婷《"五四"作家的文化心理》/ 朱德发 / 2007.2.210

评杨匡汉《中国新诗学》/ 田泥 / 2007.2.213
评傅璇琮《唐翰林学士传论》/ 李德辉 / 2007.3.213
读高擎洲先生《旧云新影——中国现代文学论集》/ 刘中树 / 2007.4.204
评郭英德《中国古代文体学论稿》/ 党圣元 / 2007.4.207
评吴康《新文学的本原》/ 黄曼君　梁迎春 / 2007.4.211
简评《中国现代文学史1917—2000》/ 郭铁成 / 2007.4.214
评《插图本中国现代通俗文学史》/ 刘祥安 / 2007.4.216
文学地理学的理论创新与体系建构——评梅新林新著《中国古代文学地理形态与演变》/ 黄霖 / 2007.5.205
评杨迎平《永远的现代——施蛰存论》/ 徐中玉 / 2007.5.207
开放的小说学——评何永康主编《二十世纪中西比较小说学》/ 杨佳莉 / 2007.5.209
评《口述历史下的老舍之死》/ 于文秀 / 2007.5.212
评杨义《重绘中国文学地图通释》/ 冷川 / 2007.6.194
评李春青《在审美与意识形态之间》/ 张晶 / 2007.6.196
读马银琴《两周诗史》/ 龙文玲 / 2007.6.199
评《20世纪中国儿童文学史》/ 刘茂华 / 2007.6.203

综　述

中国明代文学学会（筹）第四届年会暨2006年明代文学与文化国际学术研讨会综述 / 廖可斌　徐永明 / 2007.1.209
"中国文学与文化认同"国际学术研讨会综述 / 包兆会 / 2007.1.212
中国小说古今通识国际学术研讨会综述 / 邹宗良　杨振兰　施战军 / 2007.1.215
史料问题与百年中国文学转捩点学术研讨会综述 / 胡全章 / 2007.1.219
樊骏先生《中国现代文学论集》讨论会纪实 / 程凯 / 2007.1.222
探究都市文化与都市文学之间的关联 / 杨剑龙 / 2007.2.216
当代文学与文化研究学术研讨会综述 / 刘复生 / 2007.2.219
2006审美文化高峰论坛记略 / 张晶 / 2007.2.221
蔡仪学术思想研讨会综述 / 师雅惠 / 2007.2.222
马克思主义与文化研究国际学术研讨会综述 / 季水河　王洁群 / 2007.3.216
马克思主义美学与当代中国和谐社会建设学术研讨会综述 / 张冰 / 2007.3.218

现代性视域下的文学与文化论坛学术研讨会综述／于文秀／2007.3.221

《文心雕龙》研究与当代文艺学学科建设学术研讨会综述／陶礼天／2007.4.219

"乡下人进城"：现代化背景下的城乡迁移文学研讨会综述／徐德明　黄善明／2007.4.221

2007年《文学评论》编委会暨新世纪中国文学研究的知识状况学术研讨会侧记／岳凯化　刘瑞华　刘雪姣／2007.5.215

新世纪古代文学学科理念与发展思路研讨会综述／王珏／2007.5.218

新时期30年中国文学研究高峰学术会议综述／郭国昌　张树铎／2007.5.219

许觉民同志追思会综述／严平／2007.5.222

"马克思主义文艺理论的当代发展：中国与西方"会议综述／杨俊蕾　朱海／2007.6.206

文学理论三十年：从新时期到新世纪国际学术研讨会综述／孙文宪／2007.6.208

中外文学对话与西部生态文化建设国际学术会议综述／王为群／2007.6.210

"现代中国文学学科观念与方法"学术研讨会综述／张岩泉／2007.6.213

马克思主义美学与现代中国国际学术研讨会综述／周计武　周欣展／2007.6.216

当代视野下的郭沫若研究国际研讨会综述／陈晓春／2007.6.218

编后记

2007年第1期／2007.1.224

2007年第2期／2007.2.224

2007年第3期／2007.3.224

2007年第4期／2007.4.224

2007年第5期／2007.5.224

2007年第6期／2007.6.221

《文学评论》 2008 年总目录

(括号内分别为年、期、页)

纪念何其芳同志逝世三十周年

何其芳论／杨义　郝庆军／2008.1.6
纪念何其芳同志逝世三十周年座谈会侧记／程凯／2008.1.19

二十世纪中国文学回顾

老舍研究的历史回顾与思考／石兴泽／2008.1.191
近百年朱熹文学研究的回顾与反思／吴长庚／2008.3.206

网络文学：技术祛魅与文学性坚守

网络审美资源的技术美学批判／欧阳友权／2008.2.47
本质与技术：网络文学研究两种倾向的反思／吴宝玲／2008.2.52
网络文学：生成于文学与技术之间／范玉刚／2008.2.57
辟文学通解——兼论文学非文学／栾栋／2008.3.23
文艺学语根刍议／袁峰／2008.3.31

纪念郑振铎诞生 110 周年、逝世 50 周年

献身中国文艺复兴的卓越先驱——郑振铎论／杨义　邵宁宁／2008.3.5
西谛书话的启迪／跃进／2008.3.18

新时期三十年的文学研究

记胡乔木同志对《文学评论》复刊工作的意见／邓绍基／2008.4.5
现代中国文学研究三十年／朱德发／2008.4.8
中国近代文学研究三十年／关爱和　朱秀梅／2008.4.12

中国西部文学研究三十年 / 李继凯 / 2008.4.16
中国马克思主义文论研究三十年 / 胡亚敏 / 2008.5.5
新时期三十年文论研究 / 赖大仁 / 2008.5.13
八十年代：多义的启蒙 / 南帆 / 2008.5.18

世界华文文学研究

香港小说风格流派述论 / 袁良骏 / 2008.6.184
异度时空：论香港女性小说的文化身份想像 / 王艳芳 / 2008.6.188
论美华文学中不同代际的纽约书写 / 陈涵平　吴奕锜 / 2008.6.194
泰华文学的发展及其文化取向 / 陆卓宁 / 2008.6.198

文艺理论

当今文学理论研究中的三个问题 / 王元骧 / 2008.1.71
审美与时间——现代性语境下美学的信仰维度 / 尤西林 / 2008.1.77
新世纪文学的图像化写作与文学的越界 / 王纯菲 / 2008.1.82
理想精神与和谐思维 / 胡良桂 / 2008.1.89
阮元骈文观嬗变及历史意义 / 陈志扬 / 2008.1.94
"乐由中出"：《乐记》对乐的生命本体论阐释 / 薛永武 / 2008.1.100
诗言志续辨——结合新近出土楚简的探讨 / 高华平 / 2008.1.106
志与事：中国诗学与叙事学比较论 / 罗书华 / 2008.1.113
毛泽东与列宁文艺思想比较研究 / 季水河 / 2008.2.5
中国文论研究：方法论及其反思 / 刘文勇 / 2008.2.14
诗道高雅的语用阐述 / 易闻晓 / 2008.2.19
南北朝时期"关陇集团"文学观念的发展演变 / 康震 / 2008.2.25
反理性思潮与中国当代美学的现代性 / 寇鹏程 / 2008.2.30
准古酌今：经典性生成的传播机制 / 毛峰 / 2008.2.36
市场与网络语境中的文学经典问题 / 陈定家 / 2008.2.42
基于交流语境的艺术形象论 / 吴予敏 / 2008.3.128
当代西方媒介文化美学研究的三种形态 / 杨光　王德胜 / 2008.3.134
博客写作与公共空间的私人化问题 / 黄卓越 / 2008.3.141
"风骨"的语境还原 / 王洁群　王建香 / 2008.3.147
钱基博的文学史建构理论及其实践 / 周远斌 / 2008.3.153

跨越中西与双向反观——海外中国文论研究反思／韩军／2008.3.158
一种准现代感悟诗学——论李健吾的印象主义批评／欧阳文风／2008.3.164
时代思想气象与文艺学研究问题／程勇／2008.3.169
关于文学"如何"的文学理论／刘俐俐／2008.4.78
当前文艺学论争中的若干理论问题／吴炫／2008.4.86
观看的文化分析／曾军／2008.4.93
何谓"中国文论"？／牛月明／2008.4.98
叙事视野下的王国维文学内容形式观／赵炎秋／2008.4.103
陆机《文赋》创作论中的士族意识／孙明君／2008.4.108
试论现代文学学科之生成／朱立元　栗永清／2008.5.75
文学理论、理论与后理论／周宪／2008.5.82
全球化语境与"人生艺术化"命题的当代意义／金雅／2008.5.88
常态人性与梁实秋的文学思想／庄锡华／2008.5.93
中国古代文学批评中的"进步观"／党圣元／2008.5.98
元明之际的种族观念与文人心态及相关的文学问题／左东岭／2008.5.104
黑格尔和丹托论艺术的终结／〔美〕柯蒂斯·卡特／2008.5.112
本土文化自觉与"文学"、"文学史"观反思——西方知识范式对中国本土的创新与误导／叶舒宪／2008.6.5
非文本诗学：文学的文化生态视野／高小康／2008.6.13
价值视野中的文学经典／晓华／2008.6.18
反思、调整与超越：21世纪初的女性文学批评／王春荣　吴玉杰／2008.6.23
论新时期30年中国小说创作理论的发展／涂昊／2008.6.28
试论《周易》"生生为易"之生态审美智慧／曾繁仁／2008.6.33
春秋笔法与中国小说叙事学／李洲良／2008.6.38
周代乐官与典乐诗教体系／杨隽／2008.6.43

中国当代文学

孙犁的意义／王彬彬／2008.1.165
误读的快乐与改写的遮蔽——论《启蒙时代》／张志忠／2008.1.173
肉身生存的历史展示——柳青、路遥、陈忠实对现实主义文学的贡献／段建军／2008.1.181
乡下人进城的一种叙述——论贾平凹的《高兴》／徐德明／2008.1.186

当代文学史写作：共时的结构 / 南帆 / 2008.2.62
"十七年"文坛对欧美现代派文学的介绍与言说 / 方长安 / 2008.2.67
观念与小说——关于姚雪垠的五卷本《李自成》/ 董之林 / 2008.2.74
一个族群的诗歌记忆——论吉狄马加的诗 / 耿占春 / 2008.2.85
论王蒙"自传" / 温奉桥　李萌羽 / 2008.2.92
改造说书人——1944年延安乡村文化的当代意义 / 孙晓忠 / 2008.3.174
高晓声的小说及其"国民性话语"——兼谈当代文学史写作 / 刘旭 / 2008.3.182
文学本土化的深层探索者——论周立波的文学成就及文学史意义 / 贺仲明 / 2008.3.188
沈从文晚年的旧体诗创作中的精神矛盾 / 李遇春 / 2008.3.194
当下农民工书写的想象性表述 / 江腊生 / 2008.3.201
戏剧的"人学"转向与深化——论新时期现代现实主义戏剧创作 / 胡星亮 / 2008.4.157
"改造国民性"的另一条思路——论当代作家对于少数民族文化的发现与思考 / 樊星 / 2008.4.163
孙健忠：土家族文人文学的奠基者 / 吴正峰 / 2008.4.170
试论"年轻主义"于中国当代文学中的形成 / 路文彬 / 2008.4.175
九十年代中国女性小说的主题与叙事 / 王侃 / 2008.4.180
苏联影响与夏衍文学名著改编观念的转变 / 洪宏 / 2008.4.185
论《红旗谱》的日常生活描写 / 阎浩岗 / 2008.4.189
历史开裂处的个人叙述——城乡间的女性与当代文学中个人意识的悖论 / 罗岗　刘丽 / 2008.5.129
"普及"与"提高"之辩——论五十年代精英文学与通俗文学的势力之争 / 张均 / 2008.5.137
风前大树：彭燕郊诗歌论 / 吴思敬 / 2008.5.143
在神话性中生存——当代武侠小说的深层内涵 / 李欧 / 2008.5.149
追溯网络小说的传统 / 周志雄 / 2008.5.155
"大团圆"之争——传统"人情戏"的当代艺术流变 / 张炼红 / 2008.6.156
穿越历史烟尘的女性目光——论凌力的历史写作 / 季红真 / 2008.6.163
也谈语言的传统——先锋文学与革命文学比较论 / 王中 / 2008.6.169
重读改革小说——公化的现代性与私化的矛盾性 / 首作帝　张卫中

/ 2008.6.175

红柯中短篇小说论 / 李丹梦 / 2008.6.179

中国现代文学

论现代中国神秘主义诗学 / 谭桂林 / 2008.1.22

中国左翼现实主义观念之发生 / 张传敏 / 2008.1.30

早期共产党人对革命文学的倡导与实践——以《中国青年》为核心 / 徐改平 / 2008.1.35

徐志摩文学创作与生态美学思想 / 张晓光 / 2008.1.42

论四十年代梁实秋、钱钟书和王了一的学者散文 / 范培松 / 2008.1.48

在"传统"与"现代"之间徘徊——论老舍小说的理想爱情叙事 / 谢昭新 / 2008.1.54

《桨声灯影里的秦淮河》与《荷塘夜色》的"叠合法"解读 / 杨朴 / 2008.1.60

战后至1960年代台湾文学辨析 / 黄万华 / 2008.1.66

我们的学科还很年轻 / 陈思和 / 2008.2.155

人文学：文学史与思想史关系的再诠释 / 张宝明 / 2008.2.162

"巴尔扎克难题"与中国左翼文学批评中的世界观论述 / 刘卫国 / 2008.2.169

"五四"白话文运动的语言学考辨 / 朱恒　何锡章 / 2008.2.174

论"新月诗派"的现代叙事诗创作及其理论批评 / 王荣 / 2008.2.180

在重绘的文学地图上——"五四"新小说的生成语境 / 钱雯 / 2008.2.186

戴望舒的感觉想象逻辑与圜道思维特征 / 姜云飞 / 2008.2.191

不该遗忘的记忆 / 黄桂娥　周帆 / 2008.2.197

沈从文的另一个世界 / 吴秀明　张翼 / 2008.3.83

论朱光潜"人生美学"的生成原因及现代批评意义 / 薛雯 / 2008.3.89

文本·历史与主题——《狂人日记》再细读 / 李今 / 2008.3.94

论鲁迅小说的焦虑 / 郭小东 / 2008.3.100

苏曼殊诗歌创作的中国传统与日本意象 / 陈春香 / 2008.3.106

《玉官》与许地山"宗教沟通"的文化构想 / 巫小黎 / 2008.3.111

海派文学、现代文学的通俗化走向 / 李楠 / 2008.3.116

论"五四"新文学作家的身份确认 / 苏美妮　颜琳 / 2008.3.122

百年中国文学与政治审美因素 / 高永年　何永康 / 2008.4.112

"越轨"的现代性：民初小说与叙事新伦理 / 叶诚生 / 2008.4.117
抗战名将殉难叙事 / 丁伯林　赵稀方 / 2008.4.121
日本观照：从创造社到中国新感觉派 / 靳明全 / 2008.4.128
作家老舍的诞生 / 李兆忠 / 2008.4.133
《益世报》：现代文学研究尚未全面开垦的沃土 / 杨爱芹 / 2008.4.139
四十年代"新生代"诗歌的诗学意义 / 张志国 / 2008.4.144
论四十年代现实主义诗论 / 杨四平 / 2008.4.151
时间、修辞策略与鲁迅"铁屋子"的破解 / 曹禧修 / 2008.5.160
论晚清散文与"五四"散文的结构性逻辑 / 丁晓原 / 2008.5.165
二十世纪写实主义文学思潮论 / 邝邦洪 / 2008.5.172
"五四"文学中的自我神话及其破灭 / 胡景敏 / 2008.5.180
租界文化对现代文学风貌格调的影响 / 李永东 / 2008.5.186
"红色之路"与哈尔滨左翼文学思潮 / 郭淑梅 / 2008.5.193
论"身体"在沈从文四十年代创作中的审美意义 / 李蓉 / 2008.5.199
论曹禺剧作在南洋的传播与影响 / 朱文斌 / 2008.5.204
鲁迅小说叙事方式的存在论视域 / 吴康 / 2008.6.112
"转折"中的持守——左联时期丁玲创作中的个性思想 / 秦林芳 / 2008.6.120
徐訏的遗产——为徐訏诞辰100周年而作 / 吴义勤 / 2008.6.125
论沈从文的怀旧写作 / 周明鹃 / 2008.6.132
论传统伦理在五四作家人格铸就中的主体地位 / 陈留生 / 2008.6.138
巴蜀作家与中国现代文学 / 陶德宗 / 2008.6.145
对文学本质的超越性诉求——梁实秋文学观论析 / 于文秀 / 2008.6.151

中国古代文学

论唐宋词的戏剧性 / 陶文鹏　赵雪沛 / 2008.1.120
李贺诗歌的唐宋接受 / 陈友冰 / 2008.1.127
《西游记》：秩序与自由的悖论 / 崔小敬 / 2008.1.133
明代经济生活与诗歌传统 / 郭万金 / 2008.1.137
明代儒学的嬗替与小说的流变 / 王平 / 2008.1.146
唐宋派的分化、演变及其流派属性问题 / 刘尊举 / 2008.1.153
柳永词学思想述论——由"骫骳从俗"的审美趣尚谈起 / 徐安琪 / 2008.1.158
由诗词关系审视唐五代词的演变轨迹 / 李定广 / 2008.2.98
钱谦益与吴中诗学传统 / 周兴陆 / 2008.2.106

论元曲杂剧之多重构成 / 解玉峰 / 2008.2.114
汉宫唐苑　秋雨梧桐——也谈《梧桐雨》、《汉宫秋》/ 张惠民 / 2008.2.121
明清同性恋小说的男风特质及文化蕴涵 / 施晔 / 2008.2.126
文学的阐释与阐释的文学——关于王逸《楚辞章句》韵体注文的考论 /
　　查屏球 / 2008.2.133
赋心与《诗》心 / 曹建国　张玖青 / 2008.2.139
舍经入寺与敦煌变文的文学性 / 王于飞 / 2008.2.145
简论帖子词 / 任竞泽 / 2008.2.149
北宋党争与碑志初探 / 刘成国 / 2008.3.35
宋代词体诗化理论演进史论 / 许伯卿 / 2008.3.43
试论普通读者对唐宋词的阅读欣赏活动 / 杨海明 / 2008.3.50
诗性建构与文学想象的达成——论叶小鸾形象生成演变的文学史意义 /
　　杜桂萍 / 2008.3.56
明清时期商人的文学创作 / 朱万曙 / 2008.3.64
《苏诗补注》的文献诠释与历史价值 / 王友胜 / 2008.3.73
关于后村诗学的风格理论 / 王明建 / 2008.3.78
《诗》学之"兴"的还原与背离 / 刘毓庆 / 2008.4.20
《国语》、《左传》的引"诗"和《诗》的编订——兼考孔子"删诗"说 /
　　张中宇 / 2008.4.29
刘勰对于"锦绣"审美模子的具体运用 / 古风 / 2008.4.37
中国古典诗词中的审美空间 / 张晶 / 2008.4.43
关于贾岛其人其作别解四则 / 陈祖美 / 2008.4.50
破立之际：韩愈"文人之诗"的诗史意义 / 罗时进 / 2008.4.56
从南北对峙到南北融合——宋初百年文坛演变历程 / 沈松勤 / 2008.4.61
中国古典小说的早期翻译和传播——以《好逑传》英译本为中心 / 宋丽娟
　　孙逊 / 2008.4.71
从章句之学到文章之学 / 吴承学　何诗海 / 2008.5.21
河西四郡的建置与西北文学的繁荣 / 跃进 / 2008.5.32
论何绍基诗歌美学创变 / 曹旭 / 2008.5.40
朱熹的骈文批评 / 于景祥 / 2008.5.46
金圣叹"腰斩"《水浒传》、《西厢记》文本的深层文化分析 / 樊宝英
　　/ 2008.5.52

北齐文学传统与初唐诗歌革新之关系 / 杜晓勤 / 2008.5.56
西曲舞曲与张若虚《春江花月夜》的曲辞结构 / 曾智安 / 2008.5.64
《文心雕龙》与袁枚性灵说 / 王英志 / 2008.5.70
民间神歌的女神叙事与功能——以粤西地区冼夫人神歌为例 / 吴真 / 2008.5.117
"伪"历史与"真"文化——山西洪洞的活态古史传说 / 邹明华 / 2008.5.123
黄人的文学观念与19世纪英国文学批评资源 / 陈广宏 / 2008.6.49
唐宋"国花"意象与中国文化精神 / 王莹 / 2008.6.61
"沈宋体"的艺术特征及其形成原因 / 肖瑞峰 李娟 / 2008.6.72
宋词经典名篇的定量考察 / 王兆鹏 郁玉英 / 2008.6.79
北宋"太学体"文风新论 / 张兴武 / 2008.6.87
传统人格范式失衡境遇下的悲怨与风流——白朴的心路历程与其剧作的泛人文内涵 / 张大新 / 2008.6.95
曾国藩古文理论平议 / 黄伟 周建忠 / 2008.6.104

论　坛

说部渊源的历史追寻与金代文学的深入研究 / 周惠泉 / 2008.2.201
中国现代通俗文学的"现代性"和入史问题 / 汤哲声 / 2008.2.205
文学经典的死去活来 / 王建疆 / 2008.4.194
文学在今天的意义 / 曾凡 / 2008.4.197
中国道教文学研究必需的知识要求 / 蒋振华 / 2008.4.200
社会主义文学生产方式与中国当代文学的现代性 / 段吉方 / 2008.4.02
关于社会主义文学的几个问题 / 柯汉琳 / 2008.6.201

学人研究

填平鸿沟　开疆拓土——记范伯群教授学术研究的开创性历程 / 冯鸽 / 2008.3.215

书　评

评《张炯文集》/ 崔志远 / 2008.1.199
评刘进才《语言运动与中国现代文学》/ 孟庆澎 / 2008.1.203
评周宪《审美现代性批判》/ 高建平 / 2008.1.207
略评王先霈《中国文化与中国艺术心理思想》/ 刘方喜 / 2008.1.209

评张大明的《中国象征主义百年史》／刘涛／2008.2.209
读《中国新诗书刊总目》／谢冕／2008.4.207
评王泽龙《中国现代诗歌意象论》／黄曼君／2008.4.208
评吴蓓《梦窗词汇校笺释集评》／刘扬忠／2008.4.210
评罗宗强《读〈文心雕龙〉手记》／邹广胜／2008.4.212
评卓如《青春何其芳》／雷业洪／2008.5.207
读欧阳友权《数字化语境中的文艺学》／蓝爱国／2008.5.120
评栾梅健的《前工业文明与中国文学》／范伯群／2008.6.204
关爱和《中国近代文学论集》读后／胡全章／2008.6.206

综　述

《文学评论》创刊五十周年纪念座谈会纪要／刘艳／2008.1.211
"大众传媒时代的文学生产"学术研讨会综述／王峰／2008.1.212
"消费社会与文学理论的新挑战"国际学术研讨会综述／丁国旗
　／2008.1.215
"中国西部文学学术研讨会"在新疆师范大学举行／孙文杰　潘丽
　／2008.1.216
"现当代中西艺术教育的理论与实践"学术研讨会综述／张志庆　张华
　／2008.1.217
"中国20世纪文学文化生态与作家心态"学术研讨会综述／朱利民
　／2008.1.219
"中国现当代文学学科建设问题高层论坛"综述／胡景敏／2008.1.221
"文学史写作的理论与实践"国际学术研讨会综述／夏蒨／2008.2.212
转型期中国美学问题暨《曾繁仁美学文集》出版座谈会综述／孟姝芳　刘
　颜玲／2008.2.214
2007年"文艺学高层论坛"综述／谷鹏飞／2008.2.216
全国第一届中国文学研究博士后论坛综述／杨子彦／2008.2.218
中华文学史料学学会近现代史料学分会年会综述／刘东方　石小寒
　／2008.2.220
"中国当代文学学科：反思与拓展"研讨会综述／王尧　罗岗／2008.2.222
中国革命与中国文学国际学术研讨会综述／刘晓鑫／2008.3.220
林语堂国际学术研讨会综述／张桂兴／2008.3.222

"改革开放三十年与中国文学研究"学术研讨会综述／武新军／2008.4.216
"新时期社会主义文学与文化"学术研讨会综述／咸立强／2008.4.219
"启蒙思潮与百年中国文学"国际学术研讨会综述／周新顺／2008.4.221
何其芳研究会成立大会暨学术讨论会综述／封英锋　陶德宗／2008.5.212
张恨水与中国传统文化学术研讨会综述／黄静／2008.5.213
《王蒙自传》学术研讨会综述／温奉桥／2008.5.216
"中国现代美学、文论与梁启超"全国学术研讨会综述／郑玉明　沈旭辉／2008.5.217
"首届全国文学批评期刊与当代文学走向"学术研讨会综述／冯希哲／2008.5.220
全国科学发展观与当代文艺学术研讨会综述／毛正天／2008.6.209
"中国现代文学教学方法与教材"国际学术研讨会综述／石圆圆　陈嘉梦／2008.6.212
中国散文的民族化与现代化学术研讨会综述／吴春兰／2008.6.214
"理论创新时代：中国当代文论改革与审美文化转型"学术研讨会综述／董树宝　贾一心／2008.6.216
《钱中文文集》（1—4卷）发行仪式述要／丁国旗／2008.6.218

编后记

2008年第1期／2008.1.224
2008年第2期／2008.2.224
2008年第3期／2008.3.224
2008年第4期／2008.4.224
2008年第5期／2008.5.224
2008年第6期／2008.6.220

《文学评论》 2009 年总目录

（括号内分别为年、期、页）

二十世纪中国文学研究回顾

中国现代主义诗潮的"活化石"——九叶诗派研究综述／孙良好／2009.2.178

新中国文学研究 60 年

新中国 60 年文艺学演进轨迹／朱立元　栗永清／2009.6.5
现代文学研究 60 年／秦弓／2009.6.12
《论语》文学研究 60 年／柳宏　宋展云／2009.6.19
"共和国文学 60 年"学术研讨会侧记／王俊秋　韩文淑／2009.6.27

台港澳及海外华人文学研究

多元文学史的书写——海外中国现代文学研究论之一／季进／2009.6.190
北美新移民文学中的"另类亲情"／王列耀／2009.6.194
后现代的香港空间叙事／凌逾／2009.6.199

文艺理论

文学的道德价值／高楠／2009.1.55
生态批评：界定与任务／王诺／2009.1.63
美国生态美学的思想基础与理论进展／程相占／2009.1.69
空海的思想意识与《文镜秘府论》／卢盛江／2009.1.75
譬喻式阐释传统与古代小说的"缀段性"结构／段江丽／2009.1.81
反抗时间：文学与怀旧／马大康／2009.1.88
从文学理论到理论——晚近文学理论变局的深层机理探究／姚文放

/ 2009.2.65
向善而在：文学艺术的审美道德目的和使命 / 李咏吟 / 2009.2.73
纯粹民间文学关键词引论 / 户晓辉 / 2009.2.78
经典与误读 / 陆扬 / 2009.2.83
论古代文论批评文体的无体之体 / 李建中 / 2009.2.88
"言志"论与现代诗学的转向 / 张重岗 / 2009.2.93
从文化研究到文化理论——对文化研究的一个反思和期待 / 周敏
　　/ 2009.2.99
多元知识构型与批评范式的创造——20世纪西方文学批评理论的知识学取
　　向及其启示 / 李西建 / 2009.3.53
20世纪西方美学的四个问题 / 金惠敏 / 2009.3.58
在形式主义与马克思主义之间对话——巴赫金学术研究的立场、方法与意
　　义 / 杨建刚 / 2009.3.64
廓清与拓展"样板戏"研究的基本思路 / 惠雁冰 / 2009.3.70
《文心雕龙》审美范畴的佛教语源 / 普慧 / 2009.3.76
关于《文心雕龙·原道》的"惟人参之" / 夏静 / 2009.3.84
错位与困境：一份关于"中国文学"的知识考古学报告 / 吴泽泉 / 2009.3.89
三十年间 / 钱中文 / 2009.4.5
马克思主义文艺学的理论创新 / 陆贵山 / 2009.4.15
马克思主义文艺理论发展中的几个问题 / 毛崇杰 / 2009.4.21
"借思想文化以解决问题"——中国现代美学的一种逻辑范式 / 王德胜
　　潘黎勇 / 2009.4.26
论解诗——儒家诗学的兴起 / 林岗 / 2009.4.30
时间视阈中的文学经典 / 詹冬华 / 2009.4.36
文言的礼仪属性及其元文学理论意义 / 王秀臣 / 2009.4.40
关于用现象学诠解中国传统诗性智慧的反思 / 张旭曙 / 2009.4.47
文艺理论的创新与思维方式的变革 / 王元骧 / 2009.5.55
马克思人学范式的当代境遇与中国美学建设 / 寇鹏程 / 2009.5.62
海德格尔后期语言观对生态美学文化研究的历史性建构 / 赵奎英
　　/ 2009.5.68
重建中国当代文学批评的价值体系 / 韩伟 / 2009.5.74
走出"福柯的迷宫"——从有关中国现当代文学史写作的论争谈起 / 汤拥华

/2009.5.79
中国美学的"朴"与"归朴"之域及其构成／李天道／2009.5.85
现代性与悲剧观念／王杰　肖琼／2009.6.153
论悲剧的美育作用／俞樟华　熊元义／2009.6.159
创建"中国文学解释学"的若干前提性问题／邓新华／2009.6.163
"变脸"后的难题与可能——对一种批评方法的反思／杜国景／2009.6.167
经典阐释与当代文学学科建设／李先国／2009.6.172
中国当代文艺学知识建构中的焦虑意识及其价值诉求／段吉方／2009.6.178
论王国维"隔"与"不隔"说的四种结构形态及周边问题／彭玉平
　　／2009.6.183

中国当代文学

当代小说的叙事前景／谢有顺／2009.1.98
秦兆阳：现实主义的"边界"／李云雷／2009.1.104
何处是归程——由《风雅颂》看当下知识分子的精神之殇／姚晓雷
　　／2009.1.110
"原乡小说"的裂变与重读——《南行记续编》的意义／张直心／2009.1.119
论一种文学的"城市叙述史"／曾一果／2009.1.124
文学研究大跨越的时期——改革开放三十年中国文学研究的回顾与思考／
　　张炯／2009.2.102
两条胡同的是是非非——关于五十年代初文学与政治的多重博弈／张霖
　　／2009.2.109
"身体叙事"：一种存在主义的文学创作症候／杨经建／2009.2.116
从失范家庭结构中走出来的一代——论新生代作家的家庭叙事／韩敏
　　／2009.2.121
革命话语在乡土想像中的激荡与消隐／禹建湘／2009.2.125
"人在历史中成长"——《青春之歌》与"新文学"的现代性问题／李杨
　　／2009.3.95
胡风旧体诗词创作的文化心理与风格传承／李遇春／2009.3.103
阿城的短句／文贵良／2009.3.109
鲁敏小说论／王彬彬／2009.3.115
新时期话剧三十年的探索与发展／刘平／2009.3.120

新时期文学与"新民族精神"的建构 / 樊星 / 2009.4.94
构筑精神理想国——陈应松小说论 / 周新民 / 2009.4.100
再论《百合花》——关于《红楼梦》对茹志娟写作的影响 / 李建军 / 2009.4.104
论"80后"文学的写作姿态 / 孙桂荣 / 2009.4.110
"内视"和"外视"中的"身体写作" / 张晓红 / 2009.4.116
抗美援朝文学中的域外风情叙事 / 常彬 / 2009.4.184
中国当代文学反思的主体与"政治现代性" / 徐德明 郭建军 / 2009.5.90
如何着手研究赵树理——以《邪不压正》为例 / 倪文尖 / 2009.5.95
从启蒙人道主义到世俗人道主义——论新时期至新世纪人道主义文学思潮 / 王达敏 / 2009.5.100
动物叙事：从文化寻根到文化重建 / 曾道荣 / 2009.5.105
文化纠结中的深入与迷茫——论韩少功的创作精神及其文学意义 / 贺仲明 / 2009.5.111
从"启蒙"到"启蒙后"——"中国批评"之转变 / 郜元宝 / 2009.6.69
现代汉语思维的中国当代文学 / 贺绍俊 / 2009.6.73
神与光——论艾青诗歌及文学史形象 / 陈卫 陈茜 / 2009.6.78
宗族村落与民族国家：重读《白鹿原》 / 袁红涛 / 2009.6.85
从"翻案"到"影射"——1960年前后关于"新编历史剧"的讨论 / 刘卫东 / 2009.6.90
重塑中国文学的绿色之维——论中国当代文学的生态意识 / 汪树东 / 2009.6.95
论近年长篇小说对边地文化的探索 / 王春林 / 2009.6.101

中国现代文学

对老舍创作倾向的重新体认——老舍诞辰110周年纪念 / 王昉 / 2009.1.133
论创造社之于五四新文学传统的意义 / 李怡 / 2009.1.141
探寻生命的庄严：沈从文创作主体论 / 康长福 / 2009.1.151
从现代小说的文人形象看知识分子的道德人格 / 王卫平 / 2009.1.161
因性而别：中国现代文学中的家庭冲突书写 / 陈千里 / 2009.1.168
方言入诗与中国新诗的发生 / 颜同林 / 2009.1.175
《时报》与清末"评"体短篇小说 / 张丽华 / 2009.1.181

试论中国现代文学发生期的散文语言／张艳华／2009.2.129

走向妥协的人与文——张爱玲在抗战末期的文学行为分析／解志熙／2009.2.137

怅恨世情与文化批判——论老舍小说的叙述形态／吴效刚／2009.2.150

论《雷雨》的超现实性／陈军／2009.2.155

论曹禺与莎士比亚戏剧的深层关联／徐群晖／2009.2.160

潜隐与超越——冯至《十四行集》之传统根脉发微／王攸欣　龙永干／2009.2.165

"左翼启蒙派文艺思潮"：一个呼之欲出的文学语词／刘骥鹏／2009.2.171

鲁迅与"五四"精神／杨义　郝庆军／2009.3.5

图像、拟像与镜像——鲁迅启蒙意识中的视觉性／陈力君／2009.3.16

"两个苏联"——20世纪30年代旅苏游记中的苏联形象／陈晓兰／2009.3.21

子安宣邦日本现代思想批判的启示／邱焕星／2009.3.27

论书话的现代文学史料学意义／赵普光／2009.3.32

隐身与遮蔽："笔名"对发生期中国现代文学质地的影响／袁国兴／2009.3.38

生命悲剧隐喻与文化启蒙符码的合一——沈从文笔下看客形象解读／洪耀辉／2009.3.43

"新家庭"想象与女性的性别认同——关于现代女性写作的一种考察／郭冰茹／2009.3.48

论朱光潜的"出世"与"入世"——兼论朱光潜在民国时期的人格角色变奏／夏中义／2009.3.169

丰子恺《缘缘堂随笔》深度细读／富华／2009.3.180

1924—1926：生存夹缠与中期创造社的海派变异／姚玳玫／2009.4.120

茅盾与庄子／李明／2009.4.128

语音、国语与民族主义：从五四时期的国语统一论争谈起／袁先欣／2009.4.136

中国现代纯文学观的发生／付建舟／2009.4.143

不是无端悲怨深——徐志摩、林徽因情诗发微／陆红颖／2009.4.149

"大刀"叙事／丁伯林／2009.4.157

形象与真相的悖论——写在顾彬和《二十世纪中国文学史》"之间"／范劲

/ 2009.4.162
"中间人意识"与赵树理自我身份认同／席扬　鲁普文／2009.4.168
周作人民俗趣味与京派审美选择／张永／2009.4.179
1921—1923：中国雅俗文坛的"分道扬镳"与"各得其所"／范伯群／2009.5.5
论周作人的儒释观／哈迎飞／2009.5.15
文学与政治联姻：现实主义的独特张力与限制／王嘉良／2009.5.21
拒绝母职——中国现代女作家革命书写主题探微／张凌江／2009.5.27
他者及其性政治叙事策略——论郁达夫的女性书写／徐仲佳／2009.5.33
中国新诗发生期新诗集序的媒介价值／梁笑梅／2009.5.39
现代文学对民国自然灾害的多样性书写／张堂会／2009.5.45
论中国现代派诗对意象主义的接受／陈希／2009.5.50
恳拓与建构的大趋势——中国当代比较文学三十年／孟昭毅／2009.5.171
留学背景与中国新诗的域外生成／李丹／2009.5.176
周桂笙与清末侦探小说的本土化／杨绪容／2009.5.184
中国现当代文学史上第四次人的发现／刘青汉／2009.6.106
白璧德人文主义运动与现代新儒学／刘聪／2009.6.112
文化救亡与民族文学重构——"战国策派"民族主义文学思想论／苏春生
　／2009.6.120
沈雁冰提倡"新浪漫主义"新考／潘正文／2009.6.128
历史修辞与意义迷失——现代中国文学"恶"的叙述及其思想史观照／
　周保欣／2009.6.133
论曹禺戏剧的深层剧场性取向／刘家思／2009.6.141
性格、问题与命运：虎妞形象再认识／李城希／2009.6.147

中国古代文学

晚周观念具象述论／饶龙隼／2009.1.5
中国文学批评的抒情性传统／张伯伟／2009.1.16
现代性视野中的骈文与律诗的语言形式／江弱水／2009.1.25
奎章阁文人与元代文坛／邱江宁／2009.1.31
论元代考赋制度的变迁／李新宇／2009.1.42
宋词中的双城叙事／张文利／2009.1.49
《庄子》还原／杨义／2009.2.5

论汉文化的"诗言志，歌永言"传统 / 王小盾 / 2009.2.19
百年词学通论 / 施议对 / 2009.2.27
两宋之交辞赋的传承与递变 / 刘培 / 2009.2.37
宋季两浙路词人结社联咏之风 / 高利华 / 2009.2.46
《诗纬》与《齐诗》关系考论 / 王长华　刘明 / 2009.2.51
道化剧《黄粱梦》"杀子"情节的佛教渊源 / 陈开勇 / 2009.2.60
从《玉台后集》到《瑶池新咏》——论唐总集编纂对女性诗什的接受 /
　傅璇琮　卢燕新 / 2009.3.127
论明代通俗小说插图的功用 / 程国赋 / 2009.3.132
述"事"作"文"：扬雄《太玄》旨意探微 / 魏鹏举 / 2009.3.139
试释曹丕《典论》的"屈原、司马相如优劣论"——兼探讨中国古典文学
　核心价值的形成 / 吴光兴 / 2009.3.145
"性灵"语源探——兼论《诗品》重"天才" / 曾明 / 2009.3.152
论唐人小说中的侠女形象及其影响 / 王昕 / 2009.3.157
《草堂诗余四集》的编选评点及其词学意义 / 丁放　甘松 / 2009.3.162
中晚唐诗歌流派与晚唐五代词风 / 余恕诚 / 2009.4.52
散点透视"宋词运用唐诗" / 钟振振 / 2009.4.63
"自为一家"：李渔文学创作的核心思想 / 钟明奇 / 2009.4.67
论魏晋南北朝隋本土诗文对汉译佛经之容摄 / 李秀花 / 2009.4.74
商周青铜铭文文体论 / 陈彦辉 / 2009.4.80
肌理说：中才诗人的学诗指南——翁方纲诗歌论述的发轫点和取向 / 张然
　 / 2009.4.84
魏晋南北朝非正统的主流文人 / 罗宏梅 / 2009.4.90
小说服饰：文学符号的民俗文化表征 / 颜湘君　孙逊 / 2009.4.174
朝华已披　夕秀方振——楚辞学的形成因由和发展态势 / 周建忠　施仲贞
　 / 2009.5.116
宋前散文"文言"的发展演变 / 周远斌 / 2009.5.126
宋学与北宋词坛的新变及平衡 / 朱崇才 / 2009.5.137
鹰与鹤：唐宋诗词中鸟意象的嬗变 / 王莹 / 2009.5.143
明代前后期之南北曲盛衰观 / 赵义山 / 2009.5.153
茶陵诗派新论 / 林家骊　孙宝 / 2009.5.159
宇文虚中新探 / 周惠泉 / 2009.5.165

古代文学研究的历史想象——超越"前理解"与"还原历史"的二元对立
　/ 吴承学　沙红兵 / 2009.6.30
中国史与中国文学史 / 曾枣庄 / 2009.6.40
中国古代诗论的美学品性及美学学理建构意义 / 张晶 / 2009.6.44
中国古代小说写人研究的新变期待与修辞维度 / 李桂奎 / 2009.6.49
诗史互文关系索解——以《史记·卫将军骠骑列传》与卢纶《塞下曲》
　为例 / 田蔚　史小军 / 2009.6.55
清初古文三大家理论探析 / 张修龄 / 2009.6.59
论宋人锁院诗 / 诸葛忆兵 / 2009.6.64

学人研究

钱中文先生文学理论研究述评 / 李世涛 / 2009.2.183
现代意识·启蒙理性·人文精神——董健先生的学术理想与追求 / 胡星亮
　/ 2009.3.195
陆耀东教授的学术道路和治学风格 / 陈国恩 / 2009.4.203

论　坛

想象：诗性之思和诗意生存 / 谭容培　颜翔林 / 2009.1.191
诗性主体·身体主体·消费主体 / 仇敏 / 2009.1.196
西方马克思主义艺术生产论异同辨 / 何志钧 / 2009.3.187
大众文化的审美品格与文化伦理 / 傅守祥 / 2009.3.191
文学他化说 / 栾栋 / 2009.4.190
也谈古代文学研究中的考证、辨伪和古典文献的利用 / 郑杰文 / 2009.4.198
"新世纪文学"的命名及其意义 / 张未民 / 2009.5.189
深化国统区抗战文学研究之我见 / 靳明全 / 2009.5.194

书　评

读杨义先生《感悟通论》/ 丁国旗 / 2009.1.201
百年散文史识：文体建构的曲折和辉煌——评范培松《中国散文史》/
　孙绍振 / 2009.1.203
读黄灵庚《楚辞章句疏证》等书 / 董楚平 / 2009.1.208
评李继凯《全人视境中的观照——鲁迅与茅盾比较论》/ 刘方喜 / 2009.1.211

"文化视角"之于中国现代文学研究的得与失——评《租界文化与30年代文学》／朱晓进／2009.1.214

杜书瀛先生《价值美学》读后／王一川／2009.2.190

读董乃斌《文学史学原理研究》／王志清／2009.2.193

评张剑《莫友芝年谱长编》／张兵／2009.2.197

评马俊山《演剧职业化运动研究》／朱伟华／2009.2.201

思想与学术的优美结晶——章培恒、骆玉明主编《中国文学史新著》读后／董乃斌／2009.3.202

中国现代文学研究的全面检阅——读《中国现代文学研究史》／田建民／2009.3.207

在人学与审美中探究文学精神——读王铁仙的《中国现代文学精神》／杨剑龙／2009.3.210

读詹福瑞《不求甚解》／陈洪　赵季／2009.4.208

评董健、胡星亮主编的《中国当代戏剧史稿》／马俊山／2009.4.211

评李洁非《典型文坛》／田泥／2009.4.214

大国学术的正大气象——读杨义新作《现代中国学术方法通论》及其它／林淡之／2009.5.197

《中国近现代文学思潮史》读后感／黄修己／2009.5.201

读高远东《现代如何"拿来"》／聂庆璞　旷新年／2009.5.204

评曾枣庄《宋文通论》／郑园　陶文鹏／2009.6.203

评饶芃子、杨匡汉主编的《海外华文文学教程》／陈涵平／2009.6.207

读徐德明《中国现代小说叙事的诗学践行》／何锡章　张勇玲／2009.6.210

读周晓风《新中国文艺政策的文化阐释》／袁盛勇／2009.6.214

综　述

"文学理论范式及其转换"国际学术研讨会综述／于莿　汪树东／2009.1.217

"文学创作问题与文艺学中国式创新"高层论坛综述／汤拥华　王晓华／2009.1.219

"中国古代文论研究方法"国际学术研讨会综述／褚春元　赵新／2009.1.221

中国社会科学院第三次国学研究论坛综述 / 杨子彦 / 2009.2.204

"王国维与中国现代文论创新"国际学术研讨会综述 / 富华　李瑞明 / 2009.2.205

中国新时期文学30年暨中国当代文学研究会第15届年会综述 / 孙桂荣 / 2009.2.207

"抗战文学与文献"国际学术研讨会述要 / 周毅 / 2009.2.211

"新时期鲁迅研究三十年"学术研讨会综述 / 王晓初 / 2009.2.215

"中日文化交流与中国现代文学"国际学术会议综述 / 朱利民 / 2009.2.217

"马克思主义美学与当代社会"国际学术研讨会综述 / 丁国旗 / 2009.2.219

"马克思主义文论与21世纪"暨全国马列文论研究会第25届学术研讨会综述 / 孙文宪 / 2009.2.221

"长安文化与中国文学"学术研讨会综述 / 祁伟 / 2009.3.214

中国文艺理论学会第九届年会暨"批评理论与当代文学生产"学术研讨会综述 / 闫月珍 / 2009.3.216

第四届"中国文学古今演变"学术研讨会综述 / 葛永海 / 2009.3.219

老舍诞辰110周年纪念 / 刘大先 / 2009.3.222

鲁迅与五四新文化运动学术讨论会综述 / 王荣　周惠 / 2009.4.217

"文化生态与中国文学的演变发展"会议综述 / 咸立强 / 2009.4.219

"回顾与展望：共和国文学研究60年学术研讨会暨2009年《文学评论》编委会年会"综述 / 孙永良 / 2009.4.221

"中国当代文学：六十年的回顾与反思"会议综述 / 汪杨 / 2009.5.208

"期刊与中国当代文学研究"学术研讨会在上海华东师范大学举行 / 王峰 / 2009.5.210

2009年重庆"文学史料与抗战文学"研讨会暨中华文学史料学学会近现代史料学会年会综述 / 李文平 / 2009.5.210

"多元文化中的中国美学"学术研讨会综述 / 郝智毅 / 2009.5.214

"文化研究的关键问题"国际学术研讨会综述 / 张良丛　周海玲 / 2009.5.215

"网络·网络文学·公共空间"全国学术研讨会综述 / 欧阳友权　禹建湘 / 2009.5.218

"文学与审美意识形态"研讨会综述／蒙丽静／2009.5.220

"文学艺术的哲学问题：中国—斯洛文尼亚"双边研讨会综述／杨彬彬／2009.5.222

教育部语言文学、新闻传播、艺术学部年会／文讯／2009.6.217

"文学研究、文化政治与人文学科"国际学术研讨会／张奎志／2009.6.217

编后记

2009年第1期／2009.1.224

2009年第2期／2009.2.224

2009年第3期／2009.3.224

2009年第4期／2009.4.224

2009年第5期／2009.5.224

2009年第6期／2009.6.220

《文学评论》 2010 年总目录

(括号内分别为年、期、页)

关于 "马克思主义文论的当代形态化" 讨论

拓展马克思主义文论研究的文化维度 / 党圣元 / 2010.5.38
从过程思维看马克思主义文论范畴的当代扩展 / 季水河 / 2010.5.41
从"西马"文论看当代马克思主义文论话语形态的建构 / 张永清 / 2010.5.44

纪念钱钟书先生诞辰一百周年

文学与历史的辩证——纪念钱钟书先生百年诞辰 / 季进 / 2010.5.177
海外钱钟书文学研究的维度与启示 / 靳新来 彭松 / 2010.5.184
钱钟书、杨绛散文比较论 / 范培松 张颖 / 2010.5.189

台港澳及世界华文文学研究

隔海相叙：王统照、姜贵海峡两岸的家族写作 / 王瑞华 / 2010.6.177
论张翎小说的结构艺术 / 胡德才 / 2010.6.185

文艺理论

共和国 60 年文学理论的理想诉求 / 姚文放 / 2010.1.60
论中国式当代文学性观念 / 吴炫 / 2010.1.66
关于文艺学创新问题的理论反思 / 张伟 / 2010.1.73
改革开放 30 年作家身份的社会学透视 / 张永清 / 2010.1.78
文学研究中的三重理性 / 张荣翼 / 2010.1.89
现代空间重构与文化空间想象 / 谢纳 / 2010.1.84
明代博学思潮与文论——以杨慎为例的考察 / 吕斌 / 2010.1.94
郭绍虞与西方文学思潮——《中国文学批评史》研究范例论析 / 闫月珍

／2010.1.100
回顾与反思：渴望重生的启蒙／许明　方卫／2010.2.5
论特里·伊格尔顿的"性别视角"／林树明／2010.2.13
女性主义文论与"圣经"批评的互动关系／梁工／2010.2.19
生态批评的规范／袁鼎生／2010.2.25
生态美学视域中的迟子建小说／曾繁仁／2010.2.30
《周易》的诗体结构形式与诗性智慧／傅道彬／2010.2.36
林纾叙事思想试探／赵炎秋／2010.2.45
论唐宋时期的文道关系说——从郭绍虞的失误说起／张炳尉／2010.2.50
分层析理与价值认定——"文如其人"理论命题新论／任遂虎／2010.2.55
审美乌托邦研究刍论／周均平／2010.3.158
科学主义与草创期中国文学史观建构／朱首献／2010.3.163
自然与工力：中国诗学的体用之思／易闻晓／2010.3.169
元代理学与元遗民文人群心态／唐朝晖／2010.3.176
文类等级构成的中西比较研究／陈军／2010.3.180
解构主义、"西方马克思主义"文学文本观之异同／董希文／2010.3.184
鲍德里亚的媒介意识形态观及其符号政治经济学批判／杨光／2010.3.189
拉康的主体理论与欲望学说／黄汉平／2010.3.194
审美复兴的文化间性立场——舒斯特曼新实用主义美学建构之路径／冯毓云／2010.4.63
祈向"本原"——对歌德"世界文学"的一种解读／丁国旗／2010.4.70
数字消费时代作为艺术的文学作品／赵小雷／2010.4.76
生态批评的后现代特征／刘文良／2010.4.81
汉学主义：中国知识生产中的认识论意识形态／顾明栋／2010.4.87
明末清初尚朴的文学思潮／章建文／2010.4.94
论晚清新人学思想及其内在矛盾／赵利民／2010.4.100
王国维中西诗学会通的现代检讨——以徐复观为中心／刘毅青／2010.4.104
本质主义解析与文学理论建构／陆贵山／2010.5.5
反本质主义与文学理论知识空间的重组／胡友峰／2010.5.13
比较文学：文学史分支的学理依据／李伟昉／2010.5.20
一种隐性文学现象之考察——以《文心雕龙》思维方式对韩愈的影响为例／雷恩海／2010.5.25

论刘基诗学思想的演变 / 左东岭 / 2010.5.31
批评的生成 / 高楠 / 2010.6.5
中国现代审美主义思想的理论形态——以20世纪20—40年代为中心 /
　叶世祥 / 2010.6.13
后现代思潮中的现代性突围与文化品味差异 / 傅守祥 / 2010.6.19
西方神话的性别意识形态分析 / 罗璠 / 2010.6.24
对待立义与中国文论话语形态的建构 / 夏静 / 2010.6.29
诗之兴：从政教之兴到诗学之兴的美学嬗变 / 李洲良 / 2010.6.36
论《乐记》的"和乐"美学思想 / 钟仕伦 / 2010.6.42

中国当代文学

在中外交融中创造现代民族话剧——20世纪后半叶中外戏剧关系研究 /
　胡星亮 / 2010.1.106
身体、历史与想象的政治——作为文学事件的"50年代妓女改造" / 董丽敏
　/ 2010.1.113
中西视野下女性小说的两性关系建构 / 梅丽 / 2010.1.122
陈忠实小说创作流变论——寻找属于自己的叙述 / 李遇春 / 2010.1.127
"十七年文学"中的汪曾祺 / 王彬彬 / 2010.1.134
《李自成》与《永昌演义》互见录——写在姚雪垠百年诞辰之际 / 蒋守谦
　/ 2010.2.61
论现实主义创作在中国的历史嬗变与当下意义 / 张宏 / 2010.2.66
关于上海"现代性"想象 / 曾一果 / 2010.2.71
新时期文学魔幻写作的两大本土化策略 / 曾利君 / 2010.2.77
一种新文艺典范的建构——对1949年前后文艺作品的考察 / 杜英 / 2010.2.83
"十七年"与"文革"时期文学中上海的城市空间叙述 / 张鸿声 / 2010.2.173
实际和理念对擂——胡风事件的方法论根源 / 张志平 / 2010.3.122
言与象的魅惑——论韩少功小说的语言哲学 / 叶立文 / 2010.3.132
论苏童短篇小说的"中和之美" / 洪治纲 / 2010.3.137
《乔厂长上任记》与新时期文学的文化政治 / 张文联 / 2010.3.142
论中国当代通俗小说的语境和批评标准——以近十年中国通俗小说创作为
　中心 / 汤哲声 / 2010.3.146
论女性小说的历史书写——以上世纪九十年代为考察对象 / 王侃

/ 2010. 3. 151

有待展开的当代文学可能性——以《波动》、《公开的情书》和《晚霞消失的时候》为例 / 张志忠 / 2010. 4. 147

丁玲与中国当代文学的发生和转型 / 郭冰茹 / 2010. 4. 154

当代文学中的"二流子"改造 / 孙晓忠 / 2010. 4. 160

"新人"想象与"民族风格"建构——结合《林海雪原》的部分手稿所展开的思考 / 姚丹 / 2010. 4. 166

如何叙述，怎样表达？——论建国初知识分子书写规范的形成及其偏移 / 徐勇 / 2010. 4. 172

"生活政治"与"微观权力"的浮现——论日常生活与新写实小说的政治性 / 陈小碧 / 2010. 5. 47

黍离麦秀之悲——论贾平凹对民族文化的设想 / 刘宁 / 2010. 5. 52

当代生态散文的兴起——兼论《瓦尔登湖》及其外来文学影响 / 赵树勤 龙其林 / 2010. 5. 56

从国民性批判到社会性批判——评余华《兄弟》中的批判叙事 / 徐祖明 / 2010. 5. 61

论农民工题材小说——关于底层叙事的差异 / 周水涛 / 2010. 5. 65

从"新人"到"英雄"——社会主义新人理论的演变 / 刘卫东 / 2010. 5. 71

工业题材、工业主义与"社会主义现代性"——《乘风破浪》再解读 / 李杨 / 2010. 6. 46

"哀伤"的意义：五十年代的梁祝热及越剧的流行 / 徐兰君 / 2010. 6. 54

论《长恨歌》的叙事策略与海派承传 / 张冀 / 2010. 6. 62

新的科学与人性信条的诞生——对新时期改革文学的再认识 / 李海霞 / 2010. 6. 69

论中外文化之间的老生代散文 / 陈亚丽 / 2010. 6. 74

中国现代文学

《野草》的"诗心" / 汪卫东 / 2010. 1. 141

"沉默的鲁迅"及其意义——从越文化的视野透视 / 王晓初 / 2010. 1. 150

"文以载道"观的批判与新文学观念的确立 / 王本朝 / 2010. 1. 156

在"传达意识形态的说教"之外——《太阳照在桑干河上》中的人文精神 / 秦林芳 / 2010. 1. 163

历史记忆与解殖叙事——重回梅娘作品版本的历史现场 / 王劲松　蒋承勇
　/ 2010.1.170
非抒情时代的抒情文学——30年代抒情小说论 / 赵学勇 / 2010.1.178
抒情之外：论中国现代诗论中的"反抒情主义" / 张松建 / 2010.1.184
鲁迅文学的起源与文学鲁迅的发生——对"弃医从文"内部原理的再认知
　/ 符杰祥 / 2010.2.132
析《伤逝》的反讽性质 / 李今 / 2010.2.139
"五四"时期翻译活动与反殖民意识 / 王巨川 / 2010.2.146
中国现代主流文学家的文化人格与文学书写 / 冒建华 / 2010.2.152
论郁达夫小说的欲望叙述理路及文学史意义 / 席建彬 / 2010.2.158
郭沫若佚作与《郭沫若全集》 / 魏建 / 2010.2.164
试论闻一多生命与诗文之合一 / 李乐平　姚皓华 / 2010.2.169
再论抗战文学中的重庆城市形象塑造 / 王学振 / 2010.2.181
鲁迅与现实主义：生活真实的发现和征服 / 姜振昌 / 2010.3.5
论中国现代文学的古典主义影迹 / 朱寿桐 / 2010.3.16
情感表现与五四文学——中国现代文学发生史研究 / 周仁政 / 2010.3.24
论老舍的城市底层叙述 / 张丽军 / 2010.3.30
爱情情结与阶级意识的纠葛与冲突——《雷雨》周朴园与侍萍重逢一场戏
　的精神分析 / 杨朴 / 2010.3.35
论沈从文作品的人文精神建构 / 胡梅仙 / 2010.3.42
1950年代的阿Q——十七年文学"农民"话语一例个案的分析 / 李祖德
　/ 2010.3.49
从律他到律己——钱杏邨文艺批评综论 / 赵新顺 / 2010.3.55
鲁迅小说的基本幻象与音乐 / 许祖华 / 2010.4.109
经济叙事与鲁迅小说的文本建构 / 寿永明　邹贤尧 / 2010.4.116
《骆驼祥子》的还原性阐释 / 江腊生 / 2010.4.121
郁达夫自叙传小说的唯美主义特质 / 薛家宝 / 2010.4.126
论《新青年》广告的媒介价值 / 赵亚宏 / 2010.4.130
论"故事集缀"型章回体小说 / 张蕾 / 2010.4.135
市声中的缺失与存在——鸳鸯蝴蝶派小说生存境遇剖析 / 戴嘉树 / 2010.4.142
五四新文学与古典传统及其评价 / 高玉 / 2010.5.126
濡泪滴血的笔锋——论石评梅的女性病痛身体书写 / 林幸谦 / 2010.5.133

清末民初小说中"现代性"的起源、形态与文化特性 / 耿传明 / 2010.5.141
西潮涌动下的东方诗风——五四诗歌翻译的逆向审美 / 熊辉 / 2010.5.146
"死亡秀"：20世纪中国文学的一股异样潮流 / 肖百容 / 2010.5.152
论歌谣作为新诗自我建构的资源：谱系、形态与难题 / 张桃洲 / 2010.5.156
论抗战文学的大众传播学特征及工具理性样态 / 张育仁 / 2010.5.165
五四新文化运动"修正"中的"志业"态度——对文学研究会"前史"的再考察 / 姜涛 / 2010.5.171
"五四女作家群"的历史建构曲线 / 王桂妹 / 2010.6.133
论鲁迅创作中的献祭意识 / 赵顺宏 / 2010.6.140
时代铭纹深重的话语风貌——对《讲话》和《我国社会主义文学艺术的道路》的文本细读 / 黄擎 / 2010.6.147
中国现代歌诗概念初探 / 刘东方 / 2010.6.154
想象的本邦——《阿丽思中国游记》、《猫城记》、《鬼土日记》、《八十一梦》合论 / 马兵 / 2010.6.161
论蒋光慈革命文学创作中的无政府主义思想遗留 / 张全之 / 2010.6.167
"一师风潮"论衡 / 张直心 / 2010.6.173

中国古代文学

《韩非子》还原 / 杨义 / 2010.1.5
古典诗词研究的叙事视角 / 董乃斌 / 2010.1.25
宫体诗的定义与裴子野的审美 / 曹旭　朱立新 / 2010.1.33
论元白对古乐府传统的颠覆 / 吴相洲　张桂芳 / 2010.1.40
理、气、心与元代文论家的理论建构 / 查洪德 / 2010.1.43
屠隆与明代复古派后期诗学观念 / 郑利华 / 2010.1.51
超越之场：山水对于谢灵运的意义 / 蒋寅 / 2010.2.90
汉代神话的多态性与政治 / 黄震云 / 2010.2.98
论《易林》的《诗》说——兼论《易林》的作者 / 张玖青 / 2010.2.105
《两都赋》的创作与东汉前期的政治趋向 / 陈君 / 2010.2.112
《洞箫赋》与《长笛赋》文艺思想研究 / 许志刚　杨允 / 2010.2.119
仙学、韩李诗风、苏黄诗学 / 蒋振华 / 2010.2.123
古典美学"机"范畴探微 / 郭守运 / 2010.2.128
《诗经》研究六十年 / 郭万金 / 2010.3.61

当代词学文化学研究之回顾与反思 / 陶然 / 2010.3.70
汉代长安地区自然环境与生态变迁对汉赋创作的影响 / 韩高年 / 2010.3.76
唐代音乐制度与文学的关系 / 左汉林 / 2010.3.81
刘克庄诗人优劣论的理论体系与历史价值 / 王明建 / 2010.3.90
论明代辞赋之演进 / 李新宇 / 2010.3.100
《列仙传》的道教意蕴与文学史意义 / 陈洪 / 2010.3.106
论《三国志通俗演义》对朝鲜历史演义汉文小说创作的影响 / 赵维国 / 2010.3.112
中国文学制度论 / 饶龙隼 / 2010.4.5
三个遮蔽：中国古代文章学遭遇"五四"/ 王水照　朱刚 / 2010.4.18
试论"以诗为文" / 杨景龙 / 2010.4.24
宋代以降家族文学研究的理论、方法及文献问题 / 张剑 / 2010.4.32
消费文化与文学文体研究 / 邱江宁 / 2010.4.40
论元代前期历史剧的民族意识和时代精神 / 张大新 / 2010.4.49
陈绎曾的《四六附说》在骈文批评上的贡献 / 于景祥 / 2010.4.56
中国古代的诗画优劣论 / 刘石 / 2010.5.76
王国维对元杂剧三点批评的当代解读——一个世纪学案的重新讨论 / 李昌集 / 2010.5.84
民国初年"旧派"小说家的声音 / 黄霖 / 2010.5.90
袁骏《霜哺篇》与清初文学生态 / 杜桂萍 / 2010.5.97
词是"南曲"辨 / 许金华 / 2010.5.106
文气说辨——从郭绍虞《文气的辨析》的局限说起 / 侯文宜 / 2010.5.114
《楚辞章句》韵体注考论 / 曹建国 / 2010.5.118
关于元诗 / 蒲宏凌 / 2010.6.80
中日古典戏剧形态比较——以昆曲与能乐为主要对象 / 翁敏华 / 2010.6.92
"演义"的生成 / 杨绪容 / 2010.6.98
明清通俗小说凡例研究 / 程国赋 / 2010.6.104
从政治到文学：建安文人业缘的历史走向 / 张振龙 / 2010.6.113
"文体备于战国"说平议 / 何诗海 / 2010.6.121
杂剧主盟内在动因略论——以"平阳戏剧圈"为例 / 姚玉光 / 2010.6.128

学人研究

其学沛然出乎醇正——吴小如先生的古典文学研究 / 刘宁 / 2010.4.177
真精神与旧途径——童庆炳学术思想及其研究方法述论 / 吴子林 / 2010.5.195

论　坛

关于建构百年文学史的几点意见和设想 / 丁帆 / 2010.1.195
文化舶来品的汉化和合法化——以"美学"为例 / 杜书瀛 / 2010.3.200
台港澳文学如何入史 / 方忠 / 2010.3.203
辟文学别裁 / 栾栋 / 2010.4.186
再谈当代文学学科的独特性问题 / 周晓风 / 2010.4.196
文学价值与本土精神 / 贺仲明 / 2010.6.189
试论北朝文学研究的框架与视角 / 高人雄 / 2010.6.192

书　评

评赵稀方的《后殖民理论》/ 高云球 / 2010.1.199
评黄修己《中国现代文学发展史》（第三版）/ 朱德发 / 2010.1.202
评谭桂林《本土语境与西方资源：现代中西诗学关系研究》/ 罗振亚 / 2010.1.206
评四种余光中传记 / 胡有清 / 2010.1.210
丰富而开放的马克思主义文论研究——评《21世纪国外马克思主义文艺理论本体论形态研究》/ 刘方喜 / 2010.1.212
评李春青《20世纪中国古代文论研究史》/ 党圣元 / 2010.2.185
评饶龙隼《上古文学制度述考》/ 黄霖 / 2010.2.188
评陈洪《结缘：文学与宗教》/ 刘彦彦 / 2010.2.191
评叶舒宪《庄子的文化解析》/ 段从学 / 2010.2.196
评（八卷本）《程文超文存》/ 张均 / 2010.2.200
评曹禧修《中国现代文学形式批评理论与实践》/ 左怀建 / 2010.2.203
读傅璇琮主编《中国古代诗文名著提要》/ 杜晓勤 / 2010.3.208
评张先飞《"人"的发现——"五四"文学现代人道主义思潮源流》/ 关爱和 / 2010.3.211
评张国庆《〈二十四诗品〉诗歌美学》/ 刘炜 / 2010.3.214

评邱江宁《明清江南消费文化与文体演变研究》/ 刘勇强 / 2010. 3. 216
评陈文新主编《历代科举文献整理与研究丛刊》/ 陈际斌 / 2010. 4. 201
简评《〈乐府诗集〉分类研究》丛书 / 赵敏俐 / 2010. 4. 204
读毛崇杰《走出后现代——历史的必然要求》/ 马驰 / 2010. 4. 206
读《媒介时代的审美问题研究》/ 张云鹏 / 2010. 4. 208
读於可训《王蒙传论》/ 贺绍俊 / 2010. 4. 210
评李怡《日本体验与中国现代文学的发生》/ 何锡章　刘畅 / 2010. 4. 212
评王卫平《中国现代知识分子小说史论》/ 刘勇刚 / 2010. 4. 216
观照中国当代文学的世界性视阈——评朱栋霖主编的《1949～2000中外文学比较史》/ 汪介之 / 2010. 5. 202
评朱寿桐主编的《汉语新文学通史》/ 吴敏 / 2010. 5. 206
读王达敏《姚鼐与乾嘉学派》/ 吕双伟 / 2010. 5. 208
评高玉《话语视角的文学问题研究》/ 张卫中 / 2010. 6. 197
评王充闾的历史文化散文 / 颜翔林 / 2010. 6. 203
《李贽全集注》问世有感 / 鸿泥 / 2010. 6. 207
读全国首部县级市文学史《常熟文学史》/ 许霆 / 2010. 6. 211
评《中国文学史资料全编·现代卷》/ 李怡 / 2010. 6. 214

综　述

中国现当代文学研究60年的回顾与反思 / 王泽龙　周少华 / 2010. 1. 214
"新中国文论60年"国际学术研讨会综述 / 谭德兴　林早 / 2010. 1. 217
中华美学学会第七届全国美学大会暨"新中国美学60年"会议综述 / 文传洄 / 2010. 1. 219
"传统文化与20世纪中国文学"国际学术研讨会综述 / 翟文铖　杨新刚 / 2010. 1. 221
"全球视野中的生态美学与环境美学"国际学术研讨会综述 / 王祖哲 / 2010. 2. 206
"2009《文心雕龙》国际学术研讨会"综述 / 李平 / 2010. 2. 209
中国古代文学理论学会第十六届年会暨杨明照先生诞辰100周年纪念学术研讨会 / 李凯　王万洪 / 2010. 2. 210
新世纪文艺学守正创新研讨会综述 / 胡森森 / 2010. 2. 213
中国现代京派文学研究六十年国际学术研讨会综述 / 龚敏律 / 2010. 2. 215

闻一多诞辰 110 周年纪念暨国际学术研讨会综述／陈建军　李永中
　　／2010.2.218
"文学与记忆"学术研讨会综述／洪治纲／2010.2.221
全国第二届"区域文化与文学"学术研讨会／赵黎明／2010.3.218
外国文论与比较诗学研究会成立大会暨首届学术研讨会综述／李健
　　／2010.3.221
"海外华文文学与诗学"全国博士生学术论坛综述／陈玉珊／2010.4.219
"第二届全国当代文学批评期刊建设与当代文学走向"研讨会综述／童芳芳
　　郭向　邓熙／2010.4.222
中国中外文艺理论学会第七届年会暨"文学理论前沿问题"学术研讨会综
　　述／陈学广／2010.5.213
"新世纪文学研究十年"高层论坛暨《文学评论》2010 年编委会会议综述
　　／邓集田／2010.5.215
"百年中国文学与中国形象"国际学术研讨会综述／黄健　郑淑梅
　　／2010.5.218
百年殷夫学术研讨会综述／王海燕／2010.5.219
丘东平诞辰 100 周年学术研讨会综述／揭英丽／2010.5.221
"鲁迅与左联"学术研讨会暨中国鲁迅研究会 2010 年理事会综述／岳凯华
　　陈进武　宋海清／2010.6.216

编后记

2010 年第 1 期／2010.1.224
2010 年第 2 期／2010.2.224
2010 年第 3 期／2010.3.224
2010 年第 4 期／2010.4.224
2010 年第 5 期／2010.5.224
2010 年第 6 期／2010.6.220

《文学评论》 2011 年总目录

（括号内分别为年、期、页）

庆贺中国共产党诞辰九十周年
——当代文艺理论中的马克思主义（专栏）

发展中的艺术观与马克思主义美学的当代意义／高建平／2011.3.5
马克思主义文论与当今时代／赖大仁／2011.3.10
当代马克思主义文论的"跨学科性"／刘方喜／2011.3.13

文艺理论

理据滑动：文学符号学的一个基本问题／赵毅衡／2011.1.153
走向全球对话主义——超越"文化帝国主义"及其批判者／金惠敏
　／2011.1.159
被遮蔽的民间文学批评——对民间文艺学六十年的反思／韩雷／2011.1.167
传统诗学演化的内在动力／周兴陆／2011.1.173
通感·应和·象征主义——兼论中国象征主义诗论／李丹／2011.1.179
论钱钟书的性恶书写／罗新河／2011.1.184
当下文学价值的功能与问题／胡良桂／2011.1.191
中国文论中"文统"观念的文化渊源／李春青／2011.2.165
文艺学诸根刍议／袁峰／2011.2.172
用典、拟作与互文性／杨景龙／2011.2.178
从东方文化反观意象主义／周桂君／2011.2.186
后殖民理论与当代中国文化批评／章辉／2011.2.191
"信息转向"与文学研究范式的转型／王轻鸿／2011.2.198
论口传文学的精神生态与审美语境／黄晓娟／2011.2.203
文化政治与文学理论的后现代转折／姚文放／2011.3.17

论文学的指称——超越分析哲学视野的文学表意路径考察 / 汪正龙 / 2011.3.26

日常生活转向与理论的"接合"——从"日常生活审美化"论争说起 / 乔焕江 / 2011.3.32

黄宗羲的学术思想与诗文批评 / 武道房 / 2011.3.41

关于解释和过度解释 / 周宪 / 2011.4.171

"肌理说"与翁方纲的诗学精神 / 吴中胜 / 2011.4.181

《礼记》伦理认知的诗学品格 / 徐宝峰 / 2011.4.189

"礼仪"与"兴象"——兼论"比""兴"差异 / 王秀臣 / 2011.4.196

理论的终结?——"后理论时代"的文学理论形态及其历史走向 / 段吉方 / 2011.5.166

对于"隐含作者"的反思与重释 / 马明奎 / 2011.5.175

批评文体的"第二形式" / 李小兰　李建中 / 2011.5.183

青年马克思与中国第一次"美学热"——以朱光潜、蔡仪、李泽厚、高尔泰为人物表 / 夏中义 / 2011.5.189

构筑"可能生活"——视觉文化中经典的接受及其意义 / 戴文红 / 2011.5.198

正人君、变今俗与文学话语权——《毛诗序》郑笺孔疏今读 / 胡晓明 / 2011.6.5

论文艺与经济 / 金元浦 / 2011.6.13

中国文论话语方式的危机与变革 / 代迅 / 2011.6.20

论明清白话小说中的"影子作者" / 赵炎秋 / 2011.6.28

中国古典诗歌意脉论 / 屈光 / 2011.6.35

"心本"——邓以蛰美学命名的一种尝试 / 唐善林 / 2011.6.41

中国当代文学

试论陈映真的创作与五四新文学传统 / 陈思和　罗兴萍 / 2011.1.63

以青春文学为"常项"——描述中国当代文学的一种视角 / 贺绍俊 / 2011.1.71

承续与深化——从《长夜》到《李自成》 / 徐亚东 / 2011.1.75

张洁与契诃夫 / 周志雄 / 2011.1.80

在传统中浸润与挣扎——论贾平凹的小说 / 傅异星 / 2011.1.86

论新世纪小说的叙事转向——以《人间》、《风雅颂》、《河岸》为对象 /

李永中 / 2011.1.94

八十年代：话语场域与叙事的转换 / 南帆 / 2011.2.75

论《李自成》与中国传统文化的表现问题 / 高有鹏 / 2011.2.82

张爱玲晚期小说中的男女关系 / 许子东 / 2011.2.89

焦虑的踪迹——论路遥小说创作心理嬗变 / 李遇春 / 2011.2.97

撒播生命的诗歌——论屠岸的诗 / 刘士杰 / 2011.2.104

苏童小说与晚唐诗风 / 杨经建　吴丹 / 2011.2.108

"1940"是如何通向"1980"的？——再论汪曾祺的意义 / 罗岗 / 2011.3.113

50至70年代戏剧改革与京剧现代化之路——以北京、上海为中心 / 田根胜 / 2011.3.123

"小说身体"的另一种"现代"：论赵树理小说的人物写法 / 李蓉 / 2011.3.131

底层焦虑与抒情伦理——以王学忠的诗歌创作为例 / 江腊生 / 2011.3.138

试析先锋小说家的文论背景——以残雪为例 / 王洪岳 / 2011.3.144

论师陀历史小说"曹操系列"的戏剧化倾向 / 邓小红 / 2011.4.132

赵树理语言追求之得失 / 王彬彬 / 2011.4.141

柳青早期佚作散论 / 王鹏程 / 2011.4.149

代际视野中的"70后"作家群 / 洪治纲 / 2011.4.156

论白先勇的上海书写 / 赵艳 / 2011.4.164

六分天下：今天的中国文学 / 王晓明 / 2011.5.75

论乡土写作的困境 / 周保欣 / 2011.5.86

想象与进入——论王安忆小说中的城乡互涉 / 葛亮 / 2011.5.94

"都市气"与"乡土气"的冲突与融合——新世纪以来刘震云的"说话"系列小说论 / 姚晓雷 / 2011.5.100

论诗与诗人的自我疗救——以灰娃、张烨、舒婷1966—1978年的创作为主 / [韩] 李贞玉 / 2011.5.108

有声的乡村——论赵树理的乡村文化实践 / 孙晓忠 / 2011.6.49

革命叙事的民族化诠释及其悖论——论焦菊隐当代话剧改编之"通俗"构想 / 姚丹 / 2011.6.59

士林心史　儿女风姿——宗璞小说创作论 / 张志忠 / 2011.6.67

为了告别的"葬礼"——八十年代中后期知青小说对农民形象的重新塑造 / 吴志峰 / 2011.6.75

论"十七年"中国乡村文学中的空间政治问题 / 路文彬 / 2011.6.82
从书信管窥沈从文撰写张鼎和传记始末 / 卢军 / 2011.6.89

中国现代文学

樊骏参与建构的中国现代文学研究传统 / 钱理群 / 2011.1.98
论百年中国新诗之叙事因素 / 高永年　何永康 / 2011.1.112
巴金晚年的道德危机 / 胡景敏 / 2011.1.117
错位的对话：论"娜拉"现象的中国言说 / 宋剑华 / 2011.1.122
论白马潮散文精神的现代性特征 / 傅红英 / 2011.1.130
胡适文学进化观内涵之再探讨 / 李思清 / 2011.1.135
中国现代散文化小说：在褒贬中成长 / 曾利君 / 2011.1.142
现代文学语言研究的突破与经典的当代阐释——中国现代文学研究会第十
　届年会侧记 / 曹万生 / 2011.1.148
曹禺的苦闷——曹禺百年文化反思 / 廖奔 / 2011.2.5
试论曹禺前期剧作中的音乐元素 / 邹红 / 2011.2.17
经典《雷雨》：从话剧到苏州评弹 / 朱栋霖 / 2011.2.26
关于曹禺的散文 / 郭怀玉 / 2011.2.32
论鲁迅小说多重否定结构 / 曹禧修 / 2011.2.41
"京派"的终结和战后中国文学的转型 / 黄万华 / 2011.2.46
中国现代诗歌节奏内涵论析 / 王泽龙　王雪松 / 2011.2.53
路翎与重庆 / 王丽丽 / 2011.2.60
论中国现代小说象征品格及其意义向度 / 施军 / 2011.2.66
未完成的"五四"与现代性的冲突——20世纪末反思"五四"现象的观
　察与思考 / 赵歌东 / 2011.2.70
错位的批判：鲁迅与"青年必读书"论争 / 邱焕星 / 2011.3.151
鲁迅与梅兰芳 / 徐改平 / 2011.3.158
论蒋光慈小说创作与三十年代上海都市文化市场 / 谢昭新 / 2011.3.166
现代社会经济发展与三十年代文学景观 / 刘东玲 / 2011.3.174
从"直觉说"到"性灵说"——林语堂与克罗齐美学思想的比较 / 薛雯
　/ 2011.3.180
交叉互异：布莱希特与中国现代戏曲 / 卢炜 / 2011.3.187
论台湾传统文人社群"行动力"的兴微与变迁——以台湾文社暨《台湾文

艺丛志》为观察核心／江宝钗／2011.4.72

鸳鸯蝴蝶派的形象谱系与自我认同／胡安定／2011.4.84

现代佛教期刊与新文学运动／谭桂林／2011.4.91

论周作人散文的"反抗性"特征及其思想内涵／朱晓江／2011.4.102

《四世同堂》英译与老舍的国家形象传播意识／魏韶华／2011.4.110

五四新文学的俄国现代人道主义思潮观／张先飞／2011.4.116

道佛成悲儒成喜——传统文化的现代形象探析／肖百容／2011.4.126

延安时期民歌改造的诗学阐释／傅宗洪／2011.5.114

"新诗现代化"及其中国意义——重温袁可嘉的"新诗现代化"思想／
  李怡／2011.5.122

《狂人日记》：鲁迅与托尔斯泰同名小说互阐／张直心／2011.5.130

竹内好：凭藉鲁迅的文化反思／靳丛林　李明晖／2011.5.135

辛亥革命的三种演义方式——《死水微澜》、《大波》与《银城故事》／
  王永兵／2011.5.141

"文学地理"与现代社团文风／潘正文／2011.5.150

老舍小说与儒家文化／岳凯华／2011.5.158

论20世纪30年代文学语言"大众化"与"报告文学"文体的发生／李玮
  ／2011.6.98

中国现代癫狂叙事的修辞策略与认同困境／黄晓华／2011.6.106

朱光潜、梁宗岱诗学理论比较论／文学武／2011.6.114

"五四"新小说与苏曼殊资源／钱雯／2011.6.123

"公共空间"与文学社群关系——20世纪中国现代文学社团流派研究的再
  思考／杨洪承／2011.6.131

20世纪中国革命战争小说情爱叙事研究／赵启鹏／2011.6.138

中国古代文学

《老子》还原／杨义／2011.1.5

《楚辞·大招》创作时地考——兼评朱季海《大招》说之得失／贾捷
  周建忠／2011.1.21

《古诗十九首》的音乐和主题／杨合林／2011.1.28

江淹拟诗探论／张晨／2011.1.33

唐代文人与《维摩诘经》／张海沙／2011.1.40

金初词人群体的心理认同与词的创作 / 李静 / 2011.1.53
传教士汉文小说与中国文学的近代变革 / 宋莉华 / 2011.1.57
论《河岳英灵集》初选及其诗史意义 / 戴伟华 / 2011.2.113
论唐声诗与词的关系及词体的形成 / 龙建国 / 2011.2.117
胡宿诗学"活法"说探源 / 曾明 / 2011.2.122
元代上京纪行诗论 / 邱江宁 / 2011.2.135
元人王恽对白居易的接受 / 陈才智 / 2011.2.144
千年一曲唱《阳关》——王维《送元二使安西》的传唱史考述 / 王兆鹏 / 2011.2.151
宋迪其人及"潇湘八景图"之诗画创意 / 冉毅 / 2011.2.157
先秦进谏制度与怨刺诗及《诗》教之关系 / 刘怀荣 / 2011.3.51
略论王夫之的文本有机结构观 / 蒋寅 / 2011.3.59
古代文学研究的"早期现代" / 沙红兵 / 2011.3.69
非正统的主流文学——兼论魏晋南北朝文学的总体特征 / 罗宏梅 / 2011.3.80
论唐宋文之争 / 马茂军 / 2011.3.89
庄子思想与白居易人生境界 / 张瑞君 / 2011.3.95
白话与性情——从元白诗派、性灵派至新文学白话诗歌之走向 / 郭自虎 / 2011.3.102
晚清小说与白话地位的提升 / 陈大康 / 2011.4.5
"过渡语言"与晚清散文文体的变异 / 丁晓原 / 2011.4.13
《桃花源记》的文学密码与艺术建构 / 范子烨 / 2011.4.21
两宋铭文小品刍议 / 许外芳 / 2011.4.30
理学世俗化与南宋中后期诗坛 / 常德荣 / 2011.4.40
论梅溪词在雍乾词坛的接受及其经典化过程 / 曹明升 / 2011.4.47
元大都多族士人圈的互动与元代清和诗风 / 刘嘉伟 / 2011.4.55
清代骈文三论 / 吕双伟 / 2011.4.63
但开风气不为师——龚自珍的诗文与嘉道文学精神 / 关爱和 / 2011.5.5
《汉书·朱买臣传》笺注 / 汪春泓 / 2011.5.22
逞才游艺与魏晋南朝诗歌及诗学 / 张峰屹 / 2011.5.31
论西晋诗学 / 曹旭 王澧华 / 2011.5.40
论唐代乐舞制度变革与曲词起源 / 木斋 / 2011.5.49

两宋"理学诗"辨析／王培友／2011.5.58
论杨慎词曲的"互融""互异"兼及"明词曲化"的研究理路／胡元翎 张笑雷／2011.5.64
历史建构与文学阐释——以《史记·司马相如列传》为中心／王立群／2011.6.147
"小说"考／谭帆 王庆华／2011.6.155
谣谶与诗学／孙蓉蓉／2011.6.164
论庾信辞赋／郭建勋／2011.6.172
论宋代田园诗的政治因缘／刘蔚／2011.6.179
论宋代南渡诗歌的历史地位／顾友泽／2011.6.186
杨万里骈文的师古与创新／于景祥／2011.6.195
高罗佩小说主题物的汉文化渊源／施晔／2011.6.202
20世纪旧体诗词研究的回望与前瞻／马大勇／2011.6.209

论 坛

文化遗产保护中文艺学的选择／凌建英／2011.1.196
原生态：一个炒出来的概念／樊华 和向朝／2011.1.200
报告文学研究与文艺学的创新／章罗生／2011.3.193
文学通化论／栾栋／2011.4.208
质疑"通俗文学史"／王文参／2011.4.214
反思新文学史观的话语权／李永东／2011.5.206
拓宽散曲研究的视野／赵义山／2011.5.210

书 评

评尚永亮《唐五代逐臣与贬谪文学研究》／洪迎华／2011.1.203
评曾枣庄、吴洪泽《宋代文学编年史》／湛庐／2011.1.206
吴福辉《插图本中国现代文学发展史》简评／张志忠／2011.1.209
读解志熙《考文叙事录》／祝宇红／2011.1.213
读《从文学到经学——先秦两汉诗经学史论》／马银琴／2011.2.207
评范子晔《悠然望南山——文化视域中的陶渊明》／吴国富／2011.2.210
评关纪新《老舍与满族文化》／郑丽娜／2011.2.212
读李洁非的《典型文案》／王春林／2011.3.201

读王水照、熊海英著《南宋文学史》／王友胜／2011.3.210
读肖瑞峰等著《晚唐政治与文学》／许伯卿／2011.3.213

综　述

"多元视野下的中国文学思想"国际学术研讨会综述／唐卫萍／2011.1.219
中国古代散文国际学术研讨会综述／欧明俊／2011.1.221
纪念钱钟书先生诞辰100周年学术研讨会综述／张晖／2011.2.215
"文学与形式"国际学术研讨会暨中国文艺理论学会年会综述／李昌舒
　　／2011.2.216
多元文化共建的世界华文文学／罗晓静／2011.2.218
本土经验与中国现当代文学的世界性／卓今／2011.2.221
新时期与新世纪文学国际学术研讨会暨中国当代文学研究会第十六届年会
　　综述／张伟栋　廖述务／2011.3.217
纪念世界反法西斯战争胜利65周年暨中国抗战文史研究国际学术研讨会
　　综述／凌孟华　王学振／2011.3.221
"中国文学人类学理论与方法研究"会议综述／谭佳／2011.4.221
"新时期张恨水研究"国际学术研讨会综述／谢家顺／2011.5.221
"中荷文化交流：文学、美学与历史"论坛会议综述／丁国旗／2011.6.216
2011年中国中外文艺理论学会年会暨"国外马克思主义文论与中国当代文
　　论建构"会议综述／傅其林／2011.6.219

编后记

2011年第1期／2011.1.224
2011年第2期／2011.2.224
2011年第3期／2011.3.224
2011年第4期／2011.4.224
2011年第5期／2011.5.224
2011年第6期／2011.6.222

《文学评论》2012 年总目录

(括号内分别为年、期、页)

专 栏

认真学习马克思主义,为社会主义文化大发展大繁荣作贡献——在纪念毛泽东同志《在延安文艺座谈会上的讲话》70 周年会议上的讲话 / 李慎明 / 2012.4.5

国外马克思主义美学与文论研究

西马文论是非论 / 冯宪光 / 2012.3.5
何谓社会主义现实主义? / 林精华 / 2012.3.15
英美世界的美学与马列主义美学的交汇 / [美] 诺埃尔·卡罗尔 李媛媛译 / 2012.3.24

文学理论

对"现代主义"在中国影响的再思考 / 盛宁 / 2012.1.5
对"文学是人学"命题之再认识——对刘为钦先生观点的若干补充和商榷 / 朱立元 / 2012.1.16
西方汉学家笔下中国文学形象的套话问题 / 胡淼森 / 2012.1.24
审美形式、文学虚构与人的存在 / 马大康 / 2012.1.33
网络文学之"自由"属性辨识 / 曾繁亭 / 2012.1.42
论汉代赋颂文体的交越互用 / 易闻晓 / 2012.1.49
吴小如先生"少作"的批评境界 / 刘敬圻 / 2012.1.204
"诸子还原系列"的学理意义 / 戴建业 / 2012.1.211
诸子研究的理念与方法 / 沈立岩 陈洪 / 2012.1.217
语图符号的实指和虚指——文学与图像关系新论 / 赵宪章 / 2012.2.88

审美化研究的图像学路线／金惠敏／2012.2.99
人类中心主义的退场与生态美学的兴起／曾繁仁／2012.2.107
钱锺书早期的"异国形象"研究／贺昌盛／2012.2.113
当代西南边疆少数民族文学的主体倾向／张永刚／2012.2.122
论体裁指称距离——以歌词为例／陆正兰／2012.2.133
佛教思想与文学性灵说／普慧／2012.2.139
佛学视野的美学方法论／颜翔林／2012.2.149
对于文学理论的性质和功能的思考／王元骧／2012.3.191
"文人"身份的历史生成及其对文论观念之影响／李春青／2012.3.200
王畿"现成良知"说与公安派文论的形成／武道房／2012.3.209
晚清公羊学与现代小说的历史本根论／单正平／2012.3.217
文学地理学的渊源与视境／杨义／2012.4.73
经典的编码和解码／周宪／2012.4.58
后现代、后殖民批评与海外中国文学研究——以王德威的研究为中心／
　王晓平／2012.4.79
女扮男装故事的叙事话语分析／苗田／2012.4.107
当代解释学与青年诗人马克思／毛崇杰／2012.4.116
艺术终结抑或艺术突围——当下"艺术终结论"及其中国语境的反思／
　杨向荣／2012.5.180
"以审美代宗教"与"以审美代伦理"／赵彦芳／2012.5.189
社会学诗学：巴赫金"维捷布斯克时期"文艺思想研究／王建刚
　／2012.5.159
文艺学与美学的现代分离：问题、过程、反思／谷鹏飞／2012.5.202
张力：现代汉语诗学的"轴心"／陈仲义／2012.5.212
实指与虚指：艺术视野下的文字与图像关系再探／赵炎秋／2012.6.171
文学艺术与语言符号的区别与联系／陈炎／2012.6.180
文学理论如何实用？——以美国新实用主义者对"理论"的批判为中心／
　汤拥华／2012.6.188
文化研究与理论话语的更新／姚文放／2012.6.197
中国美学思想中的摹仿论／顾明栋／2012.6.203
王氏四兄弟与清初神韵诗潮／王小舒／2012.6.211

中国当代文学

海峡两岸乡村叙事比较——以贾平凹和黄春明、陈映真为例 / 李勇 / 2012.1.165

周立波小说的欧化倾向 / 邹理 / 2012.1.173

十七年文学中的"百合花" / 孙民乐 / 2012.1.182

"旁生枝节"对写实小说观念的补正——以《腹地》再版为关注点 / 董之林 / 2012.1.129

田汉旧体诗词创作流变论——兼论他与南社的诗缘 / 李遇春 / 2012.2.54

韩少功小说论 / 旷新年 / 2012.2.63

赵树理的革命叙事与乡土经验——以《小二黑结婚》的再解读为中心 / 傅修海 / 2012.2.72

重论"十七年"乡村题材小说的理想性问题 / 贺仲明 / 2012.2.81

《遍地月光》与长篇小说的语言问题 / 王彬彬 / 2012.3.155

简论文学与中国电影之创建 / 陈伟华 / 2012.3.164

新中国"戏改"与地方戏生态——以越剧为个案 / 张艳梅 / 2012.3.171

寻找政治："十七年"文学批评中"歪曲"话语的逻辑 / 寇鹏程 / 2012.3.176

《茶馆》："世变"、"民生"与民族寓言 / 方维保 / 2012.3.186

"复述"的艺术——论当代先锋作家的文学批评 / 叶立文 / 2012.4.180

解构者·乐观者·见证者——论余华《兄弟》中的李光头形象 / 洪治纲 / 2012.4.188

从"玻璃瓶"到"野葫芦"——宗璞的第一篇小说和她爱情书写的诗学特征 / 孙先科 / 2012.4.195

试论毕飞宇小说的孤岛意象 / 赵坤 / 2012.4.203

《欧阳海之歌》与"文革"文学的发生 / 吕东亮 / 2012.4.211

在时代冲突和困顿深处：回望孙少平 / 金理 / 2012.5.136

小说《暴风骤雨》的史实考释 / 张均 / 2012.5.143

论"十七年"戏曲改革的新文人模式 / 陈军 / 2012.5.151

工业题材小说中的"草明现象" / 逄增玉 / 2012.5.158

中国当代小说在北美的译介和批评 / 王侃 / 2012.5.166

论"耽美"小说的几个主题 / 张冰 / 2012.5.171

材料和注释：1597年中国作协党组扩大会议／洪子诚／2012.6.5
圣书上卷与圣书下卷——骆一禾、海子诗歌的同与异／西渡／2012.6.22
文学风尚与时代文体——《人民文学》（1949—1966）头条的统计分析／黄发有／2012.6.30
《故事会》复刊后的新故事理论探讨及其生产实践——兼及当代民间文学研究范式的反思／王姝／2012.6.41
民族民间文艺改造与新中国文艺秩序建构——以《阿诗玛》的整理为例／段凌宇／2012.6.48

中国现代文学

明治时代"食人"言说与鲁迅的《狂人日记》／李冬木／2012.1.116
当文学遇到大众——1930年代文艺大众化运动管窥／齐晓红／2012.1.129
新文学"自言自语的思想草稿"——《胡适留学日记》中的新诗文体探索／赵黎明／2012.1.140
日本殖民时期台湾医生作家的疾病叙事研究／张羽／2012.1.147
性觉醒与中国现代女性文学的兴起／徐仲佳／2012.1.157
不忍远去成绝响——张长弓、张一弓父子的"开封书写"／陈平原／2012.2.5
学科转型语境下的五四"文学"选择／张宝明／2012.2.19
民族创伤体验与祛蛮写作——沈从文文学创作中的苗族情结／吕周聚／2012.2.27
大风雨中的漂泊者——从1942年的"三八节有感"说起／冷嘉／2012.2.37
创伤体验与茅盾早期小说／贾振勇／2012.2.44
鲁迅与顾颉刚关系重探／邱焕星／2012.3.92
民国经济危机与30年代经济题材小说／邬冬梅／2012.3.104
经济·文学·历史——《春蚕》文本的三个维度／李哲／2012.3.112
论西南联大诗人群的知性化诗学策略／邓招华／2012.3.121
印象散文：战前中国电影批评／薛峰／2012.3.130
1943：武者小路实笃的中国之旅／董炳月／2012.3.142
文化身份、民族认同的含混与危机——论郭沫若五四时期的创作／李永东／2012.3.147
小说的诗辩——谈现代小说的文体意识／王中／2012.4.127

文学革命时期的"国语"与"白话"——以胡适与黎锦熙为中心 / 徐锐 / 2012.4.134
论何其芳文学创作与欣赏中的杜诗影响及定位 / 张叹凤 / 2012.4.144
乡村建设、社会改造与"革命青年"——从《丰收》中的两组细节看上世纪30年代的起源语境 / 熊庆元 / 2012.4.150
1930年代女性诗人创作及其文学史命运 / 金蔷薇 / 2012.4.157
1930年代前的新疆游记及其文化想象 / 郑亚捷 / 2012.4.166
论殷夫诗歌的精神特质 / 李松岳 / 2012.4.173
论刘大白的新诗创作对现代新诗体的贡献 / 刘家思 / 2012.5.84
语言寓意·结构寓意·空间寓意——吴语本《海上花列传》的叙事 / 姚玳玫 / 2012.5.94
鲁迅杂文：何种"文学性"？/ 汪卫东 / 2012.5.103
古典诗传统的再发现——1930年代新诗的一种倾向 / 罗小凤 / 2012.5.113
论萧红小说的写意剧特质 / 杨迎平 / 2012.5.122
鲁迅与林语堂视觉下的中国人——综论《阿Q正传》、《祝福》、《吾国与吾民》/ 何洵怡 / 2012.5.130
"东洋人的悲哀"：周作人与浮世绘 / 徐从辉 / 2012.6.57
现代出版机制下沈从文早期的文学生产 / 王爱松 / 2012.6.64
清末民初新小说广告的文学史意义 / 付建舟 / 2012.6.71
法外权势的失落与村落秩序的重建——以赵树理四十年代小说为例 / 颜同林 / 2012.6.79
"群"与"个人"：晚清政治小说与五四问题小说之比较研究 / 罗晓静 / 2012.6.88
从"女戏子"到"女剧人"——现代话剧史"女演员"问题研究 / 龚元 / 2012.6.97

中国古代文学

《钱锺书手稿集·容安馆札记》与南宋诗歌发展观 / 王水照 / 2012.1.55
古代文学研究中的文学感悟力 / 詹福瑞 / 2012.1.63
接引地方文学的生机活力——西昌雅正文学的生长历程 / 饶龙隼 / 2012.1.69
屈原及其作品在绘画创作中的接受 / 张克锋 / 2012.1.81
宋词"无语"修辞的审美考察 / 郭守运 / 2012.1.91

明代歌诗考——兼论明代诗学的歌诗品质 / 孙之梅 / 2012.1.97
清代常州学派《论语》论释特点新论 / 柳宏 / 2012.1.106
西汉诸子的"尚新"传统与"新学"渊源 / 孙少华 / 2012.2.156
《文选》研究百年述评 / 石树芳 / 2012.2.166
《河岳英灵集》的地域性、派别性问题——兼及"开元十五年"新解 / 吴光兴 / 2012.2.176
元诗叙事纪实特征研究 / 杨镰 / 2012.2.181
张居正秉政时期的文风建设及诗文嬗变 / 刘建明 / 2012.2.189
词学史上的"潜气内转"说 / 彭玉平 / 2012.2.197
宝卷对小说的改编及其民间文学特征的彰显 / 张灵 / 2012.2.209
论《古今图书集成》的文学与文体观念——以《文学典》为中心 / 吴承学 / 2012.3.29
迭合延展中的抒情与叙事——论唐代组诗的表达功能 / 罗时进 / 2012.3.40
"一代斗山"虞集论 / 邱江宁 / 2012.3.48
汉赋在明代的经典化途径 / 张新科 / 2012.3.60
论晚明小品赋的发展变化 / 李新宇 / 2012.3.69
简论明清徽商的诗歌创作 / 周生杰 / 2012.3.77
论东汉皇帝的帝乡意识及帝乡意识下的文学活动 / 刘德杰 / 2012.3.85
春秋时代的文章本体观念及其奠基意义 / 韩高年 / 2012.4.10
西汉统治集团政治作为与奏议文嬗变 / 王长顺 / 2012.4.19
论乐府"趋""送"与六朝文学"写送"说的关系 / 赵树功 / 2012.4.32
明代庶吉士与台阁体 / 何诗海 / 2012.4.42
试论女性词在明末清初词学思想衍变中的轨迹 / 米彦青 / 2012.4.50
中国古代散文义味说 / 马茂军 / 2012.4.58
《辛苏历程》：《鲁滨孙飘流记》的早期粤语译本研究 / 宋莉华 / 2012.4.64
张华《情诗》的意义 / 曹旭 / 2012.5.5
接受与书写：陶渊明与韩国古代山水田园文学 / 崔雄权 / 2012.5.15
从孔子到《诗大序》——儒家早期文学价值观的建构 / 夏静 / 2012.5.26
中国乡愁诗歌的传统主题与现代写作 / 杨景龙 / 2012.5.35
论唐宋诗差异与科举之关联 / 诸葛忆兵 / 2012.5.48
明代复古派诗论的言情观 / 王明建 / 2012.5.58
宋玉：文学思维与"色""义"焦虑 / 杨允 / 2012.5.68

姜夔词史经典地位的历史嬗变 / 郁玉英 / 2012.5.75
闻一多《诗经》研究检讨 / 刘毓庆 / 2012.6.107
《文选》三家注：唐代《文选》的诠释历程 / 郭宝军 / 2012.6.120
简论明清学人对茅坤《唐宋八大家文抄》的负面评价 / 付琼 / 2012.6.126
醉眼狂态写春秋——重论关汉卿杂剧的精神意识 / 张大新 / 2012.6.135
"以古文为时文"的创作形态及文学史意义 / 刘尊举 / 2012.6.144
朱荃宰的骈文批评 / 于景祥 / 2012.6.154
明清传奇"无眠"主题的审美探析 / 黄雪敏 / 2012.6.161
论词的应歌、应社与词风嬗变 / 许金华 / 2012.6.166

综　述

"国学论坛：俞平伯与江南文化世家"研讨会侧记 / 李超 / 2012.1.221
2011年"鲁迅：经典与现实"国际学术研讨会综述 / 王晓初 / 2012.2.218
"视野与方法：中国当代文学研究的现状"研讨会综述 / 董丽敏 / 2012.2.221
纪念毛泽东《在延安文艺座谈会上的讲话》发表70周年研讨会综述 / 丁国旗 / 2012.4.217
纪念何其芳诞辰100周年座谈会综述 / 冷川 / 2012.4.219
纪念陆游从戎南郑840周年暨唐宋诗人与汉中国际学术研讨会综述 / 孙启祥 / 2012.4.220
"美学与艺术：传统与当代"国际学术研讨会综述 / 朱存明 / 2012.5.221
2012年中国古代散文国际研讨会综述 / 余莉 / 2012.6.220

编后记

2012年第1期 / 2012.1.224
2012年第2期 / 2012.2.224
2012年第3期 / 2012.3.224
2012年第4期 / 2012.4.224
2012年第5期 / 2012.5.224
2012年第6期 / 2012.6.222

《文学评论》 2013年总目录

（括号内分别为年、期、页）

当代视野下的马克思主义文论

中国马克思主义文学批评的人民观／胡亚敏／2013.5.5
本雅明的"讲演"与毛泽东的《讲话》——"艺术政治化"的异中之同
　与同中之异／赵勇／2013.5.10
马克思主义问题性与文艺理论创新／谭好哲／2013.5.19
消费性审美话语的生成及其马克思主义立场的批判／范玉刚／2013.5.25

文学史研究 （笔谈）

有缺憾的价值——在《中国现代文学编年史》出版座谈会上的讲话／钱理群
　／2013.6.5
《中国现代文学编年史》的写作和我的文学史观／吴福辉／2013.6.7
代际交接的接力棒／陈平原／2013.6.10
"大文学史"与历史分析视野的内在化／姜涛／2013.6.11
反文学史的"文学史"／王风／2013.6.13

新作批评 （专辑）

准列传体叙事中的整体性重构——韩少功《日夜书》评析／张翔
　／2013.6.109
余华的"当代性写作"意义：由《第七天》谈起／刘江凯／2013.6.121

文艺理论

演示叙述：一个符号学分析／赵毅衡／2013.1.139
凝视法则的改造与悲剧的式微——现代美学旨趣的技术之维／陈奇佳

／2013.1.145
现实主义淡出当下文论的体系性思考／高楠／2013.1.153
试论闻一多的诗学语言观念及其发展轨迹／肖学周／2013.1.163
全球化和本土化：莎士比亚戏剧的香港演绎／梁燕丽／2013.1.171
中国文学理论元理论百年嬗变／尤西林／2013.2.67
知识制度与中国文论生产／胡疆锋／2013.2.73
新格律诗何以成为可能？／罗义华／2013.2.83
玉石神话与中华认同的形成／叶舒宪／2013.2.92
《乐纬》"气"论考释／韩伟／2013.2.105
读者理论的重建——以《锦瑟》的阐释为例／刘毅青／2013.3.115
文学的图像接受及其意义之流转／刘巍／2013.3.123
文本与礼仪：早期中国文化研究与礼仪理论／罗军凤／2013.3.132
从"谈说之术"到"文以气为主"——文气说溯源新探／胡大雷
　／2013.3.139
自然为真：袁宏道的审美论／肖鹰／2013.3.145
从理论回归文学理论——以乔纳森·卡勒的"后理论"转向为例／姚文放
　／2013.4.171
新媒体与中国文艺学的转向／欧阳友权／2013.4.178
克里斯蒂娃接受巴赫金思想的多元逻辑／曾军／2013.4.188
类推思维的文学推衍／易闻晓／2013.4.197
中国古代诗学中"偶然"论的审美价值意义／张晶／2013.4.206
骈文文论：从辞章之论到气韵之说——论朱一新"潜气内转"说的内涵、
　来源与价值／莫道才／2013.4.216
略论"意境说"的理论归属问题——兼谈中国文论话语建构的可能路径／
　李春青／2013.5.32
"奇"范畴的生成演变及其诗学内涵／侯文学／2013.5.40
流行文艺与主流价值观关系初议／蒋述卓／2013.6.130
话语行为与文学阐释／马大康／2013.6.136
中国文学发生发展的内在机制研究／赵辉／2013.6.145
"他者"视野中少数民族文学的存在与发展方式——以西南边疆少数民族
　文学为例／张永刚／2013.6.156
从"积累说"到"积淀说"——李泽厚对黄药眠文艺美学思想的继承与

发展／李圣传／2013.6.165

中国当代文学

论莫言小说／张志忠／2013.1.88

"文革故事"与"后文革故事"——关于莫言的长篇小说《蛙》／许子东／2013.1.96

文学、家族与革命／南帆／2013.1.101

《三关排宴》改编与戏曲改革的两个难题／张永峰／2013.1.110

开明版《赵树理选集》疏考／袁洪权／2013.1.119

中国当代文学的海外影响力因素分析／熊修雨／2013.1.131

《白鹿原》故事——从小说到电影／李杨／2013.2.172

"遗文",一种特殊的文学批评——以郭小川遗作《学习笔记》为中心的考察／李丹／2013.2.181

当代小资产阶级的历史意识和主体想象——从张悦然的《家》说开去／杨庆祥／2013.2.192

小说、批评与学院经验——论徐则臣兼及"70后"作家的中年转型／孟庆澍／2013.2.199

柳青的文学史意义／吴进／2013.2.208

文选运作与中国当代文学的发展／罗执廷／2013.2.215

自然主义的沉浮／旷新年／2013.3.59

内在旋律：20世纪自由体新诗格律的实质／张桃洲／2013.3.72

"仁义"传统与铁凝小说／刘惠丽／2013.3.81

农民小说的"解放"想象及其叙述（1941—1966）／王再兴／2013.3.91

隐含作者与虚构：赵树理文学的深层结构分析／刘旭／2013.3.100

"伤痕"之后"知青文学"中乡村想象的文化逻辑／吴志峰／2013.3.108

论中国当代文学史的"过渡状态"——以1975—1983年为中心／王尧／2013.4.5

"文化神州"的心灵史记——对《陈寅恪诗集》作学术思想史新解／夏中义／2013.4.17

"十七年"时期农村新文艺读物的出版与传播／徐志伟／2013.4.27

20世纪50至70年代主流作家的边缘话语姿态透视／李遇春／2013.4.36

当代文学和电影中"贵族"的显影／李玥阳／2013.4.45

种子推翻泥土，溪流洗亮星辰——网络诗词平议／马大勇／2013.4.53
"70后"写作与抒情传统的再造／谢有顺／2013.5.176
"十七年"文学：城市现代性的另一种表达／张鸿声／2013.5.186
近二十年长篇小说乡村现代性叙事规范的拆解／周新民／2013.5.195
穆旦的晚期风格／耿占春／2013.5.203
时间、媒介、身份：《宝岛一村》与台湾"眷村言说"／林婷／2013.5.212
在历史的"阴面"写作——试论《长恨歌》隐含的时代意识／陈晓明
　／2013.6.66
汪曾祺小说"衰年变法"考论／郭洪雷／2013.6.78
历史观与"文革"小说叙事形态的生成／沈杏培／2013.6.88
翻译和阅读的政治——漫议"西方"、"现代"与中国当代文学批评体系的
　调整／王侃／2013.6.98

中国现代文学

也曾袭来唯美风——《莎乐美》在中国现代小说中的转生及其他／解志熙
　／2013.1.5
羞辱文化与《阿Q正传》的经典性问题／荆亚平／2013.1.17
"我的见解总是平凡"——前期老舍精神理路之再梳理／关纪新／2013.1.25
五四乡土叙事的生成：现代认识"装置"下的想象与建构／李俊霞
　／2013.1.34
早期创造社郭沫若郁达夫等人的"泪浪"／张叹凤／2013.1.41
思想偶合与人事机缘——周作人任教燕京大学缘由考辨／王翠艳
　／2013.1.48
略论许地山的宗教观／曹小娟／2013.1.57
论中国现代文学中的"老人"书写／叶永胜／2013.1.62
周瘦鹃对《简爱》的言情化改写及其言情观／李今／2013.1.69
何为启蒙——中国现代文学启蒙内涵及其演变新论／黎保荣／2013.1.78
"分科"视域中的北京大学与"新文化运动"／李哲／2013.2.114
知识者"爱智之道"的背后——一九三〇、四〇年代周作人对儒家的论述
　／林分份／2013.2.129
鲁迅"世界人"概念的构成及其当代思想价值／张福贵／2013.2.138
伊藤虎丸"个"之思想的再评估／蒋永国／2013.2.148

丸山昇鲁迅研究视野中的鲁迅"进化论" / 李明晖 / 2013.2.157

论中国现代印象主义文学批评 / 文学武 / 2013.2.162

鲁迅与果戈理遗产的几个问题 / 孙郁 / 2013.3.5

丘东平"战争叙事"特征新论 / 刘卫国 / 2013.3.15

悼亡作为写作——白先勇与《蓦然回首》、《第六只手指》、《树犹如此》/
  苏伟贞 / 2013.3.24

1949年之后中国现代长篇小说修改的困境及影响——以茅盾及《子夜》的
  修改为中心 / 李城希 / 2013.3.32

结社与建党——民初浙江第一师范文人文学与政治活动考论 / 张直心
  / 2013.3.43

佛性与现代性的渗透与融合——论太虚法师诗文创作中的新文化影响 /
  谭桂林 / 2013.3.50

何其芳与《文学评论》——纪念文学研究所建所六十周年 / 王保生
  / 2013.3.206

解放区的天是明朗的天——延安时期的移民运动与"穷人乐"叙事 / 周维东
  / 2013.4.65

雅俗夹缝中的另类启蒙——20世纪30年代定县农民戏剧实验 / 刘川鄂 /
  2013.4.74

《狂人日记》"吃人"意象生成的知识背景 / 祁晓明 / 2013.4.81

"诗分唐宋"与新诗的"知性革命"——传统诗学脉理中的梁宗岱、袁可嘉
  新诗理论 / 赵黎明 / 2013.4.89

被忽视的新诗成熟年代——1945—1949年青年诗人群的新诗创作 / 黄万华
  / 2013.4.98

中学生与现代中国的文学运动 / 马俊江 / 2013.4.107

中国学家对现代中国文学的译介与研究 / 杨四平 / 2013.4.114

《新青年》前期国家文化的建构与新文学的发生 / 王永祥 / 2013.5.113

书话与现代中国文学的经典化 / 赵普光 / 2013.5.127

刘呐鸥：一个日籍台人的现代主义文艺之殇 / 周洁 / 2013.5.136

曹禺的"第六部名剧" / 张志平 / 2013.5.143

现代知识分子生存境遇的还原及无地彷徨的自觉——以《彷徨》相关小说
  为中心 / 龙永干 / 2013.5.151

论中国现代文学中的潜翻译 / 熊辉 / 2013.5.159

东西同涨"中国潮"——新文学境外传播的两个典案分析 / 肖百容 / 2013.5.168

"民国机制"与"延安道路"——中国现代文学史研究的范式冲突 / 韩琛 / 2013.6.17

胡适的文学革命理论与《马氏文通》/ 莫海斌 / 2013.6.26

艾克敦与30年代中国"北方系"新生代诗人 / 龚敏律 / 2013.6.32

诗言"感觉"——20世纪30年代新诗对古典诗传统的再发现 / 罗小凤 / 2013.6.41

韵律如何由"内"而"外"？——谈"内在韵律"重读郭沫若、戴望舒诗论再理论的限度与出路问题 / 李章斌 / 2013.6.50

中国现代文学中的苍蝇意象——透视现代人生精神的一个小视角 / 邵宁宁 / 2013.6.59

中国古代文学

《龙门子凝道记》名义考论——兼论元末明初婺州作家外道内儒的文风 / 于淑娟 / 2013.1.177

李慈铭的骈文理论与批评 / 刘再华 / 2013.1.185

古今文学演变研究的立体视域 / 陆红颖 / 2013.1.191

对元稹女性叙写的女性主义解读 / 祝丽君 / 2013.1.200

早期现代经验的诗性领会——清末民初五大经典诗人研究 / 沙红兵 / 2013.1.208

袁枚性灵诗学的解构倾向 / 蒋寅 / 2013.2.5

龙场悟道与王阳明诗歌体貌的转变 / 左东岭 / 2013.2.18

群体选择性误读——论宋代文人的马少游情结 / 顾友泽 / 2013.2.24

晚清方言小说兴衰刍论 / 姚达兑 / 2013.2.32

"朝三暮四"与"朝四暮三"——对《庄子》狙公寓言的哲学解读 / 孙雪霞 / 2013.2.40

《梦游天姥吟留别》诗题辨误 / 薛天纬 / 2013.2.45

从文学史到文学地志学 / 高小康 / 2013.2.49

地图、方志的编撰与汉晋大赋的创作 / 杨晓斌 / 2013.2.57

《史记·荆轲传》与《燕丹子》比较论——兼谈《燕丹子》的小说文体属性及意义 / 张海明 / 2013.3.152

重回历史现场——辛弃疾生擒张安国始末考释 / 王兆鹏 / 2013.3.164
论宋代骈体王言的政治功能与文学选择 / 周剑之 / 2013.3.175
苏轼易学与诗学 / 李瑞卿 / 2013.3.186
有我、无我之境说与王国维之语境系统 / 彭玉平 / 2013.3.196
乐府总章考论 / 许继起 / 2013.4.123
死亡的诗学——南明士大夫绝命诗研究 / 张晖 / 2013.4.132
多重空间的形构、并置与演绎——李玉《万里圆》传奇的"空间"解读 / 郭英德 / 2013.4.143
元杂剧《桃花女》的女权意识初探 / 康保成 / 2013.4.153
不必"执古",不可"骛外"——从钱基博论"集部之学"到文学学科的赓续与转型 / 王炜 / 2013.4.163
眼底人才倏新旧,苍茫古意浩难收——晚清古文大师吴汝纶的文化文学选择 / 关爱和 / 2013.5.48
咏歌与吟诵:中国早期诗歌体式生成问题研究 / 赵敏俐 / 2013.5.56
万历为文学盛世说 / 廖可斌 / 2013.5.67
方苞古文理论的破与立——桐城"义法说"形成的文学史背景分析 / 石雷 / 2013.5.76
论二十世纪昆曲文献学研究的两种典范 / 朱夏君 / 2013.5.82
韩愈诗歌对宋词影响研究 / 刘京臣 / 2013.5.94
清代女性文学群体及其地域性特征分析 / 宋清秀 / 2013.5.107
西汉社会转型与昭宣时期汉赋观的嬗变 / 龙文玲 / 2013.6.175
元代多民族文化交融背景中的江南书写 / 邱江宁 / 2013.6.184
论"小说界革命"及其后之转向 / 陈大康 / 2013.6.197
"互文性"解构与音乐学透视——成公绥的《啸赋》及啸史的相关问题 / 范子烨 / 2013.6.210

<h2 style="text-align:center">综　述</h2>

中国文学从古典向现代转型学术研讨会综述 / 郭道平 / 2013.1.220
"21世纪的文艺理论:国际视域与中国问题"国际学术研讨会暨中外文艺理论学会第九届年会综述 / 吴承笃 / 2013.1.221
武大·哈佛"现当代中国文学史书写的反思与重构"国际高端学术论坛 / 李松 / 2013.3.211

白先勇的文学与文化实践暨两岸艺文合作学术研讨会／李晨／2013.3.214
媒介时代文艺理论的建构与展望：新媒介与当代文论转向研讨会暨中国中
　　外文艺理论学会新媒介文论分会成立大会／李勇／2013.3.217
清代文学国际学术研讨会／吴怀东　王延鹏／2013.3.220
中国文学谱系研究高层论坛／王同舟／2013.3.222
"新世纪文学研究的新视野、新问题与新方法"全国学术研讨会综述／
　　时胜勋／2013.5.221

<h2 style="text-align:center">编后记</h2>

2013年第1期／2013.1.224
2013年第2期／2013.2.224
2013年第3期／2013.3.224
2013年第4期／2013.4.224
2013年第5期／2013.5.224
2013年第6期／2013.6.224

《文学评论》 2014 年总目录

（括号内分别为年、期、页）

文学不能 "虚无" 历史 （笔谈）

文学不能"虚无"历史／张江／2014.2.5
文学的边界和本质／商金林／2014.2.7
当代文学中的"历史"沉浮／王尧／2014.2.10

文学与伦理 （笔谈）

谈文学的伦理价值和教诲功能／聂珍钊／2014.2.13
文学的道德批评／高楠／2014.2.15
文学中的伦理：可贵的细节／陆建德／2014.2.18

文学与生活

"生活"：当代文学的关键词／孟繁华／2014.3.5
信息化的时代如何写作？／陈晓明／2014.3.7
文学之根在于生活／白烨／2014.3.10

文学与精神能量

重提文学的"真善美"／贺绍俊／2014.3.12
感性与理性　娱乐与良知——文学"能量"说／蒋承勇／2014.3.15
"不得志"的背后／陆建德／2014.3.18

文学史研究 （笔谈）

文学编年史与阅读的解放／赵京华／2014.3.21
还原历史的丰富与复杂／刘福春／2014.3.22

"编年"：不仅仅是体例 / 段美乔 / 2014.3.24
对历史"原生态"的追求 / 萨支山 / 2014.3.27
作为著述的文学编年史 / 程凯 / 2014.3.29

马克思主义文论

罗莎·卢森堡：批判的马克思主义文艺思想 / 陶国山 / 2014.6.19
"异在"对"异化"的拯救——马尔库塞的艺术"异化"观解读 / 丁国旗 / 2014.6.24
卢卡契叙事形式政治分析潜逻辑的洞见与困难——《叙述与描写》评析 / 张开焱 / 2014.6.29
后现代历史意识与审美形式 / 傅其林 / 2014.6.34
现代悲剧经验如何书写——从《第七天》看英国马克思主义悲剧理论的阐释力 / 韩清玉 / 2014.6.39

文学与市场

文学在市场中的生存之道 / 高建平 / 2014.6.44
文学与市场，或文人与商人 / 程巍 / 2014.6.46
重视文艺与市场的价值冲突与协调 / 刘方喜 / 2014.6.49
学科视野下的文学与市场 / 赵炎秋 / 2014.6.51

文学与公共性

《傲慢与偏见》：书名的提示 / 黄梅 / 2014.6.54
文学公共性的跨国旅行？ / 赵勇 / 2014.6.56
"公共性"与中国文学经验 / 李建军 / 2014.6.59

新作批评（专辑）

"新乡镇中国"的"当下现实主义"审美书写——贾平凹《带灯》论 / 张丽军 / 2014.1.61
电影对文学的"轻构述"——几部文学作品的2012影像历程 / 严前海 / 2014.1.70
无法命名的"个人"——由《隐身衣》兼及"小资产阶级"问题 / 杨庆祥 / 2014.2.101

以象征的方式重新介入现实——论苏童《黄雀记》的文学史意义 / 徐勇 / 2014. 2. 108

如何讲述新的中国故事？——当代中国文学的新主题与新趋势 / 李云雷 / 2014. 3. 90

"炸裂"的奇书——评阎连科的小说创作 / 房伟 / 2014. 3. 98

方方的文学新世纪——方方新世纪小说阅读印象 / 於可训 / 2014. 4. 194

《瞻对》：一个历史学体式的小说文本 / 高玉 / 2014. 4. 203

历史的回声——重读李洱的长篇小说《花腔》/ 张岩 / 2014. 5. 58

抒情性：走在文学的回乡路上——略论迟子建小说创作的当下意义 / 杨姿 / 2014. 5. 65

传统文化人格的凭吊与重塑——论刘醒龙的长篇小说《蟠虺》/ 洪治纲 / 6. 145

"郭敬明"论——以真人动画电影《小时代》为入口 / 李阳 / 6. 153

文艺理论

试论经典与政治权力之关系 / 詹福瑞 / 2014. 1. 5

"气本论生态—生命美学"的发现及其重要意义——宗白华美学思想试释 / 曾繁仁 / 2014. 1. 17

实践转向与文学批评 / 张玉能 / 2014. 1. 27

消费社会、新穷人与文学批评的日常生活话语 / 牛学智 / 2014. 1. 36

形象：商品对当代视觉文化的塑形 / 童强 / 2014. 1. 45

起点与困惑：早期中国文学批评史写作的启示 / 刘文勇 / 2014. 1. 51

审美正义与伦理美学 / 徐岱 / 2014. 2. 116

文学性·兼文本性·文学文化——文学性问题研究之困境与出路 / 李涛 / 2014. 2. 124

论20世纪英国文化研究中的"葛兰西转向" / 段吉方 / 2014. 2. 134

"诗言志"与中国古典诗歌情感理论 / 王秀臣 / 2014. 2. 141

"诗文道流"说的人文意蕴与儒学文论史价值 / 郑伟 / 2014. 2. 151

郑珍"学人之诗"与"诗人之诗"合一的理论主张 / 罗宏梅 / 2014. 2. 158

20世纪中国美学文艺学的形式概念 / 张旭曙 / 2014. 3. 143

蔡仪美学与辩证唯物主义认识论 / 胡俊 / 2014. 3. 153

后现代语境中的英雄空间与英雄再生 / 王建疆 / 2014. 3. 159

永明新变与形式主义诗学的语言转向／韩仪／2014.3.167
王国维与日本明治时期的文学批评——以《红楼梦评论》、《宋元戏曲考》
　为例／祁晓明／2014.3.174
《文心雕龙》"道心神理"说新探／童庆炳／2014.4.5
艺术现代建构的文化逻辑／周宪／2014.4.15
索绪尔话语理论诠解／屠友祥／2014.4.22
概念、学科与方法：文学地理学略论／钟仕伦／2014.4.28
文本的死亡与作品的复活——"新文本主义"文学观念及其方法意义／
　谷鹏飞／2014.4.36
容器之喻——中国文学批评的一个特点／闫月珍／2014.4.44
话语转向：文学理论的历史主义归趋／姚文放／2014.5.126
从本体真实到照片真实感——论数字影像的真实性／李天／2014.5.136
网络文学的美学追求／单小曦／2014.5.144
六朝诗歌用典论——兼论"诗言志"与集体无意识／胡大雷／2014.5.154
"为诗辩护"：宇文所安汉学的诗学建构／刘毅青／2014.5.161
强制阐释论／张江／2014.6.5

中国当代文学

《心灵史》的历史地理图／程光炜／2014.1.174
"文学式结构"与"伦理性法律"——重读《"锻炼锻炼"》兼及"赵树理
　难题"／罗岗／2014.1.182
《文艺报》试刊与第一次文代会／黄发有／2014.1.194
海子诗歌中的幸福主题／臧棣／2014.1.204
围绕物质的自利与反抗——农业合作化题材小说中农民的"反行为"及其
　思考／李蓉／2014.1.215
"传统潜结构"与红色叙事的文学性问题／张清华／2014.2.55
莫言小说与中国叙事传统／季红真／2014.2.68
唯一一个报信人——论莫言书写故乡的方法／张莉／2014.2.75
莫言与中国现代乡土小说传统／凌云岚／2014.2.84
海外汉学界对莫言获诺贝尔奖的反应综述／王晓平／2014.2.91
为"人民文学"的"史诗性"开山——共和国早期冯雪峰的批评实践与理
　论贡献／姚丹／2014.3.106

动荡年代里知识分子的"文化休克"——从新文学史重构的视角重读
《废都》/ 丁帆 / 2014.3.115

苏童：重构"南方"的意义 / 张学昕 / 2014.3.125

论近年来乡土小说审美品格的嬗变 / 贺仲明 / 2014.3.135

材料与注释：张光年谈周扬 / 洪子诚 / 2014.4.143

学科视域下的当代文学史料及其基本形构 / 吴秀明 / 2014.4.154

阿城小说的修辞艺术 / 王彬彬 / 2014.4.167

饥饿、财产、尊严与小生产者的梦想——20世纪80年代早期的乡村故事 /
戴哲 / 2014.4.176

网络叙事与文化建构 / 周志雄 / 2014.4.185

两岸历史中的失踪者——《台共党人的悲歌》与台湾的历史记忆 / 汪晖
/ 2014.5.5

天地闭，贤人隐，狼之独步——论纪弦人品风格与诗歌艺术 / 郭枫
/ 2014.5.20

一部小说的噩运及其他——《刘志丹》从小说到大案的相关谜题 / 白烨
/ 2014.5.31

"进步"与"进步的回退"——韩少功小说创作流变论 / 李遇春 / 2014.5.45

"社会主义风景"的文学表征及其历史意味——从《山乡巨变谈起》/ 朱羽
/ 2014.6.161

重建城市文艺——论20世纪50年代对"反动、淫秽、荒诞"图书的处理
/ 王秀涛 / 2014.6.170

地方文艺刊物的"说唱化"调整及其困境（1951—1953）——兼与张均教
授商榷 / 周敏 / 2014.6.180

"超文体写作"的意义——以黄永玉《无愁河的浪荡汉子·朱雀城》为例
/ 卓今 / 2014.6.189

农民工书写"热"的美学缺失与思考 / 江腊生 / 2014.6.200

中国现代文学

作为方法的"民国" / 李怡 / 2014.1.78

民国结社机制与文学的演进——从南社到新青年社团 / 张武军 / 2014.1.87

延安秧歌剧的"夫妻模式" / 熊庆元 / 2014.1.96

论中国现代文学多重视角下的"乡绅"叙事 / 晏洁 / 2014.1.102

《江汉日报》与晚清革命文学的发生 / 付登舟 / 2014. 1. 111
五四传统与左翼戏剧观念内核的建构 / 李致 / 2014. 1. 119
中国现代文学的"起点"问题 / 严家炎 / 2014. 2. 21
"绅"的嬗变——《动摇》的一种解读 / 罗维斯 / 2014. 2. 28
郁达夫小说女性身体叙述的思想性论析 / 程亚丽 / 2014. 2. 39
上海模式的中国乌托邦叙事 / 李永东 / 2014. 2. 47
被遮蔽的新诗与歌之关系探析 / 吕周聚 / 2014. 3. 33
抵制记忆与遗忘书写——沈从文创作心理论 / 魏巍 / 2014. 3. 46
"他者伦理"、"身体思维"和"三个鲁迅"——论《示众》 / 周保欣 / 2014. 3. 54
"幽默"的变迁：论文学场对老舍的塑造——以《离婚》的三个版本为例 / 徐仲佳 / 2014. 3. 62
美国文学译介与中国现实关怀——论《现代·现代美国文学专号》兼容并包的立场 / 张宝林 / 2014. 3. 72
朱英诞新诗理论初探 / 倪贝贝 / 2014. 3. 80
"默存"仍自有风骨——钱钟书在上海沦陷时期的旧体诗考释 / 解志熙 / 2014. 4. 92
《山山水水》中的政治、战争与诗意 / 吴晓东 / 2014. 4. 103
中国现代文学的民族国家问题 / 张中良 / 2014. 4. 114
从"无意开新"到"有意守旧"：《甲寅》一贯的文学趣味 / 王桂妹 / 2014. 4. 124
《创造》季刊的正本清源 / 魏建 / 2014. 4. 132
有关早期话剧的几个问题 / 傅谨 / 2014. 5. 74
鸳蝴派与现代性的同步 / 孔庆东 / 2014. 5. 82
晚清域外游记与中国散文的现代性嬗变 / 杨汤琛 / 2014. 5. 89
战时沦陷区散文的苦吟 / 汪文顶 / 2014. 5. 99
民国赋论"文学性"问题考察 / 许结 / 2014. 5. 108
从诗化青春到散文人生——兼论浙江一师文人精神气质的衍变 / 张直心 / 2014. 5. 118
欧化白话文：在质疑与试验中成长 / 王本朝 / 2014. 6. 104
革命与乡土——晋察冀边区的乡村建设与孙犁的小说创作 / 周维东 / 2014. 6. 113

"浮出历史地表"之前的女学生小说——以《直隶第一女子师范学校校友
　　会会报》（1916—1918）为中心／马勤勤／2014.6.124
一个时代的要求、误解、隔膜和偏见——20世纪八、九十年代茅盾研究
　　论析／李城希／2014.6.134

中国古代文学

分化与逆分化：《文心雕龙》新论／沙红兵／2014.1.126
古调因时曲而改——论明代时尚曲作对曲牌格律及音乐的迁移／许莉莉
　　／2014.1.138
明清文学中的徽州图景／朱万曙／2014.1.148
中国古典小说早期西译的版本处理及其校勘学价值——以《玉娇梨》、《聊
　　斋志异》、《穆天子传》为考察中心／宋丽娟／2014.1.161
《离骚》的象喻范式与文化内蕴／尚永亮／2014.2.165
变文、话本与中唐诗歌的雅俗之变／罗筱玉／2014.2.173
明文"极于弘治"说刍议／何诗海／2014.2.184
明代文人经学与文学思想变革的关系／吴正岚／2014.2.192
江南与岭南：吴兴祚幕府与清初昆曲／朱丽霞／2014.2.204
乾嘉骈文的复兴／吕双伟／2014.2.214
唐代小说的事、传之别与雅、俗之体／戴伟华／2014.3.181
以文为诗：唐宋诗格的创变与整合／许总／2014.3.187
南宋张炎《词源》"清空"论界说／钟振振／2014.3.198
《闲情赋》谱系的文献还原——基于中世文献构造与文体性的综合研究／
　　林晓光／2014.3.204
近代小说中的文学"地图"与城市文化／张袁月／2014.3.215
清华简《周公之琴舞》组诗对《诗经》原始形态的保存及被楚辞形式的接
　　受／徐正英／2014.4.51
宋元之际士阶层分化与文学转型／沈松勤／2014.4.62
明代小说寄生词曲辑纂启示录／赵义山／2014.4.75
从李家源看朝鲜半岛的乐府观／王小盾／2014.4.83
出入于诗学与史学之间——才学识兼备的诗歌评论家赵翼／蒋寅
　　／2014.5.170
郭象玄学与东晋赏物模式的确立——兼及山水诗发生之理据问题／洪之渊

/ 2014.5.178
唐代进士科"策体"发微——"内容体制"考察 / 陈飞 / 2014.5.187
宋初三朝学士词创作考论 / 昌庆志 / 2014.5.198
《花笺记》：第一部中国"史诗"的西行之旅 / 王燕 / 2014.5.205
典范型人格建构与地方性知识书写——论清代全祖望的诗学品质和文本特点 / 罗时进 / 2014.5.214
从邹衍到屈原："九大洲"理论对屈辞的影响 / 汤洪 / 2014.6.62
论唐人"文章即诗歌"的文学观念 / 吴光兴 / 2014.6.69
从《何典》到《玄空经》——我国吴语讽刺小说的重要一脉 / 孙逊 / 2014.6.77
规模前辈，益以才思——由《云韶集》、《词坛丛话》看陈廷焯前期对晏欧词的研究与批评 / 顾宝林 / 2014.6.85
论"报章体"的体性和流变 / 丁晓原 / 2014.6.95

学人园地

八十年代的王瑶先生 / 陈平原 / 2014.4.212
罗兰·巴尔特在"人生的中途" / 黄晞耘 / 2014.6.207

综 述

打通历史的关节（1937—1952）——"聚散离合的文学时代"会议侧记 / 袁一丹 / 2014.4.219
"开放的传统，建构的经典"高层论坛暨2013年《文学评论》编委会综述 / 刘敏 / 2014.4.221
西部气象：中国西部文学与地域文化国际高端论坛综述 / 欧阳可惺　王敏 / 2014.5.222
首届"当代诗词创作批评与理论研究青年论坛"综述 / 宋湘绮 / 2014.6.216
中国与后殖民的对话："后殖民经典译丛研讨会"综述 / 程朝霞 / 2014.6.218

其 他

《文学评论》编辑部严正声明 / 2014.3.53

编后记

2014 年第 1 期／2014.1.224
2014 年第 2 期／2014.2.224
2014 年第 3 期／2014.3.224
2014 年第 4 期／2014.4.224
2014 年第 5 期／2014.5.224
2014 年第 6 期／2014.6.224

《文学评论》 2015 年总目录

（括号内分别为年、期、页）

特 稿

普遍意义的批评方法——致希利斯·米勒先生 / 张江 / 2015.4.5
J. 希利斯·米勒致张江的第二封信 / 2015.4.8

关于 "强制阐释" 的讨论 （笔谈）

"强制阐释" 与理论的 "有限合理性" / 李春青 / 2015.3.5
理论批评：回归汉语文学本体 / 陈晓明 / 2015.3.9
理论的批判机制与西方理论强制阐释的病源性探视 / 高楠 / 2015.3.12
文学阐释过程中前置立场与前见的区别 / 毕素珍 / 2015.3.16

马克思主义文论

马克思主义文学批评视域中自律与他律的辩证法 / 韩清玉 / 2015.6.5
消费时代文学的生产与危机——兼论马克思主义艺术生产观的当代启示 / 张冰 / 2015.6.10
复调语境中的《在延安文艺座谈会上的讲话》/ 杨向荣 / 2015.6.14
重建 "对话" 思维——形式主义与马克思主义的理论对话及其意义 / 段吉方 / 2015.6.19

新作批评 （专辑）

论赖声川主持的集体即兴戏剧创作 / 胡星亮 / 2015.3.128
世纪的 "野兽" ——由邓一光兼及一种新城市文学 / 杨庆祥 / 2015.3.140
"超幻现实" 与艺术的审判——读宁肯《三个三重奏》/ 耿占春 / 2015.5.203
《认罪书》：人性恶的探寻之旅 / 沈杏培 / 2015.5.212

倾情于"人类的心灵能够共同感受到的东西"——论铁凝近期的文学创作 / 贺绍俊 / 2015.6.116

新时期文学表征中的"个体化"难题——重读《哦，香雪》/ 王钦 / 2015.6.123

"社会史视野下的中国现当代文学" 笔谈

"社会史视野下的中国现当代文学研究"的针对性 / 程凯 / 2015.6.54

"社会史视野"："当代文学"研究的一个切入点 / 萨支山 / 2015.6.57

历史如何进入文学？——以作为《保卫延安》前史的《战争日记》为例 / 何浩 / 2015.6.60

现当代文学研究中的"历史化" / 刘卓 / 2015.6.63

文艺理论

不能成立的"极权主义"罪名——论哲学与诗"争吵"的古代启蒙意义 / 阮炜 / 2015.1.120

春晚作为媒介文化的运行机制及其哲学批判 / 胡友峰 / 2015.1.130

全球性影响的焦虑还是传统与现代的对接？——关于汉语新诗的"去中国化"误读 / 亚思明 / 2015.1.139

对朱光潜轶文《会饮篇》引论"的分析 / 宛小平 / 2015.1.148

"文以载道"再评价——作为一个"文论原型"的结构分析 / 刘锋杰 / 2015.1.154

说"气韵"与"神韵" / 罗宗强 / 2015.1.164

论文学的思想倾向性 / 张炯 / 2015.2.5

关于美学文艺学中"实践"的概念 / 王元骧 / 2015.2.13

"文艺起源于劳动"是对马克思恩格斯观点的误读 / 聂珍钊 / 2015.2.22

以独创性为坐标的文学批评方法 / 吴炫 / 2015.2.31

神话现象学的逻辑原则 / 王怀义 / 2015.2.41

"赋亡"：铺陈的丧失 / 易闻晓 / 2015.3.20

弥合理论与实践的裂缝——高居翰绘画研究之于文艺学创新的启示 / 李涛 / 2015.3.29

从"美"到"惯例"——艺术的现代观念转型及其中国情境的反思 / 杨向荣 / 2015.3.38

从模仿再现到离形得似——中西表演艺术差异之哲学与美学根源／顾明栋
／2015.3.48

文学批评的温度、力度和风度／刘巍／2015.3.56

"译文不在场"的翻译文学史——"译文学"意识的缺失与中国翻译文学
史著作的缺憾／王向远／2015.3.65

论中国现代美学与儒家心性之学的内在联系／杜卫／2015.4.126

话语方式中不在场的作者——福柯《什么是作者？》一文解读／张一兵
／2015.4.136

畸变的世俗化与当代大众文化／陶东风／2015.4.146

巴赫金超语言学的几个基本问题／王建刚／2015.4.155

言语行为理论：探索文学奥秘的新范式／马大康／2015.5.73

"人如何生活"——论当代英美文论的伦理定位／范昀／2015.5.83

由作品走向文本——兼论文学研究范式的嬗变／贾玮／2015.5.91

"文笔论"之重释与近现代纯杂文学论／周兴陆／2015.5.98

梁启超"趣味主义"的心性之学渊源／冯学勤／2015.5.107

文艺美学的兴起与思想解放运动及其他／杜书瀛／2015.6.24

挑战与博弈：文化研究、阐释、审美／南帆／2015.6.34

中国现代文学进程如何面对俄罗斯文学中的东正教问题／林精华
／2015.6.42

中国当代文学

他"披着狼皮"写作——从《怀念狼》看贾平凹的"转向"／陈晓明
／2015.1.5

乡土的哀歌——关于《老生》及贾平凹的乡土文学精神／谢有顺／2015.1.18

讲述"中国故事"的方法——贾平凹新世纪小说话语构型的语义学分析／
郭洪雷／2015.1.27

"老西安"、"古典"传统与"招魂"写作——论贾平凹的西安城市书写／
王亚丽／2015.1.38

形式的权力——论余华长篇小说叙事结构的历史演变／叶立文／2015.1.44

当代文学叙事中的个人主义意识危机——从近两年数部作品谈起／张翔
／2015.1.53

为鲁迅的话下一注脚——《白鹿原》重读／郜元宝／2015.2.98

论格非的文学世界——以长篇小说《春尽江南》为切口 / 程光炜 / 2015.2.107

汪曾祺小说的叙事模式研究："汪氏文体"的形成 / 刘旭 / 2015.2.116

新时期以来文学中非常态民间主体形象塑造 / 姚晓雷 / 2015.2.127

市井风情里的"世俗人生"——中国当代文学中的"苏州书写" / 曾一果 / 2015.2.136

冷战、南来文人与现代中国文学——以新加坡南洋大学中文系任教师资为讨论对象 / 金进 / 2015.2.147

城市结构中的"个人悲伤" / 罗小茗 / 2015.2.159

新时期中国大陆生态写作的本土化路径 / 李玫 / 2015.3.146

《新的美学原则在崛起》修改及发表始末 / 连敏 / 2015.3.156

历史与叙述——以香港"红楼梦奖"获奖作品为考察对象 / 赵冬梅 / 2015.3.163

《人生》与"80年代"文学的历史叙述 / 周新民 / 2015.3.170

"农村新人"形象的叙事演变与土地制度的变迁——以《太阳照在桑干河上》、《创业史》、《平凡的世界》和《麦河》为中心 / 李兴阳 / 2015.4.80

童年经验与边地人生的女性书写——萧红、迟子建创作比照探讨 / 刘艳 / 2015.4.88

"十七年"翻译文学的解殖民化 / 熊辉 / 2015.4.99

大众文化影响的焦虑——"70后"作家创作的"通俗化"倾向探讨 / 翟文铖 / 2015.4.107

赛博时代的三重世界叙事 / 凌逾 / 2015.4.117

"十七年"文学的计划体制——以《作家通讯》的稀见史料为依据 / 黄发有 / 2015.5.155

再造社会主义新人的尝试及其内在危机——蒋子龙小说《赤橙黄绿青蓝紫》中的青年问题 / 符鹏 / 2015.5.165

批判、忏悔与行动——贾平凹《带灯》、乔叶《认罪书》、陈映真《山路》比较 / 李勇 / 2015.5.177

选本编纂与"80年代"文学嬗变 / 徐勇 / 2015.5.187

别样的在场与书写——论近年女性非虚构文学写作 / 王晖 / 2015.5.195

论"大跃进"时期"群众史"写作运动——兼及文学工作者心态 / 李丹 / 2015.6.67

叩问"现代之路"：在小说与田野之间——从台湾布农族作家田雅各的《忏悔之死》说起 / 李娜 / 2015.6.78

何其芳晚年旧体诗探幽 / 赵思运 / 2015.6.89

莫言文学在日本的接受与传播——兼论其与获诺贝尔文学奖的关系 / 林敏洁 / 2015.6.98

融流浪汉小说与癫狂的诙谐文学为一体——论余华《兄弟》在法国的接受 / 张博 / 2015.6.110

中国现代文学

周作人的民族国家意识 / 赵京华 / 2015.1.63

"原来死住在生的隔壁"——从夏目漱石《虞美人草》的角度阅读鲁迅小说《明天》/ 张丽华 / 2015.1.76

边地风景体验与西南联大诗歌 / 马绍玺 / 2015.1.88

"红与黑"交织中的"摩登"——1928年上海《中央日报》文艺副刊之考察 / 张武军 / 2015.1.99

"国际人文主义"的双重跨文化构想与实践——重估学衡派研究 / 李欢 / 2015.1.110

章太炎：典籍分类、文类与现代文学 / 陕庆 / 2015.2.50

雕塑艺术与中国新诗的现代化 / 刘长华 / 2015.2.60

中国知识分子革命实践的路径——从韦护形象与丁玲的瞿秋白论谈起 / 徐秀慧 / 2015.2.71

对新诗建构与发展问题的思考——《新诗年选（一九一九年）》的现代诗学立场与诗歌史价值 / 方长安 / 2015.2.83

"遗产"与"界碑"——《朱自清文集》出版论略 / 邱雪松 / 2015.2.91

晚清"诗"与"歌"中的句法和意象——以传统诗歌的句法原理为分析基础 / 谢君兰 / 2015.3.72

易代同时与遗民拟态——北平沦陷时期知识人的伦理境遇（1937—1945）/ 袁一丹 / 2015.3.81

大文学视野下的《吴宓日记》/ 李怡 / 2015.3.92

福尔摩斯与奥斯丁——重读杨绛的小说 / 许江 / 2015.3.102

作为《子夜》"左翼"创作视野的黄色工会 / 妥佳宁 / 2015.3.108

"我词非古亦非今"：论顾随词 / 马大勇 / 2015.3.119

"以自己的沉没，证明着革命的前行"——"诗人之死"与鲁迅信仰转换中的命运认知 / 谭桂林 / 2015.4.13

"文章为美术之一"——鲁迅早年的美术观与相关问题 / 董炳月 / 2015.4.21

"赵树理方向"与《讲话》的历史辩证法 / 李杨 / 2015.4.31

"物恋"与"写作"——再论沈从文的物质文化研究 / 陈彦 / 2015.4.41

汉文圈的多重脉络与黄遵宪的"言文合一"论——《日本国志·学术志二·文字》考释 / 孙洛丹 / 2015.4.48

什么是"现代文学"的"现代"？——中国现代文学起点问题的历史考察和再思考 / 季剑青 / 2015.4.57

从"插图"到"图志"——中国现当代文学史著中的图文互文类型、时空建构及问题 / 龙其林 / 2015.4.68

鲁迅：从《斯巴达之魂》到民族魂——《斯巴达之魂》的命意、文体及注释研究 / 高旭东 / 2015.5.5

"自由离婚"：观念的奇迹 / 杨联芬 / 2015.5.15

论抗战时期国共两党文艺政策的分与合 / 王爱松 / 2015.5.24

质朴刚健或渊雅精深：抗战区"小品散文"的分流 / 裴春芳 / 2015.5.35

反法西斯战争中的"隐蔽力量"：以丁玲《我在霞村的时候》及其翻译为例 / 熊鹰 / 2015.5.44

红色文艺光环下的丁玲解读——以钱杏邨、冯雪峰、茅盾的评论为中心 / 文学武 / 2015.5.53

标准与尺度：论朱自清现代散文理论之构建 / 黄科安 / 2015.5.61

论1936—1942年毛泽东对鲁迅的引用 / 李玮 / 2015.6.132

从《藤野先生》的学术场域看日本鲁迅研究的特质 / 曹禧修 / 2015.6.142

"五四"脉络中的"满洲国"叙事 / 陈言 / 2015.6.150

"新月书店"考 / 胡博 / 2015.6.160

海外中国现代文学研究的再反思 / 季进 / 2015.6.169

中国古代文学

《太平经》与中国早期道教文学观念 / 刘湘兰 / 2015.1.172

熙宁变法语境下的学术纷争与辞赋创作 / 刘培 / 2015.1.180

明代《楚辞》评点形态及其研究价值 / 罗剑波 / 2015.1.189

晚清楚辞学新变与王国维文学观念 / 彭玉平 / 2015.1.198

从《罗慕拉》到《乱世女豪》——传教士译本的基督教化研究 / 宋莉华 / 2015.1.210
《诗经·生民》"履帝武敏歆"释义辨正——兼及历代阐释的学术史考察 / 李会玲 / 2015.2.167
苏轼散文的经典化历程及其文化内涵——以1127—1279年为中心 / 裴云龙 / 2015.2.175
《谈艺录》："宋调"一脉的艺术展开论 / 侯体健 / 2015.2.186
论近代翻译小说 / 陈大康 / 2015.2.194
建设具有现代意义的中国文体学 / 吴承学 / 2015.2.208
论庄子散文的愤世倾向及讽刺特色 / 边家珍 / 2015.3.179
韩柳骈文写作与中唐骈散互融之新趋势 / 谷曙光 / 2015.3.188
《牡丹亭》中《关雎》的意义 / 李思涯 / 2015.3.198
明代格调派诗歌情感观再辨析——以考察该派对诗歌情感价值、限度的判断为中心 / 徐楠 / 2015.3.208
《世说新语》在宋代的流播及其书籍史意义 / 潘建国 / 2015.4.165
《吕氏春秋》与《道德经》相关篇目论析 / 陈瑶 / 2015.4.177
20世纪国内唐代文学研究历程的量化分析 / 王兆鹏 / 2015.4.184
唐传奇名实辨 / 郝敬 / 2015.4.198
也论宋初三朝的学士词 / 张骁飞 / 2015.4.205
苏轼《天际乌云帖》诠解 / 衣若芬 / 2015.4.211
明清官方文献中有关新疆巴扎（集市）的叙述梳理与功能概述 / 王敏 / 2015.5.116
朝鲜古代《诗经》接受史考论 / 李岩 / 2015.5.127
汉代赋论的文学实践与时代转换——以赋心、赋神、赋情为中心 / 孙少华 / 2015.5.139
《文心雕龙》与气学思辨传统 / 夏静 / 2015.5.148
诗赋·辞赋·赋颂——两汉辞赋文学的方向性及其认同问题 / 吴光兴 / 2015.6.176
"文笔之辨"与中古政治、文化——中古"文""笔"地位升降起伏论 / 胡大雷 / 2015.6.182
朝鲜"倭乱"小说的历史蕴涵与当代价值——以汉文小说为考察中心 / 孙逊 / 2015.6.191

明清"抗倭小说"形态的多样呈现及其小说史意义／万晴川／2015.6.203

乡邦文人与都市文学——清末民初上海文学建构中的报人小说家群体／曾礼军／2015.6.211

书　评

文学史研究的启示与思考——以《剑桥中国文学史》为例／徐志啸／2015.1.217

综　述

林纾研究国际学术研讨会综述／鹿苗苗／2015.2.219

美学研究的困境与转型——"转型期的中国美学与审美文化"学术研讨会综述／黄石明／2015.2.221

中国当代文学研究会第18届学术年会综述／阳燕／2015.3.218

"中华文学的发展、融合及其相关学科建设"学术研讨会综述／马昕／2015.2.220

"面向时代的文学理论与批评"：传承与创新——中国中外文艺理论学会第十一届年会综述／王银辉／2015.4.221

批评的力量——"马克思主义文学批评的理论与实践"会议综述／张中／2015.5.220

华文文学的文学史价值与理论定位　"语言的共同体——当代世界华文文学高层论坛"综述／伊吾／2015.5.222

其　他

严正声明／2015.4.封三

编后记

2015年第1期／2015.1.224

2015年第2期／2015.2.224

2015年第3期／2015.3.223

2015年第4期／2015.4.224

2015年第5期／2015.5.224

2015年第6期／2015.6.封三

《文学评论》 2016 年总目录

（括号内分别为年、期、页）

特 稿

相遇中国文学 / [法] 勒克莱齐奥 / 2016.1.5
理论中心论——从没有文学的"文学理论"说起 / 张江 / 2016.5.5

学习习近平总书记在"哲学社会科学工作座谈会"上的讲话

弘扬传统，创新话语，贡献智慧——中国古代文学研究的文化担当与时代使命 / 康震 / 2016.6.5

林纾研究专辑

古文传授的现代命运——教育史上的林纾 / 陈平原 / 2016.1.8
以洋孝子孝女故事匡时卫道——林译"孝友镜"系列研究兼及五四"铲伦常"论争 / 李今 / 2016.1.22
论林纾对莎士比亚的接受及其文化意义 / 李伟昉 / 2016.1.31

鲁迅研究笔谈

文学批评史中的鲁迅遗产 / 孙郁 / 2016.2.5
鲁迅的当下性之议 / 吴俊 / 2016.2.8
打通鲁迅研究的内外篇 / 郜元宝 / 2016.2.11

"中华美学精神"专题

中国美学的国家意识 / 陈望衡 / 2016.3.5
中华美学精神在中国文化中的位置 / 刘成纪 / 2016.3.13
论中华美学的尚象精神 / 朱志荣 / 2016.3.18

乐与中国美学的和谐精神／韩伟／2016.3.23

三个"讲求"：中华美学精神的精髓／张晶／2016.3.30

台港澳文学研究专辑

《小说星期刊》与《伴侣》——香港早期文学新论／赵稀方／2016.4.94

叶荣钟的战后思考／张重岗／2016.4.102

"折返日文"——论台湾作家张文环光复后的跨语经验／马泰祥／2016.4.111

马克思主义批评理论研究专题

时代境遇中的马克思主义批评理论／张永清／2016.5.13

理论旅行中的批评意识——西方马克思主义文学批评形态刍议／王庆卫／2016.5.18

被遮蔽的空间：马克思文学地域批评思想初探／钟仕伦／2016.5.23

马克思恩格斯民间文学思想的再阐释／赵利民／2016.5.29

文艺的作用不可替代——习近平治国理政视域中的文艺观研究／丁国旗／2016.5.35

新作批评

退却中的坚守与超越——论张炜的近期小说创作／贺仲明／2016.2.204

后寻根时代的名实之惑——王安忆《匿名》及其他／王冰冰／2016.2.212

《耶路撒冷》：重建精神信仰的"冒犯"之书／江飞／2016.3.112

中国最后的农村——《极花》论／何平／2016.3.120

一部亡魂的忏悔录：评艾伟《南方》／彭正生／2016.5.211

罗陀斯的天光与少年——从吴亮的长篇小说《朝霞》而来／吕永林／2016.5.217

文艺理论

今文经学的制度美学与汉代审美文化的体制建构／程勇／2016.1.126

为什么麦克卢汉说中国人是"听觉人"——中国文化的听觉传统及其对叙事的影响／傅修延／2016.1.135

论自然生态审美的三大观念转变／赵奎英／2016.1.145

纳粹大屠杀与西方文化的"除魅"——乔治·斯坦纳的文化反思／单世联

／2016.1.154
从生态主义视野理解环境美学／徐岱／2016.1.163
作为言语行为的文学话语／王汶成／2016.2.65
韦勒克的民族文学观及其启示／刘为钦／2016.2.72
隐喻、寓言与中西比较文学／吴伏生／2016.2.81
叙事成为晚近研究方式的三重原因／刘阳／2016.2.90
文学艺术起源新探／张炯／2016.3.35
论审美反映的实践论视界／王元骧／2016.3.43
症候解读：文学批评作为艺术生产／姚文放／2016.3.54
"还其本来面目"——钱锺书的"文以载道"论／刘锋杰／2016.4.123
汉诗"缘事而发"的诠释界域与中国诗学传统——对"中国抒情传统"观的一个检讨／王怀义／2016.4.129
西方传统中国形象的"他者"建构与文学反转——以笛福的中国书写为中心／管新福／2016.4.139
新媒体时代文学的跨界异变及未来走势／钟丽茜／2016.4.148
媒介与近代以来中国文学的"自主性"问题／胡友峰／2016.4.157
玛丽苏神话的历史理据、叙事范式和审美趣味／管雪莲／2016.4.165
"中国文艺复兴"晶石上的西方异彩——胡适"白话文运动"与但丁《论俗语》之相似鹄的／肖剑／2016.6.50
从"主静"到"主观"——梁启超与儒家静坐传统的现代美育流变／冯学勤／2016.6.59
钱锺书《宋诗选注》的诗学困境与"十七年"文学批评／李松／2016.6.70
陈世骧"抒情传统说""反传统"的启蒙底色及其现代性／李翰／2016.6.79
《文心雕龙》在美国汉学界的经典重构／谷鹏飞／2016.6.89

中国当代文学

哗变与骚动：历史转折语境下的全国第四次文代会／斯炎伟／2016.1.67
"新时期文学"起源考释／黄平／2016.1.78
半个名士——论赴台后的台静农／王晴飞／2016.1.88
心灵世界的精神荒原——《遍地枭雄》再解读兼论王安忆的创作症候／张冀／2016.1.98

诗化抒情与"看"的整体性——论当代文学中的"工地"叙事 / 李海霞 / 2016.1.107
错失了的象征——论新诗抒情主体的审美选择 / 傅元峰 / 2016.1.117
"传奇"与中国当代小说文体演变趋势 / 李遇春 / 2016.2.154
郭松棻《月印》和20世纪中叶的文学史断裂 / 张诵圣 / 2016.2.169
重读铁凝：女性"本真"的洞见与未见 / 梁盼盼 / 2016.2.177
王安忆小说与"弄堂世界" / 程旸 / 2016.2.188
一个"炮孩子"的"世说新语"——论莫言《四十一炮》的荒诞叙事与欲望阐释 / 张瑞英 / 2016.2.195
论非虚构写作 / 洪治纲 / 2016.3.62
新世纪乡土中国现代性蜕变的痛苦灵魂——论梁鸿的《中国在梁庄》和《出梁庄记》/ 张丽军 / 2016.3.72
"陈奂生"为什么富不起来？——兼论"新时期"农村题材小说中农民的致富方式（1978—1984）/ 闫作雷 / 2016.3.81
欲望迷乱·平庸之恶·完美罪行——简论类"犯罪—追凶"小说的兴起 / 张志忠 / 2016.3.92
一种新的写作方式——《心灵史》解读 / 李晨 / 2016.3.101
中性风格的魅力与局限——平心试论汪曾祺 / 李建军 / 2016.4.54
"两个天津"与天津想象的叙事选择 / 李永东 / 2016.4.65
《平凡的世界》的社会史考辨：逻辑与问题 / 陈思 / 2016.4.73
格非小说论 / 梅兰 / 2016.4.84
重估社会主义文学"遗产" / 张均 / 2016.5.164
贾平凹序跋文谈中的"古代" / 程光炜 / 2016.5.176
论张承志的风景话语及意义 / 颜水生 / 2016.5.183
"异域"与"历史"书写：讲述"中国"的方法——论严歌苓的小说及其创作转变 / 曹霞 / 2016.5.193
论吉狄马加诗歌的人类学价值 / 李骞 / 2016.5.203
当代文学研究应该与如何"及物"——基于"文献"与"文本"的一种解读 / 吴秀明 / 2016.6.96
土地、经验和想象——论中国现代诗歌"土地诗学"变迁中的三种路向 / 李蓉 / 2016.6.106
现代左翼抒情传统的当代演绎与变迁——《百合花》文学史意义新论 /

傅修海 / 2016.6.115

丰富的可能性——叶兆言论 / 黄轶 / 2016.6.122

主体性的"显"与"隐"——2014至2015年长篇小说的书写倾向 / 刘阳扬 / 2016.6.130

《文学评论》"稿约"的历史变迁与中国当代的文学研究 / 寇鹏程 / 2016.6.139

史料考释中的非史料学"考释"——黄平《"新时期文学"起源考释》读后 / 蒋守谦 / 2016.6.147

中国现代文学

村庄里的中国：赵树理与《三里湾》 / 贺桂梅 / 2016.1.36

地方色彩与解放区文学——以赵树理的文学语言为中心 / 李松睿 / 2016.1.49

建国前后废名思想的转变——以《一个中国人民读了新民主主义论后欢喜的话》为中心的考察 / 冷霜 / 2016.1.58

通俗教育研究会与鲁迅现代小说的生成 / 李宗刚 / 2016.2.16

鲁迅"骂之为战"的发生 / 邱焕星 / 2016.2.26

作为被损害者的D君与P君夫妇——彭家煌《Dismeryer先生》的自叙传色彩及其侨易经验 / 叶隽 / 2016.2.38

启蒙、革命和抒情的循环圈——以蒋光慈"革命加恋爱"小说为例 / 孙伟 / 2016.2.48

沈从文与民盟 / 李斌 / 2016.2.56

"普通国文"的发生——清末《蒙学报》的文体试验 / 陆胤 / 2016.3.129

基督教大学里的新文学："五四"时期圣约翰大学的国文教育改革初探 / 凤媛 / 2016.3.141

郭沫若与古诗今译的革命系谱 / 王璞 / 2016.3.152

反浪漫主义的诗学檄文——解析钱锺书唯一的新文学作品论 / 龚刚 / 2016.3.164

"穆时英的最后"——关于他的附逆或牺牲问题之考辨 / 解志熙 / 2016.3.172

视觉装置与"写实"方法的现代构筑——"美术革命"与"文学革命"的交集及其意义 / 王中忱 / 2016.4.5

"社会改造"与"五四"新文学——作为一个整体的研究视域／姜涛
／2016.4.16

在苏菲亚与茶花女之间——丁玲的新女性重塑与近现代中国文武兴替思潮
／符杰祥／2016.4.26

1925—1931：阶级论美学的初期实践——以蒋光慈小说为考察中心／姚玳玫
／2016.4.35

现代世界的"晚生子"与"碎裂时代"的写作——再论路翎与《财主底儿女们》／陈彦／2016.4.46

清末民初社会小说的思想蕴藉／张勐／2016.5.108

晚清科幻小说中的殖民叙事——以《月球殖民地小说》为例／贾立元
／2016.5.117

出版延安的"知识"与"政治"——延安与生活书店的战时交往史／范雪
／2016.5.128

论解放区前期文学中知识分子的自我批判／秦林芳／2016.5.136

文学批评也是一门艺术——论"五四"以来中国"批评文学"／张志平
／2016.5.145

百年日本鲁迅研究的生机与偏至／李明晖／2016.5.154

有关20世纪中国文学史研究的几个问题／陈思和／2016.6.152

中国左翼文学中的美国因素／吕周聚／2016.6.162

传统家风意识与中国现代文学中"立人"思想／刘长华／2016.6.171

"体贴人情"：鲁迅的幸福观及写作动力／刘涵之／2016.6.181

鲁迅去世后的"竞卖潮"及其意义／彭林祥／2016.6.191

民国时期旅美游记中的美国再现与"民族自志"／陈晓兰／2016.6.202

中国古代文学

先秦的"小说家"与楚国的"小说"／高华平／2016.1.171

子夏的思想特征及其家学渊源／马银琴／2016.1.182

明人分调编次观与唐宋词的分调经典化／叶晔／2016.1.193

论明清小说寓意法命名的内涵与特点／程国赋／2016.1.203

《聊斋志异》：诗性的温情与偏狭／王昕／2016.1.216

《论语》早期三次编纂之秘密的发明／杨义／2016.2.98

西汉甘泉祭祀仪式的文学影响——从"采诗夜诵"到甘泉诸赋／蔡丹君

/ 2016.2.108

论六朝文派 / 马茂军 / 2016.2.116

杨素与廊庙山林兼之的文学范式 / 孙明君 / 2016.2.124

魏良辅的曲统说与北宋末以来音声的南北流变——从《南词引正》与《曲律》之异文说起 / 李舜华 / 2016.2.132

论海宁查氏闺阁诗群的创作取尚 / 陈玉兰 / 2016.2.145

中国古代道教语录体散文的文学史意义 / 蒋振华 / 2016.3.181

由谶纬说"神守文化"、"社稷守文化"对先秦文学的影响 / 郑杰文 / 2016.3.187

从"盛唐之音"到盛世悲鸣——开天诗坛风貌的另一考察维度 / 杜晓勤 / 2016.3.193

作为副文本的明清文集凡例 / 何诗海 / 2016.3.204

中国文学的"世纪之变"——以严复、梁启超、王国维为中心 / 关爱和 / 2016.4.181

文人结社与晚清民国地域文学传统的建构 / 袁志成 / 2016.4.193

七律的放翁诗法——从"律熟"的评价说起 / 管琴 / 2016.4.200

百年问题再思考——北曲杂剧音乐体制渊源新探 / 赵义山 / 2016.4.210

"五经"含文——刘勰"文体解散"论辨析 / 李晓峰 / 2016.5.42

殷璠《河岳英灵集》的诗歌批评方法及其意义 / 卢燕新 / 2016.5.48

关于明代文学与清代文学的关系——以诗学为中心的考察 / 廖可斌 / 2016.5.56

论词之"松秀"说 / 彭玉平 / 2016.5.69

近代中国文学概念转换的历史语境与路径 / 陈广宏 / 2016.5.84

"文外之旨":从佛学到诗学的意义转换 / 刘运好 / 2016.5.99

中国早期文字与文体观念 / 吴承学 / 2016.6.14

熟语使用与"三言"叙事风格 / 赵冬梅 / 2016.6.25

彊村授砚正源刍论 / 崔金丽 / 2016.6.33

试论晚唐"物象比"理论及其在诗歌意象化过程中的意义 / 高晓成 / 2016.6.41

争　鸣

清末至五四文人认同尼采的心理动因——兼谈古代文学中的孤傲不群 / 黄怀军 / 2016.3.213

学人研究

追寻那一切的开始之开始——葛晓音教授古典文学研究的成就及其方法 / 李鹏飞 / 2016. 4. 171
项楚先生与敦煌俗文学研究 / 王永波 / 2016. 6. 210

综　述

关于文艺思想通史研究的几个理论问题——《中华文艺思想通史》工作会议综述 / 李昕揆 / 2016. 2. 221
批评的理论　理论的批评——"当代中国文论话语体系构建"高端论坛会议综述 / 赵炎秋　王欢欢 / 2016. 4. 222
走向创新融通的当代中国文艺理论——中国中外文艺理论学会第十三届年会综述 / 徐放鸣 / 2016. 6. 217

编后记

2016 年第 1 期 / 2016. 1. 封三
2016 年第 2 期 / 2016. 2. 223
2016 年第 3 期 / 2016. 3. 224
2016 年第 5 期 / 2016. 5. 224
2016 年第 6 期 / 2016. 6. 224

1957~2016年

编后记

1957 年

第 1 期

　　创办"文学研究"这样一个刊物，许久以来大家就感到有这种需要了。"百家争鸣"的方针提出以后，全国学术界都得到了很大的鼓舞；从事文学研究工作的人就更为迫切地感到需要有一个自己的园地，有一个全国性的集中发表文学研究论文的刊物。

　　这个刊物就是在这种迫切的需要下面筹办起来的。除了如一般刊物一样也要组织一些有时间性的文章而外，它将以较大的篇幅来发表全国的文学研究工作者的长期的专门的研究的结果。许多文学历史和文学理论上的重大问题，都不是依靠短促的无准备的谈论就能很好地解决的，需要有一些人进行持久而辛勤的研究，并展开更为认真而时间也较长的讨论。我们这个刊物打算尽可能废除一些不利于学术发展的清规戒律。我们将努力遵循党所提出的"百家争鸣"的方针，尽可能使多种多样的研究文章，多种多样的学术意见，都能够在这上面发表。我们深信，我们的学术水平，我们这个刊物的质量，都只有在"百家争鸣"的方针下广泛发表各种意见和自由竞赛，然后有可能逐渐提高。在任何学术部门，一家独鸣都是只会带来思想停滞和思想僵化的。关于现实主义的问题，关于社会主义现实主义的问题，关于中国文学史的分期问题，是我们想提出来加以讨论的。这一期刊载了两篇有关现实主义和我国文学史分期的论文。我们希望能够发表更多的作者对于这些问题的意见。由于研究汉族古典文学的作者较为众多，这一次收到的主要是这方面的稿子。我们希望对我国现代文学、各少数民族文学和民间文学有研究的同志多给我们惠寄一些文章。在外国文学方面，关于西方文学的论文我们还收到了一些，但却缺乏关于俄罗斯和苏联的文学的稿子，关于东方各国文学的稿子。我们希望研究这些国家文学的专家给我们以支持。

　　筹办这个刊物的时候，我们把它暂定为季刊。感谢许多同志的热烈的支持，在短短的时间内我们收到的可用的稿子就超过了原来预定的篇幅所能容纳的字数。我们曾打算改为双月刊，但负责刊物发行的邮局方面感到有困难，没有能够实现。这一期虽然临时扩大了一些篇幅，可用的稿子仍未能全部登出，有一部分只有留给第二期了。我们计划明年改为双月刊。今年，如果今后收到的可用的稿子更多，不是每季一册所能容纳，我们打算出一、二册增刊来补救。希望作者们惠寄文章的时候，不要因为本刊的篇幅有限而有所顾虑。

第2期

细心的读者会注意到，本刊第一期上所印的出版日期是同它和大家见面的实际时间大有距离的。脱期的原因，据出版社说，一是由于篇幅增加个别稿发排稍晚，二是由于印刷工作上的缺点。说是从第二期起，可以不再脱期了。但愿事实如此。

有些同志建议我们多发表一点短小精悍的文章。我们打算这样做。经过认真研究的有内容的长文我们不怕它长，同时又争取每期多有一些短文，这两者是并不矛盾的。希望作者们多寄给我们一些这样的短稿：关于当前的文学创作和文学批评的简短的评论，关于文学研究工作中的问题的探讨，有心得有见解的读书笔记，零星然而珍贵的文学资料，等等。

有些同志建议我们加强学术动态栏。这也是很必要的。按照理想，这一栏应该做到大致反映全国文学研究工作的重要情况，而且报导一部分国外的学术活动。第一、二期的报导都太少太少了，只能算是聊备一格而已。今后除了有计划的组稿而外，我们欢迎各地的文学研究工作者多给我们寄一些这方面的稿子。这种报导最重要的是要内容确实。如果是问题的讨论或争论，还要求准确地报导那些不同的论点。

一个研究刊物印四万份，在目前纸张困难的情况下，似乎不算太少了。但不少读者来信，说这个刊物不容易买到，要求增加印数或者再版。我们已向出版社接洽过。出版社同意从第二期起增加一点印数。学术性的刊物有这样多的读者，这是反映了我们国家的文化的高涨的。对于从事研究工作的人，对于我们做编辑工作的人，都是一种巨大的鼓舞。我们把深切的希望寄托于我们的成千成万的读者：经常地多多地给我们提一些意见，使这个刊物能够逐渐办得好一些！

五月十六日

第3期

目前全国正在进行轰轰烈烈的反对右派分子、维护社会主义事业的斗争，正在进行政治战线上和思想战线上的社会主义革命。文艺界也投入了这个斗争。这个斗争对于我们文学工作者来说，是一场严重的政治考验，一次深刻的思想教育。在文学工作者的队伍中也发现了一些右派分子。他们站在敌对的地位，反对社会主义的道路和党的领导，反对文艺为工农兵服务，企图推翻并篡夺党对文艺事业的领导权。这是全国人民所不能容忍的。我们编辑部发表了"保卫文学的党性原则"，专对右派分子在文艺方面的进攻作了一些驳斥。自下一期开始，我们还打算组织一些批判错误的文艺思想和文艺理论的论文，殷切地希望各地作者支持我们，多寄我们一些这方面的文章。

本期发表的范存忠"赵氏孤儿杂剧在启蒙时期的英国"，它告诉我们元曲"赵氏孤儿"在十八世纪三十年代如何流入西欧，如何在英国上演的详细情况，是一篇材料比较丰富的文章，可供研究元曲的人参考。夏承焘的"姜夔词编年笺校"写得颇为精细。"试论中国文学史分期问题"是一篇讨论性质的文章。对于这个重要的问题，大家的看法还不一致。我们打算在今后对这一问题继续展开讨论。

李清照的画像，不知是谁画的，只知原藏山东诸城县署，为刘半农生前所搜集。从画面的构图和所画的用具看，当非宋人真迹，很可能是明朝人画的。但李清照画像向来少见，印出来当作资料看也还有它的意义。黄庭坚画像系南熏殿所藏，已为大家所熟知，不必多加说明了。

八月二十日

第4期

为了庆祝伟大的十月社会主义革命四十周年，我们曾邀约了几位同志撰稿，但因时间紧迫，多未能如期写成。这里发表的只有水夫的"暴风雨所诞生的"一篇。虽然只有一篇，我们也想借它来表达我们对于开辟了人类社会历史新纪元的十月革命四十周年纪念的欢欣之情。袁可嘉的"布莱克的诗"和李健吾的"科学对法兰西十九世纪现实主义小说艺术的影响"，也是我们特约的纪念文章。前者是纪念杰出的英国诗人兼画家威廉·布莱克（1757～1827）诞生二百年，他的生日是十一月二十八日。后者是为纪念法国名作家福楼拜的名著《包法利夫人》出版一百周年而写的。

  对文艺界右派分子和反党分子的作品和文艺思想的批判，本期发表了两篇批判的文章，毛星的"论文学艺术的特性"和王燎荧的"抗战时期丁玲小说的思想倾向"。这仅仅是我们对于右派分子和反党分子的批判的开始。今后我们还要继续组织这方面的文章，希望各地作者多给我们来稿。

  时光过得真快，一转眼又是一年了。我们回顾一下自己的工作，许多地方都不令人满意，较为显著的缺点是刊物的计划性差。为了克服这个缺点，我们拟了一个明年度的工作计划要点。文学理论和现代文学方面打算以继续批判文艺界的右倾思想为重点，同时也打算发表对"五四"以来的重要作家和作品的研究论文。古典文学的重点打算放在元、明、清的戏剧小说方面，希望能够发表几篇具体分析作品的文章。外国文学的论文争取能够比第一年度涉及的方面多一些。社会主义现实主义问题和中国文学史分期问题我们仍拟继续讨论。此外，还想加强书评工作。这工作十分重要，读者对这方面的要求也十分迫切，我们殷切地盼望各地作者支持我们，多多供给一些书评方面的稿件。关于论文的字数，本刊过去没有加以限制，今后也不打算有硬性的规定，但作者们如能写得精炼一些，那是会更受到广大读者的欢迎的。我们还想把刊物编得富有生气些，欢迎大家参加各种问题的讨论。过去本刊所发表的某些文章，就有不少读者来信提出不同的意见，可惜都没有写成文章寄给我们，因此问题就讨论不起来，这个缺点盼望大家共同来克服。

  亲爱的读者们，为了把这个刊物办得好些更好些，我们热忱地盼望大家多提一些改进的意见。本期附有意见表一份，务请大家填好就寄给我们。如意见很多，表上填写不便，另外写信给我们也可以。希望读者、作者不断地给我们更多的支持和严格的督促，使刊物编得好一些。

十一月二十五日

1958 年

第 1 期

这一期送到你们手头时，读者同志们，你们在感觉上也许与收到去年各期时有所不同吧。是的，封面换了，目录增添了外文，每篇末页空白的地方补上了短文，字数增多了六万字。记得去年创刊的时候，我们曾经提过可能在今年改为双月刊，这在客观上虽有这个需要，但目前主观条件还是不够的，暂时还没法实现。现在的补救办法就是增加篇幅，希望每期都能多容纳几篇文章。

关于这一期的内容，用不着一一介绍了。这里只想说几句：我们为了继续对文艺界的右派分子和修正主义思想进行批判，这一期发表了冯至的"论艾青的诗"、刘绶松的"关于左联时期的两次文艺论争"、以群的"社会主义现实主义"三篇文章。对于右派分子和修正主义者的错误文艺思想的批判，乃是我们当前文艺战线上的两条路线的斗争。这个斗争的胜利将决定我们整个文学工作的顺利的发展，因此，我们必须严肃的把这个斗争进行到底。在这个斗争的总的目标和要求下，本刊将陆续发表有关这方面的批判文章。同时为了继续开展中国文学史分期问题的讨论，我们发表了郑振铎的"中国文学史的分期问题"。作者在这篇不太长的文章中对这个问题提出了他的看法。我们希望曾经或正在研究、编写和讲授"中国文学史"的同志们就这个问题，写出文章来参加讨论。现实主义和社会主义现实主义也是当前文艺领域中的重要问题，本刊去年没有很好地开展讨论，现在我们殷切地盼望各地作者、读者们多供给这方面的文章，特别是与去年本刊所发表的几篇文章有不同意见的文章，以便通过讨论把问题推进一步。那怕写得短一些，也是欢迎的。这一期在外国文学方面，罗大冈的文章所论到的"约翰·克利斯朵夫"，对我们的读者不仅是熟悉的，而且还因为这部书目前在我国读书界引起了一些论争，因而如何正确的理解并接受这部书，就成为我们急需探讨的问题。王佐良的文章所论到的旭恩·奥凯西对我们国内的一般读者可能较为生疏。他是英国当代重要的进步作家，是值得向大家介绍的。今年三月十六日（新历三月二十八日）是伟大的作家高尔基诞生九十周年纪念，为了对这位巨人表示我们的热爱和崇敬，发表了缪灵珠的"高尔基的文学史观点和方法"以资纪念。

我们在上一期中附发的读者意见调查表，到目前为止已经收到一部份，承大家的关切，给我们提了很多宝贵的意见。有的同志填表之外，还热情洋溢地写了长信来，这种认真负责的态度，很使我们感动。我们愿意接受大家的许多宝贵的意见，凡是能改进的从这一期起就逐步加以改进，目前有困难还不能办到的，也可以作为我们努力的方向。在这里先要向提意见的读者、作者们表示衷心的感谢！

有一些意见我们应该在这里说明一下，譬如要不要刊登考证文章的问题。我们认为对理解我国文学史上的重要的作家、作品和某些问题有帮助的考证文章仍有它们的价值，客观上也有这个需要，所以今后仍想酌量刊登一些。只是在与其他文章的比重上，每期可以有个适当的数量，也只有这样才能满足各方面的读者的需要。又有一些读者对长文章颇有意见，希望采用较短的文章，这个意见是值得我们注意的，今后当努力改进。但有一些问题的确需要较多的篇幅才能说得透彻的，我们也尽可能的要求作者写得精炼些。

希望读者同志们经常把意见告诉我们，从各方面给我们以支持。

二月十四日

第 2 期

这一期总算编印出来了。从内容上看，方面似乎多了一些，但还显得杂乱。我们正在讨论如何改进这个刊物。我们一定要排除各种困难，争取在今后的版面上有新的面貌，以便更好地为当前的社会主义建设服务。

这一期为了纪念我国十三世纪的伟大戏剧家关汉卿，约了三位作者写了文章，以表示我们对这位伟大戏剧家的崇敬和热爱。关于关汉卿的杂剧的成就，我们希望在下一期上还能发表其他同志的文章。

这一期添了二个栏目：一是笔谈，二是通信。笔谈的对象是三部为读者欢迎的新作品。为什么只挑选这三部作品而不挑选别的新作品呢？原因是这三部作品都是描写战争的，放在一起来谈较为方便。参加笔谈的同志多数是中国科学院文学研究所新成立的中华人民共和国文学组的研究人员。他们曾召开过一个小的座谈会，对这三部新作品进行了一次讨论，也邀请了少数组外的同志参加。座谈会上的发言，有意见比较接近的，也有意见不一致的。我们约他们把他们的意见写出来发表，以供读者同志们参考。通信栏的开辟是为了方便读者同志们用通信的方式来自由发表意见，自由讨论问题。无论是对本刊所刊登的论文和其他文章的意见，或者是对当前文学研究、文学批评和文学创作的意见，只要可供读者参考，我们都愿意发表。这一期通信栏发表的三位同志的来信，只算是开端。他们所批评的作者如有不同的看法，我们欢迎他答辩。我们在工作中有这么一个体会：在文学研究领域内，大家还不大习惯于辩论，不大习惯于批评和反批评，在学术问题上有不同意见不大肯说，或者又不敢尖锐地说，缺少一种敢想、敢说、敢大胆发表自己的意见的革命精神。这是不利于学术的发展的。在全国大跃进的形势下，我们希望学术界打破这种沉闷的空气，出现一种新的气象，新的精神。本刊愿意提供大量的篇幅来发表这些辩论的文章。关于中国文学史的分期问题，是我们早就提出来，希望大家来讨论的。但这一期只收到了一篇文章。这个问题，除本刊已发表的几篇文章提出不同的意见外，在社会上还有三种分法：甲、分为六个时期：一、周以前，二、周代，三、秦至南北朝，四、隋至元，五、明清，六、鸦片战争至五四运动以后；乙、也分为六个不同的时期：一、上古到春秋末，二、战国到东汉，三、建安到盛唐，四、中唐到北宋末，五、南宋到鸦片战争，六、鸦片战争到五四运动以后；丙、分为四个时期：一、上古到西汉，二、东汉到盛唐，三、中唐到鸦片战争，四、鸦片战争到五四运动以后。到底应该如何分期才合理，还需要进一步来讨论。茅盾同志已答应给本刊写关于这个问题的文章，我们希望他能够早日写出。

《惠特曼在诗歌方面的革命》的作者亚伯·察佩克同志是捷克斯洛伐克科学院院士，他这篇文章是专为本刊写的。我们对他的热情的支持表示感谢。

最后，我们诚恳地希望读者同志们，对本刊今后如何改进的问题多提一些意见，使《文学研究》对全国的文学研究工作能够发生更明显的促进的作用。

六月十一日

第 4 期

　　这一期发表的几篇有关学术思想批判的文章,除了《王瑶的"中国新文学史稿"批判》之外,别的几篇全是中国科学院文学研究所的青年研究人员写的。这几篇所谈的问题都是曾在该所的学术批判会上讨论过,文章的作者除了自己的论点还吸收了会上其他一些同志们的意见。对于这些文章,很希望大家特别是被批判者提出不同的意见,以进行讨论。学术问题是需要反复讨论的,真理是愈辩愈明。这一期还辟了个问题讨论栏,刊出黄昌前与王季思两同志关于苏轼的评价的讨论,希望通过这样的讨论,把问题挖掘得更深刻些。目前各方面对巴金作品的看法颇有争论,上一期我们曾发表北京师范大学中文系青年同学与青年教师合写的《论巴金创作中的几个问题》,这一期又发表两篇有关这一问题的评论,彼此的意见是不很一致或很不一致的,希望更多的同志来参加这一问题的争论。

　　为了纪念苏联塔吉克大诗人鲁达基诞辰一千一百周年,我们发表了戈宝权同志的《塔吉克古典文学的始祖鲁达基》,表示我们对这位大诗人的热爱和崇敬。

　　当这一期和读者见面的时候,这不平凡的一年将要过去,新的一九五九年又到来了。这新的一年恰逢建国十周年和五四运动四十周年;我们在大搞钢铁,大搞人民公社,大搞文化革命和技术革命的伟大胜利的基础上来迎接这新的一年,意义是很重大的。就文学事业的成就来说,成绩也是丰富的、辉煌的。我们殷切地希望全国的作者和读者继续支持本刊,从各个方面来总结我国这伟大的十年来社会主义文学的经验,多寄给我们有关这方面的文章,特别是工农兵作家和作品的研究的文章。我们也十分欢迎五四以来重要作家和作品的研究的文章,鲁迅研究更是当前特别紧要的任务,希望更多的同志就这一专题进行研究,并且把研究的成果寄给我们发表。

　　最近我们接到各地读者的来信,说本刊上一期不容易买到,如济南、杭州等城市都有脱销的情况,要求我们增加印数。这个意见我们已经转告出版社和邮局了。这里需要说明:本刊每期的印数是由邮局决定的,邮局则是根据订户来统计印数,零售数字很难掌握,如印多了怕卖不掉,造成资金的积压和浪费,印少了,就供应不上。要能满足更多的读者的需要,解决的办法只有希望读者同志们能够长期订阅本刊。

　　本刊从第三期起曾进行过一些改进,我们热情地希望作者和读者的协助,使本刊在原有的改进的基础上,再提高一步,作者、读者们有什么意见,很盼望写信给我们。

　　最后,祝贺同志们新年快乐。

十二月七日

1959 年

第 1 期

　　我们这个刊物这一期以《文学评论》的新名字和读者们见面了。《文学研究》为什么要改名《文学评论》呢？主要是为了使刊物的名称更符合它的内容。读者们大约还记得去年第三期上登过一篇编辑部的《致读者》罢。在那篇短文里我们曾谈到本刊的改进意见和具体要求，也还谈到本刊今后将以大部分篇幅来发表评论当前文学作品和文学理论问题的文章。这说明刊物的内容早已有了大的改变；现在来改名，就完全是必要的了。

　　这一期里发表了四篇有关中国诗歌问题的讨论文章，这四篇文章的意见是不很一致的。关于中国诗歌问题的讨论为大家所关心，牵涉的问题又不少，许多文艺报刊都先后发表过关于这一问题的讨论文章。目前这个讨论仍在继续进行。我们这一期发表的几位作者的文章都是就目前一些有争论的问题提出自己的看法。我们希望继续收到并发表关于这个问题的文章，并且希望是能把讨论中的问题深入一步的文章。这一期还发表了一篇通信，对毛星同志的《论文学艺术的特征》（见本刊一九五七年第四期）一文中所谈的形象思维问题提出疑问。这个问题在目前的学术界中也有争论，我们希望关心这个问题的作者、读者们写文章参加讨论。

　　本刊下一期的出版恰逢"五四"运动四十周年，我们打算以一些篇幅来发表有关这方面的文章，如"五四"以来的文学思想斗争、重要的作家和作品的评论，我们都很欢迎。今年又是我国建国十周年，这十年间的文学的成就很大，成绩是辉煌的。我们知道，全国的文学研究工作者和文学评论工作者们，目前正在忙着搞献礼，埋头研究问题，我们很希望同志们把研究的成果寄给本刊陆续发表。

　　读者同志们对这一期的内容有什么意见？今后应该怎样编？都希望写信告诉我们，以便改进。

二月四日

第 2 期

今年是"五四"运动的四十周年。为了从文学方面纪念我国历史上这个光辉的日子，我们在这一期特为发表了叶圣陶、唐弢、贾芝、以群等同志的四篇文章。其中贾芝的文章论述了李大钊的诗文在传播马克思主义思想，在对旧文化所起的摧枯拉朽的作用等方面所具有的深刻的战斗意义；也论述了李大钊作为一个共产主义战士的优秀的革命品质，对这位先驱者表示了无限的敬意。唐弢的文章，对我国新文化史上最英勇最坚决的旗手鲁迅的思想演变这个重大问题作了分析。另外为了纪念世界文化名人苏格兰诗人罗伯特·彭斯诞生二百周年，我们发表了袁可嘉的《彭斯与民间歌谣》，对这位杰出的诗人与民歌的关系作了一些阐述。这对我们今天讨论民歌问题，似有所启发。

关于诗歌问题的讨论，本期又发表了何其芳、林庚、卞之琳的三篇文章。这个问题我们准备继续讨论下去，希望大家多多发表正面的具体的意见。形象思维问题，也是本刊早已提出来的。这一期发表的《试论形象思维》就是这一问题讨论的继续。这个问题在文艺科学领域里是很重要也很复杂的，我们希望从事文艺理论研究工作的同志们参加这个讨论，更盼望从事创作的同志们根据自己的经验来参加这个讨论。

本期还发表了刘大杰的一篇文章。这是一篇关于对他的批评的答辩。我们认为，在学术问题上是需要反复论辩的。这样可以促进我们的学术的发展。反复论辩正是寻求真理的最好的方法。

还有一篇关于胡也频的文章，是苏联莫斯科大学副教授尼·马特柯夫投寄给本刊的，特在这里感谢他对我们的支持。

三月三十一

第 3 期

关于诗歌问题的讨论已经进行了许久了。我们认为格律问题是新诗发展问题中的一个很重要的问题，要把讨论深入一步，就有必要来集中探讨一下。因此这一期我们编了一个"关于诗歌格律问题讨论专辑"。在这一专辑中，大家对什么是诗的格律，构成格律的因素是什么，中、外的古典诗歌的格律是如何形成的等问题，以及其他问题提出了自己的意见。这些意见还并不一致，但对于我们研究和讨论这个问题都是有参考价值的。下一步我们想就这次专辑中提出的问题和意见进行座谈，然后将座谈的结果，取得一致的意见和尚不一致的意见，整理出来发表。读者同志们对这些问题有新的意见，也希望写出来寄给我们。

蔡仪的《现实主义艺术的典型创造》，是他关于现实主义问题的第三篇论文。在这篇文章里，他认为现实主义艺术典型的创造不一定都要描写典型环境中的典型性格，并且对浪漫主义也提出来了一些自己的看法。现实主义和浪漫主义也是文艺界讨论已久的问题。但这个问题的讨论也有待于深入。

王季思的《有没有这样的线索和标准》，是针对批评他的《宋元文学史讲义》的意见而写的答辩。

在编辑这一期时，正值苏联第三次作家代表大会开会的时候。这次大会对苏联文学在共产主义建设中所负的崇高使命和一些重要问题作了许多探讨，我们特将大会的情况和代表们的发言择要作一报导，供大家参考。

本刊第四期第五期出刊时，正值我们伟大的人民共和国成立十周年纪念的前后，我们打算在这两期上都发表一些有关十年来的文学和文学工作的论文，希望全国的文学研究工作者都来支持我们。

五月三十日

第4期

这一期的内容没有完全实现上一期《编后记》中所提出的计划。有关十年来的文学的文章，由于收到的稿子较少，现在读者们看到的只有朱寨的《谈〈山乡巨变〉及其他》和王西彦的《试论〈百炼成钢〉》两篇评论。但我们估计十月号上是可以多发表一点的。

我们多么希望全国的读者和作者都来支持本刊，多给我们有关十年来的文学的文章。这十年间的文学，不论文学创作、文学理论问题和中国文学史的研究工作各个方面都积累有比较丰富的经验，很值得我们好好地总结一下，如果从中能够寻找出社会主义文学的发展规律，那是一宗很有意义的工作。本刊很愿意让出较多的篇幅来刊登这方面的研究成果。

关于诗歌问题的讨论，这一期虽然没有继续发表文章，但是，座谈会一直在开的。我们和其他报刊编辑部于七月间曾经两次邀请在京的诗人和研究诗歌的人三十余位，就诗歌的格律问题和格律诗有关的节奏等问题进行过座谈，因为彼此的意见不很一致，还要再开一次。座谈会的结果，只好留待下一期发表了。有不少读者关心这个问题，所以先在这里说明一下。

近来有部分读者给我们写信，要本刊多登一些有关著名外国作家和作品的评论，有的还很热情地给我们开了名单和书目，读者们这样关心本刊的工作，真是给我们莫大的鼓舞，我们一定要努力做好这项工作。这一期发表的戈宝权的《普希金和中国》，罗大冈的《可拉贡的〈共产党人〉》，也是读者来信中提到的作家。

中国文学史上的现实主义的发展问题，曾经有过争论，现在还是有争论。罗根泽的《现实主义在中国古典文学及理论批评中的发生和发展》便是就这一问题提出他自己的看法。希望大家就这一问题写文章来展开讨论。

《蒙古族民间艺人琶杰及其创作》是蒙古族托门同志用汉语写的。我国兄弟民族的文学，内容丰富多彩，我们殷切地希望从事这方面的研究工作的同志多供给些稿子，那怕是介绍一些情况或资料，也很欢迎。

七月三十一日

第5期

这一期为了庆祝伟大的建国十周年，我们发表了几篇有关十年文学创作和文学研究工作的评论文章，编成一个特辑，作为献礼。这十年间的文学在中国共产党的正确领导下，取得了辉煌成就，内容的丰富，发展速度之快，都是史无前例的。要对这十年间的文学作全面的、系统的、细致的探索和论述，那不是一个刊物的一个特辑所能作到的。譬如，去年大跃进中所产生的群众创作，文艺理论和批评工作，民间文学的搜集和研究工作以及中国文学史的一些问题的研究，等等，十年来的成绩都很大。我们还没有发表过这些方面的文章。这在今后都有待于我们和全国文学研究工作者的共同努力，多写和多发表这些方面的文章。因此，我们殷切地希望全国文学研究工作者就不同的研究对象和问题写成文章寄给本刊发表。

关于当代作家和作品的评论，这一期只登了两篇，这也是很不够的。十年来我们的新老作家在中国共产党的培养和关怀下，都写了不少优秀的作品，这些作品在广大的读者中赢得了较高或很高的声誉，但是，我们对于这方面的评论和研究文章发表得不多，这都需要我们今后努力的。

敬爱的作者、读者们，现在全国人民正在欢欣鼓舞地响应中国共产党的八届八中全会的号召，在社会主义建设的各个战线上反右倾，鼓干劲，继续跃进。我们也将鼓足干劲，继续跃进，努力把刊物编好。我们希望你们对当代作家和作品多写出一些文章来支援本刊。

在这一期里，我们还发表了《现实主义艺术与美感教育作用》、《真实和虚构》、《陈子昂与建安风骨》三篇文章。它们的作者在文章里都提出了一些自己的看法。对这些问题的看法是存在着不同的意见的。我们本着"百家争鸣"的精神，打算发表对这些问题的各种不同的意见，只要持之有故，言之有理，有助于进一步探讨这些问题的意见。

我们各民族的伟大领袖毛主席的塑象是刘开渠同志的新作，我们特加制版，在本刊发表，以表示庆祝。

九月二十四日

第6期

这一期我们编了有关兄弟民族文学的文章十篇，作为专号与读者见面了。但就所代表的兄弟民族的范围来说，那就异常不全面，因为我国是一个多民族的国家。从北方的黑龙江到南方的海南岛，从西北的新疆到东南沿海各省，散居在这样一个广阔地带的兄弟民族，据目前调查就有五十一种，单就云南一个地区就有二十种民族。而这里所发表的文章仅仅限于蒙、藏、苗、僮、彝、傣、白和维吾尔族。这远不能概括全国各兄弟民族的文学面貌；但是，我们认为如果阅读了这些文章，也还可以看出兄弟民族文学的繁荣和发展的一些情况。

我国各兄弟民族的文学遗产和当代文学的丰富多采，那真是令人神往。不论是写成文字还是流传在口头上的神话、传说、民歌、民谣、叙事诗、传奇、演义、小说和脚本，不仅数量多，而且其中有很多质量也是高的。单就题材来说，从开天辟地、日月星辰，一直到降龙伏虎，歌唱爱情，歌颂英雄，方面是很多的。譬如：这一期发表的文章中提到的作品，就题材和内容来看，已经够丰富的了。《格萨尔王传》、《召树屯》和《梅葛》等作品，在艺术成就与表现手法上都是达到较高或很高的完美境界。各兄弟民族虽然在生产、经济、文化方面彼此有过影响，但是由于历史背景、社会生活、自然环境、风俗习惯、民族语言各方面的不同，作为社会意识形态的文学也各有自己的特点，自己的传统和自己的独特的鲜明色彩。大家都知道，在旧时代反动统治者对兄弟民族文学是不重视的，既没有认真调查，也没有认真研究，个别资产阶级学者作了些所谓调查、研究，也大都为了猎奇，大都是站在反动的或错误的立场，运用的是错误的方法。只有解放后，各兄弟民族获得了解放，他们的文学在各级党委的直接的、积极的领导下才展开了规模宏大的调查、搜集、整理、翻译和研究。短短十年间，各兄弟民族大量的文学遗产被整理出来了，新作家也培养出来了。这个成绩我们应该给予足够的估价。

还值得注意：很多兄弟民族从来没有过自己的文学史，他们的优秀的文学的发展情况，他们的丰富的创作经验，一直没有被总结过，然而目前在有关方面的指导下都已经编写或正在编写各兄弟民族自己的文学史，这真是首创的工作，因而是极为可贵的。就我们已经看到的蒙、藏、苗、僮、彝、傣、白族的全部或部分文学史的初稿，这些初稿各有许多优点，一个共同情况是材料都非常丰富，而且差不多都是在大跃进的气氛中编写出来的。这是很令人欢欣鼓舞的事情。这一期发表的部份文章，就是得到各地兄弟民族文学史编写部门的协助，从其初稿中选登的。如果不是受到篇幅的限制，还可以多用几篇。这里要说明：这些文章都曾征得原作者的同意，由我们作了若干删节，个别的则由于路途遥远来不及征求原作者的意见，由我们动笔作了一些技术性的修改。《谈祖农·哈迪尔的创作》一篇原载《天山》十月号，转载时也是这样处理的。如果有修改不当的地方，应该由我们负责。

敬爱的读者们，这一期是今年最后一期了，下一期将是明年第一期，从已经出齐的六期的内容和编排形式来看，我们的工作仍然是不令人满意。回顾一年来我们在文艺战线上的思想斗争中没有能够尽到哨兵的责任，对于文艺界许多重大问题的论争，如关于革命的现实主义与革命的浪漫主义相结合问题、陶渊明及其作品的评价问题，等等，我们都没有发表过文章。关于国内外修正主义文艺思想的批判工作，虽有过选题计划，但是由于我们的组稿工作有缺点，结果计划未能实现，这样就大大地削弱了本刊的战斗性。今后本刊如何改进，很希望全国的读者、作者们多多地提出意见，并继续给本刊以大力支持。这一期出版的时候，将是一九六〇年的前夕了，因此末了，敬祝读者、作者同志们新年快乐。

十二月九日

1960 年

第 1 期

　　这一期编完，我们的国家已经以雄伟的脚步跨入了解放后的第二个十年的第一个春天。随着经济建设和文化建设的新的跃进，我国的社会主义文学也已经出现了新的跃进局面。中国革命的成功，特别是新中国十年来的飞跃发展，成为了世界的奇迹。领导中国人民创造这个奇迹的，是中国共产党，是党和中国人民的伟大领袖毛泽东。毛泽东同志在中国革命的各个时期，在马克思主义的各个方面都作了十分重大十分富于创造性的发展，其中包括了马克思主义文艺理论的发展。中国工人阶级所领导的革命文学事业的发展，特别是它在一九四二年毛泽东同志的《在延安文艺座谈会上的讲话》发表以后的发展，每一步都离不开毛泽东同志的文艺思想。新中国十年来的文学运动更是证明，文学作品的思想内容的提高、文学作品的风格形式的民族化、作家的深入生活、作家的思想改造、工农劳动群众的文学活动的发展等方面获得的重大的成就，全都是毛泽东同志的文艺思想的贯彻的结果。十年来的文学运动同样证明，只要离开了毛泽东文艺思想，就会给工人阶级的文学的事业带来损害。本刊创刊以来，虽然力求我们的工作遵循毛泽东同志的文艺思想，但对于这一伟大思想的阐述和宣传还是作得很不够，而且由于我们对毛泽东同志的文艺思想理解很差，我们还发表了某些不符合毛泽东同志的文艺思想的有错误观点的文章。今后，对毛泽东同志的文艺思想的阐述和宣传，是本刊的最为重要的任务。我们衷心地盼望大家多把这样的稿件寄给本刊。

　　马克思主义是战斗的学说，毛泽东同志的思想的最大特点之一就是十分富于战斗性。毛泽东同志指示，在我们的国家里面，无产阶级和资产阶级在意识形态方面的阶级斗争还是一个长期的任务。在文艺战线上，新中国建立以来的十年，在毛泽东同志的领导下，文艺界进行了许多次严重的斗争。每一次斗争的胜利，都使我国文学艺术得到了很大的发展，作家艺术家思想得到了很大的提高。当前工人阶级运动中最为危险的敌对思潮是修正主义，文艺上最为有害的思想也是修正主义文艺思想。因此，反对修正主义的文艺思想，是当前文艺思想斗争中的一个极为重要的任务。过去，本刊这方面的文章发表得很少，今后我们决心改变这一情况，决心使本刊在文艺战线上，在同修正主义和其它资产阶级思想的斗争中，发挥它应有的战斗作用。

评论我国当代的社会主义文学，总结社会主义文学的经验，也是本刊的一个经常的十分重要的任务。这方面，过去发表的文章不多，庆祝建国十周年所发表的几篇又都存在一些问题。这一期发表的少知同志的来信，对本刊去年第五期刊载的毛星同志的《对十年来新中国文学发展的一些理解》提出了批评，我们认为，许多意见都是很好的。和这封信同时发表的何其芳同志的《欢迎读者对我们的批评》，对本刊去年庆祝建国十周年的三篇文章和他在《文艺报》去年第十八期上发表的《文学艺术的春天》的错误进行了自我批评。我们希望今后能多多发表一些评论或总结我国当代文学的文章。何其芳同志的文章讲到了用马克思主义观点对我国和外国的古典文学遗产进行正确评论。这也是本刊的一个很重要的任务。我们也希望多发表这方面的文章。

从这期起，我们增添了"读者、作者、编者"这个栏目，作为今后本刊读者、作者和编者经常发表或交换意见的园地。我们还打算对全国各大学学报中发表的文学方面的论文定期向读者综合介绍。这一期发表的一篇，由于我们掌握的材料还不够全面，加以我们的水平低，又是临时赶出来的，一定难免有缺点和错误。希望读者同志们发现后给我们指出。这样的综合介绍是否恰当，哪些地方需要改进，也希望大家多提一些意见。

二月十四日

第 2 期

今年四月二十二日是弗拉基米尔·伊里奇·列宁诞辰九十周年纪念日。为了纪念全世界无产阶级的伟大领袖和导师，我们发表了林陵同志的《纪念列宁》。列宁这个伟大的名字和我们的无产阶级革命事业是永远分不开的，他的光辉的学说曾经并将永远指引着全世界无产阶级胜利前进，指引着全人类一切进步事业胜利发展。列宁同国际工人运动和俄国工人运动中的修正主义进行不调和的斗争的经验和学说，是我们今天批判国内外现代修正主义最有力和最锐利的武器,而认真研究和学习列宁的有名的《党的组织和党的文学》、一系列论托尔斯泰的文章及其他有关文学艺术的著作和言论,则对我们今天批判文学战线上现代修正主义、保卫无产阶级的文学党性原则有着特别重要的意义。

这一期还发表了批判修正主义文艺思想的文章。文章中批判到的卢卡契和维德马尔都是臭名昭著的文学方面的修正主义者,他们多年来一直在鼓吹阶级调和,鼓吹抽象的人道主义和人性论等,而反对文学艺术为政治服务。我们对于他们这种反动的政治观点、哲学观点和文学观点都必须加以彻底揭发和批判。关于巴人的所谓"人类本性的人道主义"的修正主义文艺思想,本刊上一期已经发表过文章予以批判。巴人还出版过一部有不少修正主义观点的《文学论稿》,它在广大的读者中曾有过一定的影响,因而也应该加以批判,这一期发表了两篇批判这部书的文章。王淑明同志曾在一九五七年七月的《新港》上继巴人《论人情》之后发表了一篇名叫《论人情与人性》的文章,和巴人唱着同样的调子,在这里除发表批判他的文章之外,我们同时把王淑明同志这篇文章刊载出来,以供大家参考。

今年是中国左翼作家联盟成立三十周年。本刊曾于三月二日与《文艺报》联合邀请了在京的曾参加"左联"工作的部分同志和没有参加过"左联"工作的部分理论批评家三十余人举行了座谈会。许多同志通过回忆提供了一些有关"左联"活动的资料。为了纪念"左联"成立三十周年,我们特请一些同志写了回忆和论文。

这一期由于集稿迟了几天,没有能够按期出版,特在这里向读者们表示歉意。

四月六日

第3期

如何正确地评价和继承文学遗产,特别是欧洲十九世纪资产阶级的文学遗产,是目前的一个很重要的问题。欧洲十九世纪资产阶级文学曾经产生了一些杰出的作家的文学作品,它们在当时曾起过一定的进步作用,对于人类文化有过贡献,这些作品有的在今天对于我们也还有着一定的积极意义;但是这些作品中所散布的个人主义及其他各种消极的思想情绪和我们今天所要培养的共产主义道德和集体主义精神是格格不入,甚至于是起着破坏作用的。现代修正主义者就利用这些消极因素向读者散播有毒的影响。因此，对待这些文学遗产，既要继承，又要批判。事实上，没有批判就谈不到继承，任何继承都不可能不经过批判。本刊这一期发表的有关这一方面的两篇文章，仅仅是一个开端，我们在今后还要继续发表有关这一方面的文章。希望全国外国文学研究工作者给我们来稿。

这一期还刊出《毛泽东文艺思想在日本》和《日本无产阶级作家小林多喜二》两篇文章，这对于我们理解具有革命传统的日本文学是有帮助的。日本人民目前正在开展波澜壮阔的反对日美军事同盟条约、反对岸信介政府和美帝国主义、要求实现日本的独立、民主和自由的正义斗争。我们对于他们的英勇斗争表示衷心的支持。

评论我国当代作家和作品是大家都十分关心和重视的。从这一期起，我们将设法多发表这类文章。这些评论，大家的看法可能不很一致或很不一致。这就需要展开讨论。学术问题的自由论辩对于发展学术是很有好处的。这一期发表的《这样的批评符合事实吗？》就是有关这一问题的文章。

六月七日

第 4 期

全国文学艺术工作者第三次代表大会已经胜利闭幕。我们这一期刊载了陆定一同志代表中共中央和国务院在大会上的祝词和周扬同志的题为《我国社会主义文学艺术的道路》的报告全文，希望全国的文学研究工作者、文学评论工作者和我们一道来认真学习这些文件，提高马克思列宁主义水平，提高艺术修养，以便更好地进行工作，进行战斗。这一期还发表冯至等同志在中国作家协会理事会扩大会议上的发言。

这次交代大会总结了我们社会主义文学艺术的伟大成就和丰富经验，进一步明确了我国社会主义文学艺术的道路，阐明了党的方针政策和文学艺术发展中的许多重大问题。我们文学研究工作者、文学评论工作者必须在工作中认真贯彻大会的精神，坚定不移地站在社会主义革命和社会主义建设的最前线，站在反对帝国主义、反对现代修正主义的最前线，为保卫和发展我们的无产阶级文学而斗争。

九月九日

第5期

　　为了加强编辑力量，使刊物得到改进和提高质量，本刊确定和《文学知识》合并。合并后，仍保留本刊刊名，并仍两月出版一次。合并后的本刊，一方面继续保持本刊原来的某些特点，同时也吸收原来《文学知识》的一些长处，具体地说，就是加强对我国当前创作的评论，把本刊的作者的范围从专业和业余的文学评论工作者扩大到作家、做实际工作的干部和工农兵，减少长文章，增加比较短小精悍和比较生动活泼的文章。这一期当然还作得远为不够，我们将努力使下一期，特别是明年度的本刊能有更多的改进和更明显的新面貌。我们热忱希望《文学知识》的作者和读者像过去支持《文学知识》一样支持本刊，踊跃给本刊写稿和提意见。对长期和《文学评论》有联系的作者和读者，我们希望能够进一步支持我们，支持我们的改进，除随时给我们以一些宝贵的意见而外，希望今后更多地为本刊寄来经过一定研究而又在万字以内的文章，也就是写得既深入而又精炼的文章，特别是对当前创作的评论。

　　如上面所说，本刊今后的改进的一个方面是加强对我国当前创作的评论，这一期同时发表三篇关于《刘三姐》的和一篇关于《山乡巨变》续篇的评论，就是这种意图的表现。当然，本刊仍然要保持过去关于中外古今文学的研究和评论的文章都发表的特点，因此希望研究中国古典文学和外国文学的作者们仍然经常写稿子给我们。本刊今后的改进还有一个很重要的方面，就是要加强百家争鸣，加强对一些重要的文学理论问题和重要的中外古今的作品的不同意见的讨论。这一期发表《批判人性论者的共鸣说》一文，就是因为我们觉得"文学的共鸣"这一现象曾经为一些人性论者利用来宣传人性论，而这个问题到底应该如何科学地解释是值得探讨的，因此想借这一篇文章所提出的问题和意见来引起讨论。

　　为了及时反映文学工作的一些问题，为了便于讨论，本刊曾考虑从明年起改为月刊。这也是本刊的许多读者几年以来曾经热情地建议过的。但经过本刊常务编委会和编辑部的仔细研究，觉得改为月刊肯定是本刊发展的前途，只是明年就改还有些困难，因此决定明年仍为双月刊。

　　这一期上的两位外国作者写的文章，需要在这里介绍一下。《越南文学的发展》一文的作者怀清同志是越南民主共和国文学院副院长。前不久他率领越南文学院代表团来我国科学院访问，这篇文章就是他在访问期间，我们约他写的。这篇文章对我们了解越南文学的发展很有帮助。《曾朴及其〈孽海花〉》一文作者弗·谢曼诺夫，是苏联的一位研究中国文学的同志，他曾到我国科学院文学研究所进修过。这篇文章就是他在我国进修时作了研究、在回国后写出的研究成果。

十一月三日

第6期

编完这一期的时候，已是十二月上旬。估计各地读者读到这一期的时候将是一九六一年的年初了，回顾一年来，我们的编辑工作得到作者、读者们的大力支持、不断督促，请允许我们在这里表示衷心的感谢。

这一期发表了三篇关于山水诗的文章。山水诗有没有阶级性，对它究竟如何评价，一年来在文学界有过争论，意见不很一致。这是一个值得继续讨论的问题。这个问题的深入讨论，对于解决我国这方面的古典诗歌的继承问题、正确理解这方面的古典诗歌的艺术生命力问题以及今天如何描写山水自然之美的问题，都会有帮助。我们希望大家写文章来参加讨论。

一九六〇年我国社会主义革命和社会主义建设继续获得了重大的胜利。一九六一年将是继续跃进和获得更大成就的一年。在国际和国内的大好形势下，我们将努力使本刊明年也有所改进。我们希望，本刊明年能够多发表一些研究毛泽东文艺思想的论文，更好地展开一些重要的文学理论问题的讨论，加强对于中外古今作家和作品的评论，特别是对于我国当代作家和作品的评论。根据读者的要求，我们希望多发表这样的文章：紧密联系实际，比较充分地占有材料，对问题有分析和论证，并大胆发表创见，是非分明，敢于争鸣。

十二月十日

1961 年

第 1 期

  这一期我们继续发表了有关文学作品在不同时代不同阶级读者中发生作用和山水诗的阶级性与社会作用问题的文章，大家读了这些文章有什么意见，特别是不同的意见，希望写文章寄给我们，论文、随笔、通信都欢迎。为了促进学术的发展，我们打算在本刊更多地展开对一些问题的讨论。

  这一期的短文章比较多些，这是多数读者所一直要求的，我们打算每期都发表一些生动活泼的短文章，所谈问题的范围希望能广泛一些，不论古今中外，不论理论、创作都可以谈。我们希望每期的内容活泼多样一些，力求做到既有重点又品种较多。要求读者和作者们在这一点上多多给予支持。

  今年三月十日是乌克兰诗人塔拉斯·谢甫琴柯逝世一百周年。关于谢甫琴柯的生平及其创作，对我们来说，是并不陌生的，他的部分诗篇和小说都有了中译本。我们为了纪念这位杰出的诗人，在这一期发表戈宝权同志的《伟大的乌克兰人民诗人谢甫琴柯》。谢甫琴柯还是位画家，我们选了一帧他的自画像、两帧插页。

二月三日

第 2 期

  关于文学的共鸣问题和山水诗问题，都是比较复杂而又关涉到重要原则的问题，需要从多方面探讨，更需要展开不同意见的争论。这一期继续上一期的讨论，发表的几篇文章都提出了一些新的问题。比如研究文章的共鸣问题和山水诗对于发展和繁荣我国社会主义文学的教育作用等，我们希望各地有更多的读者和作者来参加这一讨论，提出自己的不同的看法。

  关于无产阶级文学的艺术标准，是目前大家所关心的问题，也是与当前的文艺创作关系十分密切的问题，我们打算以一定的篇幅来发表探讨这一问题的文章，殷切地盼望读者、作者们积极支持我们。

四月九日

第3期

这一期出版，正逢中国共产党成立四十周年纪念。为了表示对这个伟大节日的祝贺，我们将何其芳同志为越南《文学研究》写的、阐述毛泽东文艺思想对我国革命文学发展的指导作用的文章，在这一期上发表。从多方面来正确简述毛泽东文艺思想，是我国文学研究工作同时也是本刊的一项最为根本的任务。我们希望文学研究工作者们、作家们能经常将这方面的文章供给本刊发表。

今年四月份，中国科学院文学研究所在北京召开了中国少数民族文学史编写工作讨论会。本期所发表的三篇有关少数民族文学史的文章，就是那次会上的几个工作报告经原报告人删节、整理而成的。编写少数民族文学史，这是我国解放后才开始的一项崭新的工作，不仅过去没有研究的基础，就连必需的资料有的也是很缺乏的。这项工作开始于一九五八年大跃进的时候。经过了很短的时间，各地便编写出了二十四部少数民族文学史或文学概况，获得的成绩是很大的。由于这是一种创举，因而进行这项工作的经验，是十分可贵的，应该得到重视和及时交流的。这几篇文章中所提出的许多问题，有不少都是新的问题。因此，文章里对这些问题的看法和解决方法，难免还有可以讨论之处。正如作者们在文章中所说的，这是需要广大的文学研究工作者共同来探讨的。

关于文学上的共鸣问题和山水诗问题提出讨论以后，我们先后收到了大量的来稿，这是一个十分可喜的现象。这一期除继续发表几篇文章外，为了使大家了解来稿的情况，我们还写了一篇来稿综述。目前这两个问题的讨论正在集中和深入。共鸣问题争论的焦点是：文学作品和读者如果属于不同阶级，在某些点上，思想感情是否可以相同、相通或相似，是否可以发生共鸣？这个问题牵涉到：文学作品对不同阶级的读者在思想内容方面的影响作用问题以及对这一影响作用的阶级分析和立场、态度问题，文学遗产在思想内容方面的影响作用和对它的批判继承问题。山水诗的阶级性是山水诗问题讨论的中心，围绕这一中心的主要问题是对山水诗的评价和对这方面遗产的继承，而关于山水诗的形成和发展，实际上也涉及到山水诗的阶级性和对它的评价、继承等问题。我们希望通过两个问题的深入讨论，能加深我们对文学的阶级性、文学的思想影响、文学遗产的批判继承等问题的了解，从而有助于我国社会主义文学的发展。

第 5 期

今年九月二十五日是鲁迅先生诞生八十周年，十月十九日又是他逝世二十五周年，为此，本期发表两篇研究鲁迅的文章，来作为纪念。

怎样编写历史剧，是最近文艺界讨论得最多的问题之一；而在近年来显得相当活跃的历史剧创作中，"卧薪尝胆"故事又是被采用得最多的题材。在这一情况下，茅盾同志及时地研究了用这个题材创作的众多的话剧和戏曲剧本，写成《关于历史和历史剧》论文交由本刊发表，无疑的，它是为广大读者所渴望读到的文章。只是全文有六万字左右，本期还只能发表它的前一部分，后一部分当于下期全部刊完。

敬爱的读者们，现在虽还只是十月份，但本刊由于是双月刊，今年再有一期即行出满，因此，我们已在准备检查今年的刊物和考虑明年的计划了。大家可以想见，我们在这个时候是多么希望能够听到你们的宝贵意见！我们在这里请求大家，将你们对今年已出各期的批评和对明年刊物、特别是选题的要求，迅速来信告诉我们。

1962 年

第 1 期

如何继承我国古典文艺理论批评遗产,是目前文艺界热烈讨论中的问题之一。在这个讨论中涉及到对一些古代的文学批评的重要概念的解释,如"气"、"道"、"文意"、"意境"等。这一期发表的关于解释"风骨"的文章,便是想在这一方面作一些初步的探讨,通过讨论,求得对某些概念有此较一致的理解,这样,对我们进一步接触到如何继承或继承什么的问题时,是有好处的。

今年是毛主席的《在延安文艺座谈会上的讲话》发表二十周年,我们需要结合二十年来的文艺创作和理论批评工作的实践来进一步阐述这部丰富和发展了马克思主义文艺理论的光辉杰出的著作。这是我们今年的一项特别重大的任务。希望大家能在这方面多多给我们写稿。

今年又是我国伟大的现实主义诗人杜甫诞生的一二五〇周年,全世界都将举行纪念。我们希望有对这个伟大诗人的许多方面进行研究的文章,尤其希望有关于如何继承和吸收他的诗歌的艺术传统和经验的文章在我们的刊物上发表。

新的一年开始了,为了办好今年的刊物,除了我们自己的努力,还期待着作者和读者更多的帮助和支持。

一月二十二日

1963 年

第 1 期

　　我们编完了新的一年的第一期，希望我们的刊物多少能表现出有一些新的改进。今年我们希望能多发表一些评论或讨论当前文学问题的文章，这一期发表的《关于题材》、《从〈出山〉的评论谈起》便属于这个性质。许多文学上的问题要求得到比较正确的理解或解决，都需要通过反复的讨论。除了这样的文章，我们在栏目上做了一些调整。为了更方便更自由地讨论学术问题，从这一期起还新辟了"学术通信"一栏，希望学术界、文艺界的同志们就平时在工作中所遇到的各种问题，运用这一栏来交换意见。

　　近几年来我国文艺界根据创作和理论研究的实际，曾开展了许多问题的讨论，其中有些问题比如典型问题、文学制作反映人民内部矛盾问题等，大家的看法还不很一致，这些问题又都很重要，因而还需要进一步探讨和研究。很希望各地作者多多把有关这些方面的文章寄给我们。

　　这个刊物自从创刊，就有书评一栏，后来由于我们工作上的缺点，这个栏目时有时无，以至有时在较长时间内没有这方面的文章出现。有些作者写这样的短评可能有一个顾虑：怕写得不全面。而在一篇短的书评中，要求谈得很全面、很周到，也许确实有些困难。我们想，有些书评能作概括而又比较全面的评论固然很好，有些书评或者甚至大多数书评只谈谈自己的一点看法，只要这看法真有见解，虽不是对于所评论的书的全部看法，也同样会对读者有益。我们想这样来邀约作者写稿，也请读者这样来看这些书评。我们希望今年这个栏目的文章能经常地较多地出现。

　　这个刊物一直是在作者和读者们的支持、关怀和督促之下，不断出刊和逐渐获得一些改进的。要把今年的刊物编好，也仍然要依靠全国各地的作者和读者们的支持，源源不断地给我们写文章。有什么意见，也望写信给我们。去年不少作者和读者给我们的工作提出了许多宝贵的意见和建议，特在这里表示衷心的感谢。

一月二十二日

第 5 期

如何塑造当代文学制作中的正面人物或英雄人物，是一个一直为大家所重视也一直存在着一些不同意见的问题。对有些作品的正面人物或英雄人物的评价，也常常存在着不同的意见。近年来一些文章在评论《创业史》、《三家巷》、《金沙洲》、《归家》以及短篇《达吉和她的父亲》、《出山》、《沙滩上》等小说时，在这个问题上都有争论，有些争论现在还正在进行。我们认为，这是当前文学创作中值得注意的一个问题，有必要做比较深入的探索和研究。本刊这一期发表的《关于正面人物的塑造和评价问题》一文，正如作者自己所说，是提出一些问题，希望引起大家来发表意见。这些问题的提法是否妥当，也请大家研究。

今年七月，越南人民隆重地纪念了越南爱国诗人阮庭炤逝世七十五周年，越南文学院院长邓台梅同志给我们寄来了纪念文章。由于收到稿子较迟，收到后又还要经过翻译，所以现在才能够把这篇文章发表。

十月二十日

1964 年

第 2 期

今年四月二十三日是莎士比亚诞生四百周年。为了纪念这个伟大的作家，我们在这一期发表了《英国诗剧与莎士比亚》和《谈莎士比亚的诗》两篇文章。

欧阳山同志的长篇小说《一代风流》的第一部《三家巷》和第二部《苦斗》出版后都引起了广大读者的注意。对小说中的主人公周炳这个形象如何理解和评价，曾在一些报刊上展开了热烈的讨论，一直存在着不同的意见。本期发表的《周炳形象及其它》一文，是这些不同意见中的一种。我们认为对这个问题进行讨论是很有益处的。通过这种讨论，可以使我们进一步探讨如何塑造我们文学中的正面人物和英雄人物，如何恰当评价一些已出现的作品中的人物。

从这一期起，我们将原来的"读者·作者·编者"和"学术通信"合并为"通信"栏，这是正式评论文章之外作者、读者和编者自由交换意见和自由发表意见的一块园地，凡属与文学有关的问题和意见都可以在这里发表，可以有来信有复信，也可以只发表来信，希望大家充分利用这块园地。

四月六日

第 3 期

近两年来，我们的戏剧事业有了巨大的新的发展，反映我国社会主义新的生活斗争和新的风尚的现代剧取得很大的成就。这些现代剧受到广大观众的热烈欢迎，引起戏剧界和整个文艺界的广泛注意。为什么这些现代剧会取得这样高的成就呢？这里有许多创作的新经验，值得我们从事戏剧批评和戏剧理论研究工作者认真地、深入地进行总结和研究。这一期我们发表了曹禺同志的《话剧的新收获》和李健吾同志的《社会主义的话剧》两篇文章，今后还打算继续发表这方面的文章。

1964年编后记

关于柳青同志的《创业史》（第一部），自出版以来受到广大读者的欢迎，作者在这部小说里塑造的梁生宝这个形象，成为许多同志评论这部创作的中心内容，并且有不同的评价。本刊去年第三期发表的严家炎同志的文章《关于梁生宝形象》，对这个艺术形象的创造提出了自己的一些看法。这篇文章发表后，引起了大家的议论，《延河》、《上海文学》和《文汇报》等报刊先后发表了文章，都提出了不同的看法。本刊上一期曾对这些报刊的讨论情况作了综合报导。这一期，我们发表《谈梁生宝形象的创造》和《梁生宝形象的性格内容与艺术表现》两篇文章，希望大家继续写文章参加这个问题的讨论，通过讨论，使我们对如何塑造和评价新的正面人物问题，获得更正确的理解。

关于生活与艺术孰高孰低的问题，向来就有不同的看法。我们发表《关于生活与艺术的关系问题》这篇通信，是希望引起对这个问题有兴趣的同志进行研究和讨论。

从这一期起，我们新辟了"新书新作品评介"这个栏目，希望作者和读者多给我们写这方面的文章，支持我们，使这个栏目的内容质量逐步提高。

五月十四日

第4期

这次在北京举行的京剧现代戏观摩演出大会，是我国文化革命和社会革命的一件大事。它的重大胜利和成就，必将影响和推动文学艺术各个方面的进一步革命化。路坎同志的《京剧现代戏观摩演出的重大成就》，表示了对这次演出的成功的赞扬和祝贺。这次演出所提出的有关文学艺术进一步革命化的许多重大根本问题，还需要进行深入的细致的研究。我们希望有这方面的文章发表。

近来全国许多刊物都发表了一些十分引人注意的报告文学。这些作品具有强烈的时代革命精神，描写和歌颂了我国各个战线上具有共产主义精神和风格的新人和他们的动人的业绩，获得了广大群众的欢迎和热爱。这是我们这个时代的新的报告文学，认真加以研究和评论，使之更好地发展，是我们的一项重要任务。这一期本刊发表了黎之同志的《描写英雄人物的报告文学》，我们还打算继续发表这方面的文章。

关于梁生宝形象问题，上一期我们发表了两篇文章，这一期发表严家炎同志的《梁生宝形象和新英雄人物创造问题》，希望继续展开讨论。

本期增辟了"随笔"一栏，目的是为了便于许多作者对当前文学现状及时发表自己的意见。这些意见不一定是经过系统研究后写出的，也不一定谈得很系统，即使是一点一滴，只要提出的问题有意义，能够言之成理，我们都欢迎。

第 5 期

这一期我们发表的《"写中间人物"的资产阶级文学主张必须批判》，是批判邵荃麟同志鼓吹的"写中间人物"的资产阶级文学主张。邵荃麟同志鼓吹"写中间人物"的一套所谓理论，从《文艺报》编辑部所揭发的材料来看，是关系到我们的文艺路线的根本问题，是文艺界的大是大非问题。我们完全同意《文艺报》编辑部的文章所作的批判。邵荃麟同志的资产阶级文学主张，在文艺界中已经发生了有害的影响。本刊一九六二年第五期发表的康濯同志的《试论近年间的短篇小说》，就是在邵荃麟同志的主张的影响下写成的。康濯同志在他的文章中虽然不是直接地、系统地提倡"写中间人物"，但通过对一些具体作品的评论，如认为那些"充满激动人心的鼓舞力量"的作品中的人物形象"有点神化，因而慢慢地便难免色泽稍衰"，而那些写"中间人物"的作品，却是"从深厚的泥土中挖出，并且历经时间的磨炼而总是色泽不减"，实际上还是提倡写"中间人物"。此外，关于文学作品如何反映人民内部矛盾、革命的现实主义与革命的浪漫主义相结合的创作原则、题材和风格的多样化问题，现在看来很清楚，其中很多观点也正宣传邵荃麟同志的资产阶级文学主张。我们由于对社会主义时代的阶级斗争在我国文艺战线上的反映缺乏应有的认识，缺乏敏感，平时对当前文艺理论问题、文艺创作问题研究也很差，又加上当时对中国作家协会召开的大连创作会议的内容和错误不了解，所以审稿时没有能够看出这篇文章是通过称赞一些写"中间人物"的作品和谈论其他一些问题来给邵荃麟同志的错误主张鸣锣开道。却认为作者所提出的问题也可以讨论，就把它发表了。

本期的《"写中间人物"的资产阶级文学主张必须批判》一文还批评了严家炎同志的《谈〈创业史〉中梁三老汉的形象》一文中的错误。严家炎同志这篇文章发表在本刊一九六一年第三期上。他在文章中特别称赞梁三老汉形象写得好，写得成功，强调这个形象"具有巨大的社会意义和特有的艺术价值"，不满意别的同志对梁生宝形象的高度评价。不管当时作者写作意图如何，他这种看法是和邵荃麟同志的对梁三老汉和梁生宝的评价是一致的。同样，我们由于上述的对阶级斗争在我国文艺战线上的反映缺少应有的认识，对当前理论问题、创作问题的研究又很差，对这篇文章中的错误也未能看出来，就当作一般的评论文章发表了。

除这篇文章外，本刊去年第三期还发表了他的一篇《关于梁生宝形象》。我们当时发表的意图是想通过对梁生宝这个形象的不同评价进一步讨论一些有关正面人物和新英雄人物塑造的问题。但我们工作却作得很不好，没有及时组织不赞成他的看法的文章，也没有积极地从来稿中选择比较合适的文章帮助修改并发表，这样来展开这个讨论，以至迟到本刊今年第三期才发表了两篇不同意严家炎同志看法的文章。现在看来，问题还不止于此，我们当时的意图本身就是脱离现实斗争的。我们的社会主义文学到底是以塑造无产阶级先进人物、英雄人物为主还是要写大量的所谓"中间人物"，这个问题还没有解决，还存在着严重的分歧和争论。在这个大是大非问题尚未解决之前，把人们的注意力引导到集中讨论如何塑造正面人物和新英雄人物、以至讨论梁生宝这个具体艺术形象塑造得如何这样一些问题上，是问题没有抓对的。又由于我们对自己的脱离现实斗争的严重性认识不足，检查得也很晚，不但未能及早纠正，直到本刊今年第四期，我们还按原来的想法发表了严家炎同志的答辩性的文章《关于梁生宝形象和新英雄人物创造问题》，这就更加在读者中造成不良的影响。这也是我们工作中的一个重大错误。

现在我们打算把本刊的讨论和争论主要集中到当前文化革命中的一些大是大非问题的辩论上去，对严家炎同志的三篇文章所提出的问题，也提到和引导到究竟是写新英雄人物为主还是写"中间人物"的问题上去。探讨和研究如何塑造新英雄人物问题的文章，我们今后也还是可以发表的，但最近期间不对这个问题进行集中的讨论了。

除了上面提到的这些文章外，本刊近年来还发表过一些内容有错误的文章。根据我们初步检查，所以犯了这些错误，除上面所说的原因之外，还有审稿工作缺乏足够严肃认真的态度，审稿制度也不周密、不严格。有时是为赶时间或凑刊物版面，只注意量而忽视了质，特别是忽视了带政治性的问题。当然，最根本的原因还是我们阶级斗争观念薄弱，政治嗅觉不敏锐，不经常研究当前阶级斗争形势和它在文艺上的表现。最近本刊编辑部按照当前文化大革命的要求，正在检查近几年来的错误和缺点，从中吸取教训。我们已经认识到从事学术刊物的编辑工作，如不从政治上思想上努力学习，努力提高，就会不断犯错误，不断发生问题。我们要把这次检查刊物作为一次对我们自己的重大的教育。敬爱的读者和作者同志们，我们多么希望得到你们的大力支持，为了帮助我们更深入地检查和改进工作，请给我们多提意见。

关于欧阳山同志的《三家巷》和《苦斗》的评价问题，近来有些报刊发表了不少评论。本刊在今年第二期和第四期上曾先后发表了两篇意见很不同的文章。这一期又发表了一篇《〈三家巷〉和〈苦斗〉的错误思想倾向》。我们认为通过这样的讨论，对这两部作品的思想倾向就可以愈来愈认识得清楚了。

十月二十七日

第6期

本刊这一期发表的《〈李慧娘〉——一株毒草》，是批判孟超同志的昆曲剧本《李慧娘》及其跋文的。《李慧娘》剧本是一九六一年发表和上演的，他的跋文发表在本刊一九六二年第三期上。他的剧本和跋文，正如《〈李慧娘〉——一株毒草》所批判的，是宣扬反党反社会主义思想的一株毒草。本刊上一期的《编后记》中曾说过，本刊除了发表过实际上宣扬"写中间人物"的错误文章外，还发表过其它一些内容有错误的文章。《跋〈李慧娘〉》就是政治错误十分严重的一篇。当初我们审稿的时候，对这篇文章的反党反社会主义的性质完全没有认识，甚至对作者所说的借李慧娘"姿质美丽之幽魂，以励生人"这种现在看来用意明显的话，也看不出来，这是我们工作上的严重的错误和严重的失职。

根据我们最近的检查和读者给我们提的意见，我们已发现，本刊在近几年还发表过其它内容有错误的文章，我们将继续发表文章批判。

一九六五年是越南民主共和国大诗人阮攸诞生二百周年。关于阮攸的生平和创作，对我们说来，并不陌生，他的《金云翘传》早有中译本。我们为了纪念这位诗人，在这一期发表了越南文学研究院阮文环同志特为本刊撰写的《越南古典文学中最伟大的诗人——阮攸》。

现在是新的一年的开始，我们很希望作者和读者继续给我们以有力的支持，给我们多写稿子，多提意见，帮助我们进一步改进工作。

1965 年

第 6 期

　　一九六五年即将过去。等到我们这一期的刊物到达读者同志们手中的时候，新的一年又要开始了。我们根据读者的意见，根据去年检查刊物的结果，在这一年的工作中努力对刊物作了一些改进。但是，我们工作中的缺点还是很多的。这些缺点都必然会反映到刊物的版面上。我们热忱地期待着读者同志们对这一年来的刊物多提一些宝贵意见，指出在改进的过程中还有哪些方面作得不好，在改变刊物的旧面貌的实践中又产生了一些什么新的缺点，什么新的问题，或者提出一些具体建议，包括我们今后应该抓些什么问题、评论哪些作品的建议。我们希望在读者和作者的批评、帮助和支持下，这个刊物在明年能够继续有所改进。我们正在考虑拟订一九六六年的编辑计划，因此我们在这里迫切地提出这一要求。

　　今年第四期上我们发表了《读者谈〈风雷〉》、《评〈风雷〉》这样一篇报导和一篇评论后，收到了不少的来稿，提出了许多不同的意见。我们就在这一期上选载了四篇。看得出来，这些文章的看法仍然是很有分歧的。大家对《风雷》这部小说的评价既然存在着分歧的意见，我们想，就只有把这些不同的意见发表出来，加以讨论，才可能最后得到比较一致的看法。这些分歧的意见主要涉及怎样正确地反映我国社会主义农村的阶级斗争、两条道路斗争，怎样正确地描写蜕化变质的干部和他们的"和平演变"过程，怎样更好地塑造我们这个时代的英雄人物等问题。这都是文艺创作上的一些很重要的问题。这些问题我们可以通过《风雷》这样一部作品来探讨，也可以不限于《风雷》，从更多的作品来作一些较广泛的研究和讨论。

　　十一月，越南民主共和国文化界纪念了越南古代杰出诗人阮攸二百周年诞辰。为了向读者介貂这位杰出的诗人和他的代表作，我们在这期发表了《越南杰出的诗人阮攸和他的〈金云翘传〉》。

《人民日报》和其他报纸最近提出了关于《海瑞罢官》问题的讨论。《人民日报》的编者按语说,"对海瑞和《海瑞罢官》的评价,实际上牵涉到如何对待历史人物和历史剧的问题,用什么样的观点来研究历史和怎样用艺术形式来反映历史人物和历史事件的问题"。除了刊物的各栏都继续依靠热心支持我们的作者和读者供稿外,我们也希望能收到一些有关历史剧问题的文章。

十二月三日

1966 年

第 1 期

今年是我国伟大的第三个五年计划的第一年。我们希望这个刊物在这新的一年里能够得到新的改进,为广大读者服务得更好。

吴晗同志的《海瑞罢官》狂热地宣传了反马克思主义、反社会主义的政治观、历史观和道德观。关于《海瑞罢官》问题的讨论,是当前思想战线上的一场大辩论,是当前意识形态领域里无产阶级和资产阶级之间的一场大斗争。这次讨论,不仅提出了历史剧的创作问题,而且提出了应该以怎样的政治观、历史观和道德观来对待现实、对待历史,对待历史人物等一系列重大的原则问题。这一期我们发表的《〈海瑞罢官〉和吴晗同志的唯心史观》,对吴晗同志反动的资产阶级唯心主义历史观作了一些批判。以后我们还将继续发表文章,参加这场大论战。

差不多和《海瑞罢官》同时出现的另一棵大毒草是田汉同志的《谢瑶环》。它美化了封建皇帝武则天及其亲信谢瑶环,站在反动的立场提倡所谓"为民请命",采取借古讽今的方式对党和无产阶级专政作了恶毒的攻击。我们这一期也发表了批判这个剧本的《评〈谢瑶环〉》。

毛主席说:"我们的文化是人民的文化,文化工作者必须有为人民服务的高度的热忱,必须联系群众,而不要脱离群众。要联系群众,就要按照群众的需要和自愿。一切为群众的工作都要从群众的需要出发,而不是从任何良好的个人愿望出发。"(《文化工作中的统一战线》,《毛泽东选集》第三卷)这一期我们发表的《安徽寿县九里公社社员阅读和评论文学作品情况的调查》、北京通县徐辛庄公社小营大队读书小组的《英雄形象鼓舞和教育着我们》和湖南新化县游家公社社员杨善书的《我们喜欢这样的诗》,反映了一些人民公社的社员对于文学创作和文学评论的意见和要求。这些意见和要求表现了他们的鲜明的阶级立场和强烈的阶级感情,许多都是很重要很正确的,很值得我们文学工作者认真地考虑和重视。

北京通县徐辛庄公社小营大队,是北京市一九六五年农业先进生产单位。安徽寿县九里公社几个大队,去年在生产上也出现了新的跃进局面,有的已经达到或超过了《一九五六年到一九六七年全国农业发展纲要》的指标。公社社员杨善书,他在给我们的信中说,他今年二十一岁,是一九六二年回乡参加农业生产的。他还说:"对你们投稿是破天荒的第一次,胆子倒不小哩!文章写得很不好,社员们的话有很多我也写不出来,我只想把我们的意见告诉大家,希望诗作者写出好诗来。"这种精神、态度,这种对社会主义文学事业的责任感,是值得珍视的。我们欢迎更多的工农兵中的业余作者和读者寄稿子给我们。

去年我们刊物的工作在读者、作者的帮助和支持下作了一些改进。读者热情地给了我们很多鼓励,肯定我们的刊物在和文艺实际的联系方面、在贯彻"以今为主"的方针方面、在作者范围的扩大方面、在开始发表工农群众的评论方面、在文风方面都有所改进。读者对刊物也提出了不少批评的意见和建议。有的提出贯彻"以今为主"的方针是正确的,但是对于中外文学遗产也必须给予一定的注意;有的提出还要更多地发表短的文章;有的提出还应该提高文章的质量,等等。我们自己感到,我们的改进还是很不够的,而且在改进的过程中又必然会产生新的问题、新的缺点,我们的刊物还远不能满足读者的要求。因此我们认为,这些批评的意见和建议都是很好的,我们在今年当力求继续改进。有些读者还建议一九六〇年和本刊合并的《文学知识》复刊,这在目前的条件下是有困难的。我们打算用一部分篇幅来保存和发扬《文学知识》的特点、优点,加强"读者论坛"、"新书新作品评介"和"通信"等栏目。我们想这些栏目是可以包括《文学知识》原有的一部分的内容的。我们期待着全国作者和读者的不断的帮助和支持。

二月八日

1978 年

第 4 期

今年六月十二日，我国卓越的无产阶级文化战士、为共产主义事业奋斗终生的革命家郭沫若同志与世长辞了！噩耗传来，我们编辑部全体同志，跟战斗在文化科学战线上的所有同志一样，感到万分悲痛！

郭沫若同志是我国杰出的作家、诗人和戏剧家，又是马克思主义的历史学家和古文字学家。他的创作，是教育人民、打击敌人的有力武器。他学识渊博、才华卓著，在文化科学的很多领域，都有重要的建树。这一位文化史上著名学者、一代文化巨人的逝世，是我国文化科学事业的重大损失。邓副主席在郭沫若同志追悼会的《悼词》中说："他是继鲁迅之后，在中国共产党领导下，在毛泽东思想指引下，我国文化战线上又一面光辉的旗帜。"这是对郭沫若同志的历史地位和功绩的崇高的、正确的评价。

为了悼念这位文化巨人的逝世，继承和发扬他留给我们的宝贵的精神遗产，我们必须学习和研究他的思想和著作。本刊将陆续刊登有关这方面的研究和探讨文章，欢迎同志们来稿。

毛主席在一九七五年八月对《水浒》有过评论，但"四人帮"出于反革命的需要，恶毒地抛出所谓"架空晁盖"论，借评论《水浒》为名，丧心病狂地把矛头指向敬爱的周总理，以及邓副主席等中央其他领导同志。这个阴谋已经揭穿了。由于"四人帮"的干扰破坏，给《水浒》研究也造成了极大的混乱。究竟应当怎样评价《水浒》这部古典小说？这是一个值得研究、同时也是人们所关心的问题。本期发表《〈水浒传〉是一部什么样的作品》一文，作者提出了一些自己的看法。本着百家争鸣的方针，我们欢迎大家来共同研究这个问题。

关于形象思维问题的讨论，报刊上已经发表了不少文章。本期《形象思维和马克思主义的认识论》一文，从马克思主义认识论上对这个问题作了进一步的探讨。

自去年十一月开始在全国范围公开批判林彪、"四人帮"合伙炮制的

"文艺黑线专政"论以来,打开了文艺战线揭批"四人帮"的新局面,在文艺创作和评论方面,也获得了很大的成绩,形势越来越好。但我们还必须努力作战。要把批判"文艺黑线专政"论的斗争引向深入,就必须彻底批倒"四人帮"假左真右的谬论;不批假左,就不能肃清流毒。还要继续冲破"四人帮"设置的各个禁区,而千万不能再设立新的禁区。不少读者反映,刊物应当努力组织和发表一批真正有分量的有说服力的文章,努力讲清马克思列宁主义文艺理论、毛泽东文艺思想的一些基本观点,从理论上把林彪、"四人帮"假左真右的路线批倒批透。这个意见很对,我们一定要努力这样做,希望同志们给予我们更多的支持,共同把刊物办好。

七月三十一日

1983 年

第 1 期

编完了这一期,已经接近一九八二年的岁末了。明年 3 月 14 日是马克思逝世百周年纪念,社会科学各个学科都在准备学术活动和学术论文。陈涌同志的《马克思、恩格斯的美学和历史的批评》,是为这次纪念而撰写的一篇论文。他完成得较早,我们提前在第一期发表,使读者可以早日读到它。《马克思主义美学的哲学基础到底是什么》和《也论马克思美学思想的哲学基础》两文都是对郑涌的《马克思美学思想的哲学基础》提出商榷意见的。他们对郑文的基本论点都持异议,但各自的立论却不相同。我们同时发表出来,供研究这一问题的同志进一步思考。

电影《骆驼祥子》是近年国产影片的一部力作,赞誉之声遍于国中。《电影〈骆驼祥子〉改编得失谈》除对这部影片改编的成就作了充分的肯定,还对它的不足之处提出了自己的看法。褒贬的角度也许与其他的文章不同,其意见也并非无可商榷之处。但是,对一部作品,乃至对一个作家,采取辩证的、一分为二的分析方法,是可取的。我们欢迎这样的文章。《心中唱着一支妙曲——刘富道的小说艺术》是青年作家韩石山写的。作家写的评论文章我们过去也发表过,与一般评论文章的路子也许不尽相同,但其中确有自己的见解。这样的文章读来亲切,想来读者是欢迎的。评论文章的路子可以多种多样,我们过去倡导不够,希望今后作者们跟我们一齐努力改进。《在诗中寻找新的"自己"——论邵燕祥和他的诗》的作者是一个青年人。他的文章还并不十分成熟,但他能够抓住作家在创作上的不断追求,从思想和艺术的结合上,对作家的个性的演变作了初步的探讨,确是经过认真研究的成果。对青年人写的文章,只要有一定水平,我们将一如既往,积极扶植。

郁达夫是现代文学史上比较重要也比较有影响的作家,过去由于"左"的思想和简单化的观念,对这个作家的研究是不够重视的,这两年情况已有很大的不同,不仅热心的研究者多起来,而且也在努力寻求些新的角度和提出些新的见解。本期发表的《郁达夫风格与现代文学中的浪漫主义》,是出于一个年轻的研究工作者之手,文章是有自己的见解的,他的研究态度,也更冷静、更客观一些。这一期上还有范伯群的《论张恨水的几部代表作》,也许会引起一些同志的疑惑:张恨水也值得研究吗?我们想还是可以的。张恨水是个写过很多作品而且产生了很大影响的作家,又是与鸳鸯蝴蝶派有密切关系的作家,对于现代文学史的研究来说,是不能采取视而不见的态度的。在明年里,关于现代文学史上各种思潮、流派、社团的研究,我们想尽可能多提供些篇幅,多发表些文章。

古典文学论文中,《〈梦天〉的游仙思想及李贺的精神世界》一文,针对前些年李贺评价及研究中的问题,从一个新的角度,对李贺的世界观和创作思想进行了探讨。由于作者陈允吉对佛教与唐代文学的关系问题,已有五、六年的研究,所以对与这一问题有关的李贺的创作有独到见解,文章也写得比较深入细致。本期还发表了一组谈古典诗词的短文,这几篇文章的水平尽管高低不一,内容也并不新奇,但较之空洞无物,或冷饭化粥的长篇大论,读来更有兴味。文虽短而清颖,赋旧说以新意。我们欢迎这样的来稿。

十二月五日

第2期

本刊这一期出版时,正逢马克思逝世一百周年纪念,我们继上一期发表陈涌的《马克思、恩格斯的美学思想和历史的批评》之后,这一期又发表了李思孝的《马克思主义文艺理论的发展概观》。今天如何学习和对待马列主义文艺理论,我们认为,去年五月纪念毛泽东《在延安文艺座谈会上的讲话》发表四十周年举行的毛泽东文艺思想讨论会提出的"一要坚持,二要发展",同样也是适用的。李思孝的文章,其中一部分,就是论述了马克思主义文艺理论如何随着历史的变化和根据新的实践经验,不断地在发展这样的历史事实。当前,文艺战线在党的十二大精神指引下,努力开创社会主义文艺的新局面,马列主义文艺理论的学习和研究,更应该坚持理论联系实际的方法,研究新情况,回答新问题。希望有更多的同志来深入研究这个新课题。

王春元的《恩格斯早期美学思想初论》,以比较充分的材料,论述了恩格斯如何由早期的浪漫主义向现实主义转变和发展。这个问题,过去在国内是研究不多的,这篇文章对我们全面认识马克思主义文艺思想的形成和建立,是有帮助的。

当代文学方面的三篇文章,也是值得一读的。近年来,对建国以来,特别是对前十七年的农村题材小说创作的评价问题,有一些不同的意见。有的同志从现行的农村政策出发,对十七年中的有些农村题材的作品,作了较多的批评和否定,刘思谦的《对建国以来农村题材小说的再认识》不同意上述的意见,她认为,评价文学作品不应该从抽象的政治原则或具体的政策出发,而应该从文学艺术自身的特点出发,按照历史的、美学的标准对作品作出具体的、实事求是的评价。关于这一类综合性的研究题目,我们很希望有更多的、更有质量的文章。陈孝英的《论王蒙小说的幽默风格》从一个新的角度对王蒙小说作了较深入的研究,文章有理有据,分析细致,是一篇较有水平的作家论。当代作家林斤澜在艺术上有独特追求,但对他的一些作品人们却褒贬不一,捉摸不透。黄子平的《沉思的老树精灵》对林斤澜的艺术探索和作品风格作了较深入的剖析,提出了一些有趣的、颇能引人思索的见解。

本刊在1979年曾设立过"论坛"的栏目,后来中断了,现在根据一些同志建议,又恢复起来,并作为一个经常性的栏目。这一期发表了《既要分工,又要综合》、《知识要更新》两篇。我们考虑,这个栏目今后内容可以更多样化一些:可以是就整个文学研究工作或某一学科、某一方面的工作提出问题,唤起注意,引人思考,也可以是对研究、评论和创作上的积极或消极现象进行评议。总之,希望有的放矢,言之有物。请广大读者和作者多给以支持。

一月二十四日

第3期

本刊今年三月曾召开一次关于青年题材创作问题讨论会,其中有些发言已整理成短文,在这一期上发表。在准备这次讨论会时也曾想过,我们编辑部的大部分同志,就年龄说,与青年已相距较远,因工作条件和环境的关系,与青年的接触也较少,对当代的青年,多少是有些隔膜的。因此这次讨论会,我们特意邀请了一些比较年轻的同志来参加。他们的发言的确给了我们不少启发。同样是因为条件的限制,我们这次只邀请了北京、天津的一部分同志，未能请其他地区同志来参加。如果能更广泛些，或者，除了青年评论工作者，研究工作者，再直接向青年读者做些调查和了解，收获也许更大一些。可惜由于种种原因，我们还没做到这一点。

这一期还发表了刘思谦的《张一弓创作论》和张一弓自己的文章《听从时代的召唤》。借此机会，我们想约请作家们多给本刊写点创作谈和其他方面的评论文章。文学事业的繁荣，需要作家和评论家的亲密合作和互相促进。作家参加评论，是有利于这种合作关系的发展的。

在现代文学方面，王瑶同志的《郭沫若的浪漫主义历史剧创作理论》，是去年纪念郭沫若诞生九十周年学术讨论会上的报告，会后又经过整理和加工而成文的。文章对郭沫若的历史剧的创作理论，不仅结合郭老本人创作实践进行了探讨，而且把视野扩大到世界文学史的范围，系统地总结了浪漫主义历史剧的创作规律。文章写得很有深度。

魏绍馨同志的《"整理国故"的再评价》，讨论的是现代文学史上不算重大却又使人很感兴趣的问题，他提出了与过去一般看法全然不同的意见。这篇文章刊出之前，我们也曾请一些同志看过，对他文中的观点，有同意也有不同意的，却一致赞成将它发表出来，供大家讨论。经过讨论，如果对这个问题的认识有所深入，有所前进，对将来的现代文学史的编写，是会有帮助的。

古典文学方面，吴调公同志的《为竟陵派一辩》，顾名思义，是翻案文章。吴调公同志是在对竟陵派文学主张及其作品进行深入研究的基础上提出自己见解的，并不是简单化地推倒他说。《谈刘禹锡诗歌的艺术美》的作者吴汝煜，对刘禹锡的诗文有专攻覃思之功。此文亦非轻心之作。程千帆同志的来信，体现了老一辈学者的严谨态度，为本刊指点不足，补苴罅漏，我们表示欢迎和感谢。

王朝闻同志的《不即不离》一文，对艺术作品的含蓄美作了多方面的探讨和论述，有助于克服公式化、概念化的创作倾向和提高欣赏者的审美能力。金健人同志的文章，较深入地探索了文学创作与揭示社会本质的关系。

自上一期恢复"论坛"栏目后，得到了很多同志的支持，这一期我们就多刊登了几篇这样的文字。这次，涉及的学科和问题比较广泛和多样，其中所论，虽不一定精当，却都有供人思考之处。作为"论坛"的文字，有的也许还显得不够明快，文字也略长了些，这是不足之处。今后，我们愿和作者一起努力改进。

第 4 期

这一期第一组文章，从题目上就可以看出，它们有个共同的角度，即都是研究我国现代文学作家（剧作家、诗人）与外国文学的关系。由于研究的对象和着重的问题不同，方法也不完全一样；但都能够从作家的思想和创作实际出发，通过比较丰富的材料，进行了认真的比较和分析。从这些文章中，可以看出不同作家在吸取和借鉴外国文学方面，都各有自己的独特道路。

几年来，诗歌界就新诗发展中的一些重要问题展开了热烈的讨论，目前也还在继续。这里发表的公刘的文章，对诗歌创作中的一些重要问题发表了自己的见解，引人深思。杨匡汉的文章，对诗歌美的崇高感问题，作了较深入的论述。文中提出"呼唤史诗"的意见，值得重视。

沈敏特的《关于爱情题材问题的札记》，根据近几年创作中所反映的爱情、婚姻问题，试图从理论上探讨无产阶级恋爱观。

以上文章中的观点，都是一家之言，不会也不应该堵塞在这些问题上的进一步探讨。

思忖的《军人的美和美的军事文学》一文，是从美的角度研究军事文学题材中的一些问题，也提出了值得注意的见解。

本刊（包括《文学评论丛刊》）在这几年里曾发表过几篇评介台湾文学和台湾作家的文章，这一期发表的张超研究旅美台湾女作家於梨华的文章，摆脱了一般这类文章的"述评"路子，而能提出自己的见解，这是值得倡导的。

古典文学方面，周裕锴的《苏轼黄庭坚诗歌理论之比较》一文，从苏、黄理论主张的不同方面，通过对一些有歧义的文学现象的具体解释，对苏、黄进行了颇有见地的评骘。

此外，本刊今年第一期发表的四篇短文引起了反响，读者纷纷来稿参加讨论。第三期我们发表了关于这一问题的来稿综述。第三期付梓后，四月份又陆续收到参与讨论上述问题的一批来稿，其中鲁屋关于王维《鸟鸣涧》并与刘璞同志商榷的《桂花·人闲·成诗年限》一文，对王维诗中的歧解和悬解进行了探索，有可取的意见。来稿还有叶松林的《也谈"明月别枝惊鹊"》、杨宝林的《〈"决眦入归鸟"新析〉辩》等；限于刊物的版面，对这些来稿就不准备刊载和综述了，这一讨论也暂告一段落。值此向关心这类问题的作者和读者致意。

第5期

今年五月，在"三曹"的故乡安徽亳县召开的首届建安文学学术讨论会上，曾印发了几十篇学术论文。本期刊载的六篇文章中，有四篇是选自会议论文。周振甫同志的《释"建安风骨"》一文，是本刊的约稿。另有《论曹操诗歌的艺术成就》一文是从来稿中选取的，此文对曹操诗歌的艺术分析较细腻，也有见解。

刊发"建安文学专辑"是一种尝试，希望听到读者的宝贵意见。我们组织这一辑稿件时，得到安徽省文学艺术研究所和《艺谭》编辑部有关同志的热情协助，特表谢忱。

当代文学的一组文章中，周桐淦的《失去的和缺少的》一文，在充分肯定张一弓的创作方向的前提下，对他创作中存在的问题提出了一些自己的看法。关于创作中的问题，评论者与作者展开平等的、实事求是的、与人为善的探讨，对促进创作的提高和发展有益，应当提倡。这篇文章当然是一家之言，我们欢迎其他各种不同意见（不限于对张一弓的创作）。

在六十年代本刊曾就历史剧问题展开过讨论，当时有不少同志发表了有真知灼见的文章。这几年，历史剧的创作又有兴旺之势，值得探讨的问题仍有不少，其中关于史剧理论就是一个重要的问题。郑波光的《试论史剧理论与悲剧理论的区别》，发表了他对这个问题的研究见解，其中有一些值得注意的意见。叶金龙同志的《悲剧观初探》，则是对恩格斯有关悲剧的论述，提出自己的解释，并论述了悲剧的类别、特点及相互关系。

关于文学艺术的基本特性是什么，这是多年来大家一再探讨、争论的问题。王元骧的《情感——文学艺术的基本特性》，如题目所示，可知他论述重点所在。这虽然不是全新的见解，却有作者的研究所得，值得一读。如能再次引起诸家的兴趣，本文的发表也就有益于这一问题的深入研讨了。

徐允明的《鲁迅研究与鲁迅传记的写作》是花费了相当功夫的一篇文章。首先，精心阅读所评的几部著作，就是一件很费时费力的工作；在这基础上又进行了比较和综合的研究，并提供了一些建设性的意见，更难能可贵了。而这篇文章还是出自一个比较年轻同志的手笔，就更加令人高兴。

"新作评赏"一栏是新开辟的。过去我们虽然也发表过一些对当前新作的评论文章,数量既少,也不经常。现在开辟这个栏目,就是想使这项工作经常化。我们希望这栏文章能表现出评论者的独到的鉴赏眼光和见解,文字也可以短些、活泼些。今后选择的作品,准备更广一些(不限于小说)和更新一些。我们愿意听取更多的意见,把这个栏目办好。

第 6 期

《邓小平文选》是我国进入新的历史时期各项工作的指导方针,是结合我国具体实际、坚持和发展马克思主义、毛泽东思想的光辉著作。其中有关思想战线工作和文艺问题的论述,是新时期文艺工作的纲领,对文艺创作和理论研究工作,具有非常重要的指导作用。这一期我们发表的贺兴安的《为着灿烂的社会主义文学事业》,是一篇学习心得的文章。今后我们仍将结合实际反复学习,并贯彻在刊物的改进和提高的工作中。

在文艺理论和创作方面,近几年在取得巨大成绩的同时,也出现了一些错误的思潮和不健康的倾向,文艺思想比较混乱。对这些现象,本刊准备发表一些运用马克思主义观点进行分析和批评的文章。这一期发表了《关于当前文艺思潮的笔谈》是个开端,明年将继续这方面的工作,希望广大读者和作者给予支持。

现代文学作家沈从文,过去由于种种原因,在研究工作上有所忽视,近几年来则引起了较多的注意,并出现了不少文章。董易的《试谈沈从文部分小说思想倾向的复杂性》,是作者整个沈从文研究的一部分,在这里他试图剖析了沈从文部分小说比较复杂的思想倾向,并探索造成这种复杂性的原因。当然,象沈从文这样有过大量作品和一定影响的作家,如何对他的作品作比较全面和准确的认识外,如何估价他在现代文学史的地位和作用,还需要继续以马克思主义观点做进一步的探讨的。

1984 年

第 1 期

这一期发表的曾镇南的《张贤亮论》，是中国作家协会创作研究室去年组织多人撰写的《当代作家论》中的一篇。对当代作家，特别是对近几年文坛上比较活跃的中青年作家进行系统的、全面的研究，对他们的生活、创作道路以及艺术个性作出科学的评价，这对于创作的发展，对于读者全面地、正确地了解一个作家，都是十分有益的。关于作家研究，我们提倡详尽地占有材料，坚持唯物辩证法，运用马克思主义的历史的、美学的观点，"好处说好，坏处说坏"，实事求是，一分为二。本刊也曾发表过这一类文章，并编辑出版了三辑《文学评论丛刊·当代作家评论专号》（第三辑不久将出版）。这方面，我们缺乏经验，存在这样那样的缺点和错误，敬请读者批评、指正。

这几年，报刊上就报告文学的真实性问题，展开了热烈的讨论。李庆宇的《论报告文学的真实性》一文，对这一问题发表了他的研究见解，其中有值得注意的意见。我们还欢迎有其他不同的意见。

这一期关于古典文学的文章中，《三苏合著〈南行集〉初探》，是作者在整理《南行集》之后撰写的。《南行集》自宋代已成为佚书，这一整理工作是很有意义的，此文也写得清楚明瞭。《论孟浩然的诗歌美学观》一文，见解新颖，分析细致，文字也有功夫。《论诗诗论》是在前人研究成果的基础上，作者提出了自己的一些经过思考的看法，这是可取的。刘中和白坚的两篇书评各有特色。前者对《中国历代小说论著选》一书，作了必要的推荐，而后者对吴调公的《李商隐研究》的研究，又颇有心得，文中涉及到的问题有见解，也是中肯的。我们组织这一书评的目的，是想把吴调公的这一专著介绍给更多的读者。

邵牧君的文章扩大了我们刊物论题的范围。如何认识文学与电影文学的联系和区别，对于发展电影文学创作以及推动其他种类的文学创作，都是有重要意义的。他强调电影文学的特殊性，在我们今天的电影艺术不断探索前进的道路上，应该说具有较强的针对性。

第 2 期

本期发的几篇古典文学方面的文章，可以看出作者分别在诗词、小说等不同方面，进行了一些新的探索。其中某些见解，比如《关于李商隐无题诗构思特点》的探讨一文，不是没有可以讨论之处，但作者的探讨本身是别具一格的。周中明《曹雪芹在典型形象塑造上的新贡献》一文，是作者多年研究《红楼梦》和其他古典小说后撰写的，文章的角度新颖，提出的问题颇有启发性。

关于现代文学的流派研究，去年已经发表了一些文章，这方面的课题还准备继续下去。关于文艺社团的研究，今年准备再提供些篇幅。《前期创造社与西方浪漫主义美学》是就创造社的一个方面进行专题研究，文章比较充实，有自己的见解。继去年第五期发表的《鲁迅研究与鲁迅传记的写作》，这一期又发了《茅盾研究新起点的标识》，评述了四本研究茅盾的专著。有些读者反映，这方面的工作还是必要的，可以多做一些。我们愿意与读者、作者一起努力。

近年来，革命历史题材的长篇创作呈现出颇为兴旺的势头。本刊去年第三期发表了一篇关于讨论这个问题的综合报道，这期再发表吴松亭和杨佩瑾的文章。《论自由体诗》和《关于"呼唤史诗"的质疑》，都有自己的见解。后一文是对本刊去年发表的杨匡汉的《论诗美的崇高感》一文的商榷。

徐侗的《试论幽默》以及纪众的《外观描写琐谈》是探讨艺术范畴和艺术表现规律的文章。我们欢迎这方面的来稿，特别是切合当前创作实际的艺术理论问题，我们热望更多的同志致力于这方面的研究。

第 4 期

编辑部首次邀请北京的文学刊物编辑座谈当前文学创作，本期摘发了他们的发言。文学作品的取舍，都是经过编辑们之手。他们的阅读范围要远胜于一般的作家、评论家和读者。我们想，大家是希望听到他们的意见的。

本期发表的朱寨的《历史转折中的文学批评》，对 1976～1982 年间文学批评的发生和发展、收获和特点，以及存在的问题进行了系统的回顾和考察，细读此文，对于关心和从事文学批评和文学研究的同志，都会有所裨益的。对文学批评和批评家也应该同对文学创作和作家一样，给予重视和研究，可以品头论足，说长道短，讨论争鸣，蔚为风气。文学的当代性一直是大家关心的一个问题，李庆西的文章是一家之言，我们期望逐渐求得一个比较全面的认识。时汉人的《高晓声与"鲁迅风"》一文，实际上是讨论造就大作家所应具备的主观和客观方面的因素和条件的，我们的文学创作经过几年的发展，是应当提出并研究造就大作家这一问题了。

本刊从前辟有"新作评赏"、"近作漫评"等栏目，对一些优秀新作进行评介，本期又开辟"文学新人评介"一栏，对两位文学新人进行评介。今后这两个栏目将视情况交替或同时出现。

今年是老舍诞生八十五周年，四月下旬，在青岛召开了第二次老舍学术讨论会。这里刊载的《论〈月牙儿〉及其在老舍创作史中的地位》，就是讨论会上论文中的一篇。作者范亦豪是青海师范大学的中年教师。他的论文曾在会上宣读，并得到一些同志的好评。年轻的现代文学研究工作者王晓明，去年曾在本刊第三期上发表过《论沙汀的〈困兽记〉》。继沙汀的小说研究之后，他又开始了对艾芜的小说进行系统研究。这期发表的《论艾芜的三部长篇小说》，是他整个研究的一部分。文章对艾芜的《丰饶的原野》、《山野》和《故乡》都有独到的艺术感受和分析，并对艾芜在长篇创作上的发展和成熟过程，进行了探讨。《论冯至的诗作的外来影响和民族传统》的作者张宽，也是文学研究队伍中的新人，他是学习外国文学的研究生。这篇文章，发挥了他的所长，他对冯至诗与外国文学关系的研究，比冯至诗与中国古典文学的关系的研究，显得更深入一些。

文学理论著作的编写，一直为广大文学教学工作者和研究工作者所关注。体系如何？概念如何？还有哪些文学问题应该纳入我们的文学概论或文学原理的教学和研究工作中去？大家都在思考。王春元和钱中文的文章分别介绍了两本在西方和苏联很有影响的的文学理论专著，这两本书的出版，将是一个有益的借鉴材料。

这一期古典稿件篇幅不多，但我们认为这几篇文章各有特色。关于司马迁的"爱奇"一文，作者撰写、修改都很认真，文章写出了新意。周本淳先生的文章，虽谓"蒙语"，但这些问题在古诗词阅读鉴赏中常常遇到，在一定意义上，这篇文章是诗人解诗。这一期的书评中，逯钦立先生和康圭璋先生的编著本身具有较高的学术价值，曹道衡和许总、许结的书评也写得得体。

第 5 期

读者收到这期刊物的时候，已经在准备迎接国庆三十五周年了。本期发表的许觉民的《在沉思中探索》，虽然主要是就 1976～1982 年间文学理论状况作了总的钩勒，但也可以看作建国以后一个简略的反思和回顾。本刊今年第四期发表的朱寨的《历史转折中的文学批评》，也可以这样看待，只是它们的侧重点不同。读者通过这两篇文章，可以看到文学理论和批评的概貌。他们立意总结新时期的文学经验，对于我们继往开来，解放思想、繁荣文学事业是有益处的。当然，文章的归纳、立论、分析以及视野的开拓，都是可以共同切磋讨论的。

编辑部继五月十四日召开文学编辑座谈会之后，又于六月三十日召开了作家、评论家的专题对话会，这期刊载了这次会的详细报道，其中有不少意见都值得关心和研究当前文学问题，特别是从事文学批评的同志注意。

黄子平的《论当代短篇小说的艺术发展》，是一篇见解独到，有说服力的综合研究文章。作者从社会生活变化在艺术形式中的折射，从时代对审美形式拣选的角度，即从"结构——功能"方面，论述了当代短篇小说的艺术发展。我们希望有更多的论者撰写这种综合研究的评论文章。

邱岚的《对一个"棘手题目"的思考》，是对去年本刊发表的刘思谦的一篇文章进行商讨的。对建国以来农村题材小说的评价问题，这几年一直有一些不同的意见。现在还很难说哪一种意见更正确、更接近真理，需要有志者作更认真、更实事求是的探讨。

吴调公先生对于龚自珍"亦剑亦箫"，柔肠侠骨艺术风格的把握和点化，对我们很有启发。或许有的同志认为这篇文章长了一些，今后我们在保持文稿言之有物、内容充实的同时，还应力求文章的简练精粹。

今年是宋代著名女词人李清照九百周年诞辰。李清照在文学史上地位的确立，毕竟是靠她的词，而李词的特点又主要在于具有强烈的艺术感染力。基于这样的考虑，我们在众多的来稿中选发朱德才的《〈漱玉词〉的艺术魅力》一文，并认为此文对李清照词的分析研究比较精细，见解也新颖，值得一读。

在现代文学方面，发表了两篇关于"乡土文学"研究的文章。《二十年代农村的面影》着眼于全貌的考察，提出了"乡土文学"的创作中存在两种不同的倾向和风格,并比较了它们的特点。《鲁彦乡土小说探析》则以"乡土文学"中一个有代表性的作家为对象,从纵的方面论述了鲁彦创作的变化和发展,两文可以互相参照。

苏联当代文学创作和文学理论的状况,是我国文学工作者所关心的。张捷的《当代苏联文学三题》对近年来苏联文学发展进程中出现的纪实小说,以及正面人物问题,艺术手法问题,作了简明扼要的评介。

第6期

刘再复的《论人物性格的二重组合原理》一文发表后,我们陆续收到一些作者的讨论文章,本期作了综合报道,以便引起同志们的关注和研究。文艺理论的研究工作如何开拓新的领域,如何联系当前的创作实践进行创造性的探索,一直是编辑部十分关切的一个问题,我们希望刊物能反映这方面的研究成果。

本期当代文学方面的几篇文章,或在论题上有新的开拓,或在研究方法上有新的提倡,都值得一读。周政保的《走向开放的中篇小说的结构形态》用综合研究法,通过对六部中篇小说结构形态的综合研究,提出了关于中篇小说结构形态趋向多样性和开放性的见解;邹平的《两个金苹果:"跳出来"和"走进去"》,通过对两位年轻女作家的两部题材相同、主题也相近的中篇小说的比较研究,分析了各自所取得的成就和不足。两篇文章或都有其弱点,但见解和写法都比较新鲜。另外,《新时期风俗画小说纵横谈》(丁帆、徐兆淮)和《评四部中国当代文学史》(王东明、徐学清、梁永安),是过去本刊没有涉猎过的论题,我们感到高兴。

关于《三国演义》中曹操形象的问题,本刊1982年第4期,曾发表过李庆西的一篇文章。这一期刘敬圻的论文,见解有所不同。古典文学方面一组短稿的观点,有些读者不一定都能够接受。但这些稿件都是针对某一具体问题,提出疑问,并阐发了自己的看法。文字简短,观点鲜明,这是可取的。

1985 年

第 1 期

　　新春召示着新的耕耘。读者拿到这开年第一期的时候，我们首先推荐论坛栏一组文章。这些文章都是意在繁荣文艺生产之作，是响应"大鼓劲、大团结，大繁荣"这个总召唤的。作者各执论题，畅叙己见，风采各呈，很有兴味。当然，谁也不能说某种看法就是颠扑不破的定论，同志式的商榷讨论本是发展评论工作的题中之义。在这些既有回顾、又着眼于前瞻的文字里，我们相信，是可以互有汲取、互有收益的。

　　关于当代文学，本刊曾提倡多写一点综合的、宏观的文章，能够从众多纷纭的文学现象和文学作品中，提出一些新鲜的、有意义的问题，以启人心智。本期徐芳的《人与大自然关系的艺术思考》就是一篇这样的文章。论者的思考也许还有待深化，其见解也未必能为所有的人接受，但确实经过认真的研究，具有新意，特予推荐。唐晓渡、王光明的《论张洁》，从作家创作的内在矛盾出发，对张洁及其创作进行了考察，亦有新意。我们感到高兴的是，这两篇文章的作者都很年轻，这说明我们年轻的文学评论人材正在成长。李文衡的《知识劳动美的审美价值浮沉》一文角度较新，也值得一读。

　　《试论巴金小说的"生命"体系》是对巴金小说进行系列形象研究的文章，文中使用"'生命'体系"概念，也许使人感到生疏，但文章结合巴金的创作进行分析，还是容易理解的。这样的研究方法是力图从总体上认识巴金创作的成就和特点，可供研究者参考。

　　关于现代文学史的流派、社团的研究，本刊在过去两年里，发表了一些文章，这期又发表了《论中国诗歌会》。我们还将陆续发表关于这一类课题的研究，以期对这方面的问题有个比较完整的认识，希望作者继续给我们支持。

　　瞻顾古典文学现状，我们首先应感谢海内外从事古典文学研究和教学的广大作者和读者对我们工作的热情支持。由于刊物版面所限，我们能够刊发的稿件比重极小，但就此一斑来看，作者在各自的领域作出了新的探索。本期关于古典悲剧、辞赋以及小说人物形象塑造艺术经验的探索，或许可为新时期的文学创作和研究工作，提供一些有益的借鉴。

第2期

过去的经历和新近的经验证明，清除"左"的干扰，决非一朝一夕之功。棍子，帽子，围攻，有形的，无形的，一直妨碍文艺事业的正常发展。越来越多的人看到，不清除"左"的危害，"创作自由"、"评论自由"以及"双百"方针就是一句徒有其名的空话。"左"的思想和作风，是当前文艺发展的主要障碍。我们应当大声疾呼，群起而攻之。本期"评论自由笔谈"，发表了这方面的言论。我们相信，真理、香花、佳花、百花总会战胜各种错误、丑恶的东西，惟有保证作家和评论家的"自由"，才能使文艺进一步繁荣昌盛。

新时期以来的小说创作，龙腾虎跃，姹紫嫣红，在艺术上提出了许多亟待研究、总结的新课题。本刊愿提供篇幅刊发价方面的论文佳作。这一期发表的《小说的时间观念》、《小说节奏试论》等四篇文章，虽然只是涉及到小说艺术创新的几个侧面，甚至不是主要的侧面，但它们毕竟发微探幽式地为小说艺术研究开拓了一点新意。文章也写得较为短小活泼。刊发这一组文章，目的在于广开文路；如何作得更好，望读者有以教之。

我们的文学创作日趋活跃，各种体裁、题材、形式，风格的优秀作品日有所见。本期发表的徐怀中等同志所写的评论文章，所评是近期出现的三部较优秀的中、长篇小说。本刊今后仍拟酌量发表一些评论新作、举荐新人的文章，文章既可以扬励其长处，也可以评点其短处，写得短些、生动些、明快些，在文风上来一点改进。

近来，关于振兴和发展评论的呼声甚高。文学创作和文学评论分属两翼，缺一不可。过去在当代文学中，我们只注意对作家及其创作的评论，却不重视对评论家及其论著的评论。今后我们也准备酌量发一些这类文章。本期发表关于李子云的评论集的评论文章，就是一个尝试。

今年三月二日是"左联"成立五十五周年纪念日，我们这一期只刊登了一篇短文《"左联"研究点滴》，读者可能感到不满足。不过这篇文章虽短，其中提纲挈领式地提出的几点原则性看法，我们觉得是值得重视的。对于进一步研究和评论"左联"，很有启发意义，所以乐于向读者推荐。

另一篇《增强现代文学研究的历史感》，也是篇短文，主要的作用也在于提出问题。至于对历史感如何理解以及在现代文学研究工作中怎样解决，可能还需要进一步研究。近几年里，对于现代作家的研究，有很大的进展，我们觉得，对这方面的研究状况有选择地作些述评工作，会给研究工作提供些方便。这一期先发表一篇《郁达夫研究述评》，以后陆续发表对其他作家研究的述评文章。

在古典文学研究中，"知人论世"并不是一种新方法，但在使用这种方法时，却有沿袭和创造之分。在这方面，黄天骥的《论吴梅村的诗风与人品》，以及吕薇芬的《张可久散曲简论》，可以说是一种具有新鲜感的尝试；二文在写作上，也不同程度地给人以或充实、透彻，或细致、挥洒的印象。任孚先对《聊斋志异》的"异史氏曰"作了探论，但它在创作上的贡献，是否应当受到更多一些重视呢？

去年，古典文学举行过多次学术会议，限于局面，本刊未能一一报道。这一期发表的董乃斌、刘扬忠、止木的发言和综述，则是分别对去冬先后在长沙和杭州举行的中国韵文学会成立大会暨学术活动，与中国近代文学第二届年会的有关情况的介绍和评述。

第3期

新时期以来的鲁迅研究工作，取得了很大的成就，研究课题、研究角度和方法，都有新的开拓和深入。然而人们希望有更大的突破。王富仁在这两年里完成了二十余万字的博士论文《中国反封建思想革命的一面镜子——〈呐喊〉〈彷徨〉综论》，在鲁迅小说研究方面，采取了与过去不同的研究系统，表现了很多独到的见解，很值得重视。因原文是长篇专著，刊物无法全文刊载，特与作者商量，写成了现在这样的论文摘要。鲁迅的《呐喊》和《彷徨》是大家很熟悉的作品，我们觉得减缩一些具体分析和枝节问题，保留主要观点。仍可以起到学术交流的作用。论文摘要大约四万字，我们准备分两期刊载。

刘欣大的《文艺是时代妈妈的儿子》，是一篇值得向读者推荐的文章。作者对现实主义、现代主义以及与此有关的时代、精神生产等问题提出了自己的看法。进一步探讨这个问题，求得较为开阔、较为科学的认识，对活跃我们的理论，开拓我们的创作，都是大有益处的。本文文风比较雄健活泼，可读性强，读者会感到喜悦的。

吴秉杰的《论新时期小说风格的多样化》原是一篇研究生毕业论文，这里发表的是论文的引言和第一、三部分。仅从这几部分，已可见出这篇论文构筑之宏放、思考之深入和见解之独到。我们乐于向读者推荐。丹晨和刘建军的文章，分别对近几年声名颇大的两位文坛新秀——张辛欣和贾平凹，作了细致的解剖和分析，持论比较公允，也值得一读。

本刊与《上海文学》、天津文联理论研究室、《当代文艺探索》、厦门大学语言文学研究所共同发起的文学评论方法论讨论会，今年三月在厦门大学召开。这次会议开得思想活跃，气氛热烈，体现了"评论自由"的精神。有关这次会议的报道和文章，本刊将在下期辟专栏揭载。本期"论坛"发表的三篇文章，也意在提倡评论和研究方法的更新；有的文章或有偏颇之论，但作为一家之言，仍有值得注意的意见。

古典文学中，张文勋、沈悦苓和禹克坤的文章，分别对我国古代文论和作品中的审美心理结构和审美经验等问题作了探讨。即将出版的《唐代科举与文学》一书的作者傅璇琮，在自序中提出从探索当时知识分子的生活道路和心理特征入手研究唐代文学，这是一个新鲜问题，或许能够引起读者一定兴趣。

去年本刊曾发过《毛东堂行实考略》一文，这一期的《苏轼与毛滂》一文对之作了补充，从而使我们见到有关毛滂的更多的资料。

我们希望，通过彭黎明对《域外词选》的评介，能够帮助读者更好地阅读此著，从而有助于中外词学交流。

第 4 期

这期除本刊首辟"我的文学观"中的三篇文章值得一读外，还有关于文艺学方法论的一组文章也值得注意。

近两三年，在国内出现了一股探讨文艺学研究新方法的热潮，一些报刊刊载了不少有关这方面的各种文章，引起人们广泛的注意。厦门"文学评论方法论讨论会"和扬州"文艺学与方法论讨论会"正是在这样的背景下召开的。这里所刊发的两篇文章只代表两种不同的观点，读者也许会感到不够满足；那么，请读一读两个会的详细报道，就可以大体领略有关这个问题的一般进展和诸家不同的主张。对方法论的探讨，实质上乃是有关思维空间和思维方式的拓展问题，这是一件十分有意义的事。但是，更重要的是能够运用新的研究方法对文艺方面的各种问题作出更深入、更透辟的研究，有更新的发现，我们期待着有关这方面的新的思维成果。

自"首届长篇小说茅盾文学奖"之后，长篇小说创作渐趋活跃，出现了一批引人注目的好作品。不久以前，中国作家协会创作研究室在北京西山组织了长篇小说读书班和长篇小说座谈会，对近几年的长篇小说创作进行了回顾，对创作的成就和问题作了初步探讨。这里发表的五篇文章就是西山会议的部分思维成果，对读者了解这方面的情况也许会有一定的帮助。

古典文学方面的四篇文章，有一个共同的特点，即作者对撰写的问题，进行了较深入，并且是综合性的研究，从而提出了自己的见解；其中有一些看法，不仅符合实际，而且有一定针对性和现实意义。

古典文学研究也面临着一个更新、突破和发展的问题，我们希望大家，特别是从事古典文学研究的同志一起来关注这一问题，拿出新的研究成果。

第6期 （编者的话）

经济上不坚持改革，就没有出路，文化思想上也应作如是观。也就是说，不坚持思想解放，不坚持创造性运用和发展马克思主义，不坚持创作自由和评论自由，不吸收人类最新的知识成果和科学成就，我们的文学事业，包括文学评论，也没有出路，也不会进一步繁荣和发展。年终临近，新的一年即将到来，我们将本着这一指导思想，努力办好刊物。

本刊最近几期，受到广大读者的关心、支持和帮助。我们表示衷心的感谢。明年是新时期文学十年，为我们提供了一个宏观性地自我回顾、自我总结的机会。编委会和编辑部正在采取措施，规划好明年的工作。我们将竭诚努力，在读者的支持下，使刊物获得新的长进。

我们希望在刊物耕耘的各个领域里，进一步开拓新的研究课题和研究领域，倡导和鼓励创造性的观念、思维和方法。对新时期十年文学的宏观性的、综合性的考察文章是我们所特别欢迎的文学理论和古典文学方面，我们欢迎新的突破，摆脱陈旧的思维模式和某种沉闷局面。我们希望有志于此的研究者，特别是中、青年同志，向我们提供你们最新的、创造性的思维成果。我们还将加大信息量，适当评介国外的理论成就。"我的文学观"栏还要办下去。我们提倡改进文风，增强可读性。贯彻双百方针，发表不同的学术见解，是办好刊物的一个标志，我们诚恳欢迎各种不同观点的同志给我们赐稿，给以支持。

近年来，在评论界涌现了一批思想活跃、视野开阔、生机勃勃的青年评论家，这也是我们文学事业兴旺发达的标志之一。从本期的《读评论文章偶记》一文可以看出，王蒙以极大的热情关注着他们的成长；同时文章也阐发了对当前文学理论批评问题的一些看法，值得重视。对每一个评论工作者来说，既发挥自己的优势，又清醒地估量自身的弱点，这样可以使自己前进的步伐更加坚实。

刘再复的《论文学的主体性》开辟了文艺理论论题的一个新的领地。他从主体性这个角度论述了文学的特殊性，论述了作家所把握的对象以及作家自身的特殊性，这是文章的前两个部分；后一部分，即有关读者和批评家的主体的特殊性的部分，本刊将在下期刊出。文章凝结了他对文学历史的反思，很多方面切中我国文学的积弊，另外，也阐发了他自己许多方面的观点和见解，读者会感到兴趣的。

本期发表的韩石山的《且化浓墨写容山》，写得新颖别致，谈出了一些对贾平凹的中篇创作的与众不同的见解，读来饶有兴味。说到舒婷，人们也许又会想到"朦胧诗"，但读过刘登翰的《会唱歌的鸢尾花》，你会对这位颇有成就的女诗人有更深刻、更准确的理解。

1986 年

第 2 期 （编者的话）

一月二十日，中国社会科学院文学研究所为八十六岁高龄的俞平伯先生从事学术活动六十五周年举行了隆重的庆贺会。中国社会科学院院长胡绳同志和副院长钱钟书先生到会。胡绳同志代表社会科学院向俞平伯先生祝贺，并发表了讲话。文学研究所所长刘再复同志宣读了《献给俞平伯先生的祝词》。到会的除社会科学院和文学研究所的同志外，还有九三学社的负责人，首都知名的专家、学者，出版社和报刊的负责人和记者，共百余人。俞平伯先生在会上接受了献花，精神极好，还宣读了他近年来研究《红楼梦》的短文二篇，总题为《旧时月色》。这一期我们将胡绳同志的讲话，刘再复同志的祝词，俞平伯先生的《旧时月色》，全部发表，以飨读者。刘世德的《质变：从"旧红学"到"新红学"》和吴庚舜的《谈俞平伯先生对于古典诗歌艺术的探索》，也是为这次庆贺活动而撰写的专文，分别对俞平伯先生在《红楼梦》研究和古典诗歌研究的成绩和贡献，进行了评价。

在中国古典文学研究方面，很多同志都希望能有文章结合这些年来研究工作的实际进行宏观性的综合思考，本期发表的栾勋的《谈中国古代文论的研究方法问题》正是这样一种尝试。文中提出的古典文学研究的当代性问题，很值得进一步深入探讨。彭久源的《关于中国传统文学思想的反思》，对传统文学思想提出了作者个人的思考，立论比较大胆、尖锐，也值得注意和研究。

本刊从去年第四期开辟"我的文学观"一栏以来，得到评论家、作家们的热心支持，也受到许多读者的热情关注。读者们都希望我们把这个栏目继续办下去，办得更好些、更有朝气些，以利于马克思主义文艺理论的发展。大家的支持，给予我们很大的鼓励，也使我们更进一步认识到：变革文学观念，这是大势所趋，只有顺应变革的潮流，马克思主义文艺理论才能获得发展。改革和开放，有力地促进了人们社会观念的变革；随着改革和开放的进一步深入,一些陈旧的、落后的观念必将受到冲击,并逐步为新的、更合理、更科学的观念所替代。文学观念的变革,不过是整个社会观念变革的一翼罢了。

这一期"我的文学观"栏,主要发表了几位年轻作家的文学思考,其中或有不够周密、准确之处,但都言之有物,可以给我们某一方面的启迪。文章的文笔都比较活泼清新,读来有亲切之感。怎样把文学论文写得清晰、明快、生动、凝练,使人想读、能读下去,也是我们应该思考的问题之一。

本期继续刊出周扬同志《新文学运动史讲义提纲》的第二章,请读者注意。

其他文章,如《作家群与读者群的文化反应》,考察了作家与读者不同的文化圈,及其相互的差异和矛盾,角度较新,读来也有意味;《南方的生力和南方的孤独》,对李杭育的作品有敏锐的感受和较深刻的把握,表述得也明快、清晰;《从〈现代文学〉看台湾小说的现代派倾向》,从台湾的特殊的社会背景描述了台湾现代派小说的发生、发展和衰落,使我们看到了台湾文学发展的一个侧面;《被唤醒的美学意识:悲剧》参照西方哲学关于悲剧的理论,从一个角度考察了新时期文学的发展,其中有些见解尚可商榷,但可以促进我们对这个问题的进一步思考……如此等等,兹不一一细述。

第 3 期

刘再复的《论文学的主体性》一文在本刊发表后,引起较强烈的反响。我们认为,关于文学的主体性问题,是一个值得认真讨论和争鸣的学术问题。今年三月里,中国社会科学院文学研究所文艺理论研究室就这个问题举行了热烈的讨论,我们特请他们将讨论记录整理出来,于本期发表。

今年六月,文学研究所将为该所研究员、著名美学家蔡仪举行庆贺他从事学术活动六十周年的活动,文艺理论研究室的《美学论丛》为此将出版《蔡仪美学思想研究》论文集。为了表示对蔡仪同志的祝贺,我们在这里也发表了王善忠的《蔡仪美学思想的历史地位》和钱中文的《读蔡仪主编的〈美学原理〉》两篇文章。

在当代文学研究方面,我们估计本期发表的几位年轻作者的文章,会受到读者的欢迎。王绯的《张辛欣小说的内心视境与外在世界》，以女性批评家的眼光，发现了张辛欣创作中那颗跳动着的当代女性的心灵。文章晓畅，又充满了激情。王干的《历史·瞬间·人》，则是对颇具影响的诗人北岛的诗歌创作，进行了出色的概括，思路清晰，感受独到。

"新时期文学十年研究"专栏，本期发表了杨匡汉的《中国新时期的诗美流向》，对新时期的诗歌美学倾向作了总体性的把握，写得扎实、概括，有新见解。这个专栏的选题，不少研究者将要陆续完成他们的写作计划，在后几期里，刊物也尽可能地多刊登一些。

在现代文学研究中，本期发表的刘纳的《辛亥革命时期至五四时期我国文学的变革》值得重视。这原是作者一个专题研究的题目，这里刊载的是经过缩写的部分内容的提纲，但论点清晰、材料丰富，文字通畅，仍是易读的文章。辛亥革命时期的文学是人们并不陌生然而又研究很少的一段文学，本文作者花了很大功夫，做出了精致的分析和勾画，并据此与五四时期文学进行对照和比较，的确别开生面。

中国古典文学研究的现状，早就使一些敏感的研究者产生了面临挑战的紧迫感，并在思考它的出路。董乃斌的《论当代古典文学研究的体系》，正是着眼于整个文学研究工作的趋向，又立足于中国古典文学研究的特殊性，力图提出些切实可行的意见。《〈水浒〉主题思维方法辨略》，作者李庆西是读者所熟悉的。他并非是专攻古典文学的研究工作者，唯其如此，涉足中国古典小说时，倒常有与众不同的思路。我们觉得这也是一篇好文章。

读者可能还注意到，本期又新增添了"来稿撷英"这样一个栏目。因为我们刊物篇幅固定，容量有限，常常感到来稿中有不少值得重视或较好的意见，却无法全文发表，现在开辟这个栏目，可稍补遗珠之憾。同时，也可使刊物稍稍扩大一些研究工作的信息，从今以后，这将是个经常性的栏目，希望读者、作者给以支持和帮助。

第5期

今年十月，是"四人帮"被粉碎的第十年，也是新时期文学十周年。回顾这十年，我国文学发生了何等巨大的变革，获得了何等长足的进步！建国以来，我国文学经过前十七年的曲折，"文革"十年的断层和近十年的裂变,如今正处于历史的转折关头。如果说,过去的十年是我国当代文学的蜕变期的话,那么,今后,将可能出现中国当代文学的高峰期,即经过广泛的吸取借鉴、融汇贯通、探索实验之后,文学将产生新的变异,将以与世界文化潮流认同,又植根于中国民族生活土壤的崭新的风貌屹立于世界文学之林,并有可能出现中国当代文学的巨匠和巨著。

为了促进这样一个令人鼓舞的文学新时期的到来,有必要对已往的文学历史进行反思。为此,中国社会科学院文学研究所暨《文学评论》编辑部,将在九月间召开"中国新时期文学十年学术讨论会"。讨论会将以"文学观念的变革及其流向"为中心,对新时期文学进行多角度、多方位的探讨,以期通过总结经验,展望未来,促进社会主义文学的进一步发展,并扩大它的世界性影响。读者收到这期刊物的时候,学术讨论会可能刚刚结束,我们希望读者关注这次学术讨论会的思维成果。本刊这期较为集中地刊发一组关于"新时期文学十年"的研究文章,一共六篇,都是从宏观上对新时期文学发展的各个侧面作综合考察的。文章有长篇有短制,作者有青年有中年,写法也各各不同:有的重客观描述,在描述中作理论升华,并表述作者个人的学术见解;有的重主观抒发,在抒发中见出作者对评论对象的把握,并凝聚着作者的深沉的思考。你也许未必同意作者们的见解和思考,但你却不能不承认,这些见解和思考都是有现实依据的,而且,它给了你某些新鲜的感受和启发。

关于"新时期文学十年"的研究文章,本刊还将陆续选发一些,大部分文章将被选编结集出版。特此预告。

今年十月又是鲁迅逝世五十周年纪念活动的时间,本刊为此发表了两篇文章。汪晖的《历史的"中间物"与鲁迅小说的精神特征》不满足已有的对《呐喊》、《彷徨》的研究,又选择了一种新的角度,另立新说。它把鲁迅的小说作为作家心理史的展现,着重从鲁迅处于由旧到新的过渡状态的精神特点("中间物"意识)来把握作品的特征,并展开了较详细的分析。文章思辨性较强,使人阅读时不免感到吃力。但作为青年研究工作者的最初研究成果,还是值得注意的。另一篇《"北京的苦闷"与"巴黎的忧郁"》,是对波特莱尔和鲁迅的散文诗进行比较研究,对于《野草》研究,这也是拓展研究视野的一种途径。

本期因为较多的篇幅刊载了"新时期文学十年研究"方面的文章,

1986年编后记

"论坛"、"来稿撷英"、"学术动态"等栏目只好暂停一次。

第6期

本期发稿之际,正值"中国新时期文学十年学术讨论会"闭会不久。截止发稿之日,就有二十余家报刊社、新闻社、电台、电视台向国内外报道了这次会议的消息或刊发了这次会议的有关文章。不仅文学圈内的人关心它,文学圈外的人也关心它。全社会对这次会议的关注,更加说明了十年文学的历程值得认真回顾,十年文学的经验教训值得认真总结。回顾是为了前进。我们希望总结十年能够成为推进我国文学发展的动力,以利于文学更好地参加我国社会主义精神文明的建设,并促进文学自身的变革,使其既与世界文化潮流认同,又植根于中国民族生活土壤的崭新的风貌屹立于世界文学之林。本刊这期比较集中地刊发一组这次会议的有关材料,包括许觉民的《开幕词》、朱寨的《闭幕词》,张光年和王蒙的讲话,刘再复发言的内容提要,以及本刊记者的《讨论会纪要》。读者可以把这次会议的讨论成果及本刊自去年以来发表的十八篇"新时期文学十年研究"的论文相互参照,一定会丰富和深化对十年文学问题的思考。

本期刊登的文章,除了"新时期文学十年研究"的一组论文可以一读外,现代文学方面则有赵园的长篇论文《沈从文构筑的"湘西世界"》值得注意。此文从审美意识、道德意识、文化意识等方面对沈从文创作中最有特色的部分进行了综合研究。精细的艺术品位和理性的思考相结合,使这篇虽然有些失之散漫的文章,却时时闪烁精辟之见。现代文学研究述评,今年由于版面紧张,没有机会多发表文章。本期刊出《在历史的反思中探索——近年来沈从文研究述评》,其他作家研究述评,明年仍将继续组织并陆续发表。

"我的文学观"一栏本期发表三篇文章。这个栏目自去年四期开办至今,已经一年多了,我们想暂告一段落。不是大家在这方面已无话可说了,恰恰相反,该说和想说的话还很多。既然言"我"谈"观"已初步蔚为风气,不象以前那样闻"我"色变,那么,"我的文学观"的招牌也可以摘下了。虽然本刊不再专设这个栏目,但还要细水长流地刊发言"我"谈"观"的好文章。盼望继续得到文艺理论家、评论家、作家和广大读者的热情支持。

明年本刊将增加篇幅,从现在的144页改为176页。增加篇幅当然是为了充实内容,多发一点文章,以适应学术研究蓬勃发展的需要。本刊近年来由于倡导学术自由，鼓励探索和创新，发表了一些有分量、有新见的文章，因而受到广大读者和作者的欢迎和支持。由于容量所限，有些很有创见的好文章不能及时与读者见面，我们深感惋惜。增加一点篇幅，也许可以稍许缓解一些矛盾。关于增加篇幅的具体设想以及一九八七年《文学评论》的面貌，在即将召开的编委会讨论以后，我们将在明年第一期的《文学评论》上向读者汇报。

1987 年

第 5 期

今年是著名诗人、散文家、学者、文学评论家何其芳同志诞辰七十五周年，逝世十周年。何其芳同志是文学研究所的创始人，长所多年，直到去世。他还是《文学评论》（原《文学研究》）的创办者，"文化大革命"前，一直兼任主编。为了缅怀他的业绩，学习和发扬他的学术风格和学术品德，文学所定于 8 月 25 日举行隆重纪念活动。配合这次纪念活动，本期发表了姜涛的《论何其芳爱的历程》、武杰华为纪念文集《衷心感谢他》写的文章，另外，"来稿撷英"中又刊出了翟大柄、王玉树一稿的部分文字。有关纪念活动的具体情况，我们将在下期报道。

本期发表了安徽省六安县酒厂职工李乃声同姚雪垠同志商榷的一篇文章，这是我刊收到的此类来稿中的一篇。文章提出的问题值得人们研究、思考，有的还是必须分辨清楚的是非问题。本着讨论、争鸣、追求真理的精神，我们刊发出来供大家参阅。

朱持、陆耀文的《文学的困惑与审美的二元视角》提到一种新的文学现象：由于社会生活的急剧变动，造成了创作主体对生活价值判断的不确定性，形成了文学的困惑及其与审美的二元视角的对应。当代文学方面其他几篇文章分别对几位年轻的当代作家（周梅森、赵本夫、马原、残雪、杨炼）的创作作了评论，他们的创作既有现实主义的，也有非现实主义的。他们的作品不一定都能得到读者的青睐，但是，作为一种特定的文学现象，不能不引起研究者的注意。既照顾到审美的多样性，又对某些引起争议的文学现象作出切实的、较为公允的评价，是我们时常期待于读者和评论者的。我们希望当代文学研究者更密切地注视变革的生活和变革的文学，同时也关注新的作品和每一个作品创作的特殊性，努力作出有理论深度的阐述和批评，切忌那种空泛的、脱离实际的、或泛泛肯定、或泛泛否定的、主观附会的"高头讲章"。

张晶的《审美价值与社会价值的交融》用现代的文艺科学的方法论来

审视中国古典诗歌里一些至今尚似是而非的结论，颇有些自得之见。温庭筠的乐府只是这位年轻作者试图革新分析方法的一个选例。卜键的文章抓住情与欲、美与丑的关节，在《牡丹亭》和《金瓶梅》散步式比较谈中，很有些审美理论的意蕴，引人思考。

第 6 期

编完了这一期，《文学评论》全年的编辑任务算是完成了。回顾这一年，尽管我们并未懈怠，但自觉成绩平平。读者是最有权威的裁判者，我们将静待着读者的评判。读者收到这期刊物的时候，正值党的十三大闭会不久，我们期望在党的十三大精神的鼓舞下，明年的刊物将比今年有所前进。

今年第二期，本刊曾开辟"当代文艺理论新建设"一栏。此后中断几期，这一期又跟读者见面了。文章不一定都很精彩，但建设性的意愿却是有的。在对以往的文艺理论进行认真反思的同时，应当更注意于对文艺理论的扎实的、坚韧的建设。我们期望明年在这方面能出现既有新意，又是理论联系实际的好文章。

《论信息时代的审美要求》一文，应当说并不十分完善，也许可争议处尚不少。但作者着眼于变革时代现实生活日新月异的变化，他的思考是从对生活的仔细审视开始的。这一点很重要。我们常说理论应当联系实际，我们刊发这篇可能引起争议的文章。正是希望引起理论工作者对这一问题的深思。

不久以前，本刊召开了一次长篇小说信息交流会。有关这次交流会的报道已见《文艺报》，本刊这期也发了一篇综述。近年来的长篇小说创作似有新的跃动，陆续有好作品问世。但创作中值得研究的问题也不少，这就给评论工作者提出了新的研究课题。可惜，对长篇小说的研究，特别是对长篇小说的以点带面的综合研究还甚为薄弱。我们期待着这方面的好文章。

《史诗：端木蕻良文学起步的选择》一文，从中国现代长篇小说发展的背景上，着重分析了《科尔沁旗草原》这部长篇小说的史诗特征。评价高低或许需要进一步探讨，但作者选择的批评尺度对我们也许有借鉴意义。

《中国古典文学研究的出路》一文颇有锋芒，自然并不那么公允和全面。发表出来，倘能引起读者的评说和思考，也就算达到目的了。

文学研究所原定今年八月间举行的何其芳纪念活动，因故改期，有关的报道也只好留待会后了。

1988 年

第 1 期 （编者的话）

　　具有历史里程碑意义的党的十三大，给我们以巨大的鼓舞。我们向党中央表示热烈的祝贺和崇高的敬意。十三大所确定的基本路线、方针、政策和大会所提出来的社会主义初级阶段的理论，给我们指明了今后前进的历史方向，我们以整个心灵接受党所选择的历史方向。十三大不仅给我们指出了方向，而且对我们社会科学工作者给予极大的启迪，从历史眼光、科学气魄、求实精神到文化视野、思维方式，都为我们树立了光辉的楷模。我们迫切地感到需要学习，学习，再学习。可以肯定，十三大将带给文艺界、学术界、理论界以新的生机，同时也给我们提出了一系列需要认真探讨并加以解决的新课题、新任务，让我们与自己的党、自己的祖国和人民共同思索共同寻求吧！

　　本刊这一期刊出的刘心武的《近十年中国文学的若干特性》，是作者根据他在美国访问时的讲稿整理、补充而成文的，文章选取了一个独特的角度，说明新时期文学寻求沟通与变革的特征。虽然是对外国朋友而说的，在我们读来也感到很有新意。

　　在当代文学方面，继 1987 年第 6 期发表两篇评论当前长篇小说的文章后，这一期又继续发表了两篇：罗强烈的《思想的雕象：论〈古船〉的主题结构》、雷达的《旧轨与新机的缠结——从〈苍生〉返观浩然的创作道路》。罗文从家族结构、原罪结构、历史结构三个环节，对《古船》结构作了深入的剖析，形成了作者独特观照《古船》的系统。雷文则从《苍生》涉及浩然创作整个历程，是一种由点到面的研究。两文作者都善于发现和开掘所评对象的特点，写得比较有深度。"论坛"中的《长篇小说：新时期文学的"灰姑娘"》，显然期望长篇小说的评论有更进一步的发展，对长篇小说创作的繁荣起更大的促进作用。

　　"论坛"中另一篇《符号"危机"与理论生机》，就很长一段时间议论纷纷的某些文艺理论批评文章"读不懂"现象进行了一些分析工作，它虽然不能立即解决这样的问题，但比起笼统的抱怨或置之不理的态度来，可以多给人一些积极的启示。

"发展马克思主义文艺理论笔谈"栏，这次发表了高尔泰的《美学可以应用熵定律吗?》，是对本刊87年第4期上《文艺学引进自然科学横断科学应注意的几个问题》一文的回答和商讨。涉及的是很专门的科学问题，孰是孰非也许一时尚难判断，但这一来一往的争论，的确把问题推进了一步。无论持那种观点，再保持原地踏步就不容易了。这正是学术争鸣的效果。

陈平原的《"史传""诗骚"传统与小说叙事模式的转变》，是作者的博士学位论文的一部分，在研究清末到五四的小说方面，提出了一个新的课题，是过去的研究工作中较少见的。文章材料丰富，立论坚实，虽然没有用什么新方法，仍树立了新的学术见解。《张爱玲的"失落者"心态及其创作》，研究的是现代文学史一位很特殊的女作家，其中某些分析也许尚有单薄之感，但总的看来，还是把握了这位女作家的特殊的创作心态。

在古典文学方面，钱华的《〈长恨歌〉〈长生殿〉新绎》，对历史上李、杨题材的作品评骘颇有新见，思路也较开阔。王齐洲的《象征主义——中国文学的传统方法》是针对传统的看法另立新说，都还是能使读者感兴趣的。

在1987年里，我们自觉成绩平平，然而却得到更多读者和朋友的关注和支持，我们表示衷心的感谢。我们愿在新的一年里把刊物办得更好一些。

第2期

纪念何其芳同志诞辰75周年逝世10周年的活动于去年12月中旬召开。本刊在这期上发表一篇专题报道，并刊载了刘再复，冯牧、唐达成三位同志在纪念会上的讲话。这三篇文章虽然已在报纸上摘要或全文发表，但为了表达我们对本刊创始人、文学研究所老所长、杰出的诗人和文学理论家何其芳同志的纪念，我们仍将这些文字保留在这期刊物上。

本刊从这期起新辟"行进中的沉思"一栏。作为本栏首篇文章的是两位年轻作者写的《刘再复现象批判》。这篇文章显然不只是对刘再复个人的某种肯定或否定，作者的意图是在于通过对刘再复这一特定现象的考察，以达到对当代中国某种精神文化现象的整体把握。褒贬的尺度和评价的分寸是否得当自然可以商讨，但探索的方向却值得肯定。我们都希望研究和评论文章彻底摆脱那种庸俗吹捧和随意攻击，期待着那种从对历史的沉思中引发出来的有价值的论断,这篇文章也许可以给人一点这样的启发。年轻一代的理论工作者正在努力"超越"我们,我们为此感到欣慰。

本刊不久以前召开过两个专题的对话会:报告文学对话会和关于《中国当代文学思潮史》对话会。会上的意见这里作了初步的反映。关于报告文学和纪实文学,还有一组笔谈。报告文学和纪实文学在这几年里获得了迅速的发展,而理论研究工作却比较薄弱。我们希望这方面的工作也能得到重视并活跃起来。

从去年第六期到今年这一期,我们发表了六篇近期长篇小说的专书评论。可评的对象当然还有一些,由于刊物容量所限,今后本刊将更侧重于发表以点带面、点面结合和从整体上对近几年长篇小说发展及其审美特征进行观照的文章。

《梁实秋与新人文主义》是作者博士学位论文中的一章。梁实秋在现代文学史上是人们熟知的人物,曾作为人性论的代表不断被批判,然而对他的思想渊源和人性论的特点,却没有进行比较充分的研究。本文无意做翻案文章,而是作为现代文艺思潮史的一个侧面进行切实的研究。从学术建设工作来看,这无疑是更有价值的。

《古典文学宏观研究再议》一文在为"宏观意识"的哲学内涵立界说的基点上,就古典文学宏观经济的性质和目的展开了比较深入系统的讨论。《〈西游记〉是一部游戏之作》、《陈子昂新论》两文也都提出了与众不同的学术见解。

"书评"栏的《"灰"与"绿"》一文较有特色,文章一改常见的书评的板滞面板。不仅文字活泼隽永有灵气、见解也能诱人深思。这篇文章为本刊"书评"栏带来了新气象,我们也乐于把它推荐给读者。

第3期

目前文学界已有不少同志又一次提出反思的课题:当今创作进展如何?评论与研究的情况又怎样?这一切是否有利促进我们的文学适应改革的形势健康发展?能否朝着走向世界、获得更高的水平的方向迈进?本期"行进中的沉思"栏中的几篇文章和《关于古典文学研究的思考》一组笔谈,也都有这样的意图。今后还准备继续发表有关的文章。

《体验与形式》是作者根据博士论文《意义的瞬间生成——西方体验美学的超越性结构》中的一章改写而成,在研究资料上下了较大的功夫,并有缜密的思考和立论。《林斤澜小说文体描述》是热衷于文体批评的李国涛的又一新成果。王晓明的《"乡下人"的文体和城里人的理想》，通过对沈从文作品的精读，探寻作家创作心理动向，审视文体变化及其得失。关于现代文学社团、流派的研究，本刊过去曾发表多篇，这一期里的《论七月派小说的群体风格》，出自青年研究者之手，另有一番新貌。董国炎的《论蒲松龄的情爱心理》摆脱了过去研究《聊斋》的一些习惯思路和尺度，表现了较强的现代眼光，有新的发现，新的阐释，在古典文学研究中给人带来一定的新鲜感。

本期"论坛"栏推到较前的位置。因为我们觉得这几篇有较强的现实性和针对性，希望引起读者的注意。

第4期

本期"行进中的沉思"一栏发表了三篇文章。公刘的文章坦率真诚，代表了一部分五十年代过来的老诗人对当今诗坛的一种看法，某些意见或许失之偏激，但对诗坛现状的不满却是出于诗人的一种"历史责任感"，这种出自肺腑的真言，无论如何是值得一听的。李庆西和王晓明的文章，都是谈"寻根"问题，而看法竟如此相左，这也从一个侧面说明，无论探索还是反思，在当今时代仍然是多元的趋势。也许这会造成选择上的困难。好在两位作者都是从事实出发，进行了认真细致的分析和论证，读者可以自行比较和判断。

"行进中的沉思"栏自开辟后，得到了很多朋友的肯定和支持。我们深表感谢。这一栏的目的仍着眼于说困惑、谈不足，论问题，现在看来，沉思的范围似可更开阔一些，参照系可以更大一些。当今文坛，烦躁不安，坐卧不宁，已成为普遍景观。在这种情况下，能有人冷静下来，进行点认真的思考，就显得更为必需了。我们欢迎更多的朋友来做这样的工作。

近几年随着对外文化交流的加强，出国访问的学者也逐渐增多。他们常常获得很多新的信息，了解各种学术动向，其中有些内容是值得向我们读者介绍的。本期发表的钱中文的《苏联文学理论研究近况——访苏散记》就是这样一篇文章。我们欢迎其他出访的学者、专家、评论家、作家，出访归来之后，多给我们提供这方面的稿件。

关于作家作品研究，不少同志都主张：研究方法的选择要适合研究对象。这是值得重视的。本期发表的蒋京宁的《树荫下的语言》，似乎就是出于这样的自觉意识。她从现代文学史上京派作家的特点出发，借鉴、吸收了某些新的批评方法，在分析京派创作的艺术追求和进行艺术评价上，所见也就有所不同。

第 5 期

七月中旬，文学研究所和《文学评论》编辑部召开了一次小型的"关于胡风文艺思想的反思"座谈会，关于这次座谈会的报道已见于《人民日报》、《光明日报》、《文汇报》、《文艺报》等报刊，中国新闻社也发了专稿。参加这次会议的首都的专家、学者和评论工作者本着科学的、实事求是的精神对胡风的文艺思想进行了反思，肯定了胡风在中国现代文学史、特别是左翼文艺运动史上的重要地位，充分估价了胡风对中国现代文艺理论建设的重要贡献。本刊这期特开辟专栏，发表了与会的十二位同志的发言。

关于胡风文艺思想的研究，本刊前两年就曾制定过计划。去年还曾打算召开一次专题的研讨会，后因种种原因未能开成。当初为这次研讨会，我们曾约请一些研究者支持和进行学术上的准备，他们为此进行了认真的思考和研究，本期发表的支克坚、钱理群的文章，就是这样产生的。艾晓明的《胡风与卢卡契》，则是根据她的长篇博士学位论文的部分章节改写而成。

本期"论坛"栏的《文学民族性理论面临挑战》一文认为，文学民族性理论的普遍有效性，已经受到，并必将在更大程度上受到挑战，文章在分析了向文学民族性理论挑战的三种文学现象后指出：民族性对于文学来说，只具有可然或或然的意义，而不是其必然或定然的条件。这种意见可能会受到另一些论者的驳议，也算是一家之言吧。

本期开辟"作家作品评论小辑"一栏，开设这一栏的目的是为了比较经常地发表一些对于当代作家作品（包括评论家及其论著）评论的文章，文章不一定是对作家作品的系统的、全面的研究，可以是从某一角度、某一侧面的研究，也可以是以点带面、引发开去的议论。这一栏文章今后希望篇幅能够短小一点，文风能够活泼灵动一点，更注意一点可读性。这是我们的希望，是否能够做到，还有待于作者的实践。

第 6 期

读者收到这本刊物，已经是岁末。开拓性，当代性，学术性，是我们刊物的宗旨。在读者热情的关怀和支持下，我们一直奔这个方向努力。但面对读者的期望，我们总是感到有愧于心。明年是"五四"运动七十周年，建国四十周年,新时期文学也走过了十一、二年,人们自然要作些历史的回顾和反思,我们愿意抓住这个重要历史时机,在历史大潮和世界大潮中加强工作,编发稿件,反映最新的研究成果。我们希望明年刊物有一个更新的面貌。

本期"行进中的沉思"栏发表了两篇文章。《鲁迅研究的历史批判》,是就鲁迅研究范围内的历史和现状进行反思,这一工作自然离不开对已有的学术成果进行估价,但并非全面总结,所以并不着重谈成绩,而是着重谈不足和局限。文中对过去以及目前研究中的思维模式,提出了大胆的批评。《二元理论、双重遗产:何其芳现象》一文,则是着力解剖作为理论家何其芳的矛盾,为我们反思建国以来文艺理论活动和发展、文艺工作者的历史命运又开辟了一种视角。

"论坛"栏中陈继会的文章对在商品经济冲击下文学应取怎样的态势和保有怎样的品格,提出了自己的看法。当代文学在眼下是否进入"低谷期",值得考虑。但是,是正常抑或不正常?当代文学是否存在迷失?在哪里迷失?陈世旭的文章认为,当前的文学最大的迷失是艺术真诚的迷失,社会历史精神的迷失和现实精神的迷失。这些都是很有意义、也很有意味的问题,值得作更深入的探讨。

本刊的"外国文艺理论评介"栏,意在开一小窗口,看看国外文学理论和评论的情况。我们过去发的文章,也力求有较新的材料,反映较新的动向,作些力所能及的评介。读者反映有些文章看不懂。这其中,原因很多。一方面,我们希望作者融会贯通,深入浅出,联系我国实情作些对照和介绍。另外,某些外国理论家确实行文艰深晦涩。本期评介阿多尔诺文艺观点的文章,可能又是一篇难懂的文章。据说,阿多尔诺是有意为之,连他在法兰克福学派的同伴马尔库塞都说看不懂他的某些文章。当然,我们不能因此降低对自己的要求,我们希望作者们注意克服这个并不太好的趋向。

我们刊物明年在价格、封面印刷等方面将作些变动。我们一直本着学术交流的精神,在定价上尽可能偏低一些,这点读者是清楚的。明年不得已要提价,我们也尽量控制,减少订购者的负担。

1989 年

第 1 期

在文学研究所新一届领导班子的就职讲话（1988、9、7）中，刘再复同志代表新领导班子提出了一要发展、二要多元、三要建设的治所方针的设想。在展望新的一年《文学评论》的工作时，我们认为上述设想对她也是适用的。结合到刊物的实际，我们将努力加强开拓性、当代性和学术性，继续贯彻双百方针，力争把《文学评论》办成一个高层次的文学研究评论刊物。这当然需要读者与我们共耕。

为了适应学术工作发展的需要，《文学评论》组成了新一届编委会，我们相信，新编委会的组成，将更利于体现上述刊物的总体设想。对于上一届编委给予刊物工作的支持和合作，我们深表谢忱。

本期"行进中的沉思"栏发表的刘再复的文章，提出了一个新的命题——文体革命，文章对八十年代以来文学批评文体革命的背景、意义和发展轨迹等作了富予创见的论述。对于这一命题的更具体、更细密的研究，还有待于有识之士的共同努力。此文是作者为纪念党的十一届三中全会十周年理论讨论会而写的论文，我们发表于此，也是作为本刊对一个光辉的历史事件的学术纪念。

《旋转的文坛》是一篇关于中国当今文坛现状的丰富而嘈杂的声音的纪录，它记述了部分中青年评论家对于现实主义和先锋派文学这一不容易扯清楚的问题所作的各种各样的谈论。其中有些见解值得我们关注，有些困惑亦值得我们深思。赵玫的《先锋小说的自足与浮泛》对当今中国先锋小说作了论述和评介；与时下人们对于先锋文学的普遍失望和冷淡颇为不同，此文体现了作者独立的眼光和见解。吴俊的《当代西绪福斯神话》，对史铁生小说创作的心理透视，达到了相当的深度。史铁生有机会先读到这篇文章，给本刊编辑部写了一封信，也很值得一读，我们一并发表于此。

本期刊出三篇关于"红学"的文章，肠热语急地就"红学"的现状与前景说了一些坦诚的意见，虽与传统精神很有些不协调，但旨在反思，殷切期望"红学""经凡历劫"走出一条新路。其中《"红学"四十年》对"红学"历史命运的描绘与议论或许值得商榷，但在"红学"已经陷入困窘的繁荣里放进了一点生气，拨上了一点异彩，弹出了一点不同的声音——这只会增加"红学"的生色和魅力而无损于它的庄严。

本刊本期起新辟"台港及海外学人园地"，开辟这个栏目的意向已如"编者按"所言，我们期望这个园地能成为沟通海内外学者的一座桥梁。

在送旧迎新之际，编辑部全体同仁谨向所有关心本刊的海内外朋友致以衷心的问候，祝朋友们新春快乐，新年如意！

第 2 期

今年将迎来"五四"运动七十周年，新中国建国四十周年，学术界、文艺界将安排纪念活动、学术活动。本刊打算借这个历史性的周年活动，反映人们回顾性、探讨性、反思兼前瞻性的思维成果。风雨数十年，新文学在历史和文化的曲折道路上的是非得失，是值得大家从不同角度、不同观点进行磋商和讨论的。有关这方面的大、中、小文章，有新鲜见解的，我们都欢迎。

本期开辟的"五四新文化运动七十年"专栏，就是出于这种考虑。过去多次纪念"五四"运动，由于时代和思潮的轨迹不同，各有不同的阐发、强调和张扬。如今，我们处于新时期的转型期，开放改革之风日炽，思想理论工作思辩和批判的步子迈得更大了。如何重新认识"五四"新文化运动，这本身就大有争论。王富仁的《中国近现代文化和文学发展的逆向性特征》，从宏观角度提出了一些新的看法。

夏中义的《新潮的螺旋》是就文艺心理学在新时期的进展情况，作出纵向回顾。黎湘萍的《生命情调的选择》，则是把眼光从大陆移向台湾，让我们看看台湾美学研究的一些情况。我们过去还很少发这种较为全面介绍台湾学者文艺思想的文章。日本朋友丸山昇的文章，是就我们近来现代文学和文艺理论研究的一些问题，发表自己的见解。——从这些安排来看，文学评论的视界和参照系，是放宽放大了，至少这是我们的一种尝试和努力。

胡河清论述陈域、马原、张炜等三位作家的文章，从一个新的角度探索道家文化的价值及其在当今中国文学的沿革，意在挖掘宏扬其进取性革命性一面。文中不无商榷之处，然而这种思路可以给人以不少启发和思索。唐晓渡关于诗歌价值取向的笔谈，对"纯诗"作了较为宏阔深邃的思考，提出了一些富于建设性的意见。

这一期古典文学研究推出的四篇文章，是带有建设性的。吴小如的《说"赋"》对"赋"的本义与流变的阐发辨析条脉清晰，卓见丛出，显示了老一辈研究家缜密醇厚的学术功底。曹顺庆谈《文心雕龙》的文章，对国内"龙学"研究的沉闷局面开出了一条新门径，作者推导的结论意见及其论述的示范作用，也是值得注目的。其他两篇均在各自论题的现行水准上掘深了一层。

第3期

本期"五四新文化运动七十年"专栏发表了三篇文章。"五四"新文化运动是一个被研究者长期而又反复研究过的课题，值此"五四"运动七十周年之际，当我们又一次纪念时，难道就不会发现新的问题和新的视角吗？本栏作者正是带着这样的眼光，这样的思考来选择他们的课题的。钱理群的《试论五四时期"人的觉醒"》认为，为了继承和发扬"五四"传统，今天仍需要做一件"尽可能地接近五四本来面目"的工作。他选择了"人的觉醒"问题。通过多方面的论证，他认为"五四"时期对"人"的认识，虽不免肤浅和幼稚，而其内涵和层次却是很丰富的，是一种"多元综合"的状态，倒是后来的研究把它简单化了。其中很多问题，并未成为过去，在今天反而要"重新做起"的。

汪晖的《预言与危机》一文，篇幅较长，这次只能刊出"上篇"，下期续完。该文主要想回答："五四"启蒙运动为什么没有能发展和持续下去？着重探讨的不是它的外部原因，而是"五四"启蒙运动自身的局限和危机。

程金城的《中国现代文学价值观念系统论纲》，按作者计划，是篇系统性很强、规模也很大的论文，本刊请作者缩写成了"论纲"式的文字。对于现当代文学研究来说，该文所考察的新文学价值观念的形成和演变，是一个值得重视的问题。

《弄潮人的求索》，生动、全面地记录了部分报告文学作家和评论家对"问题报告文学"诸多方面的探讨。既有对概念的争议，也有背景的考察和意义的估价。其中报告文学作家们对自身状态的反省和关于"个人命运"与"集体命运、民族命运"问题的热烈的争鸣,更是感受深切,见解独到,很值得一读。

《当代文学的世俗化倾向》一文,指出了当前文学创作中出现的一种新趋向,认为新时期文学进入低谷后,又开始了一个新的更有意义的过渡,它"正在改变过去的高雅气质,越来越具有一种世俗人文主义的气质。"也许我们一时还不能评定这一判断的准确性,但是问题的提出也还是有价值的,值得关注。

《苏童放飞的姐妹鸟》则是一篇对新潮作品做比较细致扎实的文本批评的文章,也有可读性。

台湾学者龚鹏程的《说'文'解'字'》对中国文学艺术发展的线索与结构做了宏观严整的理论阐述,重点描绘了文学与诸艺术门类矛盾运动的历史轨迹:文字系统艺术的综摄能力导向了各门艺术的诗化、文学化。角度新颖,结论别致。

《神女归来——一个原型和〈洛神赋〉》一文,于历来研究模式外另辟蹊径,从文化学的视角,吸收国外文化理论,对《洛神赋》的创作重新审视,提出了新的见解。这或许可以引起古代文学研究界朋友们对研究理论和方法的一些思考。

第5期

本刊这一期发表了张炯的《毛泽东与新中国文学》。文章全面地、深入细致地阐明了作者对毛泽东文艺思想的认识,并就毛泽东文思想与新中国文学四十年的发展过程作出了具体的分析和评价。文章有针对性地对本刊第四期夏中义的《历史无可避讳》一文提出了严肃的批评。夏文对毛泽东文艺思想和我国革命文学艺术的发展,作了完全错误的歪曲的评述,该文发表后,理所当然地引起了很多同志的批评和意见。本刊发表这样的文章,是犯了严重的政治错误,值得我们从中吸取教训和进行深刻的反思。毛泽东文艺思想对中国新文学的作用和估价问题,是一个重大的、原则性的问题。需要严肃而认真地讨论和研究,我们期望借此推进这方面的研究工作,不断地求得对毛泽东文艺思想更深入、更科学的认识,以促进当代社会主义文学艺术的发展。

由于我们思想水平的局限,本刊的编辑工作存在不少缺点和问题,例如第四期除了发表《历史无可避讳》外,《文格与人格》等若干文章也含有不同程度的政治错误,造成了不好的社会影响。中国社会科学院已责成文学研究所负责我刊的检查整顿工作。我们正在结合学习党的十三届四中全会的文件精神进行刊物检查和反思。对于本刊过去发表的文章以及办刊方向,我们诚恳地欢迎读者的批评意见,我们决心要通过这次检查整顿,纠正错误,端正方向,努力把刊物办好。

1989.8.11

1991 年

第 6 期

本刊改组以来，已经一年多过去了。在这一年多的时间中，我们是努力按照当时发表的卷首语的精神工作的：即一、坚持正确的办刊方向，坚持马克思列宁主义，毛泽东思想的指导，坚持批判资产阶级自由化的斗争和教育，同时努力贯彻"双百"方针，为繁荣社会主义的学术事业创造条件；二、坚持实事求是的学风，反对凌空蹈虚的学风和刊风；三、依靠广大文学研究工作者这个群体，克服小圈子的刊风，在繁荣社会主义文学研究事业这一总原则下，努力团结一切可以团结的力量。一年多来，广大的作者和读者曾经为实现这些方针给了我们许多热情的鼓励、支持和帮助，在这种鼓励、支持和帮助下，我们刊物面貌基本上得到了改变，学术质量也逐步有所提高，我们谨向他们表示由衷的感谢和敬意。

但我们的工作也存在着许多不足和缺陷。在当前意识形态领域成为反对和平演变重要战场的情况下，我们更加意识到责任的重大：更要自觉地坚持正确的政治方向，为繁荣社会主义的学术研究事业而努力，希望广大的作者在这方面进一步给我们以支持。

在这期编发之际，适逢现代伟大的革命家、思想家和文学家鲁迅诞辰110周年。在新的历史条件下，要不要严持鲁迅的方向，这本是我国革命文学在实际中早已肯定和解决了的问题。但是前几年这一问题却遭到了挑战，这样那样地否定鲁迅方向，成了一时极少数人追逐的风尚。对于这一挑战，至今也并未从理论上得到真正的澄清和解决，这是摆在我们理论工作者和鲁迅研究者面前的一项严肃而长期的任务。本刊将和广大学术工作者一道，以科学的、求实的精神，努力解决好这一问题。我们必须进一步继承并发扬鲁迅的爱国主义精神，进一步学习并发扬鲁迅不屈不挠的"韧"的战斗精神。进一步学习并发扬鲁迅博采众长，以为我用，及其伟大的创新精神，努力地推进文学研究工作，沿着社会主义的方向发展。今年12月，也是现代史上颇有影响的学者、文学家胡适诞辰100周年。对胡适的评价，也经历了一个曲折的过程，曾经抑之甚低，后则扬之过度。本期发表的有关纪念他们的文章，不仅角度较新，而且都有一定的理论学术深度。

关于建设有中国特色的马克思主义文学理论问题，提出虽非始自今日，但以往由于种种原因，并不曾认真展开，今天在建设具有中国特色的社会主义文化的战略要求和面对着新的挑战的情况下，重新提出这一问题，具有新的重要的实践意义和理论意义。本期除了发表由本刊和各兄弟单位联合发起的关于这一问题讨论会的详细综述外，并发了一篇关于这一方面的讨论文章，提出了他自己的见解。今后本刊将把关于这一问题的讨论，作为一种长期的战略性任务继续下去。在坚持马克思主义世界观、方法论的指导下，提倡从各种层次、角度对于这一问题的深入探讨，全力贯彻争鸣、讨论的方针，努力造就一种真正自由争鸣的学术气氛，以期经过长期深入的讨论不断地推进学科的发展。学术问题的争鸣必须坚持实事求是的态度和与人为善的精神。本刊近一年多来所发表这类文章，一般都较好地体现了这种精神，但个别文章的某些措辞却有毛病，这首先是我们把关不严，也希望参加学术争鸣的同志能引起重视，共同努力创造一个良好的争鸣气氛。

比起其它栏目来，古典文学研究不仅来稿数量较多，而且质量属上乘者也不少。十多年来的古典文学研究虽然并非不存在值得重视的问题，总体上说，却是一个有很多开拓和很大成就的领域。本期发表的几篇文章，虽然论述问题涉及的范围意义并不相同，却都是学风扎实之作。由于本刊是一个综合性的学术刊物，并非专门的古典文学研究刊物，所以我们希望发表的古典文学研究文章，相对说不是太偏狭、太具体的问题，而是古典文学研究中具有普遍意义的问题。譬如说考证方面，带有重大意义的考证问题是完全可以，而且应该发的，但一般性的考证方面的发现或正讹，本刊便难于顾及。同样，学术论题也不应太偏狭。希望古典文学研究工作者谅解并配合。

当代文学批评和研究，近一两年来，从全局上看，一直是一个比较薄弱的环节。有质量的文章数量较少。我们不能不感到这一缺憾。和前几年的情况相比，更增加了我们这方面的不安。在前几年，资产阶级自由化和资产阶级艺术观泛滥时，一些鼓吹者是既重视理论，又重视批评的。他们在理论上鼓吹一种"新"观点的同时，就大张旗鼓地把自己的这种所谓的

"新观点"付诸批评实践，配合得非常紧密。而我们从事马克思主义文学理论研究的人却常常忽视对文学创作现象的关注和研究。我们真诚地希望从事文学批评的队伍能够迅速得到发展，希望从事这一方面工作的学者和批评家，特别是努力以马克思主义为指导的学者和批评家关心我们的社会主义文学实践，从各种角度探讨和总结我们的经验，以及我们前进中的不足，并探讨和总结当前创作中一些错误，有害的倾向，给以科学的、求实的分析和批评。对于作家、作品的评论，我们也将根据本刊的性质，做通盘的考虑和安排，在这方面，我们希望得到大家更多的关心和支持。

编完本期之后，我们就要迎来新的一年。在新的一年中，本刊要努力奋发向上，争取进一步提高学术质量，热诚地希望广大的专家学者和读者继续给予我们通力合作和支持。

1993 年

第 4 期

新的改革开放的大潮及其实践，呼唤着文学理论的大繁荣和大发展，面对着这一新的形势，我们要坚持马克思主义文艺理论的基本原则，同时，又迫切需要面对着国内外文学实践的新情况、新问题和新挑战，解放思想，实事求是，拓展思路，发展马克思主义的文学理论。马克思主义的产生，永远结束了把某种观点视作永恒的绝对真理总和的时代。正如毛泽东同志所说的：马克思主义的出现，并没有结束真理，而只是科学地指出了一条在实践中不断认识真理的道路。这同样适用文学理论。本刊今后在理论上要加强这方面的努力，并以这一精神推动关于文学现状和历史研究的全面、深入的发展。希望能够得到文学理论工作者的积极的支持。本期的《马克思主义文艺批评的一个现实课题》所提出的，就是一个值得重视、讨论的问题。

本期发表的《佛学与中国现代作家》、《活法：对法的审美超越》等，虽论述问题各异，但在研究视角、思维方式上都给人以新的启示。我们大力提倡思维方式及研究视角上的富于科学精神的创造性开拓，但切忌牵强比附、大轰大嗡的做法，也不赞成新方法就是一切的形而上学的观点。对具体问题的深入发掘，应该继续受到大力鼓励和提倡（这方面至今仍有大量工作要做），二者不可偏举或偏废。

近年来本刊陆续开展了一些学术问题的争鸣和讨论，本期的《无奈的现实和无奈的小说》等，也属这一方面的文章。本刊对于这类文章一般都不特别标出问题讨论的字样。这是因为：本刊所发表的各种论文，都非作为定论发表，都在可以讨论的范围之内，标出某几篇是问题讨论，容易引起一种不必要的误解：仿佛除此而外，其他文章都不容讨论。事实并非如此。应该说明的是：本刊所发的文章，绝非每一篇都是代表我们的观点的。只要提出的问题有意义，又具有一定的学术水平的，都可以发表引起讨论、争鸣的。

为了推动学术研究的进一步发展和繁荣，在"二为"方针的指导下，我们要更加努力地贯彻双百方针，更加有效地推进学术问题的自由讨论和争鸣。在"二为"的原则精神下，要提倡并保障学术自由。没有学术问题的自由讨论和争鸣，学术事业的进步是不可想象的。对一个问题有不同的思路和看法，在学术上是完全正常的；在学术研究中，有某些看法上有时会出现失误，也是难免的贡献等等，也都能凭着敏锐的艺术感受和确切的表达，将各家的特色突现出来，颇多精彩之见，这些富于启发性的见解大大增加了全书的分量。至于文字的优美精炼，解诗的透辟明快，则更是读者有目共睹的。

晓音自己在"后记"中说她感到遗憾的是因交稿期限紧迫，未来得及想出一种可以彻底摆脱传统窠臼的全新框架。我倒觉得框架是思路的外在形式，不必因刻意追求框架之新而削足适履。目前的框架，是书中的内容自然决定的。而治学还是要从容一些，如迫于外界压力，经常处于一种紧赶的状态，恐怕于长远的发展无益。这当然是题外话了。

《山水田园诗派研究》的出版，是辽宁大学《中国古代文学流派研究丛书》的良好开端。我期待着以后不断有高质量的专著问世，使中国古代文学的研究更加活跃，更加深入。

1996 年

第 1 期

新年伊始,《文学评论》全体同仁谨向广大读者致以新年的祝贺!

当我们迈进本世纪最后的五年时,一项回顾和总结我国二十世纪文学发展的任务已无可推卸地摆在全国文学学术工作者的面前。二十世纪是我国近代学术发展和文学发展的极不寻常的年代,在将到百年的时间里,无论文学或学术都发生了意义深远的革命。在风云激荡的历史条件下,我们接受西方科学主义和人文主义的双重影响,特别是马克思列宁主义的广泛而深刻的影响,诞生了"五四"以来具有世界现代意义的新文学,还诞生了奠定在世界现代科学基础上的新学术。无论文学创作还是文学研究,都产生了许许多多的书刊作品,其中既体现着伟大的成绩,也蕴含着历史曲折的经验与教训,只有很好地加以深入的回顾和总结,我们才能站在前人已经达到的基石上继续前进,并避免再蹈前人的弯路,从而开拓二十一世纪我国文学创作和文学研究的更加坚实也更加宽广的道路。为了参予文学界的这种努力,本刊从这一期起特辟"二十世纪文学回顾"专栏,发表对文学创作和文学学术发展的各个层面进行回顾和探讨的文章,或为专论,或为笔谈,只要言之有物,长短不拘。本期先发表钱中文的《会当凌绝顶——回眸二十世纪文学理论》一文,它从世界的大视野考察文学理论的主要潮流与我国二十世纪文学理论发展的关系及其得失,提出我国文学理论工作者未来面临的历史课题。我们热诚期望广大专家学者和作家,从不同的视角和层面来稿参加这种回顾和探讨。

在文学各学科中,文学理论对文学创作和文学研究都影响尤大。新时期以来我国文学理论界在理论建树方面做了许多工作,曾就不少问题展开热烈的讨论。鉴于近期文学中的人文精神问题渐成讨论的热点,本刊"文学理论"栏特发表许明的《人文理性的展望》一文。此文既富一定的学术视野,又立足于我国的现实,提出作者对人文理性的选择与阐述。作为一家之言,或许对这场讨论的发展不无裨益。此栏其他几篇文章就文学理论不同领域与层面提出的问题，也都是有关学者研究的成果。饶芃子、费勇的《论海外华文文学的命名意义》和孔庆东的《通俗小说的流变与界定》各有自己的见解，对论题的历史复杂性既有阐述，又能从理论上予以辨析，都不乏一定的启迪意义。

当代文学创作的研究对于促进我国社会主义文学的繁荣有着重要的直接的意义。当前长篇小说创作的繁荣尤为广大读者所关注。本期"当代文学研究"一栏集中发表几篇有关讨论长篇小说的文章。朱向前的《九十年代：长篇军旅小说的潮动》一文对近年涌现的军旅长篇小说的新潮头进行宏观的扫描，对朱苏进的《炮群》、朱秀海的《穿越死亡》、韩静霆的《孙武》、乔良的《末日之门》等长篇新作的得失作了剖析。吴炫的《论张炜小说的价值取向》一文对张炜自发表《古船》、《九月寓言》、《柏慧》等长篇小说及有关作品的价值取向作了考察，指出作家内在思考的矛盾及其引起读者的困惑与思索。宋遂良的《论穆陶的历史小说》对穆陶的长篇小说《红颜怨》、《孽海情》、《林则徐》的成就特色和不足以及新时期以来历史小说的成绩与问题，提出自己的分析。这些文章无论见仁见智，都或足为作者与读者参考。在"作家作品评论小辑"一栏中本期介绍雨田、杨克、刘继明等几位青年诗人和小说家，评介视角各不相同，其中石天河评介雨田的文章也针对诗坛时弊，值得一读。

现代文学研究方面，本期发表的龙泉明《二十年代象征主义诗歌论》对李金发、穆木天、冯乃超等为代表的"象征派"诗歌的渊源、特色、理论主张以及时代局限等作了相当程度的探析；姚春树的《论建国前巴金的散文创作》对巴老早期的散文作了比较细致的论述和梳理；刘勇强的《吴组缃小说的艺术个性》以比较的方法对有关作家的艺术个性作了较有说服力的阐释。这些文章所论或有争议，但也都是认真思考之作。

古代文学研究方面本期发表的吴相洲《文以明道和中唐文的新变》、饶龙隼《明代隆庆、万历年间文风的转变》均出自博士论文，皆以一定的史实材料的稽考引证，深入论述了唐代与明代两次文学流变的历史渊由；王英志《性灵派副将赵翼论略》对清代与袁枚齐名的"性灵派"诗人赵翼的生平、诗论和诗作作了论述和评价。这些文章都不同程度地填补了有关研究方面的空白，拓展了人们对有关文学现象和作家特色的认识。南宋出现的江湖诗派是个相当特殊的文学现象，《江湖诗派研究》一书作出了自己的研究，本刊特发表一篇书评略加介绍。

第 4 期

本刊从今年第四期开始，为加强领导班子，增补了新的主编与副主编，以适应工作的需要。

我们正处在一个伟大的时代。建立社会主义市场经济体制，是一项宏伟而艰巨的工作，它必将引起深刻的社会变革。社会主义文明的建设，既是物质的，又是精神的，两者相辅相成，互为影响。那种因为精神生产不能产生物的效应，而轻视精神文明建设，把社会科学置于科学之外，贬低精神生产的价值，把精神生产完全置于市场经济之中的观点与倾向，无疑是十分片面和浅薄的。物质文明的建设有了近期的、长远的规划，这就把精神文明的建设，特别是思想道德和文化的建设，提到了非常突出的地位。并向广大社会科学工作者和人文科学工作者提出了重要而光荣的任务，给他们为国家富强、民族振兴贡献力量，提供了大好的机会。

在即将来临的世纪之交，世界上各种文化、思想进一步相互交流又相互激荡。这是机遇与挑战并存的时代，我们必须充分利用这一机遇，同时也要迎接各种挑战。在机遇与挑战中，要继承与发扬自己民族的优秀文化传统，吸取外来的一切有用的东西，加以溶化，创造我们具有自己民族色彩的、现代的精神文明，才能使我们自立于世界民族之林。

社会主义精神文明的建设的宏大目标，自然会推动我国社会主义文学与文学理论、批评的建设，尽管今后文学创作、理论新论未必都能产生轰动效应。在这一建设中，我们要坚持文学为人民服务、为社会主义服务的方向，坚持"百花齐放，百家争鸣"的方针，要弘扬主旋律，提倡多样化，要以高尚精神塑造人，优秀作品鼓舞人，创造出无愧于伟大时代、为人民群众所喜闻乐见的艺术精品。那种淡化人文精神、排斥人文精神的写作，制作出来的作品是行之不远的，它们也许能为少许同好所玩赏，却大多难以进入广泛的阅读与交流，产生恒久的生命力。

在文学理论、批评方面，要努力以科学的理论武装人，以正确的舆论引导人。所谓科学的理论，一方面自然要坚持以马克思主义的基本原理和建设有中国特色的社会主义理论为指导。但是另一方面，近十多年来文学创作、人们的审美趣味发展极快，理论、批评要及时把握文学创作和理论探讨中的新现象，开展实事求是的研究，要正确运用而不是不花力气地套用一些现成理论原则。要进行深入、细致的品评、说理，发现新东西，提出新见解，说明新问题，从而使理论、批评有所创新、有所发现，不断获得科学的品格，引起作家的注意，使创作与理论相互交流，达到理论、批评应有的效果，从中也加强批评的现实性和应有的导向。

批评、理论的滞后，与文化氛围有关，与缺乏一种积极促进文学理论、批评发展的文化环境有关；过去曾有这样的时期，口号、号召很多，而在这些号召下，作家、批评家碰到的总是棍棒式的批评，影响到有些人至今对理论、批评问题仍心有余悸，往往抱一种观望态度。同时今天在市场经济的冲击下，人际关系发生了激变，人们往往急功近利，认真想做些有分析的批评，往往被有偿性新闻报道、炒卖性捧场评论和水平低下的编辑导向所替代。理论批评话语不着边际者有之，圆滑世故，自我包装、自我吹牛，含糊其词、伊索语言式的话语也时有所见。可见，文化氛围的改善实在有相当的迫切性。

在这种情况下，提倡正气，开展广泛的对话与交流，非常必要。这应是说理的、平和的、阐释的、善意的、建设性的对话与交流。改变气氛要靠不断积累有利因素，创造有利条件，促进事物的转化。我们高兴地看到，文艺界和谐、团结的气氛正在形成，加强文艺评论，繁荣社会主义文艺创作，也已日益成为大家的共识。

本刊今后将继续遵循正确的办刊方针，努力提高刊物的学术性、理论性，并加强现实性。"二十世纪的文学回顾"的栏目将继续下去，刊登那些确有研究、有见解的论文。同时，在面向二十一世纪的时候，我们也请作家、理论家、批评家考虑一个问题。那就是，一些有远见卓识的西方学者，早就看到了西方工业社会发展中的巨大进步和由此而产生的物化现象，以及由此而诱发的精神破坏与危机。有意思的是把西方工业社会物质、精神学透了的日本，一些学者也产生了同样的见解，产生一种深广的人类生存的焦虑感。他们正试图从东方文化中吸取合理的因素，来补救西方的文明。那么，我们的作家、理论家、批评家是否可以在自己的创作中、理论中，根据实际生活，考虑那种具有探索性的、合乎历史发展的、具有总体性的人文关怀，在宏伟的诗意挥写中，来构思我们健康的精神家园呢？

第5期

尽管在商业风日炽的当今有"文化滑坡""学术危机"一类的惊人之

语几度沸沸扬扬，但公正地说，我国文学界、学术界的众多有识之士，并未失去学理的热忱与探索的努力。近年来，一些关乎建设有中国特色的社会主义文学的创作与理论上的问题，如民族特色和时代精神，主旋律和多样化，文学精品的社会效益和审美要求，新人文精神和文化建设，文学中的道德理想和价值观念，文艺中的必然和偶然、理性和非理性，实事求是地"重读经典"，西学东渐和以我为主，以及传统文论的创造性转化等等，不仅有不同观点与学派的自由讨论，而且渐次进入建设性的对话和交流。以加强文艺评论、推动创作繁荣为宗旨，本刊将继续坚持重在建设、以立为本，在现实的导向性、学科的前沿性、理论的开拓性和学术的严肃性方面，加大力度与深度。

我们希望有更多确有研究、确有新意的学术论文出现在本刊。这一期发表的文章《认识老舍》以一位现代文学巨匠为个案，论之有据，求是析疑，其学术价值超出作家作品评论而涉及文学史研究的一些重要问题；《论张资平的小说》体现了切实精当的分析与细致周全的说理；《中国现当代文学中的宗教意识》将文学中曾被忽略但确有探讨之必要的问题提了出来；关于"后新时期"的话题，从学理上理清概念并延伸到历史意识，可以引发我们对"后新时期"的功过得失、理论缺陷及消极影响，作进一步的反思和研究；《理性的批判与批判的理性》则从文化哲学的视角思考了文艺理论的新问题；古典文学关于词学研究和当代文学关于九十年代女性写作的研究等论文，或梳理脉络，或循实评骘，也有并非重复他人的见解。

本期"学术论坛"刊登了几位青年学者的文章，说长道短，放言无忌，自由争鸣，但都表现了对学理与传统、反思与开拓的关注，虽多属短文，发出的则是学术的声音。本刊鼓励知识积累与科学品格兼俱、导向性与高水平相结合的宏篇，也欢迎切中肯綮、新鲜活泼、有一得之见的短章。文章不论长短，重要的是认真思考与总结文学创作和理论建设的经验，以前瞻的目光研究新情况，解决新问题。当然，不可能要求通过一篇论文或一次研讨就解决问题，起码应能提出问题。因为在认识过程中，经过深思熟虑而提出问题，总是解决问题的先导。

第6期

编完这期杂志，一年又忙碌过去了。

二十世纪只剩下了最后几年。在面向新世纪的氛围中，人们的思索十分自然地倾心于回顾与反思，探讨文学创作、文学研究中的得与失，同时又倾向于未来，思考文学理论、批评的建设与创新，以适应精神文明建设的新局面。在近期文艺问题讨论中，时有一些大家关注的热点出现，而有的热点正在酝酿之中。

本刊根据上述情况，在初步回顾工作的基础上，提出1997年重点选题设想，现表述于下，希望能听到广大读者的意见。一，"二十世纪文学回顾"。本刊设立的这一专栏将继续下去。无论是创作还是理论批评，可探讨的问题很多。有见解的宏观描述固然需要，对二十世纪文学发生影响的关键性文学事件的微观研究同样欢迎。二，探讨当前文学创作、理论、批评中的重要问题。这方面新的问题不少，但是认真的、及时而富于建设性的论述还不多。我们欢迎那些勇于提出问题、又有细致分析、充分说理、学理性强的稿件。三，古代文论的现代转换。近几年来，我国文艺理论建设正在发生变化。不少学者不满于我国近几十年来的种种文艺理论形态，同时认为，今天外国文论大量涌入我国，一些人满足于转述，跟在外国人后面说，在世界文论中很少听到中国文论的声音，大家对这种"失语症"深感忧虑。如今许多学者认为，要使我国文论发出自己的声音，必须使其具有真正的中国特色，重建我们自己的文艺理论的话语。于是，我国古代文论传统正在被努力清理与发掘，同时既是形而上也是形而下地，使它的精神、范畴与术语，不是点缀地，而是有机地融入当今文艺理论，成了热门话题。本刊愿为文艺理论中国化的过程推波助澜，提供讨论的园地。四，文学与人文精神。这个话题，十多年来虽然有过几次讨论，但由于种种原因未能深入下去。本刊曾于近两年内发表了几篇这方面的论文，现在接过这个话题，继续做些深入探讨。这个问题的重要性在于，如果一个作家、理论家、批评家竟不知文学与人文精神之间有何关系，其创作心态与其对世界的具体感受就难以健全起来，就会影响其创作水平的提高，并陷入理论与思想的虚妄。五，重点评介对当代创作、批评发生影响的西方文艺思潮、流派和理论。此外，明年7月1日，香港将回归祖国，本刊拟就香港文学发表论文，以示庆贺。

从这一期起，本刊开辟"学人研究"栏目，以介绍我国在文学研究方面开创新说、成绩斐然、治学严谨、卓有影响的研究家。同时还将加强对优秀学术著作的书评工作，并适量增加学术交流的信息。

1996年编后记

这一期发表季羡林教授的论文，文章高瞻远瞩，就我国文艺理论的建设与中外文论的关系，提出了一系列重要的精彩见解。这对我国古代文论的现代转化的讨论发生积极的影响，当可预见。季先生以八十五的高龄，亲自执笔为文，其为人、为文的精神，令人感动。朱立元的有关"本体论"的文章，系有感而发。近几年来，"本体论"一词确实用得很滥，文章作了追根溯源的探讨，资料翔实，当能引起读者的注意与思考。樊骏关于老舍的论文（下篇），从文化批判和重在道德批判的视角塑造人物，以及具有悲剧色调的幽默风格方面展开论述，自有新意与理论深度。萧同庆和徐麟的论文，或探讨五四新文学精神与欧洲世纪末文艺思潮的血缘关系，或从篇章（文本）角度探索作者与读者的交流，都在论述上有新的观点，并提出一些有价值的见解。

本刊今年发表了好几位在文艺研究上刚刚起步的作者的文章，他们能够沉潜下来，埋头学术研究，文章亦颇见功力，新见迭现。我们希望明年有更多的新人，走进《文学评论》来！

1997 年

第 2 期

本期发稿酝酿正值 1996~1997 旧年新岁交替之际，1996 年年末召开的"文联"第六次、"作协"第五次全国代表大会无疑是我国文艺界一件大事，江泽民同志代表党中央做的重要讲话，鼓舞人心，意义深远。为之本刊特别刊发《加强文艺评论，促进文艺繁荣》的编辑部文章，这既是我们此刻的学习心得，又是今后的努力方向，希望本刊的作者、读者与我们共勉。

本期的"二十世纪文学回顾"栏目刊出两篇长文，对两个不同研究范畴在 20 世纪内的演化与发展作了相当精细的描述与视界开阔的展示，并相应贡献了各自有关学科建设的前瞻性思考。今年第一期开端的"关于中国古代文论现代转化的讨论"仍将继续下去，本期发表的《走历史发展必由之路——论以古代文论为母体建设当代文艺学》，将这个"讨论"深化了一层，推进了一步，注目于"当代文艺学"的"建设"或正是讨论"转化"的根本旨义。

《解构思维与文化传统》对德里达"解构理论"的阐释与抉微似乎可以澄清"解构思维上的不少混乱"——一段时间来这个热点问题上显然存在着一些似是而非的理解与运用。《阐释之外——当代诗学的一种话语分析》，针对当代诗学渐渐失却回应时代与生活的能力，一味软弱无力地自言自语，指出了存在于其间的深层思维上的原因，透过"话语分析"的矫正，我们可以见出作者直觉的敏锐和理性的冷静。

"现实主义"这个话题正在不断"升温"，我们刊发的这一组《"现实主义"问题三人谈》是在一个同题研讨会上的发言纲要，从它们的题目上大抵都可以看出"现实主义"话题的当代进展以及它在文艺创作上的巨大历史生命力。

关于现代文学，一篇讨论 40 年代的诗歌，主要描述其"历史发展"；一篇讨论 40 年代的小说，主要探索其艺术手法——关于艺术手法的探索，视角新，旨趣深，且整合有序。第三篇是研究徐訏小说的，虽未臻圆熟，但起步很高。

关于古典文学的两篇文章，探讨的虽是不同的命题，但都包含着一个"史"的眼光，文学发展、哲学批评的"史"的动态过程，"诗与史通"，历史巨变中一代诗史的实例以及这个实例所蕴孕的"史"的意义，均体现了古典文学研究中意识到的"史"的观念和"史"的内容。

第二期编发完了，我们深深期望于我们的作者和读者的仍是"本刊编辑部"文章中提倡的"独立的社会工作品格"、"巨大的理论勇气"和"基于广博修养"的"真知灼见"。

第3期

我国对香港恢复行使主权的日子即将来临。香港的回归祖国，无疑是我国社会生活中重大的历史性事件，必将极大地振奋我们的民族精神，值得大书特书。本刊从这期起特开辟"香港文学研究特辑"，以示庆贺。几十年来，香港获得飞速的发展，香港文学也日益繁荣。它既显示了地域的独特性，又浸润着祖国文化的色泽。刘登翰的论文就香港文学的发展与特征，进行了宏观的描述，分析缜密，评估中肯。袁良骏的文章则对香港文学的发端进行了某种有益的考证。同时本期较为集中地发表几位著名香港作家、学者的文章，就香港文学的现状和发展发表评论；由于作者们身在香港，且对香港文学批评多有建树，他们的笔谈读来使人颇感亲切。在此我们预祝香港文学进一步发展与兴旺。

本期就当代文论建设与古代文论的现代转换继续展开讨论。陈洪、沈立岩的论文，对"失语"、中西文化与文论的衡估、当代文论的重建，提出了与本刊前几期这方面的论文不尽相同、然而颇有识见的看法，这可以看作是问题讨论的深入。我们欢迎大家继续就这一问题继续发表意见，使讨论更加开阔与深入。

从文本、风格角度研究我国40年代的小说，尚不多见。钱理群的论题颇有新意和见地，为研究40年代的文学提供了一种新的视角。王嘉良的语丝派散文研究与黄昌勇的新月派诗歌研究，对这两个文学流派进行细致的分析，给人启发。

不久前本刊召开了编委会，一致认为要加强对当前文学创作与理论批评中各种重大问题的探讨。本刊正在设法改进这方面的工作，同时极盼专家、学者、读者多多帮助我们，为本刊撰写敢于提出问题，又重于说理、服人的论文，使理论批评与创作实践进一步结合起来，活跃起来，共同参与文学发展的进程。朱向前的文章对当前创作进行宏观性的扫描与评论。至于本期发表的古典文学研究方面的论文就不一一介绍，读者从中也肯定会得到一定的启示与教益。

从这一期起，本刊论文一律加了内容提要。今后请来稿作者务必附上二百字左右的内容提要，至盼。

第4期

本期出刊之时，正是香港回归之日。真是：七一迎回归，雪我百年耻。沧海还明珠，今朝更好看。本刊这期继续发表一组有关香港文学的评论，以示庆贺。俞兆平的论文：介绍了香港三大诗人群体，论证了香港诗人由于以往所处的特殊地位，而遂有不同于大陆、台湾的特殊意识观念与价值判断，并分析了香港诗人的诗心、诗艺，文章颇见工力。杨健民的论文探讨了香港文学的来龙去脉，赵稀方的论文研究了香港小说中的问题，王光明的论文评述了香港文学批评的特征。这些论文视角相异，各有侧重，颇值一读。

古代文论的现代转换一栏：发表了曹顺庆和李思屈的专文。该文从"失语症"谈起，谈到了我们要返回语言、精神的家园，经过杂语共生时期，实际运用阶段，而走向新的文论的重建，显示了讨论中的一家之语。代迅的论文探讨了马克思主义文论中国化的内在逻辑，这类论说过去并不多见，文虽不长，却颇有说服力。本期刊出了乐黛云与美国学者希利斯·米勒的论文，一谈文化相对主义，一谈全球化对文学研究的影响，都是比较文化、文学研究中的热点和它们作者的近年来的深入思考，值得注意。后文预见到在科技高速发展的情况下，世界范围内正在形成一种文化倾向，以致影响到文学研究，甚至我们已感到这种影响的存在，文章信息量大，很有启发性。自然，对于全球化的观点，我们不必急于搬用，而要从具体的国情、具体的文学研究需要出发，进行具体的分析，得出我们自己的结论。

本期在古代文学研究方面，发表了一组笔谈，作者都是这一学科前沿的中青年学者，他们从各自在研究中遇到的问题出发，提出了不同的心得与体会，从整体上描绘了古代文学研究中存在的种种问题，意见中肯，读来颇有启迪。周中明评述桐城派及百年来对它的评论,史料丰富,用现代目光审察,判断颇为公允。周国雄关于关汉卿创作的美学特点,民族特色和这位戏剧家在文学史上的地位,分析得当,写得扎实。吴承学的论晚明清言,较为细致地论述了晚明小品中"清言"的艺术形式、内容倾向、语言风格、历史流变,持论稳重,辨说确切。

在现代文学研究方面,本期发了两篇探讨雅、俗小说艺术的论文。吴秀亮的论文研究了现代雅俗小说艺术的相互影响与交流,视角新颖,有一定理论深度。孔庆东的论文对40年代小说创作中的"雅"与"俗"的相互渗透、雅俗互动的分析,很有见地。对无名氏、徐讦的创作的地位的把握,较为准确,于中颇见深度。吴思敬的论文,描绘了90年代以来诗歌创作与前一阶段的不同特征和它的新的走向,这是不少读者很为关心的问题;刘纳的诗评,细腻地探讨了一位女诗人的创作特色,重要的是它指出了当代抒情诗何以萎缩的原因,两文均值一读。

今年是本刊创刊40周年,我们准备于9、10月间举行庆祝活动,并纪念何其芳同志逝世20周年,特此予告。

第5期

编辑这期稿件,正值京都长夏酷暑,奇热难熬。

近几年来,长篇小说的创作也使人感到很热,而且愈来愈热,表现在小说出版数量大。据闻,仅去年就有七百多部,今年可能更多。长篇小说发展势头较好,原因很多,其中之一,主要是很多小说面向现实,不少作者改变了注重所谓"叙事策略"的偏执,开始更多地考虑广大读者的审美需要了。不过小说创作量虽大,可谓繁花满枝,却难称硕果累累。这主要表现为高质量的小说尚不多见,平平之作不少。但这恐怕也是小说创作走向繁荣过程中必经的阶段。为了使小说创作真正繁荣起来,在创作中确立精品意识,提高创作质量,的确十分重要。确立精品意识,对于文学批评来说,就是要张扬那些在艺术上有个性、风格,内容上有历史、现实深度的好作品,因为唯有艺术精品,才有力量维系一个国家的民族文学的传承与播扬。同时在那么多的作品中,批评也有义务帮助读者进行选择,潜移默化地帮助读者建立健康的审美趣味。本刊这一期发表五位评论家对五部较好的长篇小说的评论,意在有所提倡。这些被评的小说,有的充满了英雄主义的阳刚之气,它告诉我们,文学艺术无法躲避崇高;有的描述了一个地方的改革开放、建设中种种社会问题、人与人之间矛盾的纠葛，使我们从艺术上感受到了今天社会的浓重的生活气息；有的写了冷落已久的工人、工业题材，不见旧有的程式化痕迹，满腔热情地歌颂了普通劳动者，十分感人地写了他们不避矛盾，在改革中充满信心的精神创造力量；有的描写了当代军营生活中的新气象，对战士们学习先进，立功报国的精神境界和心理状态作了细腻的刻画，在描写和平时期军营生活方面颇有新意。还有一本出自原中学生之手的小说，描写了特区一群青少年在新的人际关系、社会生活中各自的感受和向往，展现了他们蓬勃向上的精神风貌。

本期在古代文学研究方面的文章，涉及的清代重要诗人与诗论家赵执信、唐末咸通十哲、《聊斋志异》宗教现象的研究，或内容厚重，观点沉稳；或具史家只眼，深有开掘；或见解新颖，覃思精研，值得一读。本期发表了近期在上海举行的中国古代文学研究的回顾与前瞻研讨会的综述。这次会议，名家荟萃，广泛地讨论了自本世纪特别是新时期以来我国古代文学研究在继承与弘扬中的提高与更新。古籍整理研究、文学史与文学批评史的撰写、以及作家作品研究方面，都取得了很大成绩，同时也留下了不少教训。研讨会上提出的一些建言和指出的一些问题，如提高学术品格，开拓视野，更新理论与方法；以及近年来学术规范的失落，重复因袭，浮躁媚俗，急于求成等，在其它学术领域同样存在，值得注意。

本期发表了季羡林先生的论文，针对美学的转向问题提出了独特的见解，这对于推动我国古代美学的研究，发掘我国古代美学精华，当会起到鼓励作用。关于"古代文论的现代转化"专栏本期发表二文，角度不一，各有识见。这一专栏已经讨论了一年。不少学者，特别是研究古代文论的学者，兴致勃勃参与讨论，发表了许多精彩的意见，这对于当代文论的建设将会起到积极影响。为了深入讨论，我们将继续保持这一栏目，特别欢迎撰稿人在转化上多作个案研究，多做具体、细致的文章。

今年是本刊创办40周年，10月将举行学术研讨会和何其芳逝世20周年纪念会，请读者注意。

1998 年

第 1 期

新年伊始，第 1 期刊物与读者见面了。在新的一年里我们将努力把《文学评论》办得更有特色，更有生气，更具生命力。

过去的一年是极不平凡的一年，香港回归祖国、党的十五大召开两件大事激励着全国人民在已经取得辉煌成就的基础上继续创造更大的成就。《文学评论》去年一年的工作，在广大读者和作者的帮助下取得了一定的成绩，刊物的版面丰富和充实了，也显出一些灵动的迹象。其中"20 世纪文学回顾"、"关于中国古代文论现代转化的讨论"两个专栏发表了一批视界宽阔、很有学术厚度的文章，"香港文学研究特辑"在香港回归前后推出，也产生了很好的影响，我们筹划举办的"中国古代文学研究的回顾与前瞻"两次研讨会（天津会议，上海会议）的"综述"以及"中国古代文学研究现状的衡估与思考"专题笔谈在古代文学研究界引起大家的重视。当然，1997 年《文学评论》的最重大的事则是创刊 40 周年的纪念活动，这在去年第 6 期和本期的版面上已经有较充分的反映。

1998 年我们将继续"20 世纪文学回顾"的宏观思考，加强学科史、研究史的研究；继续"关于中国古代文论现代转化的讨论"，力求把这个问题引向深入，以利当代文学理论的重建；我们还将开辟"文学与人文精神的讨论"，在学理的层面上将前些年议论纷纷的话题开掘深化，努力提供出一套有利于当前精神文明建设的认识体系与价值标准。我们还将正式启动"学人研究"栏目，这应该是学科史研究的一个重要侧面与组成部分；我们将继续开展并加强"西方文艺理论重要流派及其代表人物"的"评介"，等等。希望这些设计安排能够较好地实现。

这一期"20 世纪文学回顾"刊出两篇文章：董健的《中国戏剧现代化的艰难历程——20 世纪中国戏剧回顾》和刘学锴的《本世纪中国李商隐研究述略》。前一篇从文化进化、文化传播与文化功能三个方面梳理了 20 中国戏剧现代化的过程，抽绎出深刻的历史经验，进而为当前的戏剧创作实践提供一份宝贵的借鉴。后一篇是对中国古典文学的一个专题研究百年历程的诠释与评判，由于作者是个中人物，文章的心得创见与学术思考应受到我们的重视。

现代文学研究有两篇文章：一篇"五四"女作家创作论，全景式的考察，群体性的把握，由"女性情怀"的视角拓展出"五四"女作家作品理论探讨的新风貌。另一篇从语言角度比较"胡适之体"与"鲁迅风"，即从两种文体特征和话语风格剖析"五四"以来语言观念与文学实践的影响，进而探索与新文学演进发展的互动关系，有新意也出深度。古典文学研究文章三篇。两篇是讨论中国传统而独特的"批评方式"的：一种诗歌批评方式的理论总结，一种小说批评方式的价值评定。有功力厚积，有理论升华。另一篇则是对《水浒传》的"七十回本"提出新的考证意见，它的证据与阐释或许有助于把这个有争议的论题进一步推向深入。

当代文学研究三篇文章：或探讨"崇高"命题及其美学形态在90年代小说中的历史变迁；或分析90年代诗歌创作的"沉寂"背后酝酿着新的成长，或是宏观地论证多元化的文学景观如何向大文化领域的伸展与拓宽，均表现出可喜的探索精神与实绩。这是贴近当前现实文学创作后的理论收获，值得一读。文学理论研究文章三篇。一篇是"古代文论现代转换"这个理论命题深思熟虑后的心得见解，其"关于建设有中国特色的马克思主义文艺学的思考"，值得关心这个论题并有志于做这方面努力的同志细读。关于"本体论"的本体性说明一文是与我刊早先刊出的朱立元同志文章商榷的，这种建立在学理探索之上的商榷应该提倡与鼓励，使之成为我刊的一个传统，艺术论的真理性也只有在同一个学术话语平面的论辩和争鸣中才能显现。"后殖民主义批评"一文则是我们将继续深入开展的"西方文艺理论重要流派及其代表"评介工作的一个具体实例。希望大家能爱读这些文章。

第2期

读者看到这一期刊物的时候，已是春光普照、万象更新的季节，文艺创作和文艺评论与研究也正欣然跃动在这个季节温润、祥和、进步的旋律中。

本期的内容以思路开新、体制沉厚的研究文章为主体，在一个层面上展示出学界严肃深刻的思考意识和普通向往的理论追求。

1998年编后记

第四届茅盾文学奖的长篇小说获奖作品揭晓,当代创作界与评论界均有许多话要说,我们刊登了朱寨先生的长文《长篇小说与现代主义》。文章采用随想心得的"札记"形式对古今中外长篇小说的创作经验、成败得失,以及相应的理论收获发表了个人的思考意见,表达了论者自己经年历岁、深思熟虑的认识积累。我们相信朱寨先生的这些思考将会引起广大读者的兴趣,我们拟就这个话题展开更宽阔的讨论,欢迎大家踊跃参加。

关于中国古代文论的现代转化的讨论我们已进行了一段时间,发表了一些很有见地的讨论文章。本期我们换个视角,就这个问题相同的理论实质发表一篇题为《诗魂三魄论》的综论,集中对理论上的文学本质作一个综合思考。作者认为诗——文学的哲理、情感与历史的三个本质观所谓"一魂三魄"源远流长,中西共有,古今皆备,它们并非出自一地一时、一家一派,而是人类长期的文艺实践中形成的共识,或者说是不能分割的理论发现的整体。三者相容并列,相辅相成。文章的"综合"思考与我们先前的"转换"话题在精神上也是相通的,希望能引起关心这个话题的读者的留意。我们鼓励探索与思考,我们组织讨论与商兑,目的就是不断深化,不断前进,渐渐引导出更接近于艺术真理的理论成果来。

《马克思主义和新人本主义》与《现代性文学:中国文学的新传统》两篇理论文章也有可喜的自觉探索与深化思维的成绩。后者对中国文学"现代性"的思考,对"新传统"的界定,对现代文学与文学研究的一些问题的关注,值得我们重视;前者的论题对于当前文学思潮发展的认识与理解显然是不可忽视的,也涉及到文艺学建设的一系列基本课题。两大思潮的对比研究本身就具有特定的理论启发意义。

此外,本期上《论青春体小说》、《乐府古辞的经典价值》、《闻一多新诗理论探索》、《论三十年代现代派小说》等均是学术上有新鲜见解,论述上又很具功力的研究论文。——我们对文章的选用也只是依据了这样一个硬标准:首先要有见解,有观点,有思想,即在所研究的论题上有所发现,有所发明,有所前进。而这又是建立在文章结撰的逻辑力量以及具备这个力量的学殖与功力上。——我们深切希望不断有好文章投寄给我们,我们努力做到每期有好文章推荐给读者。

第3期

2月中旬,本刊召开了本届最后一次编委会,在京的绝大多数编委都与会了。

在编委会上,编辑部对1997年的工作作了汇报,列举了刊物在"20世纪文学回顾"、"关于中国古代文论的现代转换"、香港文学研究等专栏以及本刊创刊40周年纪念活动等方面所做的努力,同时重点地提出了本刊一年来、也是这几年来存在的一个突出的问题:这就是对当前文学创作介入不够,对其中存在的一些问题,缺乏及时的、有理论深度的阐释。一方面固然有种种禁忌,另一面作者又有种种顾虑,两者结合在一起,就使理论批评难有作为了。在新的一年,编辑部除继续进行"20世纪文学回顾"、深入探讨"古代文论的现代转换"外,准备着重就问题突出的几个方面提出选题,进行讨论。文学理论方面:什么是20世纪文学经典?文学研究与文化研究,传统的定位与选择,人文精神与文学创作,近20年文艺学研究历程等。在当代文学方面:有新时期文学20年,共和国文学50年,当前文学创作思潮研究,长篇小说理论、创作问题,当代文学评论与历史感问题等。

谈到即将来临的百年一逢的世纪之交,编委们精神振奋,觉得要做的事很多。在讨论中编委们热情地肯定了编辑部提出的选题,谈了许多宝贵的意见。有的编委认为,什么是20世纪文学的经典这类题目,十分难做,主要是意见、标准不一。但是这类问题,不仅是中国文学中的现象,同时也是世界文学中的现象,具有普遍意义,国内外一些学者实际上已在这么做了,如果能够对这一问题进行深入探讨,那将是很有意思的。大家认为,当前特别是文学批评的状态极不理想,讨论创作问题,批评本身已失去自身的价值准则,所以创作的得失在哪里,存在什么问题,往往是言不及义,处于失序状态。当代批评价值准则的重建,看来亟待探讨和解决。编委们希望,《文学评论》在新的一年里甚至一个时期里,继续办好20世纪文学回顾、深入进行古代文论的现代转换等栏目,同时要在文学理论方面,有重点地对20世纪的各种理论问题进行梳理;对文学与人文精神作出有理论深度的探讨;在理论上深入地研究19世纪与20世纪文学的关系与差异。在当代文学方面,重点地研讨当前的文学思潮;新时期20年和共和国文学50年的得与失。在外国文论方面,一面要及时介绍外国文论新趋向,同时要展开对外国文论的转换的研究,以促使当代文论的建设。

继上期发表的朱寨的《长篇小说与现代主义》之后,本期发表的陈涌的《关于陈忠实的创作》,同样是对近年来长篇小说创作中的理论问题进行深入研究并提出自己独特见解的论文。陈涌所论的虽只限于陈忠实的创作，但他开掘较深，所见者大，举凡长篇小说创作中的诸多艺术规律问题，如现实主义创作方法在现阶段的发展及其特点，作家主观观念与创作实际的同异关系，典型人物的创造问题等等，都有阐发。我们相信这篇论文会引起读者注意，并能就此展开如何繁荣当前长篇小说的讨论。

有关20世纪文论的一组笔谈，意在为20世纪文论的深入的、进一步的探讨，做一个开头。本期还发表了一组戏剧方面的文章，也请读者注意。

第4期

去年本刊编辑部几次会议和今年本刊的编委会上，都曾提到要更多地关注当前文学创作中存在的问题，并在编后记中也曾一再提及此事。为了加强评论，去年本刊就当前文学中的现实主义创作倾向进行了小规模的讨论，并就一组长篇小说、报告文学进行评论。今年本刊1、2、3期都有这类文章，或大或小，既有热情赞扬，也有不讳言问题所在的探讨，对存在的问题有所触及，且不乏有深度的论述。

面临世纪之交，近年来关于学术史编写的讨论比较热闹。樊骏的论文，通过实例的分析，提出了关于编写学术史的一些原则，视野开阔，见解中肯。我们相信这种深入的讨论，将对文学学科的建设有重要意义。

这几年来，关于"新现实主义小说"、"新写实小说"，评论界多有标榜。本期发表童庆炳等人的论文，就"新现实主义小说"进行了反思性的"再评价"。论文在细读文本的基础上，进行了缜密的分析，指出了这类作品中"人文关怀与历史理性的缺失"。其实，人文关怀与历史理性的缺失，何止是这类小说中的问题，它们也是当前小说创作中普遍存在的倾向，这也就是当前长篇小说数量虽然激增，但大部分品位不高的重要原因。一些作家在市场经济的影响下；使得作品应有的人文精神被媚俗描写所替代，历史变成了一个可以被随意打扮的小女孩，败坏读者的阅读趣味。孙先科的论文谈到了"新写实"小说对理想主义的厌弃，对浪漫激情的拒绝，指出这是造成这类小说"贫血"的原因。虽然论文还可写得深入一些，但提出了问题。自然，我们并不要求那种虚伪的浪漫激情与空想的乌托邦主义，用以点缀升平。人的生存十分艰辛，但是西绪福斯式的抗争，也是人的生存得以永续的原因。邹定宾的文章就实验小说本体蕴含的内在矛盾作了分析，角度新颖，也可一读。和当前文学创作相联系的还有郑敏的论文，文章在百年新诗探索的大背景上，分析了后新诗潮的走向。作者以自己的丰富的创作经验与理论认识，语重心长地指出了后新诗潮成就不高的原因。文章文笔老到，锐利深刻。本期刊载这些论文，不仅是由于当前的文学创作，确实提出了一些新问题，同时也意在提倡这类真正触及问题的批评，它们不打哈哈，不绕着问题走。近十多年来，批评曾经慷慨激昂地诉述过自己的独立性，摆脱了一种束缚，但是随之又投入了另一种束缚，却还表现得十分投入。缺乏自由的思想，独立的精神，这是今天批评处于尴尬境地的原因。今年是新时期文学发展的第 20 个年头，为了总结经验，我们十分欢迎读者就当前文学创作、文艺理论中存在的问题，写出有见解、有思考、有力度的文章，惠赐本刊。

本期还有王志耕从语境转换的角度，探讨中国古代文论转换的文章，颇有新意。两篇有关西方文论的文章，一篇探讨了叔本华美学思想中不为人注意的一个问题，即想象。另一篇则探讨了哈贝马斯交往理性的文学观，文章写得都颇用力，也请读者留意。

第 5 期

新时期 20 年来，文学研究的思想发展轨迹，已从初始阶段朦胧状态的努力创新，发展到今天试图寻找学科内在规范的阶段，即学术上的试验和寻求突破状态。因此，反思我们在文学研究上作过的种种努力，寻找出它们合理发展的因素，总结出我们可能行进的路向，这不能不是学科发展的前沿性问题。

在科学研究中，特别在学科发展尚处在不稳定状态时，提问十分重要。深刻的提问尤显宝贵。本期开篇《中国文学史：一个历史主义的神话》，虽然没有回答问题，但尖锐的发问不能不令我们掩卷深思。如果笼罩在历史主义阴影下的传统文学史写作有缺陷，那么，由文学作品和作家自身活动的文学史该是什么模样呢？这个话题引申出人文学科研究中科学主义与人文主义的分争、同构，以及它们之间的相互关系，深究下去，繁杂异常，如有力作，本刊没有不采用之理。《新时期文艺学反思录》，凸出问题，尖锐发问，明白流畅，体现了作者对所论问题的熟悉程度。《双重的解读》可见作者对当代文学思潮的演变轨迹观察得细致尖锐。"某些美学感觉在特定的历史语境中与时代宏大主题产生不和谐声音"，可以引发我们探究文学参与现代化进程的独特的方式。《永明体"新变"说》、《略论唐诗学发展史的体系建构》、《论二十年来小说潮流的演进》、《中国文学理论研究的世纪回眸》、《艾青四十年代诗歌创作论》等文章，也都是在细致的梳理中提出种种问题，给人们以启示。

第 6 期

读者拿到这期刊物，已是将近 1998 年的年底了。

在全国大力学习邓小平理论的热潮中，本刊发表张炯就邓小平理论对新时期文学发展的影响进行阐述的文章，以飨读者。文章就解放思想，实事求是、多样化、主旋律、英雄人物塑造、艺术思维新拓展等方面，作了全面的描述。

今年正值郑振铎、丰子恺百年诞辰，二人对我国新文学卓有贡献，本期特刊出两篇论文，以表纪念。一篇评述了郑振铎在文学理论上的贡献，比较深入，也有新意；另一篇评述了丰子恺的作品对我国古典散文、传统艺术的师承，分析了丰子恺散文的主要特征。陈思和关于王安忆 90 年代作品风格变化的评析，知人论世，实事求是，写得细致绵密。

周平远的论文，以文艺社会学为切入口，考察了它与古代文论、西方文论、马克思主义文论的关系，认为它可能成为我国现代文论发展的一个突破点。文章有见解，有针对性，可谓切中时弊。洪子诚的关于"当代文学"的概念一文，作了很有意思的探讨，拓宽了以往关于"当代文学"的规范，当能引起学界的深入思考。王侃关于女性文学有关的概念，用了较大的功夫，进行了一番清理，所论颇有见地，也很有意义。萧晓红的论文对西方文论中的作者论的多种观点所作的论述，也有值得借鉴之处。季广茂的论文对传统诗学中的"政治修辞学"倾向的梳理，十分用力，文章探讨了政治隐喻的多种形式，它们与审美本体的疏远，以及它们的负面影响，有助于加深读者对我国古代文论的了解。作家陈冲关于现实主义的一些思考一文，文风生动，对现实主义的理解，颇多实际的体会；文章对发表在本刊今年第 4 期《人文关怀与历史理性的缺失》一文，提出不同意见，认为对在倾向上相同的作家，不宜笼统对待，而应根据他们作品的审美意味的高低，做出不同的评价，此说极有启发，我们十分赞赏平和、深入讨论学术问题的学风。吴承学的关于《四库全书总目》中的诗文评的研究，厚积薄发，纵深开阔，把《总目》提要视为一个时代政治、文化、学术思想、审美观念的综合体，论文颇多创新意义与精辟见解。许佶的关于20世纪赋学研究的回顾、梳理、分析，用功颇深，见解亦具有较强的理论力度。许祥麟的论文，就明清戏剧渐次文人化的创作倾向提出"拟剧本"的说法，强调古代戏剧研究在"文学"的意义上，重视文本，在对我国戏剧文学的文人性特点的源流认识上，颇有创见。

一年多来，我们曾就刊物的工作，几次进行磋商，提出过一些改进的意见。今年的刊物从整体提高方面来说，虽然还不能说尽如人意，但编辑部同仁确也用了不少心力，有所收获。今年刊出的稿件中，有对当前创作问题独特的思考，有对当前长篇小说的深入的评析，有对青年作家现实主义创作倾向的理论探讨，也有因这类探讨引出作家不同看法而所作的思考，以及对当前学术性著作的学科建设的原则的论述等，此外还有对新时期文艺学的理论扫描。编者以为，在当前创作逐渐呈现出缤纷色彩的形势下，创作中的理论热点，将会渐次增多，所以极盼评论家与作家在这方面多多赐稿。论坛、学人研究与书评等栏目，一年来做得极为不够，我们将在明年努力加强这方面的工作。一些读者来信、指出了刊物中存在这样那样的缺点，他们的真挚的感情，使我们深为感动，我们一定努力改进工作，并向他们表示深切的谢意。

明年是我们共和国建国50大庆的一年，一也是20世纪的最后一年，迎向新世纪的令人振奋的一年，这是百年一遇的美好的时刻。"会当凌绝顶"，是我们今天真实的处境。这不是说我们已经登临文学研究的顶峰，而是说我们已经爬上20世纪时间的顶峰。放眼远望，我们看到了20世纪的辉煌，也看到21世纪的希望。回忆、探索和希望，是我们时代的真正的主调。愿广大读者、专家和学者同我们一起，把1999年的《文学评论》献给这辉煌与希望。

1999 年

第 1 期

本世纪的最后一年 1999 年终于来临了，这也是公元第 2 个千年的最后一年；往近里说，又是我们共和国建国 50 周年，澳门回归祖国怀抱的一年。这就是充满历史事件的一年，走进世纪之交、面向新世纪的一年。这里值得一提的是，我们没有那种所谓世纪末的颓废感。特别是在学术领域，我们希望健康的求索精神将会持续下去。

本期发表了几篇回顾性的文章，正是具有这种健康的求索精神的。关于胡风问题，长期被列为禁区。朱寨的论文虽然不是首次提出胡风，但提问题的角度给人启发。他指出胡风主要是位文艺理论家，我们不能仅仅停留在胡风"不是"什么，而应研究他"是"什么；不应满足于他在政治上的平反，还应还其在文学史上应有的地位。文章以翔实的史料，探讨了胡风文艺思想的内涵及其对一些作家创作实践的良好影响。论述中肯，富有说服力，显示了老学者的研究风范。"20 世纪中国文学"这一概念，80 年代由几位青年学者提出后，曾影响了一些文学史编写，但也一直存在着不同的意见。10 多年过去了，钱理群作为提倡者之一，对这一观念有所反思，他承认这一观念的提出，是深受当时"西化"影响的。这种认识上的深刻进展，其意义不仅仅限于文学史写作，而且对于文艺理论等的研究，都有所启发。把现代文学史、文艺理论、学术史定位于一定的出发点即一定的思想观念之上，往往会涉及对"现代性"的理解，几篇关于文学史写作的笔谈，都接到这点。近 100 年来，西方有关社会理论、科技、思想、学术中的现代性问题，不断地影响着我们，以致使我们一些学者认为现代性就是西化，西化就是我们的出路，但实际情况要复杂得多。涂险峰的论文，就流行于我国 90 年代批评界的所谓"现代性终结"的说法进行商榷，指出在对这一说法并未有准确理解的情况下，就移植、搬用，进行炒作，表现了批评界的某种非历史倾向与缺乏严谨的学风。这一期发表了周宪就西方学者关于现代性论述所作的历史描述，无疑有助于我们从一个侧面了解流行与西方思想界的现代性的含义。

从《白鹿原》是荣获茅盾文学奖的优秀作品,但在读者中一直存在着不同意见。毛崇杰关于《白鹿原》的论文,提供了对这部小说的另一种解读。文章对陈涌关于小说的评价表示了不同的看法。只要持之有故,我们欢迎这样的讨论。对于重大的文学现象、文艺理论问题,不同意见的表述甚至交锋,无疑会使双方进一步深入文艺现象与问题,这既有助于学术的进步,同时也会对创作发生积极影响。《白鹿原》的讨论与去年本刊发表的有关论文,涉及现实主义的理论与当前创作实践,并已引起争论。新时期以来,现实主义文学思潮有何新的发展,有些什么特征,20世纪中外文学中现实主义、现代主义创作有哪些有益的经验?特别是,什么算是现代精神的小说?现代性是否一定要定位于现代主义?都是些很有意义的问题,欢迎来稿讨论。

鲁迅与老舍的研究已经很多,张新颖、吴小美、古世仑的论文做出了新意,一从作家现代思想意识的形成与发展切入,一从作家心理素质、感情世界、独特个性对创作影响的角度展开,各有见解、识度。徐顽强论述30年代的历史小说,角度新颖,颇具功力,理论虽"传统",但沉重有力。葛晓音的关于初盛唐绝句所作的形式探索,写得扎实,量化分析的细腻功夫与宏观的认知意图相结合,尤见功力与深度。刘宁论述贾、姚五律异同、力之的关于《文选》编者考,或见识新深,或论点凿实,结论甚有价值。此外杜书瀛关于新时期文艺学的反思一文,冯宪光关于西方马克思主义对我国新时期文艺学的深层影响,有细致分析,都可注意。

第2期

北京的三月,转眼便是春暖花开。——本世纪最后一个春季,花又红,鸟自鸣。同20年来一样,文学研究领域阳光温煦,气象日新。

本刊第2期也自有一派可喜的新春气象,很有几篇值得向读者推荐的好文章。《文学理论现代性问题》是作者近年来关于这个学术命题反复思考后献出的一份厚重成果。文学理论的现代性问题无疑是当代文艺理论发展的一个关键问题,"现代性"是促使社会不断进步,不断走向科学理性的一种时代精神。新时期文学理论的进展正是在现代性的策动下,不断区分政策与理论,确立自身学理并逐步获得自主意识的过程;也是我们的文艺领域,包括创作与理论,传统的审美意识发生激变、现代审美意识不断生成的过程。它的人文内涵既丰富又深刻，整体性地影响着我们物质文明与精神文明的建设。文章学理沉厚，视界广远，催人深思：当代中国的文学理论究竟应如何建构自己的"现代性"标准？

《诗之于史——〈白门柳〉三题》从茅盾文学奖获奖小说《白门柳》思想内容的历史厚度和形式特征的现实主义高度对历史题材文学作品中诗与史的关系作了理论性的阐发。诗与史的完美结合（历史的与美学的标准的圆满统一）是历史小说应具的审美品格，历史小说应尊重基本的历史事实，对特定的历史时代作出本质的、正确的反映。作者站在一个历史主义的高度评判了一部深获好评的小说和一个感慨万端的时代，显示出了意识到了的历史内容的深刻含义和作者历史观与审美批评的有机统一。

《中国现代文学与基督教文化》也是一篇几经磨砺，锋芒始出的好文章，材料的广度与见解的深度使这个题旨更多地显示出学术的纯度。——作者从一个特定的历史文化视角考察分析了基督教文化对中国现代文学的观念和精神的整体影响，以及在各个文学"史"的阶段的浸润渗透，为现代文学研究文化精神层面上的深化提供了一个新的思维角度。《关于唐诗——兼谈近百年来的唐诗研究》，围绕"唐诗"这个主题宏观探讨了一个时代的文学形式、学术思维、历史断制、人物评议和学科建设设想的利钝进退，并就唐诗研究近百年来的成绩、经验与教训陈述了自己的认知判断与学术意见。视野宽阔，议论丰满，相信对这个论题有学术经验的人会感兴趣。

本期内值得一提的内容还有二月河清帝系列小说创作的探讨和两篇视角新颖的当代作家论；古代片的有关小说研究的三篇文章，或设计研究思路，或着意类型分析，或致力形式考辨，均透露出一种学术思维的新鲜感。

今年内我们还会就新中国文学50年纪念和20世纪学术史的总结与回顾两个相当规模的主题推出一批优质文章，希望读者留意，更希望读者积极参与我们的讨论。——文学学术的春色我们应携手共同感受，共同描绘。

第3期

今年1月，中国社会科学院工作会议提出，面对21世纪我国的发展形势，我院要努力培植一批有崇高声誉的名所、名家、名刊，以推动我国精神文明的建设。把《文学评论》办成名刊，有其自身的优越条件。《文学评论》一开始就面向全国，聘请了许多海内名家为编委，发表了众多著名学者的高质量论文，广纳百川，以成沧海，建立了自己的声誉，成为国内广大学者十分喜爱的刊物。今天，《文学评论》得到国内外不少学者的厚爱，不断惠赐佳作，这有如活水源头，为《文学评论》提供了丰富的稿源；同时，《文学评论》也有海内外的文学专业读者群，在杂志与作者、读者之间建立了良好的信任关系。

上述条件对于办好一个学术刊物，只是一个方面，还有更为重要的方面，这就是刊物必须建立自己的学术风范。所谓学术风范，第一层意思就是一个刊物要有自己的特色。《文学评论》主要刊载有关中国文学以及中国文论、外国文论研究方面的论文，讲究学术性、理论性、现实性，这些方面可以说已初步做到。但是更为重要的是第二层意思，即在深层的意义上建立起一种学术风范，这就是通过刊物，不断组织、刊载高质量的论文。推动有中国特色的文艺学、我国现代诗学、历史诗学的建构；促进我国博大精深的文学理论学说乃至体系的建设，参与世界性的文化交流与对话，宏扬我国的文化精神；梳理八九十年代的理论话题，进一步组织深层次的学术探讨，以促进理论的创造；通过对古代文学精深的研究，不断开掘我国几千年文学丰饶的智慧，供当今文学创造做参考；对我国20世纪文学的各个发展时期的现实主义文学、现代主义文学、农村文学、土改文学、文革文学，以及各种理论学说，进行实事求是的评价，力戒浮躁与偏见，为即将来临的21世纪提供借鉴与启迪；在今天强劲的全球化氛围中，既要有紧迫感，广泛享受现代科技带来奇妙的成果，但也不忙一头扎进去，人云亦云，而要建立起一种清醒的参与、对话意识，促进艺术思维的改造，并决定我们的取舍；对那些具有紧迫性的文学问题，及时做出有分量的发言，营造一个有权威性的学术论坛，以体现杂志自身的主体精神。同时为了加强文学研究所与外界的沟通，《文学评论》每年将设专页，取名为"文学研究所近期科研著作提名"，从文学研究所上一年的科研成果中，选出3～5种，介绍给大家。

钱钟书先生的去世，是我国文学研究界的一大损失。先生长期在文学研究所工作，道德文章，蜚声国内外。本刊特发表敏泽的论文，以表示文学研究所同仁对钟书先生的悼念。文章就钟书先生的学术贡献，做了全面的概述，值得一读。今年是"五四"新文学运动80周年，本刊发表杨义的论文,它使用还原的方法,严格限于新文学运动的范围,评价其得失,指出了今天的思维方式上如何超越的途径,多有启迪,颇可注意。钱竞的论文,探讨了乾嘉学派在文艺学方面的新开拓,从理论角度出发,较之一般史论有所深入、有所发现。南帆、李衍柱的论文,对于当代长篇小说创作中的问题与理论研究中的黑格尔认识论,都有较为深入的研究,有针对性,写得也厚实。王岳川关于90年代我国文化现象的概述,敏于观察,信息量大。由于篇幅关系,其他论文这里不再一一介绍了。

第4期

新中国建立已经50年了,50年来我国的社会主义革命与建设取得了巨大的成就。50年来我国的文学,无论是创作实践还是理论批评同样获得了丰硕的成果,积累了极其宝贵的经验,当然亦留下了许多令人深思的教训。本期我们设立的"新中国文学五十年"专栏,试图从学术研究的各个角度对50年的文学作一个回顾总结。这次首先刊出三篇文章:《文学的纪念(1949—1999)》、《近五十年文学语言研究札记》和《新中国文学民族性的回顾与思考》,或从文学史宏观演进的认识判断,或从文学语言形态转换的展示分析,或从民族性特定范畴传统思维与突破超越的辩证思考,回顾与总结了新中国50年文学曲折前进的一部壮观历史,既充满诗性的激情,又饱含深沉的历史感。这个专栏我们还要继续下去,希望读者留意。

1999年已经过去了一半,对20世纪文学创作运动和文学研究进程的回顾无疑仍是我们的重点关注,本期"二十世纪文学回顾"栏目刊出两篇重头文章。《二十世纪敦煌曲子词整理研究的回顾与反思》对与20世纪相始终的敦煌曲子词的整理与研究,进行了相当深入的评析与反思,文章基本上是按100年里研究的格局与问题(包括分歧)为纲目的,由于作者留心沉潜其中并参与了整理与编录,故文章能显出整体把握的学术质性与探索审视的高格调。《二十世纪中国文化转型与话剧兴衰》也怀着一种历史求索精神,从本世纪文化演进的转型与迂回来阐释中国现代话剧的历史进程,视野宽广,理论严整。大趋势、大格局的把握与微观思维的深度、逻辑文采的浓度相协谐。——世纪末的时间限度对学术界本身即是一个强烈的诱惑,等待爬梳的学术线索与意识到了的历史内容必定会使我们这个栏目更趋丰赡与厚重。

本期有关文艺理论的几篇文章很值得一读。《诗学何为——论现代审美理论的人文意义》将"诗学"与人文精神的关怀、人文价值的重建结合起来论述,实破了人文精神认知"观念"上的障碍,这对于诗学理论的深化无疑是很有益处的。《替换中的失落——从文化转型看古文论转换的学理背景》应该说已将本刊以前曾讨论过的"古代文论的现代转化"的学术命题更掘进了一层,从"五四"后中西知识谱系的切换和本世纪末"理念知识"模式的困惑来解析古文论转换的"学理背景",为推动当代文艺理论体系的发展与更新提供了一个新的学理空间。关于西方文艺思潮与流派的评介,这一期推出了"爱德华·萨伊德"。对于萨伊德的理论体系的评价很长一段时间以来聚讼纷纭,我们希望这篇文章对于认识西方认识谱系下产生的现代文化与学术理性会有一些帮助。

古代戏曲研究沉寂有年,这次我们发表一组"笔谈",以期古代戏曲研究(主要是戏曲文学的、美学的研究)有所振作,有所拓进。两篇现代文学研究的文章都把学术思考放在"历史"上,现代话剧民族化的历史进程和现代文学浪漫主义的历史反思,都凸现一个历史认知,揭示一层历史意识,这也是与我们今年对20世纪的历史和建国50周年的历史的回顾总结在学术思维上和精神旨趣上相通的。

第5期

在举国欢庆中华人民共和国五十华诞的日子里,本刊第五期出版了,我们衷心祝愿祖国繁荣昌盛,祝愿人民幸福安康。五十年来,共和国文学风雨兼程,成果辉煌,总结它的经验,探寻它的发展道路,是当代文学研究工作者义不容辞的责任。继上期发表一组研究性的纪念文章后,这一期我们特刊《沧桑共斟酎——关于共和国文学》,从学理的层面探讨共和国文学的当代特征,肯定它的历史主动性与进取性。

从前年开始,本刊开展了"中国古代文论的现代转化"的讨论。《西方文论的引进和我国文学经典的解读》一文,针对这一命题,反省本世纪30年代以来中国文论因引进而出现的种种现象,论证了现代文论建设十分重要的问题,文章具有现实的针对性和迫切性;《论20世纪汉语诗歌的艺术转变》,侧重从百年中国诗歌的几次大的转变中探寻新诗的现代汉语的艺术特征和本质,作者立论于对文学史现象的认真解读和自己的认知上,这种史论结合得比较好的文章,相信会使读者受益。

《"历史终结"之后:九十年代文学虚构的危机》、《九十年代的女性——个人写作》、《在故乡的神话坍塌之后》三篇文章，集中探讨90年代文学，它们从各自的角度，对当前的文学创作的得失，进行了理论上的阐发。文章观点鲜明，正视矛盾，敢于提出问题，具有论辩的理论气势，这对于我们加深对当前创作的认识，促进文学创作的健康发展，将大有裨益。

《20世纪中国现实主义文学运动之反省》从中西方现实主义文学运动的比较论述中，提出中国现实主义文学运动行进中的各种问题，颇有新意；《现代小说的象征化尝试》，对40年代小说中的"象征化"景观，进行了认真的梳理和切实的评价。

古代文学研究方面，《诗话研究之回顾与展望》，学术视野相当宽广，提出的问题也具有实质意义。其他几篇文章，也都扎实可观。

本刊前几年就辟有海外学人园地，但没有坚持下来，从这一期开始，我们打算长期办下去，每年用一定的篇幅刊登海外学人的学术研究文章，这对于开阔我们的学术视野，加强中外学术文化交流，是很有意义的。本期刊登的李欧梵、丸尾常喜的两位教授的文章，作为这一栏目的新开篇。

钟敬文先生今年97高龄，季羡林先生正值米寿。他们仍然活跃在教学和学术研究工作岗位上。两位先生都是《文学评论》的第一届编委，四十多年来，一直关怀本刊的工作。本期"学人研究"专栏内，特发《钟敬文及其民间文艺学思想》；"书评"栏内，特发《评季羡林〈禅和文化与文学〉》，以表示我们对这两位年高德劭的学者的敬意。

本期稿件编发期间，惊闻本刊编委蒋孔阳先生逝世，多年来蒋先生对本刊的工作十分关心，我们在此表示深深的悼念之情。

第6期

这20世纪最后一期编发完，心中不免感慨万端。尽管我们对这一百年里的文学与文学研究已经展开了一系列多层次、多角度的回顾与讨论，但时间愈逼近终点，思考也就愈深远而沉重。这次我们刊发了钱中文、陈伯海、黄修己三人的短文，简赅而凝炼的文字或许更能表达我们此刻辞旧迎新的激动心情。回眸20世纪，一百年的沧桑固然启示良多，展望21世纪则更有理由信心满怀。"新世纪的晨曦"已经展露，让我们坦荡地告别20世纪，让我们乐观地期待21世纪的辉煌与壮丽。

今年最后一件大事是澳门回归祖国，为纪念这个中华民族的盛大节日，我们配发了两篇文章：《文化视野中的澳门文学》和《文学的澳门与澳门的文学》，前者从澳门的历史文化背景叙说澳门文学作品的渊源，突出传统的延伸与文化的融合；后者则试图从澳门文学透视澳门人的生存境遇及其精神演进的轨迹，循此理出一条澳门文学发生发展的历史线索。我们期望读者由此对澳门的文学有一个清晰的认识与深刻的理解。

香港著名学者吴宏一先生的《中国文学研究的困境与出路》很值得推荐。文章从文学观念的厘定与变迁，理论系统的认识与应用，研究方法的创新与进退三个层面作宏观的观察与精微的解析，就中国文学研究的"困境"与"出路"发表了自己的个人见解。视野完整，思考细密，许多反思的意见富于启发性与警觉意义，显然是值得我们重视的。

陈思和的《试论当代文学史（1949—1976）的"潜在写作"》也是一篇有独特视角与专深研究的重要文章。它揭示了那个时代知识分子对历史与文学的严肃思考，展现了那个时代精神领域的丰富性与复杂性。这个学术命题的发掘有助于对当代文学艺术生命力的认识，以及对知识分子作家群体精神追求、命运思索的整体把握，并最终推动当代文学史学的健康建设。

《论文艺活动的都市化》是青年学者高小康将学术文化的深度与社会生活的广度联结起来潜心思考的又一篇力作。他从艺术发生学的角度论述艺术所具有的"公众行为"的意义，城市公众艺术活动所显现出来的价值观念在急剧的社会生活趋新演变中不可避免地从"共享"走向"分层"，甚而走向"个人化"。对这个文化现象及其发展趋势的观察与分析无疑是很有理论价值的，也是充盈现实意义的。

现代文学研究近年来在深细地"围垦"的同时又不断地在"拓边"，文人感性思维的变异，文化心理传统的升降，知识分子精神世界的自我放逐与任情漫游逐渐纳入学者的视野。倪婷婷的《"名士气"：传统文人气度在"五四"的投影》正是这种"围垦""拓边"事业的一个积极成果，似乎也预示着下一个行程学术发展的可喜征兆。

最后我们希望：20世纪积累下来的优秀学术成果开阔我们的胸襟，澄净我们的思想；21世纪的曙光首先照亮我们渴望创新的心灵。

2000 年

第 1 期

当读者接到这期刊物时，已浴沐在新世纪第一春的曙光中，一种跨世纪的豪情，一种百年、千年的沧桑之感，充盈在我们心中，让我们以更加昂扬的精神，去拥抱新的一年，去迎接另一个新的千年。本期刊发了杨义的长文《文学研究走进21世纪》，它对即将到来的21世纪的中国文学与学术研究的发展趋向作出了自己的展望，对即将成为历史的20世纪的中国文学与学术的得失进行了比较客观的总结，文章视野开阔，颇有理论深度，其中"建立渊深宏通、新锐高效的学术创新体制"和"文化一生活诗学"的观念尤其值得注意。

当今世界，经济全球化趋势正以不可阻挡之势席卷各国，给各国的政治、经济、科技、文化乃至日常生活带来剧烈而深远的影响。面对这一形势，文学将会呈现一种什么姿态，人文知识分子如何守护精神家园，弘扬人文精神，将成为一个非常迫切的课题。为此本刊编辑部与武汉大学人文学院、湖北郧阳师专联合主办了"全球化趋势中的文学与人"学术研讨会，本期我们特辟专栏，发表三篇文章，另外一些有见地的发言，我们将陆续发表，以飨读者。

《政治文化心理与三十年代文学》，对30年代左翼文学的繁荣作出了文化意义的阐释，《儒家文化与二十世纪中国文学》，描述了20世纪中国文学对儒家文化全面反叛与重新认同的历史演变轨迹，都颇有新意。古典文学研究的《试论人生意蕴是唐宋词的第一生命力》很值得推荐。作者论定人生意蕴是唐宋词的"第一生命力"，如何以人生意蕴沟通古今人的心灵，激发优秀文学遗产的"活性效应"，使当代读者于中汲其现实人生的滋养，应是词学研究的一大课题。

"中国当代文学史写作笔谈"一组文章，从评论洪子诚的《中国当代文学史》入手，多方面地探讨了中国当代文学史的写作问题，各抒己见，观点鲜明，对于推动当代文学史这一学科的建设，将大有裨益。

关于巴赫金的两篇论文,从文化诗学和对话理论两方面锲入,探讨了巴赫金的文艺思想和文化批评方式,提供了一些对我们有意义的研究视野和理论角度。

时届岁末,为了检阅一年来文学研究的成绩,促进文学研究的进步和繁荣,我们编辑部在征询所内外一些专家学者的意见的基础上,刊出1999年度推荐论文目录。因为是初次进行这项工作,缺乏经验,我们的阅读范围也有一定限制,因而缺失在所难免,敬请读者指正。

第 2 期

春回大地,万物滋荣——21世纪第一个春天,我们不仅怀着真诚的期待而且准备欣喜地感受;不仅要急迫地拿出学术研究的新鲜成绩,而且计划着有条理地、有规模地在我们驰骋的学术领地上做一番深化改革、推陈出新的事业。

今年是著名学者俞平伯先生诞辰一百周年纪念,我们配发两篇专论以怀念我们的先行者。一篇讨论俞平伯先生半个多世纪以来的"红学"研究成绩,相当公允地评议了俞平伯与"新红学"的历史关系,也相当准确地论定了俞平伯"红学"研究的历史地位。——在"红学"领域纷纷扰扰的今天,很有助于我们对"红学"的学术质性和历史流变有一个清醒的认识,对"红学"的健康发展怀一份负责的思考。十多年前我们已有文章对"红学"的前途表示忧虑,今天的"红学"家们或许从俞平伯的"治红史"中有所领悟,有所惊醒吧。另一篇是讨论俞平伯的散文的,并与朱自清的散文进行比较研究。——两位散文大家的"异同"也大可以拿来与今天的散文大家作一些比较审察,时代不同,"诗心"不同,创作个性不同,生存意识与文化立场不同也一定会给我们许多启迪。

"全球化趋势中的文学与人"专栏第一期已刊发了一组文章,这里我们又继续刊出两篇,如果加上"海外学人园地"的《理论的旅行和全球化的力量》可以说是三篇,彼此精神上是贯通的。有理由认为我们将这个话题的文化意图宽阔化了的同时,又将这个话题的理论旨意进一步深细化了。这里有必要澄清一个思路:我们讨论的核心问题是经济全球化、技术信息全球化浪潮中工具理性高度膨胀、横蛮挤压下"文学与人"的生存状态与精神自由。——我们有理由关怀自己的人文情感,有责任看守自己的精神家园,我们珍爱文学这块净土,它留给了人的心灵最美好的记忆,它是人的情感和形象最可靠的寄托。这个问题与目前正在热烈讨论的人文——审美现代性问题精神上是密切关联的。

古典文学研究的两篇"二十世纪"回顾与述评文章,我们没有列出专栏,但用了头条,用意是清楚的:这个栏目我们还要继续深入下去,审辨得失,讨论经验,以便让新世纪的研究站上前人的肩头,看得更远,摸得更高。

《论钱钟书著作的话语空间》、《现代性论争中的民间文学》也很值得推荐。钱钟书先生的"话语空间"不仅有其自身的思想特征及艺术认识论的意义,将它放在当今文艺理论审美思维纷纭多变的世界格局中加以比较,则更突现了其空前的历史价值,这对于建设我国自身特色的文学理论无疑是一份极丰厚的资源。"民间文学"是有特定学术质性与严格学理范畴的一门文学分支学科,长期以来与"主流"文学—文化处在认识隔阂的两岸,"民间"概念的衍变转换更是我们有意无意忽视的。青年学者吕微将"民间文学"放在"现代性论争"中来大手笔论述,相信这对于当代整个文艺学思维空间的开拓与学科范畴的现代化进展会有一定的推动作用。

我们期待广大读者对我们学术文章的关注——相关判断与甄别意识的认同或批评。

第3期

处在世纪之交,文学研究的各学科,都要面向21世纪,迎接新世纪的挑战。近二年来,本刊曾开辟专栏,探讨中国古代文论的现代转换,其目的就在于要使学术研究紧跟时代前进。这一期我们发表《走自己的路》一文,在分析各种意见的基础上。深入探讨迈向21世纪的中国文论建设问题,旗帜鲜明地提出,我们必须走自己的路,相信会对读者有所启发。《全球化语境下的文化研究和文学研究》、《文学传统与科学传统》两文,均论述了经济"全球化"趋势下文学研究的有关问题,前者对文化研究所包括的四个方面的内容,特别是身份研究,做了比较清晰的剖析,后者阐述如何张扬"人文精神",都有理论意义。

《体现忧国情怀的"历史反省"》一文,从叙事学的角度对反映"文化大革命"生活的小说进行了论述,探讨了"灾难故事"、"历史反省"、"荒诞叙述"以及"决不忏悔"这样一些故事原型在这类小说中的具体运用,读来颇有新意;《阿Q与中国当代文学的典型问题》,从先锋小说家余华的作品与鲁迅的阿Q塑造的对比谈起,以说明20世纪一种全新的写作态度和思维方式,在典型问题上得到了充分的表现;《当代文学史写作:原则、方法与可能性》,对陈思和主编的《中国当代文学史教程》的写作观念和方法进行商榷,涉及的是当代文学教学和研究中有代表性的问题,发表这篇观点鲜明的文章,意在引起这方面更深入的研究与讨论。

古代文学研究方面,《唐宋派新论》对明代唐宋派的古文实践与古文理论的继承与改革作了相当完整、周全的考察与论述,并提出了自己的历史评价,文笔峻洁,资料全面,是一篇古代散文研究方面相当出色的文章。《中国古代文学范畴的统序特征》、《论姜夔的"中和之美"及其〈歌曲〉》、《论至元大德间诗风之转变》,均论述清晰,厚重扎实,并能在某些方面发人所未发之见。

《路翎:疯狂的叙述》是一篇值得推荐的好文章,它从路翎本身的文化人格及其作品本身所显示出来的某些既是形式要素,同时又与作者的文化人格息息相通的现象入手,以路翎的"叙述"为讨论的中介,深入剖析了路翎的人格与文格中最为突出的特质,即所谓"疯狂"之于路翎的意义。《试论李健吾喜剧的深层意象》、《基督精神与曹禺戏剧的原罪意识》,对两位戏剧家的创作和思想,进行了富有创意的深层开掘,论证严密,相信读者都有所得。

第4期

4月27日本刊召开了在京编委的年度例会,就刊物过去一年的编辑思路、文章甄选、论题设计、读者反应以及目前文学研究领域的热点、集点、前沿问题展开了深入的讨论,并对今后一段时间的工作作了相应的布置。编委们的许多建议与意见还有待进一步消化与落实,本刊全体同仁表示,在新的历史阶段要融入新的先进思想,紧扣时代脉搏,传播更为郁勃向上的学术精神与文化热力,取得广大读者的理解与赞赏,以推动中国文学研究的继续发展。

社会发展与经济建设关心西部,文学与文学研究也注目西部。姜耕玉文章《"西部"诗意》在对八九十年代中国新诗的勘探中不由自主将目光转向西部。西部的人文景观及其相应的艺术感受与生命思索为中国当代诗人带来了心灵的震撼。同样,周帆的《地域文学的二重性》则通过对"黔北文学"的个案分析让我们读到西部的生态环境与文化传统,西部独特的文学风景在激扬当代作家创作冲动的同时还为当代文学创作提供了一份不断更新的精神资源。

关于当代文学史写作的话题，今年我们已经开展了一些讨论。本期王光东、刘志荣两位博士生的文章可以说是针对上期李杨的相关议论的学术答辩，所谓"两个理论问题的思考"涉及这个"写作"的原则、方法、规范、新思路、"可能性"与"可行性"，这种更为切入而渐趋深化的讨论或许可以向我们提供更为有用的审美经验与历史意识，推进这个"写作"更趋认知结构的完善和评判机制的科学。

当代文学史写作的讨论的同时本期又安排了篇幅较大的一组关于现代文学史编写的名家言论。这组"笔谈"是三月下旬在海口召开的"中国现代文学史"编写研讨会的一个成果。文章都不长，但议论不乏深刻，对更新型态的中国现代文学史的编写乃至中国现代文学史研究的深化无疑是大有裨益的。

旷新年的《现代文学观的发生与形成》是一篇有相当思想深度与理论逻辑的文章，作者关心的是现代文学观念和艺术自律观念是在怎样的一种文化背景中与社会条件下发生与形成的。他认为文学概念的内涵是一种历史的生成物，同时又是知识的一种表现形式，现代文学观的发生首先是现代知识分化的结果。文学观念的循序发展与知识分化的历史演进使20世纪初一代新文学先驱的相关言论、活动与思想成果亦有了相应的现代阐释，一部现代文学史的发生与流变组织在社会文化严密的内在逻辑之中。这些分析与思考或许会给我们以较大启迪。

郑敏的《解构主义在今天》是一篇视野相当开阔、考察异常细密的文章。作者对"解构"这个概念的原生意义、理论内质以及在"耶鲁"的增容发展和介绍到中国来之后的衍变演化，作出深入细致的梳理，努力挖掘出"解构"的积极内涵与理论价值。这对于当今文艺理论界裨贩外国的"诗云子曰"的粗糙与随意有一种无言自明的纠偏与澄清功效，对于众说纷纭的舶来理论概念范畴的理解与运用亦有一种强大的学术规范作用。

郭英德的《论古典文学研究的"私人化"倾向》性质上是一篇"论坛"文章，对当前古典文学研究的"私人化"倾向的批评似乎相当严厉。但这一番圈内著名学者的一家之言是很值得我们——沉溺于这种倾向之中的同行——深长思之的。

第5期

在商品经济的大潮中，如何保持文学研究和文学批评的学术品格，已成为每一个严肃的学术刊物必须认真思考的课题。进行文学研究，首先应该从学理深度上思考，学理性是文学学科的自身规律。我们提倡刻苦的、认真的学术研究，力戒浮躁，不去追求那些哗众取宠的轰动效应，我们要将刊物保持的健康稳健的学理批评发扬光大。本期刊物的《李白任翰林学士辨》一文，通过对历史史料的细致考辨，不仅对李白天宝初入长安到底是任职"翰林供奉"还是"翰林学士"提出了自己的看法，并且去伪存真，对李白的一些真实史迹还进行了有说服力的考订，史料的梳理和分析都很见功夫，是近年来李白研究的一个可喜成果；《关于佛典翻译文学研究》是一篇知识谱录与学理研究兼顾的好文章，它相当全面而深入地阐明了佛典翻译中佛传、本生经、譬喻经等含蕴的大量文学成份，论述了佛典译文对中国文学发生的实际影响。这类经过长期钻研、有识有见的学术论文，必定会受到读者欢迎。

《关于中国现代文学史编写问题的几点思考》一文，观点鲜明，论述清晰，对中国现代文学史编写中的几个主要问题提出了自己的看法；《理论生态与归属困惑》，对本世纪一个普遍现象进行反思，论述在社会政治剧烈动荡之中，理论面临政治归属与学术归属的艰难选择；《女娲、维纳斯，抑或魔鬼终结者》、《网络文学刍议》二文，都对电脑技术的发达和普及所带来的新的文艺形态进行了论述，这对于拓展我们的视野和思路大有好处。

本期"全球化趋势中的文学与人"栏目发表三篇力作，这是本刊第三次开辟这一栏目。《全球化背景与文学》从现代文学发展至今的历史着眼，带着深深的人文忧虑，对文学运行机制内部的三重悖论进行分析，呼吁人文知识分子应该对经济全球化带来的这些问题作出自己的回答；《经济的全球化与文学的现代性》一文，着重阐述了人文知识分子要站稳自己的立场，守卫住自己的精神家园，"以文学的纯净和崇高完成自己为'人'的内容"；《文化冲突与文学的"喧哗"》，论述了中外文化冲突和矛盾的不可避免性，以及文学创作"杂语喧哗"产生的必然性。这组文章精辟的论述，可以更清楚地表明我们开辟这一栏目的基本学术立场和学术态度。

第 6 期

2000年已经到了岁尾，文学世界美丽的憧憬与多元的现实陪伴我们走过了新世纪的第一年。我们的文学研究为了自身的形态开拓而呈现纷繁多变的同时也似乎显示出了追赶现实的疲乏困惑与力不从心。——宏观理论思维的薄弱，对文学现实广度与宽度的短视，在对一长段历史的回顾与反思后有人开始责疑学术的功能和研究的效率。形势严峻，我们大家都感到了压力，我们大家都意识到应该放开更宏远的目光与胸襟，拿出更深峻的思考心得与研究成果。

本期开卷的《论当代中国诗学的话语空间》就是一份对诗学的人文功能重新思考的新鲜成果。作者认为，诗学是"现代人文事业的重要构成部分"，其根本意义在于通过对"诗之思"来实施人文关怀。作者重点放在对所谓"文化自恋主义"的批评，无论是以往的诉诸政治，还是如今的"以一种虚拟的文化义务作为自己的价值基础"，都没有脱出"他律论"的范畴，都是试图建立某种"权威话语"，而诉诸权威的诗学是必然没有价值的，长远地看也是没有前途的。作者强调把诗学的功能定义于造就"珍惜艺术文化，向往艺术精神"的诗性人格，并努力将这种诗性人格的塑造纳入人文教育之中去。这一份冷静的、似乎也不失为清醒的思考或许能给我们目前积极投入的人文建设运动提供一点策略上的启迪。

中西比较的文学研究已经取得相当的成绩，但有待深化。——骨血沉入与肌理融合的"比较"仍不多见。《柏拉图与孔子文体形态比较研究》一文似乎更有远见地从中西文化的两大源头来展开比较与讨论，作者将柏拉图的"对话体"与孔子的"语录体"作对比研究，探讨决定这两种文体的各种历史因素和文体背后的不同价值取向及其对各自文化传统的深远影响，即所谓中西文化的差异。将古希腊与古代中国最重要的思想家的文体形态作比较对象，不仅有新意，而且会发生提纲挈领的功效。《女性写作与历史场景》则是从特定的写作主体与历史背景探讨当代女性文学作品的真正意义与历史价值。作者从90年代西方文学思潮中的"躯体写作"谈起，将现代西方"躯体写作"理论与我国当代文学的女性写作运动联系起来，企图在构筑新的历史场景中开拓新的理论视野。中国当代文学批评界对西方"躯体写作"多有误解，本文对厘清理论谱系及其基本精神和深入理解当代女性文学创作态势无疑具有积极的认识价值。《五十年来海峡两岸唐代文学研究比较》显然是古代文学研究领域放开视域、扩大气度向纵深发展的一个范例。海峡两岸的唐代文学研究由于相同的学术文化传统和不同的现实背景与运作特点，具有许多可比性。"相似与共通"的宏观判断和"各自优长"的分析比较显示出作者对两岸唐代文学研究的整体成绩了然于胸，两岸的古代文学研究界自然亦能从中得到各自的启发。

此外，《〈石头记〉自传说的检讨》、《阿Q：多元基因的艺术结晶》等文，旧的议题翻出新的见解，历史逻辑清晰，艺术感觉敏锐，也很值得一读。

日月不居，时不我俟。我们会及时衡估今年的成绩与不足，我们希望明年会有更大的创获与进步。

2001 年

第 1 期 （卷首语）

历史翻开新的一页，21 世纪终于在全人类的期待中悄然来临。期待心理是复杂多样的。当我们站上更高的历史起点，回塑我们繁华不歇、历久弥新的文明脉络，不免心潮起伏，气志动荡。面对新世纪第一年的开卷，我们向敬爱的读者，向全国文学研究界，坦诚地披露我们的心声与思路。

新的 2001 年，我们会更具历史识力与胸襟回顾与反思刚刚过去的一百年的文学创作、文学批评与文学研究，"二十世纪文学回顾"的栏目我们还要继续开下去，并且有意识地将最辉煌灿烂、最激动人心的八九十年代作为重头篇章。我们力求对 20 世纪文学活动的成绩有一个科学公正的评价，这一份经验对我们 21 世纪的工作无疑是弥足珍贵的。

新的 2001 年，我们仍将关注我们生活工作着的这个地球的向前运转，以及它五光十色的变化发展中"文学与人"自身的命运。"全球化趋势中的文学与人"这个专题讨论仍将继续，这个讨论的焦点是"文学与人"的逻辑定位与历史命运，这关系到我们自己的安身立命与事业前途。但我们今后的讨论须渐趋于以小见大，以微见著，以实例个案考察急剧变幻中的"全球化趋势"。古人所谓"审堂下之阴而知日月之行，阴阳之变"。——深邃睿智的目光今后将更多地放在"堂下之阴"的审察与研究上。

新的 2001 年，文学史自身的建设与文学史观的重塑也是一项迫切的任务。我们的文艺学规律研究包括文学理论的前沿结论与重大成果似乎也要在这一切实的命题内释放自己的活力，施展自己的才华。中外的融通与贯连、古今的诠释与转换、大家体系的认知、流派风格的体验、文艺史演进的规律以及探索这些规律的方法论的更新，都需要一种理论的穿透力。时代要求我们在充分意识到自己的历史存在与文化身份的同时努力去追求新的文明座标与文化品格。或许在这个设计思路的引导下，我们文学研究所将酝酿一个"文化视野与中国文学研究"的专题研讨，我刊亦将及时配合动作，把这个宏大命题的文章做深做透，做出一批精品来，以崭新的风格与厚重的笔力镌刻入我们新世纪的文学史与文学理论史。

新的2001年,我们的"海外学人园地"栏目将更注重世界范围内文学思潮的起落,更留意观赏、培植这个"园地"里鲜艳芬芳的花葩。我们还要重开"论坛",发表一些及时的、联系现实的、与当代创作批评气息相通的议论文字,篇幅短小,但笔力犀利,有识见,有判断,有才情,有关怀,积极入世,与人为善,充分说理,"费厄泼赖"。新的一年里我们还要更加关注少数民族文学及其优秀研究成果,要加大加深对西部文学的研究。——尽我们的力量和智慧,在引导和协调这个时代文学学术的发展与审美思维的进步中扮演好自己的角色。

这一期的文章这里暂不介绍了,但我们推出了本编辑部2000年度学术论文提名。这份名单或许可以看作为过去一年我们的文学研究界努力工作取得成绩的一个检阅吧。还有一件有关我们工作程序的事需要告知:2001年开始我们将对重点稿件试行匿名审稿制,视其试行效果,再作进一步的改革。

我们渴望文学研究界朋友的友谊与关怀,"求其友声"似乎也应包括渴求我们的朋友的批评的声音。最后,我们也祝愿广大读者朋友在新的世纪多读到真有才情与思想深度的文章;多认出真有活力与创造理性的学者。"天之苍苍,其正色耶。"——全凭我们自己的眼光与判断了。

第2期

展纸撰写这一期"编后记"时,窗外大雪纷飞,树枝和道路一派银装素裹,21世纪的第一场瑞雪,兆示着我们的各项事业蒸蒸日上,一片光明。让我们与广大读者一起,以更扎实的工作、更出色的成绩向新世纪致礼!

这一期在当代文学方面,我们特辟了"中国当代文学史史学观念笔谈"专栏,发表了七位作者的短文,当代文学史要真正成为一门学科,必须在文学史史学观念方面进行变革和创新,这几篇文章从不同的角度提出了自己的看法,想必对深化这一问题的讨论,对提高当代文学史编写的质量大有裨益。王蒙在新时期以来创作了许多作品,《追忆逝水年华》一文,从分析王蒙的"季节"系列小说着手,探讨了新中国成立以来一代知识分子的心灵轨迹,对反思中国当代文学的现代性诉求过程.是颇有意义的。《论八十年代以来文学世俗化思潮的演化》从文化角度对80年代至90年代以来文学创作的线索进行了梳理,《诗性栖居地的沦陷》,文章从风景描写在 90 年代文学作品中逐渐缺失的考察中,说明社会转型期在物化环境中人文情怀的失落,论述的角度比较新颖。

二年前我们开辟"二十世纪文学回顾"专栏,已经发表了十多篇厚实而有见解的文章,总结过去,是为了更好地把握未来。本期发表的《二十世纪元散曲研究的回顾与思考》,材料丰富,信息量大,理论总结很有深度。古代文学方面,《从经学走向文学:朱熹"淫诗"说的实质》,由经学向文学的转化,以及《诗经》中所谓"淫诗"的解读作为两个切入点,导引出相当有价值的学术结论;《诗志·兴象·境界》,通过传统文论的范畴重组,为当今中西文论的沟通与接轨提供一份新的思考;《宋元话本叙事视角的社会性别研究》,用颇有才情的笔调,对宋元话本的叙事视角和叙事体系进行了深刻的文化批判和理论剖析,揭示并强调了男性叙事所蕴含的文化霸权的本质。

如何把当代马克思主义文艺学的研究深化和激活,让这门学科从"课本"走向生活,还原其本来的批判性格和理想精神,应是从事这门学科研究和教学的学者们面对的主要课题。《马克思论人与现实的审美关系》,通过对马克思论人与现实之审美关系的现代性、主体性和超越性的阐释,试图回答当前"全球化"语境下文化的阶级性、民族性和批判性诸问题,论述具有鲜明的现实针对性。《袁枚诗论与明清学术思想史的关系》、《直面原生态 检视大流脉》皆材料丰富,能把有关议题、争辩自然地嵌入时代的学术思想生活中,既有启发性的视点,又有研究方法方面的自觉。

《西方影响与九叶诗人的新诗现代化构想》,对九叶诗人在意象理论和新诗的戏剧化等方面的探索,分析细密得当,《蜕变中的蝴蝶》一文,注意从原始的报刊上搜集资料,评判有据,扎实可观。

第 3 期

李铁映院长今年 1 月中旬接见部分知名作家时的讲话,本刊予以公开发表。院领导对文学评论事业深怀期望,我们当黾勉努力,做好工作。

本期我们在"全球化趋势中的文学与人"栏目郑重推出两篇文章。第一篇《全球化语境与文学理论的前景》就"全球化"语境与我国文学理论研究在 20 世纪 90 年代的发展态势展开宏观的视野,探讨"全球化"趋势下经济观、人生观、文化观的剧变如何导致了我国文学艺术和理论批评的动荡、焦虑与冲突。90年代的文学理论经历了波谲云诡人文思潮涤荡后，虽然获得了某种程度的自主性，但几乎是同时又无可奈何地走向了"边缘"；艺术哲学的理论判断刚摸索到显示真理的通道，却露出了被新兴的欧美文化研究思维取代的危机。作者认为，这种带有浓厚"后现代"思维特征的文化研究在解释我国的文艺现实时往往枘凿不合，动辄尴尬。中西文化碰撞、时代风雨沐浴，我国文艺理论面向"现代性"诉求，面向人文价值与理性精神的召唤，面向自身体制重构与范型建设，必将会展示崭新的姿态，以对"现代性"与"后现代性"独特的理解与阐释汇入世界文艺思想的潮流。第二篇《"现代性"与"后现代性"同步渗透中的文学》恰恰也是从"现代性"与"后现代性"同步渗透的趋向中体悟"全球化"的"语境"在"文学"中的显现。依作者的判断，"全球化"的"语境"形成气候，酿成规模，既体现了一体化经济时代的必然性，又先天地具有对现代人文精神的消解、腐蚀作用。当然作者仍是乐观的，文学在新旧世纪转折的今天依然是时代精神最生动而具说服力的文本，启发人们对人类自身生存环境与状态的关注，显然潜藏其间的理性力量将会引导文学及其理论形态趋向人的本质认同。——我们对新世纪人文精神的祈愿也正落实在对"文学与人"自身命运的关注与把握之上。

《〈聊斋志异〉的创作心理论略》与《革命文艺与商业文化的双向选择——论夏衍三十年代的电影文学创作》也是很值得推荐的两篇文章。前者从文艺发生学的深层结构探寻蒲松龄创作心理的原初图像及其流变轨迹，涉及社会心理、文艺心理及更深层面的情与性的难言苦闷与补偿心理。作者的学理思路与掘进技术是令人欣赏的。后者选择现代左翼文艺思潮涌动与30年代上海商业电影崛起，所谓"双向选择"的独特视角，剥茧抽丝、解剖分析夏衍这一关键性的历史人物及其文本操作——作者的选择与时代历史的选择的迭合无疑产生一种奇妙的启示意义。

本期的"论坛"栏目安排了两篇文章。《学术：公私之间的天空》是承续本刊有关古典文学研究私人化倾向的话题的，作者将学术"公器"与操作时私人化情调及格局的关系重加清理，深入解析，增植理性，串通逻辑，补苴得相当周密。这个议题的深化应该有利于当前学术思维的调整、更新与推进。《我看"后新诗潮"》显然不是上"论坛"来争论的，而是自己一家之言的表态，形制上更像一篇独抒性灵的学术短论，充盈个人色彩。这个栏目也欢迎这样的短论，当然我们更盼望这种短论从议论气势到文字风格更具挑战性，更具斑斓色调和思辨烈度，使读者观赏到理性智慧的同时，会产生参与的冲动。——我们很想把这个"论坛"办好，切望读者积极参与。

第4期

20世纪90年代以来，商品经济的大潮汹涌而来，文学显得越来越边缘化，文学价值面临着失范的局面。如何坚守人文主义的立场，维护文学的价值和尊严，成了我们必须认真面对和思考的问题。本刊编辑部近期与华南师范大学人文学院、《东方文化》编辑部联合召开了"价值重建与二十一世纪文学"研讨会，目的在于重铸文学的理想和精神，这一期我们发表杨义、黄修己等一组笔谈和会议综述，从各个角度提出这方面的思考，有着它的理论意义和实践意义，相信读者会有兴趣。

文艺理论方面，蒋述卓、李自红的文章，主张以新人文精神作为文学艺术的价值取向，来全面提高国民素质和培养现代人格；冯奇的文章从"史"的角度重新思考了中国现代文学史上的浪漫主义的"本土化"问题，而从"论"的角度展开"审美现代性"问题的讨论。刘登翰、王岳川的文章从不同方面对台港文学、台港文坛进行了比较深入的分析。《现代中国的述学文体》一文，既涉及人文研究中的修辞学问题，更关系到学术规范和文化理想问题，文章角度独特，以小御大，针砭时弊，值得我们重视。

高有鹏的文章，从民间文化思潮的角度总结了20世纪文学流变的契机和格局；吕微的文章，大致梳理了民间文学作为中国现代学科设置之一的形成过程，论文的主要理论见地在于打通了现当代不同意识形态背景对学科发展的影响。高小康与李运抟的文章都是对90年代文学的思考，前者着重突现文学的社会交流功能的变化，后者考察了长篇小说从"记录历史"、"再现生活"转向"个人言说"的总体趋势，并对"个人化"与个性化的关系作了自己的阐释，能自成一家之言。

古代文学三篇文章，分别论述了唐宋词、王维诗和清代笔记小说，其中沈松勤的文章比较系统地考察了唐宋词世俗化品格和特定的实用功能结构，考论严密，尤为突出。现代文学方面，解志熙的文章对中国现代诗歌史上新形式诗学的起源作了追溯和梳理，资料翔实，论述有深度；吕周聚的文章试图探寻西方现代主义文学中国化的内在规律，王列耀的文章从几个具体剧目分析入手，阐述西方基督教文化"罪"意识对中国现代戏剧悲剧观的影响，都有一定的探索精神。

论坛这一栏目，发表了许志英和栾栋两篇文章，分别对当代文学创作和古代文学研究发表意见，论点鲜明，具有较强的理论思辨力量，我们欢迎这类有见解、有深度而行文又犀利流畅的文章。

第5期

本期集稿时欣逢庆贺中国共产党80周年纪念，我们选用了张炯同志的《中国新文艺与中国共产党——为纪念中国共产党成立80周年而作》一文作为首篇。这篇文章全面阐述了中国新文艺在中国共产党领导下不断成长、发达与繁荣的辉煌历史，强调了中国新文艺与中国共产党的血肉联系，而这种联系又鲜明生动地证实了中国共产党代表了中国先进文化的前进方向。

本期出版时正是鲁迅先生诞辰120周年纪念，我们配发了两篇纪念性文章。《挑战经典——新时期关于鲁迅的几次论争》围绕着新时期以来鲁迅研究界的几次重大论争展开论述，既写清楚每一次论争的来龙去脉，又直率地表示了作者在相关问题上的见解与判断，观点鲜明。尽管我们不能完全同意作者的每一个观点，但我们欣赏作者的立论态度与历史意识，我们赞同学术文章的学术内涵和介入论争时健康的批评精神。——鲁迅无疑是一座丰碑，一尊经典。我们今天的功课似乎应该是把鲁迅的真精神与硬骨头学到手，锻炼我们的胸襟和识度，养成我们的思想穿透力。

本期的现代文学研究栏目第一篇是讨论茅盾"人的文学"的观念建构的。展示了茅盾在这个命题上的理论特色与思想风貌。其他两篇则是探讨1946~1948年间以京津文坛为主轴的所谓后期京派的"新写作"现象。这个"新写作"背后隐伏着一个新的文学世界和美学世界，闪烁出一种令人惊异的亮色，作者细腻地梳理了这个文学现象的历史渊源与情境逻辑，并为之作出了令人信服的创作论上的总结和文学史上的定位。

中国文艺美学学科在新时期中国思想文化土壤上的发生与发展是当代学术史上的一件大事。它的发生既适应了挣脱传统的主客二元对立的认识论束缚的历史需要，它的发展又证实了新时期以来文学理论界的艰难探索和郁勃生机。从这历史层面的意义来说，曾繁仁文章的回顾与总结就显得十分有必要了。《大学文艺学科的反思》等三篇文章不约而同地将关注与焦虑集中在高校文艺理论的课程、教材与教学问题上，多重角度的反思具有相当的思维活力与理论深度。古风的文章视角尤为独特，以 20 世纪我国近百部文学理论教材资料中的"关键词"的传入与吸收为线索，初步清理了我国近代文学理论发展的三个时期的话语资源，这对于我国文学理论学科的规范与重建不言而喻有积极作用。

本期的两篇书评文章也很值得一读。特别是《李杜诗学》的"述评"有两条宏观判断颇有启发意义：一、从对中国经典诗人的作品的深度阅读与深度阐释达到对中国经典诗人生命价值的重新认识（以生命经验为内核的还原意义和文化哲学层面上的知性悟解），为中国古代文学经典研究辟出一条新路。二、这条新路有可能将中国古代文学研究引向具有"大气"、"大智慧"的新境界。

时代在迅猛前进，思维在多元发展，学术在加快成果积储的同时加深着理性断制，其间或缺的也许正是一种理想的"大气"和"大智慧"。我们的知识体系和认识运动也应进入一个展示"大气"和"大智慧"的新的历史境界了。

第 6 期

江泽民总书记在庆祝中国共产党成立八十周年大会上的重要讲话，是一篇划时代的马克思列宁主义纲领性文献，是中国共产党人迈向 21 世纪的理论宣言和行动纲领，认真学习"七一"重要讲话，正确认识和全面贯彻"三个代表"的重要思想，是哲学社会科学工作者的神圣职责。为此，我们在本期特别编发了陆贵山同志的《文学与先进文化》一文，我们要发扬马克思主义的"与时俱进"的革命精神，紧密结合文学研究、文学批评工作的实际，大胆探索，勇于创新，为有中国特色的社会主义事业作出更大的贡献。"全球化趋势中的文学与人"这一栏目 2000 年开办起，共发表十二篇论文和一篇学术综述，就全球化趋势下文学的状态，人文科学的发展，以及人文知识分子的价值选择等一系列问题，展开积极的、富于建设性的讨论，在社会上和学术界引起了广泛的关注。随着中国加入世界贸易组织日期的临近，对这个话题的讨论会愈加普遍和深入，我们的这个栏目至此告一段落，相信它所拓展的视角与思路，将促进我们的文学研究在新的社会背景和学术语境中取得更大的成就。

20 世纪是个批评理论风起云涌的世纪，90 年代在中国兴起的"文化研究"，如今已经形成一股热闹的社会文化思想潮流，文化诗学作为吸收了"文化研究"特性的具有当代性的一种文学理论,也就应运而生。但是"文化诗学"的现实基础是什么,它的特性何在,有什么样的发展变化轨迹,如何在理论上对之进行明晰的阐释,还有许多工作要做。我们本期特辟"文化诗学"研究专辑,发表北京师范大学文艺学研究中心的四篇论文,每一篇论文均精干简洁,观点鲜明,就文化诗学的或一方面进行比较深入的开掘,集合起来,则形成一种颇有气势、颇有深度的整体效应,我们欢迎这种有识见、有准备的学术论文。

《商品化与人的价值的无根性》一文,对90年代都市小说的价值进行探讨,文章在具体阐释和分析文本过程中,从价值遮蔽、自我与角色的分离,以及商品化造就的犬儒精神这样三个层面,深入探讨其间的复杂性,并由此展现这类小说值得关注的意义所在;《小说征文与晚清小说观念的演进》一文,通过对晚清小说征文活动资料的系统整理,揭示晚清小说观念由传统旧小说向近代新小说的转变,同时考察了晚清小说题材的热点、译著问题和翻译问题,角度新颖,论证严密,写得亦清楚可爱;《诗性、神圣性与人的无限敞开性》一文,从人类所创造的最独特的文化形式——"艺术与宗教"之间的关系去论述诗性问题,其中阐述人的"无限敞开性"与诗性的关系,是全文最有价值的地方;《从"民间"到"人民"——中国文学史上的正统论》,是作者系统研究文学史史学理论和方法论的一部分,文章用翔实的资料,勾勒了建国后《中国文学史》叙述观念的变迁:"民间"的概念让位于"人民",作者力图揭示的正是这种思想转折的种种表现形式。为了纪念中国象征主义诗歌先锋性的探索者穆木天诞辰一百周年,我们特发表《穆木天:新诗先锋性的探索者》一文,文章从传统与革新选择的痛苦这个角度,重新审视穆木天20年代的象征主义诗歌理论与实践,从而获得对其更深层面意义上的理解;《"整理国故"的历史意义及当代启示》,从文化、教育、心理等方面对"整理国故"这一文化思潮的历史建树、作用与意义.进行了新的阐释,认为它是民族文化传统顽强生命力的内在要求,是文化转型过程中对外来影响与民族传统关系的自行调整,作者对史料的整理比较系统、严谨,论述很有新意。

编完了这一期,本刊新世纪第一年的工作就将结束,我们衷心感谢广大读者和作者的支持和关爱,我们期待着在新的一年里与你们一起,把刊物办得更好。

2002 年

第 1 期 （卷首语）

爆竹一声，新桃旧符。——2002年的来到总会令人想到传统的岁月更替，人事更新。过去的一年，在江总书记"三个代表"理论的强劲东风里，我们申奥成功并加入世贸组织。前者展露一个繁荣、民主、文明大国的自信；后者则预示我们从此进入体制转型创新的历史时段。这两条对于我们"文学"的"评论"工作同样具有积极的影响。

《文学评论》进入了第45个年头，我们过去做了些什么已经不很重要，想起我们今后要做的事，禁不住心潮起伏。我们迈入了一个崭新的时代，在这个时代里文化建设的功能与重要性已经与经济建设差肩并行。这个时代启示我们："垂天自有扶摇力"，要有大作为、大成就的自信，这个时代诱发着我们的冲击意识，期待着我们的创新思维。"江东风光不借人"，我们要珍惜历史的机遇。

20世纪的中国文学走过了极不平凡的道路，其间悲欢成败，气象万千，经验是无比丰富的，教训也十分深刻。我们如何面对自身的历史体验？如何建设并传播健康的文化心理，以积极的理性态度和坚毅的前进姿态迈上新的征途？

新的历史要靠新的理念与胸怀来书写，新的目标要靠新的人物与手段去实践。我们就是新时代文化建设的主力部队与关键人物，我们的历史意识、创造性思维与价值判断便是我们赖以达到目标的前提保证。我们密切关注当代文学——她的形象思维、观念形态与审美理性——的每一步更新与前进，我们善于拓展宽广深远的文化视野，赞赏并思考中国文明史推进的每一个实绩与个案经验，我们把文学创作与研究放到广阔的文化新建设与新文明开拓的大场景中去审视，去观察，去评估。这里不仅要具备大智慧、大气魄，而且需要思想前进与认识深化的历史营养，我们渴望真正的人才和精品成果。

我们的文化建设又是与我们国家民族在全世界呈现出的现实姿态相一致的，大国风度、大国气派、大国地位需要我们建设中国文学理论自身的话语体系（学理体系、批评体系与知识体系），弘扬民族特色，拒绝"全盘西化"，拒绝裨贩。

具体到刊物的版面上，新的一年里我们要全面提升各个板块文章的学术质量，我们要加大"二十世纪文学回顾"、"论坛"、"海外学人园地"等栏目的力度。我们还要关注与我们精神家园息息相关的文化趋势与潮流，把文学与时代心理、与科学技术、与社会生态、与影视艺术等关系的动态演化纳入视野，培植新观念，开辟新领域，拓进宏观理论构建与微观思辨逻辑圆融契合的研究新格局。

我们希望我们在新的一年里不断进步，我们希望我们能胜任愉快地实践自己的蓝图。——"举动摇白日，指挥回青天"。正视我们的职责，完成我们的使命。

第 2 期

新世纪的开元之年，江泽民总书记在全国第六次作家代表大会、第七次文代会上发表重要讲话，精辟地指出文艺是民族精神的火炬，是人民奋进的号角。在培育和弘扬民族精神方面，文艺可以发挥独特的重要作用。这一"讲话"是新世纪繁荣发展我国社会主义文艺事业的纲领性文献，我们的文学研究和文学评论工作者，"要适应时代特点和结合实践要求，努力加强文艺理论建设，积极开展文艺评论，大胆进行文艺理论和文艺评论的创新，为我国文艺事业的健康发展提供正确引导。"

本期文学理论栏目里，我们发表程正民的《文化诗学：钟敬文与巴赫金的对话》，这是一篇颇有意思的学人及其思想的个案研究，作者所进行的这一比较研究，不仅意在加深对于"文化诗学"理论的理解，而且更有意于借此探讨中西诗学对话的诸多问题。1月10日正当我们为本期稿子集稿时，传来了百岁老人钟敬文先生去世的消息，对于这位中国民俗学和民间文艺学的开拓者，我们怀着深深的敬意。钟先生是《文学评论》创刊时的编委之一，编发这篇论文，也寄托着我们的一份怀念和哀思。

道德在社会主义精神文明建设中有重要的作用，何西来的《道德中介论》从两个方面论述了"道德"在文学中的中介作用，论据充分，论证绵密；高建平的论文围绕着当代不同文化间相互影响、互相碰撞中出现的艺术评价标准问题进行了探讨，俞兆平的论文运用辩证逻辑的思维方式来破解文学研究中常见的一些逻辑误区，都很有见地，有正本清源之功。

当代文学研究方面，南帆的论文对王蒙的"季节"系列小说进行深入开掘，阐述了纠缠于王蒙小说中关于革命、浪漫与凡俗之间的错综复杂的关系，深切的历史体悟和细腻的艺术分析，使得论文显得新鲜而厚重；高小康的论文从"诗"与"歌"的关系入手，对80年代以来的朦胧诗进行新的诠释，认为80年代朦胧诗应理解为一种给予诗以新的生命力的青年的反叛情绪，这种情绪色彩在特定的时间版图上带来的直接影响，即在于流行歌曲与摇滚音乐的诞生与传播，论文视角比较新颖，很有创意。

现代文学研究的"当代性"问题，是一个有着重要理论意义和实践意义的课题，我们刊出王晓明、吴福辉等一组笔谈，意在引起研究工作者对一问题的高度重视；刘增杰的文章对上世纪90年代解放区文学研究状况进行了比较系统的梳理，对在新世纪如何深化这段文学史的研究提出了展望，评述得当，对人启发良多。其他几篇青年学者的论文，或是比较宏观地对中国现代文学现代性的问题、以及现代启蒙文学思想的哲学基础问题进行探讨，或是对一个具体思潮流派、一个具体人物形象进行文本细读式的个案分析，都有一些自己的见解。

古代文学方面的5篇论文，均扎实可观，其中傅璇琮的文章，就唐诗研究界关于白居易思想与创作的两个阶段及其演变轨迹讨论中的一个误点，谈了古典文学研究中的历史基本训练问题，作者的经验与箴诫应引起学术界同行的深思。

第 3 期

第三期的内容可说的很多，潜伏的感慨也很多。最近几年的努力，甘苦自知，细心的读者也许会从版面内容感觉到我们前进的步履。"与时俱进"，真正识得了"时"又真正做到了"进"并非易事。

"二十世纪文学回顾"栏目，来稿很多，但盘账看出问题，心阅目想，深入到位的却很少。本期关于"宋文研究百年"的账盘得相当精细，一百年的消长进退，夹叙夹议，有枝有叶，大抵历历可认。但要求再高一点，或者说我们更看重的是心无羁绊、游刃有余地指陈得失，纵横褒贬——这个栏目的文章，我们需要有真胸襟、真识力、真才情，褒则褒，贬则贬，笔则笔，削则削，见出征服人心的判断力与思想深度。

古典片的文章《汉魏六朝挽歌考论》很值得推荐，我们不仅是欣赏作者善于填补研究史空缺的学术敏锐，更是看到作者在《中国古代文体形态研究》出版之后新搜索、新开拓的成绩。二千年来，中国古典文体研究是最正统、最成熟的一门学问。今天，其对象的一半已经进入历史，埋入坟墓；另一半则推陈出新，分脉丛见。这项沿波讨源的系统工程不仅仅是为了历史形式的注册，而且是为了审美思维的承续。工序冗繁，视域宽阔，这也注定了作者要从"自将磨洗认前朝"的功夫中寻觅理性快感，积累学术智慧了。

王晓明谈王安忆的文章，虽篇幅稍长，但阅读愉快，从"淮海路"到"梅家桥"的"创作转变"，时空上也确有一段特定的距离。谈王安忆的人很多，王安忆自己也上电视谈，即使不怎么欣赏王安忆创作题材的评奖机构也给予了她无声的肯定，静悄悄地把一项大奖给了主旋律之外的《长恨歌》。——可见王安忆的作品还是打动了许多人心。王晓明谈王安忆，"二王"的心理有一种契合与沟通：强烈的人文意识、高远的生命理解与知人论世上掘进的技术。

谢冕先生《论中国新诗》。其逻辑的起点是中国旧诗。中国古典诗歌创造了中国文学的极度辉煌，确立了诗歌审美不可超越的规范。然而这个规范确立之时，便正是危机发生之日。"五四"前后的新诗正是对这个规范的挑战，也是对这个危机的排除。新诗为寻求适应时代潮流而经历了艰难的探索，其中包括对"传统"的继承。谢冕先生说，新诗的成立使它成为现代中国人无可替代的传达情感的方式。谢冕先生是研究当代诗歌的权威学者，他将目光与兴趣回溯到新诗出世之初和成立之前，或许觉得最近十几年的中国新诗暂时无话想说。90年代以来，或许是海子自杀以后，已经有很长一段时间了，劝人阅读新诗，有点像劝人大胆消费一样，效果总觉不大。但愿我们已有了传达情感的另外方式。

理论片的论《文学意图》是一篇很好的文章，理论浓度高，原创性强，思考完整而周密，但论述相当审慎，陈设的概念边界清晰。既给了文学意图在文学意义生成过程中应有的理论关注，又阻挡了生硬粗糙的意图决定论的弊端。

这一期可推荐的文章还有不少。——我们历来提倡怀着高度愉悦阅读高度理性的文章。我们更欢迎注重"思想"的进步并确有"思想"深度的文章。

第 4 期

今年五月是毛泽东同志的《在延安文艺座谈会上的讲话》发表六十周年，本刊编辑部特发《纪念〈讲话〉，开创人民文艺的新时代》，意在坚持

《讲话》的基本精神，遵循先进文化的前进方向，与时俱进，不断开拓创新，开创人民文艺的新时代。

3月底，我们在南京召开了编委会，总结了上一年度的工作，对今年的编辑工作进行了认真的讨论，编委们就如何更好地遵循学术规范问题，如何加强刊物的理论性、前沿性问题，发表了很多精辟的意见，我们有决心，在新的一年里群策群力，把刊物办得更好。

本期文艺理论方面，比较集中的议题是文艺与人类学的问题。王杰等人的文章，从审美人类学的理论渊源，逻辑起点等四个方面对"审美人类学"这门学科的学理基础和实践精神展开论述，应该引起学界的关注。叶舒宪的论文比较深入地思考了文学与人学的关系问题，对全球化时代文学理论建构的趋向，提供了一个思考的角度。伊瑟尔是德国当代接受美学的主要代表之一，90年代倡导文学人类学，金惠敏的访谈，涉及到他的新文论思想的基本概念，有助于我们理解这位德国理论家的问题意识，对于了解"西方"文论的真实状况，也很有好处。

古代文学方面，《关于古代文论中"形"与"象"的考辩》一文，对古代文论中若干重要范畴有相当深入的辨析与断制，并形成了自己较为完整的论述系统，启人之处甚多。近年来我们对同类问题刊发过一些文字，目的是想把这些古代文论的基本范畴与关键命题弄得更清晰更透彻，完成科学的现代阐释，为建立有中国特色的现代文艺理论系统做一些添砖加瓦的工作。其他几篇论文，也各有建树。

现代文学方面，李怡的论文提出，我们今天如何在现代作家的自我感受与艺术表达的特殊性中理解中国文学的"现代性"，并由此把握我们自己的这一文学传统，应该是文学研究的一个课题。经典重读对深化中国现代文学研究有重要意义，李靖国、姚新勇的论文，分别对鲁迅的《狂人日记》和巴金的《憩园》进行了新的解读，这种一家之言，相信对读者会有启发。民族主义文艺派因其有国民党政府的背景，长期以来我们只是在政治上、思想上对其笼统地批判，并没有对其进行深入地分析，钱振纲的论文不惮其烦，对其文艺理论等各个方面进行了深入细致的剖析，得出了令人信服的结论，有一定的理论深度。

当代文学方面，本期的重点在于当代历史小说研究，吴秀明的论文着眼于当代历史小说的明清叙事，从历史还原与叙述的关系上，论述了历史小说如何表现时代精神，对凌力、唐浩明、二月河的历史小说有比较深入的分析；徐德明的论文通过对《花腔》这部"新历史主义小说"的叙述结构的分析，阐述小说体裁的重要性，文章能小题大作，努力向深处开掘。

第5期

7月16日江泽民主席视察了中国社会科学院并作了关于新的历史条件下加强社会科学研究的重要讲话，鼓舞人心，振奋志气，我们一定要抓紧时机，努力工作，落实"五点要求"，拿出科研实绩，迎接党的十六大召开。

今年是我们的老所长、我国著名文学理论家、古典文学研究学者、杰出诗人何其芳同志诞辰90周年，本期我们专门配发了董乃斌的《超越时空的心灵契合——论何其芳与李商隐的创作因缘》。何其芳是千余年来无数个李商隐诗歌的钟情者之一，他的诗歌从选题、构思、取象、设色、造境诸方面都染有浓重的李义山体特有的"美艳"风色（意象美、语言美、韵律美）。何其芳还曾经"集义山诗句为七绝句"，而且有"戏效玉溪生体"的七律《锦瑟》的写作，两人的"创作因缘"是不浅的。古今诗人"渊源"与"影响"的交叉研究是古典文学研究的一个新思路、新课题，董乃斌文章将何其芳与李商隐的创作因缘作为大胆尝试的开端，很有意义。探索超越时空的心灵契合是一个方面，学科时段的打通或者说贯通是又一方面。其价值不仅体现在作者独特的阅读经验与审美体悟上，而且还体现在文章的学理生色与历史逻辑上，真可以说是献给何其芳90周年诞辰的一份极有意义的礼物。古典文学片还值得推荐的文章是《越南古代诗学述略》。越南古代诗学从历史文化渊源来看固然是中国古典诗学的一个分支，她的内容跟随呼应同时中国诗学的流变衍化，大多是中国古典诗坛种种思潮的回响，当然她也是越南古代诗歌创作实践及发展轨迹的忠实反映。她的资料整理与诠述，填补了一层历史文化的空白，有助于理解中国古典诗学的域外传播，这对于今天的文化交流的借鉴意义无疑是重大的。

文学理论片《审美现代性的四个层面》把当前炙手可热的审美现代性研究中几个重要的命题：救赎世俗、拒绝平庸、对歧义的宽容和审美反思性，推进了一大步。作者从审美的表意实践角度，在社会文化现代性的背景中深刻揭示了审美现代性在现代社会中的独特功能及其自身的诸多复杂特征。《论二十世纪末期对话体批评》也是深入探索批评理论的一次有意义的尝试。文章关于对话体批评深层动因的分析、社会文化语境机制的分析、批评主体意识的自觉及批评实践现代性要求的分析都显示了文艺批评精神和理论研究视野的现代向度。

现代文学片《论"思想"在中国现代文学价值生成与存在中的意义》在我们眼里之所以值得赞赏，便在于作者对现代文学中思想价值的肯定与追求，体现了现代学术高度的现代理性。"思想"无疑是中国现代文学阶值生成与本体存在的要素，"思想"的前进是推动中国现代文学发展的动力，更是现代文学现代性的体现，她通过文学审美的形式实现现代价值在中国的传播。——作者传播的是一种健康的文化思想与健全的价值观念，当自有他自己的思想价值。

当代文学片的《上海的意象：城市偶象批判与现代神话的消解》，显然受到海外文化批评与人类社会学理论的影响，选择"上海"这个"意象"，着意在"城市偶象"误读的提醒和"现代神话"虚幻的揭示。鲁迅、张爱玲、王安忆对不同时期上海的观照及其奉献出的体验性文本说明"上海的意象"含孕有她独特的感觉内涵与认识落差，而她的成像途径和消解线索别有一番当代人文审美的启示。

最后敬告读者：由于我们的刊物增加了两个印张（32页），成本提高，明年开始每册零售价定为15元，全年90元。——希望广大读者谅解。

第6期

秋天来了，丰收的喜悦挂在每一个辛勤劳作人的脸上。手头正在编的这一期稿子，已经是今年的最后一期了。一年编校，甘苦自知，但在栏目设置以及组稿发稿中的得失，却得由读者评说，我们衷心感谢大家对本刊的厚爱和支持。

今年是中国现代著名作家沈从文和胡风先生诞辰一百周年。他们在中国现代文学史上作出了自己独特的贡献，经过了历史的风风雨雨，我们现在已有条件对他们进行全面的实事求是的评价了。我们分别发表凌宇、李俊国等的两组文章，意在推动这方面的研究迈上一个新的台阶。在现代文学方面，宋剑华的文章探讨了民间英雄传奇从"民间"被提升到现代文学"正统"地位的社会历史原因，选题较新，论述也较有深度。

当代文学方面，陈思和的文章考察了张炜近几年的小说创作，从欲望这一角度，剖析了张炜小说中的恶魔性因素，把评述引向一个新的境界。电视剧与文学的关系问题，是人们普遍关心的课题，盘剑的文章认为，电视剧依赖文学而生存，它能逐渐使文学"泛化"，增强文学的适应性和生命力，一些对文学的命运忧心忡忡的人们，大概从中可以得到一丝宽慰。

　　文艺理论方面，"现代性"是人们谈论得较多的问题，陈晓明的论文梳理了"现代性"的核心理论范畴，并试图提出中国文学内部的现代性的理论方案，有着理论和实践的双重意义。吴思敬的文章对20世纪的诗歌理论的几个焦点问题进行了系统的辨析，有助于相关议题讨论的进一步深化。赵炎秋的文章对叙事情境中的三要素进行了新的探讨，对中国当代叙事理论的建设有所启示。

　　古代文学方面，王钟陵的论文从中西古今戏剧共通的审美特征展开论述，抽绎出一般意义上的艺术规律，思路开阔，论述周详。黄仁生的文章，对过去很少人提及的元末古乐府运动作了考察，爬梳考订，用功甚勤，评述也较客观公允。其他诸篇，也各有所长。

2003 年

第 1 期

这 2003 年第一期集稿时正是中国共产党第十六次全国代表大会隆重开幕之日,"五色耀朝日","东风满天地"。政通人和、喜气洋洋之际,学术繁兴的前景令人鼓舞,新世纪创造"更加灿烂的先进文化"的历史使命使我们情绪振奋,气志动荡。

今年我们文学研究所建立整整 50 周年了,半个世纪的风雨历程和昂然奋进自然有许多可歌可泣、可圈可点的历史画面,盛大的庆典我们要举办许多有纪念意义的学术活动,喜庆的话题要以多种文字形式连续传播与展示。我们当然会记取 50 年来的光荣与骄傲,我们对我们的成就与功绩冷静盘点;我们对我们曾经有过的曲折深自鉴察,引为教训。今天我们又到了一个新历史的关口,我们要写我们明天的历史了。——我们的头上彩霞满天,我们的脚下道路高远。"铁马何人从我行",抬起我们的脚步,勇毅地踏上新的征程。

"文学研究所成立 50 周年笔谈"是本刊邀约本所五位老同志撰写的纪念文章,从几个特定的视角追忆与诉说文学研究所 50 年来的发展变化。他们是这些发展变化的参与者与见证人,他们的事业心与沧桑感或许可以令我们今天的读者生发不少历史感慨,几十年的探索与冲刺积累下的经验无疑是一笔宝贵的财富。

这一期可细读的文章不少,《〈金瓶梅〉研究百年回顾》或可称是学术史研究的厚重之作。学术史的整理与研究叫了好几年,实绩鲜见。原因很简单:艺轻活重,担当吃力。加上历史意识浅薄,过多的青菜豆腐账使这一沉重的学术工程迟迟掘不开深厚宽广的地基。听说一批经得起历史评估的相关成果已怀胎十月,即将临盆,我们满怀信心地期待着,有点像五更立在高寒的山巅期待着金光灿烂的成功日出。《审美复合是摄影文学的生命与灵魂》为文学新文体"摄影文学"的生命史实与审美灵魂放下了一块理论基石,自有它的特殊意义。在新的一年里,我们将进一步关注当今文化、文学中的新变，并探讨伴随出现的学术问题。《当代文学与"大众文化市场"学术研讨会侧记》也值得一读。众声喧哗里听出了道道，思想交锋中理出了线索，纷纭语丝下的心灵脉络或可以抽出竖琴的金弦，或可以传导醒世的木铎，而文化立场上东窜西跳、装神弄鬼的，褪却了斑驳华彩只剩下价值荒芜的濯濯童山。所谓"八方各异气"，脸谱时翻新，精英们的"学术市场"与大众的"文化市场"一样，"整理"大不易！这或许正是新世纪"当代"文学的新鲜别致之处！

今年我们又推出了2002年度的"《文学评论》学术论文提名"，这当然仍是我们检阅、观察、研判、评估后的一家之见，似乎也算是对逝去一年的总结。"垂纶长川，目送归鸿"，仅供参考而已。

《文学评论》是文学研究所的"对外窗口"，许多观察与展览都在这个窗口安排；这个场域的一些经典内景与外景都在这个窗口映照与交流，联络着窗内外学者的心灵和心灵凝结的成果。新的一年我们祈求更广泛的支持与理解，我们努力把"心灵"磨拭得更加透亮，我们努力把"成果"锻炼得更加纯正。

第2期

党的十六大，吹响了全面建设小康社会的号角，极大地鼓舞了我国人民。本刊编辑部的文章，表明了我们要以十六大精神为指针，坚决贯彻"三个代表"重要思想，努力创新，开创文学研究的新局面。

经历了半个世纪的风雨历程，文学研究所今年迎来了五十大庆。杨义同志的《解读文学所》，从文学研究学术史的角度，揭示了几代学人辛勤探索的成绩，剖析了他们各具特色的治学风采。文学研究所作为新中国文学研究学术史上的重要一章，在杨义的勾勒下，显得关目清楚，丰盈感人，相信此文对了解文学研究所，对研究新中国学术史的人们，将大为有益。

在庆祝文学研究所成立五十周年的时候，我们更加怀念老所长何其芳同志。为了办好文学研究所，他殚精竭虑，耗尽了自己的心血，他的学术风范和人格力量，已经成为我们文学所的一份难得的精神财富。去年十一月，我们所与重庆三峡学院在万州举行了"纪念何其芳九十周年诞辰暨第二届何其芳研究国际研讨会"，他家乡人民对他的创作和思想探索的热情，深深地感动了我们。这期我们特辟专栏，发表三峡学院三位老师的文章，意在纪念何其芳同志，并推动何其芳研究向更高水平发展。

当代文学研究方面，《四重奏：文学、革命、知识分子与大众》一文，以文学研究中的事件为环节，以中西文艺理论为基础的总体布局中，对八、九十年代的文学思潮变迁的轨迹和特点进行了比较系统的考察；倪伟的文章采用文化批评的分析方法，对所谓"七十年代后"的城市"另类"写作进行了剖析，理性的批判中，显现着鲜明的人文主义立场。

关于中国诗学的"意象"与"意境"说，我们已经发过几篇文章，其中《语象·物象·意象·意境》一文引起的争议最多，我们这里选择其中一篇学理深度较强的刊用，旨在推进这场讨论。其他三篇古代文学研究文章，或是议题新鲜，切入角度独特，或是论证线索清晰，分析透彻，均有可观之处。

本期中有三篇是关于现代诗歌批评理论的，中国古代诗学和外国诗学对我国现代诗歌创作和理论批评产生了深远而复杂的影响，厘清这些关系，有助于我们对中国现代诗歌发展的理解。周明鹃的文章论述了中国现代都会主义文学对传统文化的张望和回归，因而决定了其兼具保守性与先锋性的美学品格，流畅的论述中时见新意。朱庆华的文章角度较新，特别对当下文学的发展有启发意义。

文艺理论研究方面，杜卫的文章从"无用之用"的角度辨析王国维"学术独立"论的作用，吴小美等的文章，探讨文学艺术与科学同一性的问题，均具有鲜明的理论意义和实践意义。文学理论界已经连续多年展开了对古代文论现代转换的讨论，陈雪虎的文章，对前此的讨论成果进行了梳理和总结，我们相信这将有助于大家对这个问题的认识，并使相关讨论进一步深化。

第3期

"惊蛰"过去了，一直没有听见雷声，快到"春分"，仍是雨雪霏霏。本期发稿时办公室窗外正在下雪，"杨柳"远未"依依"。但新一春的学术论坛早已热气氤氲，蓄势待发。

本期几个主要版块的文章均有可圈可读的。陈平原《"元气淋漓"与"绝大文字"》从梁启超"新史学"的述学文体与结撰技术切入文学疆域，从"史界革命"与"文界革命"的互补、政论文字与历史著述的勾结、史学风范与文人积习的潜在统一论证了"新史学"的"新"笼盖了科学逻辑与艺术手段。——新的述学规范、新的心理设计、新的经营技巧，"史界"与"文界"的"革命"者应是意趣贯通的。现代文学的两篇谈"左翼文学"的文章,或从史料的发现与整理寻去,或从视角的选择与调节转来,均能翻出新意,见出深度。

文艺学与美学片,本期偏重美学的宏观探索与整体思考,几乎每篇都有深刻的见解与精辟的论述。尤其是栾栋的文章,体制不宏,文字不多,但关于"美学的品格"的诠释与阐发却意旨深赅,启人省思。"海外学人园地"俄国学人尤里·鲍列夫的《文化范式的流变与世界文学的进程》从美学角度对二十世纪文艺发展的总体气象与基本特征,对新世纪世界文学进程及前景发表了独具慧眼的议论。值得推荐。

当代文学片陈惠芬的文章对近年来逐渐"热"起来的"上海历史叙事"作了几例"文学"的剖析,从这几例切片的观察与解读中提炼出历史的怀疑与学理的批评。关于"上海历史叙事"的话题我们已经发表过一些文章,认知角度不同,审美理解各异。——"文学上海"一直是中国现当代作家季候性的灵魂鹜趋的热土,它的身份建构的历史认定确实需要我们拿出自己的知识体验和美学判断。

古典文学片有两篇宏观文章与两篇微观文章。宏观文章讨论的是中国古代文学的"三重世界"、中国古代诗学的"四大流别",别出心裁,有所发明,不仅仅是视界宽、焦距长。两篇微观文章,一篇谈"屈辞"与"辛词",两个微观的点的精神旨趣——忧世、怨愤、狂狷、进取——的链接,已经具备了历史的宏观与审美的远识;一篇谈"江山之助"的"本义"与"误读",正误不同的诠解折射出其背后中国古代文化精神阐释层面的深刻分歧以及这种分歧历经岁月调适后的话语圆融。

"二十世纪文学回顾"我们选发了"心学与明代文学思想关系研究";"学人研究"我们刊登了吴熊和教授的学术成就述评。前者我们可留意文章展示的百年历程的清晰脉络及作者奉献的建设性研究思路;后者我们须认取中国学术史长廊中真正具备识力,具备胸襟,具备指路的眼光的一代学人。

读到本期刊物时正值"立夏"之后,北京百花开过,繁华未歇,早已是一派生命郁勃的绿意了。

第4期

本期的编稿处于一个非常特殊的时期,一种叫作"SARS"的病毒正在我国部分地区肆虐。五月的北京,虽然仍是桃红柳绿,春光明媚,但是这一切难掩人们心头的焦虑。穿过半个城区去编辑部上班,眼前晃动的是一片白花花的口罩，令人感到揪心。我们已经多年不习惯听口号，但如今电视、报刊上登出的"万众一心"、"众志成城"、"和衷共济"、"抗击非典"等口号誓言，却总是使自己热血沸腾。年年纪念"五四"，今年我们对当年爱国知识分子提出的"民主"、"科学"的口号，有了更深切的体会。多难兴邦，经过磨难，经过总结，我们的国家将能迎接未来的各种挑战，我们对前途充满信心。

本期当代文学研究方面，张炯的文章通过对我国半个多世纪的当代文学的历史考察，论述我们今天如何更好地使文学体现先进文化的前进方向，很有启发意义。蔡翔、旷新年的文章，不仅对韩少功的新作《暗示》作了深入的剖析，并且通过这一文学现象，对80年代文学走向有所反思与重新评价，文章都有自己的见地。

古代文学研究方面，杨义的文章全面地阐释了他的"三文原则"——文化原我、文化生态、文化通观，试图揭示一条中国文化宏观整体结构与特定的历史文化语境的内在关连，文章以正面立论为主，其他诸篇，也各有所长。

现代文学研究方面，孔范今的文章，思路开阔，论述缜密，对中国文学的现代转型和文学史重构进行了颇具创意的论述。20世纪的中国乡土文学，是研究者较多涉及的课题，周海波的文章，对民间理性进行了比较系统的阐发，从一般的文学问题中提出极富理论色彩的命题。为了寻找现代文学研究的学术生长点，学术界曾经提出"经典重读"的问题，我们也发表了这方面的文章，这期阎浩岗、陈留生、梁巧娜对叶绍钧小说、曹禺剧作和曹禺现象的解读，也许对深化现代作家作品研究有一定的启示作用。新的时代，新的认知结构，我们相信经典重读将会给我们一些新的收获。

文艺理论方面，杜书瀛的文章明确提出"文艺美学"是中国学者对世界学术的重要贡献，堪与俄国的"形式主义"，英美的新批评、法国的结构主义、德国的"接受美学"相提并论，它所提出的问题涉及到中国文学理论的"民族性"与"世界性"，涉及到中国文论在当代的文化使命及其对世界学术应该有何贡献的问题，论文命题的重要性是不言而喻的，更有价值的是它对重大历史脉络的梳理和它的理论上的细致分析。

第5期

本期的集稿与出版正值我们文学研究所50周年庆典筹备的最后阶段，人心激奋，各项工作有序不紊地进行，本刊优秀论文奖（1997~2002）的评选也最后揭晓：22篇论文获"优秀论文奖"，同时评选出提名奖7篇。这次评奖活动正是配合庆典而开展的，她不仅是一段历史的回顾与小结，更是迈上前路足力的检验与眼光的准备。——有关文学研究所机制创新与学术发展的规划蓝图与运作思路也渐次浮出台面。我们相信，"五十而知天命"的文学研究所会胜任愉快地肩负起历史的"天命"，走向新的光辉的未来。

本期文艺理论片文章《评我国新时期的"文艺本体论"研究》是一篇研究史的研究，从学术理路上清晰地梳理了"本体论"学术渊源和发展脉络，特别是新时期引入我国文艺学界之后的理论贡献，当然也涉及了目前存在的问题。这种研究史的追溯与整理显然对我国文艺学学科的宏观建设具有重要价值。《图像社会与文学的未来》针对当前"读图时代"种种文化生存模式的特征，探寻其人文本质与人文属性，更注意到潜伏在现代大众消费文化背后的种种人文疲弱与人文负值。随着"图像"的步步进逼与僭位，"文学"的边缘化和消极转型是必然的，但文学又具有不可取代也无从消亡的人文本性与美学品格，她的审美自觉与时间本质、精神共享性与心理彼岸性决定了文学携带着她的审美本质必然走向永恒。但愿此文有助于厘清当前有关于文学的位置、意义、存在形式诸多方面的理论困惑，纾解"图像"吞噬"文学"的人文心理危机。

古典文学片《〈周易〉经传与〈孔子诗论〉的哲学品格》以战国楚竹书中的重要文献《孔子诗论》结合《周易》说《诗》探寻孔子时代的诗学文化意境与哲学美学品格，清理中国早期文学美学理论渊源与流衍变化的线索，并有意将我国诗学历史文献的阐释与诠解推进一个层次。两篇有关明代文学研究的文章也可在文学史拾遗补阙的角度展示学术实力。《明正嘉年间山人文学及社会旨趣的变迁》着力探索正德、嘉靖间的"山人"与"文学"（山人—山林文学与台阁—廊庙文学对应）及其与社会旨趣（政治文化理想、道家的生命关怀、山水游热、道德主义的社会批判等）变迁升降的深层关系。《谢铎与"茶陵诗派"》则从"发现谢铎"为开掘点，重新评估明"茶陵诗派"的文学审美主张与诗学理论和创作，补阙纠正了中国文学史编写与研究中长期存在的一个失误。

现代文学片有两篇老专家的文章，一篇考察冯至十四行诗的诗学思维方式，一篇考辨陈独秀"推倒古典文学"的革命本旨，均有新的认知意义。《论中国现代长篇小说的修改本》也值得一读。由于时代变迁与政治文化环境的差异，许多现代作家出于各种心理意图与审美情绪对自己的作品作了不同版次、不同程度的文字删改，主观上似乎是作者适应了时代主流意识形态的需要，客观上更凸现了一个时代公共理念与群体想象的威权。对现代长篇小说修改文本的寻绎研究具有十分明显的思想价值维度与历史文化深层含义。我们自然想到"现代"与"当代"相通，《子夜》、《家》、《太阳照在桑干河上》的修改与《创业史》、《青春之歌》到《白鹿原》的修改应有相神似的审美趋向，体现共通的人格心理旨趣。

当代文学片，《未实现的可能性》的作者用巨大的心力与厚长的篇幅论述胡风对当代文学刊物的思考，既有设计文艺生产机制的意图，又无意回避身份认同的危机，发掘了一个特定的历史时段文学与时代思潮共沉浮的关系，作家与出版者审美的、政治的、文化伦理的关系，很值得推荐。

这一期版面的一个特点是文章多。作为一个时代高质量论文面世的主要载体，我们总觉得自己负载沉重。面对形制厚重又思维光新的来稿文章，我们往往是含英咀华，爱不释手。我们抱定宗旨：多载多用，不敢遗珠。

第6期

今年是中国社会科学院文学研究所建所50周年，因为春天里京城"非典"肆虐，一些相关的纪念活动就一直延期到秋天。9月的北京，天高云淡，在这丰收的季节里，我们终于可以高擎起欢庆的酒杯。作为文学研究所主办的一个全国性的学术理论刊物，《文学评论》在它四十六年的风雨历程中，得到了全所同志的关爱，得到了海内外广大学者和读者的支持。这次我们举办《文学评论》1997~2002年优秀论文评奖，又得了诸多高等院校文学院、中文系的大力赞助，使我们更加感受到学界同仁的深厚情谊。这一切将作为一种鼓舞鞭策的力量，促使我们更加兢兢业业，把刊物办得更好。

这是今年的最后一期，我们奉献给读者的有"二十世纪文学回顾"栏目下关于诸宫调整理和研究的世纪回顾一文，文章写得不长，但脉络清楚，展示了自己的学术见解。我们希望这一栏目在以后一、二年仍有进一步的拓展和收获。黄霖等的《"演义"辨略》，探讨的是小说历史研究的一个重要课题，本文对"演义"的起源和流变作了深度的阐述。当代文学研究方面，我们发表了一组关于历史题材小说和电视剧的研究文章，与上述古代文学研究课题有所关联。一个时期以来，历史题材的小说、电影、电视剧颇为兴盛，正说、戏说，甚至歪说，五花八门，马振方、吴秀明、胡良桂等的文章，从具体的作家作品分析入手，对当代历史题材作品的创作提出了富有启发性的意见，既切实又有一定的理论高度，当有益于当代历史题材创作的发展。

"西方话语"与中国现代文学研究，这是一个很有理论和实践意义的课题，我们这次发了一组"笔谈"，作者都是颇有学术实力的中青年学者，他们视野开阔，思想活跃，这些包含着精辟见解的短文，至少可以触发人们进一步的思考；近年来中国解放区文学研究波澜不兴，鲜有突破性的成果，刘增杰的对解放区文学中另类作品的考察文章，使人耳目一新，观点鲜明但又切实妥贴。王利丽的"救亡未忘启蒙"一文，虽则简略，但针对性强，有一得之见。高浦棠、李兆忠、姜涛的文章，分别对曹禺、陶晶孙以及新诗起点诸问题进行了探讨，厚积薄发，都有一定的深度。

文艺理论方面的几篇文章新意盎然，周宪的文章从"看的方式"的变化去考察"视觉观念"的历史，描述了视觉文化从"传统"到"现代"的历史变化，注意到"可视性"在现代性发展历程中的重要功能，是一篇相当有功力的理论文章。曹明海的文章利用阐释学、接受美学等理论资料来建立自己的文本解读理论，对于建构当代条件下的"文学"的"意义理论"有相当价值。

2004 年

第 2 期

2004 年的中国文学现象结构、学界的思考议对方案以及我们的编辑思路在第一期的卷首语中大抵都说了。当然探索实践仍有它自身的运作程式和积储逻辑，文学的研究虽有种种非文学的暗潮消息进退，但它天赋的理性精神与审美本质仍推动着健康的研究运动向前迈进。我们《文学评论》的橱窗布置也常常令人目动心眩，激赏不已。

本期开篇文章章培恒先生的《〈玉台新咏〉为张丽华所"撰录"考》，大胆的假设配以小心的求证，求证程序的完善精当或可将假设推上历史结论的定位。章先生说：至少两论并存。文章并非一般学术意义的文献考辨，其为女性文学事业和文化功德张目的意图也昭然若揭。如果《玉台新咏》确为张丽华所"撰录"，那么在盛唐上官婉儿之前深宫大内已有了一个识力通透、才华横溢的高级文学编审，朝廷须眉才彦的诗歌成绩排比在南朝就曾听命于一个女性的权威裁判。

古典片的《文质原论——礼乐背景下的诠释》也是一次高度理论诠释实力和文化哲理思维的展示。文章从文化思想发展的视角将"文质"元范畴置于"礼乐"的背景下作纵深考察，在"天地人"（感应互参）所谓"三才"论与阴阳论（对立转化）的阐释系统中追溯它们的思维模式和知识构成的学术渊源，围绕"礼乐"在先秦两汉发展的诸阶段论述"文质"不同的观念结构与表现形态，并从知识谱系和思想范型上对中国思想文化原生时期"文质"与"礼乐"的血肉关系作全面审视，努力达到文化精神和方法论原则上与古人的视界融合，揭示"文质"范畴在中国思想文化初生阶段丰富多层的哲理内涵。文章具有这样的视野、气度、格局与规模，正是我们翘首以盼的。

现代片的《老舍与中国革命论纲》，意在直视中国现代作家与中国现代革命的关系问题。作者称"他们都曾试图参与到中国革命的复杂建构中去，但都无例外地被中国革命的政治所建构"。学术词语"建构"与"所建构",现在的学术文章随处可见,但具象的意表,内在的意蕴,进而到本文作者主观的意图则似乎又有"深沉"者存焉。

当代片有两篇文章与当代文学史的写作有关,一篇探讨已有的几种文学史著不同的写作模式,意在学科建设的设计与判断;一篇具体到50至70年代的"文学叙事"。那当然是一个"独特"的革命时代——"独特"的革命时代需要"独特"的叙事原则与思想技巧,也必然会铸成"独特"的文学情结与审美风习。作者的撰述态度是超然的:叙述如何"叙事"就是目的,判断这个"叙事"的价值是非则留给读者了。

理论片金惠敏的文章虽用了一些新词语:"趋零距离"、"第二媒介时代"等,内容并不复杂玄虚:试图在"国际学术语境"中探讨"第二媒介时代"(电信时代或电子时代的一个新提法)文学与文学研究的重新定向。本刊最近连续讨论了"图像时代"的文学、"视觉文化"的特征等问题,本文显然是这些问题的延伸。但重点则放在"国际学术语境",作者显然非常熟稔并志愿进入这个"语境"。这个"语境"里涉及到的问题,感觉到的焦虑似乎更切入国际学术场域的脉动、"全球化"制导下的概念危机。

2004年的春天已经来了,让我们更多地渲染出学术春意与文化春意。

第3期

这一期带头的是一组关于历史题材文艺创作的"笔谈"。近年来历史题材创作呈现兴旺景象,历史题材的小说、戏剧、影视作品,既有受读者和观众欢迎的精品,也有许多不成功或备受争议的作品,这涉及到作者的文艺观、历史观等一系列问题,这组笔谈从各个不同的角度,对相关话题进行了深入的探讨,我们相信这将有助于当代历史题材创作的进一步繁荣。

两篇关于巴赫金的研究文章,站在新的时代高度,从深层次上对巴赫金的诗学以及狂欢理论进行了质疑,这种对权威理论进行商榷的勇气和科学精神,是值得充分肯定的。

从地域文化和地域文学的角度来观照中国现代文学研究,这是近年来一些学者深入探索的一个重要方面,本期发表王嘉良、束景南等两篇文章。通过对浙东乡土文学作家群体的研究,展示在独特的区域、文化背景下形成的一种文学现象的独特意义,或者深入剖析在相同的吴越文化熏陶下成长起来的鲁迅与周作人何以在许多方面表现截然不同的精神风貌和价值取向，这些都能触发人们进一步的思考。

古代文学方面，葛晓音的文章试图将诗人的联想方式和《诗经》的体式结构联系起来考察"比兴"的内在原理，论证了四言体式的基本特征决定了比兴常用的章句对应结构最有利于强化四言的节奏感；而《诗经》中四言和比兴之间关系之密切也超过后世的各种诗体。林继中的文章为中国文学史的发展整理出一个蔓状生长的生命秩序图像，融合入了正变与循环、历时性与共时性、文学与文化在系统结构中的运动安排，有许多启人心智的学术思路和新鲜见解。

最近中国社会科学院各研究所的领导换届工作已经完成，《文学评论》编委会也随之作了适度调整，一些年事已高的同志，将不再担任新一届的编委，我们对他们长期以来对本刊的支持和关心，表示衷心的感谢。同时本着增添新鲜血液和学科之间平衡的原则，新增了几位中青年学者为编委，我们相信新一届编委会将会更好地团结全国文学研究界的同仁们，与时俱进，把我们的刊物办得更好。

第 4 期

四月下旬我们在上海开了编委会 2004 年年会。新一届编委画出的工作蓝图线条清新，风色灿烂。本期的选目大多酝酿于其间，闪烁出新鲜的学术光彩与上进气象。

王元骧《关于艺术形而上学性的思考》是一篇思考相当深入的"文艺理论"文章，作者关于"艺术形而上学性的思考"显然是承接柏拉图、康德以及 18 世纪以来浪漫主义诗学的人文遗产，继续在人的精神品性的提升、艺术的本质力量的推进以及克服人自身异化上贡献自己的理性智慧。这一份识力对于抵制后工业社会工具理性的肆虐，播扬健康的文化心理，推动社会协调进步与人的全面发展无疑具有重大的启示意义。作者还精辟地论证了艺术的形而上学性正是她自身天赋质性的必然，是人的本质对象化与精神生存所必有的，当然也是一切真诚追求艺术的美的功课所必备的。重估美学的范畴与功能是当今国内外美学界所关注的一个话题，或者说趋奔的一个潮流，也是近一段时间里不少美学研究者竞相"说话"的一个前沿热点。作者此文对于当前关于"美学大众生活化"与"大众生活美学化"的讨论具有重要的参考价值。与王元骧文章相呼应，尤西林《审美共通感的社会认同功能》也对当代消费社会的文化症候以及涉及到的艺术审美问题、社会伦理问题、精神自由问题贡献了独到的思考。中国新兴富人争取社会价值认同的一个重要手段就是获取"审美共通感"这个社会情志沟通中介与公共精神的特定象征,在以财富炫耀为内核的消费主义及其审美时尚日益悦服人心并同化大众感知方式的同时,社会正义被迫淡化。当这个趋势被现代进步主义历史观如簧巧舌作出"合理"的解释时,"审美共通感"的人文超越本义已遭否弃。作者警示:新兴的富人群体愚庸的审美时尚演变为公共的审美感知和价值判定是当前的主要人文危机,审美时尚的现代转型在这里包孕有中国特殊国情文化选择的社会政治涵义。

当代片张炯的《2003年文学理论批评一瞥》值得我们重视,作者几乎同步追随的清理与评估贯注了强烈的当代性,凸现出文章独特的视野与胸襟。古代片《关于〈长恨歌〉的主题倾向与文化意义》启示我们的是审美感悟的深度与比较研究的宽度;《中国古代小说中的"东京故事"》展示的则是小说研究中一个新颖主题的学术厚度与想象高度。现代片中有关"经典重释"的呼唤和"经典误读"的提醒显示了一种复杂的社会历史变动及其内蕴的人文价值判断。

这一期"书评"中敏泽先生的《读〈东方美学史〉》很值得留意。我们的"书评"注重一种严谨的学理批评和负责任的褒贬态度,我们甚至考虑选用一些批评成分占一个相当比例的书评,当然这个批评是潜入内行的、非常专业的、不留情面又与人为善的。我们的"论坛"也会相应增加批评的成分。——美刺褒贬,公心直言,为学术学理开出一片健康清朗的天空。

第5期

关于全球化语境下文学研究的问题,是近年来讨论比较热烈的课题,但往往偏于泛论,联系具体学科进行深入探讨较少。本期我们发表了黄修己同志的文章,对全球化语境下的中国现代文学研究提出了"以人性论为理论基础"的"全人类性研究的问题",并提出20世纪有两种全球化的冲突,中国现代文学史一系列的思想动荡由此产生。文章明确地提出了中国现代作家作品评价的价值标准问题,将对中国现代文学史的研究和编写产生很大的影响,我们相信会引起读者继续探讨的兴趣。张新科的文章从消费和接受这一独特角度,对传记文学的生成和发展,进行了颇有深度的论述,姜振昌、倪婷婷、赵小琪的文章,分别对鲁迅杂文的艺术特征,"非孝"与"五四"作家道德情感的关系,以及艾芜早期小说进行评述。应该说这些文章论及的并不是现代文学史上的新问题,但可贵的是作者们能不囿于权威理论家和批评家的"权威言说",不迷信现代文学史教科书上无数次反复的论述,从认真研读文本出发,放出自己的眼光,显幽烛微,发出自己新的声音。我们欢迎这样的研究态度和研究方法,欢迎有自己新的见解的研究文章。

古代片的《诗可以观》与理论片的两篇文章一样,把视线落在孔子诗论与审美思想的深入探讨上。上海博物馆战国楚简《孔子诗论》的讨论在学界发生了很大的影响,我们希望我们的加入有助于这个讨论的深化。孔子诗学体系的正确演绎无疑对弘扬源远流长的中国优秀文化传统有着深远积极的影响。王平论古今"自叙传"小说演变的文章,关于历时性与共时性的观察,以及类型的解析和阶段的划分,对我们认识千余年这类小说发展变化的规律有着积极意义。"二十世纪文学回顾"栏目,我们这期发表了刘明华和尚永亮等的两篇文章,对杜甫研究和柳宗元研究进行了百年回顾。这个栏目我们还将继续下去,回顾过去,是为了总结经验,更好地开拓前进,仍然盼望学者们的支持。

当代片方面,叶世祥的文章,从审美心理的角度,对上世纪50~70年代的文学现象进行阐述,着力寻找其中的现代性因素,研究视点较为独特,论述和推理皆能自圆其说。吴义勤的文章对新生代的长篇小说进行了理论上的分析,能从细读文本出发,不是那种仅仅翻阅几页书本就放言大论的"宏文"。段崇轩的文章对当代文学史上两位山西作家马烽、赵树理进行了比较,资料翔实,有一般研究未到之处。长篇小说《受活》出版后,好评如潮,李丹梦能通过细致的分析,说出自己的另一种感受,对问题的解析切中肯綮。

第6期

时间真快,已编到2004年的第六期了。回顾年内的工作成绩,对照年初的编辑设计,我们喜忧交集,感慨良多。俯看辛勤耕耘的庄稼,或可称"实发实秀,实坚实好",面对学术界朋友的殷切期待,又感到肩上责任重大。我们须谨慎谦虚,加倍工作,所谓"庶几夙夜,以永终誉"。秋风岁晚,满目流霞,我们当无愧这个收获的季节。

一年来我们巡回了一些理论前沿地带;也参与了一些学术焦点的讨

论;我们筹划了一些事后证明很有影响力的专题会议;也组织了一些社会关注、话题沉重的笔谈。我们刊发的文章,有的是等研究界争论出了热气再来参加意见;有的则是悄悄为天下先,尝试为研究界开辟一二条新路。也有是重复我们的提倡,如纵横贯通、骑跨学科的研究;如经典重读,站立上新的文化立场的诠释。还有的文章锐利地解析或者重写文学史章节,自身厚重而博雅;有的文章回望百年学术史进程,意在前瞻而远虑。我们也适当地选用了一些沉潜考索、史料精细的偏重文献订正与梳理的文章。——本期的内容大抵还是这些编辑思路的继续,有的是计划之内的,有的则逸出了设计的边框。

理论片先选用两篇"文学理论边界"的讨论文章,思维光新,很诱人眼目,号角声调,也动人听闻。这个话题或许明年还要更大幅度地推进,这里先链接推出一篇有关"日常生活审美化"的文字,正包括在这个"边界"讨论的边界之内。细心的读者或许还会发现古典片亦有两篇响应这个话题的文章,我们的古人——如李渔——早已在关心并表现出这个文艺审美的"文化取向"了?

古典片另有两篇文章是继续实施贯通研究的,有点特色。一篇考察中国八九十年的新诗与唐宋诗与元曲的艺术路径的"通幽"处,"主情、主知、主趣"的归纳也可称认知到位;一篇从思想史、文化史上考辩"鲁迅与龚自珍"两位文学史上的重要人物的精神联系,解释了一些学者的疑惑,揭示了几处学界忽视的思想史上的细微关节。

当代片的打头文章值得一读,注重理念的演化与精神的阐发,作者选择了一条崎岖幽僻的道路苦苦"寻找""当代文学"的历史建构法则与时代前行轨迹。他的感叹与思索给我们许多启示。现代片前三篇文章在不同取向的关注点上各有学术醇度,给我们以阅读的愉悦与理智的餍足。

当我们在编辑周期上告别2004年时,不禁缓缓涌起心潮。"秋月出中天,远近无偏异"。我们公平地沐浴着中天秋月的浩荡清光,我们亦公正地照耀着远近无偏的文学学术。我们由衷地期待天下的优质文章,"倘逢遗珮人,预以心相许"。

2005 年

第 1 期

　　2005 年第一期出版了。新一年的激情里总不免有勇往直前的自信，世事的乐观中却伴生出心事的浩茫。逝去的一年，"文学"的理论与学术在经济、社会迅猛发展的"举世滔滔"中挟裹而前行，有些步履踉跄，有些神态慌张，有些心眼失衡。待到稍稍站立住脚跟，人文的小舟刚系稳了杨柳岸边的桩脚，才发现国人的审美重心已移出了文学的边界，相应的理论思维也荡佚出了传统的制约和历史的规范，涌向汪洋遥远处的蜃楼。眼热心急的好汉们拥挤到海岸边纷纷跳水，亦有一些老成持重的人站在高岸处看风景。丰子恺曾有两句著名的诗（配画）："只是青云浮水上，教人错认作山看。""风景"的困惑和"在场"的职责鼓励我们展开各种独立的解读和有益的讨论，潜藏于中一点探索的勇气使我们感到有责任把文学的研究、评论弄得更加生气勃勃，更加接近真知，更加深入人心。积二十余年改革开放之功，哲学思维与审美思辩的前进、知识谱系及其阐释方法论的转换与更新必然会把文学学术引向一个更加科学理性的方向。

　　本期打头的《文学理论反思与"前苏联体系"问题》显然是一篇重要文章，涉及到二十余年来我国"文学理论"学科的反思与新世纪前行的方向。"提要"中"当今社会价值体系的崩溃、媒体、资本共谋制造文学时尚、文学功能的粗俗化、价值失范、文学理论确实严重滞后"一节话很值得我们圈内的人重视，更值得我们深思与反省。有关"文学理论边界"问题的两篇短文延续去年的讨论，也是呼应这一场意义沉重的反省运动的。

　　"文学理论"反思这个"前治"之后面我们其他学科分支的研究仍在平稳地开展，"热点"之热气氤氲之外，常温常态的学理探索仍在冷静地、健康地进行：江流中千帆鸦轧，晓岸边万木向荣。这一期的古典、现代、当代研究文章有许多是很有理论生气与学术深度的，所谓"义深意远，理辩气厚"。它们关注的话题有的正在悄悄"热"起来，有的也步步在向"前沿"挤。我们自然都看到了"理论"的勇猛前行，我们当然要奋起变革，推陈出新，但我们此刻在稳步前行中更需要沉静守志、潜心思索，追求刊物质性体气的厚重。放大眼孔是为了寻访锦绣，拯拔人才，沉静思索是为了孕育奇怀，创造奇伟，借用我们这一期讨论晚明圣哲方以智文章中的话："奇怀突兀，跨而骑日月之上"，这个"奇怀""俯仰今古，正变激扬"；这个"奇怀""发抒蕴藉，造意无穷"，选择求"各各当然"的途径走向"万理之会通"的境界。——"潮平两岸阔，风正一帆悬"，我们对新一年的前景充满信心。

第 2 期

去年年终——12 月 10 日——敏泽先生逝世，一颗学术巨星殒落。仰对它在学术文化天幕上划出的长长的弧线，我们忍不住涌出无限的哀思。作为当代杰出的文艺理论家、文学批评史家、身心独立、思维自由的纯粹的学者，他留下了沉甸甸的著述，一任后人评说。他又是我们《文学评论》前主编，七年主持笔政，为我们留下了值得深思的精神遗产和光明磊落的工作风范。本期我们选用了两篇不同立足点与关注点、不同审阅视角与学理谱系的书评文章，不仅仅是对敏泽先生的学术作品（增订重版《中国美学思想史》）的评骘与推扬，也融注进了编辑部同仁对老主编的敬仰与追思。

这一期古典片的《屈原仕履考》表明我们对历史考辨类文章的重视。关于《玉台新咏》"撰录"者的另一篇"考"，似乎也值得一读。《宋室南渡后的"崇苏热"与词学命运》，通篇构思考识也建筑在深沉的政治历史变迁的基点之上。现代片《黑幕征答·黑幕小说·揭黑运动》，作者史料搜索之勤、鉴识之精、辨析之细、视察之远，令人钦佩。当代片《"反腐败"小说的表意模式与叙事成规》、《"人民性"与美学的脱身术》值得关注，"腐败"问题在新启蒙主义的叙事思维里往往被处理成人性堕落与救赎的寓言，这种几成套路的"表意模式"与"叙事成规"最终影响了作品的现实主义深度。小说的"人民性"，这里或者可以说是"后人民性"，又是如何演变成一种"美学表现策略"、一种艺术倾向遮掩下的"审美的脱身术"？文艺理论片的《文艺学的身份认同与知识形态的重构》，它的主旨正如它的副题："全球化语境下文艺学学科建设的基本任务"。面对学科身份认同危机的困惑与焦虑，我们采选怎样的应对策略？作者对知识形态的重构的思考很值得我们重视。

值得我们关注的还有"论坛"与"学人研究"栏目推出的文章。《对"失语症"的一点反思》，针对文艺学界、比较文学界流行的一个新词"失语"发表了独特的看法。学理思维上更像是一种针对学科与学科人物深层学术心理倾斜的矫正和知识储备结构重建的提醒。激情挥洒风雨，笔端略带锋芒，作者的这"一点反思"或可引发这个圈子里对思维习惯造成的认识误区发生"一点反思"。我们多次呼吁学界留意我们的"论坛"，支持我们的"论坛"，挟带自己的学识智慧与思想锐气加入这个"论坛"，争执话筒，发布话语，"指点江山，激扬文字"。我们由衷欢迎，积极安排。当然亦会套用一句媒体的陈词："嘉宾言论观点不代表本台立场。"

"学人研究"这期的主角是钱谷融先生。这个栏目最要紧的设计理念是回顾学人道路，重温学人成就，传承学人思想，拓宽前行的学术大道。——这实际上也是我们回顾与总结20世纪文学学术史的一项重大工程，以著名学人为纲，纲举目张。我们更企盼出蓝、胜蓝，踵武接符，孺子可教亦可畏；后浪、前浪，左推右拥，推送着我们的学术事业滚滚向前。

第3期

本期集稿的日子，正值全国人大和全国政协每年一次年会召开的时候，我们中国社会科学院保持共产党员先进性教育也正在热烈紧张地进行着，浓浓的政治学习氛围和昂扬向上的精神诉求，与春天的脚步一齐向我们走来，它激励我们更加努力，更加奋发有为。

本期刊头发表的是杨义的大文章：《重绘中国文学地图和中国文学的民族学、地理学问题》，这是作者近年来在国内外多所著名大学演讲的题目，它旨在对中国文学文化的整体风貌、生命过程和总体精神进行本质的还原，作者在广阔的知识背景上沟通文学史、艺术史和文明史，这是一个富有艺术文化含量的前沿命题，作者能在博览精思中，提出一系列富有挑战性的新见，相信会引起学术界认真探讨的兴趣。

今年是中国人民抗日战争胜利六十周年，也是世界性的反法西斯战争胜利六十周年。中国人民在抗战中作出了巨大的牺牲，中华民族也在战争中经受了精神的炼狱。抗战文学作为世界反法西斯主义文学的一个重要部分,我们曾经作过不少资料搜集和研究工作,但比较起来,抗战文学的研究水平还不能说高,还有许多深层次的问题有待研究者去开掘。本期我们发表了靳明全等的文章,不仅仅是为了节庆式的纪念,更主要的是为了提醒广大的研究者关注这一课题,进一步深化抗战文学的研究。

当代文学研究方面的四篇文章,作者均为近年来颇为引人注目的中青年学者,他们的文章不是那种我们习见的四平八稳的作家作品论,而是思维敏锐、观点鲜明、观念新颖、重点突出,是一种富有启发性的研究性文章。

现代文学研究方面,朱寿桐认为边缘性心态、平民化姿态和自恋型情态是浪漫主义的基本特质,并以此来论证中国浪漫主义文学兴起和衰落的原因,文章写来有理有据,别具一格;陈少华的文章把中国现代文学作品中父子冲突作为一个全新的主题进行剖析,并用"篡弑"这样一个醒目的标题来加以突出,这对理解20世纪传统文化的现代转型,提供了一个独特的视域。其它的几篇文章,也在梳理传承关系和理论主张方面,或在经典作品的解读方面,有着一些新的见解,或许能给人一点新的启示。

古代文学研究方面,特别应该提出的是吴承学的文章,他以《过秦论》为个案,探索文学经典的形成及其相关理论问题,尤其是着眼于社会公众心理与审美要求的研究独具慧眼。张晶的文章探讨词的装饰性特征,在于鲜明的视觉色彩、图案结构、艺术语言与意境,体现了审美抽象的功力。

第4期

本期集稿在本年度编委会年会之前夕,多年来的编辑思路与办刊实践似乎把《文学评论》这只蛋糕做大了,做甜了,做得风色琳琅,馋人口味了。但我们依然牢记我们的学术宗旨:秉持公心,推扬学术,全力以赴,发展学术,引导学术向博大精深的路上走,引导学者向大气淋漓的方向走。

本期当代片张炯、刘纳、丁帆的三篇打头文章,元气酣畅,风骨清爽,关注着当代文学创作发展方向的同时,也留意到文学作品艺术评价的关键因素。"写得怎样"?刘纳提出的问题,不仅仅在论说柳青《创业史》,也笼盖了所有的文学创作成果的评价,甚至也可以假借到学术研究成果的评价。我们的学者队伍中人的学术声名之得来与定格,同样也有一个"写得怎样"的评估铁律。刘纳以她的鲜明观点、缜密论述、独到视角和洗练流畅的文字功力为自己在"写得怎样"上立起碑石。

曾繁仁与鲁枢元两篇重要文章都把眼光投射到生态文化视野，升华出当代意识的"生态美学观"和活力充盈、生机盎然的"文化生态系统"研究，贯穿其间的"生态文化精神"及其诗学生命的扣问对于我们今天文学观念的整合与研究领域的伸展有着重大的启发意义。关于明代诗文研究，本期的两篇文章值得介绍。一篇以宏观的历史理解识度与文化承续意识来解读近三百年的明诗史，引申出自己的诗史断制与认知结论；一篇解剖明初一方地域、一个团块的诗文格局与精神内涵，用极细密的功夫与极深沉的韧力开掘"一口深井"。现代文学片中《断裂与承续》、《风筝与土地》两篇在论旨想象与理路选择上也各具特色。本期的"学人研究"推出周勋初先生，作者莫砺锋用的"贯通历代，弥纶群言"八个字纵横两仪，都成气象。"书评"是评议童庆炳与傅璇琮两位先生的两种新作，很值得一读。

随着经济社会的全球化渗透、文学学术的边缘化退缩以及研究圈子里众所周知的弥漫性浮躁，能静下心来读学术文章的人逐渐减少，近年来我们的读者也多有流失。然而一些自称已"多年不看《文学评论》"的读者对《文学评论》的关注还可贵地持续着。"多年不看"还能对我们这"多年"中的不足与缺失提出善意的批评与建议，这是我们十分感激的。最近在网上有读者对我们的"学术品位"与选稿的"公正性"表示了担忧。正是由于这位好心的读者的提醒，我们才知道，原来"国家级的学术杂志"是应该有"办刊经费"的。可惜我们从来不清楚这一点，以至于"多年"来在没有一分钱"办刊经费"划拨的困境中左冲右突，处境狼狈。生计维艰中一面承担着沉重的推扬学术、发展学术与扶携学术的社会责任，一边又默默叫念着要对得住自己知识者的良心与受过的教育。今天，我们要向这位好心的提醒者表示感谢，他使我们明白了："一般说来，办刊经费没有问题"恰恰是我们的一个问题，恐怕还是一个根本的问题。弄清了这一层困惑，解决了这一个问题，我们有信心把刊物办得更好，更有生气，更有权威。回到眼前，我们也企盼广大读者看到《文学评论》的蛋糕做大做甜时，不要责怪我们的厨师还要用沾上了点油腻的手做自己吃的馒头。

记得清人有两句诗："眼见长江趋大海，青天却似向两飞。"——"青天"并不在逆行，是我们乘坐的"时代"航船在滔滔汩汩，东趋大海。

第 5 期

编审这期文稿时，正值夏日炎炎，而当读者拿到这期刊物时，当可感到秋风习习。日月如梭，时不我待，我们只希望我们的刊物能够跟上时代发展的步伐，起到它应该起到的作用。

本期文艺理论研究的一组文章打头，正当所谓"反本质主义"的文艺思潮风行之时，陆贵山的文章提出研究文学本质规律的正当性和必要性。作者认为文学的本质是系统本质，总结了许多值得人们重视的宝贵经验；毛崇杰的文章从知识论和价值论的视角，仔细剖析了近年来时兴的"日常生活审美化"与"新的美学原则"诸论，以及与之相关的论争，论者深入揭示了这些新论在知识论上的诸多欠妥之处，以及由知识论错位所带来的价值论上的颠倒，条分缕析，颇有识见。

现代文学研究方面，陈平原的文章秉持其一贯的严密细察的风格，探讨了鲁迅别具一格的述学文体，这是论者近现代述学文体系列著述中最有力度的一篇，古今串一线，各体冶一炉，有识见，有文采，读者当会有很多的收益。今年是《新青年》杂志创刊 90 周年，这本杂志的创刊，标志着一个时代的诞生。张宝明的文章论述了它与中国现代文学谱系生成的关系，本刊下期将发表暨南大学文学院召开的纪念《新青年》创刊九十周年学术研讨会的综述，有心者可以参阅。其他几篇文章，实际上可归于"经典重读"之列，论者对赵树理、丁玲、孙犁的文学史意义和文本解读提出一些新的意见，对我们可能有一些启发。

当代文学研究方面，吴思敬的文章通过对当前诗歌创作的具体分析，说明新诗正出现一种适于发展的生态环境，从多元共生状态的现实中，看到新诗的希望；李娜的文章对台湾的"二二八"文学进行了新的解读，认为这部作品表现的不是"本省人"与"外省人"的矛盾与对峙，而是中国现代文学中知识分子包含的整体忧虑与人文关怀，叙述清晰，论点明确；陈淑梅的文章对新时期一批活跃的女作家的作品进行了具体分析，发现第一人称叙述反映了女性创作主体在时代语境影响下审美心态的变化过程，视点独特，言之成理。

古代文学研究方面，赵敏俐的文章深入发掘了汉乐府的语言风格，勾摄出其倾倒后人的魅力所在，作者用新的思维方式来解析传统的课题，发掘出新的意蕴。中国古代文学传统悠久，资料整理和学科研究也是积累丰厚，在此基础上要有所发现，有所发明，有所前进，必须有新的理论观点，新的研究视角，以及新的研究想法，使传统焕发出新意来。

第6期

　　这已是2005年的最后一期了，编审期间，正逢我院深入开展"三项学习教育"活动之际。在哲学社会科学界开展这一项活动，是党中央根据当前国际国内形势，根据我国哲学社会科学战线的现状、肩负的时代使命，根据进一步繁荣发展社会主义文化事业的客观需要，经过深思熟虑做出的重要决策。能否用"三个代表"重要思想统领哲学社会科学研究，能否在哲学社会科学研究中切实坚持马克思主义的立场、观点和方法，能否形成马克思主义的优良文风、学风和作风，是关系到我们能否坚持正确的政治方向、理论方向和科研方向，关系到坚持和巩固马克思主义在意识形态领域指导地位的根本问题。我们要通过学习，进一步提高思想认识，加强阵地意识和职业道德修养，坚持理论创新，推动学术进步和繁荣。

　　本期领头的是一组古代文学方面的文章，陈洪的《元杂剧与佛教》，选题颇有开拓性，分析也较细密，并提出了一些有待深入探讨的问题，刘毓庆的文章认为，要真正认识《诗纬》的价值，必须调整认识角度和文化立场，认为《诗纬》所依据的是迥异于精英文化的世俗文化知识体系，是从古代人类生存知识背景下产生的认知，只有从这样的背景下，我们才能真正理解《诗纬》和《诗》学诠释意义。其他论述李贽的双重文化人格和游记文体之辨等文章，都是在深厚的学术积累中抽绎出来的佳作。

　　当代文学方面，肖伟胜的文章立意新颖，认为以文化人类学为核心的"文化文本"写作与"求异"的思维方式，正激发创作的想象与灵感，文章探讨了这种新趋势为文学研究的拓展带来的希望；高小康的文章从文学语言学的角度，对现当代文学史写作的史学观念进行讨论，有较深的理论背景和独到深入之处。其他各篇，也均有或一方面的长处。

　　现代文学方面，王卫平的文章从接受学角度概述了曹禺三大名剧的接受历程，并进而探讨曹禺剧作至今何以无人超越的困惑。朱金顺先生在中国现代文学版本考据方面造诣很深，他在这篇《新文学版权页研究》中，用实例来论证新文学版权页研究的重要性，这不仅对中国现代文学研究的深入,特别是对提倡严肃认真的学风,有启发作用。王黎君的文章探讨的中国现代文学的儿童视角,也是别开生面。我们在这篇短短的编后记中,已经几次提到"研究角度"的问题,文学研究创新之途是多向度的,但研究角度的选择是其中的一个重要方面,换一个角度看问题,也许就会寻找到过去被遮蔽的新意义,也许就会发现一片新天地。赵海彦、李金涛、贾振勇的文章也在选题、立意以及具体论述中,也都闪现着这种"标新立异"的探索精神。

文艺理论方面,高建平和周宪的两篇文章都是论述文学与图像之间的关系的,视野广阔,逻辑紧凑,对于我们认识具有现实紧迫感的社会课题有着启示作用。理论要起一种导乎先路的作用,既要有学术上的敏锐,更要有责任心和使命感。

2006 年

第 1 期

当我们为 2006 年第一期编集的时候，传来了巴金先生逝世的消息，我们与广大读者一样，痛悼文坛巨星的陨落。巴金是中国新文学百年历史的书写和见证人，他的离去，标志着先驱者开创的五四时代完全成了历史。为悼念巴金，本刊郑重推出特辑，发表陈思和的《从鲁迅到巴金：新文学传统在先锋与大众之间——试论巴金在现代文学史上的意义》以及刚刚在巴金祖籍地浙江嘉兴召开的第八届巴金国际学术研讨会的侧记。我们相信，巴金的精神永在，并在新的历史时期发扬光大。

文艺理论方面，童庆炳的论文全面地检视了新时期以来的文学审美特征，阐述了该理论产生的历史文化语境，形成过程的诸关节，令人信服地提出文学审美特征是新时期以来中国学界在马克思主义基础上的一种理论创新，文章还对当下一些文艺思潮进行了积极的回应，相信能引起学术界的重视。高浦棠的文章深入研究了毛泽东《在延安文艺座谈会上的讲话》权威性的确立过程，以及在此过程中周扬所作出的贡献，论者对这一重大学术史的清理，在史实的整理、辨析等方面，都有新的发现。

古代文学方面，詹福瑞、赵树功的文章，对"寄"这样一个古典美学重要范畴进行了深入的文化考察，钩稽溯源很有力度，理论的阐发与逻辑的解析比较到位。古代片在 2006 年拟在两个学术生长点上重点垦殖，一是中国文学史古今演变与贯通的研究，一是经济活动与中国传统文学关系的研究，前一课题已开过几次学术讨论会，论文集也出了两种，可谓势头正盛，后者最近也已开了研讨会（见综述），是一个有待进一步开掘的研究领域，寄希望于全国同好。

当代文学方面，叶立文的文章对先锋小说家 80 年代后的"笔记"写作进行了具体考察，提示出他们的新的写作趋向；王爱松的文章对"朦胧诗"讨论中的一些焦点问题进行了梳理，资料整理较全面，并有独到的发现和见解。

"学人研究"一栏，本期发表了关于贾植芳先生的学术建树和治学精神的文章，对后学者当有启迪作用。

第 2 期

2006年应该是我们文学研究的历史上重要的一年，宏观上的体制创新必将在学术的源头上影响研究格局及其营盘梯队的整体机制，而微观上的理念前行、众声喧哗又可能在运作实践中引发更加生动、更加激越的竞争气象。我们在言语纷纭、审美认真的氛围中跨进了2006年，"春鸟秋虫自作声"，我们面对一个积储了大量新知识与新方法、新观念与新技术、新伦理与新心态的学术论坛。我们更加自信了。只是在引导一支朝气蓬勃、阳光满身的青年后俊队伍时还有几分人文时差引起的心理紧张，但已经深深地感受到了时代前进的速度和文化自身的重量。

本期理论片，王元骧文章《关于文学评价中的"人性"标准》放了头条，作者深入研究了"人性"标准在文学审美评价与文学史编撰过程中存在的诸多偏颇，指出"人性"标准不是一个现实的尺度，而是一个理想的标竿，悬以为标准衡估中国阶级社会产生的文学，可能会导致对文学社会内容的曲解和误判，并形成对文学作品价值判断的偏离。——这是值得我们的理论队伍和文学史家重视的一个问题。李春青《文学理论与言说者的身份认同》从文学理论的内容主旨与其言说者的身份关系出发，探讨言说者的身份的变化如何引起文学理论自身的"合法化危机"。作者历史感的细腻与对现实的敏感度值得留意。

古代片，尚永亮、李丹的《"元和体"原初内涵考论》对唐诗中"元和体"的概念内涵进行了精微而凿实的梳理，所谓考镜源流、审核正偏。这个"元和体"以及相串连的"三元"、"三关"之说，前人已说过不少，似乎也摸到了底。但摸的技术有深浅，摸时手势有疏密，这里作者的品鉴与复议便别有一份会心处了。李贵的《言尽意论：中唐—北宋的语言哲学与诗歌艺术》对中国文学发展的一个特定历史时段语言哲学及其诗艺核心地位的剖析很有深度，用所谓"语言本体观的转向"来诠释中唐至北宋的宋诗运动是值得引起我们重视的一个学理判断。

现代片黄开发的文章敏锐而大胆地论述了"一个晚明小品选本"如何引发了一个现代"言志派"的文学思潮。史料撑起结论，有文有质，不尚空言。李宗刚文章对"五四"的勃兴作了一个发生学的补充——"新式教育下的学生"，这个重要的接受层面的主体显然是"五四"知识运动与理念普及不可或缺的一环。当代片刘志荣文章以时下十分热评的《秦腔》为个案,分析了一些80年代代表作家,如贾平凹,在今天"大笔"写作的深层动因,以及他们视觉向往的盲区与艺术追求上的困惑。

"二十世纪文学回顾",我们这次选用了肖锋的关于"春秋笔法"的百年研究述评。这个"述评"视界开阔,资料厚重,褒贬平实,剖析大抵到位。这个栏目还要认真办下去,我们渴望好稿子。

今天是腊月小寒,窗外一片雪。大家拿到这册刊物时应是"春风门外半掠过"。窗前开花了。

第3期

近几年来文艺理论界围绕文学审美特征论、"日常生活审美化"等议题展开过热烈的讨论,这对于活跃学术气氛、推进理论发展是有益的,本刊今年第一期刊发的童庆炳先生的文章《新时期文学审美特征论及其意义》,全面检视了新时期以来的文学审美特征这一理论产生的历史文化语境,并对当下一些文艺思潮进行了积极的回应,本期我们又发表朱立元《关于当前文艺学学科反思和建设的几点思考》,继续这个有意义的议题,对新时期以来我国文艺学研究的现状,作了很为切实的评估与判断,文章提出了综合创新的理论见解,体现了一种可贵的理论洞察力。理性的反思和积极的总结,是学科前进的一种标志,祝愿有更多更好的文艺理论文章问世。

当代文学研究方面,王晓明《"大时代"里的"现代文学"》,实际上是对上一世纪80年代"重写文学史"以来学科发展的一种反思,它从宏观的角度,考察了中国现代文学在世界现代化进程中在"西化"与"超越"的双重冲动中的艰难抉择,可贵的问题意识和探索精神,是值得提倡的。

古代文学方面,李昌集的《词之起源——一个千年学案的当代反思》,接触到了一个古代文学研究界热议的课题,在回顾以往研究的基础上,对流行的词体起源说进行了质疑,并以社会文化的运行和接受层面的主体性为立足点,分别诠释了唐、宋以至清的不同时代对词之起源的解说及其学术指向,有着一种务实和求真的学术意识,我们欢迎这种一家之言的学术追求。吴子林的论文从"魏晋风流"的角度来研究金圣叹的生命哲学与人文风采,是一个很有识力的判断,因而颇有新意。

现代文学研究方面,曹禧修的《"诊者"与"治者"的角色分离》,对鲁迅的现代知识分子角色进行"再定位",文章认为"诊者"与"治者"角色的分离的研究不仅在小说修辞学上有诗学价值,而且也是我们理解鲁迅思想和行为的极重要的关节点,文章写来颇见深度。左文的《论左联期刊的非常态表征》,文章角度选得好,从左联刊物的非常态入手,考察它何以能在异常复杂的时代环境中产生、壮大,并成为那一时期最有影响的刊物,资料翔实,绝非一般的泛泛而论的文章可比。

第4期

4月下旬《文学评论》编委会2006年度例会在西安举行。到会编委就本编辑年度的各项工作作了认真而客观的评估,对下一年度的具体规划进行了热烈而多层面的讨论。集思广益,鼓舞人心,我们今后的工作必定会展现出新的气象。

本期头条我们刊出何西来《论社会的和谐与文艺的和谐》,旨在深入讨论社会和谐与文艺和谐两重理念蕴涵的时代精神与价值诉求,包括建构和谐社会的理论准备与实践意义、文艺在建构和谐社会中的积极功用以及文艺自身的和谐等现实生活领域的重大理论问题,展示一个文艺家对和谐观念内核的学理认知和哲学判断。视野宽阔,富于激情,但又充盈理性,担当责任。我们相信这篇文字的话语逻辑是有强大说服力的,它的精神取向也会有广远生命力。

理论片《反思中整合,梳理中建构——国外文学理论现状的一份检阅报告》也是一篇值得推荐的好文章,它对国外文学理论当下思维运动的利弊得失有清晰的认识和理性的评判。"他山之石,可以攻玉",国外同行的这些成果信息与先行的利钝经验无疑对于我们自身的理论建设——我们的文艺学体系的整合与重构及其学科空间与边界的探讨有着非常切实的启示意义。

当代片的《曲折的突围——关于底层经验的表述》值得重视。这个论题启发于一个悖论:底层无法自我表述,也无法理解知识阶层对于"底层经验"的表述。作者认为:"底层经验"追求"纯粹",必然堕入"幻觉",它的成功表述往往依赖于知识阶层与底层的平行对话,只有在这个有迹可寻的对话运动中才能鉴别与解读底层的真实诉求,把握底层的人物命运。

古典片的《两汉气感取象论》是一份考辨精湛、学理厚重的研究成果,三年一剑,今日发硎。中国古人艺文哲学思维的原始要旨与演化轨迹,特别是"气"、"气感"与晚周类象、两汉义象、魏晋意象的递解关系大抵梳理清晰。现代片的两篇探讨四十年代文学的文章很可一读,它们为争议日起的四十年代文学研究又增添了新的视角，开拓了新的境界。

学科边界打通，学术条块交叉，学理逻辑贯畅，是我们今后一个重要的编辑思路，相关的研讨会已开过几次，我们以往也尝试采选过一些文章，效果不错。这次我们再试着选用三篇，形制未必典型，展示一个方向，由表及里，由浅入深，更要紧的当然是由形入神。为之，我们也在学术文章的体制与格式上有意放开，容纳不同体式、风格多元的性灵文字。真知灼见为准的，文字才情为折中，自主创新为归依。这次"论坛"栏目栾栋文章《文学归化论——说"圆通"》就是一个实例。所谓"吸至精之滋熙，禀苍色之润坚"，文章的吐纳驰辩，或可以引起思索。——一如既往，我们一心只盼好文章。"啼鸟数声深树里"，只要"啼声"内质美好，我们就会预备"屏风十幅"让她尽情渲写。

第 5 期

为纪念鲁迅先生逝世 70 周年，本刊在这一期特辟专辑，发表三篇文章，缅怀先进，并企望向前推进鲁迅研究。三篇文章各有所重，杨义的文章，高屋建瓴，视野宽广，对鲁迅文化的先进性的概说与历史经验的总结，显示了研究者学识的深度；姜振昌的文章从中国小说叙事方式的嬗变来全面论析鲁迅小说艺术形式的变革和现实意义，分析也很到位；袁国兴的论文对研究者关注较多的"乡土小说"概念进行了辨析，认为用"鲁迅风"来概括 20 年代出现的这个创作流派更为贴切，论述也颇有新意。作为中国文化的伟人，鲁迅研究已经取得了丰硕的成果，但是在新的时代语境下，我们仍然有必要也有可能深化对鲁迅及其文化遗产的认识。伟大的经典作家和经典作品具有永久的魅力，鲁迅是说不尽的。

今年是老舍先生逝世 40 周年，1966 年 8 月，对那个不堪回首的岁月，人们并不能也不应该忘记，吴小美先生的文章《老舍的生死观》认为，有别于鲁迅，老舍没有用文字写下生与死的专论，而是用生命抒写没有明言的情结，文章深刻地剖析了老舍死亡观的悲剧美的深度，这对我们每个人都是有警示作用的。

当代文学方面，我们要提请读者注意的是王安忆的理论文章。作为作家，读者早就从她大量的小说中认识了她出色的思想艺术风貌，而在这篇《城市与小说》中，又展现了她理论思维的另一方面才能。通过对两部中篇小说的文本分析，相当精彩地论析了人们在现代化过程中感受的压抑、扭曲、悖论，不是空洞的理论推演，也不是外来时髦理论术语的堆砌，细腻的文本分析中有着理论闪光。这种既有创作实践经验又有理论探讨的文章，自然能给人更多的启发。

古代文学方面，董乃斌的文章专注于从史学传统正史中披寻发露小说成份，进而论证"史述"与"小说"两种文体的既疏离又相通的历史关系，将小说"叙事"研究推向深入；周建忠的文章从传统文献、出土史料与学术史演进三个层面，论析楚辞、楚辞学与楚文化研究之间的关系与学科出路问题。两篇文章在史料发掘和学理探讨上都用力甚勤。

文艺理论方面，金惠敏的文章探索了全球化时代文学的构型问题，将全球化问题提升到一个哲学范畴，论题新颖，富有前瞻性；徐岱的文章论述了解构主义批评逻辑，指出了解构主义之于当代诗学的种种负面效应，提出"后形而上诗学"即一种过程诗学的建构方案，有破有立，思路清晰；叶舒宪的文章颇富创见，以中外文化中普遍出现的猫头鹰形象的神话原型解读为实例，阐释了比较图像学在文学研究和文化文本解读中所发挥的特殊的视觉说服力。

应该特别推荐的还有孙绍振先生的书评，一般书评文章囿于人情等各种因素，难以做到客观公正，更由于书评作者学识的限制，难以从更高的角度来衡文论书，孙先生是一位学养深厚的文艺理论家，也是散文、诗歌创作的高手，他对陈剑晖专著的评论，完全是从中国现代散文理论发展史的角度，纵横开阔，挥洒评说，皆切中肯綮。这种有见地、有胆识、有文采的书评，无论是对论著的作者还是广大的读者，都受益匪浅。

第 6 期

时间真快，编完这一期，2006年度的工作任务已经结束，编辑年度的预案也进入了2007年的操作。回顾一年来纷纷纭纭的工作头绪和风雨进程，面对成绩固然有理由意气凌奋，心跳加快，但是摸着肩膀，荷着责任，便又感到形势逼人，力不从心。"人在玉楼中，楼高四面风"。高楼中人的职责是"眼光到处笔舌奋"，写好自己的"文章"，即办好自己的刊物！明年的计划已经确定的一点是，刊物的版式体型会有所改进，有所增色。——一家刊物办了五十年，也应有"知天命"的气度与睿智，"栽花一千枝，枝枝有色香"？五十年的历史我们明年再来一起总结，"天为安排看花处"，"海水应许人窥量"，话题十分宽阔，但今天我们只是把五十年来的这册工作实录小心地合上。

我们特地选了周宪的文章《文学与认同》作为本期的头条，把"我（们）是谁"这个"认同"问题推上理论建构与历史阐释的前沿。"我（们）是谁"正是"知天命"的前提，"认同"问题是我们对自己身份历史与学术生机的哲学叩问，也是我们的存在价值与文化命运的严峻评估。周宪的文章传达的两个理念："认同"是一个未完成的、有待建构的过程；"认同"的建构与文学最紧要的表意实践密切相关。我们正可以借用来聊表心志："未完成的、有待建构的"是从我们今天向前走去的历史，而"表意实践的相关"便是我们学术层而科学成色的鉴定。周宪的文章观察到了从精神分析到文化研究中认同理论的出没与巡游，而他对广义文学与认同建构之间辩证关系的分析便是精神意识的认同走向实践理性的认同的逻辑演绎。——社会哲学的沉重命题正是沿这一条线索滑向文艺学研究的探索层面。

我们曾多次指出：在古典文学研究由史料的整理向史料的解释大胆挺进的同时，现代文学（也许也应包括"十七年"的文学）研究应该由史料的解释向史料的整理小心地回溯。——现代文学研究中史料文献问题愈来愈成为这个学科生命的源泉所在，离开了真实可信的史料文献：史料的匮缺、误解、曲解、割裂、藏匿、毁弃、篡改、变造等，现代文学研究的实证性将遭异变，历史本质将被阉割，她的科学价值便不复存在，学科生命也随之窒息。刘增杰的文章希望大家认真读一读，其中文献自身的史学力度与作者忠悫的学术良知令我们震撼，也令我们信服了今天的现代文学研究运作机制中史料的核心地位。

当代片的《新文艺进城》与古典片的《双卿真伪考论》也值得一读。前者考察分析了北京市民对五十年代初通俗文艺改造运动的迎拒态度与应变策略，展现这一运动中新、旧文艺工作者和普通市民三者间复杂而精巧的文化互动关系；后者是一篇很有价值的考论。清以来《西青散记》和伪托的绝代佳人（又是才女）贺双卿迷住了许许多多的诗词才子，胡适曾对贺双卿的真实身份产生过重大怀疑，并写下了著名的《贺双卿考》，邓红梅的这篇"考论"也许可为揭示贺双卿的虚拟身份画下句号——她画出了作伪者的作伪图像，并猜出了作伪者的心理动机。

2006年即将过去，所谓碧天秋老，萧然忘年。"计程应惜天涯暮，打迭起信心无数"，对新征程的信心鼓励我们信步向前。

2007 年

第 1 期

2007 年第 1 期，大家看到封面换了，版型换了，面目焕然一新，却更显得典雅朴素了。我们希望我们的编辑思路也能跟上文化学术发展的新形势，我们希望我们的编辑成果能赢得更广大读者的心。

在本期最后一次定稿会上，我们认真学习了胡锦涛主席在第八次全国文代会第七次全国作代会上的重要讲话，受到了巨大的鼓舞。我们决心沿着胡锦涛主席指引的文化艺术发展的方向奋勇前进，踏踏实实，兢兢业业，为创造社会主义和谐文化，为建设社会主义和谐社会，贡献一份力量。

今年是《文学评论》创刊 50 周年大庆，我们的心情十分激动。回忆 50 年来不平凡的历史，既有风风雨雨，又是阳光明媚，尤其是面对最近 30 年前进的步伐，走过的路，我们有许多心里的话，有许多感受与体会要向朋友向读者倾诉。我们准备在下半年举办隆重而简朴的纪念会，历史的追忆配合当前学术前沿课题的探讨，既沐浴在历史的荣光里，检点行迹，积储经验，又不忘设计新的征程，勇敢迈步，继往开来，在学术文化历史进程的接力中完成好一代又一代的职责。

创刊 50 周年纪念，我们还要评"优秀论文奖"，编"优秀论文集"，我们要"以文会友，以友辅仁"。我们仰重于友的是"友直友谅又多闻"，我们期望于友的是"如切如磋、如琢如磨"，商量做最好的学问，砥砺写最好的文章。50 年来《文学评论》是海内学术的渊薮，是天下学者的良友。孔子说："朋友切切偲偲"。我们提倡大笔淋漓的时代高调；我们欢迎责善求仁的批评建言。

本期的文章，我们重点向读者推荐的是钱中文的《论文学审美意识形态的逻辑起点及其历史生成》、吴炫的《中国当代文艺理论研究的三个缺失》、吴承学的《四库全书与评点之学》、蒋寅的《清诗话的写作方式及社会功能》、朱晓进的《略论 30 年代文学的社会科学化倾向》、詹玲的《论

〈刘志丹〉》等。我们还特别建议大家读一读鲁枢元的《百年疏漏——中国文学史书写的生态视阈》，这篇"论坛"文章给我们闹哄哄的文学史书写留下一条宝贵的认知启示：文学的现象与文学的历史应当在人与自然的关系这个统领全局的视界内重新审视。套一句古人的诗："公之斯文若元气，几时已入人肝脾？"——回头放眼，50年来我们的多少好文章，相信也早已"入人肝脾"，被镌刻在文学研究显赫成就的历史长廊里了。

我们时刻表彰历史，我们还要创造历史。

第2期

2007年春天的到来使我们的文学研究也染上了一层浓重的斑斓春色，反映到我们的版面上，作者队伍长了，交叉多了，眼光远了，视点散了，吐纳深了，话语宽了，心针密了，预示了"春意闹"的烂漫景象。

本期的两篇研究钱钟书的文章值得推荐。一篇辨析钱钟书的"阐释循环"论，作者对钱钟书这个文学阐释思想的核心观点作了精致的辨析与疏解，除了"总纲"深厚义蕴的阐发，还对其学理依据、运行机制、操作方法进行了细腻的分解演绎。钱钟书的"阐释循环"论虽与西方阐释学有某种形义串通的借鉴成分，但根子是不期而同的"冥契暗合"，而不是"蹈迹承响"。——中西学理本来就由于人的"心理攸同"而"道术不裂"，精神的兴奋点与理智的敏感区有许多"冥契暗合"是必然的，但"辨察而不拘泥，会通而不混淆"则是更要紧的一层工作。"会通"正是中国现代学术追求人文融贯、学理化臻境界的主要途径，也是我们刊物实践崇高，努力攀越认定的一个方向。另一篇谈钱钟书与《红楼梦》，钱钟书毕生未曾写过一篇研究《红楼梦》的专文，他说"红学"边界太宽、"饭碗太大"，他还嘲笑过这个学科内一二滑稽的人物。但钱先生并不与"红学"绝缘，他发表过不少有关"红学"的精辟见解，涉及《红楼梦》的主旨、人物、意象、譬喻、技法等多重文化内涵，他关注"红学"的研究史，他鞭辟入里批评王国维"悲剧之悲剧"说，他指点"红楼"，发潜阐幽——"发前人未发之义，辟前人未辟之境"，真所谓"参禅贵活"，"舍筏登岸"，站立上一个无人企及的高岸。作者隔岸仰视，撰述此文，用心甚细，用功甚巨，于断丝迹中理大繭，于片言语间缀深义，或恐有郢书燕说之微嫌，终不碍探骊得珠之巨功。——于钱学于红学均是一份可喜可贺的成果。

本期文艺理论片陆贵山《综合思维与文艺学宏观研究》发了头条,切中学科实际,文艺学理论争鸣,思维活跃,气象日新,即本期的内容便已涉及文艺理论的"现实属性",诗史的"自然维度","审美生产"与"审美消费"、"价值选择"、"心理体验"以及"狂猖美",正体现了文艺学前沿研究蔚为可观的新局面。当代片我们选用了五篇作家作品论,具体而微观。它们的背后显像了一个创作思维迅速变迁、花样翻新的宏观格局,透视出当代文学创作思维运动的某种必然的趋向。

现代片我们推荐秦弓的《论翻译文学在现代文学史上的地位——以五四时期为例》——它启示我们在中国现代翻译文学的初始时期,不仅其文化选择是正确的,其历史经验也是值得珍视并需我们继续发扬推广的;古代片我们推荐古风的《丝织锦绣与文学审美关系初探》,丝织锦绣作为我国古老的物质文明却在华夏精神文明领域获得了令人惊艳的渗透与伸展——有关它们的专门术语与认识规范漫溢到了文艺审美领域,并成了这个领域的"语言模子"和"思维模子"。作者对这种有趣的文化现象及其漫长的审美认识历程中的演化作了深入的探索与精致的考辨,写出这篇"独树一帜"的文章,其在古代文学和古代文论研究界引起高度兴趣是可以期待的。

毕竟还是早春二月,春光还在想象里,还在期待中,还在预测问。——但渐渐浅草就要没过马蹄,很快碧色映阶,红杏枝头上便有春意的喧闹了。

第3期

又是春暖花开的季节,我们开编第三期稿子。今年适逢中国话剧诞辰百周年,作为纪念,我们编发了一组稿子,从几个方面论述中国现代话剧的成长经历,它的光荣传统,以及它所面临的问题,意在推动中国话剧事业重塑辉煌。

本期开卷之作是陈平原的《"演说"与近现代中国文章变革》的文章,它着重阐发的是作为"传播文明三利器"的"演说",如何与"报章"、"学校"结盟,成就了白话文运动的成功,并实现了近现代中国文章(包括"述学文体")的变革,资料的搜集考证甚详,论说也明畅剀切,全文四万多字,文虽长,但却值得耐心研读。刘勇、姬学友的文章通过对几个"跨代"作家的个案研究,论述20世纪中国文学整体观的实践难题,很有现实针对性;袁楠的《果园城记》研究,是一篇比较出色的经典文本重读，细腻的分析中时见新的理论闪光，并且直面当下乡土文学的创作，很有见地。

文艺理论方面，曾繁仁的文章系统地归纳了新时期以来西方文论影响下的文艺学发展历程，试图总结出一条通过"综合比较"途径。建设有中国特色的当代马克思主义文艺学之路。文章史论结合，有很强的现实意义。夏静的文章比较系统地梳理了我国古代文化思想中"中和"范畴形成的历史过程。通过翔实的材料来论证其文论意蕴，在我们建设社会主义和谐社会的时候，悠久而瑰丽的中华传统文化中的和谐精神，是我们应该特别重视的思想资源。

当代文学方面，刘登翰的文章通过对美华文学研究的几个关键词的分析，探讨了旅美华人作家双重文化身份带给自己创作心态上的矛盾与尴尬，以及"唐人街写作"和"知识分子写作"的内在张力；《论阿城小说的启示》的作者是一位新人，他把重点放在探讨阿城小说观念的分析和理解上，强调世俗性和营造虚实相生的诗境，是阿城小说的特点，论说很有说服力。

古代文学方面，饶龙隼的文章、杜桂萍的文章沉厚精致、谨严细润，可称爬梳之典范，论理之上品，谢建忠、程国赋的文章选题有眼光、思维出创意，而袁行霈、丁放的文章更是一代诗史的气象，从一个特定的视角展现盛唐诗最后的光色。

这一期我们特辟了一个都市文化—文学研究的小栏目，发表四篇文章，从古今中外各个不同的角度，论述都市文化—文学的相关问题。随着经济全球化进程的发展，都市文化—文学问题越来越成为人们关注的课题，阅读孙逊等同志的一组文章，当会使读者对这一课题研究的当代价值，以及它的学理依据有深入的理解。

第 4 期

4月15日我们召开了2007年度的编委会例会，会上讨论了当前文学研究领域的状况与我们刊物的工作进展。我们深切感受到一年间文学学术的纵深开拓与快速进步，当然也感受到了这个现代学科与中国现代文化发展历史要求的距离；我们意识到我们肩上担子的沉重与向前跋涉的艰难，当然也意识到了我们的责任受到许多人的认可，我们的成绩受到许多人的赞许，我们引导的学术路向引来许多独立思想者与勇敢实践者。我们有信心把我们的工作做好。

本期我们新开辟一个"中国传统文学与经济生活"的专栏,沟通"文学"与"经济"两个板块,我们的野心不能太大,"文学"的边界暂且限定在"传统"里。这个专栏或许可为新世纪的文学研究打开一大法门,为学术新思维的安身立命与自由驰骋安排下一个宽阔空间。闯入这方陌生的新天地,我们思想准备不足,心理准备不足,理论准备更不足。我们只能小心翼翼地迈步,审慎地摹山范水,细心地掇拾香草,我们努力使我们的学术吹出真正的生气,使我们的思想放出灼人的热力。我们人文学者讨论的"经济"后面的知识体系与价值结构与经济学界谈的那一套可能很不相同,但这并不妨碍我们的学理判断具有真切的经济认知与健康的哲学倾向,因而表现出浓烈的人文气息与正义质性。正是基于这一点,我们设定了我们这个研究方向须站上的文化立场,并连带提出了适应其逻辑要求的言说姿态。我们选用的文章或许还不能完满地表达出我们的期望。但这个努力方向却是坚定不移的。有生命有价值的学术理念,先进的思维与严密的创造力交织成的学术成果。永远是我们组织学术队伍与时俱进的标志。

钱钟书研究是我们热衷的一项工作内容,也是一项长期的学术工程。第二期我们刊载的两篇钱钟书研究的文章得到学术界许多好评,本期我们再推出《钱钟书散论尼采》的长文。作者也姓钱,是钱钟书先生的同事和同乡,曾多次就尼采的问题请教过钱先生。这里她的这份研究成果也是她对钱先生的一种深长的追念。我们放在头条,希望读者留意。

本期文章值得推荐的,文艺理论片有《当前文艺与理论批评中的价值观问题》、《佛教对中古议论文的贡献和影响》;古代片的有《叔孙豹的辞令、诗学活动与美学精神》、《宋辽金文学关系论》、《论三言诗》;现代片的文章重在对"五四"与"鲁迅"的思考,当代片的文章则意在对"乡土世界"与"中生代"诗歌的寻索。"论坛"栏目栾栋先生的《说"文"》很值得一读,其人文思维与美学理念背后的终极关怀直可追比近一个世纪来第一流的说"文"大师。——"瑶草三四碧,玉琴声悄悄",我们向往这样的演奏格调,我们期盼这样的视听氛围。

第5期

本期我们又特辟了一个专题栏目,正如栏目的编者按所说:"文艺学知识形态批判性反思"这一问题的提出,在相当大的程度上兼容和涵盖了此前文学理论研究中所提出的诸种问题,从而实现了在一种新的问题域和新的学理观照目光中重新审视那些争辩日久、困惑不已的问题。

世界日日在变，理论要适应时代，引领潮流，就需要不断创新，只有脚踏实地，去浮去躁，认认真真地钻研问题，我们才能为创建有中国特色的社会主义文艺贡献自己的一份心力。

当代片的五篇文章都比较扎实，唐小兵的文章从90年代文化现象中"红色歌曲"、"红色经典"为起点，追溯现代"新诗""狂叫"和"呐喊"主题出现的背景，着重阐述这一主题与个人视角为主要审美经验方式的传统形成的张力。段崇轩的高晓声小说论与任茹文的《青春之歌》创作心理分析，侧重于对当代作家和作品的重新评说，别有一番新意，吴义勤的文章通过细致的文本分析，对新生代小说家的文学史意义作出了较为全面的理论阐释。

现代片方面，马云的文章以敏锐的眼光，捕捉到新世纪以来，中国现代文学研究中出现了政治关怀倾向，文学的政治阅读成为一个新的学术时尚，这与新世纪我们国家确立以人为本、科学发展的政治理念相一致，这种把握学术新思潮的气度和眼力是值得提倡的。对鲁迅的《阿Q正传》的主题思想的阐释，几十年来我们的教科书和学术论文中都是重复着关于鲁迅深刻揭示和总结了辛亥革命失败的历史教训这种论述，逄增玉的论文，依据近年来史学家的最新研究成果，认定这是一种后设的"拔高"政治性话语，并不符合鲁迅作品的实际。他的这种理解当然还可以讨论，但是我们应当借助于当代社会科学和人文科学研究的最新成果。与时俱进，对经典作家、经典作品进行新的评说，这一方向是值得肯定的。

在古今贯通的栏目中，我们发了两篇文章，主要还是在寻索和发现古代的、传统的因素如何影响、启迪现当代文学的历史形态与研究思路，很值得一读。古代片中，《从秀句到句图》与《唐人应试诗题与唐代诗歌审美取向》两篇视角新，颇具新意。

理论片方向，陈飞的文章论述了古"文"的人本"义"，指出其中蕴涵着无限的人文生机，以及切实可行的实践品质。挖掘微细而深刻；韩经太的文章深入探究了中国诗学的语言哲学内核与语言艺术模式，进而讨论了中国诗学思想体系的创新问题，所论颇具卓识。

第6期

转眼已到了2007年年末，我们刚庆祝了创刊50周年，纪念座谈会开得生动活泼、气象光新，《文学评论》的前程与中国学术研究事业的前景一样，充满了绚丽的希望。党的"十七大"为中国人民的复兴大业绘制了一幅高歌猛进的蓝图，文学学术彩霞满天，《文学评论》任重道远。

　　回首50年走过来的路，山长水远，月明星稀，我们不免心潮涨落，感慨连绵；凭轼瞻眺眼前舒展开的云天，脚下已开始了一片新的历史进程，谁又知道下一个50年会是怎样一幅新奇的图景。"五十而知天命"，正是在"知天命"的关节点上我们对自己的使命产生了一份敬畏的心理，寄怀上一种沉重的预期。——但愿我们的"知"奠基在凿实的历史经验上，但愿我们的"行"放飞在澄明的蓝空里，"天命"无需哲学猜测，我们的"知"引导我们的"行"奋进在新的激动人心的征程上。

　　我们正在为2003～2007年度的《文学评论》优秀论文评选忙碌着最后阶段的计票工作。——五年来我们发表了一批有很高学术水平并发生了广泛影响的优秀论文，这项评选工作最使我们心生遗憾的就是我们揣量着远远超过"优秀论文"规定数额的一大摞好文章爱不释手。我们还会继续不断采选优秀的学术成果，我们正在着手编选《〈文学评论〉50周年论文选》，实际上应该就是50年来《文学评论》的优秀论文选。"郁郁乎文哉"，我们真切地感受到了50年来《文学评论》在文学学术苑囿中"郁郁乎"的气象与规模，日月联藻，风云交彩，所谓"一朝综文，千年凝锦"，我们也只得用编辑论文选来为这50年的"遗风余采"画一个逗号，树一块碑石。

　　回到这今年最后一期的编后体会。这一期古典片打头条，《歌行诗体论》，原始以要终，"歌谣文理，与世推移"的学理脉络的清理与解释令人信服；《"布衣感"新论》则顾盼含章，志深笔长，琳琅的文笔透出一种审美对象化而不能自拔的气调与才情。当代片的作家作品论联袂缀彩，或许正透露出我们一个层面的编辑思路的指向。文艺理论片《论"失语症"》、《意义的放逐》很代表了当前文艺理论界处置学术论题时面临的特定语境和寻索态势。现代片又安排了几篇关于鲁迅的文章，其中固然有经典重读的呼唤，也表现出这个学科甄选纠偏的无奈。另外，《论孙毓棠的诗》也是值得一读的。本期"学人研究"上的叶嘉莹先生篇是我们求觅多时的好文章，在写法上也是这一栏目的一个清正的范型。

　　"时运交移，质文代变"。——我们赶上怎样一个"时运"的"交移"，我们就应该为这个"交移"坦承责任。学风代际的承革，学术质文的变迁，我们就代表了这个"交移"时分前行的评判思维，并为自身进入历史经验而真诚祝福。

2008 年

第 1 期

2008年第一期的《文学评论》与大家见面了。2008年注定是激动人心的一年,她潜伏着多少渴望与期待,她蕴蓄着多少亢奋与惊喜,她又预兆着多少成功与挑战。《文学评论》低声调但高格调地庆贺了自己创刊50周年纪念,纪念座谈会开得庄重而简练,激励情志,温暖人心。新老几代编者与新老几代作者欢聚一堂,畅抒胸怀,钩稽历史,回顾峥嵘岁月的办刊经验,共谋长远发展的良猷美策。——50年来《文学评论》操盘的新老编者和学术文章的新老作者深深地影响了中国文学研究和文学创作的运营格局,为当代中国的文学事业的进步与繁荣作出了巨大的历史贡献。50年间,《文学评论》积淀下来的崇高声望与广远影响至今仍是一份令人心动血热的精神遗产,激励着、鞭策着我们这一代在自己的岗位上继续努力,开拓进取。——大家都说:你们是赶上好日子的一代。这话大抵不错,"赶上了"更需努力,"好日子"也不意味着坐享其成。继续努力,开拓进取才是最要紧的事业命题,才是最闪光的蓝图指针。新日瞳瞳,东风满孕,"雪消门外千山绿,花发江边二月晴",新的一年的无边春色很快就要映入眼帘。

本期开卷我们发布了《文学评论》2003~2007年度的优秀论文评选结果,21篇文章光荣列名。九名评委也框下注明,"裁判员"不混入"运动员"。天下公器,万目睽睽,颁奖大会上听到了一片经久的掌声。

本期头条我们推出重头文章杨义、郝庆军撰写的《何其芳论》,纪念我们的老所长、老主编何其芳同志逝世30周年。何其芳同志1977年的逝世标志着中国文学理论界、文学研究界一个旧时代的终结,一个艰难探索而不断挫败、困惑、迷惘、荒诞、悲剧连绵的时代从此走进了历史。文章为何其芳的知识经验作了总结,论述了他"无可替代的历史意义",抽绎出他"富有思想启迪的学术遗训"。——诗人与文学理论家、文学研究家的何其芳无疑是我们的一份极其宝贵的文化遗产,而对何其芳这个人物的特定的历史存在和独异的操行轨迹,作者又强调了一条原则:"必须考虑到它的全部的复杂性,必须努力按照它本来的面貌和含义来加以说明",以便今天在人事格调的解释上"从不圆满达到比较圆满"。——这是何其芳自己的一条"遗训",也正是文章作者感会最深切、揭示最深刻、论述最完整、发挥最得意的亮点。作者曲终奏雅,篇末引了欧阳修的《画眉鸟》诗:"百啭千声随意移,山花红紫树高低。始知锁向金笼听,不及林间自在啼"。——何其芳的象征或者说"经验"果真是欧阳修笔下那一尾"画眉"?

这一期还有好几篇文章很可一读:尤西林的《审美与时间》、谭桂林的《论现代中国神秘主义诗学》、陶文鹏、赵雪沛的《论唐宋词的戏剧性》、王彬彬的《孙犁的意义》等,或许正表现出了春日风光的"山花红紫"和学术林间的"百啭千声"。记得欧阳修还有过一首《啼鸟》诗有句:"百物如与时节争","撩乱红紫开繁英";又有句:"百舌未晓催天明","花开鸟语辄自醉"。——2008年的春色期待大抵如此。

第2期

新年的钟声刚刚敲过,我们就开编这一期的稿件。2008年到了,这一年将带给中国人民许多喜悦和希望,我们将在中国的土地上第一次举办奥运会,我们将要隆重庆祝改革开放三十周年。党的十一届三中全会确立了改革开放的路线,我们的社会主义建设进入了一个新时期。思想解放之风在神州大地劲吹,我们国家的整体面貌发生了举世瞩目的崭新变化,认真总结改革开放三十年来各方面的经验,将使我们迈开更加雄阔的步伐,去创造更加辉煌的明天。在文学研究和文学批评方面,我们要进一步解放思想,在文学理论的探索、文学史研究、作家作品评论等方面,在文学各学科的建设方面,积极进取,锐意创新,做出更大的成绩。在这一年里,我们将要与一些高校和科研单位合作,召开新时期以来文学各学科研究成果的总结研讨会议。我们将要以实际的行动,为党的十七大报告中所提出的有中国特色的社会主义文化大发展、大繁荣贡献自己的一份心力。

在新时期以来,网络文学进入了我们的社会生活中,并且有越来越迅猛之势。网络作为一种审美资源的研究是有重要的理论启示意义的,因此本刊这期特辟专栏,重点考察了网络文学的存在方式,从文学与技术之间的关系考察了其存在的问题，意在提醒我们不要因技术主义的研究倾向而忽略了文学的精神本质。

理论片季水河的文章，对毛泽东与列宁的文艺思想进行了比较研究，在一个并不太新的命题中，作了有一定深度的开拓；陈定家与毛峰的文章，从各自的视角，对文学经典生成的传播机制进行了有意义的探索。

学科研究的深入发展，必然带来内在矛盾，陈思和的文章以其清晰的理论剖析话语，讨论了面对挑战的现代文学学种应该何调整学科观念和理论，使学科的发展与"未来"联系在一起，永远保持"年轻"。张宝明的文章是对本刊发表的温儒敏的相关文章的商榷，他认为文学史与思想史的交叉是由其自身的特点决定的，不必为学科的"越界"而惊呼，论辨有理，我们提倡这种心平气和的学术争鸣之文。朱恒、何锡章的文章，从现代语言学的角度对五四白话文运动的历史得失，特别是对现代汉语的诗性，作了细致的分析和学理上的论述，发别人所未发。

当代文学方面，南帆的文章重点在于在对当代文学史的共时性的结构研究，方长安的文章对"十七年"文坛对欧美现代派文学的介绍与言说进行了清理，说明了这种联系的复杂性，董之林的文章通过第一手的、繁富细致的文本分析，对姚雪垠的长篇历史小说《李自成》作了认真的颇有深度的剖析。

古代文学方面，李定广的文章将唐五代词放进特定的时代背景，考察其艺文品格的原生型态；周兴陆的文章对钱谦益与吴中诗学传统的关系进行了学理层面的思考，解玉峰的文章对元曲杂剧之多重构成有独立见解与评判，其余各篇在选题和论述上也各有可圈可点之处。

第 3 期

今年是我们文学研究所第一任所长、我国杰出的新文化事业开拓者郑振铎诞生 110 周年，逝世 50 周年，为了纪念这位博学广能、百科全书式的先行者，我们这里刊发两篇文章，重温、缅怀，当然也是更新层次上总结郑振铎具有里程碑意义的历史贡献。如果说"新社会"和"文艺复兴"极具象征地概括了他在社会文化方面的建设性的设计与追求，那么，从发起文学研究会到创办文学研究所则又浓缩了他在文学编辑、文学创作、文学理论研究和文学史编纂诸个方面的新文学活动的骄人成绩。他的不幸殉难无疑是新中国文化事业的一大损失，他留给后来者的不仅是先驱者早年纵横闯荡的宝贵经验，更要紧的应该是一种勇于创造、善于建设的"大气"和昂然立世、晶莹透彻的文化品格。

基于我刊长期以来打通古今中外的努力，本期实验性栏目我们尝试推出栾栋先生的《辟文学通解——兼论文学非文学》。栾栋先生的"三归"系列论文在我刊发表后，影响很大，品论不少，近年来他一直在思考文学原理的创新问题，这里交出的答卷据称"融贯了中西学术的新思路"，也许可以由此拓展出一片改造文学研究的新天地，而文章体制形式、学理思维与论说格调的别具色彩则还是次要的。"辟文学是文学非文学的理论纲领，文学非文学是辟文学的逻辑命题"。——"文学非文学和辟文学是一种新文学原理的两个侧面，前者是文学走向辟学时代的全新视点，后者是文学实现自我改造的思想脉络；前者是文学脱胎换骨的理论前提，后者是实现理论转化的运作技艺。作为一种对文学亘古难题的圆通解读，辟文学之擘画也是华夏文明因应文学全球化大潮的一个理论方略。"这几句话或可透露本文宏通的立篇旨归和作者潜藏的学术雄心。我们留意细读，不难发现"辟"的概念中蕴孕的对立统一辩证思维精华与易学通和致化、交感臻变的智慧内核。袁峰的《文艺学语根刍议》也称文章命题"交叉在两至三个以上坐标系上"。涉及人文诸多基因层面。"采用了融通各学科的方法，脱胎换骨，努力对古代文学理论进行地毯式的勘测估量，通过对语根的文化诠释，已将古代文论中的文、史、质阐释得有了眉目"。我们的读者只需调动一下视野与视角，便可把握其间的坐标关系及作者谋篇布局力图贯通的艰苦用心。——我们很希望中国文学研究的本体认知能有一些革命性的演进，中国文学原理结构的重建逻辑充盈创新价值。

这一期不少文章提出的学术意见富于启示，如吴予敏的《基于交流语境的艺术形象》；如孙晓忠的《乡村文艺改造与文化现代性问题》。"二十世纪中国文学研究回顾"，我们选用了《朱熹的文学研究》。由于朱熹在中国理学领域的巨大建树和举足轻重的历史地位，他的文学研究，特别是他的"诗歌与诗论"的研究长期以来被忽略与忘却。其间偶有空谷足音的传出，但知识的谛听者寥寥，以至于到了新世纪之初始一头热汗赶来者还以为自己是"始作俑者"。——这里吴长庚的结账独具只眼。"回顾"的一头观览处或有精微不足，但"反思"的一头则是潜入深层而富于远见的。

此外，现代片关于鲁迅小说的文章又选了两篇，经典作家与经典文本的分析解读总是会有所发现，有所发明的。

第4期

四月下旬，我们在南昌举行了《文学评论》编委会2008年会，检阅一个工作年度的编辑成果与学术效绩。会议的另一项主题是"三十年中国文学研究的回顾与前瞻"。——今年是改革开放三十周年，总结我国文学研究事业三十年来发展进步的骄人实绩是一门必须认真完成的功课，她关系到新世纪我们事业的前行模式与历史命运，也规范着我们自身精神轨迹的运行姿态。为之，我们配发了一组文章，设立"新时期三十年中国文学研究"专栏，讨论这个三十年。

本期我们着重讨论的是"近代"与"现代"，下一期我们再讨论"理论"与"当代"——"古代"因为《文学遗产》已经踩着历史鼓点先开了局，我们暂且不忙进场。如果说"近代"与"现代"我们关注最多的是从历史意识形态的挟裹与羁縻中挣脱与突围的话，"理论"与"当代"则更看重学科规范的拓展与厘定和学理内容的演进与确认，结算清楚文学理论领域三十年来裨贩与创新的成败得失以及在知识伦理与文献配置层面的纯驳清浊。我们的研究队伍聚集了一群勇于探索、善于开拓的学术精英，"若无江氏五色笔，争奈河阳一县花。"我们力求描画出"千岩万壑"的分流，我们并不热衷于设计它们归趋的方向。所谓"转眼花开春事新，四座唯延识香人"，通过他们的观照经验与裁判逻辑，通过他们的纵横匠心与通透手眼，拿出关于三十年学术真理进退的悦服人心的判词，我们的文学研究就会有更开阔的视野、更恢宏的气度和更精密的判断力，就会开创出更辉煌的局面。

《文学评论》最近的三十年无疑是可圈可点的，1978年她的复刊当然是最无可争议的转捩点，配合"三十年"的专题讨论，我们特约邓绍基先生写了《记胡乔木同志对〈文学评论〉复刊工作的意见》，放在头条，统驭开局。这篇文章详细地回顾了当年胡乔木同志对《文学评论》复刊工作的具体指示，对办刊方针的建议，尤其是对创新意识的鼓励。"如果你们的评论只是人云亦云，泛泛讲些意见，这样的文章即使发上一年，也作不出贡献！"——这是他布置这一份历史作业时殷切的期盼，他也提醒我们大胆摆脱小枝末节的"纠缠不休"，勉励我们要有全局性的理论方向与指导性的学术意见，要有大胆的判断与敢为天下先的舆论勇气。胡乔木预言："出刊后会有大量作者来稿支持你们的。"三十年的历史功课做下来，每念及我们的工作成绩与时代精神的渊源关系,我们不能不缅怀我们的老院长和那一段引人直行向上的峥嵘岁月。

本期的文章亦有几篇是呼应我们的这个专题精神的,如《戏剧的"人学"转向与深化》,如《当前文艺学论争中的若干理论问题》;本期中还有不少若干年来只是埋头继续着自己的研究课题的研究家的漂亮成果,如《刘勰对于"锦绣"审美模子的具体运用》。本期的几篇"书评"也都是很值得一读的。

过去有个爱文学爱人才的老英雄,一生事业辉煌,还培养出了一批国之栋梁,他积年的忧虑只是"君今岩壑搜群玉","昆岗一网手空还"。今天我们一路从昆岗岩壑下来,提携的或者背负的网罗还真是沉甸甸的。

第5期

为纪念改革开放三十周年,本刊上期开辟了"新时期三十年中国文学研究"专栏,着重讨论"近代"与"现代"文学研究的丰硕成果,本期则集中研讨"理论"与"当代"。三篇文章,简明扼要地论述了新时期文学理论学科研究的新进展。思想解放之路一开,文学理论的各个方面就焕发出前所未有的勃勃生机,并带动了文学各学科的创新大潮。三十年的巨变,三十年的成就,当然不是这两期几篇文章就能全面反映的,我们要从自己所从事的学科研究出发。认真总结,并在新的起点上,进一步解放思想,在对文学各学科史料的进一步发掘、整理中,在对经典作家、经典作品以及经典命题的重读重评中,推进文学研究不断向前发展。

本期文学理论片,朱立元、栗永清的文章,系统地考察了"文学"这一概念生成的历史,旨在阐明文化研究的勃兴并不能影响文学研究的独立性,追本溯源,有着一种学理探讨的执着精神;党圣元的文章,从总结20世纪中国文学史理论建构的角度,对传统诗文中的"发展"、"进步"观念的内在思路进行梳理,视野开阔,立论高远;左东岭的文章对元明之际的文人心态以及文学风貌作了比较翔实的探讨;周宪的文章,条理清晰地描述了20世纪文学理论的发展轨迹,其对文学理论、理论、后理论三种不同形态的论析使人耳目一新。古代文学片方面,吴承学、何诗海的文章论析了"章句之学"与"文章之学"的历史关系,跃进的文章探讨了河西四郡的建置与西北文学繁荣的关系,都展示出一种沉厚深邃的文献功力与通贯流畅的学术逻辑;曹旭的文章和于景祥的文章,论述了何绍基的诗歌美学与朱熹的骈文批评,选题新鲜,见解彻透。当代文学片,罗岗、刘丽的文章,从文本出发,揭示出现代化进程中当代中国个人意识的矛盾形态,并对"个人意识"的异化做出了反思;吴思敬的文章对彭燕郊诗歌进行了整体考察,对其诗人与战士合为一体的人格特征进行了富有创见的阐发。张均的文章通过对史料的挖掘和考辨,使"普及"与"提高"这一老话题,焕发出一片新意。现代文学片中曹禧修的文章,对鲁迅如何解决"诊者"与"治者"角色的分离,如何破解"铁屋子"的难题,进行了严密的论证,这是对经典命题一种很有说服力的重新阐说;丁晓原的文章,从中国文学古今演变的角度,相当清晰地论述了晚清与五四散文之间的逻辑关系;邝邦洪的文章,回顾了20世纪以来写实主义文学的历史命运,从而彰显了80年代以来新写实小说文化批判的功能;胡景敏的文章相当精辟地为我们阐释了五四文学"自我"神话建构和破灭的历程;李永东的文章从"租界文化"的角度来分析现代文学的风貌格调,选题较新,论述也颇见深度。

民间文学作为一门独立的学科,应该引起我们的重视,本期发表吴真、邹明华的两篇文章,相信会引起大家的兴趣和注意。

第6期

合上这一期最后一页,《文学评论》的2008年已经过去了,2008年"总目录"记录下了今年的工作业绩。"客心洗流水,不觉碧山暮",我们的编辑日志已翻到了2009年,我们要尝试着体验与应接新的一年的艰辛与辉煌。辞旧迎新之际,尽管还有一些公私文书与迎送辞章要结撰与宣读,从"概念新"转向"物候新",前后交合推移的客观历史进程总还会留下一段或一片心理空白。"当时只记入山深,安知峰壑今来变。"——披阅、检覈刚走过来的路径与节拍,演绎、组合新的声部与视界,须站立上一个耳目可以随心开阖、身子可以自由伸展的平台,向前细心地窥察新工程、新功课形式结构的时代要求,向后也平和地区隔开、目断去这个激动人心的2008年。记得今年第一期的《编后记》中我们就预示:"2008年注定是激动人心的一年,她潜伏着多少渴望和期待,她蕴涵着多少亢奋与惊喜,她又预兆着多少成功与挑战。"河汉纵且横,北斗斜又直,今天,"渴望与期待"的,大抵得到了满足;"亢奋与惊喜"实实在在伴伍了我们大半年;"成功的"固然拥抱着成功的业绩迈步向前去,"挑战",以前的"挑战"

我们已经优游有余地应对过，或许更严峻的"挑战"正在靠近，还需我们心理上构筑起坚固的长城，技术上积累起丰富的经验。"江流天地外，波澜动远空"，以后的日子或许更精彩！2008年在时间的规定性上已经"无可奈何花落去"，但她蕴蓄与存储的精神潜能与哲学智慧在空间的影响力上还是一个巨大的存在，在新一轮的学术建设与文化高潮中将会时时绽露。

2008年这最后一期作为光荣的殿军，它向学界提供了一些值得关注的新思考。头条文章叶舒宪的《本土文化自觉与"文学"、"文学史"观反思》也许正标志着整整一个时代流行的"文学"观念、"文学史"观念面临重新认识、重新界定与重新估值的新形势，文章深细地清理了西方知识范式对中国本土固有范式传统的"创新"与"误导"。同样是检讨与反思的学理思路，陈广宏《黄人的文学观念与19世纪英国文学批评资源》又扩充了这个论题的学术范畴，深化了她的学理逻辑，宽阔了开掘历史、贯通古今的探索途径。这篇文章以黄人的《中国文学史》与日本太田善男《文学概论》的关系为主轴展开论述，根据知识谱系的特定规范从西方，明治日本与同期中国的空间关系观照那个历史时代新知识体系，新理论范式的传播，探寻所谓"思想链"的构成，它给我们有益的启示是明显的，新型的学术命题、鲜活的方法论正向我们招手呢！《唐宋"国花"意象与中国文化精神》（王莹）则是一篇有独特切入视角又有特异理论旨归的文章，她的"国花"意象审美内涵的解剖与中国文化精神体验的建构，值得我们欣赏与重视。其他，《徐讦的遗产》（吴义勤）"炳曜垂文，腾其姓名"；《"大团圆"之争》（张炼红）览华食实，精研一理；《香港小说风格流派述论》（袁良骏）条流多品，弥纶群言，力图自开户牖，流声后代……格调功力，皆足有可取者也。

2009年的"新桃"换了2008年的"旧符"，怀宝挺秀、含道挟术的人才与成果自然会乘运升腾而出。

2009 年

第 1 期

周而复始，循行不殆，2009 年终于在全世界一片困惑但又殷切的期待中，在全人类普遍的对和平、安乐、繁荣、富裕的祝愿或祈祷中悄悄来临了。世界经济的航船仍在"海啸"的波涛汹涌中颠簸，构筑人类文明的学术文化也在艰难地、坚韧地摸索前行。在我国，在这里，人文学术研究从某种价值尺度上来说与设计救市的金融财经措施功德相埒——我们的学术体制与人文体气也大病缠身——道术考量的智慧、悲悯与责任心理攸同。我们正需要一种昂然挺出、欣然承受的气概，"谁能烹鱼，溉之釜鬵"。在这一片等待文化英雄、期盼学术大师的滚滚红尘中，有志于做出大学问、在学术文化上发生一点"救市"或者说"立心"的功勋的肩荷大任者应该有所振发，有所惊起，有所作为。飘风不终朝，骤雨不终日，危机与困局毕竟是一时的、难以持久的，虚饰的蜗角蝇头声誉，错位的黄钟瓦釜认定也很快会被解构，被扬弃，泡沫终将挤去，渣滓终将淘汰，"天地为大炉，造化为大冶"，真正学术文化的英雄主角终将被历史邀请留下。"天之历数在尔躬"，我们能不热血沸腾？能不跃跃欲试？——认识自己，认识这个亟待拯救的世界，无论是金融还是学术。

我们的文学学术当然也在寻求变化，寻求更新，寻求与自己内心识度调谐呼应的先进理念与知识体系。同时，我们又须保存传统，积储遗产，我们渴求某种"不变"，以祈求内心的哲学虚静，在后现代文化甚嚣尘上时端立着自己的金身，头顶永恒的星空。苏东坡在《前赤壁赋》中说："盖将自其变者而观之，则天地曾不能以一瞬；自其不变者而观之，则物与我皆无尽也。"可见"变"与"不变"是辩证统一的，是主客通假的，"反复终始，不知端倪"。我们要在"变"中发现新世界，创获新自由，我们又要在"不变"中守住恒心，砥砺风骨，融铸已知与未知，锻炼"鱼目"并"龙文"。这边是"繁丝急管一时新"，那边是"古木苍山闭宫殿"。我想我们的选择大抵如此，我们祈愿我们手眼互通。

本期我们重点推荐两篇文章,一篇是《文学的道德价值》(高楠),它给了我们有关文学、道德与价值观的三层启示:一,注重"道德规范的行为化",文学本来任务是平面地对生活本来样子的"创作"与"接受",但在道德行为化中却获得了超越生活的道德展示与引导意义;二,道德观念形态拒绝道德具体性,它必须经由道德经验才能转化为行为具体,而文学正是道德的经验行为化的自由活动;三,文学以其对生存整体性的形象坚持,对抗生存割裂、片面、抽象及碎片化,实现更高层次的道德功能。第二篇是《晚周观念具象述论》(饶龙隼),这是一篇展示中国古人(晚周人)认识世界、感知美、创设判断力与价值文明理知历程的思考成果,不仅学术覆盖有厚度,而且认知逻辑有深度。这样的文章,我们当然不肯轻率懵懂地遗漏掉,这正是我们期盼的"大炉"、"大冶"的大产品。此外,本期专题文章《诗性主体·身体主体·消费主体》(仇敏),学理凝重,才气斐然,也很值得一读。

钟声已经敲响,新的一年的初始启人无尽的遐想,也给人无尽的动力。古人说:"慎其终,唯其始。"我们无疑需要一个郑重的开局,正因为我们敬畏明天,我们必须勤劳今天。古人腊月凿井,以储夏冰,故有"腊月深井汗如雨"之句,或正是我们此刻的写照。

第 2 期

春天还是来了,绽露在北京街头柳梢头上的嫩绿给人以希望,也给人了姹紫嫣红春色的证词,尽管残冬留下的寒峭和肃杀并未退尽。经济图表,统计数字到学术布景,文化维度,涟漪频起,映像不真,所谓"长条乱拂春波动,佳人无计照影看"。——对于 2009 年的猜测,心头上固然还是别有一番滋味,但对她的生意与活力则是信心满盈。——我们的人文理性常常给我们面对这个风云诡谲的世界的澄静与坦荡。

走过了三十年的新时期文学学术悄悄地发生着变化,在深层观念形态、审美意识、感知结构、批判精神与判断力上出现了值得忧虑的平面化、机械化倾向,技术化的操作程序、观念化的模式衍伸在电子数据库与无远弗届的搜索引擎夹逼下渐渐蜕变为一种工具理性,遮掩了原创性人文思维与哲学理性的生命亮色,文学学术最本质的精神灵气与创新机制渐渐窒息。——真正优质的富于才情的好文章少了。敷衍潦草、拼凑组合、机械活溜的文字下载拼版多了,理性主体功利化,内视场域俗世化,学术生机受到严重挑战与威胁。"湖光渐欲上楼来",荡漾起湖面风波,浸润了岸边亭台,"湖光"渐欲上来,学术的高阁,清虚的殿宇能不能守住?我们为抵御与排拒这种蜕变做了不少努力,我们拿出的法宝就是我们刊物的文章以及文章蕴蓄的思想功底与学理厚度,包括她们的作者追索真理的饥渴与自我铸造的虔诚。——我们深信我们高格调的学术正气能凝聚起来,能流布开去,能充盈杏坛,弥漫学林。

今年这第二期或许可以随手拈来做个例证。古典文学片打头,开篇文章是《庄子还原》(杨义)。《庄子》是我们上古文化谱系中文学修辞与美学哲理结合最完美的典范,文化地理的还原,思想维度的梳理,"庄周世界"的构建,无疑会给我们认识王国的审美自由与"混沌思维"的心智结构带来启迪。《论汉文化的"诗言志,歌永言"传统》(王小盾)意在清理、阐发"诗言志,歌永言"这个古老的诗学命题中歌、诵、乐、赋、永言、声侍、曲子等的复杂多变的传统关联和夷夏文乐的交互影响。《百年词学通论》(施议对)则对百年词学上三大理论建树、三种批评模式和三种言传方式作了精妙的阐释与通盘的设计,在千年词体与百年词学间凿开了一条勾连循环的通道,照射进了现代思辨的光芒。文艺学片《从文学理论到理论》(姚文放),她的副题是"晚近文学理论变局的深层机理探究"。"变局"虽出现在"晚近",但内在机理却早潜伏在"深层"。从"文学理论"走向"理论",不仅知识的构架与谱系发生了"转折",价值的取向与追求也呈现出"逆动",后现代的言说氛围与思维方式留给了学界沉重与无奈。前浪未歇,后浪已起,"理论"之"后"我们已听到了"文学理论"回归的呼唤。《经典与误读》(陆扬),敬畏经典的人文立场与解构经典的误读策略毫无疑义是形态对立的,它的理论姿态貌似划开了现代与后现代的批评界限,它的实践意志与悬置技巧则传达出了阐释方法论上的迷惘。——这一层思考一旦进入个案剖析就见出了作者关于阅读思维与认知冲突解释上的智慧与实力。《两条胡同的是是非非》(张霖),两条胡同,两个机关,两套人马,两种文艺方针与秩序的设计。一个大框架下的是非纠缠真的潜藏着"文学与政治的多重博弈"?知者梳理教训,行者鉴定技术,看来历史尚需细勘。

我们的作者分泌着精密的思想,我们的版面催生着挺拔的人才。"亲见山鸟含籽来,养成乔木已参天"是人才长成的浪漫记录;"不畏浮云遮望眼,只缘身在最高层"则是思想耸立的忠实评估。

第 3 期

　　五四新文化运动是中国历史上一场伟大的思想解放运动，它高举爱国主义旗帜，民主与科学的旗帜，对几千年封建专制制度摧枯拉朽的批判锋芒，为理想社会勇往直前的战斗精神，激励着、鼓舞着几代中国的热血青年，它是真正意义上的思想革命和文化革命。值此五四新文化运动九十周年之际，本刊特发表杨义、郝建军的《鲁迅与"五四"精神》一文，探讨如何准确理解五四精神，理解作为五四新文化运动旗手的鲁迅，如何从五四出发，在社会实践中，诠释了真正的五四精神，并与时俱进，使五四精神深化与光大。这样的文章，就超越了一般的节庆纪念意义，而有着学理研究的深入性、闳阔性、现实性，在五四新文化研究和鲁迅研究方面，提供了新的思路、新的识见，有助于推进研究的深入。

　　本期在现代文学方面，我们欣喜地向读者推荐几位青年学者的文章，其中陈力君的文章，从图像、拟像与镜像的崭新角度，探讨了鲁迅启蒙意识中的视觉性，并探讨了视觉文化在中国现代启蒙之路上的作用，陈晓兰的文章，通过对上世纪30年代旅苏游记中的苏联形象的观察，对"两个苏联"截然相反的评价进行了深入的剖析；邱焕星的文章，认为日本学者子安宣邦对日本现代思想的批判对中国现代文学的学科反思具有重要的启示作用。这些文章的可贵之处，就在于它们的视角新，有鲜明的问题意识，因而能开阔出一片新的学术天地。

　　文学理论方面，李西建的文章深入细致地剖析了20世纪西方文学批评理论的知识学取向，指出其最重要的特征在于批评"范式"的创造，对当代文论的建设有所启示；杨建刚的文章，从巴赫金的学术思想切入，深入考察了其与形式主义和马克思主义之间的复杂关系，所论都比较切实，有一定的理论深度。

　　古代文学方面，选用的《论明代通俗小说插图的功用》，显然是篇质文皆优的佳作，它详备地讨论了明代通俗小说插图的"导读"功能，有补于直观地层示人物形象。增强刻画人物言行、性格的功能。插图无疑具备自身的审美意义，它的价值系统与当前读图时代在某个审美关捩点上看来是心曲相通的。

　　当代文学方面，既有对"十七年""经典"文本《青春之歌》的当代解读，也有对新时期小说、戏剧的精辟分析，读来颇有新意。

从 2009 年度第 3 期起，本刊面对全国，对编辑委员会的成员作了一些调整。

第 4 期

"五一"前夕，我们在扬州召开了 2009 年度编委会年会。检查一年来的工作，总结一年来的成绩，设计今后一年的蓝图。规划蓝图的流程进度，筹措设计的施行方案，则是下一个阶段我们的重要工作。

新中国 60 年文学研究的回顾与总结无疑是一个重大课程，许多学者已经进入工作程序，成果已经出现了一批。年内还有二三个相关的研讨会要举办，各学科为各自的工程规模与人事图像沉浸在采编、整理与拼版的忙碌中。我们自然会组织特稿专栏，精选一些文章，抽调一些版面，尽力把 60 年的成就与经验（包括各个具体而微的层面）用科学精神与历史态度严谨审慎地展示出来。

这一期钱中文先生的《三十年间》打头，这是我们去年开始的新时期 30 年回顾与反思的一个圆满的总结。文艺理论学科发展"三十年间"的波澜曲折与迷人风光尽收眼底，作者与这"三十年间"的光荣经验和跨世纪的思维进退共始终，他的历史感会，他的眼底沧桑，特别是他的关于明天道路的思考值得所有沉潜于这个学科流遁忘反的弄潮儿们细细品味。

古典文学片，余恕诚先生的《中晚唐诗歌流派与晚唐五代词风》显然是一项探讨古典诗词关系覃思精研的优异成果。诗与词是中国韵文文体的双璧，两者的关系虚实转侧，辙迹微茫。千余年来许多人都想勘测源流，探出究竟。"触目横斜千万朵，赏心只有两三枝"，拿出令人信服结论的勘见。余先生这里，深思熟虑后先凿开一口通"风"的活眼。从"中晚唐诗风"与"晚唐五代词风"的活眼切入，再细辨"风"色，蹑"风"追影，即从两"风"的通贯，重迭、递进及演化关节探寻中晚唐诗派在词体初建过程中的影响。最后夹入"情味意境"与两"风"在审美感知上气格异同的甄别，这样诗与词在文体建构上的质性演化图像就浮现出来了。

当代文学片的《再论百合花》、现代文学片的《茅盾与庄子》都是本期重点的文章。还有一篇《徐志摩、林徽因情诗发微》也很值得一读，徐志摩与林徽因的情诗话题，其间又加入了陆小曼、凌叔华的纠葛与"百宝盒"传说的迷离诡幻，牵动不少人的心弦。"逢郎低头欲细语，碧玉搔头落水中"。如今"碧玉搔头"被人捞出了水来，陆红颖的这篇文章使我们真正看懂了这一幕遮隐了半边历史的浪漫图景和无可奈何的情人们诗意生存时段的心灵行迹。

本期的"书评"中推出两本学理厚重的研究新著：一本是詹福瑞的《不求甚解》，一本是李洁非的《典型文坛》。前者重在传播"学术至理"，奇特的体例和豁达的宗旨为当今学界贡献出一种诠释的悟性和创造的智慧，正如书评作者所说，为"千部一面，千文一体"的呆板干瘪的学问样式与著述体制吹来一股"令人耳目爽快的时雨清风"。后者意在铸塑历史。11位当代文学的典型人物浑然一体构筑了60年新中国的"典型文坛"，演绎出来一幕幕慷慨悲凉的人文话剧。"象迹满山云气白"。作为"历史的表现者"的11名主角，历史细节的勾稽，遭际境遇的还原，为当代文学宏大叙事的骨骼构架填充了逼人正视与深思的"血肉"。作者李洁非的"选择"是有胸襟有识力的；他的"观察"又是既深邃又透彻的，他的"自序"便题《选择，然后观察》。——"水藻半浮苔半湿，浣纱人去不多时"。明日的历史刚要启步，昨日的浮藻湿苔会留给我们什么样的远想幽思？

第5期

最近几家学术期刊关于自身建设的研讨会开得有声有色，纪念、回顾中凸现出各自在学术领域有效的探索追求及价值层面上扶正拒邪的正气。所谓"好风知时节"，这样的"时节"上，我们确实需要一阵阵"好风"。"好风"得之于好的规章制度与好的编辑人事——学术期刊在今天固然需要好的规章制度，排拒各种内外不正之风，做到"形格势禁"，更要紧的是在精神建设上、体制伦理上、心理规范上扶持合格的主持人。这里"合格"大抵体现在人格体气与胸襟识力上，学术刊物在"合格"的人事设计下才能出纯正的学术格调和高远的办刊思路。有合格的人，刊物才能正气昂扬；得合格的人，学术才能兴旺发达。这正是一种"以人为本"的认知哲学与操作原典，也是"人是出发点"艰难起步的事业眼光——培养与选拔一支优质的学术编辑队伍迫在眉睫。"门前清溪一道，信得它，漫衍五湖风色"。

介绍一下本期的几篇选用文章。

打头的是范伯群先生的《1921—1923：中国雅俗文坛的"分道扬镳"与"各得其所"》。范先生今年八十岁了，能写出如此气势壮丽，内容丰满的大文章令人钦佩，全篇文字"肌理细腻骨肉匀"。题目涵盖了文章的主旨：在"五四"后的一段特定时间里，雅与俗的文坛各有营盘，各有人马，各有声势，"分道扬镳"后，文艺方向，各有侧重，格局互补；竖起旗幡后，审美趣味，各有读者；共存共荣。——结论平淡，旨意是纯粹客观的，抹去了优劣主次的评估。"文学更具有为多元读者服务的普适性"——雅俗"各得其所"。我们的读者或许会感到失去了价值依存的惘然，并对现代文艺中前进的观念形态与合理的形式体制及其审美现代性传播的合法性生起质疑。雅与俗的文坛固然可以"各得其所"，但其中包孕的思想内质，思维形态，审美理念与判断力毕竟需要分出前进与落后，这是宣讲一个时代的文学精神及其价值判断题中应有之义。理论片以王元骧《文艺理论的创新与思维方式的变革》开篇，文章由思维方式的变革来探索文艺美学的创新，无疑是有说服力的，对思维方式上盛行和流行的诸种弊端的批判也是富于激情，洋溢着正义感与反省精神的，但其中设计"空间性"的观念断制及其与"时间性"的对立在学理逻辑上则不免略显虚弱，称对不匀。古代片，《宋前散文"文言"的发展演变》和《明代前后期之南北曲盛衰观》值得推荐，前者关于论旨中形式审美之演进细节，后者关于"盛衰"隐显变迁之分析评判，均是精美手笔；当代片《中国当代文学反思的主体与"政治现代性"》与《如何着手研读赵树理》很可一读，前者布局章法步步推进的论析逻辑，后者自由舒展、个性满盈的行文气象，颇为悦人耳目。我们还设有一个小栏目，旨在"比较"与"融贯"，或地域空间，或知行主体，贯串中西文体格式和古今艺术思维，例如李丹的文章，谈的是现代新诗的"域外生成"，既注意到文化"背景"相应的地域特点，又透析出"留学"接受主体的精神体验——内外历时的承启，东西共时的追尚，拓开我们视野的同时，也展露了一幅全景的异域诗学融合的历史图卷。

"底事春风欠公道，几家门巷落花多"。正由于自家门巷"落花多"，观赏、把玩的机缘就多，赏花、品花的经验也慢慢增多增广，眼光日锐利，断识渐精熟。——抬眼前路，或折柳归来，"夹路桃花新雨后，马蹄无计避残红"。我们当然祈祝花事的繁剧妖冶，我们也企望春风公道，人物共仰。花开为了妆扮春天，花落也是为了妆扮春天。

第6期

在这金风送爽的日子里，我们开编本年度最后一期稿件。2009年是新中国诞生六十周年，一开春，庆祝共和国六十华诞的气氛就越来越浓，我们文学研究界,陆续召开了一系列学术研讨会。四月份,我们《文学评论》编辑部与扬州大学文学院联合召开了回顾与展望共和国文学研究六十年的学术研讨会,八月底,我们文学研究所又与吉林大学文学院联合召开了"共和国文学六十年"学术研讨会,老、中、青三代学者一起回顾共和国六十年文学研究的历史性嬗变,审视六十年来文学研究取得的成就及存在的问题,信心满怀地展望新世纪文学的未来走向。

我们明白,回顾与反思是人类不断超越自己的一种精神活动,一个勇于并善于总结和反思的民族是有希望的民族。总结新中国六十年文学研究,是一个非常重大的历史性题目,文学作为时代和民族刻骨铭心的记忆和表述,文学研究作为这种记忆和表述的"心灵史"的学理认证,内在地感应着民族的历史进程,应该给我们这六十年的文学学术一个实事求是、有学理深度的中国人自己的说法。本着这一宗旨,本期特辟专栏,发表三篇文章,以及一篇会议侧记,对六十年来我国文学理论、现当代文学、古代文学研究成果作一番巡视,我们希望这种回顾和反思的理性精神,贯串在我们今后的学术研究中。

古今之争、中西之争在中国的学术文化界始终是一道诱人的风景,古代文学研究领域长期存在着"前理解"与"还原历史"的二元对立,吴承学的文章《古代文学研究的历史想象》一文,认为在当今承前启后的历史时刻,古代文学研究需要倡导超越这两个争论的"文学史想象",通过高度个性化的创造活动,使古代文学研究始终保持自身的价值与魅力。

当代文学方面,郜元宝的《从"启蒙"到"后启蒙"——"中国批评"之转变》,文章有着极强的现实针对性,它梳理了现当代中国文学批评的总体脉络,认为现代批评总体上属于一种片面的"启蒙批评",它鼓励和依赖的"赶路"式的学习模式至今不变。在中国现代文学批评史上,也曾有着"职业(教授)批评"和"大师(作家)批评",但是目前这种"启蒙后批评"仍被市场规则和学院体制所主导,为此文章认为,"启蒙后批评"转变的希望,是争取批评主体的独立,归回整体文学活动,为"大师批评"和成功的"职业批评"(学院批评)之再临做好准备。

现代文学方面,刘青汉的《中国现当代文学史上第四次人的发现》,认为中国现当代文学史上前三次人的发现是经验的、感受性的、揭示性和展览性的,第四次人的发现,实际上是对人的本质要素的揭示与呼唤,追求人文的人、日常的人、生态的人、神性的人,这些发现构成中国现当代文学重要的精神诉求、价值定位，不仅呼唤人的权利，而且呼唤人的责任和义务，这在中国现当代文学视域有着重要的理论价值和宝贵的现实意义，我们欢迎这种深入探索的精神，期盼更多有自己独立见解的文章。

文学理论方面，邓新华的文章，通过对近三十年中国文学解释学研究基本历程的反思，对创建中国文学解释学的若干前提性问题提出了初步的解答策略，对推进这一学科的理论建构有所助益；段吉方的文章，着重探讨了当代文艺学知识建构中，如何走出焦虑危机等问题，也颇有启发意义。

按照本刊的年度设计，这一期我们刊发了"台港澳及海外华人文学研究"专栏，展现了华文文学的另一面相，有助于开阔我们的研究视野。书评栏目中，《评饶芃子、杨匡汉主编的〈海外华文文学教程〉》一文，也可以归入这一栏目，这本教程是近年来海外华文文学研究的一个标志性的成果。

2010 年

第 1 期

"千门万户曈曈日，且把新桃换旧符"。——2010 年的"新桃"换下了 2009 年的"旧符"，毕竟有过一套"辞"与"迎"的仪程，或许也会潜伏真切的变幻，对于我们这个"门户"来说，含义沉重。——20 世纪已经远去 10 年，我们告别了多少旧习俗、旧轨范、旧心理、旧人物；21 世纪我们已迈进到第二个 10 年，我们又禀具了多少新思维、新胆识、新体气、新情怀。过去曾有人立志做哲学轮替，一口气写出六册"新"书，意图开悬一新命，为往圣继绝学，为天地立"新"心。结果，技术是进步了，体系是完整了，人格底气不足，学坛里或许是一块新的丰碑，但知行上的断裂却留下了一席笑谈。今天我们仍然努力追索新的学术真理，用力更多在传播健康的文化心理，建设健全的人格智慧，我们更感到迫切的是刊物要办得让天下人悦服。——学林的归宗、文章的渊薮要体现在张力、线条、光色和质感上征服人心，张扬艺心，要逻辑自圆，牵引人心，要手眼磊落，一片光风霁月，一身大家气象，——我们的文学学术发展演进到今天应该已经积蓄了开辟新天的潜力。

人物旋转，舞台未变，逝者滔滔，来者亹亹。唱腔程式翻新，启世立人依旧。学术的传统与历史的形态有心理对应，场域的悬置与纵深的开掘亦互相辩证。2010 年我们的采编风格会放出更大的宽容和多元，抓住有视野宽度的作者，引来有断制创见的文章。还是我们反复申张的一条经验：广交朋友，遍觅知音，商量做最好的学问，砥砺写最好的文章；还是那一句冠冕似乎堂皇的老话：我们明白学识、学理、学风的时代要求，但也时时企图加以改进，我们更看重积学、进学、续学的历史使命，故处处以"天降大任"之心承接。我们将保守与创新的矛盾揆度循序地转化为辩证认知和问学理性，以引导文学学术有声有色风光体面地前进。

这一期我们推出的《韩非子还原》、《古典诗词研究的叙事视角》、《改革开放 30 年作家身份的社会学透视》、《在中外交融中创造现代民族话剧》、《关于建构百年文学史的几点意见和设想》等文章,或可称为21世纪10年代第一批迎春报春的花枝,群芳含靥,给我们许多的喜悦,莺燕不远,春色有信。尽管我们心中充溢着急切的期待,辞面上还会露出峨冠、立高岗的矜持与稳重:"唯有君家老松虬,春风来时浑不觉"。——阅世久了,阅人多了,阅卷千万,珠玑满地。远处伐木丁丁,四面鸟鸣嘤嘤,我们深知今年这点点星星风日流金,春光乍现意味着什么。

第2期

"遥知风雪阻前山,云峰满目放春晴"。这两句诗好象是一○年代第一个春天降临的景物写照,或许还是我们迈入这个因未及设防而拙于应对的陌生年代的心理写照。不管你桌面上的、笔端上的情绪如何,也不管你教育经验的厚度、生命意志的硬度如何,内心的气候却总是鬼设神施地阴晴不定,天色迷惘中潜伏着种种不测的预兆。这第二期稿子编发时正值北京最寒冷的季节,暴雪厚积尺寸几十年一遇,但今天读者读到它时已是过了惊蛰,物候分春,时序和顺的春光三月了。尽管时时有风,三月初春阳光照来毕竟还有一阵阵欣喜的暖意。"今朝风从西北来,东南珠帘可上钩。"——我们面临的仍是一个暖意洋洋的世界。我们希望学术界心平气静地看到学术的发展与人心的进步,我们更希望从事学术的人们看守住自己,不躁动,不浮嚣,不骛远炫奇,不扣虚课寂,守正慕直,知耻且格,怀一颗"望云惭高鸟"的平常心,把自己的学术品格呵护住。

这一期文章,文艺理论片打头。《回顾与反思:渴望重生的启蒙》一文,多半还是抱着一种严峻的历史反思的态度,清理80年代思想文化领域"冲击式的植入的启蒙"的是非功过。作者对这个"命定的中国精神发育阶段"的"虚弱性"与"缺血症"的批评指责充满悲怆的激情,大声呼唤理性的壮大和启蒙的重生。文章有心献芹,正义满溢,设计的方案、开出的药方或未必灵验,但拯救与廓清的拳拳之心则有大可赞许之处。

本期值得留意的是集中刊发了一组"书评"。被评的书多是学术领域的上品、珍品,写书评的人也力求融合洞幽察微的学术眼光和基于阅历的独立判断力,勾抉出原书的学理精华与蕴孕的旨义,评李春青书的、评饶龙隼书的、评陈洪书的、评程文超书的、评叶舒宪书的、评曹禧修书的均值得一读。饶龙隼著《上古文学制度述考》是去年中华书局推出的学术力作。"文学制度"作为"文学"的形质体制,或者说知识体系的内在规定性在"上古"的发轫与创制镌刻有中华民族整体文明崛起的印记。作者秉持学问从源头做起,从原始开掘,所谓探本求原的路线,精细读书,深峻考问,斟酌异同,历观通变,显出所谓"截断众流"的阔大气象。黄霖书评大眼通脱,穿透文本,钩章棘句,刃迎缕解,将饶著的述原与考论解析得头头是道,在连缀出一串"极富识度的学术断制"琳琅闪烁之际,饱孕诗意地吐出"独上高楼,横吹玉笛"的赞美之声。原书与书评契符协律,杏花疏影里,吹拂出一片醉人的清音。《程文超文存》(八卷本)的书评则呈现出另一种思维的亮色与锋芒。作者力求在最大的平面展示程文超的知识结构与治学视野,截留下他"快速步入当代文学研究最前沿"奋勇冲刺的姿态,完整勾勒出这位坚强而又智慧的青年学人的治学历程和尽情释放生命能量的理想境界。一颗丰满心灵的萎谢,我们想到英年早逝的胡河清,想到一个时代的缺损。卖花人去,一路留香。

今天,学术世界的"意义"——被揭示,被解释,被整饬成一种先验的价值结构奉上千万知识者的心灵祭台,甚至载入人类精神史。让我们还滞留在滚滚红尘中的人赶快冷静下来,自觉寻觅自己的归宿,"飞鸟各投林",栖息上各自的座标。

第3期

又是"千葩万蕊争红紫"的时节,暮雨朝晴,随便主张;乾坤造化,未露真迹。二月报春的花信隐匿在山色烂漫里,遮蔽去了"领异标新"的风头意气,所谓"意足不求颜色似",静静地等候着时令来展示她青山妩媚、相看不厌的本色。

昨天的山水还在画布,川原红绿隐约流淌。桃坞日色在云岫间,杏花消息在雨声中。哪天云断成飞雨,再问云从底处来。书卷还得传导学术文艺,刊物还在承担时代使命。我们的学术运行在轨道里,气格完整,形神兼备。我们努力践实东坡倡导的"门大要容千骑入",所谓"大制不割",优质文章赶快刻就楮叶,传出墨香,崇高品性慢慢养成内丹,铸塑金身。

本期文章编排或可体现我们的学术意图,打头的文章是鲁迅研究的,今天我们重提"鲁迅与现实主义",重提"正视并真实地反映人生现实",重提鲁迅"对生活真实的发现和征服",自有深意存焉。鲁迅精神仍然是一盏照亮现实世界的明灯,一柄解剖社会人心的利刃。古典文学研究,我们仍在用心总结严重深峻的历史经验。《〈诗经〉研究六十年》、《当代词学文化学研究的回顾与反思》两文，不管是学术史线索的考镜源流、明辨得失，成绩册叙录的评估检点、解剖肌理，还是方法论操作的披沙拣金、掇拾珠玉，都透露出一种因理解历史而审慎判断的眼光。秦人遗弓，楚人拾弓，为的是我们今天能搭上利矢，直射垛心，为的是学术自身的进步、尊严和意足神完。当代片的《胡风事件的方法论根源》也值得一读。作者指出了这一场历史悲剧的本质在尊重"实际"和奉守"理念"两种方法论的"对擂"，而认知范式的碰撞、交锋实际演化成学术与政治的分野，并在意识层面与无意识层面展开生死对决。方法论根源固然决定了特定时代政治文化的是非取舍，而胡风对政治情势的误判铤而走险，以图侥幸实际上也没有脱逸出方法论对抗的内在逻辑。"九里山下古战场，儿童拾得旧刀枪。"刀枪当然是旧的，当时一切理论运作，不管是大气凛冽、声壮如牛的，还是躲躲闪闪、鬼鬼祟祟的，一切意识到的逻辑推演，包括胡风绞尽脑汁切入的路径和抢跑的技术都弄清楚了，看明白了。旧刀枪"自将磨洗认前朝"，还是归作儿童的收藏与摆弄吧，不会再有今天和后来的人端起它来冲向新战场。文艺理论片《中国诗学的体用之思》很有一些可宝贵的心得。"体"与"用"相对立的哲学命题是中国诗学的基本思辨方式，这个方式在诗的思维理性与创作实践两个层面指向"自然"与"工力"的相反相成。"自然"固然是中国诗学体系架构的最高设定，在"体用"完美圆融的结构关系中"工力"只能是为"自然"所摄。中国的传统哲学思维紧要处在本体不同，三教都有本体最高的形而上设定，"体""用"殊途、标本横断遂开万物运行规则。"道"与"器"的哲学机理和辩证地位也大抵如此。

　　爱因斯坦曾说："我们的理论，决定了我们观察的结果。"放在历史的经验或教训里，胡风如此，周扬也如此；王如此，霸也如此；经如此，纬也如此；纲如此，目也如此；喻于义者如此，喻于利者也如此。但放在我们今天的真理追求里、学术方法里，则似乎应有所警悚，有所深思。菩萨怕"因"，凡众怕"果"，我们的学者，固然不是菩萨，但对"正人心"、"辨是非"有责任，故而须在造"因"上勇敢地站立起来，而在食"果"时，不必喊冤，也无处喊冤。这或许又是"领异标新"的一种应有之义吧。

　　遵循因果，跟着逻辑的日子还在继续。"山空樵斧响，隔岭有人家。"

第 4 期

　　五月中旬我们在浙江温州举行了 2010 年度编委会例会，块云出岫，郊原雨足，面对前沿格局纷纭迷乱、学术规范有待整饬的特定时段的刊物前行方向,编委们提出了一些极有价值的设计思考,目光落在文心、文辞、文风三个层面,意气跨越立己、立人两个界限,为文学学术解惑纾困的同时,也为本刊自身的学理建设夯实了耸立高标的台基。

今天我们的学界并不缺"思想",满面红光的思想史家成群结队;我们今天的学界似乎也更不缺"学问",纸面上的中西学问,知识论上一大串外国论主的史料文摘叠床架屋,我们今天缺的是真正认识中国的人,真正准备在文化问题上解决中国困惑、放正中国位置的践实务本的学者。我们的编委同仁似乎有一条并不复杂的共识:很长一段时间以来,没有特色几乎成为中国学术队伍的共同特色,身上披红挂绿,装束相似,胸中残锦几匹,内敛同一,笔端枯涩,眼光混浊,学术事业大多投放在裨贩上,"汉恩自浅胡恩深,可怜不着汉宫衣"。上世纪二十年代以来我们的前辈大师在新文化的讲坛上不止一次大声疾呼:"早早脱离裨贩学术的时代,早早进入创造学术的时代。"然而直至今天我们不少学界英模仍以裨贩为正道,为捷径,为通向学问冠冕的不二法门。——国际学海风色,四面人物茫茫,"船头东南西北望,不知何处是家山!"

随裨贩而来的便是播弄狎玩——弄学术简化为一个字:玩,玩概念,玩范畴,玩主义,玩抽象名词,玩外国思想史上知识论的人物目录。学术成了滑溜的玩艺,成了机械的技巧,成了博彩投机的法宝。为了贪玩,荒疏了自己本不厚积的当行功夫,"贪与萧郎眉语,不知舞错伊州"!敬畏之心、怀耻之心荡然不返。

正是标举创造的学术,正是鼓励学术的创造,也正是力图不负编委同仁的期望,本期我们选用了一批暗中立志有所创造、有所发明而大胆摸索的文章:《中国文学制度论》、《辟文学别裁》、《汉学主义:中国知识生产中的认识论意识形态》等。其中关于中国"文学制度"固有之义的论述,中国文学传统置身的质的规定性,外在的风命体制,内在的性命机理,从观念形态到物质形制的哲学认知、辨析证成等等;其中关于"辟文学"的文学与非文学征象与质性之别,"界外瞻瞩与旁观他解","异质契合,别有所缘,跨界通化,另有所据"等等之论述。——我们希望这一类探索性学术思维的创新,尝试能转引来思维学术的进步与突破——突破哪怕是一寸一尺,创新哪怕是一点一滴,都是极其珍贵的,都是鼓舞人心、启迪风气的。"月中偶摇桂树,人间唤作凉风"。

本期"学人研究"栏目,我们郑重推出大学者吴小如先生。吴小如先生是当今人文学术界罕见的通才,被誉为"乾嘉学术最后的守望者"。文史领域驰骋六十余年,著作等身,桃李成阵。他的宝贵学术经验需要我们一二代学人的认真消化、整理与传授,刘宁的文章只是一个初步的总结。古往来今真正的功盈重器大多落尽铅华,返归本真。"曾识娥真体态,素面原无粉黛"。他们的高文典章、片言只语,我们奉为拱璧巨珠,他们的谦和冲淡、内抱不群,又是我们心仪的杏坛清风。我们要寻找真正的大师,"三嗅而作",其迹不远。

第 5 期

大汗淋漓的酷暑天编辑学术文章,心里反倒感觉有几分清凉之意。眼底苍山隐现,江河腾涌,脚下乱流开阖,涓波寸折,所谓"文体多术,众相弥纶"。我们总是庆幸坐拥这么多时新佳制。鱼或相忘于江湖,却总潜伏在波浪里游动;人或相忘于道术,却终不能逃脱知识理性的追逼。红牙按拍,幺弦漫拨,往往也可听出真骨凌霜,高风跨俗。——文章识寸心,相马九方皋,只眼独具,古调自爱,造化心攸同,炎凉大抵有谱。

本期我们郑重推出两个专栏,一是关于"马克思主义文论的当代形态化"讨论,安排三篇文章,着重探讨马克思主义文论范畴拓展的文化维度,过程节序以及作为学科的当代马克思主义文论话语形态建构。我们设计这个专栏的一些建设性思路在专栏前头另有简明扼要的交代,我们期盼学术界对这个讨论议题留心关注。第二个学术专栏是"纪念钱钟书先生诞辰一百周年",也安排三篇文章,着重探讨钱钟书先生在"文学"与"历史"两个领域融合贯通的辩证思维,海外钱学中文学研究的维度开拓与历史启示,以及钱钟书、杨绛两大家散文的艺术比较论。关于第一个层面,"文学虚构"与"历史叙事"的契合沟通,钱先生有过许多精彩且经典的陈述,这里作者更用心在将钱氏文史互通的见解与西方普遍流行的新历史主义理论作对应研究,以探寻"史蕴诗心"的学理真髓。所谓"聊举契同,稍通骑驿",打通"文学"与"历史"间人心、文心理解与把握的界限。"青史传真,红楼说梦",真而不实,实而不征,梦而不虚,虚而不伪,恰有艺心微妙与幻术机巧在,其间的契合与相通正是钱钟书先生骑跨整个人文学术领域的昂立姿态与基本识度,并由之生发寻索与解密人心奥赜与史心诡谲的动因机制。钱钟书研究的生动历程与辉煌业绩再一次启示:一个时代高标之不可企及,一个文化巨人与他的时代的精神联系并不因人为的有意捆绑而相得益彰,更不因为血肉沾溉而必然继武赓续。相反,我们时时会感到他的陌生、邈远而放弃追随,这或许是我们后人的夙命与悲哀。"圣王弓剑坠幽泉","谁知乾坤造化心",我们只有叹息的份,我们实在不敢生起打捞的勇气。翻过钱钟书与他的世纪的这一页,我们还得低头赶自己的路。

回头再看我们这一期的其他文章。各片均有光彩环生的选目,但似乎总觉得排列有点密集,篇幅略显肿胀,版面上留的余地太少。古人说:"小桌呼朋三面坐,留将一面与梅花。"三面围坐,诗意已经盈足,空出一面期盼梅花照影,香色馥郁。这才是浪漫旖旎的氛围,这才是巧拼布局的匠心——松声错落里,满瓯茶熟,花光照映下,人事团圞。可惜我们忽略了这一层天然图画的拼接,我们总学不会留白的工艺,展示不出留余地的胸襟与境界。——天下固无心外之物,但手头必须有心中之缺!

本期集稿前后,正是世界杯足球赛高潮迭起之际,窗外热浪滚滚,有时呼声雷动。我在想,繁复而醉人的赛事完了,又该是猎头四里出没的季节了,优秀运动员心中也静不住了,有的一"运"就"动",有的待价而沽。学界虽曰人心清浅,但手眼渐热,大汗已在酝酿。——"举手弄清浅,误攀织女机"。

第6期

这是2010年的最后一期,想说几句辞旧送别的话,不免有几分踟蹰、迟疑,思路也有些生涩、阻滞。走过来的路,云雾遮掩,阴晴不定,象一幅写意的水墨,往前去的路,花枝招展,颜色杂驳,象一阕婉约的词。路上有人物——同路的已走了很久,姿态轮廓,线条丰满,迎面碰头的,不期遭遇的则面目局促,行色匆匆。大概是到了驿台歧路口,等着明天的茅店鸡声吧!板桥人迹凭谁去细辨指认,秋月春风惯看,又何必猜测问答?放眼平远处林木逶迤,径草陌生,深远处宿岚动移,云气断续,高远处则日色明灭,层皱闪烁,这样的情与景,无疑是"有境界"的,我们或许会想起陈独秀的一句名诗:"坐起忽惊诗在眼"。陈独秀不以诗人称,却为中国近现代史浓重地挥洒过诗笔,许多章节情志飘逸,飞云浩荡。他也几次站在歧路口探望,怎样与昨天告别?历史的屏风遮蔽了他的清刚峭直,时代的急管繁弦淹没了他的吹唱选择,"只缘六翮不自致,长似孤云无所托"。星云轮回,舞台大转,今天的日历2010年的尾巴已经孕育了新的启示，明年的工作自然会编入新的进程。"画眉勤揽镜，深浅入时难"。语境嫁接之前我们不敢指望每位读者都欢喜我们的编刊风格。我们总要告别惘然，尝试去体认新的征兆。

新的历史笔墨酝酿着新的学术面貌和新的编辑思路。辞别旧岁，这最末一期文章仍然还是2010年年内的气象：四个板块密匝匝围坐在案头的四面，肘腕摩挲，肢体勾结，青衫领袖交错，儒冠巾帽重叠。细心的读者或许会慧眼识得香草，摘着奇葩——大块切割的园圃各自散发着诱人的异香，就是我们的"书评"栏目也出露了些新变的气色：栏目的内容形式向著作者的研究路向、成果质地、探索风格及方法论选择诸方面多头发散，展现出更深层的阅读感悟与大度圆熟的历史理解。原著述的学术经验与思维成色得到更富于识力，更专门，更精细，甚至更欢快的发掘与报告，"三清小鸟传仙语，九华真人奉琼浆"，原著述的意态风色，精微尽出，妖娆毕现。如评高玉的"书"语言视角的选取与采掘的独到心得，如评王充闾的散文集子，历史与美学两相侵逼的文化哲理的阐发，如评《李贽全集注》，从全集的规模体制、编纂特色引导向对李贽这个"苏子瞻后身"才胆胸襟、人生异数的解读，目光远引，勾人心魄。这一类文章的生动面目也可为时下刻板熟腻的学术书评的结构形制、话语套路生起点反思。

"远路不须愁日暮，老年终自望河清"。顾炎武《五十初度》便出露如此词色与心态，我们不由想到了自己的昏晓流年，想到自己的日暮心志。刊物的"远路"勾摄起我们跋涉的勇气与毅力，学术界的"河清"正要靠我们的勇于坚守。我们的努力只有一个标志：捍卫住我们的完整。

2011 年

第 1 期

　　翘首企足期盼的 2011 年终于来到了，洞五百尺见了底，桃三千年开了花，原来还是一方悦目赏心的桃源境。闾阖初开，庆云缭绕，乔木仰止，人文可辨。历史背后照出一道亮色，显示了固有的尊严，学术前头再度铺开新路，验证了自身的进步。飘风不终朝，昨日的酒筵已经散席，醉意婆娑，狐步诡谲总要撞上襟袍严整与学识峻直的硬壁。——新的岁月开元自然会滋生建构的激情，兴奋点已调节到相同的节奏之上。

　　这第一期的文章篇目虽不免仍显拥挤，但处处可以看到名家大家的身影。"繁简殊形，隐显异术"。掷地有声的号召力，驾轻就熟的方法论保证了学理的醇度、思考的深度和文章的高格调。杨义、陈思和、钱理群、赵毅衡诸位的新作为我刊的新年首卷添抹了一笔重彩，旗幡吹拂处，风声猎猎。特别是杨义的《〈老子〉还原》，新辟蹊径，筹远机深，把"还原"的工作落到实处，"老子的氏族与地缘文化基因"、"破解老子身世与谱系之谜"、"追踪老子从原始赖乡到文化洛阳"等章节真正把"还原"的功夫做深做细，做到草根田间，锁合了身家乡邦接连天下的链条，与他的地理文化学宿愿抱吻作一团。所谓设局解局，推波索源，为千年以来的老子研究导引出一道活水，在观觎柔水流年的波折间，在巡检楚简流播的线路上掘开了他解读老子哲学道场的沟堑，并站立上壁垒的顶端就"孔子问礼"、"老子出关"的历史大关节处悄悄地为孔老的先后曲直端出了自己的判断。眼光如炬但心细如发。

　　或许可以说，老子是这个世界被人称引最多但理解最少的哲人，老子是一门显学，但含义最隐晦；老子莫知所终，但世人追踪不辍，做足了人肉搜索的工夫，真正能读懂老子，尤其是读懂老子大智慧的可谓凤之毛麟之角。老子曾深怀感慨地说："吾言甚易知，甚易行，天下莫能知，莫能行……夫唯无知，是以不我知。"一些浑身没有一丝老子气味、没有一寸老子身段的人挤轧在老子的讲坛上，口吐莲花，解老喻老，据说还要光被域外。——"耳目所及尚如此,万里安得制夷狄"?我们无意于知行二元背反或合一之争,我们只要求学术文章的"知"的透彻通脱,柱下旨归、道德真言,能残编坐拥,空言垂世已属大不易,我们只守住这条线。

顷前在一篇文章中读到"朝为木铎,暮为刍狗"两句话,十分感触,倘改为"出为木铎,入则刍狗"或者更能警世。知识分子学者,以启蒙、布道、背书为职志,手振尼山木铎,心仪泗水文章。结果却逃脱不了"刍狗"的命运!学者群体或可以从这里找着自我救赎、自我疗伤的药方。胸次悠然才能推动天理流行,老子道长,才能望奔竞者道消。黄粱已熟,梦亦可醒,炼出中国文化的真金,降下中国学术的大师,谈何容易!

新的一年自当有新的困学破局,新的气体挟裹,新的文章醒世。老子的话题又勾起了我们自身出处进退的设计。老子说:"圣人后其身而身先",凸出一个不合流、不并行,不争竞、不苟同的"身"姿。——我们的守"身"正是为了明天的团圞,旧年我们的守岁为了听新正的第一声爆竹。"云磨雨洗天如碧,桃符几家暗换新。"

第2期

早春二月,阴阳分气,乍暖还寒。"洛阳陌上人回首,丝竹飘飘入青天。"知识界也按自己的檀板节拍呼唤着东风满孕,百家妖娆。我们自己的一份努力,不仅加厚了美学经验的积累,也满足了思想前行的需要,改进艺术法则与学术思辨的同时也构建了一套与之相适应的生活形态和人文格调。用我们常说的话语即是:"丰富了我们的审美历练,也深化了我们的生命意义。"象精神面貌的一次次洗礼,象胸襟抱负的一次次解放,接下来应是饱蘸意气的大笔挥洒,在一个时代的屏幕形象就是"走为麒麟飞为鸾",就是"东风谬掌花权柄",展出一套新的文章模本,重构一部新的礼义春秋。"人心惟危,道心惟微",给我们这个时代以学理营养的滋润和文化心态的抚慰。

本期我们推出一组讨论曹禺的文章,作为一个专栏放在头条。之所以没在去年一百周年诞辰纪念时刊发,用意只在冷静下来处理这个话题,清醒地为张扬现代学术理性下点沉厚的工夫。专栏打头文章是《曹禺的苦闷》(廖奔),副题是"曹禺百年文化反思"。把曹禺的反思与百年文化联系起来思考,在真实展现曹禺之心灵轨迹、精神图像的基底上,为曹禺文学贡献的历史经验,为曹禺一生诗意行止与灵魂苦闷作出文化的解释与评判。曹禺晚年说:"我一向无思想,随风倒,上面说什么,便说什么……

不知真理在何处。"这或许是一条触及性命机理最为关键、最为本质的话语——曹禺的诗人气质、纯真坦白、在纷乱复杂政治台面上的浑浑噩噩，及晚年深邃犀利的自责与解剖，给我们震惊之余，留下了深长的思索。

从旧社会精神信仰危机的深渊里爬出来的一代知识分子作家、诗人、剧作家，几乎都坚持爬上了左岸，但爬上左岸以后的路却千差万别。"十七年"与"文革"的岸边激浪把他们打得踉跄滚爬、跌跌撞撞。从左岸鬼使神差地滑入或冲刷至右岸的固然不少，曹禺有幸始终留在了左岸，但经历了一条艰难、惊慌、自虐而尴尬的路。他的迷惘，他的困厄，他的孤独，他的苦闷，以及他习惯地表现出来的文心逼仄、词色紧裹到今天仍是一个沉重的话题。我们读读他百万字的散文作品——包括他的日记与书信，听听他晚年的醒悟和大声呼喊，他裸露了他的全部自己，从灵魂到肺腑，从声带到眼泪，按捏着曹禺的脉搏，总觉得阵阵寒凉。"云沉鸟没事已往，月白风清江自流。"曹禺的一百年戏剧人生过去了，我们今天如何来设计本真的自我？如何把被吞并、被淹没、被整合的自我救赎出来，从曾经的溃烂与坏死中找到真实的生命信息：正视世界的胆识与灵魂重温的热力。

我们还想推荐的一篇文章是《张爱玲晚期小说中的男女关系》（许子东）。"张爱玲"这个题目本已经做得很透彻了，河床几乎干涸见底，但张爱玲自己又拎来两三桶剩炙倒下，河床不免又热闹起来。张爱玲的晚期小说（特别是《小团圆》）在一个浅狭的历史层面纠正了一些张迷的猜测与推论，动摇了一些环绕张氏婚姻男女关系（也包括她与母亲关系）看似已经凿实的结论，似乎也廓清了她自己的关于自由、枷锁、心灵、肉体等相应概念的设计。但我们不必过于相信张氏的自叙，那些碎片式的记忆素材和文学上的装饰技巧，精密坚实而符合艺术科学的内在证据链往往会击毁张氏侧身迟回、滑溜自圆编织的口供。"美人细意熨贴平，裁缝减尽针线迹"，张爱玲玩弄出的一套旖旎风景人事造型，还须经过历史逻辑、人间烟火的蒸馏与复覈，许子东的文章或正代表了历史理性的厚度和学术考辨的深度。

"不缘燕子穿帘幕，春去春来那得知。"——新的春天已经到了，"迎之不见其首，随之不见其后"，那只是我们自己的感觉。

第3期

去年夏秋之交，《文学评论》主办单位中国社会科学院文学研究所组成了新的领导班子。作为"新政"的一部分，本刊编辑部近日也有了一些相应的人事变动。身处学术机构，必须敢于担当，只要将工作视为责任（而非权力），尽着公心做去，自然会感到释然。相信文学所前辈尤其是《文学评论》历届主编留下来的优秀传统以及同仁的集体智慧和规章制度的力量，足可以弥补个人能力的不足。编辑部地处闹市，外面交通竞进之声不绝，环境的熏习与驱引之力，确实不可小觑。好在屋内却另是一番气象。凌乱中自有秩序，因为每个人的心里，都有一片澄明。由此想到杨义先生发在本刊今年第一期的力作《〈老子〉还原》。文章除了考镜源流，似乎还有"清静自正"的深意。那期的《编后记》有感而发："'圣人后其身而身先'，凸出一个不合流、不并行、不争竞、不苟同的'身姿'。"善哉斯言！善哉斯言！不久前，在樊骏先生的遗体告别会上，很多人无言流泪，那场面本身就令人唏嘘。人们一方面悼念一位出色的学者，一方面又深惧他所象征那种身姿将离我们远去。樊先生奖掖后进，然而又培植正气，在学术评价上不徇私情，有一种近乎迂阔的真率。正是这种榜样的力量，使得刊物没有跟随浊流，莫知所届。为此，我们向离任的主编、副主编表示感谢。

数十年来，《文学评论》经历了新中国文坛的风风雨雨，已经长成一棵枝叶婆娑的大树，但是我们还不能仰赖前贤的余荫，以旧业骄人。这棵大树也是天下公器，需要编辑部同仁以及广大作者、读者悉心养护，共同浇灌，使之成为优良学术环境的见证。鉴于我们将加强与各大学和研究机构的精诚合作，我们更要坚持刊物的独立性。惟其如此，大家才能真正从合作中得益。这期的论文，未及一一细读，不敢稍加评骘。倡导学术自由，这是我们多年的办刊方针。同时，我们还要一如既往地强调对所论领域的研究现状的深度了解，强调问题意识、当下意识以及对细节的敏感。文学作品体现了最丰富、最细腻的价值，如果批评家能用老练的语言甄别、分析这种隐含的价值，那么作家自然会珍视批评家的存在。假以时日，我们一定能成为创作界的益友、诤友。

中国共产党建党九十周年的日子很快就要到了，我们组织了一个小型的马克思主义文论笔谈会，以示纪念。恩格斯曾说，马克思的严谨治学态度，"使他在自己对自己的结论在形式和内容上尚未满意之前，在自己尚未确信已经没有一本书他未曾读过，没有一个反对意见未被他考虑过，每一个问题他都完全解释清楚之前，绝不以系统的形式发表自己的结论。"想一想这种精神所由产生的文化传承和社会力量，能不汗颜？如果乐观一点，那么这段文字能改变当下文风和学风亦未可知。以此共勉。如何？

第4期

不久前，编辑部收到中国学术期刊（光盘版）电子杂志社来信。信上说，本刊去年所发文章中有三篇不收入年度光盘：其中两篇有炒冷饭或一稿多投之嫌，文字与作者发表的旧作十分相似；另一篇文字复制比差不多达到一半，电脑审查结果为"疑似抄袭"，被"借用"的作者及其作品也一一列出，以备查核。一稿请勿二投，这是学界不成文的定规，在此重申，实属无奈。至于那篇"疑似"的文章，通篇立意与主要论证都有"拿来"之嫌。这已经不是注释欠规范，文字上稍有掠美的问题。

整肃学风，已经迫在眉睫。其实，正面的例子也很多，比如这一期陈大康的《晚清小说与白话地位的提升》一文。清末文学史料浩如烟海，但是往往散见于各处，研究者使用，颇多不便。翻检这些资料是体力的活计，陈先生徜徉于旧书报中，所体现的正是读书人本色。这篇文章没有宏大的理论词汇，却有理论的新意。现在文学生产的社会过程颇受重视，有人从出版社的定价、连载刊物对文体的影响和作家代理人的出现写出让人耳目一新的著作来。陈文也让我们看到了市场那只手如何作用于文学和语言的演变。假如白话在二十世纪第二个十年成为文学革命的标识，文言在日据台湾却另有一种特殊的社会功用。江宝钗的《论台湾传统文人社群"行动力"的兴微与变迁》揭示了文言在台湾新文化运动中的地位。这两篇文章既重视史料，又有理论上的关照，读来都有厚重之感。

作为文学研究者，对语言必须十分敏感，自不必多说。这一期王彬彬谈赵树理语言的文章就体现了难得的细腻。但是有时候我们也能看到一种令人担心的倾向：偏喜大而无当的词汇和宏大话语。二十世纪欧陆理论家对我国文学研究界的影响是他们自己也料想不到的。但是海德格尔、德里达和福柯等人都有具体的研究对象和特殊的语境，他们的阐发和论辩旅行到中国不免发生种种变异，一旦只剩下词语的空壳，那就有点可悲了。

现在创作界新人不断涌现，也有不少佳构，正所谓"满眼生机转化钧，天工人巧日争新"。但是当代文学评论是否同步前进，还是不得而知。上世纪九十年代末，报刊开始用年代将作家归类（如"80后"），不料竟成风气。如果二十世纪二十年代的批评家称鲁迅、周作人为"80后"，茅盾、老舍为"90后"，那么他们就有忽略作家个性和特点之罪。难的是以成熟的语言辨析小说家的独到之处，而不是用僵硬的数字、泛泛的概念把他们一网打尽．标签用得多了，当然不利于批评能力的充分发展。

本期开始，书评暂时不发，敬希读者谅解。与书评一起消失的还有人头像。读文章就像吃鸡蛋，尝到了味道就足矣，作者长相如何。恐怕不值得关心。钱锺书先生一定会对此大表赞同。

第5期

江勇振的《舍我其谁：胡适》（第一部）不久前在大陆出版了，读者终于有机会看到，胡适的一系列日记、回忆和书信是他精心挑选的自传档案，要写他的传记，就不能被他牵了鼻子走，必须怀疑并超越他企图留给后人的标准模本。胡适太想自我作古，对他所构建的新文学史观，也需要一点批评乃至解构的精神。其实研究任何一位作家，都必须对他刻意呈现的自我保持一点距离。有的人太容易被研究对象收编为义务推销员，诗人自称"孤且直"，立即就被理解为人品耿介高洁。这样的例子充斥于各种备考必读的中国文学教科书。

自我其实是最复杂的现象。大凡真正伟大的作家都是能跟自己对话和搏斗的，胡适也作了可贵的努力。要成功描写近在咫尺的自我，委实不易。蒙田如此形容自我观察和剖析："这是一条崎岖的路，比表面更崎岖不平。去追寻一种如魂灵般杂乱无定的节奏，去渗入其复杂内部迂回曲折的黑暗深处，去选择并掌握无数敏捷可爱的变故，这是一种新奇的任务。"还有什么能比这种深入自我的远行更引人入胜的呢？难的是在此过程中不做作，不隐瞒，不自欺。我们暗中都会不自觉地把汹涌而来的自私本能用道德的、最有利于自己的言辞包裹起来。整个社会是混浊的，只有自己清高："出污泥而不染"，"涅而不缁"。这些俗得发腻的语言多么讨人喜欢啊！于是自恋、自怜的绝妙文辞"穷苦之言"太多，而对自我深处那条崎岖小路或众多岔道的真诚探究太少。确实，没有任何东西比自我恭维的愿望更难克服。辞彭泽令，就抱怨"世与我而相违"（"不能为五斗米折腰向乡里小人"），出翰林后（"赐金放还"），就大呼"安能摧眉折腰事权贵"，"连城白璧遭谗毁"。实际上的情形不这么简单，甚至有点叫人难堪。要抵御美化自我的诱惑，谈何容易！汪春泓笺注《汉书·朱买臣传》，都是在细节上着力。如果在分析各色各样的作者自述时能体现出这一种警觉，或许我们的评论就会更加成熟，具有更强的穿透力。李贞玉文章讲到几位当代诗人的"自我疗救",也涉及自我,不过与前面说的善于跟自己过不去的自我,并不在同一个层面上。这里又有文章可做。

最近不断在报刊上读到对文学批评现状的责难,这一期的当代部分可以说是对此的回应。目前中国文学究竟处于何种状态,恐怕难有定论,毕竟"身在此山中"。但是有些现象(比如已经进入普通读者日常生活的网络文学)是否值得关注?尖锐的问题总得提出来。

近年来合写论文的现象较为普遍,听任这一态势发展,恐怕不是文学研究界之福。导师辅导论文写作,无非是承担责任而已。论文发表时不与学生一同署名,才能体现师道尊严。我们今后原则上只录用独著的稿件,敬请谅解。另有一则消息相告,不久前,为了更加公正、专业地审读稿件,本刊的工作流程有了一点变动。希望广大作者支持改革,将纸质版来稿直接投寄编辑部。

第6期

阅读海外汉学家的著作,经常很有收获。日本学者冈村繁先生曾经指出,"大雅"雄浑壮大,是《诗经》的精髓,而他最喜欢的诗篇是列于大雅之首的《文王》。他说,该诗缅怀文王懿德,诗中所回荡的庄严激扬的旋律来自"赤诚之心","凝聚着思祖忧国的一片深切情怀"。(骚怨之辞所缺的恐怕就是真正无我的赤诚。)这样评价《诗经》,与我国百年来的主流《诗经》研究有何不同?为什么?胡晓明的《正人君、变今俗与文学话语权》一文间接讨论了这些问题。这篇由《诗大序》生发出来的文章里还有一些有趣的话题:有没有纯而又纯的文学价值?如何理解亚里士多德所说的"人是政治的动物"?其实仅仅强调中国文论的差异性还远远不够。缺少比较意识,满足于封闭的话语系统,那么对自己传统的理解也容易流于肤浅。这大概也是代迅就中国文论话语方式提出一些疑问的原因吧。

据《史记》记载,司马相如年轻时离开故乡成都赴长安,"以赀为郎,事孝景帝,为武骑常侍"。后来有不遇之叹,辞官回家,于是有机会到临邛拜访当地首富卓王孙,琴挑文君。两人逃到成都,居家度日,颇为困难,然而一个巧妙的决定改变了他们的命运:"相如与俱之临邛,尽卖其车骑,买一酒舍酤酒,而令文君当垆,相如自著犊鼻裤,与保庸杂作,涤器于市中。"苏轼等文人从这些文辞中读出令人不安的内容,但是在后来根据这一记载敷演的通俗文学作品中，美好的爱情故事遮住了司马相如不光彩的动机。这或许是"村学先生"之功。王立群的《历史建构与文学阐释》一文说明，历史故事和文学的道德价值需要细腻透彻的讨论来挖掘。文学的感悟力究竟来自何处？"知人论世"应该是中国文论所长，金圣叹评《水浒传》所体现出来的道德与艺术的敏感性即是一例。

通俗或民间的想象未必总是美好的，也未必能够代表最细腻的文学感悟力，因此需要提升。怀有乡村理念的赵树理希望自己的笔能表现出"有声的乡村"。这位文字大师自称"生于《万象楼》，死于《十里店》"，他家乡的上党梆子深入渗透了他的文学创作。焦菊隐把小说《智取威虎山》改变为来自西洋的话剧，说明文人参与创造特定时期的"通俗"，这本身就是悖论。孙晓忠与姚丹的两篇论文其实有相通之处。英国诗人华兹华斯在《抒情歌谣集》的序言写道，他想使用乡下人原汁原味的口语，但是他的诗友柯尔律治却表示怀疑，他坚持诗艺应该超越纯粹的乡村语言。黄遵宪的"我手写我口"就是诗歌的最高境界？我们不妨读一下钱锺书先生的苛评。民歌时调往往是文人的拟作或窜改的结果，绝非风行水上，自然成文。谣谶中多文字游戏的技巧，更不像天籁自鸣。鱼腹中的丹书"陈胜王"是计谋之作，服务于一目了然的利益。

写这些文字的时候正值教师节，再啰唆一句。本刊作者基本上都来自大学，教书之余还要写文章，真是万分辛苦，好在大家读书有所得，自然就觉得充实。将这种充然自足的感觉敷演成文章，与人分享，岂不快哉！

2012 年

第 1 期

朱立元捍卫"文学是人学"之说，举出李白笔下"大鹏"的例子。神鸟并非自然界的飞禽，只是诗人的寄托与自喻。这涉及到比"人学"更有趣的话题。宇文所安在论述李白时写道："他只写一个巨大的'我'，——我怎么样，我像什么，我说什么和做什么。他对外部世界几乎全不在意，除了可以放头巾的支挂物"（指《夏日山中》的"脱巾挂石壁"）。"巨大的'我'"与"有我之境"（"以我观物，故物皆著我之色彩"）是否有所关联？如何评价大量美化自我的借物明志之作？

其实海外汉学的意义还没有充分挖掘，仅仅以受害者的心态关注所谓关于中国的套话远远不够。李白自以为不得志，真让"谪仙"施展抱负，那么公款都要变成杯中物了。尊重事物的本来面目，以无我之心观察世界，是一种很难获致的美德。美学家乔治·桑塔亚那曾如此描写《物性论》作者卢克莱修的特点："这种天才最了不起的地方就是它将其自身消失在对象中的能力，即它的非个人性。我们仿佛不是在读一位诗人之诗，而是在读事物，而是在读事物本身之诗。事物有它们自己的诗，不是因为我们将它们变成什么东西的象征，而是因为它们自身的运动与生命，这是卢克莱修如此明白地向世人证明的。"可是要抵制拟人化或自我投射的诱惑，实在艰难。

没有内在约束的自我并不自由。网络文学在我国畸形发达，或许是内在约束和批评的权威缺席所致。写手们一度以"自由"为标榜，现在则有了"码字工"的美称。曾繁亭揭示了网络文学与商业利益重重复重重的关系，可见网络写作受到很多限制。不过曾文断言，真正的文学都是自由的，不知如何理解？爱丽丝·默多克会说，自由意味着克己去我。这位哲学家、小说家早年服膺存在主义，但是拒绝把他人视为地狱。她这句话说得太好了："自由就是认识、理解并尊重我之外的各种事物。在此层面上，美德可被视为认知，并把我们与现实联系起来。"因此，对艺术家而言，最难的是将注意力集中于观察的对象，不让它偷偷逃避到自我之中，通过自怜、怨恨、幻想和绝望来寻求安慰。钱锺书先生强调"超自我"，也有这层意思。与自己需要保持距离，与研究对象也不能黏合得太紧。浙江人一味称扬家乡先贤或浙东学派、浙西词派，那就太乏味了。

鲁迅逝世后，他的作品从未受到冷落，"文革"期间，他的文集和"战斗精神"更受欢迎。现在的鲁迅研究已经与当时的鲁迅崇拜大有差别。李冬木的文章指出，《狂人日记》以"吃人"象征中国漫长的历史，却与日本明治时代流行的"食人"话语有关。作为"脱亚入欧"文化改造的一部分，这套话语参与了"他者"的建构与日本新我的界定。纪念鲁迅先生诞生一百三十周年，就是要有这样的研究力作。

中世纪的欧洲没有"作者"观念，文学作品往往具有共同撰写的特点。我国的明清小说，也很难指出其单一的源头，比如三国的故事早在北宋就有血有肉，所以鲁迅说"罗贯中之《三国演义》是否出于创作，还是继承，现在固不敢草草断定"。诸子还原，就需要更大的魄力了。如此重大的话题，值得讨论。本期关于屈原画像的文章，无形中强化了屈原的个人形象。《史记》中一些关于屈原的文字真实性究竟如何，《九歌》作者是谁，恐怕还不得而知。不疑处应该有疑。春节将至，编辑部同仁祝大家新年好。

第 2 期

元旦刚过，教育部、中国教科文卫体工会全国委员会就印发了《高等学校教师职业道德规范》。这是对高校教师及时的督促，也是春节前最好的礼物。《规范》第四条为"严谨治学"，要求教师"秉持学术良知，恪守学术规范"；第五条是"服务社会"，"坚决反对滥用学术资源和学术影响"，主要针对高校各级领导和教师而言。半年前，中国社会科学院也制定了《编辑部人员执业行为规范》，本刊编辑部将切实贯彻精神，并愿意接受学界的监督，欢迎大家提出意见。

其实这两份《规范》是互相促进的。如果作者群不能诚实守信，尊重他人劳动和学术成果，那么编辑部也容易失守。同为读书人，应提倡君子之交。今后纸质版来稿还烦劳直接投寄编辑部，以便于编辑审稿时少一些人情上的顾虑。

王士禛的《吴顺恪六奇别传》很有名，收入不少清文选本。吴六奇是广东潮阳人,"少好博,尽败其财,故流转江湖",到了杭州一带.他还得到"铁丐"的美号。崇祯时的举人查继佐与他交谈,称他"海内奇士","留与痛饮一月,厚资遣之"。吴六奇熟悉南方交通地形,乘清军南下,立了大功,任广东水陆师提督。昔日的乞丐发达之后不忘涌泉相报,这正是王士禛写这篇文章的目的。不妨来看看吴六奇如何报恩。他先是叫一个牙将带了他的一封信去江南见查继佐,"以三千金为寿",并请他到广东小住。查继佐入粤,一路上"供帐极盛",也就是说处处受到奢华的招待。到了惠州,天天歌舞宴会,"自是留止一载,装累巨万,复以三千金为寿,锦绮珠贝珊瑚犀象之属,不可訾计"。吴六奇怎么会有如此巨大的私产?较大的可能是他动用了公共资源,比如军费或军饷,或者是利用职权搜刮民间。可叹的是王士禛不一定会想到豪举背后的问题。这篇文章的结尾是作者精心安排的高潮:"初,查在惠州幕府。一日游后圃,圃有英石一峰,高二丈许,深赏异之。再往,已失此石。问之,则以巨舰载之吴中矣,今石尚存查氏之家。"吴是广东水陆师提督,自然能调用国家的"巨舰"来装运私人的礼物。可惜,在吴(还有王士禛)眼里,只有所谓的人情,公私之辨没有必要。假如连渔洋山人对此也无所意识,普通老百姓公共观念的缺失就更不奇怪了。没有公共精神,就没有国家。

不久前读到莫言获得第八届茅盾文学奖后的感言,这是兔年读到的最动人的文字。因与前面提及的人情相关,录下来与诸位共享:

"揭露社会的阴暗面容易,揭露自己的内心阴暗面困难。批判他人笔如刀锋,批判自己笔下留情。这是人之常情。作家写作,必须洞察人之常情,但又必须与人之常情对抗,因为人之常情经常会遮蔽罪恶。……今后必须向彻底的方向努力,敢对自己下狠手,不仅仅是忏悔,而是剖析,用放大镜盯着自己写,盯着自己写也是'盯着人写'的重要部分。"

"与人之常情对抗",学界也要有这样的胆量。

第 3 期

2008 年的金融危机爆发后,马克思主义学说重新受到西方学界关注,其影响远远超出了左翼知识分子的范围。特里·伊格尔顿在新作《马克思为什么是对的》中从十个方面廓清了对马克思主义的误解,这本书的内容和幽默、辛辣的文风对中国读者都是有所启发的。读了本期关于马克思主义文论的一组文章,深感所谓的"西马"远比一般想象的要复杂。梅洛·

庞蒂和佩里·安德森所理解的"西马"就很不一样，可见"西马"内部常有争论，绝非铁板一块。甚至还可以说，"内部"这种提法本身也容易引起异议，因为它暗示那是一个封闭的场域。史学家 E. P. 汤普森在《理论的贫困》中严厉批评阿尔都塞所代表的结构主义，而这两位人物都可以理解为"西马"的代表。其实，只有靠大规模的跨学科合作，才能深入了解"西马"的复杂性。再以汤普森为例，没有深湛的国别历史、文学与经济史方面的修养，很难评价他的"道德经济学"的概念和他的经典著作《英国工人阶级的形成》和《威廉·莫里斯》。泛泛地谈论"西马文论"恐怕还是不够的。只要涉及欧美世界的语境与议题，我们可能还是觉得有点"隔"。应该爽爽快快地承认，该做而未做的功课还太多太多，绝无时间和资格沾沾自喜。面对美国的军事入侵，我们能写出齐泽克的《伊拉克：借来的壶》来吗？我们能像乔姆斯基那样全面透彻地分析批判美国的"恐怖主义文化"和舆论操控吗？我们具备萨义德在《文化与帝国主义》中所显示的驾驭历史与文学文本的能力吗？但愿我们能像马克思主义创始人那样精神抖擞地观察社会，心无旁骛地读书学习。本期有两篇专门讨论民国经济与文学关系的论文，也是对马克思主义文论栏目的呼应。

认识别人也是为了更好地认识自己，为了更有效地从事国际交流。但是"走向世界"的愿望过于急迫，也会导致独立精神的丧失。佩里·安德森曾说，与国际接轨也意味着与欧美主流意识形态靠拢，而中国需要的是"一个有批判和反省能力的、拒绝盲从的知识界"。

今年 2 月 5 日是何其芳同志诞辰一百周年。纪念何其芳同志必然会想到他参加延安文艺座谈会的经历。七十年前，毛泽东同志希望"有出息的文学家艺术家"深入社会，"观察、体验、研究、分析一切人，一切阶级，一切群众，一切生动的生活形式和斗争形式，一切文学和艺术的原始材料"。这依然是当今文学家艺术家的紧迫任务。传统中国文学中"不遇"和"生不逢辰"的牢骚连篇累牍，走出狭隘的自我，投身社会，这是抗战时期中国作家的使命。何其芳同志的诗作"生活是多么广阔"所体现的是一种全新的精神面貌。目前，中国文学的创作与研究所面临的挑战比 1942 年复杂得多。同时，很多历史教训也值得记取。"十七年"文学批评中的"歪曲"话语背后是什么逻辑？敢于提出这样的问题，恰恰是因为自信，因为对未来的信心。

第 4 期

今天的马克思主义者纪念毛泽东同志七十年前《在延安文艺座谈会上的讲话》(简称《讲话》),首先必须有历史感。也就是说,必须把讲话置于特定的历史语境之中,了解它所针对的延安现实问题和来自传统文化的集体无意识,了解它一次次修改完善的过程(1942年5月的讲话一直到1943年10月才发表)。

缺少这种历史的维度,就有可能把《讲话》简化为标语口号。"文革"时期,全国学习《讲话》,宣传《讲话》,几乎轰轰烈烈。但是那时的报刊有一套使得文学事业凋零的话语:人物必须高、大、全,稍稍不合"标准",便会被戴上"歪曲"的帽子,很多优秀作家为此受到迫害。"文革"文学究竟如何发生,我们实际上不甚了了。从叶紫的短篇集《丰收》到金敬迈的《欧阳海之歌》,只不过三十年。应该加以鼓励的创作倾向一旦过分强调,又会产生怎样的冲击?

重温《讲话》的主旨,自然会意识到时代不同,纪念方式也会有所不同,这恰恰是与时俱进的具体表现。1942年的中国山河破碎,全国人民直接面临的任务是宣传抗日,把侵略者赶出去,因此《讲话》有战时宣传鼓动的成分,当时的那种特殊环境下的紧迫性是和平时期难以想象的。对延安的特殊性也必须有所认识,比如当时的"工农兵"和"人民群众"绝大部分是文盲,而读书的主要是毛泽东同志称作"干部"的那个群体。

《讲话》既是特定时期的产物,又是极为经典的文本,有着常读常新的生命力。或许我们可以结合当下的问题,包括在学术研究上的问题,从《讲话》中读出新的内容来。毛泽东同志认为,文学家艺术家只有深入社会探寻"最广大最丰富的源泉",才能进入创作的最佳状态。这依然是当今文学家艺术家的紧迫任务,也就是走向基层的任务,走向生活各个方面的任务。走出狭隘的自我,这是抗战时期中国作家的使命,也是任何时候、任何地方的作家可以给自己设立的标准。何其芳同志号召延安青年"去过极寻常的日子,/去在平凡的事物中睁大你的眼睛,/去以自己的火点燃旁人的火,/去以心发现心"。这些诗句道出了一种新的生活态度。"以心发现心",就必须忘记小我,深入复杂多元的社会生活。单纯的自我张扬只会导致自我封闭。在传统文学中,"自然"和"真"往往独立于社会生活,它们"受于天也",是与生俱来、先于社会的品质。于是圣人

"飘飘然如遗世独立"，一心守住这么一个境界，不受外界干扰，就算是"抱朴含真"了。这种虚构的"本真"也是文人的理想。但是真性情并不可靠：它有时发展为狂妄自大（"一代文豪应属我"），有时演变为牢骚，"无车弹铗怨冯谖"。主我的"抒情主义"是否利于小说的创作？《小说的诗辩》一文对此作了有趣的探讨。

这一期还有论文学革命时期的"国语"与"白话"的文章。白话文运动究竟起于何时，远非胡适所说的那样简单。欧美在华传教士从19世纪上半叶就广用欧化白话和各种方言（以及罗马字母拼音）翻译圣经和宗教小说（如《天路历程》）。《鲁滨孙飘流记》不是宗教小说，但是从粤语译本里却看得出传教的用心。贪吃（gluttony）本来是基督教里的七大罪之一，传教士深谙"文化差异"，照顾异域趣味，竟然把美味充足列为天堂的好处之一，这也是入乡随俗的一个例证。读到这一细节，心里难以舒坦。

第 5 期

20世纪上半叶的俄国形式主义者锲而不舍地寻找文学的本质，他们的努力究竟结果如何，还留待后人评说。也许，勇敢地放弃界说"文学性"这个崇高的事业，为时未晚。文学的特性总是具体的、历史的，没有永恒不变的本质。"落日孤舟"、"惆怅暮帆"这类表述曾经让人感到有诗意，但是它们慢慢变得眼熟了。价值也就大打折扣，人们就想回避，就像写文章时慎用成语一样。那么新鲜感、陌生化就是文学的主要特征？日常生活的交流中，也多鲜活的比喻，可见陌生化未必是诗人、小说家的专利。

在文学过分政治化的时代，人们渴望文学艺术的独立性，强调"审美经验"和"文学性"的固有价值（自成一类，不同于任何其他价值），倒也不难理解。但是，一旦"纯文学"成了一块金字招牌，实践者、研究者都以它而贵，那么人们就想检验一下这块招牌的成色。罗曼·雅各布森以为诗歌语言本质上不同于日常语言，他大概无法想象"我手"也是可以"写我口"的。上世纪20年代末来清华执教的 I. A. 瑞恰慈曾经批判过"虚幻的审美境界"，他甚至说，欣赏绘画、阅读诗歌与早上起来穿衣服没有本质上的差异。不过瑞恰慈也曾区别"陈述"和"伪陈述"，又与雅各布森殊途同归。对所谓"文学性"的强调，不论在古代还是近现代文学研究中，还是要适可而止。假如"文学性"已经端坐在神坛上，也不妨请这位神祇到具体的历史进程中过过常人的日子。晚年的雷·威勒克曾经反省他和奥·沃伦早年在《文学理论》一书里提倡的文学作品"内部研究"。他指出,"内部研究"在某种程度上导致了形式主义的专制,后者又转变为"对文学的攻击"。始于俄国形式主义者的对语言共时性的研究,到了上世纪 80 年代,就开始让位于对话批评了,因为在语言与社会历史的现实、作者与读者之间,永远有着生生不息的互动关系。同样,所谓的审美价值也是历史与文化的产物,往往取决于观赏者所属的时代与文化,与伦理价值也有紧密的联系。现在的中国人,不论男女,大概不会像古人那样认为"三寸金莲"是美的。美其实带有临时性的印记,就好像网络文学里"耽美"概念中的"美",与康德意义上的美又是完全不一样的,需要用新的批评语言来讨论。

本期还刊发了论巴赫金早期社会学诗学理论的文章,与"文学性"形成对照。保加利亚裔法国学者茨维坦·托多洛夫曾是"叙述结构"的专家,但是他意识到结构主义者过分强调语言共时性也有弊害,于是在上世纪七八十年代之交将学术兴趣转向阅读过程中过去与现在、作者与读者的关系,是他把巴赫金的对话理论介绍到欧美学界。巴赫金的"社会学诗学"把人们从被想象为自我完足的诗歌世界拉回到不那么纯粹、干净的现实世界。

近年来很多中国作家的作品有了外文译本,评论这些作品的文章也时常见到。如何对待婉转的批评,实在是一门艺术。去年,葛浩文在接受《文汇报》记者采访时表示,他在翻译当代中国小说时看到了人物在不断行动进取,好像还缺失了什么。作为读者,他还想一窥各种人物内心世界的奥秘,还希望作家能够展现细微的心理细节。他说,知其所以然总要比知其然更加重要。索尔·贝罗笔下的塞姆勒先生希求一种比博爱之心更为可贵的内在的平静,在那样的心境下,他"即使受了侮辱,感到痛楚,身上什么地方在流血,也决不明显流露出一丝愤怒,决不悲痛地号哭,而是把心痛转化为细致的甚至是透彻一切的观察"。应该让这种"透彻一切的观察"烛照内在的黑暗。

第 6 期

本刊今年获国家社科基金资助。虽在预料之中,还是大好消息。今后来稿审读将按照有关规定略有变化,希望学界支持。明年编辑部的人员也会有些变动,比如常务副主编胡明先生光荣退休。胡明先生是社科院研究生院"黄埔一期"的毕业生,他不仅是出色的编辑人才,也是海内外著名学者。他在90年代出任副主编的时候,正值市场经济大潮袭来,常人要站稳脚跟,十分不易。但是胡明先生配合文学所领导班子,坚决维护《文学评论》的学术独立性,不为眼前的一时利益所动。编辑同仁都记得他提倡的"孤岛精神",在名利横流、举世滔滔中看守住自己的心灵家园。

本期洪子诚先生的文章材料丰赡,读后心里颇觉沉重。新中国文艺秩序的建构,除了一些宏观方针和新的文学风尚、时代文体,还有诸多其它因素。照标准说法,收入《鲁迅全集》第六卷的《答徐懋庸并关于抗日统一战线问题》一文是"由冯雪峰根据鲁迅的意见拟稿,经鲁迅补充、修改而成"。当时编者为撰写这篇文章的注释,真是费尽功夫。建国后文坛几次运动,都与之有关。"国防文学"与"民族革命战争的大众文学"两个口号,本可以在三十年代的上海互补、共存,但是竟至吵得不可开交,实在令人痛心。究其原因,无非是自己一方提出的口号畅通无阻,就意味着领导权的确立。意气太锐,稍稍受挫就刻骨铭心,这也可悲。意识形态、两条路线的斗争,这是我们常说的,但是似乎还少了一点关键内容。洪先生这些文字,可以说是为一段不断有"续集"的历史剧"立此存照",读者或许能从中一窥"政治"背后人性的脆弱与矫暗。每个人的动机都是变化多端,身上有些汹涌而来的私念披上了合理、堂皇的外衣,发言时就义正词严。把潜伏在幽暗不明处的复杂真相展示出来,这何尝不是作家、批评家的本业。不幸事件一再发生,也不能简单地归罪于大环境或社会。当事人的行为让人生出无限感叹。大家可以自问:如果我有那样的能力,处于那样的场景,我会做得更体面一些、更讲"费厄泼赖"吗?

最近在沈阳举行的首届全国人文社会科学期刊高层论坛上,多家期刊发表联合声明,以示加强自律、抵制学术不端行为的决心。其实在学术上讲诚信、守规范,不妨先从最细小的事做起,比如,要认真学会如何做注。掌握做注的一些技术性细节并不难,难的是克服人皆有之的虚荣心。这方面倒是可以借鉴国际上通用的办法。对学界同人,要心怀感激,与同事友朋交谈,在某个学术问题上豁然开朗;要写一部介绍某主义的专著,涉及该理论在作品中的运用,感到无从措手,于是到外文同类著作中寻找实例,看到一些有趣而生僻的引文;正在做某书在华传播史的研究,阅读同行、学生文章,发现还有比自己所知更早的版本,这样的"开心一刻"我们都曾有过。与读者分享这些研究过程中的得益不是一件乐事吗?于是我们行文时不忘作注,写上"转引自"三字或向"知识产权"所有者致谢。其实这不是什么你我分得太清,而是开创了一种友好、人人怀有感恩之心的氛围,学术共同体就是这样产生的。目前越来越多学者获得各种课题资助。我刊注重稿件学术含量,不以课题级别为判断标准。也不接受作者任何项目资助。又因版面有限,今后将不再标注有关课题资助一类文字。同时作者单位也只署一家,还请诸学术同仁谅解。

2013 年

第 1 期

2012 年 10 月以来，文学界就不断在谈论莫言获诺贝尔奖一事，喜悦之情溢于言表，报刊上甚至用"一夜春风"来形容莫言扬名于世。得到国际上的认可固然可喜，中国文学的实际状况却不会因此而变。斯德哥尔摩并不是世界的中心，那里几位先生的判断力值得敬重，但是一国文学是不是真有感人的力量，还不是由他们说了算。相信莫言有他自己的定力，还是会像他在获茅盾奖之后所说，很快把这殊荣忘掉，继续埋头创作。记得他还说过，与我们时代相匹配的小说还没有产生，伟大的小说还在向我们招手。这期发表两篇评论莫言作品的文章，是本刊向莫言表示由衷祝贺的特殊形式，希望它们不是应景之作。莫言的想象力，经常为人称道，难的是他总能将奇幻的发挥，接通现实的地气。不久前本刊发过关于余华小说英译的文章，中国当代文学的海外影响力还需要中国学者进一步关注。

阅读现当代文学的论文，经常看到"启蒙"这个让人生出敬意的词汇。站在"启蒙"一边，做它的全权代表，就有维护真理、引领时代潮流的感觉。18 世纪的欧洲有所谓的"启蒙工程"（哲学家麦金泰尔的用语），但是它头上抽象普世的光环，已在批评目光的审视下消散了。"五四"青年都是以"启蒙者"自命的。但是究竟何为"启蒙"，是谁给予他们"启蒙"老师的资格，大家却说不上来。结果"启蒙"（还有一些派生词如"启蒙精神"、"启蒙立场"，不一而足）变成了和"自由"一样风光的口头禅，使用者一说出来，自己就像《白鹿原》里的白嘉轩，腰杆又直又硬。假如自命的"启蒙者"只以一己的好恶为绝对标准，那么他很可能也是问题的一部分。

由本期理论片一篇文章，想到文学研究是不是非得有"体系"。"体系"一词强调的是不可变更的完整性，一种已经完成的状态，大概还是慎用为好。上世纪 80 年代初，李泽厚先生告诫一些雄心勃勃的年轻学者，与其闭门构筑体系，不如老老实实翻译外国基本的美学著作。史学家朱维铮先生逝世前不久说，真正学问好而且有见识的史家如钱大昕、王鸣盛、赵翼等人的著作，多为札记集成，并不以"体系性"取胜。

1949年以前，燕京大学和圣约翰大学都是很有名的，1952年的院系调整，十几所教会大学撤销，但是它们对中国高教与文化事业所作的实绩是无法否认的。燕京大学不复存在了，但是它的合作机构哈佛-燕京学社孤掌独鸣，长期以来致力于中国文化研究，其成就令大陆学者羡慕。周作人在燕京任教的来龙去脉值得一谈，他对宗教的思考有与时人不一样的地方。许地山也曾就学于燕京，他的宗教观也不同凡俗。

今年是清帝逊位诏书颁布一百周年。回到历史现场，没有这份文件，中国又将如何？亲历者的感受往往与民国正统版本的历史回忆有着巨大的出入。辛亥以后国事日非，这是包括孙中山和李大钊在内的很多政治思想界人士的共识。易世之际不免有一些痛感，谁愿意看到自己的祖国在混乱与内战中沉沦？清末五大诗人所见的是怎样的一个社会？早期现代经验究竟在诗界引起何种反响？这方面的文学反映，不妨有一种多元的格局。"群盗鼠窃狗偷"，那也是章太炎描述的场景。

年终岁末，还是应该有点喜气。预祝大家在新春之际开开心心写出好文章。

第2期

从宋代文人的马少游情结，想到苏轼的《方山子传》。据说方山子虽为勋阀子弟，少时就想做侠客，"稍壮，折节读书，欲以此驰骋当世，然终不遇"。于是他就遁隐于湖北光州、黄州间的岐亭，"庵居素食，不与世相闻。弃车马，毁冠服，徒步往来山中，人莫识也"。有山泉林下之志，必定就是"一世豪士"。果然，"精悍之色犹见于眉间"。苏轼到他家作客，只见"环堵萧然，而妻子奴婢皆有自得之意"。这是信史吗？未必。《方山子传》写的是苏轼的同乡陈慥（季常）。苏轼贬谪黄州时，得知陈慥就住在岐亭，两人常相往来。陈慥好蓄声妓（或许因此引发"河东狮吼"），多宾客，家里不会"环堵萧然"。看来苏轼有意引导读者"误读"旧友的生活经历。刘师培早在1907年就曾指出，中国人自古至今钦佩离世独立的"个人无政府主义者"，他们游离于社会关系之外，"天子不能臣，诸侯不能友；虽身居国土之中，然已脱国家统治之范围，不为人治所囿，故其自视也甚尊。……又如魏晋之间，嵇康、阮籍、刘伶之徒，虽身列朝籍，亦以放诞为高，置身礼法之外，此亦不囿于人治者也。……故中国古今史册，其所谓逸民、隐士、高僧者，其心目之间，均不知政府为何物，以行其个人无政府主义。中国而有其人民习其风，故能逃人治之范围"。

以往人们都说，中国有人治而无法治，刘师培则以为中国的人治程度实浅（严复甚至有"无政教之民"一说）。从"个人无政府主义"来理解隐逸，这是刘师培的贡献。近些年出版的一些关于隐逸的著作，并不从刘师培的思路做文章。尧禅让天下给许由，许由不接受，不能说当时"无道"吧。一代代文人歌颂这些高士，大家以不参加公共事务为荣。美德总是社会的美德，仁义礼智信必须在具体的人与人之间的关系里才能体现出来。但是老庄哲学和隐士话语则假定，人身上有一种先于社会、独立于历史进程的纯洁性（或曰"自然"、"真"）。由是看来，中国的隐士精神与社会的放任或无政府状态是不是一个铜板的两面？

本期用了三篇关于鲁迅的文章，希望它们形成一种互相呼应、发明的格局。五四时期风行世界语，蔡元培与很多年轻学子一头扎进"万国新语"。这一奇怪的"世界"热情不妨理解为是对传统中国文化的反拨。"个"与"群"的关系至为复杂，至今没有定论。当年胡适主张个人主义，也带着他特殊的关怀。他说，年轻学生到街上跟了人乱喊乱跑，不能算是尽了爱国的责任。真正难的，是如何打定主意，立稳脚跟，把自己这块材料铸造成于社会有用的东西。由此可见，他是在爱国责任的语境下强调他的个人主义。中国是不是有民族主义，还是可以讨论的问题。东西德统一之前，撒切尔夫人警告各国，必须防止德国的民族主义沉渣泛起，明眼人则看得出她生怕英国的国际地位受到来自欧洲大陆的挑战。

《知识者"爱智之道"的背后》一文涉及敏感话题，有必要在此略作说明。将周作人对儒家学说的辨析与发挥放置在抗战的历史脉络之中，不难发现他颇有为自己不光彩的行为辩解的一面。种种托辞，读来还是苍白。二三十年代，一些深为晚明个人观念所吸引的人士似乎忘记了顾炎武所说的"亡国必先亡士"。周作人将所谓的"物理人情"、"生存意识"搬出来，附逆就成了心安理得的选择。刊用这篇文章的用意，恰是要突出社会背景的意义。本期付印前，北风吹散了雾霾。编辑部同仁在蓝天白云下向广大读者拜年。

第3期

　　1953年2月22日，文学研究所经过一年的筹备，假座燕园临湖轩正式开会成立。今年春天，文学所将举行一系列活动，推出几本文集，以志纪念。回望一甲子，感慨万千。本刊特约原常务副主编王保生撰写《何其芳与〈文学评论〉》一文，回忆杂志初创时的盛况，以及种种未曾料到的压力。何其芳在过分政治化的年代坚持杂志的"学院派风格"，避免咄咄逼人的大批判文风，确实是非常不容易的。他不是不讲政治，他是以负责的态度将思想与学术融入广义的政治之中。政治敏感性不是表现在标语口号式的表述上，而是渗透在视角与分析之中。1986年1月，胡绳院长在为俞平伯平反时说，红学方面的不同意见，"只能由学术界自由讨论"。这句话恰恰反映了何其芳的办刊方针。

　　这期论文中，最想评说的是王兆鹏的大作《重回历史现场》。作者以丰富的史料把读者带回到历史现场：辛弃疾领五十骑袭入五万金军阵中，生擒叛徒张安国，南下"归正"。这一极具戏剧性的故事见于多种史籍。比较各种版本，考辨史实，分析动机，这一壮举的细节还是大可发掘的。辛弃疾率众英雄杀入敌营，如入无人之境，捉拿张安国如囊中探物，那么击溃金军，也应该是易如反掌。历史上的美妙传说，总是离不开叙述者的加工。辛弃疾本人对这个故事的贡献，尤其值得细观。他带了一份厚礼南下，是为报国，还是请赏？作者提出的一系列问题让读者无法心安。后来辛弃疾"屈居下僚"，徒有一腔忠愤无处发泄，看样子他是高估了活捉的叛贼所能带给他的资本。"千丈擎天手，万卷悬河口。"功名心导致的夸饰，该如何评价？大丈夫当腰佩六国玺，金印大如斗，这些文字背后体现的是什么精神？

　　上世纪五十年代，某些部门建议作家自己对发表于建国之前的长篇小说进行修改，使之符合时代要求。由此想到了为追求政治上的绝对正确而产生的焦虑。现在学界能以"仁义"这样的概念来讨论铁凝的小说，这真是可喜的变化。顺便说一下，莫言获诺奖后，当代文学批评界更应关注与莫言同辈的其他作家。

　　《海外汉学家对现代中国文学的译介与研究》一文凸现了国内学界这方面的巨大空白。夏济安与夏志清都是英文系出身，但是他们的教学与著述改变了中国现当代文学的创作和文学史的撰写。非华裔汉学家在这一领域也作了开创性的工作，虽然有些著作已经译成中文出版，系统的研究还有待推进。不时借鉴他者的智慧与眼光，这是我们时代的重任。

这一期有几篇文章（如《鲁迅与果戈里遗产的几个问题》和《悼亡作为写作》）不大有学术论文的架势，读来别有滋味。以文字抵制粗糙，这是孙郁不久前提出来的，现在变得尤其紧迫。文学的研究与批评能在细节中体现妙悟，其意义并不在哲学研究之下。思想与感情的败坏，实际上与语言的败坏是互为表里的。对语言的细微之处不能体会，对抽象或笼统的思想与具体经验之间的关系缺少认知，那么用于研究社会和政治的思考也就不具应有的尖锐性与力量。爱智慧必先始于爱文字。

第4期

今年3月，两位同事辞世，先是《文学遗产》编辑部编辑、副研究员张晖博士，然后是本刊编委、社科院荣誉学部委员邓绍基先生。"文革"之后，《文学评论》复刊，邓先生出任副主编兼编辑部主任。本刊在改革开放初期大大促进了创作与批评，邓先生功不可没。两年后，他回到古代室，又为古代文学学科的发展呕心沥血。邓先生是文学史撰写的权威学者，心胸宽广，待人谦和，有蔼然仁者之风。长期以来他对本刊提过很多指导性的意见，言辞恳切，感人至深。张晖比邓先生晚生四十四年，早走十天。邓先生出生那年（1933年）问世的《词学季刊》决定了这位南大本科生未来的学术选择。张晖已经显示出一流资质，因急性白血病突然撒手而去，整个文学研究界为之震惊和悲痛。他出生于崇明岛上的普通人家，没有"幼承庭训"的条件，这更加说明他禀赋之高。黄侃曾言："死而不亡者寿，学有传人，亦属死而不亡。"邓先生著作等身，桃李遍天下，"学有传人"，自不必说。张晖还没有被评聘为硕士生导师，但是他也教过书，并通过《中国"诗史"传统》等一系列著作，确立了自己在古典文学研究界的地位，称他"学有传人"，也不为过。因此，老少两人都是"死而不亡"。邓先生三十五六岁的时候正值"文革"，此前已经经历了几次政治运动。那时这一年龄段的学者要取得像张晖这样的成就，几乎没有可能。编辑部同人所痛悼的，除了张晖的英年早逝，也有邓先生那辈学者年轻时虚耗的学术生命。

《死亡的诗学：南明士大夫绝笔诗初探》是张晖在本刊发表的第一篇论文。这篇文章还留下一些值得深入讨论的复杂话题。比如，"烈士徇名"

是绝对的吗？国家与朝廷有无区别？王国维在1927年6月2日留言"义无再辱"，自沉昆明湖，他是否也想到"烈士徇名"？陈寅恪如何看待这一事件？

陈寅恪的诗作也有"诗史"的特点，但是不易解读，《"文化神州"心灵史记》一文作了有趣的尝试。对陈寅恪而言，王国维"以一死见其独立自由之意志"，可见传统纲纪未必与"独立自由"的精神相对立，"学统"与"道统"未必可以分开。"南海圣人再传弟子，大清皇帝同学少年。"这是陈寅恪在1926年秋赠送清华国学研究院学生的对联。南书房行走（帝王师）出任该院导师，故而有"同学少年"一说。王国维殉清，或因国民党北伐所致，陈寅恪深为所动，他在挽联（上联"十七年家国久魂销，犹余剩水残山，留与累臣供一死"）和《王观堂先生挽词》中表明了他对所谓民国的态度。"高名终得彻宸聪，征奉南斋礼数崇。"如何评价类似的诗句以及作者身上当今看来异质的价值？

重大的政治事件往往成为时代分期的界限，然而历史就像"滚滚长江"，史家不能抽刀断水。历史的变化延绵不断，缓慢而不易察觉，即便是一场革命，也难以彻底改造集体无意识。因此，文学史上的分期需要时时修订。王尧的文章让读者意识到当代文学史有"过渡状态"。也许"过渡状态"是一种永恒的状态。文学史上有断崖绝壁吗？我们曾经以为有，比如新文化运动以后的旧体诗词。其实不然。且看网络上的旧体诗词送来一片清新，恰如"种子推翻泥土，溪流洗亮星辰"。吟诗填词，只是文人雅好，绝非跻身"贵族"的资本。自命"贵族"（而且还要加上"最后的"），俗不可耐，当今居然吃香。呜呼哀哉。

第5期

加强马克思主义文学批评、文学理论研究，使之与文学学科的建设与发展结合起来，是《文学评论》义不容辞的责任。然而，为繁荣具有中国特色、中国气派的马克思主义文学学科做出切实的贡献，不是一件容易的事，还需要学界同仁多读书，勤思考，共同努力。"文革"期间，一个个热衷打派仗的山头组织都会引用马恩列斯语录和"毛主席最高指示"来打击对立面，但是人们真正关心的并不是马克思主义，也不是马克思主义中国化。从事马克思主义文学批评、文学理论事业，就像热爱祖国，也要有无我之心。

本刊这一期刊出"当代视野下的马克思主义文论"一组文章,希望引起读者关注。《中国马克思主义文学批评的人民观》一文指出,"人民"是中国马克思主义文学批评的出发点和归宿,文学艺术与人民的关系构成了中国马克思主义文学批评的理论基石,确实是这样。作者梳理了"人民"一词在不同国家和历史时期的含义,充分体现了这个核心概念的开放性与多元性。马克思的阶级意识使他对"人民"的提法不甚满意,称它为一个"过于一般的含混的概念"。美国独立革命时以"人民"的名义喊出"不独立,毋宁死"的帕特里克·亨利,还是一位拥有奴隶的农场主。诚如胡亚敏所言,不应将"人民"概念抽象化、同质化,它只是在具体的历史社会场景中才有意义。

那么当下中国的人民究竟是谁?应该如何描述?以何种比较科学的方式描述?如何理解"人民性"?什么是人民喜闻乐见的文学艺术?这些都是马克思主义文学研究者需要回应的问题。统计数字或许有参考意义,但未必而且也不应该起决定作用。网络文学的阅读者多达数千万乃至上亿,每年岁末守着春节联欢晚会迎新春的电视观众为数更巨,他们的趣味就是终极真理吗?

赵勇在《本雅明的"讲演"与毛泽东的〈讲话〉》一文中将本雅明与毛泽东做了发人深思的对比。本雅明推崇"技术"在艺术创造中的革命性力量,因此知识分子应该像教化者那样"化大众",而毛泽东主张文学艺术为工农兵服务,知识分子首先应该"大众化"。阿多诺预见到技术至上的"文化产业"具有潜在的危险性,毛泽东可能没想到商业利益可以和"大众化"以及消费主义结盟。

消费主义在中国的影响比一般欧美国家更大,而国内一些公共性的文化机构的商业化程度也更高,例如中央电视台的广告收入是日本的NHK、英国的BBC无法相比的,观众对中央一台播放叫卖脑黄金、脑白金和冬虫夏草的广告也未必有什么恶感。

《马克思主义问题性与文艺理论创新》一文作者谭好哲指出,在当代的理论研究界,真正由马克思主义方法来彰显主义和立场的成果并不多见。他以美国马克思主义文论家詹姆逊的例子来凸显"马克思主义问题性",即马克思致力探讨和解决的最重要的理论问题——基础和上层建筑的关系。中国当代社会的"基础"究竟属于何种性质,它与当代中国的文学创作形成何种关系,这些重大的话题还有待学界深入讨论。

第6期

今年出版的一系列现当代文学编年史各有特点,纵横交错,形成互相补充发明的格局,都应该为之鼓吹。北大的《中国现代文学编年史:以文学广告为中心》突出文学生产的社会性质,其切入点较为新颖,为此本刊组织了一次笔谈。钱理群、吴福辉两位主编讲述了项目的缘起以及它与自己学术著作的关联,而陈平原等学者评价这部编年史,除了祝贺,还有批评与建议,甚至还表达了对学科发展的隐忧。这种坦诚的态度正是本刊所期望的。

历史过程并不是地下文物,没有固定的形态,什么事件值得描述,应该给予多少篇幅,其实都暗含着研究者的褒贬,正是在此意义上很难否认"一切历史都是当代史"之说。但是研究中是否存在或应该提倡某种范式,还是可以讨论的。现代文学史中所谓的"民国机制"与"延安道路"未必互相排斥,例如抗战时大量生活在四川和祖国西南的作家与延安作者群有着共同的关怀。九一八事件后,民族意识的高涨在全国带有普遍性,很多抗战文化运动虽然不以延安为基地,也难以归入排他性的民国机制。文学史家最艰难的任务,还是用敏锐的当代意识、深邃的历史眼光把过往时代的趋势和丰富复杂性呈现出来。

五四新文学一直与域外文学的译介同步发展,这一特点也体现于二三十年代诗界。执教北大的艾克敦借艾略特的诗作对"北方系"诗人的形成有所影响,这是以往忽略的。艾略特在谈到传统时说,高明的诗人往往会从悠远的或兴趣不同的作家那里借取,"北方系"诗人发现古典诗歌传统,并对之进行夺胎换骨的改造,也就不足为奇了。

为了表示对当代文学的高度重视,这期还开了"新作批评"专辑,所评作品为韩少功、余华的近作。当代小说创作之盛,可谓空前绝后。我们可能正在见证一个伟大的时期,但是也难以否认,当代文学批评却不像创作那样发达。作家没有诤友、畏友,未见得就是福气。张翔的文章强调了学术、社会研究中的"整体性"概念,并提到家庭和超越血缘关系的"国家共同体"之间的呼应,还涉及当代中国知识分子的难处,真是值得一读的。《日夜书》中当年白马湖的知识青年已到了退休年龄,他们为分享共同的记忆聚集在一起,然而分手时竟然凑不齐聚会的开销。也许共同体从未存在过。有人善于弄潮,摇身变为今日的"知识精英",专门制造"自由"与"专制"之类二元对立的话语,营造"表演性舆论",其中一位人物甚至到海外扮演起"异见人士"的角色来。形形色色的马涛们已习惯于用气势夺人的道德语言教训国内作家,想不到现在成了立足本土同时又已经"走出去"的作家们分析解剖的对象。

陈晓明论《长恨歌》的文章触及几个重要问题,其中之一即为"小天地"和"外面的世界"的关系。两者实际上从来就不可分割,即使是曾以"纯粹的、普遍的、自由的个体"自诩的人士,上世纪80年代到内地采风时,也会亮出作家协会会员证来讨些便宜。大时代总是在那里,躲避不掉。如若不信,请看盐铁会议对汉赋发展无形中的推动。

最后还要向汪曾祺致敬。他的"衰年变法"不为时俗所拘,令读者敬佩。汪先生曾酝酿长篇小说《汉武帝》,后因不熟悉汉代生活细节而作罢。多跑跑图书馆,进入历史细节,也是当代有志于历史题材写作的作家应该完成的家庭作业。王安忆在《天香》中将镜头聚焦在明代江南,这真是需要勇气和实力的。

2014 年

第 1 期

经典与政治权力，两者关系如何？这真是说不完的话题。一个新的政权可以确立自己独特的经典序列，但是旧的经典也会在无形中作用于社会变革或改朝换代。是不是可以说，任何经典都有其社会、历史的建构过程，自身并没有超越时空的本质？比如，陶渊明的诗文一直到唐宋时才获得经典的地位，但是他"不为五斗米折腰"的形象也是后人虚构的。

没有什么作品能一劳永逸地成为经典，去经典化的事例充斥于世界文学史。对经典的绝对顶礼膜拜，今天已经比较少见了。谁还会欣赏荷马史诗里表现杀戮的场景？既然经典是历史进程的产物，不一定那么神圣，伏尔泰就从《旧约》读出很多暴力、偏狭的内容来。只有敢于和经典作家平等对话，经典才能通过新的阐释显示出活力。这样的平等对话恰恰是人文学术的推动力。

时间会自动对经典地位作最终的判决吗？不会。《文学评论》的作者、读者在写作、阅读的过程中也在参与经典的建构。我们可能是经典的喜爱者，也可能是经典的质疑者和批评者。有人发现一部通常被人们认为平庸的作品其实不平庸，写出文章来品评它的妙处，很有说服力，也许作品的地位就随之改变了。这样的事不断在发生。只有带着一种参与的心态去阅读，阅读才会更有意义。由于读者的积极参与，经典变成了一个流动不居的概念。

当代中国诗歌有经典吗？近年来诗歌创作不大发达，这期发臧棣探讨海子诗歌中幸福主题的文章，还希望看到更多这方面的稿件。不过从海子的"幸福"，还生出一些想法。诗人应该是语言大师，善于呈现具体的、质感的场景，而海子好用"蔬菜"、"野花"、"幸福"、"痛苦"这类有点泛泛的词汇，让愚钝的读者稍感困惑。再则，所谓的"幸福"不是可以追求的。有人说，只有那些不以幸福为生活目的的、把心力用在其他目标上的人，才可能是幸福的。

贾平凹的《带灯》代表了当代作家一种可喜的努力。今天还要有作家像赵树理、柳青那样深入农村、乡镇，写出与时代相称的作品来。《带灯》里的元家兄弟和王后生与赵树理《"锻炼锻炼"》里的"小腿疼"、"吃不饱"那样的人物有无血缘关系？综合治理办公室主任带灯不是《李有才板话》里的老杨同志，也不是《创业史》里的梁生宝，她好做白日梦，有她的脆弱，但是她一次次面对难局，又表现出一种柔韧的顽强。靠一些虚飘飘的词语把握不了今天乡镇的复杂现实，把握不了支配行为方式的习俗和潜意识中的信仰。地方政府好像在治理，然而无政府的状况又如沉沉雾霾，笼罩一切。讲乡村政治学，大概要摆脱老掉牙的"左"、"右"这些概念。静下心来体验社会，深度认识老百姓，这是《带灯》的启示。贾平凹最近说，我们是为这个时代、社会而生的，以手中的笔来记录、表达这个时代和社会是作家的使命和责任。"中国的作家与这个时代和社会已经血肉相连，像皮肤一样，你无法揭下来，揭下来就血肉模糊。"正是这种血肉相连的感觉，还会催生出杰作来。

在现代文学研究中，"民国机制"成了一个常见的观念，文学社团的活动也受到越来越多的关注。文人结社促进了文学创作，但是也造成了各团体间的争竞之风。柳亚子在南社中"帝制自为"，驱逐朱玺，更让人扼腕叹息。观点不同，不应影响交流。希望在今后的学术争论中看到更多有利于学术共同体健康成长的正面能量。

第 2 期

不久前，《人民日报》刊出张江主持的笔谈《文学不能"虚无"历史》，引起学界和媒体的广泛关注。本刊编辑部认为笔谈涉及一些重要理论问题，值得进一步深入讨论，故而就这一题目再次请张江领衔充分发表意见。半个世纪之前已经有史学家发问："什么是历史？"一位马克思主义者不能自以为历史就像书桌上的茶杯，形状、颜色、重量都可以说得清清楚楚。人们一般认为"明摆着"的事物，其实不是固定的、一成不变的。马克思指出，"个人"这一观念，或者说对"个人"这一现象的关注，实际上是历史进程或者说是某一个历史时期的产物。任何历史叙述都经过史学家的中介，都渗透了某一特定时期的生产基础特点、阶级利益诉求和价值观念（也可能是偏见和迷信）。马克思主义者不信鬼神，不信帝王将相，本着实事求是、"实践是检验真理的唯一标准"的精神，解放思想，重写以鬼神、帝王将相为主导的历史，成果有目共睹。中国现当代文学在讲述历史故事时往往以普通百姓、劳动人民为中心，这就是上述精神的体现。但是，当今一些文学、影视作品却暴露出一种虚无历史的倾向，评论界不能视若无睹，听之任之。重写历史也必须以求真为前提，讲事实，摆道理，在掌握大量史料的基础上提出新的解释和评价。任意戏说、大话，往往会与消费主义、商业文化同流合污，并不足取。历史上还有些观念带虚无主义的性质，败坏社会肌质，也是值得反思的。例如"万事转头空"这句话的潜台词是遇事不必太认真，不必有什么超越个人的社会情怀，尽一切手段抓住眼前的利益，"对酒当歌"，"人生得意须尽欢"，这才是"正道"。20世纪之前，中国社会共同体意识淡薄，团体不坚，整个官僚阶层极其腐败，不具管理财政的道德能力，面对外侮毫无回手之力，跟这种没有出息的历史观和非伦理的生活态度切切相关。如果现在的历史题材文艺作品依然在唱改头换面的"万事转头空"的虚无调子，对建构积极向上的国家、社会和个人层面的核心价值观是非常不利的。一个只知公开崇拜鬼谷子、财神的文化无法真正挺立于世界文化之林。

批评方法的偏颇也与虚无主义暗中相通。法国学者米歇尔·利法泰尔有"自足的文本"一说，"文本性"使一些学者在文本的迷宫内部打圈，写作仿佛与日常生活、社会实践以及由此产生的经验没有任何联系；文学文本只指涉其自身，是对"虚无"的命名和重新命名。专家追求一种专用的分析（后）结构的技术语言，逃进话语迷信或语言游戏里寻求替代性的发泄。语言学的聚焦越精密，研究方法就越趋形式化，现实世界以及文学中人的因素不得不在一套套高度技术化的操作程序面前退缩，甚至彻底消失，而文学批评也放弃了社会干预的责任和伦理关怀。诚然，没有任何阅读、释义的行为是纯粹中性的；每一个读者和文本都是理论立场（也可能很含蓄而且无意识）的产物，重要的是必须保持与社会实践和历史进程的沟通。

莫言获奖至今已经有一年多了，海外一些人士很不开心，他们还没有阅读获奖者的小说，就根据他在中国大陆生活、写作这一事实，将他列入某一范畴，其手法是很讲"政治"的。与这样的人对话，还不能使用简单的政治语言，不然就中计了。莫言的"乡土"和"民间"情怀以及他对生命力的颂扬，恐怕还与20世纪80年代文学界和摄影棚里热烘烘的酒神崇拜相联系。这一点是否也可以进入研究者的视野呢？

第 3 期

　　文学与生活的关系永远是值得讨论的。什么是生活？对此没有简单的答案。有一段时期，人们对生活的理解过于概念化了，于是文学创作也带上了概念先行的印记。几百年前的一出戏里有个令人难忘的场景：一个爱哭的佣人又在流眼泪了，他过瘾般地回忆一段往事。当时他要出门，父母送行，大家都在痛哭，连猫儿也悲痛得伸手乱抓，唯有爱犬太狠心，居然不哭。现在这位佣人还要在台上用他手中的棍子、头上的帽子和脚下的鞋子来代表家人，重现这个悲摧的场面。"太无聊了！"有人或许会抗议。但是台下的观众意识到喜剧效果：哀哭者实际上是沉溺于感情自身（可以用一个精彩的短语 "to make love with sentiments"），他们过分的宣泄与出门这件事不大相称。不管是爱上了"悲"，还是爱上了"爱"，都是以自己的感受为中心的。这背后其实有着生活的大道理。这一段活灵活现的描写出自哪一个剧本？究竟是谁给予最高的评价？

　　多愁善感，悲悲戚戚，无异于熄灭生命之火。因此一位哲学家说，快乐是一种德行。

　　但是创伤也会激发创造力。沈从文北上求学之前，在地方部队当过好几年兵，流徙于湘、川、黔交界处。他以怎样的心情离开军队？很可能有一件事使他发生了根本的转变。他当兵时和他周围的汉族军人不会有太大的差别，他们的集体认同来自对"他者"的一致态度。年轻士兵沈从文曾经目睹过残杀苗民的场面，他是被动的看客，还是一位不自觉的参与者？但是后来他竟听说，自己的祖母就是苗族，完成了沈家的生育任务后被打发到外地去了。沈从文来自一个有地位的大家族，他听到这消息，大概和以往有着种族歧视文化的美国白人突然得知自己身上带有黑人血统一样，震惊，然后是痛悔。原来保护自己身份的那堵墙突然崩溃了，曾经有过的态度、行为也变得无法容忍。魏巍的《抵制记忆与遗忘书写》谈及沈从文创作心理，提醒读者注意沈从文将湘西苗族的生活诗意化，可能遮掩了什么。写作可以挖掘记忆，也可以遮蔽、消解记忆。痛苦的、与自己过不去的记忆也许比让人心安的记忆更加强大。鲁迅的《示众》直接写血腥、残忍的场景以及背后的社会心理，周保欣提炼出"他者伦理"等一系列问题。我们的历史就是这样走过来的，可以庆幸的是人们对生命的态度终于变了。梁启超和鲁迅旅日时写作的部分文章有东学的背景，这是学界共知的。读了祁晓明的论文，我们也得承认，王国维的《红楼梦评论》和《宋元戏曲考》同样得益于明治时期的文学批评。对日本的学术，我们所知还不够，而日本对中国的了解远胜过我们对日本的了解。

中国历史上文学文本形成的过程是非常复杂的。林晓光的论文讨论的是《闲情赋》的谱系，涉及的问题却是非常重大的。汉魏六朝的不少文学文本经唐代类书《艺文类聚》得以保存，但是经这些类书的编者剪切拼接过的作品往往与原作不尽一致，甚至相差很远。作者希望破解这一改写过程的密码，然后将文本复"原"。这个"原"是确定不移而且是单一的吗？爱德华·萨义德1975年的著作《本源：意图与方法》特别强调了"本源"的多重性，原文（beginnings）用的是复数。某一类别写作的"专利发明者"也许并非一人，而且"发明"有一个历史的过程。林文又一次说明，古代文学中有些类别往往有其不成文的程式，规定了写什么、如何写，与个人经历以及所感所想没有必然的联系。因此，由作品反推作者的生平与人品不一定靠得住。

第4期

近年来学界经常探讨如何激活并利用古代文论资源，《文心雕龙》理所当然地成了研究热点。刘勰将"人文之元"定位于"太极"（《文心雕龙·原道》），鲁迅在《汉文学史纲要》里称"其说汗漫，不可审理"。近九十年过去了，是否可以有新解？童庆炳用域外的"异质同构"说来照亮刘勰的"原道"，是非常有创意的。学界曾用"唯物"、"唯心"这类概念来判断传统文论价值，未必确当。不过也要承认，刘勰所理解的自然之道不一定纯属自然。"夫神道阐幽，天命微显，马龙出而大《易》兴，神龟见而《洪范》耀。故《系辞》称'河出图，洛出书，圣人则之。'斯之谓也。"（《文心雕龙·正纬》）可见经典的缘起（即所谓的黄河出图，洛水出书）也有一个人为建构的过程，因此所谓的天文、地文与人文的"内在的统一性"也常常是为现实服务的。

各种各样的出土文献（如马王堆帛书、郭店简和上博简）大大丰富了学界对《诗经》、《楚辞》的原始存在形态的了解。清华简《周公之琴舞》未收入《诗经·周颂》，流传到楚国，保存比较完好。徐正英据此考查了诗中的"启曰"、"乱曰"在楚地的接受与改造，别开天地。王小盾早就指出，《诗经》从"六诗"发展到"六义"是一个漫长的阶段。《楚辞》同样有着一个演变的过程，其长度远远超过一个人的生命。上博简有几篇文学作品都早于一般归在屈原名下的楚辞，它们所表达的高洁之志也是楚辞众多作者（包括传抄者、吟唱者）用以评价自我的。也许我们不必拘泥于单一作者的成见。楚辞系众手所成，无损于作品的地位。

元代取人基本上用世家，科举的停止未必就是灾难。用日本蒙古学专家杉山正明的话来说，蒙古族进入中原，开创了新的"世界体系"，功莫大焉。蒙古族对世界的贡献也是多元一体的中华民族对世界的贡献。当时绝大多数读书人不能通过科场进入仕途，不得不放弃宦情，自谋生路，他们向下流动，扮演了多种社会角色。这些士大夫不再唱"不得志"的抒情悲调，将所压抑的不满和能量投入到与诗文迥然不同的俗文化叙事领域，发现了市场也开拓了市场，终于创造出比宋代更加生动活泼的文学。这是一场十三世纪的白话文学革命，主角是专门编写话本小说和戏剧脚本的"书会才人"。沈松勤将士阶层的分化与文学转型联系起来讨论，说明社会学的方法还大有用武之地。不同的社会阶层能够享受大致相同的娱乐（让人想到莎士比亚的时代），主要是市场之功，这在科举制主导的时期是见不到的。由元入明，商品市场依然发达。从明代小说的寄生词曲的辑纂，也可以看到文学与市场的互动。

中国周边地区的汉文学史也正在进入研究界的视野。王小盾的论文得出结论：朝鲜半岛作家接受中国"乐府"的基本态度是精神上自主、技术上仿效，因此，汉文书写并不意味着对本土文化的否认。这是体用之说的另一个版本，与现代文学中的"拿来主义"不尽一致。

早在民国初期，章士钊就针对政界各派无法协调的乱象，在新创办的《甲寅》杂志探讨为政之本，倡导"有容"的观念。所谓"有容"即海纳百川、不排斥异己之意，恐怕不能以"保守"称之。章士钊写下这些文字是在 1914 年，王瑶先生的出生之年。在纪念这位现代文学学科创始人百年诞辰的时候，我们为该学科学有传人庆幸，同时也意识到该做而未做的事情还太多太多。

第 5 期

台湾作家蓝博洲发掘出来的一段被遮蔽的、深埋地下的历史，对全面认识台湾近现代史是大有帮助的。对台独思潮，仅持反对的立场还远远不够。追溯其源流，辨别其不同时期的特殊政治背景和指向，是一项应做的工作。汪晖的文章让我们看到，台湾的自我定位和自我想象，在内战与冷战的双重结构制约下，总是与大陆发生着深刻的联系。讲述两岸历史中的失踪者，毕竟是为了未来。两岸人士如能创造出新的包容性的政治话语来，内战所带来的隔绝、对立和敌意终能化解。大陆的台湾现当代文学研究，自上世纪八十年代以来，已呈现出颇为兴旺的态势，学界还要更积极地以两岸文学一家的意识来参与台湾文学史的写作和作家作品的评价。将纪弦与卞之琳相比，那么纪弦的《狼之独步》等所谓"现代派"诗歌也可以称为少年人自大自恋的诗体涂抹。

在欧美文学史上不断有形形色色的"为诗辩护"之作，法国文论家托多罗夫的《文学在危难中》就是一个最近的例子。"为诗辩护"的情怀也常常照亮宇文所安的中国诗学研究。杰出的诗歌感动读者，乃因诗人对"美好生活"的可能性所进行的艰难探索。我们往往只把清代学术与考据联系在一起，其实有失公正。清代的诗评中也有很多关于"美好生活"或"应该如何生活"的探讨，它们所达到的高度恐怕是今人所不及的。究其原因，大概是信古、崇古之风太甚。经典是在历史过程中生成的，其地位、意义并非一成不变。对所谓"永恒的经典"毕恭毕敬，对经典作家跪下便拜，学术就失去了生命力，广义上的诗也就不值得辩护。清人还有很多值得今人学习的地方。叶燮说："不随世人脚跟，亦不随古人脚跟。"这种与古人平等对话的精神永远不会过时。学者不必过于崇拜自己的研究对象，不必站在（比如说）陆游和辛弃疾的立场上作忿忿不平状，仿佛朝廷只要拜他们为北伐大将，国土必能收复。赵翼问："设令一旦任事机，安知不败陈涛溃符离？"（胡适写过一篇探讨南宋初期军费的小文章，颇得赵翼史论的精髓）赵翼能够将大诗人还原成带有种种人格缺陷的文士，这是难得的。他的质疑说明他深知自我认知的难处。自昧之人所提供的"美好生活"的可能性往往是狭隘而且自我中心的。李白、杜甫有时也以得官为人生至境，写了大量干谒诗，五六十年代的学界对此极为宽容，而赵翼早就指出杜甫"几于无处不乞援"。又如他批评诗人好作淑世之语（如杜甫的"安得广厦千万间"、白居易的"争得大裘长万丈"）："诗人好大言，考行或多爽。士需储实用，乃为世所仗。"喜好大言，这是由来已久的。真正为人、为国家着想，其难度非喜好大言者所能想象。自视太高（"窃比稷与契"）而"实用"不备，就沦为郭嵩焘在晚清所抨击的跑官要官的无用之"士"。他在《论士》一文说，管子时代的"士"（"士农工商"

各有生计，能够自养，后来就发生了变化："唐世尚文，人争以自异，而士重。宋儒讲明性理之学，托名愈高，而士愈重。于是士之数视农工商三者常相倍也。人亦相与异视之，为之名曰：重士。其所谓士，正《周官》所谓闲民也。士愈多，人才愈乏，风俗愈偷。故夫士者，国之蠹也。然且不能自养，而资人以养，于国家奚赖焉！然自士之名立，遂有峨冠博带，从容雅步，终其身为士者。"

李洱的《花腔》写得很用心力，细致老练的分析还不多见。托尔斯泰说（大意），人的生命存在于他人的记忆之中。可叹的是记忆经常在历史现实中发生扭曲。

第6期

10月15日，习近平总书记在京主持召开了文艺工作座谈会并发表重要讲话。习近平强调，文艺是时代前进的号角，最能代表一个时代的风貌，最能引领一个时代的风气。实现"两个一百年"奋斗目标，实现中华民族伟大复兴的中国梦，文艺的作用不可替代。作家、学者和批评家要从这样的高度认识文学的地位和作用，认识自己所担负的历史使命和责任，坚持以人民为中心的创作、研究导向，拿出更多无愧于时代的优秀作品和成果，弘扬中国精神，凝聚中国力量，鼓舞全国各族人民朝气蓬勃地迈向未来。习近平的讲话与72年前毛泽东同志的《在延安文艺座谈会上的讲话》遥相呼应，有继承，也有创新和发展。现在文艺作品的受众对文艺工作者的期待要比72年以前高，甚至高出许多，而且这种期待并不是单一的。中国的现实五彩缤纷，各行各业的人民所期待的"真、善、美"的表现形态密切联系现实，也应该是五彩缤纷的。

今天的中国与抗战时期的中国已经完全不一样了，文艺工作者现在面临着诸多新的挑战。如何处理文学与市场的关系，如何做到两个效益的统一，如何看待文学的社会和公共属性，这些还是有待进一步深入讨论的话题。编辑部特约了几位学者、批评家就此各抒己见，也希望引起学界重视。与这两个专栏相配合的是一组"马克思主义文论"专题文章。

改革开放以来，国内学界热衷于引进各种各样的西方理论，并试图将它们用于文学研究，其得失应该总结。《强制阐释论》一文就是往这方面努力的一个例证。诚如作者张江所言，跨学科的研究有其积极的一面，但是盲目征用"场外理论"，无视作家的意图和"阐释的有效性"，以"六经注我"的架势夸夸其谈，也让人生厌。当然，有些理论的潜力还有开发的余地，承认这一点并不意味着我们将失去独立思考和批判的能力。质疑"场外理论"在文学领域的滥用，未必就是标举所谓的"纯文学"的概念。整整一百年前，商务印书馆出版桐城派大师姚永朴的《文学研究法》，书中所谈的"文学"与现在我们所理解的文学非常不同。由此可见，文学没有纯粹的、超越历史的本质，其边界自然也是流动的。马克思主义对文学研究最伟大的贡献就在于人们终于意识到，文学的创作和评论不能完全独立于物质生产基础，其产生的过程往往曲折反映了一个社会生产的过程。可是文学也离不开倔强的个性和具体的、刻骨铭心的个人生活体验，要想用几个抽象玄奥的观念来统领文学创作和评论，未免太幼稚了。对此，黄晞耘的《罗兰•巴尔特在"人生的中期"》提供了证言。这位结构主义符号学家经历了丧母之痛，投入"新的写作实践"，那将是一部献给母亲的"爱的劳作"。

　　理论的应用必须以合适为前提，不能削作品之足以适理论概念（比如巴尔特的"可读"与"可写"）之履。这就需要作家、批评家有眼力，善于把握分寸。大家只有加倍努力，不断提高学养、涵养、修养，加强思想积累、知识储备、艺术训练，才有可能把创作和评论提升到新的高度。正如习总书记所说："文艺工作者要志存高远，随着时代生活创新，以自己的艺术个性进行创新。要坚持百花齐放、百家争鸣的方针，发扬学术民主、艺术民主，营造积极健康、宽松和谐的氛围，提倡不同观点和学派充分讨论，提倡体裁、题材、形式、手段充分发展，推动观念、内容、风格、流派切磋互鉴。"《文学评论》将一如既往地坚持"双百"方针，为营造一种理想的学术氛围尽心尽力。

2015 年

第 1 期

　　上世纪六七十年代之交，全国流行肌肉注射鸡血，据说是大大有利于健康，顶得上药片无数。我们的社会依然热衷于传播包治百病的疗法，现在最时髦的是服用介乎生物与植物之间的某种神物，从国门首都机场到中央电视台每秒价值万元以上的黄金时段，处处都见得到宣传它神奇功效的广告。迷信与轻信这对兄弟是科学发展的大敌，也大不利于文学史的写作。张武军的《"红与黑"交织中的"摩登"》一文又一次证明，重视史料，不轻信当事人的回忆，应该是文学研究者必备的条件。国民党中央党报《中央日报》1928 年 2 月 1 日创刊于上海，成为新环境下左派和革命文学的阵地，胡也频、丁玲和沈从文都曾为该报副刊《红与黑》和《摩登》所吸引。后来南京国民政府进行舆论控制，《中央日报》成为这一政策的牺牲品，当年年底停刊。南京复刊的《中央日报》毕竟是很不同的。胡也频系"左联五烈士"之一，编辑国民党党报副刊就容易被认为是他身上的一个黑点。丁玲多年后回忆这段往事，为胡也频有所遮掩、回避，称他不了解该报的国民党背景，毅然放弃报酬丰厚的编辑工作。张武军指出，上海《中央日报》文艺副刊的革命性毋庸置疑，而且丰富复杂，红与黑交织，既展示了革命中血与火的鲜红，也提供了革命中幻灭的暗黑；这是多维度的革命文学，也是极具挑战意味的摩登文学。不幸的是，"在革命和摩登的魔力推动下，后来者总是以更革命和更摩登的姿态轻易否定曾经的革命和摩登"。"比你更革命"的表演是高度破坏性的。

　　现当代作家回忆 1928 年的往事，已经不大说得清楚。记忆充满不确定性，而且往往有利于记忆的主体，这应该是一个基本常识。可是有一些流传两千年的诗篇，居然被视为某人信史，这是最可惊讶的。要做到不带情绪地尊重历史，不排除种种可能性，何其艰难。北京沦陷后，周作人会怀疑他自己的记忆和判断吗？从赵京华论文可以看出周作人失节堕落的过程，他有内心的挣扎，但是最终为自己开脱，选择了一条通敌的可耻道路。

卡尔·波普尔在创作于冷战时期的《开放社会及其敌人》中将柏拉图列为"极权主义"的始祖，原因之一是柏拉图要将诗人放逐出理想国。早期希腊诗歌中的激情是否可以稍加理性的限制？希腊神话里那些英雄究竟有怎样的行为模式？不讨论这些问题就无法理解"诗人被逐"的原因。阮炜的文章让我们意识到，"极权主义"的命名其实涉及某一种话语霸权。说到诗歌，中国人首先想到"温柔敦厚"的诗教。"文以载道"的原则是否也可以从风格上来解释？使读者得到道德教益的诗并不依赖"温柔敦厚"这四个字。杨升庵曾说："三百篇，皆约情合性而归之道德也，然未尝有道德字也，未尝有道德性情句也。"

当代小说的风格也应该"约情合性"吗？这大概是扯远了，不过也未见得太离谱。这一期刊出四篇评论贾平凹的文章，各有特色。陈晓明拣出《回忆狼》里面那张狼皮的"邪异性"来探讨作家转变的关键；谢有顺则从新作《老生》切入，试图描述贾平凹不同时期的乡土小说的特点；郭洪雷揭示了"中国故事"的普遍意义；王亚丽挑明了西安书写背后的古典"招魂"主旨。这组论文所涉及的主题是相似的，即如何呈现乡土中国。美国传教士明恩溥描写的乡土中国以晚清山东一带的农村为蓝本，他的著作得到鲁迅、潘光旦等人的称许。两类写作相隔百年，一为"纪实"，一为"小说"，是否有可能互相映照？这才真是扯得不着边际了。

第 2 期

这一期张炯和王元骧两位先生的文章都与本刊去年的几组专题笔谈相关。关于文学或文艺学中的"思想倾向性"和"实践"概念的讨论，应该是呈开放形态的。比如："风格即人"，风格与思想关系如何？怎样理解"莎士比亚化"和"席勒化"的差别？"实践"概念是否牵涉翻译？且以最后一个问题为例。亚里士多德《尼各马可伦理学》（王文提及）中有一个重要概念"phronesis"，苗力田先生将它译为"明智"，有的英译者将它译成"practical wisdom"（实践的智慧），用以标示它不同于哲学家的"思辨的智慧"（sophia）。"思辨的智慧"考察的对象具有不变的本源（因而有普遍意义），"实践的智慧"只涉及可变而且各不相同的事物，它的知识是具体特殊的，只能产生于永远消长变化的社会实践，在政治学和伦理学中不可或缺。《文学评论》的读者完全有资格说，评论文学有助于培养实践的智慧。一位思想史家对此作了深刻的描述：生活分为两个层次，一个层次相对而言比较容易观察、描述，社会科学家就从这一维度抽象出一些相似性，并梳理出一些规律；但是人心深处还潜伏着不是根据绝对的道德律令推导出来的、甚至根本没有意识到的态度、意向和信念，它们却是人们看待事物所依赖的前提和范畴，无形中引导着感觉和认知，影响着人们对自己和世界的理解。文学艺术或任何带有故事性的历史片段作用于那些态度、意向和信念，力量远胜过哲学和泛泛的概念。这生活的第二个层次犹如一颗大树的根系，伸展到地下深处，构成意识形态的基础："它通向那些越来越晦暗、越来越隐蔽但又四处弥漫着的特征品质，后者同各种感情和行为密不可分地纠缠在一起，一直难以辨认。我们靠巨大的耐心、勤奋和刻苦，可以穿透表层——小说家做这样的事要比训练有素的'社会科学家'更加出色。"文学研究者也必须养成细致观察的习惯，训练出一种特殊的眼力，以它来"穿透表层"——发现那些无法统一测度的、最能体现某位人物、某个局势、某种文化最独特性质的细节。维特根斯坦说，关于感情表现是否真诚，经验丰富的人能做出"内行的鉴定"。这种正确判断的本领就是实践的智慧，它能学，靠体验来渐渐获致。"最难的就是精确地、不加伪饰地把这不确定性诉诸文字。"这也是创作和批评艺术的原创性，与"完整的结构性把握"可以互补。

时代的进步往往不知不觉。1952年，人民教育出版社因在教科书中选用朱自清的《背影》而作书面检讨，据说那篇散文"思想落后"，"绝对有害"。中国人家国同构，爱父亲与爱祖国不相矛盾。在拉丁文里"父亲"、"祖国"和"爱国主义"这些词都是同源的。

郜元宝重读《白鹿原》，为鲁迅名言"中国根柢全在道教"作注。这是一个大题目，也是一个好题目。文章最后部分未及充分展开，大概是有所讳言吧。好在姚晓雷描述的几类"非常态民间主体形象"作了补充。约瑟夫·奈说，韩国以国家之力，在国际上为韩国打造一个值得爱、值得尊敬的形象。文学创作离不开个人，不可能由国家包办。但是也可以想一想，当代文学里是不是有值得爱、值得尊敬的人物。涂自强是不幸的，另一种不幸——不能想象还有这样的生活态度："他在肃穆的星光下走回家去，不是口出狂言，怨天尤人，而是决心抑制自己的悲伤，少按自己的心愿行事，更多地为别人而活着。"

第 3 期

朱光潜在 1922 年曾批评学术界的五大通病，即：无爱真理的精神；无评判的精神；无忠实的精神；无独立创造的精神；无实验的精神。这位年轻学者"身在此山中"，新文化运动正在他身边蓬蓬勃勃地展开，他却视而不见，这就有点奇怪。但朱光潜为改造学术界还说了这一句话：必须剪除武断和盲从，遇到问题，首先要问："照逻辑说，这样解释合不合理？"其次要问："照事例说，这样解释合不合理？"当大量理论话语进入了文学研究领域的时候，是不是伴随着武断与盲从？希望关于"强制阐释"的一组笔谈对此做出了有意义的探讨。当然，文学与非文学的界限未必清晰，而作品或作者的"真意"也可能是后人发明出来的，比如《关雎》中的"后妃之德"。

韦勒克和沃伦合著的《文学理论》（1948）中译本于 1984 年由三联书店出版，两年后重印，发行量可观，对当时的中国文学研究界产生强劲的冲击力。书中介绍的各种"内部研究"的特点打开了中国学界的眼界，索绪尔、俄国形式主义、布拉格学派和"新批评"这些专有名词扑面而来。但是"旅行中的理论"经常碰到"时差"问题。首先，《文学理论》在 1984 年出了英文第三版，其变化未能反映于当年的中译本；其次，极具反讽意味的是两年之前（1982 年）韦勒克出版了文集《对文学的攻击及其它》。当时将各种写作等量齐观的后结构主义已在美国流行，韦勒克意识到，这种倾向于否定文学的理论霸权之所以形成，与自己早年对理论尤其是偏重形式的理论的坚持有某种因果关系。为此他在《对文学的攻击》一文做了堪称沉重的反思。但是在八十年代中期的中国，《文学理论》的"内部研究"部分赢得了很多读者的心，并为所谓的"纯文学"观念的兴起做了铺垫，这恐怕是韦勒克料想不到的。由此可见，中国有自己的需要，"旅行中的理论"发生了变异，而且不能用"冲击－回应"的模式来规范，其意义完全不同于美国。

任何理论，若忠实移入而不改其貌，必将归于消沉；在吸收外来学说时，不能忘记具体的历史场景和"本来民族之地位"（陈寅恪语）。对此有所强调，绝无否定交流、拥抱本质主义文化观之意。比较的意识产生于交流；不善于比较，开拓创新的能力就难以充分发育。高居翰长于比较，他的中国绘画研究以视觉为中心，不被传统的文人画论话语系统主导，故而新见迭出。李涛由此发问：文艺学是否应该亲近文学实践，从理论自洽的神话中走出来？

也应该从"文本诗学"的神话走出来。爱德华·萨义德的论文集《世界·文本·批评家》出版于1983年，是对一些欧陆国家（尤其是法国）思想家、理论家的有力回应。（后）结构主义、符号学和精神分析等理论一度在美国来势凶猛，文学批评界的专业意识急速高涨，学者小心翼翼地与文本外的历史场景和现实世界保持距离。"自足的文本"和"文本性"使一些学者在文本的迷宫内部打圈。写作，不论是写一本书还是就一本书进行书写，仿佛都与日常生活以及由此产生的经验绝缘；文学文本只指涉其自身，是对"虚无"的命名和重新命名。萨义德把（后）结构主义的基本特点确定为关于"文本功能的理论和实践"。他感叹道，语言学的聚焦越精密，研究方法就越趋形式化，功能主义也就越趋科学化。我们生存在其中的现实世界以及文学中人的因素不得不在这一套套技术化的操作程序面前退缩，直至彻底消失。文学批评丧失社会干预作用，并不能简单地归罪于形式主义理论的繁荣。萨义德指出，没有任何阅读、释义的行为是纯粹中性的，不受"污染"的；每一个读者和文本都是理论立场（也可能很含蓄而且无意识）的产物，理论无罪，重要的是必须保持与社会与历史的沟通。他相信，文学没有清晰可辨的外围界限，任何文本都是在世的，纯粹的文学性并不存在。萨义德要引入"情境"（situation）、"境况"（circumstance）、和"现世性"（worldliness）等观念，重新建立文本与历史、社会和人类活动的关联。雷蒙·威廉斯和伊格尔顿也厌恶各种形式的自娱自乐的理论，坚持文学和文学研究应该以改变世界、解放人类为目的，这在伊格尔顿的《二十世纪西方文学理论》最后一章"政治批评"中表达得非常雄辩。后来他在很多场合指出，六七十年代左翼遭到失败后缩回到书斋，逃进话语迷信或语言游戏里寻求替代性的发泄，这是最不幸的；而"后现代"与消费主义、商业文化同流合污，那就更不足取了。三十年来，伊格尔顿这方面的立场几乎是一贯的。他会说，将文学研究分为"内部"和"外部"毫无意义，首先必须问：文学何为？批评何为？理论何为？

文学与历史、日常生活永远是互相容纳又相互交叉、补充的。托多罗夫相信文学与生活不可分割，渐渐从结构主义者演变为人文主义者。他在《文学在危难中》的结论具体、明确："如果今天我自问为什么喜欢文学，答案自动地浮上脑际：因为它帮助我更好地生活……［文学］比日常生活更坚实、更雄辩，然而［与日常生活］从根本上说又是一致的，文学扩大了我们的世界，促使我们想象另一种设计它、组织它的方式……它向我们提供不可替代的感觉，使真实的世界变得更有意义和更美。它远非一种简单的消遣，为有教养的人准备的娱乐，而是使我们每一个人更好地回答做人的志向。"正是对文学的这种理解才有可能把文学研究从形式主义的语言中解放出来，才有可能使人们怀疑"愤世"情绪是否有助于"更好地回答做人的志向"。按照有的评价体系，诗人因"愤世"而贵。愤世者自以为不被"庸众"所理解，容易变为"厌世家"、"国民之敌"（鲁迅语）。几位这样的高人聚于一室，大概就会打斗起来（庄子应该不会）。一国缺少"群力"，或因愤世者太多。

1943年11月的开罗会议上，美英中三国政府首脑罗斯福、丘吉尔、蒋介石在埃及首都开罗开会，通过《开罗宣言》，要求战后日本归还占领中国的所有领土，包括台湾及其附属岛屿。1945年8月15日，日本宣布无条件投降。9月9日，在南京陆军总部举行的中国战区受降仪式上，日本驻中国侵略军总司令冈村宁次代表日本大本营在投降书上签字，并交出他的随身佩刀，以表示侵华日军正式向中国缴械投降。至此，抗日战争胜利结束，中国人民为最终战胜世界法西斯势力做出了历史性贡献。抗战期间，很多文人学者以专业特长打造全民"命运共同体"的意识，即便在沦陷区，爱国知识分子始终不忘自己的伦理责任，如陈垣就以史学著作"激发故国之思"（见袁一丹文）。为纪念抗战胜利七十周年，本刊将刊登一些展示文学如何反映这场伟大斗争的论文，欢迎大家积极投稿。

第4期

希勒斯·米勒教授来华访问多次，是我们非常敬重的批评家。他的不少著作已翻成中文，拥有大量读者。这次刊出的张江与他的通信以《小说与重复》为例讨论了解构主义和一种批评阅读的方法是否普适的问题，读来很长见识。我国学界缺少生动活泼的争论，究其原因，不外是学者们有所顾忌，生怕观点的对立会导致熟人朋友失和。1914年，严复如此回顾他十几年前对韩愈的批评："退之文章俊伟而调直，自唐以来所推重，仆岂能为异辞？至其所发明理道，固未见极，而自有其可辟者在也。仆固甚尊韩退之，然不敌其尊真理。观吾文，闻吾说者，当审以是非之公，不宜问其所辟者为韩非韩也。且辟其说者，于其人亦何所仇视之与有？"整整一百年过去了，对任何人、任何学说，我们都应该"审以是非之公"，惟其如此，直言无讳的学术讨论反而会加强友谊。

严复比新文化运动几位主将保守吗？读了上面那段引文，不必急于回答。给文学史分期，确定各时期的起点和终点，大概都会留下遗憾。一个时代有无"起点"，恐怕是永远说不清的。有时候人们以为时代变了，但是变的也许只是冰山在海面以上的部分，这就是文化传承的力量。卞之琳谈及这问题时用了一个非常形象的比喻："抽刀断水水更流。"黄遵宪在作于1887年的《日本国志·学术志二》中写道："盖语言与文字离，则通文者少；语言与文字合，则通文者多，其势然也。然则日本之假名有裨于东方文教者多矣，庸可废乎！泰西论者谓五部洲中以中国文字为最古，学中国文字为最难，亦谓语言文字之不相合也。"严家炎据此在《中国现代文学的"起点"问题》一文（见本刊2014年第2期）提出，现代文学的起点当在1890年前后，五四文学革命实际上是这段时期文学的高潮，其间经过了30年的酝酿和发展，两三代人的共同参与。这是高屋建瓴的提法，但主要是就创作形式（即所谓的文白之争）而言。如果我们考察作品中的主题、心态或福柯所强调的话语方式，那么文学的延续性也可能强于各时期之间的差异性。孙洛丹和季建青继续了严先生的话题，有所推进。"言文合一"暗含着语音中心的前提，这在日本又与去汉字化相联系。孙洛丹非常有意义地指出，黄遵宪对此显然不够敏感。还有一些问题可以深挖，比如在言文不一致的文化背景下怎样看待"逻各斯中心主义"。

福柯的文章《什么是作者》，很多人都读过，但是从未见到有人能像张一兵那样细致深入地分析文中主要论点，并把读者引向演讲的现场，共享戈德曼、拉康和福柯充满机锋的对话。福柯强调了话语的宰制性，提出作为作者的我其实在写作中恰恰不在。福柯自己的写作是不是反映了同样的原则？拉康说"人们恰恰自己认不出行动本身所内在固有的东西"，这可以用于很多场合，却不能用于所有场合，比如拉康说这句话的那个特殊场合。探讨关于人的概念如何运作，总是有益的。上世纪八十年代流行"人的主体性"，那套话语方式未必突出了作者的存在。人死亡了吗？出席演讲的几位思想家用自己充满了顽强个性的语言做出了可能背离本意的否定回答。

读了《畸变的世俗化和当代大众文化》，不免伤感于现实中的人之死亡——作者陶东风的导师童庆炳先生走了。就在这一期稿子进入编校阶段的时候，传来童先生不幸去世的消息，编辑部同人不胜悲痛。童先生对文艺学学科的发展做出了重要贡献，他也热心指导本刊的工作，不断以佳作表示支持。童先生倒在他心爱的长城的脚下，祝他平安。

第5期

从1931年到1945年，中国是世界反法西斯战争的东方主战场，中国共产党在整个战争期间起到了中流砥柱的作用。2015年9月3日，天安门广场举行了隆重的纪念中国人民抗日战争暨世界反法西斯战争胜利70周年大会，习近平总书记出席并作重要讲话。阅兵队伍英姿挺拔，形象地体现了"参天耸立，不折不挠"的抗战精神。在这个特殊日子，让我们共同铭记历史，缅怀先烈，珍爱和平，开创未来。为配合这次活动，本刊组织了几篇文章。抗战期间，国共两党出于"命运共同体"的意识结成统一战线，终于取得胜利。在此过程中，抗战文艺激发出巨大的爱国力量，筑起了中华民族新的长城。这方面的成就是与文艺政策分不开的。王爱松指出，当时两党在苏联影响下各有文艺政策，两个体系分中有合、合中有分，呈现出复杂面貌。近年来"风景"成为人文历史研究的关键词之一，茅盾写《风景谈》，意在言外。裴春芳强调，作品中的"人性"是中国人民在抗战中所展现的"坚贞不屈、敢于抵抗、勇于牺牲、力求上进的人性，是茅盾所见的可宝贵的民族精神的化身"。反法西斯主义的斗争还有国际上的统一战线。丁玲作品集《我在霞村的时候》（胡风编选，收有七篇短篇小说）在印度的翻译出版，得到美国"东西方协会"（赛珍珠为会长）的资助。熊鹰以此说明，中国抗战和世界反法西斯战争的胜利得益于各种隐藏在深处的力量，文学的作用不可或缺。曾有人以为，"作家－作品"的模式限制了文学研究，于是有"由作品走向文本"之说。一旦"文本"完全脱离产生它的社会现实，也留下太多的遗憾，于是学界又转而重视语境（context）。当代英美文论的伦理关怀是应该介绍的，不过"伦理学转向"、"人文主义"这些词汇得不到具体场景的滋润，很容易失去生命力，变成抽象的口号。伦理批评的名号并不重要，重要的是实践。李勇在比较了三部小说后得出结论：道德落实于行动而非言辞，才是有意义的。陈映真《山路》中的蔡千惠之所以感人，是因为她不会倾诉个人的不幸，爱人胜于爱己。小说应该是伦理探究的有效途径，但是揭示"人性自私"时所举的例子性质太恶，就不大值得细看。两篇新作评论都涉及罪过和救赎的话题，这是一个新的趋向。因孙少华在谈汉赋的文中提及中国诗歌的"抒情"性，还想多说几句。陈世骧早年在北大学英国文学，1947年到伯克利教中国古代文学和比较文学。他以史诗、叙事诗和戏剧诗为参照，提出中国文学的"抒情道统"，影响甚大。但是"抒情"一词也遮盖了很多问题。陈世骧说，《楚辞》各篇乃是"发泄焦虑、惨戚、哀求或愤懑等用韵文写成的激昂慷慨的自我倾诉"。但是《楚辞》中也有些篇章是模仿性的文字操练，所抒之情为辞而造。达官贵人作惆怅失意状，符合流行的审美标准和阅读期待。即便感情是真挚的，也不能让人敬重。过分的自我关注会削弱了诗人理解、同情他人的能力，刘勰的"睹物兴情"、"情以物兴"还可以在新的知识框架下探讨。确实，诗人长于文饰。"酒瓮琴书伴病身，熟谙时事乐于贫。"（杜荀鹤《自叙》）有"酒瓮琴书"相伴，还自称"贫"，可见阔佬哭穷叹贫，真是大有手段。俞平伯早年的一段话可以共享："淫鄙贪污的意欲闯进意识圈儿里，或者早已化为温柔敦厚的面目了（这也是一种 sublimation）。于是在作者的心和手，读者的眼和嘴，所挥洒，所吟咏，皆蔼然仁者之言，……在未欺读者之前，作者先已自欺了。不自欺怎能欺人呢？这也是'修辞立其诚'的另一种说法。他已被乔装的意欲所骗，当然不再负解释作品真诠的责任。"伦理批评的重要环节就是推敲这个"诚"字。

第 6 期

韦勒克和沃伦合著的《文学理论》（1948）中文版于 1984 年出版，对当时的批评理论界造成不小的冲击，书中介绍的各种偏重语言和形式的"内部研究"流派使中国学者大开眼界。由于我国五六十年代的文学评论比较强调作品的社会背景和外部因素，索绪尔、"新批评派"和俄国形式主义理论引起异常的兴趣，也是顺理成章的。八十年代中期的"方法论"热潮和"纯文学"观念的兴起，恐怕也与此有关。所有这一切，是《文学理论》的两位作者料想不到的。由此可见，中国有自己的需要，"旅行中的理论"发生了变异，其意义完全不同于美国，而且不能用"冲击—回应"的模式来解释。即使没有书中有关"内部研究"的章节，我们也可能从自身需求出发来突出"文学性"和"场内"理论。七八十年代之交，经常有人讲"文学（创作）的自身规律"；八十年代中期，文学的"主体性"走到了前台，虽然如何界说这个概念，学界并没有统一的意见。也许"主体性"一词表达了追求文学作品、文学创作与研究的独立自主性的意愿，如果译成英文，"autonomy"可能更合适，与"主体"（subjeot）未必有什么联系。在这样的背景下，注重文学形式的理论就比其他理论占优了。所谓的"语言学转向"是这一趋势的进一步发展。这次刊出的程凯等四人的笔谈强调现当代文学研究中的历史化和社会史视野，是对"内部研究"和形式批评的一种回应。可以说，国内已经出现了社会学/历史学的转向。文学与社会实践、历史进程互动，自古皆然。有心的读者大概已经发现，本刊近年来对能够体现这一特色的文章稍有偏爱。

中国当代文学走出去，是近十年来出现的可喜现象。如果说中国文学太特别，只有中国人能欣赏，那还不如关起门来自娱自乐。我们之所以提倡走出去、拿进来，是因为相信文学背后有很多人类共同的价值。加强文学交流的目的是增进了解，各国文学传统有所不同，但是作家表达了"人类的心灵能够共同感受得到的东西"，总有跨越时空的神力。即便是差异性和独特性（它们与时俱进，不是固定、绝对的），也只有通过交流才能辨别，这方面的知识必然来自比较的眼光。四川的大熊猫和珙桐分别是动物界和植物界的"活化石"，十九世纪下半叶的当地居民未必知道它们在自然史上的价值。本土和非本土的知识并不是互相排斥的，反之，两者之间并无壁垒，相辅相成。以铁凝为代表的中国作家在祖国的历史与社会实践中汲取营养，同时又自觉培养世界文学的眼光，他们已经具有国际影响。这一期刊登的讨论海外接受莫言和余华的文章就反映了当下中国作家国际化的现实。但是本刊编辑部又认为，别国人士如何阅读我们的作品，可以适当注意，用心太多，就像在网上迷恋自己的跟踪狂，也不大体面。静下心来写好自己的小说和评论，才是主业。"某某在某国"的论文，还是少写为妙。

去年10月15日，习近平总书记主持召开文艺工作座谈会，发表了重要讲话。讲话科学分析了文艺领域面临的新形势、新情况、新问题，创造性地回答了事关文艺繁荣发展的一系列带有根本性、方向性的重大问题，定方向、立纲领、点问题、提神气，体现了党对文艺工作的新思想、新判断、新要求，对在新的历史条件下开创文艺工作新局面做出了全面部署。最近，讲话和《中共中央关于繁荣发展社会主义文艺的意见》相继在报刊全文发表。这两份重要历史文献必将长期指导我们的文学文艺创作和研究。祝大家2016年元旦好。

2016 年

第 1 期

中国提前步入老龄社会，很多人以为宣传孝道可以解决老人赡养问题。鲁迅曾批评旧式的卫道士："拼命的劝孝，也足见事实上孝子的缺少。而其原因，便全在一意提倡虚伪道德，蔑视了真的人情。"林纾在翻译小说的书名中好用"孝"字，有意借洋孝子孝女反驳"叛亲蔑伦之论"，不过他倒是看重人间真情的。他在致蔡元培信中说过，自己译外国小说一百多种，未见违忤仁义礼智信五常之语，可见他相信超越国界的价值。李今指出父母与子女之间的无私之爱不同于"长者本位"的父权孝道，不能完全置于理学框架之中，但是她强调五四精神与传统文化并非对立，两者可以互补。林纾的忧虑也有合理之处，他在同一封信里还说："须知天下之理，不能就便而夺常，亦不能取快而滋弊。"这句话的精神与严复所说的"轻迅剽疾者之所以无当于变法"相一致，可以补充激进传统中的营养之缺。1919 年夏，严复在私信上表示，提倡文白合一的言论，可以听其自鸣自止，"林琴南辈与之较论，亦可笑也"。严复忘记了他自己出于社会责任感办过报，并撰写过不少报刊文章讨论公共事务。1905 年上海抵制美货，舆论完全一边倒，"群情汹汹，不知风潮之所至"。严复深知"国民持议最忌主于一偏而不容他人之异说"，自己处于"不可禁默之时"，故投书《中外日报》，有"通盘筹划之言进于社会"。文化生态均衡不能全部托付给"天演"和极端之论。劣币驱逐良币的理论同样适用于文化界。马银琴辨析子夏家庭背景，指出子夏所学切事、实用。如何切于实际，愿闻其详。樊迟"请学稼"、"请学为圃"，孔子不悦，称他"小人"。孔子以为君上道德高，四方之民就"襁负其子而至"，好像善治与民生不相关涉（"焉用稼？"）。稼穑园圃之艺也是治国之本。简单的义利之辨，绝对的"君子儒"与"小人儒"的区隔，会生出莫大的弊端。郭嵩焘对士的性质看得非常透彻：古代的士各有生计，能够自养。科举制度产生后，社会"尚文"，于是很多人"争以自异，而士重"；千百年来，士阶层实为"《周官》所谓闲民":"士愈多,人才愈乏,风俗愈偷。故夫士者,国之蠹也。然且不能自养,而资人以养,于国家奚赖焉!""资人以养"的闲民也能摆出一副名士派头来,浸泡在酒坛里酣畅淋漓,自污的同时也在败坏风气。留下一句名言——"任何人都没有权利以个人的不如意来破坏社会常规"——的台静农未见得乐于接受"半个名士"的称号。刘伶自以为放达的醉酒,或许只是"取巧的掩饰",鲁迅不信("只能骗骗极端老实人的"),我们信吗?蒲松龄科场失意,挫败感"如毒蛇嗫心噬骨",未免太过。为个人的际遇作侘傺愤激之词,创造一个纯粹由个人好恶支配的世界,并不能揭示出人和社会的丰富性。李渔看出虚构者的帝王之尊,颇得意地说,写小说"无一不随意到,较之南面百城,洵有过焉者矣"。王蒙注意到这一点,反而不安,他提醒作家,使用手中大权,必须慎之又慎。这是今人胜于古人的一例。写作是修炼,也是一种搏斗,搏斗的对象甚至就是内心中那个汹汹而来的、长于自欺的小鬼。抒发自我必须包含着对自我的怀疑和超越,不然"抒情"、"诗性"就与发泄相混淆了。"文革"始于1966年,整整五十年前。三十年代上海的派系之争当时呈现出新的形式,旧时的恩恩怨怨甚至反映于第四次文代会。斯炎伟的文章,读了让人心痛。1979年那次大会以"解放思想,实事求是,团结一致向前看"为指导方针,开创了文艺创作的崭新局面。进入"十三五"的开局之年,又当防止"轻迅剽疾者"的浮躁。让我们沉潜下来,厚蓄实力。

第 2 期

研究鲁迅,必须有谦卑之心。对于一位喜欢议论时政的作家,不仅要注意他议论的是什么,还要关心他不议论的是什么。这样一来,要补的功课就很多。鲁迅在服务教育部的最后两年里,对当时几件非常敏感的大事(比如清室善后委员会接收故宫,政府在各国"退还"庚款的基础上设立教育基金董事会)几乎缄默无言,即使偶尔提及,也是词语闪烁。沈尹默说的这句话恐怕是不错的:"即便自以为是鲁迅知己的人,究竟能否真正深知底蕴,还是一个问题。"鲁迅在二十年代中后期的经历以及由此汲取的教训,加深了他对国民党(尤其是高层腐败官员)的认识,决定了他后来走向左联的选择。他在编《两地书》时承认,"当日居漫天幕中,幽明莫辨"。鲁迅想借此说的,除了对北伐、国民党深深的失望,也有对自己的责备。

一个自信的文化，必然有良好的讨论学术问题的氛围。这种氛围反映于而且也依赖于公共论坛上论辩的风格。清末民初，中国社会发生日新月异的变化，大量报刊的出现催生了公共舆论。晚清报人（如汪康年）追求论是非、不争胜负的办报宗旨，但是吴稚晖等个别"越名教而任自然"的名士却以毒骂见长，骂个狗血喷头，便是胜利。鲁迅也好"骂"，被骂的不一定就是"坏人"。许广平曾讲到鲁迅记忆力超群，而且记得的往往是令人不快的事情："即如他的许多短评、杂感，极尽讥讽当世，使对方难堪之处，就是在时常毫不相干的文章里，人们正以为可以放胆读下去的时候，忽然也会带一两句骂到读者，也就是他所痛疾的人物。……别人早已忘记了的，他会很自然地想起，写出来。"许广平无形中所证实的，恰恰就是严复在谈及崇尚复仇的社会里常见的现象：人们"缊火常伏，其发也，特待时而已"。遗忘有时也是滋润人心的。超越个人利害关系来对待观点的异同，就会像马克思那样没有一个私敌。讲事实，摆道理，以理服人。这样的话我们说了很久，真正做到却是难上加难的。"存学者的良心，有市侩的手段"这句话有一个前提，即两者独立，互不相干。也就是说，为达到好的目的，可以不择手段。蔡元培所见不同，他说匿名揭帖这种手段无非标志着堕落的开始。据传罗兰夫人在断头台上说："自由，多少罪恶假汝之名以行！"当今国际上一些导致国破人亡的战争行为不正是打着"自由"的旗号吗？蒋光慈《咆哮了的土地》中两位人物说到老和尚的生命时那种若无其事的态度，不能让人心安。

如何看待民族文学与世界文学的关系？文化之间是否可以进行有意义的交流？刘为钦、吴伏生两篇文章提供了很好的切入点。张隆溪与余宝琳的对话值得进一步探讨。钱钟书先生说："东海西海，心理攸同；南学北学，道术未裂。"没有任何地方特色的世界主义是苍白的，但是强调差异性的言论，也须防止本质主义的预设。中国文化始终与周边文化积极互动，传承中有扬弃，不断吐故纳新，呈开放的形态。海昏侯坟墓出土文物展又一次表明，从厚葬到薄葬，是中国社会可喜的进步。韦勒克当年批评狭隘的民族主义，引起苏联学者的反驳。吊诡的是苏联解体的原因之一正是联盟中过分的民族主义诉求。

在鲁迅逝世八十周年之际，中国社会可以向他交一份骄人的成绩单。这当然是可喜的。但是鲁迅从来不会轻易满足。他想看的是他的后人做事情是不是认真，是不是善于反省，善于"变革、挣扎、自做功夫"。他说：

"多有不自满的人的种族,永远前进,永远有希望。多有只知责人不知反省的人的种族,祸哉祸哉!"切记,切记。

第3期

习近平总书记在《在文艺工作座谈会上的讲话》中说:"我们要结合新的时代条件传承和弘扬中华优秀传统文化,传承和弘扬中华美学精神。"中国古称"华夏",这两个字也可以从文化、美学的观点来理解。孔颖达《春秋左传正义》疏曰:"夏,大也。中国有礼仪之大,故称夏;有服章之美,谓之华。华、夏一也。"为了进一步认识"中华美学精神"在"新的时代条件"下的丰富含义,本刊组织了五篇专题文章,以期推动具有历史发展眼光、结合当代实践的中华美学研究。几位作者在文中表达的纯属个人观点,未必成熟,甚至会引起误解,尽可以商榷。其实中华美学是动态的,不受城墙和壕沟的局限,在漫长的历史进程中一直与周边文化积极互动,而古代的东夷、南蛮、西戎和北狄早已融入中华民族大家庭,也为百花齐放、百家争鸣的中华美学做出了贡献。

孔颖达卒于贞观二十二年(648年),未能看到开元、天宝年间的长安作为世界都会的盛况。当时大量外来物品经过丝绸之路进入中原,激发唐朝人的想象,从而改变了他们的生活方式。现在我们强调"一带一路"的国策,就学术上言之,更应该注重中外交流史。希望不久的将来中国学者能放下架子,老老实实提高比较语言学的水平,写出与劳费尔的《中国伊朗编》和谢弗的《撒马尔罕的金桃》比肩的著作来。可以说,要能够与时俱进地传承和弘扬中华美学精神,还必须擅长比较,"用人类创造的全部知识财富来丰富自己的头脑"。在某一具体领域的研究中,我们很容易忘记这段文字的警示:"一个伟大的基本思想,即认为世界不是既成事物的集合体,而是过程的集合体,其中各个似乎稳定的事物同它们在我们头脑中的思想映像即概念一样都处在生成和灭亡的不断变化中,——这个伟大的基本思想,特别是从黑格尔以来,已经成了一般人的意识,以致它在这种一般形式中未必会遭到反对了。但是,口头上承认这个思想是一回事,实际上把这个思想分别运用于每一个研究领域,又是一回事。"中华美学也是"过程的集合体",不断吐故纳新,从来不是绝对的,永久不变的。

据说,新感觉派作家穆时英在抗战时是国民党方面安插在汪伪政权中的卧底,被"军统"误杀。解志熙以确凿的文献资料证明,穆时英的所谓冤案，只是一个流亡的双面特工"嵇康裔"精心编造的谎言。这篇文章所体现的透彻的探究精神，正是人文学科创新的原动力。

杜晓勤从"盛世悲鸣"来考察开天诗坛风貌，是有新意的。但是楚辞以降，何时没有"落落穷巷士""哀时命"的悲鸣？说到下第者的"悲愤不平"，学界会不会不假思索地给予慷慨的同情？"青冥却垂翅，蹭蹬无纵鳞"之类的诗句，说来说去，还是"高才而无贵仕"那一套读书做官的话语的变种，并不值得敬重。"不遇之叹"是应该分析的症状，而不是一块大家见了就称颂不迭的道德招牌。唐代正式实行科举，进士、明经及第者毕竟是极少数，大多数人久困举场，"君门隔于九重，中堂远于千里"。安史之乱以后，河北三镇处于割据状态，但是却吸引了大批失意文士。"董生举进士，连不得志于有司，怀抱利器，郁郁适兹土，吾知其必有合也。"（韩愈《送董邵南游河北序》）"不得志"者以自我为中心，投奔藩镇是必然之路。

陈忠实永远离开了无数喜爱他作品的读者，编辑部在表示诚挚哀悼的同时，也想问一问：高晓声陈奂生系列小说中的苏南农村、梁鸿的梁庄和贾平凹新作《极花》中被拐卖姑娘胡蝶所处的偏远山区，有没有《白鹿原》里的朱先生？

第5期

今年5月17日，习近平总书记在京主持召开了哲学社会科学工作座谈会，发表重要讲话。他说："当代中国正经历着我国历史上最为广泛而深刻的社会变革，也正在进行着人类历史上最为宏大而独特的实践创新。这种前无古人的伟大实践，必将给理论创造、学术繁荣提供强大动力和广阔空间。这是一个需要理论而且一定能够产生理论的时代，这是一个需要思想而且一定能够产生思想的时代。"希望长期以来支持我们的读者能够不辜负社会的期望，立时代之潮头，通古今之变化，发思想之先声，用一篇篇出色的论文迎来《文学评论》创刊六十周年。

这一期刊发的"马克思主义批评理论研究专题"文章言之有物，内容丰富。几位作者提出的问题还可以继续讨论下去。比如张永清发问：究竟何为"马克思主义"？他试图从五个层面来回答这一问题，而我们发现五个层面似乎还不够。本刊1957年问世以来一直强调"马克思主义"，但是在特殊的上下文中，"马克思主义"一词显得很有弹性。如果弹性过大，那就说明学风出了问题。有些铿锵有力的论断只不过是词语呐喊,"概念的自我嬉戏"。尽管我们付出很多心血,也产生了不少理论成果,但是真正属于我们自己的马克思主义批评理论形态尚未成型,或者说还在不断探索之中。各国都有把马克思主义当作方法来使用的学者("西马"这概念太笼统,并不科学),他们治学态度是严谨的,和他们相比,我们未必有资格自傲。恩格斯曾说:"即使只是在一个单独的历史事例上发展唯物主义的观点,也是一项要求多年冷静钻研的科学工作,因为很明显,在这里只说空话是无济于事的,只有靠大量的、批判地审查过的、充分地掌握了的历史资料,才能解决这样的任务。"恩格斯年轻时为了撰写《英国工人阶级状况》一书,使用了多少历史资料!没有"大量的、批判地审查过的、充分地掌握了的历史资料",《资本论》是写不出来的。我们是不是在文章里体现出这样的科学精神?说实话,浅尝即止、蜻蜓点水的态度远未绝迹,"历史资料"恰恰是学界注意不够的。

要准确介绍各国的文学研究状况,并不容易。在我国,介绍文学理论的著作往往销路很好,这也说明理论的崇高地位。或许,市场化的原则在引导新的理论的产生:这是最新、最流行的款式,你不买就落伍啦!结构主义者茨维坦·托多罗夫曾以专治"叙事语法"闻名,但是他早在上世纪七十年代就意识到,自己的研究有偏重语言共时性的弊病,于是就放弃了"作者之死"之类的论调,开始注意阅读过程中现在与过去、读者和作者之间的对话,于是他在巴赫金学说的启发下写了《对话原则》(1981)。意识到对话精神必要性的托多罗夫还是在讲理论。其实任何批评实践都体现出研究者自己的问题导向和前提预设(或者说某种价值立场的选择),换言之,研究者都是有自己的理论的。承认这一点并不意味着在谈论理论时摒弃文学。"理论中心论"可以休矣。但是各种理论都有其可取的地方和产生的原因。女权批评、后殖民理论和新历史主义也能成为我们的批评武器。

读了《论解放区前期文学中知识分子的自我批判》一文,很想提一个问题:知识分子假定不识字的民众比自己觉悟高,是不是把民众浪漫化、理想化了?这也是知识分子的毛病啊。

第6期

习近平总书记在"哲学社会科学工作座谈会"讲话中指出:"要坚定中国特色社会主义道路自信、理论自信、制度自信,说到底要坚定文化自信。文化自信是更基本、更深沉、更持久的力量。"坚定文化自信并不是画地为牢，故步自封。因此习总书记还强调："要推动中华文明创造性转化、创新性发展，激活其生命力，让中华文明同各国人民创造的多彩文明一道，为人类提供正确精神指引。"古代文学研究要承担起确立文化自信、贡献文化智慧的时代使命，同时还不应忘记提升创新能力，建立创新的话语体系。改革开放之门只有开得更大，我们才能真正做到与时俱进，用新的方法、新的视角来激活中华文明的生命力。

吴承学《中国早期文字与文体观念》一文想论证的是中国古代文体学的独特性是建基于中国人独特的语言文字与独特的思维方式上的。但是这种独特性从来不是绝对的。即使是《文心雕龙》也与佛教有某种关联，正是在印度语言对汉语音韵律法、逻辑规则的强大影响下，刘勰才会对文体类型作出详尽的分类。《〈文心雕龙〉在美国汉学界的经典重构》也表明，《文心雕龙》在美国的翻译传播有助于我们更全面地理解它。项楚编校《王梵志诗校注》时有意揭示王梵志诗与佛教歌偈之间的深刻联系，他还用佛教文献考释中古汉语词汇。

据说，朱彊村曾在病榻上把他平时惯用的二砚传给龙榆生，嘱咐后者继续他未了的校词事业。龙榆生在朱彊村去世不久后所作文中均未提及授砚这一象征性行为，但是后来他再三请众多名学耆宿为授砚作画题诗。龙榆生确实为朱彊村料理后事，整理遗稿，还组织词社，筹备词学刊物。但是在此过程中他是不是有点过于突出他个人？"爱的劳作"（labour of love）往往是无我的。这里牵涉到复杂的道德议题。

学界介绍"中国的文艺复兴"时经常会把所谓"守旧派"的一些反对言论拎出来批判一番。例如林纾1919年3月致蔡元培信上的一段话就是臭名昭著的："若尽废古书，行用土语为文字，则都下引车卖浆之徒，所操之语，按之皆有文法，不类闽、广人为无文法之啁啾。据此，则凡京、津之稗贩，均可用为教授矣。"本刊编辑部很想为林纾争取一点公道。这句话本身恐怕并没有说错，新文化运动先锋的古文的根底都是很好的。

1971年，陈世骧在美国亚洲学会年会首先提出"中国文学传统从整体而言是一个抒情传统"。这一说产生重大影响，但是也有失之偏颇的地方，学界已开始反思。陈世骧当年用的是英文"lyrical"（抒情）。现在"抒情"一词指涉的范围越来越宽，连《青春之歌》和《百合花》这样的叙事作品都归于"抒情传统"。还望学界对中国的叙事传统予以更多的关注。

吴秀明《当代文学研究应该与如何"及物"》一文着重指出文学文本与包括文献在内的其他文本的互文关系。当代文学研究中确实存在虚浮学风，有人强行套用舶来的理论概念，多快好省地拼贴各种主义和复制空洞无物的文章。我们还应该加强当代文学的史料建设，借助文献回到现场，通过文本触摸历史。

本刊1985年第5期发表了黄子平、陈平原、钱理群三人合作的《论"二十世纪中国文学"》，在学界掀起一阵大波，揭开了重写文学史的序幕。二十多年前，陈思和就写过应该如何编写二十世纪中国文学史的文章，这一期刊出的《有关20世纪中国文学史研究的几个问题》提出一系列重要观点，值得进一步深入讨论。

索 引

（荷兰）D. 佛克马　185
（美）罗秉恕　152
（美国）李欧梵　185
（日本）丸尾常喜　185
（香港）黄国彬　171
（香港）黄维樑　171
（香港）陶然　171
（香港）吴宏一　185
（香港）彦火　171
（香港）曾敏之　171
［法］勒克莱齐奥　323
［韩］李贞玉　285
［美］诺埃尔·卡罗尔　李媛媛译　291
J. 希利斯·米勒　王逢振编译　172
〔澳大利亚〕西蒙·杜林　王怡福译　198
〔波兰〕亚奈士·赫迈莱夫斯基博士　22
〔丹麦〕魏安娜　166
〔德〕雷丹　206，222
〔俄〕尤里·鲍列夫　周启超译　214
〔法〕伊夫·谢佛雷尔　191
〔菲〕张放　144
〔捷〕雅罗斯拉夫·普鲁塞克作／沈于译　71
〔捷克〕亚伯·察佩克　19
〔美〕J·希利勒·米勒　国荣译　198

〔美〕J·希利勒·米勒　315
〔美〕陈康宜　195
〔美〕弗雷德里克·詹姆逊　王丽亚译　214
〔美〕韩南　叶隽译　198
〔美〕霍米·巴巴（生安锋译）　206
〔美〕加布理尔·施瓦布　191
〔美〕柯蒂斯·卡特　254
〔美〕欧阳祯　192
〔美〕托马斯·班德尔　董之林译　191，192
〔美〕奚如谷　145
〔蒙古族〕托门　24
〔日〕近藤直子　160
〔日〕坡井洋史　168
〔日〕是永骏　128
〔日〕丸山昇　127
〔日〕伊藤虎丸　134，191
〔日〕佐佐木健一　192
〔日本〕江口涣　34
〔苏联〕艾德林　22
〔苏联〕弗·谢曼诺夫　29
〔苏联〕尼·马特柯夫　24
〔台湾〕龚鹏程　128
〔台湾〕郭枫　128
〔香港〕陈顺馨　155

〔新加坡〕王润华　134

〔越南〕怀清　29

〔越南〕阮文环　45

《奔流》编辑部　23

《解放军报》社论　53

《新苗》编辑部　19

阿英　37

艾斐　129，137

艾妮　125

艾妮　白云　150

艾青　62

艾芜　28，37，58，61

艾晓明　118，171

安国梁　146

巴莫曲布嫫　217

巴人　23

白春超　231

白春仁　177

白庚胜　163

白坚　90

白艳霞　165

白杨　王俊秋　240

白烨　76，306，310

白烨整理　74

白玉轩　牟选仆　刘清波　曹升田　李波　师桂英　辛云　郑彤生　王香菊　路云　54

邦元　17

包明德　220

包兆会　207，250

包忠文　周勋初　潘容　30

包子衍　67

鲍昌　68

鲍国华　232

鲍霁　78，88

北京大学（中文系三年级　鲁迅文学社）　19

北京大学中文系1956级鲁迅文学社　28

北京第二外语学院汉语教研室　童怀周　58

北京红星公社　京南　59

北京师范大学中文系二年级学生与青年教师　19

北京师范大学中文系三年级一班"红旗"学习小组　19

北京通县徐辛庄公社小营大队读书小组　53

北京维尼纶厂　谢华　59

本刊编辑部　16，19，27，29，32，46，53，59，74，79，112，170，194，201，202，209，216，233

本刊记者　21，26，35，42，49，58，64，69，87，97，100，176

毕光明　112，188

毕素珍　315

毕万忱　82，167

边家珍　321

边利丰　208

卞立强　28

卞之琳　20，24，28，44，63，69

卞之琳　叶水夫　袁可嘉　陈燊　25

宾恩海　249

卜键　110，191

卜林扉　36，41，46，48

蔡丹君　328

蔡厚示　66，101

蔡江珍　242

蔡葵　44，71，108，172

蔡师仁　113

蔡史　142

蔡田明　97，119
蔡翔　100，117，211
蔡仪　15，19，24，25，28，29，37，56，58，131，143
蔡毅　112，126
蔡震　142，145
蔡镇楚　146，152，184
蔡钟翔　82，170
曹炳建　张大新　223
曹道衡　沈玉成　133
曹道衡　王水照　44
曹道衡　徐凌云　陈桑　乔象钟　蒋荷生　邓绍基　19
曹德华　81
曹虹　140，174
曹辉　80
曹惠民　90
曹惠民　朱栋霖　109
曹济平　66
曹建国　279
曹建国　张玖青　258
曹晋　191
曹俊峰　121
曹明海　210
曹明升　288
曹书文　227
曹顺庆　126
曹顺庆等　188
曹顺庆　靳义增　244
曹顺庆　李思屈　170
曹顺庆　吴兴明　183，210
曹万生　145，212，223，246，286
曹维平　147
曹卫东　177，203，210
曹苇舫　吴晓　203

曹文彪　179
曹文轩　172，187，204
曹禧修　237，257，286，320
曹霞　326
曹小娟　301
曹旭　140，174，258，296
曹旭　王澧华　288
曹旭　朱立新　278
曹禺　44
岑光　69
查洪德　206，248，278
查良铮　17
查屏球　258
查清华　238
查振科　166
昌　30
昌切　111，132，155，160，183，187，194
昌庆志　313
昌仪　26
常彬　228，242，265
常德荣　288
常国武　140
常明　汪继南　91
畅广元　189
超烽　55
朝耘　46
沉风　志忠　154
陈宝云　57
陈伯海　29，79，87，107，152，182
陈才智　288
陈昌渠　67
陈池瑜　111
陈冲　178
陈传才　180

陈传才　杜元明　75
陈春香　256
陈达专　103，111
陈大康　288，304，321
陈鼎如　熊大材　141
陈定家　192，253
陈定玉　104
陈帆　103
陈方竞　穆艳霞　228
陈飞　206，229，244，313
陈飞之　81，82，118
陈斐琴　48
陈广宏　259，329
陈贵培　25
陈国恩　161，238，269
陈国屏　78
陈国球　151
陈涵平　270
陈涵平　吴奕锜　253
陈泓　熊黎辉　129
陈洪　167，230，279
陈洪　沈立岩　170
陈洪　孙勇进　198
陈洪　赵季　270
陈荒煤　58，61
陈惠芬　89，95，211
陈慧　131
陈际斌　281
陈继会　119，134，150
陈坚　62
陈坚　盘剑　181
陈建根　38
陈建功　170
陈建军　李永中　282
陈建森　206

陈建中　162
陈剑晖　188，200，247
陈剑晖　郭小东　78
陈箭　秦弦　25
陈金泉　132
陈晋　103，116
陈军　236，245，266，274，293
陈君　278
陈骏涛　64，84，90，110，146
陈骏涛　杨世伟　王信　59
陈开勇　268
陈雷　135
陈黎明　235
陈力川　110
陈力君　266
陈良运　89，116，125，135，189
陈辽　59，143
陈辽　陈骏涛　96
陈留生　212，257
陈美兰　92，155，176，187，195
陈美林　94
陈梦韶　60
陈墨　108，150
陈墨　应雄　116
陈默　40
陈鼐　何其芳　46
陈平原　117，196，212，228，246，294，
　　　　298，313，323
陈奇佳　298
陈千里　265
陈全荣　116
陈汝法　81
陈少华　204，228，245
陈绍振　194，195
陈桑　19，32，41

陈圣生　80，172

陈世旭　120

陈瘦竹　沈蔚德　29

陈书录　243

陈淑梅　227，245

陈漱渝　70，139，195

陈思　326

陈思和　100，178，183，204，233，256，328

陈思和　李辉　69

陈思和　李辉　77，82

陈思和　罗兴萍　284

陈素琰　89，156

陈太胜　195

陈望衡　162，323

陈维松　126

陈卫　陈茜　265

陈伟华　293

陈伟军　236

陈文新　205，213，248

陈文忠　146，167

陈希　228，231，267

陈贤茂　129

陈祥耀　79，191

陈翔鹤　46

陈小碧　276

陈晓春　251

陈晓兰　266，328

陈晓明　100，114，120，139，150，183，196，203，226，301，306，315，317

陈孝英　83，90

陈孝英　王树昌　97

陈潆　16

陈忻　216，230

陈旭光　179

陈学超　104，107

陈学广　282

陈雪虎　207，210

陈亚丽　276

陈言　320

陈炎　216，292

陈彦　320，328

陈彦辉　268

陈燕谷　靳大成　114

陈瑶　321

陈业劭　24

陈贻焮　29，37，112，137，152

陈引驰　140

陈映真　168

陈永志　69，77

陈涌　58，62，71，80，143，178

陈友冰　191，220，257

陈玉兰　212，221，329

陈玉珊　282

陈毓罴　49，53

陈元锋　206

陈约之　76

陈跃红　154

陈越　110

陈允吉　81

陈则光　67，72

陈占彪　郭晓鸿　213

陈志扬　234，253

陈中凡　18，29，37

陈忠信　127

陈仲义　292

陈子平　147

陈子谦　134

陈祖美　68，77，258

晨岘　81，84

成东方 210
成志伟 50，51
程朝霞 313
程代熙 45
程二行 193
程革 240
程亘 128
程光炜 105，125，153，178，183，187，
　197，218，309，318，326
程广林 64
程国赋 248，268，279，328
程国君 228，245
程继松 115
程杰 133
程金城 108，124，156，165
程金城　冒建华 237
程凯 250，252，307，316
程麻 107，121
程满麟 50，54
程千帆 15，77，84
程千帆　莫砺锋 102
程巍 307
程文超 96，112，114，150，161，166，
　176，194
程相占 185，262
程亚丽 311
程亚林 207
程旸 326
程毅中 57
程勇 254，324
程正民 189，195，202
程致中 222
池洁 248
池莉 155
迟桦 135

仇敏 269
初清华 227
褚春元　赵新 270
川岛 37
慈继伟 128
从光 52
丛者甲 49
崔加瑞 49
崔金丽 329
崔茂新 202
崔明芬 120
崔小敬 200，257
崔雄权 296
崔志远 259
代迅 153，172，284
戴厚英 100
戴嘉树 277
戴建业 291
戴锦华 155，161，166
戴伟华 288，312
戴文红 284
戴燕 179，197
戴翊 79
戴哲 310
丹晨 95，96，115，141，151
单宁 74
单世联 324
单小曦 309
单正平 292
党圣元 168，170，185，214，222，250，
　254，273，280
党圣元　陈志扬 222
德南 84
邓程 245
邓国栋 147

邓国光 234
邓红梅 205,239
邓集田 282
邓乔彬 198,238
邓绍基 25,45,80,137,140,209,
 252
邓绍基 董衡巽 20
邓时忠 120
邓嗣明 144
邓小红 285
邓小平 61
邓新华 264
邓星雨 王旭善 74
邓友梅 70
邓曾耀 142
邓招华 294
邓志远 112
狄其骢 谭好哲 138
狄遐水 61
丁伯林 266
丁尔纲 69
丁帆 63,68,78,127,155,194,206,
 211,227,280,310
丁帆 何言宏 176
丁帆 徐兆淮 89,100
丁放 205
丁放 甘松 268
丁放 袁行霈 248
丁国旗 260,261,269,271,274,290,
 297,307,324
丁景唐 郑择魁 72
丁力 182
丁临一 152,173
丁玲 70
丁罗男 孙惠柱 78

丁晓原 212,257,288,313
丁亚平 156
丁洋 55
丁永淮 68,140
丁振海 62,72
丁志聪 53
丁子人 68
东方 147
董斌 54
董炳月 145,151,294,320
董楚平 34,269
董方 147
董国炎 118,134,162
董衡巽 34,37
董佳杰 135
董健 62,176,188,242
董丽敏 245,275,297
董乃斌 77,94,101,134,152,206,
 238,270,278
董树宝 贾一心 261
董希平 213
董希文 274
董校昌 陆耀东 79
董修智 15
董学文 138,149,159
董学文 严昭柱 潘必新 138
董易 67,68,82
董之林 161,173,178,190,211,
 255,293
董之林 张兴劲 132
杜贵晨 185
杜桂萍 248,258,279
杜国景 264
杜怀 38
杜清源 李兴叶 李振玉 63

杜清源　李振玉　58
杜书瀛　65，76，80，107，177，182，
　210，244，280，317
杜书瀛　李中岳　71
杜书瀛　钱竞　154
杜天方　143
杜卫　138，163，210，317
杜晓勤　162，184，259，280，329
杜秀华　161
杜英　275
段宝林　51
段崇轩　140，172，178，219，235，245
段从学　280
段更新　78
段吉方　259，264，284，308，315
段建军　243，254
段江丽　262
段凌宇　294
段美乔　197，236，307
段熙仲　16
兑子　112
多瑙　38
额尔敦陶克陶　25，34
佴荣本　陈学广　200
凡　16
凡尼　67，74
樊宝英　229，258
樊华　和向朝　289
樊骏　28，30，33，62，116，145，156，
　166，167，178
樊骏　吴子敏　41
樊柯　231
樊星　119，144，166，187，196，227，
　255，265
范伯群　82，102，204，228，260，267

范伯群　曾华鹏　37，44
范存忠　16，36，37
范家进　204
范劲　247，266
范林　142
范宁　34，45，76
范培松　103，161，205，256
范培松　蔡丽　215
范培松　张颖　273
范钦林　157
范雪　328
范亦豪　88
范玉刚　252，298
范昀　317
范之麟　49
范智红　151，161，173，184
范子烨　288，304
方长安　178，204，219，255，319
方惠　135，141，146
方兢　230
方克强　120
方励之　119
方平　69，76
方仁念　50
方胜　48，97，118
方盛良　243
方维保　231，246，293
方伟　166
方锡球　198，229，244
方忠　197，221，280
房伟　308
飞舟　46
费秉勋　62
费君清　110
费君清　陶然　214

费勇　176,210
费振刚　方克强　83
费振钟　155
封英锋　陶德宗　261
冯鸽　259
冯光廉　林凡　151
冯光廉　刘增人　85
冯海荣　91
冯骥才　75
冯剑秋　52
冯健男　33,68,162
冯金红　185
冯黎明　234
冯牧　49,58,59,114
冯能保　95
冯奇　147,196
冯尚　227,237
冯淑荣　54
冯希哲　261
冯锡玮　135
冯宪光　182,222,291
冯学勤　317,325
冯毓云　274
冯沅君　15,27,45,49
冯植生　32
冯至　18,23,28,37,63
凤媛　327
符杰祥　277,328
符鹏　318
付登舟　311
付惠　65
付建舟　266,295
付琼　297
傅道彬　221,274
傅庚生　33

傅光明　许正林　156
傅红英　286
傅继馥　72
傅谨　311
傅其林　290,307
傅守祥　269,275
傅书华　204
傅腾霄　黄裳裳　195
傅修海　293,326
傅修延　324
傅修延　黄颇　121
傅璇琮　沈玉成　倪其心　111
傅璇琮　76,94,191,205
傅璇琮　郭英德　谢思炜　146
傅璇琮　卢燕新　268
傅璇琮　赵昌平　127
傅异星　284
傅莹　240
傅元峰　196,326
傅子玖　78
傅宗洪　287
富华　266
富华　李瑞明　271
盖国梁　120
高波　207
高黛英　226
高尔泰　114
高锋　198
高国藩　73
高洪波　146
高华平　253,328
高建平　177,192,202,226,259,283,307
高建中　66
高骏千　42

高利华　213，268

高娜娜　51

高楠　202，226，244，262，275，299，306，315

高浦棠　213，234

高人雄　280

高尚　125

高万云　129，131

高文强　240

高小康　145，162，167，183，187，196，203，227，254，303

高晓成　329

高信　74

高行健　115

高秀芹　172

高旭东　188，192，207，320

高永年　何永康　256，286

高有鹏　194，285

高玉　205，227，246，277，308

高远东　116，118，121，188

高云球　280

郜元宝　155，160，178，196，265，317，323

戈宝权　19，24，27，33－35，37，42

戈华　110

格非　216

葛聪敏　108

葛杰　45

葛亮　285

葛培岭　104

葛晓音　76，162，171，184，221

葛永海　271

葛兆光　127，140，157

耿长锁　卢墨林　徐树宽　张勤　徐僧张言早　55

耿传明　278

耿洪琦　55

耿占春　193，227，245，255，301，315

公兰谷遗作　67

公刘　83，115

公木　66

公仲　89

龚刚　327

龚克昌　93

龚敏律　247，281，303

龚元　295

辜也平　228

古风　196，248，258

古继堂　132

古世仓　215

谷代　20

谷典　16

谷方　143

谷鹏飞　260，292，309，325

谷曙光　321

顾宝林　313

顾炯　62

顾明栋　274，292，317

顾青　141

顾骧　92

顾小虎　曾立平　68

顾友泽　289，303

顾卓宇　胡叔和　陈刚　63

顾祖钊　179，202

关爱和　157，191，221，280，288，304，329

关爱和　朱秀梅　252

关纪新　301

关向楠　104

官桂铨　81

管琴　329
管卫中　135
管新福　325
管雪莲　325
广西师范学院中文系《广西僮族文学》编
　写小组　33
广西僮族文学史编辑室　25
贵州省民间文学工作组　33
郭宝军　297
郭宝亮　218
郭冰茹　245，266，276
郭春林　182
郭道平　304
郭风　155
郭枫　310
郭国昌　张树铎　251
郭汉城　苏国荣　62
郭宏安　217
郭洪雷　301，317
郭怀玉　286
郭纪金　191
郭建勋　238，289
郭沫若　27
郭绍虞　15，34，41
郭绍虞　王文生　57
郭守运　278，295
郭淑梅　257
郭铁成　250
郭万金　229，249，257，278
郭小东　100，256
郭晓鸿　204
郭延礼　207
郭英德　168，171，179，184，191，304
郭预衡　33，40，137
郭豫适　199

郭志刚　59，71，161
郭志今　46
郭自虎　288
哈九增　79
哈晓斯　84
哈迎飞　184，267
韩琛　303
韩高年　198，248，279，296
韩湖初　162
韩经太　135，152，162，213，244
韩经太　李辉　108
韩军　254
韩雷　283
韩敏　264
韩清玉　307，315
韩日新　118，133，139
韩瑞亭　49，78，86，144，161，183
韩少功　152
韩石山　83，95，146
韩伟　263，299，324
韩文敏　77，95
韩仪　309
韩毓海　216
韩元　212，234
韩子勇　134
杭志忠　沈原梓　49
郝兵　63
郝景鹏　136
郝敬　321
郝明工　201，216
郝明工　杨星映　232
郝庆军　231，237
郝亦民　107
何本伟　130
何楚雄　168

何达理 26
何国瑞 137，138
何浩 316
何江南 96
何孔周 103
何林军 244
何龙 125
何洛 周忠厚 66
何明 洪颖 234
何平 222，324
何其芳 15，22，23，27，28，29，33，34，38，41，46，53
何其芳遗作 56
何其芳 王燎荧 何家槐 王淑明 路坎 平凡 王积贤 18
何诗海 279，296，312，329
何天杰 221
何西来 83，96，125，171，173，202，218，234
何西来 安凡 田中木 61
何西来 杜书瀛 76
何锡章 188，199，205，210
何锡章 刘畅 281
何锡章 王中 236
何锡章 张勇玲 270
何向阳 135，149
何新文 221
何休 209
何洵怡 295
何寅泰 169
何映 45
何永康 高永年 237
何镇邦 92
何志钧 269
河北北京师范学院现代文学教研组 29

贺昌盛 237，292
贺川 46
贺东久 123
贺光鑫整理 73
贺桂梅 327
贺立华 120
贺绍俊 246，265，281，284，306，316
贺兴安 81，86，95，116，235
贺学君 198
贺玉高 李秀萍 223
贺仲明 183，196，211，219，236，255，265，280，293，310，324
恒茂 文昭 17
虹夷 25
洪宏 255
洪耀辉 266
洪毅然 32
洪迎华 289
洪迎华 尚永亮 217
洪永平 99
洪远 149
洪之渊 312
洪治纲 245，275，282，285，293，308，326
洪子诚 124，165，178，181，294，310
鸿泥 281
侯传文 246
侯体健 321
侯文学 299
侯文宜 203，279
侯宇燕 172
胡安定 287
胡邦炜 121
胡秉之 53
胡秉之 秦玉明 85

胡炳光　38

胡博　232，320

胡传志　191，248

胡从经　41，51

胡大雷　93，179，210，229，299，309，321

胡德才　273

胡德培　153

胡光凡　73，78

胡国瑞　88

胡家祥　245

胡疆锋　299

胡经之　23，176，178

胡景敏　257，260，286

胡俊　308

胡可　33

胡良桂　212，253，283

胡凌芝　104

胡梅仙　277

胡森森　281，291

胡明　77，96，102，118，126，140，152，162，174，184，187，198，217，237

胡念贻　19，40，41，72

胡念贻　刘世德　乔象钟　徐子余　25

胡念贻　乔象钟　刘世德　徐子余　23

胡平　138，155

胡全章　250，260

胡绳　101

胡苏晓　128

胡遂　185，229，248

胡遂　饶少平　213

胡晓明　284

胡协和　141

胡星亮　151，161，178，211，255，269，275，315

胡亚敏　206，253，298

胡尹强　126

胡友峰　274，316，325

胡有清　166，280

胡元翎　221，231

胡元翎　张笑雷　289

胡正武　230

胡志德　201

胡志毅　211

胡宗健　89，96，107

湖南新化游家公社社员　杨善书　53

户晓辉　263

花建　117

华中师范学院现代文学评论组　33

荒煤　62，70，92，164

荒煤　张炯　117

皇甫修文　131

黄爱华　158

黄保真　188

黄彩文　131

黄昌勇　161，173

黄昌勇　符杰祥　219

黄大宏　225

黄丹纳　219

黄发有　294，309，318

黄桂娥　周帆　256

黄国柱　116，123，160，166，172

黄果泉　221

黄海　153

黄汉平　274

黄汉忠　戈凡　73

黄浩　120，132

黄侯兴　145

黄侯兴　蔡震　103

黄怀军　329

黄纪苏　216

黄健　142

黄健　郑淑梅　282

黄金明　238

黄静　261

黄菊　饶馥婷　231

黄开发　133，237

黄柯　123

黄科安　147，185，219，320

黄力之　143，149

黄立彬　54

黄良　207

黄霖　156，250，279，280

黄霖　杨绪容　214

黄罗　112

黄曼君　145，151，155，219，260

黄曼君　梁迎春　250

黄梅　307

黄鸣奋　189

黄平　325

黄颇　周可　138

黄擎　278

黄仁生　162，179，206，222

黄盛璋　16

黄石明　322

黄世中　214

黄仕忠　182

黄式宪　文伦　63

黄书泉　203

黄天骥　66，76，81，93

黄万华　120，121，126，147，220，231，256，286，302

黄伟　238

黄伟　周建忠　259

黄文华　135，154

黄晞耘　313

黄晓华　287

黄晓娟　283

黄晓令　77，86

黄修己　58，151，182，188，195，220，270

黄雪敏　297

黄轶　246，327

黄毓璜　108，139，146

黄载君　42

黄震云　156，191，278

黄志浩　220，223

黄忠来　杨迎平　199

黄忠顺　143

黄卓明　72

黄卓越　162，171，214，234，253

黄子平　83，89，110

黄子平　陈平原　钱理群　92

惠雁冰　227，235，263

慧　112

霍俊明　227

霍松林　168，192，231，249

姬学友　179

集思　23

纪怀民　71，79

纪人　112

纪众　87，90，117

季广茂　177

季桂起　145，163

季红真　108，114，126，166，245，255，309

季剑青　320

季进　147，189，262，273，320

季进　曾一果　230

季水河　111，226，253，273
季水河　刘中望　223
季水河　王洁群　250
季羡林　24，165，172
季星　45
季元龙　128
季镇淮　18
冀勤　77
冀锁柱　苏文波　吴振山　高凤山　耿淑芳　55
佳水　130
葭堤　104
贾捷　周建忠　287
贾立元　328
贾平凹　92，161
贾玮　317
贾文昭　48
贾振勇　229，294
贾芝　19，23，29，34，45，56
简平　82
鉴春　223
箭鸣　82
江宝钗　287
江冰　129
江岑　46，50
江飞　324
江建文　112
江劲　51
江腊生　235，255，277，285，310
江奇涛　123
江弱水　213，267
江裕斌　109
江震龙　163
江正云　244
姜东赋　63

姜耕玉　183，190
姜建　126
姜静楠　120
姜凌　84
姜涛　109，213，278，298，328
姜文　139
姜异新　221
姜云飞　256
姜振昌　166，212，220，233，277
蒋成瑀　30
蒋承勇　306
蒋登科　174
蒋凡　118
蒋方　191
蒋和森　19，41
蒋济永　222
蒋京宁　118
蒋孔阳　56，69，104，132
蒋荣昌　188
蒋守谦　50，63，90，116，150，177，218，275，327
蒋守谦　郑择魁　45
蒋述卓　170，176，230，299
蒋述卓　李凤亮　189
蒋述卓　李自红　196
蒋荫安　89
蒋寅　140，156，168，191，205，222，230，247，278，288，303，312
蒋永国　301
蒋元伦　117
蒋哲伦　94
蒋振华　259，278，329
蒋子龙　78，150
揭英丽　282
洁泯　27，32，36，51，59，61，68，73，

78，92，96

解芳 239

解玉峰 258

解志熙 109，119，126，133，173，197，199，266，301，311，327

金柄珉 206

金岱 176，195

金戈 24

金宏宇 192

金惠敏 107，177，196，217，225，234，263，283，292

金惠敏整理 206

金健人 80，93，138

金进 318

金克木 24

金乐敏 152

金理 293

金立群 孔惠惠 223

金梅 78

金其旸 133

金蔷薇 295

金雅 225，254

金元浦 149，154，159，284

晋平文 97

晋叔鄨 64

靳丛林 李明晖 287

靳明全 153，201，212，216，257，269

靳明全 宋嘉扬 226

靳新来 247

靳新来 彭松 273

经之 55

荆亚平 301

井岩盾 25，40，46

竞耕 17

瞿光熙 45，47

康 30

康保成 214，304

康长福 265

康金声 214

康林 111，133

康序 111

康咏秋 74

康震 253，323

康正果 119

康濯 37，61

柯汉琳 203，242，259

柯灵 59

柯文溥 94，133

柯岩 63

柯舟 64

克冰 67

孔凡礼 72

孔范今 212，237

孔耕蕻 154

孔庆东 139，165，173，311

寇鹏程 253，263，293，327

寇效信 37

邝邦洪 257

旷新年 181，190，211，212，216，219，293，300

逵夫 91

赖大仁 225，244，253，283

赖干坚 126

赖力行 164

蓝爱国 260

蓝棣之 132，190，197

蓝田玉 75

劳承万 107

劳洪 66

老木 124

乐黛云　72，104，115，117，172

乐斯漠　110

雷达　89，102，106，116，132，137，144，146，150，164，172

雷恩海　274

雷磊　238

雷启立　128

雷业洪　78，260

冷成金　205

冷川　250，297

冷嘉　294

冷霜　327

骊声　119

黎保荣　301

黎兰　249

黎汝清　144

黎湘萍　125，148，168，183，192

黎颖　21

黎之　44

礼平　131

李拔　68

李百　38

李邦媛　51

李保均　67

李本深　93

李斌　327

李炳银　144

李伯敬　朱洪敏　134

李昌集　238，279

李昌舒　290

李超　297

李晨　305，326

李诚　179，198

李诚　阎嘉　223

李城希　267，302，312

李传龙　53

李春青　76，120，159，165，170，182，195，225，234，283，292，299，315

李赐　64

李从军　109

李存葆　100

李丹　236，267，283，300，318

李丹梦　219，256

李道荣　121

李德辉　250

李德明　129

李定广　257

李冬木　294

李多文　62

李凤亮　239

李复威　137

李光荣　156

李贵　238

李桂奎　243，269

李国涛　108，116

李海霞　245，276，326

李汉超　81

李翰　325

李杭育　100

李杭育　叶芳　125

李航　110

李浩　229，245

李虹　132

李华　185

李华盛　胡光凡　74

李怀亮　111，207

李欢　319

李辉凡　40，48，56

李辉　许云和　145

李会玲　321

李彗　28

李惠彬　129

李济孟　54

李继凯　181，230，253

李嘉言　33

李建军　265，307，326

李建中　127，167，218，263

李剑波　225

李健　218，282

李健吾　16，24，29，34，40，44，49，63

李劼　103，117，129

李洁非　125，150，155，168，196

李洁非　张陵　99

李今　155，184，256，277，301，323

李金涛　229

李景彬　67

李敬敏　201

李靖国　205

李静　288

李钧　237

李钧　杨新刚　223

李俊国　202，246

李俊国　张晓夫　103

李俊霞　301

李珥平　202，231

李凯　206，225

李凯　王万洪　281

李康化　174

李兰　杜敏　63

李乐平　姚皓华　277

李黎　103

李玲　166，178，199

李龙　239

李罗兰　121

李芒　28

李茂荣　33

李玫　162，318

李明　266

李明晖　302，328

李明泉　87，97，136，163

李娜　227，319

李乃声　113

李楠　228，256

李欧　255

李鹏飞　330

李平　281

李其纲　116，127

李骞　247，326

李清良　210，242

李庆西　77，87，92，101，108，115

李庆宇　89

李蓉　237，257，285，309，326

李锐　161

李瑞卿　304

李瑞山　186

李润新　146

李少雍　102，133，151，167

李慎明　291

李圣传　300

李圣华　231

李时人　174，184

李世涛　269

李书磊　95

李叔华　夏蕾　48

李舜华　329

李硕儒　160

李思清　286

李思屈　肖薇　刘荣　186

李思孝　80，138

索 引

李思涯 321
李松 304，325
李松睿 327
李松岳 295
李甦 135
李涛 308，316
李天 309
李天道 225，264
李天道 刘晓萍 241
李陀 216
李万钧 178
李万武 180
李伟昉 226，274，323
李玮 287，320
李文衡 95
李文平 271
李文平 郝明工 237
李西建 225，243，263
李希凡 19，33，40
李喜迎 50
李先耕 162
李先国 264
李小江 211
李小兰 李建中 284
李晓峰 329
李晓琴 169
李晓晔 157
李昕揆 330
李欣 180
李新宇 128，267，279，296
李兴阳 236，318
李星 139，152
李醒尘 45
李秀花 268
李岫 165

李旭 141
李亚萍 223
李岩 321
李衍柱 138，172，183，202
李扬 129，219
李阳 308
李阳春 169
李杨 189，194，211，264，276，300，320
李杨 洪子诚 203
李怡 132，173，192，204，220，265，281，287，310，319
李以建 124
李义师 141
李永东 237，257，289，294，311，326
李永建 236
李永平 霍有明 223
李永中 284
李咏吟 244，263
李勇 293，305，318
李友益 141
李有亮 206
李幼苏 122
李玉铭 143
李遇春 218，227，236，245，255，264，275，285，293，300，310，326
李遇春 普丽华 曾庆江 232
李遇春 曾庆江 241
李元洛 108
李媛媛 223
李玥阳 300
李云雷 235，264，308
李运抟 115，166，196
李泽厚 24，65，101
李章斌 303

李兆忠　90，92，125，150，158，169，213，257
李哲　294，301
李振杰　82
李振声　160
李正平　32
李之鼎　147
李之蕙　87
李致　311
李中一　129，142，154
李忠一　148
李洲良　234，254，275
李准　66
李宗刚　236，327
李祖德　277
力扬　19，23，27，34
力扬遗作　44
力之　184，205
立世　49
立元　157
郦因素　186
连敏　318
连燕堂　133
莲子　136
梁超然　62，69
梁超然　林庚　30
梁工　274
梁敏儿　205
梁盼盼　326
梁巧娜　212
梁晓声　172
梁笑梅　267
梁燕丽　299
梁一孺　107
廖奔　286

廖高群　张弛　72
廖可斌　304，329
廖可斌　徐永明　250
廖仲安　29，46
廖仲安　施于力　沈天佑　邓魁英　37
林辰　30，37
林淡之　270
林道立　110
林东海　87
林非　57，88，92，93，107
林非　曾普　刘再复　62
林分份　301
林岗　172，176，182，218，263
林庚　19，23，25，32，44
林恭寿　75
林焕平　65
林继中　152，198，221，248
林家骊　214
林家骊　孙宝　268
林坚　79
林斤澜　100
林精华　291，317
林克欢　100，108
林陵　27
林吕建　230
林敏洁　319
林明　51
林深　57
林树明　131，235，274
林婷　301
林为进　112
林文　46，83
林文山　59
林晓光　312
林筱芳　162

索引

林幸谦　179，277

林易　46

林志浩　30，56

凌建英　289

凌建英　宗志平　249

凌力　144

凌孟华　王学振　290

凌燕　153

凌逾　233，262，318

凌宇　190，202

凌云岚　309

刘爱民　86

刘安海　111，131

刘柏青　73

刘保端　76

刘宾雁　61，96，107

刘长华　319

刘成国　258

刘成纪　323

刘川鄂　204，236，302

刘聪　267

刘达科　199

刘大杰　24，44

刘大先　271

刘德杰　296

刘登翰　95，108，171，182，196，245

刘登翰　刘小新　221

刘东方　247，278

刘东方　石小寒　260

刘东玲　286

刘发俊　太白　刘前斌　36

刘方喜　199，202，218，230，244，259，269，280，283，307

刘方政　212

刘锋焘　249

刘锋杰　156，192，220，316，325

刘福春　306

刘福勤　139

刘福旺　54

刘复生　226，236，250

刘纲纪　65

刘桂兰　129

刘国盈　廖仲安　19，36

刘海涛　169，202

刘涵之　328

刘洪涛　161，204

刘厚生　48

刘怀荣　288

刘辉扬　69

刘惠丽　300

刘骥鹏　266

刘家思　247，267，295

刘嘉陵　136

刘嘉伟　288

刘建军　95，127，164

刘建军　蒙万夫　73

刘建明　296

刘剑青　73

刘江凯　298

刘进才　237

刘京臣　304

刘敬圻　66，88，174，291

刘珏　102，145

刘俊　203

刘俊峰　199

刘俊田　白崇人　禹克坤　69

刘开明　173

刘凯鸣　91

刘康　金衡山　177

刘魁立　86，93

刘昆庸　167

刘岚山　51

刘力　180

刘丽　237

刘俐俐　168，254

刘林魁　普慧　232

刘茂华　250

刘梦溪　58，65，72，109

刘敏　313

刘明华　217

刘明智　91

刘纳　77，96，100，102，150，172，187，227

刘乃昌　87

刘宁　76，184，276，280

刘培　268，320

刘平　175，264

刘璞　81

刘齐　90，92

刘琦　54

刘青汉　247，267

刘庆璋　111

刘泉　242

刘瑞明　81

刘瑞田　54

刘润为　141

刘绍瑾　226

刘绍棠　75

刘生良　王荣　240

刘石　118，162，168，213，279

刘士杰　58，134，285

刘士林　243

刘世德　16，42，101，171

刘世德　邓绍基　41，44

刘世德　李修章　49

刘世南　67，76，146

刘守安　174

刘绶松　15，18，27，33，40

刘澍德　33

刘思谦　83，111，149

刘斯奋　155，159

刘涛　260

刘挺生　161

刘巍　299，317

刘为民　161

刘为钦　325

刘卫东　265，276

刘卫国　256，302

刘炜　280

刘蔚　289

刘文斌　158

刘文良　274

刘文勇　253，308

刘文勇　陈大利　188

刘武　107

刘锡诚　71，75，139，172

刘锡庆　144，170

刘先照　68，70

刘相雨　199

刘祥安　136，193，204，250

刘湘兰　320

刘晓波　102，117

刘晓鑫　260

刘心武　58，64，92，116

刘欣大　93，165

刘新华　152

刘旭　255，300，318

刘绪源　108

刘烜　170

刘学锴　176

刘雪苇 66

刘亚虎 168

刘彦荣 158

刘彦彦 280

刘艳 260，318

刘扬忠 97，112，145，171，199，229，260

刘阳 325

刘阳扬 327

刘艺 206

刘毅青 274，299，309

刘永济 15

刘勇 33

刘勇刚 281

刘勇 姬学友 246

刘勇强 166，207，281

刘友宾 147

刘有宽 49

刘雨 76

刘毓庆 207，213，230，258，297

刘毓庆 李蹊 248

刘元树 97

刘运好 329

刘再华 303

刘增杰 204，213，237

刘增人 220

刘增新 123

刘湛秋 95

刘振东 88

刘振瀛 卞立强 庞春兰 潘金声 28

刘之新 李健吾 42

刘志荣 218，235

刘致中 冯沅君 51

刘中 90

刘中树 239，250

刘忠 247

刘仲德 50

刘卓 316

刘宗明 54

刘宗武 148

刘尊举 257，297

刘尊明 151，181，248

刘尊明 王兆鹏 167

刘尊明 张春媚 206

柳和城 59

柳宏 296

柳宏 宋展云 262

柳鸣九 29，32，37，42，49，69

柳鸣九 赵木凡 33

柳溪 172

柳正午 66

龙建国 209，288

龙其林 320

龙泉明 118，161，166，173，179，188，198，204

龙泉明 赵小琪 209

龙文玲 250，304

龙协涛 149

龙永干 302

楼栖 15

楼适夷 27

楼昔勇 42

楼肇明 80，155

楼肇明 蒋晖 173

卢今 156

卢军 286

卢善庆 74

卢盛江 262

卢炜 286

卢燕新 329

芦荻　50

鲁白　50

鲁枢元　92，93，107，229，249

鲁枢元　王春煜　155

鲁文忠　129

鲁小俊　李舜臣　240

鲁迅文学社　19

鲁原　136

陆方　71，138

陆贵山　49，71，137，138，143，177，194，226，244，263，274

陆海明　110

陆红颖　236，266，303

陆华　161

陆坚　109

陆建德　306

陆侃如　29，33，36，37

陆侃如　冯沅君　15

陆梅林　74，154

陆荣椿　49

陆树仑　徐培均　盛钟健　李振杰　姚国华　30

陆天明　150

陆星儿　144

陆扬　263

陆耀东　77，104，162，212，247

陆一帆　45

陆胤　327

陆永品　124

陆正兰　292

陆志韦　37

陆卓宁　253

鹿苗苗　322

路坎　44

路文彬　218，255，286

吕斌　273

吕德申　137

吕东亮　293

吕芳　132

吕进　161，201

吕俊华　126

吕立汉　185

吕林　76，116

吕若涵　187

吕双伟　281，288，312

吕微　189，196，200，211

吕薇芬　94

吕效平　205

吕永林　324

吕周聚　190，197，237，294，311，328

绿雪　119

绿原、牛汉　145

栾昌大　111

栾栋　198，210，222，230，239，249，252，269，280，289

栾贵明　72

栾梅健　173，190，207，233，242

栾勋　101，119，170

罗成琰　120，139，153

罗成琰　阎真　190

罗大冈　15，18，24，37，40，45，48，74，111

罗璠　275

罗岗　139，201，285，309

罗岗　刘丽　255

罗钢　118

罗根泽　15，24

罗关德　228

罗宏　230

罗宏梅　268，288，308

罗华　247

罗剑波　320

罗军凤　299

罗筠筠　198

罗忼烈　140，151

罗来勇　123

罗念生　24，37

罗强烈　107，116

罗时进　213，248，258，296，313

罗守让　138

罗书华　253

罗苏　19，65，70

罗苏　晓立　36

罗维斯　311

罗小东　119

罗小凤　295，303

罗小茗　318

罗晓静　290，295

罗筱玉　312

罗新河　283

罗义华　299

罗源整理　72

罗振亚　190，203，207，210，280

罗执廷　300

罗中起　249

罗宗强　57，248，316

罗宗强　邓国光　170

洛地　156

骆冬青　203

骆寒超　95，133，151，173，197

骆蔓　212

骆玉明　222

马白　50，51

马兵　278

马驰　281

马大康　262，291，299，317

马德富　127

马凤　132

马国璠　叶林　136

马珏玶　198

马俊江　302

马俊山　109，188，270

马良　120

马龙潜　159，216

马茂军　244，288，296，329

马明奎　284

马南屏　孔金林　郭绍虞　42

马勤勤　312

马绍玺　319

马泰祥　324

马蹄疾　79

马文兵　30

马相武　120

马昕　322

马亚中　180

马以鑫　129

马银琴　218，289，328

马鍪伯　161

马咏春　77

马云　247

马振方　203，212

马自力　238

曼君　84

曼生　72

毛崇杰　124，159，165，183，195，226，263，292

毛丹武　194，199

毛峰　253

毛时安　96

毛星　16，19，24，36，61，65，75，99

毛宣国 244
毛迅 89
毛正天 261
毛宗刚 141
茅盾 34,56
冒建华 277
冒炘 97
冒炘 庄汉新 139
么书仪 88,127,191,198
梅蕙兰 132
梅兰 326
梅丽 275
梅林 65
梅新林 崔小敬 230
梅新林 葛永海 209
梅新林 韩伟表 201
蒙丽静 272
孟保禄 54
孟超 37
孟丹青 247
孟繁华 164,306
孟令玲 67
孟庆澎 259
孟庆澍 300
孟姝芳 刘颜玲 260
孟伟哉 83
孟向荣 180
孟悦 95
孟昭毅 267
米彦青 296
苗长水 144
苗田 292
闵开德 32
敏泽 57,66,71,144,159,183,
184,222

明小毛 127
铭文 112
缪俊杰 100,103,115,173
缪俊杰 卢祖品 周修强 44
缪灵珠 18
缪咏禾 119
缪詠禾 87
莫道才 299
莫海斌 303
莫砺锋 156,180,198,231
牟世金 36,57,66
木斋 288
牧原 58
穆克宏 94
穆陶 159
穆维 42
南帆 92,93,108,116,150,154,
159,176,183,187,194,195,203,
211,217,226,235,253,255,285,
300,317
南平 115
南平 王晖 106
南石 62
南薰 46
南志刚 于时 231
倪邦文 156
倪贝贝 311
倪婷婷 108,184,220,247
倪伟 166,211,227
倪文尖 203,265
倪宗武 199
聂庆璞 旷新年 270
聂运伟 213
聂珍钊 306,316
宁宗一 127,137

牛贵琥 221
牛学智 226,308
牛玉秋 150,163
牛月明 254
欧明俊 290
欧阳 艾国 223
欧阳可惺 王敏 313
欧阳文风 254
欧阳文风 周秋良 243
欧阳友权 218,239,252,299
欧阳友权 蓝爱国 240
欧阳友权 禹建湘 271
潘必新 132
潘翠菁 68
潘建国 184,198,229,321
潘凯雄 157
潘凯雄 贺绍俊 99,114,117
潘啸龙 127,134,156
潘旭澜 45,68,78
潘旭澜 吴欢章 28
潘正文 247,267,287
潘智彪 113
盘剑 197,204,220
庞天舒 123
庞泽云 123
逄增玉 102,133,188,247,293
裴春芳 320
裴斐 71,107
裴亚莉 215
裴云龙 321
彭斌柏 153
彭放 111
彭建群 50,54
彭金山 249
彭靖 109

彭久源 101
彭黎明 97
彭立 126
彭立勋 71
彭林祥 328
彭少健 张志忠 236
彭漱芬 104
彭松 唐金海 242
彭万隆 240
彭小燕 237
彭晓丰 111
彭玉平 264,296,304,320,329
彭正生 324
彭子芹 50
平纪 84
蒲宏凌 279
蒲若茜 240
蒲震元 235
普慧 244,263,292
戚本禹 53
戚真赫 232
齐戈 121
齐立 71
齐木道吉 30
齐天举 133
齐晓红 294
祁连休 57
祁伟 271
祁晓明 302,309
祁欣 78,84
祁志祥 210,234
企吴 69
千 31
钱碧湘 244
钱谷融 36,63,214

钱光培 50

钱光培 向远 72

钱虹 108

钱华 118，214

钱竞 93，172，182，195，225

钱竞 姚鹤鸣 112

钱理群 118，124，173，181，187，286，298

钱南秀 101

钱念孙 93，119，131，165

钱雯 256，287

钱旭初 129

钱振纲 205

钱志熙 171，179，199

钱中文 29，56，61，65，71，76，86，87，89，104，117，125，143，149，160，164，181，182，194，209，217，225，243，263

钱锺书 15，16，20，36，37，71

钱仲联 36

乔焕江 284

乔力 162

乔喜森 段国增 50

乔象钟 48，62

秦弓 197，223，246，262

秦寰明 142

秦家琪 陆协新 77

秦晋 150，171

秦立德 153

秦林芳 257，276，328

秦牧 59

秦似 61

秦兆阳 61，68

秦峥 74

秦志希 120

丘振声 刘名涛 93

邱焕星 266，286，294，327

邱江宁 267，279，288，296，304

邱岚 89

邱世友 66，135，146

邱文治 杜学忠 穆怀英 108

邱雪松 319

裘尚川 64，96

曲水 17

屈光 284

屈选 96

屈雅君 170

阙国虬 82

群言 75

冉毅 288

饶龙隼 167，229，238，248，267，279，295

饶芃子 176，214

饶芃子 陈丽虹 173

饶芃子 费勇 165，182

饶芃子 余虹 159

饶曙光 103

人青 64

仁钦 35

仁钦道尔吉 57

任大心 冯南江 27

任孚先 94

任洪渊 117

任竞泽 258

任茹文 246

任愫 73，78

任遂虎 274

任仲 50

荣光启 李永中 240

茹维廉 42

阮洛园　53
阮炜　316
阮忠　148
若镁　158
若松　51
萨支山　196，307，316
桑雁　吴绣剑　49
沙德安　49
沙红兵　288，303，312
沙金成　91
沙湄　217
沙仁　26
沙水　125
沙先一　220
山东大学中文系古典文学教研组讨论　颜学孔执笔　30
陕庆　319
商金林　306
商伟　115
尚定　146，152
尚永亮　119，147，198，207，249，312
尚永亮　李丹　238
韶华　56，57
少知　27
邵建　149，153
邵凯　112
邵牧君　87
邵宁宁　214，220，303
邵燕君　155
邵燕祥　37，90，95，105
邵一峿　154
邵振国　166
沈家庄　179
沈立岩　陈洪　291
沈敏特　83，90

沈奇　161
沈斯亨　88
沈斯亨　董乃斌　53
沈松勤　198，229，248，258，312
沈卫威　139
沈杏培　301，315
沈义贞　204
沈玉成　137
沈悦苓　94
沈泽宜　125
沈祖棻　15
盛鸣　180
盛宁　291
盛生　85，97
盛英　92，155
盛子潮　朱水涌　108
师雅惠　250
施军　228，286
施萍　236
施惟达　樊华　234
施咸荣　49
施晔　258，289
施议对　127，268
施战军　刘方政　207
石昌渝　187，213
石凤珍　244
石家宜　高小康　118，145
石雷　304
石玲　229
石录　148
石树芳　296
石文英　94
石兴泽　252
石兴泽　李刚　241
石衍　91

石育良 152
石圆圆 陈嘉梦 261
石云河 168
时汉人 87
时胜勋 305
时晓丽 235
史若平 91
史铁良 68
史小军 238
首作帝 张卫中 255
寿永明 邹贤尧 277
舒建华 153，173
舒灵 51
舒也 195
束景南 152
束景南 姚诚 219
水夫 16
税海模 111
思忖 83，96
思力 147
斯陆 180
斯炎伟 325
斯义宁 121，148
宋彬玉 50
宋家宏 118
宋嘉扬 靳明全 249
宋剑华 184，190，205，210，228，249，286
宋克夫 220
宋垒 51
宋莉华 198，229，288，296，321
宋丽娟 312
宋丽娟 孙逊 258
宋谋玚 142
宋培效 57

宋清秀 304
宋遂良 150，165
宋湘绮 313
宋耀良 84，99，116
宋一苇 196
宋益乔 103，145
宋益乔 刘东方 237
宋永毅 94，95，109，110
苏春生 204，237，267
苏丁 107
苏丁 仲呈祥 95
苏桂宁 190
苏国荣 93
苏宏斌 244
苏美妮 颜琳 256
苏宁 128
苏任 91
苏伟贞 302
苏炜 114
孙昌武 101，191
孙党伯 69
孙范今 188，195
孙歌 132，168
孙桂荣 265，271
孙虹 223
孙景尧 138
孙静 94
孙娟 黄震云 249
孙楷第 15，20，25，34，38，41，62
孙克强 179
孙立峰 141
孙良好 262
孙洛丹 320
孙民乐 293
孙明君 254，329

孙乃修　154

孙启祥　297

孙庆昇　30

孙蓉蓉　245，289

孙少华　296，321

孙绍振　78，81，92，106，165，183，239，269

孙升亮　161

孙苏　75，76，102

孙微　199

孙维诚　244

孙伟　327

孙文杰　潘丽　260

孙文宪　159，251，271

孙武臣　77

孙先科　178，293

孙晓忠　211，227，255，276，285

孙欣　157

孙兴义　牛军　208

孙雪霞　303

孙逊　93，109，134，239，243，313，321

孙逊　葛永海　221

孙逊　回达强　197

孙逊　柳岳梅　184

孙逊　赵维国　200

孙泱　123

孙宜学　239

孙以昭　94

孙永良　271

孙玉石　70，171，190，197

孙郁　111，118，302，323

孙之贵　54

孙之梅　296

孙中田　73，94，190

孙子威　32

孙遵斯　46

谭德兴　林早　281

谭帆　179，221，244

谭帆　王庆华　289

谭桂林　139，151，179，197，211，220，256，287，302，320

谭好哲　142，216，298

谭佳　226，290

谭家健　134，167

谭君强　210

谭容培　宋国栋　218

谭容培　颜翔林　269

谭湘　106，108

汤炳正　136

汤洪　313

汤奇云　192

汤学智　121

汤学智　许明　103

汤拥华　263，292

汤拥华　王晓华　270

汤漳平　140，152

汤哲声　139，197，203，259，275

唐朝晖　274

唐达成　114，160，164

唐圭璋　16

唐浩明　153，159

唐金海　张晓云　155

唐善林　284

唐湜　125，146

唐弢　18，23，24，27，29，32，38，40，56，57，77，85，145

唐铁惠　218

唐卫萍　290

唐小兵　245

唐小林 227
唐晓渡 124
唐晓渡 王光明 95
唐沅 57
唐跃 谭学纯 137
唐增德 丁东 147
唐正序 30
唐挚 73
陶德宗 209,257
陶东风 121,131,196,217,243,317
陶尔夫 140,151,163
陶尔夫 刘敬圻 133
陶尔夫 刘敬沂 109
陶国山 307
陶礼天 226,251
陶礼天 雍繁星 240
陶慕宁 174
陶然 279
陶文鹏 80,81,87,140,157,174
陶文鹏 阮爱东 238
陶文鹏 张剑 231
陶文鹏 赵雪沛 257
陶阳 亮才 69
滕云 58,78,83,108,125,138
田本相 72,151,219
田本相 杨景辉 75
田根胜 285
田间 38
田建民 219,246,270
田聚 175
田泥 250,270
田同旭 221
田蔚 史小军 269
田文信 111
铁峰 139

铁惠 223
童道明 69
童芳芳 郭向 邓熙 282
童勉之 82
童强 308
童庆炳 149,159,164,195,199,215,217,234,309
童庆炳 陶东风 178
涂光社 174
涂昊 254
涂途 124,137
涂险峰 182,187,197,204,218
涂元渠 70
屠友祥 309
妥佳宁 319
宛小平 316
万曼 37
万木春 90
万晴川 322
万书元 111
万嵩 142
汪春泓 140,213,229,288
汪冬青 72
汪瑰曼 103,120
汪晖 99,111,115,124,310
汪介之 281
汪丽亚 115
汪龙麟 194
汪宁康 150
汪树东 265
汪卫东 227,276,295
汪蔚林 20
汪文顶 109,135,156,173,311
汪亚明 205
汪杨 271

汪应果　朱栋霖　96

汪涌豪　191

汪跃华　182，218

汪正龙　202，226，284

汪之明　余冠英　42

王爱松　153，161，226，235，295，320

王安忆　236

王保生　91，112，163，174，302

王保生　孟繁林　62

王本朝　219，238，276，311

王飙　128，134，149

王冰冰　324

王冰彦　67

王伯群　22

王长华　刘明　268

王长华　许倩　248

王长华　张孝进　222

王长顺　296

王朝闻　56，61，70，71，80

王春林　265，289

王春荣　吴玉杰　254

王春瑜　217

王春元　62，70，80，89，106

王春元　涂武生　53

王纯菲　253

王翠艳　301

王达津　18

王达敏　163，166，265

王得后　65，128

王德和　97

王德华　238

王德胜　潘黎勇　263

王德威　季进　232

王德宇　72

王东明　90

王东明　徐学清　梁永安　90

王昉　265

王绯　102，108，125

王风　298

王峰　260，271

王逢振　157，163，172，183

王富仁　94，116，124，190，219，239

王富仁　高尔纯　70

王富仁　罗钢　88

王干　102，108，117，134，166

王光东　204，245

王光东　刘志荣　189

王光明　83，111，135，160，171

王桂妹　219，247，278，311

王国健　198，214

王海燕　282

王含之　136

王宏林　谢卫平　222

王洪岳　285

王怀义　316，325

王缓　112

王晖　115，211，318

王慧星　147

王火　150

王季思　15，16，18，20，24，34，40

王季思　洪柏昭　66

王季思　肖善因　焦文彬　72

王济民　135

王家康　247

王家新　172

王嘉良　173，204，238，267

王嘉良　范越人　207

王嘉良　傅红英　219

王建刚　292，317

王建疆　244，259，308

王杰　215

王杰　覃德清　海力波　202

王杰　肖琼　264

王洁群　王建香　253

王金陵　水建馥　27

王进　71，249

王劲松　蒋承勇　277

王晋民　73

王巨川　277

王珏　251

王俊年　58，146

王俊年　梁淑安　赵慎修　66

王俊年　裴效维　金宁芬　57

王侃　138，177，255，275，293，301

王科　220

王克俭　54，120

王坤　126

王黎君　229

王力　24

王力坚　179

王力平　111

王立　119，214

王立群　221，229，289

王丽丽　202，286

王利器　16，76，140，146，167

王燎荧　16，23，28，38，51

王列生　160

王列耀　197，214，243，262

王林　158

王玲珍　129

王凌　129，147

王鲁湘　127

王玫　198

王蒙　64，75，78，93，96，100，107

王蒙　王干　126

王敏　321

王明建　248，258，279，296

王明居　189

王宁　110，189，193，195，207

王诺　126，262

王培友　289

王培元　109，110，128

王鹏程　285

王平　221，257

王璞　327

王齐洲　118

王乾坤　195

王巧凤　205

王钦　316

王钦峰　202

王轻鸿　283

王晴飞　325

王庆　208

王庆璠　80

王庆生　陈美兰　范际燕　王又平　144

王庆生　樊星　181

王庆卫　324

王确　242

王人恩　242

王任重　28

王荣　139，151，256

王荣　周惠　271

王如青　69

王汝弼　35

王汝梅　76

王瑞华　273

王若望　66

王善忠　87，101，124，137，143，146

王少良　238

王世德　66

王姝　294
王淑明　18，28，66
王淑秧　90，139
王述　55
王树村　90
王双启　30
王水照　57，72，184，295
王水照　李贵　222
王水照　朱刚　279
王思焱　202
王速　51
王同舟　305
王为群　251
王卫东　218
王卫平　129，228，265
王玮　100，115
王炜　304
王文参　289
王文龙　109
王文英　82，94
王文玉　54
王汶成　128，196，325
王西彦　24，68，73
王先霈　93，149，165，183，217
王先霈　范际燕　65
王献永　139
王向东　69
王向峰　36
王向远　317
王小盾　268，312
王小盾　何仟年　206
王小舒　222，292
王晓初　204，228，246，271，276，297
王晓华　103，132
王晓家　81

王晓路　225
王晓明　82，88，96，102，115，118，182，201，203，235，285
王晓平　292，309
王筱芸　231，243
王昕　268，328
王欣　120
王星琦　182
王醒　张德祥　212
王雄　165
王秀臣　235，263，284，308
王秀涛　310
王璇晖　李烈先　50
王学海　247
王学泰　163，174，199
王学振　277
王亚丽　317
王艳芳　253
王燕　313
王尧　218，300，306
王尧　罗岗　260
王瑶　16，70，82
王一川　114，117，154，161，177，181，190，195，244，270
王宜　30
王毅　115，119，168
王银辉　322
王英琦　110
王英志　127，167，230，259
王莹　259，268
王永兵　287
王永波　330
王永敬　42
王永祥　302
王攸欣　188

王攸欣　龙永干　266

王友胜　206，258，290

王又平　111

王佑江　153

王于飞　258

王雨生　81

王毓红　245

王元化　56

王元骧　44，65，81，126，131，160，177，210，218，234，253，263，292，316，325

王岳川　126，153，183，196

王云路　86

王云缦　83

王运熙　67，118

王运熙　杨明　140

王载源　129

王再兴　300

王泽龙　188，228，247

王泽龙　王雪松　286

王泽龙　周少华　281

王兆鹏　151，288，304，321

王兆鹏　郁玉英　259

王兆胜　129，204

王肇磊　84

王振铎　33

王正　40

王志耕　177

王志良　方延曦　72

王志清　270

王志祯　190

王治国　54

王中　255，294

王中忱　88，327

王忠阁　191，231，239

王钟陵　126，146，177，206

王仲　135

王仲　曾永成　74

王子野　23

王祖哲　281

王佐良　18，45

危磊　202

韦君宜　83

韦呐　41

韦玉玲　张丽芬　张艳艳　193

卫军英　112，130

魏安莉　222

魏建　277，311

魏建　毕绪龙　247

魏建　贾振勇　161

魏金枝　28

魏理　66，80

魏鹏举　268

魏韶华　287

魏绍馨　82

魏巍　311

温奉桥　223，261

温奉桥　李萌羽　255

温潘亚　217

温儒敏　84，145，165，197，212，246

文传泗　281

文贵良　264

文军　239

文礼平　32

文美惠　57

文铨　57

文效东　30

文学武　178，287，302，320

文雪　35

文勋　30

文讯　272
文怡　26
文致和　64
闻介　142
闻麟　84
闻起　48，49
闻兴军　55
闻岩　58，124
翁光宇整理　79
翁敏华　279
邬冬梅　294
邬冬文　156
巫小黎　199，228，256
吴宝玲　252
吴奔星　67，134
吴秉杰　95，99，132，152
吴伯箫　73
吴长庚　252
吴承笃　304
吴承学　133，140，146，156，162，167，174，179，197，205，229，247，296，321，329
吴承学　何诗海　258
吴承学　李光摩　220
吴承学　沙红兵　269
吴春兰　261
吴春平　244
吴调公　81，88，101，112，140
吴方　103，111
吴伏生　325
吴福辉　67，77，88，156，201，298
吴庚舜　70，101
吴庚舜　孙辛禹　48
吴功正　101，127
吴光兴　127，140，146，157，168，192，268，296，313，321
吴国富　289
吴国群　133
吴晗　33
吴怀东　王延鹏　305
吴欢章　73
吴建波　126
吴金祥　54
吴进　300
吴俊　125，323
吴康　134，237，257
吴黎平　58，67
吴亮　113
吴敏　281
吴企明　72
吴强　57
吴仁援　141
吴汝煜　79，81，98
吴世昌　58，62
吴思敬　172，203，227，245，255
吴松亭　89
吴泰昌　42，63
吴文辉　30
吴相洲　167
吴相洲　张桂芳　278
吴小林　101
吴小美　73，90
吴小美　董华峰　丁可　210
吴小美　封新成　99
吴小美　古世仓　184，219
吴小美　李向辉　237
吴小美　李勇　156
吴小美　魏韶华　118
吴小美　肖同庆　139
吴小如　101，126，134

吴晓东　162，173，181，197，216，220，311
吴晓东　谢凌岚　128
吴晓铃　22
吴晓铃　20，22
吴晓铃　胡念贻　曹道衡　邓绍基　25
吴效刚　266
吴协　申椒　乐青　21
吴兴华　41
吴兴明　106，188
吴熊和　109
吴秀亮　162，173
吴秀明　77，177，203，217，310，326
吴秀明　陈浩　212
吴秀明　陈择纲　166
吴秀明　段怀清　240
吴秀明　张翼　256
吴炫　159，165，243，254，273，316
吴学恒　王绶青　66
吴义勤　215，219，246，257
吴奕锜　147，190
吴予敏　100，114，177，253
吴元迈　61，69，80，81，103，137
吴越　84
吴泽泉　263
吴章胜　111
吴兆路　162
吴真　259
吴正峰　255
吴正岚　312
吴志峰　285，300
吴中杰　高云　44
吴中胜　284
吴周文　67，68，151
吴子林　213，238，280

吴子敏　33，68，82，151
吴子敏　蔡葵　49
吴宗蕙　84
伍世昭　202，212
伍晓明　114，119
伍晓明　孟悦　110
武道房　284，292
武杰华　109
武新军　261
西渡　294
西来　蔡葵　58
西平　79
希阿赫瓦什　20
郗文葆　54
席建彬　277
席扬　145
席扬　鲁普文　267
郄智毅　271
夏承焘　15，16，24，34，36，40，53
夏传才　75
夏德勇　伍世昭　237
夏放　46，64
夏锦乾　128
夏静　220，231，244，263，275，296，321
夏康达　78
夏薇　260
夏衍　65，67，74
夏中义　123，124，266，284，300
夏忠宪　226
咸立强　261，271
咸立强　凌逾　240
翔　35，52
向远　80
萧兵　77

萧滁非 廖仲安 36
萧华荣 94，162
萧瑞峰 205
萧同庆 164
萧晓红 177
萧云儒 77
霄峰 91
小城 142
晓白 121
晓丹 赵仲 93
晓立 36
晓立 王蒙 68
晓行 91，97，104，167
晓雪 139
晓钟 93
肖百容 278，287，303
肖驰 95，109
肖锋 233
肖韩 69
肖剑 325
肖黎 188
肖明 113
肖泉 48
肖瑞峰 97，109，128，156，179
肖瑞峰 李娟 259
肖瑞峰 彭庭松 233
肖伟胜 227
肖向东 赵歌东 147
肖学周 299
肖鹰 132，160，187，299
肖正照 江岑 51
谢家顺 232，290
谢建忠 248
谢君兰 319
谢冕 51，63，83，95，117，164，177，181，204，260
谢纳 273
谢桃坊 110，152，185
谢伟民 129，136
谢应光 209
谢应光 何休 陶德宗 215
谢永旺 159
谢泳 117
谢友祥 197
谢有顺 155，245，264，301，317
谢昭新 207，213，256，286
谢昭新 黄静 237
辛平山 133
辛宇 58，67，87
新雨 129
兴乾 91
兴万生 36
邢凤藻 136
邢富君 109
邢少涛 94
邢铁华 82
邢煦寰 141
行之 79
熊辉 278，302，318
熊黎辉 140
熊礼汇 191
熊良智 249
熊庆元 295，310
熊融 41
熊修雨 300
熊鹰 320
熊玉鹏 74
熊元义 153
熊忠武 103
徐安琪 257

徐宝峰　284
徐葆耕　216
徐贲　160，163，165
徐迟　23
徐从辉　295
徐岱　100，107，117，131，143，172，183，189，194，234，308，325
徐德明　178，196，203，226，254
徐德明　郭建军　265
徐德明　黄善明　251
徐侗　87
徐芳　95，160
徐改平　256，286
徐改平　贾海生　181
徐公持　82，140
徐国琼　25
徐华　207
徐怀中　75，96，161
徐缉熙　141
徐剑艺　132
徐金葵　129
徐菊凤　135
徐兰君　276
徐利民　郑立栓　李南英　奎来山　刘淑清　王文玉　通县小营四队团支部全体团员　55
徐麟　167
徐美恒　236
徐迺翔　55
徐楠　321
徐清泉　189
徐群晖　212，228，266
徐汝焕　54
徐顽强　184
徐文茂　179

徐肖楠　190，235
徐新建　阎嘉　185
徐兴根　141
徐秀慧　319
徐学　102
徐亚东　284
徐妍　190，246
徐永耀　董易　79
徐勇　276
徐育新　29
徐钺　295
徐允明　82
徐允平　72
徐正英　244，312
徐志伟　196，215，300
徐志祥　93
徐志啸　133，185，192，322
徐中玉　250
徐仲佳　267，294，311
徐宗琏　葛中义　85
徐宗文　180
徐祖明　276
许并生　239
许伯卿　258，290
许怀中　79
许继起　304
许建平　230，243
许江　319
许结　156，167，179，311
许金华　279，297
许觉民　87，100，209
许可　36
许莉莉　312
许明　99，114，149，157，165，167
许明　方卫　274

许明 钱竞 等 106
许明 汤学智 128
许汝祉 143
许苏民 244
许霆 236,281
许外芳 288
许文郁 134,160,172
许祥麟 179
许永璋 66
许云和 167
许振强 108,146
许正林 184
许志刚 205,249
许志刚 杨允 278
许志英 41,73,94,198,203
许志英 倪婷婷 88
许子东 82,90,106,124,189,285,300
许总 79,118,162,229,312
许总 许结 90
许祖华 277
轩红芹 235
薛峰 294
薛家宝 277
薛天纬 248,303
薛雯 256,286
薛毅 182
薛永武 253
学连 46
学喆 104
亚思明 316
闫月珍 271,273,309
闫作雷 326
严承章 59
严迪昌 74,174

严家炎 33,40,44,56,70,109,115,151,166,212,311
严家炎 范智红 197
严平 251
严前海 307
严坛 84
严秀 92
严昭柱 124,143
言炎 104
岩 142
岩峰 141
阎纯德 178
阎福玲 223
阎纲 51,63,71,166
阎浩岗 212,255
阎焕东 42,46
阎晶明 116,125,160
阎真 217
阎振宇 139
颜纯钧 107,125
颜敏 246
颜水生 326
颜同林 265,295
颜湘君 孙逊 268
颜翔林 210,249,281,292
颜振奋 49
晏洁 310
燕世超 205
阳翰笙 65
阳燕 322
杨爱芹 257
杨彬彬 272
杨长春 132
杨矗 226
杨春时 99

杨德春　64
杨德华　34
杨东林　156
杨光　274
杨光　王德胜　253
杨光治　74，88
杨国良　115，119
杨海明　76，101，167，191，199，206，258
杨汉池　131
杨合林　287
杨红莉　227
杨洪承　128，204，287
杨晦　18
杨佳莉　250
杨建刚　263
杨剑龙　145，207，231，238，250，270
杨健民　106，117，171
杨绛　16，24，37，44，65，71，76
杨经建　264
杨经建　彭在钦　219
杨经建　吴丹　285
杨景龙　221，242，279，283，296
杨静远　69
杨隽　254
杨俊蕾　田欢　231
杨俊蕾　朱海　251
杨俊亮　138，143，154，160
杨匡汉　79，83，99，131，159，181
杨匡汉　杨匡满　68
杨立元　172
杨利慧　185，225
杨联芬　133，320
杨镰　115，140，296
杨苗燕　121

杨明　94，239
杨迺乔　127
杨佩瑾　89
杨鹏　178
杨朴　219，256，277
杨庆存　158
杨庆祥　300，307，315
杨仁敬　50
杨瑞仁　202
杨绍溥　62
杨胜利　79
杨世伟　84，89，173
杨守森　189，210
杨书案　155
杨四平　257，302
杨汤琛　311
杨文虎　76，101，160
杨向荣　292，315，316
杨小滨　119
杨小清　195
杨小清　何风雨　249
杨晓斌　303
杨忻葆　73
杨新敏　189
杨星映　201，239
杨绪容　267，279
杨扬　151
杨飏　202
杨耀民　16，19，37，48
杨耀民　陈燊　董衡巽　20
杨耀民　干永昌　张羽　28
杨义　82，84，86，100，133，145，152，157，162，181，187，195，209，213，225，233，267，278，287，292，328
杨义　郝庆军　252，266

杨义　邵宁宁　252
杨迎平　295
杨宇　29
杨允　296
杨曾宪　111，119，149
杨占升　57
杨占陞　张恩和　48
杨振铎　126
杨志杰　68
杨志杰　彭韵倩　73
杨周翰　40，45
杨姿　308
杨子彦　226，260，271
姚爱斌　235
姚春树　166
姚达兑　303
姚玳玫　266，295，328
姚丹　276，285，309
姚静涓　60
姚琴　50
姚文放　189，196，263，273，283，292，299，309，325
姚文元　19，40，53
姚小鸥　214
姚晓雷　203，211，218，264，285，318
姚新勇　205
姚雪垠　57，144
姚玉光　279
耀东　毅伯　冠星　建领　16
叶伯泉　49，66
叶潮　163
叶晨　50
叶诚生　257
叶德浴　63
叶芳　115

叶岗　167，221
叶公觉　140
叶金龙　81
叶隽　327
叶立文　211，235，245，275，293，317
叶林　48
叶橹　95
叶培昌　148
叶鹏　144
叶圣陶　23
叶世祥　219，275
叶舒宪　203，215，234，254，299
叶水夫　40，49，59
叶水夫　钱中文　27
叶廷芳　46，154
叶文玲　61，160
叶秀山　32
叶晔　328
叶永胜　301
叶玉华　16
叶知秋　153
叶至诚　73
叶志衡　238
叶子铭　57，207
伊凡　19
伊吾　322
衣若芬　321
仪平策　199，240
以群　18，20，23，27
艺声　石岚　71
亦箫　124
易崇辉　240
易晖　211
易闻晓　253，274，291，299，316
易新鼎　88

逸申 97
殷宝书 20
殷国明 96，119，127
殷丽玉 205
尹恭弘 80，97
尹鸿 罗成琰 康林 123
尹慧珉 82
尹康庄 205
尹在勤 79
应红 102
应雄 115
咏生 67
尤西林 160，218，226，253，299
游国恩 36
庸人 109
于必昌 74
于慈江 117
于道 51
于弗 汪树东 270
于海洋 李传龙 柳鸣九 杨汉池 28
于景祥 167，171，214，248，258，279，289，297
于萌 45，51
于培杰 149
于绍卿 126
于淑娟 303
于维洛 44
于文秀 230，250，251，257
于言 26
于迎春 167，213
余斌 76，132
余凤高 95
余福智 90
余冠英 22，33，40，48，58
余冠英 王水照 56

余虹 176，249
余纪 杨坤绪 100
余开伟 67
余莉 297
余莉萍 120
余连祥 237
余凌 144
余仁凯 72
余恕诚 205，268
於可训 115，152，160，166，183，190，235，308
俞建章 73，76，107
俞平伯 15，37，41，62，101
俞天白 155
俞为民 182
俞樟华 盖翠杰 206
俞樟华 熊元义 264
俞兆平 82，90，107，171，174，184，197，202
虞德 110
禹建湘 264
禹克坤 70，94
郁贤皓 90
郁玉英 297
郁沅 127
喻朝刚 102
喻大翔 184
喻大翔 阮忠 223
喻季欣 132
喻见 228
喻天舒 185
园明 104
袁鼎生 234，274
袁峰 252，283
袁国兴 184，188，233，242，266

袁红　125

袁红涛　265

袁洪权　300

袁济喜　231，244

袁金刚　117

袁进　246

袁可嘉　16，23，29，36，41，130，133，
　139，145，178，190

袁良骏　132，140，171，253

袁楠　247

袁盛勇　227，247，270

袁世硕　49

袁世硕　颜学孔　30

袁文殊　70

袁先欣　266

袁行霈　32，67，220

袁一丹　313，319

袁志成　329

袁志英　103

苑英科　246

岳凯华　215，287

岳凯华　陈进武　宋海清　282

跃进　146，185，221，252，258

云德　164

云南省民族民间文学楚雄调查队　25

云南省民族民间文学西双版纳调查队　25

云鹏　148

云千　85，91，97

云文　30

臧棣　162，309

臧克家　41，49

臧清　174

臧运远　69

曾簇林　111

曾道荣　265

曾凡　259

曾凡　王纲　111

曾繁仁　196，210，216，226，244，254，
　274，292，308

曾繁亭　291

曾华鹏　范伯群　58，88，166

曾军　254，299

曾礼军　322

曾利君　275，286

曾明　268，288

曾晓梦　张新科　223

曾一果　236，246，264，275，318

曾枣庄　66，72，77，87，94，269

曾镇南　88，102，107，116，138，172

曾智安　259

曾祖荫　57

扎拉嘎　210

翟大炳　王玉树　111

翟文铖　318

翟文铖　杨新刚　281

翟业军　219

詹冬华　263

詹福瑞　191，199，295，308

詹福瑞　赵树功　238

詹玲　245

詹锳　81

詹志和　234

湛庐　289

张安祖　81

张安祖　杜萌若　230

张奥列　125

张白山　34

张宝林　311

张宝明　228，256，294

张葆莘　33

张毕来　57

张粥　120，129

张冰　250，293，315

张兵　270

张炳尉　274

张伯伟　133，167，184，267

张博　319

张超　61，66，71，83

张朝范　127

张晨　287

张承志　92

张传敏　256

张大明　56

张大新　145，157，220，238，259，279，297

张德厚　154

张德健　207

张德均　27

张德礼　陈定家　223

张德林　84，90，93，117，138

张德林　陶型传　72

张德祥　117，135，155，192

张恩和　41

张峰屹　288

张福贵　188，222，301

张福贵　靳丛林　142

张高宽　213

张冠华　239

张光芒　204，215

张光年　100，113，164

张广崑　121

张桂兴　260

张国民　106，122，124，131，138，148

张国民　黄炳　27

张国庆　138，163，225，244

张国星　179

张海明　143，163，174，177，229，303

张海鸥　201，248

张海沙　287

张海沙　马茂军　230

张海珊　147

张涵　120

张红萍　183

张宏　245，275

张宏生　88，162，242

张鸿声　228，246，275，301

张晖　290，304

张惠民　151，258

张惠辛　143

张冀　276，325

张家钧　51

张建业　65

张建勇　84

张剑　86，279

张剑　吕肖奂　238

张健　147，151，154，190

张江　306，309，315，323

张杰　202

张捷　87

张锦池　145，167

张京媛　134

张晶　109，133，140，152，174，191，198，221，229，231，234，250，258，269，299，324

张晶　温泽远　180

张靖龙　185

张静静　244

张炯　29，57，65，73，83，124，131，149，165，178，194，209，211，218，227，264，316，325

张炯　杨志杰　63
张玖青　278
张均　255，280，293，326
张开焱　163，307
张可礼　82
张克锋　295
张宽　88
张奎志　272
张来民　134，150
张蕾　277
张莉　309
张黎　81
张立云　48，53
张丽华　265，319
张利群　195，243
张炼红　182，255
张良丛　周海玲　271
张林杰　220
张霖　236，264
张灵　296
张玲霞　135
张凌江　267
张龙福　156
张勐　328
张梦阳　189，222
张民权　94
张民权　万直纯　139
张念穰　刘连庚　127
张柠　168
张平　113
张启成　77
张清华　159，309
张清民　226
张全之　247，278
张然　268

张韧　86，99，132，144
张韧　杨志杰　87
张荣翼　188，273
张瑞君　168，288
张少康　170
张士骢　113
张首映　106，120
张书恒　183
张松辉　周晓露　248
张松建　277
张诵圣　326
张叹凤　295，301
张堂会　267
张桃洲　200，222，278，300
张廷竹　123
张婷婷　217
张同道　156，164，173，181
张同吾　90，124，160
张卫中　146，196，281
张未民　269
张伟　273
张伟栋　廖述务　290
张文初　217，239
张文初　毛宣国　230
张文利　267
张文联　275
张文勋　94
张武军　310，319
张锡厚　67
张玺　30
张系朗　蒋和森　46
张先飞　237，287
张翔　298，317
张骁飞　321
张小元　188，234

张晓峰 204	张羽 李辉凡 45
张晓光 256	张玉玲 218
张晓红 265	张玉能 147，215，308
张晓梅 249	张玉能 张弓 244
张晓然 123	张育仁 278
张晓玥 245	张煜 248
张啸虎 116	张毓茂 59
张新科 220，249，296	张袁月 312
张新颖 184，201	张云鹏 281
张兴劲 111	张振龙 279
张兴武 239，259	张振宁 32
张修龄 269	张震英 239
张秀芬 54	张政文 164
张旭东 119，128，204	张直心 264，278，287，302，311
张旭曙 263，308	张志国 257
张绪伟 石有斐 厉国轩 50	张志平 275，302，328
张学军 219	张志庆 张华 260
张学昕 310	张志岳 62
张岩 308	张志忠 123，127，144，172，177，196，
张岩泉 251	211，218，254，276，285，289，
张艳华 266	300，326
张艳梅 293	张智华 185
张一兵 317	张中 50，322
张一弓 83	张中良 311
张颐武 157，161，166	张中宇 221，238，258
张艺声 143，217	张忠纲 109
张艺声 阎国忠 204	张钟 44，119
张寅彭 180	张仲谋 179
张永 212，267	张重岗 263，324
张永峰 300	张琢 110
张永刚 292，299	张宗原 88
张永清 273，324	章必功 李健 248
张永忠 51	章辉 226，243，283
张宇光 107	章建文 274
张羽 29，294	章罗生 236，289

章明寿　129
章培恒　220
章启群　203
章亚昕　178，203
章仲锷　96
赵珥　160
赵本夫　108
赵碧宇　63
赵冬梅　318，329
赵歌东　286
赵海彦　229
赵红娟　229
赵洪峰　74
赵鸿贵　54
赵辉　299
赵京华　118，306，319
赵康太　84
赵奎英　165，210，263，324
赵逵夫　145，213，248
赵坤　293
赵黎明　282，294，302
赵丽华　239
赵利民　274，324
赵玫　125
赵敏俐　229，281，304
赵明　157
赵普光　266，302
赵启鹏　287
赵润海　191
赵山林　84
赵守垠　龙文佩　46
赵树功　296
赵树勤　龙其林　276
赵顺宏　199，228，278
赵思运　319

赵天　40
赵维国　279
赵稀方　163，171，180，186，324
赵宪章　110，150，164，291
赵小雷　274
赵小琪　136，220
赵晓岚　191，213
赵新林　141，216
赵新顺　277
赵学勇　102，239，277
赵寻　59
赵亚宏　277
赵炎秋　165，203，235，254，274，284，
　　292，307
赵炎秋　王欢欢　330
赵彦芳　210，292
赵艳　285
赵怡生　163
赵义山　194，229，268，289，312，329
赵毅衡　283，298
赵勇　217，298，307
赵雨萌　45
赵园　77，88，102，110，169
赵泽民　135
赵仲　91，113，114，121
哲明　97
振甫　77
甄西　138
郑波光　75，81，121
郑伯农　71
郑伯奇　28
郑朝宗　67，101
郑春　212
郑家建　194
郑杰文　221，269，329

郑丽娜　289

郑利华　249，278

郑孟彤　126

郑敏　150，157，160，165，171，177，
　189，199，201

郑青　26

郑绍堃　25

郑伟　308

郑亚捷　295

郑炎贵　130

郑涌　66，75，141

郑玉明　沈旭辉　261

郑元者　164，168，185

郑园　陶文鹏　270

郑择魁　50，63，82

郑振铎　18，20

郑振铎遗作　22，34

之凡　104

支克坚　73，83，102，118，119

止木　97

智杰　63

智量　16

中忱　193

中国科学院内蒙古分院语言文学研究所
　29

中国科学院文学研究所安徽寿县九里公社
　劳动实习队　53

中国社会科学院文学研究所当代室　138

中国作家协会武汉分会　28

中山大学中文系四年级乙班黄昌前　20

中岳　80

钟本康　116

钟恬棻　63

钟敬文　77，176

钟来因　94

钟丽茜　325

钟明奇　268

钟仕伦　218，275，309，324

钟文　38

钟优民　118

钟振振　268，312

仲呈祥　73，80，117

周安华　104

周保欣　267，285，311

周本淳　76，88

周波　244

周大新　144

周迪荪　66

周笃文　66，87

周而复　150

周发祥　152，172

周帆　190

周桂君　283

周国雄　174

周海波　212，247

周惠泉　239，259，268

周惠忠　120

周计武　周欣展　251

周家谆　70

周建渝　126

周建忠　229，238

周建忠　施仲贞　268

周剑之　304

周洁　302

周介人　100

周均平　274

周柯　57，58

周来祥　99

周来祥　陈炎　126

周立民　227

周良沛　133
周林　130
周岭　179
周梅森　108
周敏　263，310
周明　79，81，88
周明鹃　212，257
周木　110
周宁　142
周平远　177
周琪　44
周启超　195，234
周仁政　197，219，277
周荣胜　210
周生杰　296
周双利　王坤　76
周水涛　276
周桐淦　83
周维东　302，311
周先民　87
周宪　107，123，159，182，192，203，210，226，235，254，284，292，309
周宪　肖帆　71
周晓风　201，239，280
周晓明　188
周新民　265，301，318
周新顺　261
周兴华　228
周兴陆　257，283，317
周修强　62
周煦良　24
周勋初　62，94
周燕芬　228
周扬　28，102
周晔　190

周毅　271
周宇　41
周裕锴　81，249
周远斌　253，268
周振甫　58，81，87
周铮　杨志杰　雷业洪　55
周政保　89，95，106，144
周志雄　255，284，310
周中明　87，174
周忠厚　57，64，79
周舟　安凡　63
朱安群　104
朱兵　63，68
朱持　138
朱持　陆耀文　108
朱崇才　239，268
朱崇科　243
朱存明　297
朱德才　88
朱德发　88，151，166，172，188，197，227，249，252，280
朱栋霖　67，84，236，286
朱凤顺　吕景六　149
朱光潜　24，29，58
朱国华　210，235
朱恒　何锡章　256
朱虹　20，32，41
朱晖　173
朱辉军　143
朱建新　116
朱金城　朱易安　94
朱金顺　228
朱经权　28
朱静宇　李红东　240
朱立立　230，233

朱立元　99，165，189，234，291

朱立元　栗永清　254，262

朱立元　杨明　119

朱立元　叶易　141

朱丽霞　240，242，312

朱利民　260，271

朱庆华　212，228，247

朱首献　274

朱水涌　91，131，246

朱思信　77

朱万曙　258，312

朱伟华　151，190，270

朱伟明　213

朱文斌　257

朱文华　112，152，179

朱夏君　304

朱向前　93，116，120，123，134，139，155，165，172

朱晓江　287

朱晓进　135，145，180，190，199，206，231，246，270

朱延庆　王干　112

朱一清　68，82

朱易安　179

朱幼棣　李建勋　79

朱于敏　29

朱羽　310

朱寨　19，24，28，29，33，37，40，41，45，46，57，58，68，74，83，87，100，115，150，178，183，209，246

朱振武　198

朱正　90

朱志荣　206，248，323

郏璐　57

诸葛忆兵　221，243，269，296

诸天寅　96

祝丽君　303

祝宇红　289

祝振玉　146

庄桂兰　54

庄森　228

庄锡华　147，149，189，207，236，254

庄钟庆　64

卓今　290，310

卓如　25，48

紫晨　50

宗白华　32

宗诚　135

宗璞　89

邹定宾　178

邹广胜　189，226，260

邹红　139，142，178，184，242，286

邹进先　186，221

邹理　293

邹明华　211，259

邹平　76，89，106，107，160

邹午蓉　68，118

邹贤尧　235

邹忠明　107

邹宗良　杨振兰　施战军　250

祖慰　125

左东岭　209，222，238，254，275，303

左汉林　279

左怀建　280

左文　毕艳　237

作协贵阳分会筹委会、贵州省语委会、贵州大学苗族文学史编写组　25

图书在版编目(CIP)数据

《文学评论》六十年总目与编后记/中国社会科学院文学研究所编 . -- 北京：社会科学文献出版社，2017.9
　ISBN 978-7-5201-1304-5

　Ⅰ.①文… Ⅱ.中… Ⅲ.①中国文学-文学评论-期刊目录②序跋-作品集-中国-当代 Ⅳ.①Z87：I206 ②I267

中国版本图书馆 CIP 数据核字（2017）第 212280 号

《文学评论》六十年总目与编后记

编　　者 /	中国社会科学院文学研究所
出 版 人 /	谢寿光
项目统筹 /	宋月华　张倩郢
责任编辑 /	张倩郢
出　　版 /	社会科学文献出版社·人文分社（010）59367215 地址：北京市北三环中路甲 29 号院华龙大厦　邮编：100029 网址：www.ssap.com.cn
发　　行 /	市场营销中心（010）59367081　59367018
印　　装 /	三河市东方印刷有限公司
规　　格 /	开　本：787mm×1092mm　1/16 印　张：40.25　字　数：676 千字
版　　次 /	2017 年 9 月第 1 版　2017 年 9 月第 1 次印刷
书　　号 /	ISBN 978-7-5201-1304-5
定　　价 /	249.00 元

本书如有印装质量问题，请与读者服务中心（010-59367028）联系

　版权所有　翻印必究